Il contesto

100

Giorgio Fontana

Prima di noi

Sellerio editore

2020 © Giorgio Fontana
Edizione pubblicata in accordo con Piergiorgio Nicolazzini
Literary Agency (PNLA)

2020 © Sellerio editore via Enzo ed Elvira Sellerio 50 Palermo
e-mail: info@sellerio.it
www.sellerio.it

Questo volume è stato stampato su carta Palatina prodotta dalle Cartiere di Fabriano con materie prime provenienti da gestione forestale sostenibile.

Fontana, Giorgio <1981>

Prima di noi / Giorgio Fontana. - Palermo : Sellerio, 2020.
(Il contesto ; 100)
EAN 978-88-389-4022-4
853.92 CDD-23   SBN Pal0322810

CIP - *Biblioteca centrale della Regione siciliana «Alberto Bombace»*

Prima di noi

a Luigi Fontana (1919-2014)

[...] O fanciulla
questo: *in* noi non amammo un'unica cosa, una
cosa futura,
ma l'immenso fermento, non un singolo figlio,
ma i padri che come frane di monti
giacciono al fondo; gli alvei asciutti
di madri antiche –; tutta la landa
silente sotto il fato plumbeo di nubi
o terso –; *questo*, fanciulla, fu prima di te.

RAINER MARIA RILKE, *Elegie duinesi*

I
La mia guerra comincia ora
1917-1919

I

Issatosi per un momento sul carro, il fante Maurizio Sartori guardò la massa di uomini che avanzava lungo la strada. Un ferito al suo fianco sputò e si calò l'elmetto sul viso, mentre un cane abbaiava al blindato, correndo con la lingua penzoloni. I cannoni abbandonati giacevano nella luce grigia. Tre commilitoni tornarono in colonna ubriachi persi, agitando sacchi di farina e salami rubati dai casolari, e tocchi di formaggio sulla punta delle baionette: «Dio, che festa!», gridavano. Più in là, fin dove arrivava la vista, la piana era interminabile e confusa nella pioggia, e il fumo dei magazzini incendiati si avvitava in piccole volte.

A ogni chilometro cercavano di aggiungersi gruppi di civili, ricacciati ai margini della strada o lungo i campi fradici. Le donne avevano sacchi di iuta in spalla e pacchi sottobraccio, mentre bambini magri e sporchi tiravano palle di terra eccitati dalla fuga. La gente si univa a loro sgomitando, bestemmiando, accanto a buoi e pecore e galline.

Maurizio si calò di nuovo a terra e Ballarin gli strinse un braccio.

«Allora d'accordo?», sussurrò. «Appena si riesce, col calabrese?».

La croce di rame gli penzolava fuori dalla divisa e aveva gli occhi lucidi, come sbigottiti, due sassi di torrente. Anche lui era ubriaco. Maurizio annuì.

Poco dopo passarono il Tagliamento. La colonna si era assottigliata per adattarsi al percorso e i blindati e i cavalli rendevano goffa la marcia. Tutti spingevano e intimavano l'un l'altro di spicciarsi, perché di lì a breve i genieri avrebbero fatto saltare il ponte. Ora la massa era impenetrabile e Maurizio ebbe un moto d'affanno: si chinò dal parapetto per osservare un istante l'acqua cupa e turbinosa, la piena del fiume che li avrebbe difesi. Pensava, senza volerlo, ai morti. Quasi subito i morti smettono di somigliarci. Ne aveva visti tanti e nessuno aveva i tratti dei vivi; erano incomprensibili e stupidi come bestie o pietre. Sentì il fiato mancare.

Quando finalmente arrivò sul lato opposto si asciugò il sudore dalla fronte e Ballarin baciò la sua croce di rame: «Bon», disse. «Stavolta è finita davvero».

Nel giro di pochi minuti esplosero i botti. Maurizio si voltò insieme a migliaia d'altri e vide un pezzo centrale del ponte chinarsi, sgretolarsi e finire giù nel fiume. Gli uomini rimasti sulla struttura si agitavano e nella distanza si sparse una nube di polvere scura. Dopo un secondo di silenzio, tutti urlarono di gioia.

Scapparono al termine di quella notte: lui, Ballarin e il calabrese. Si erano tenuti ai margini del bosco e il tenente era così sbronzo da non accorgersi di nulla. Maurizio diede un ultimo sguardo alla distesa di corpi scomposti sull'erba, alle sentinelle che agitavano rami di legno infuocato e sfrigolante nel piovischio. Se qualcuno li aveva visti, nessuno aveva tentato di fermarli.

Non c'era un sentiero, la terra era marcia, e il bosco ribolliva di rumori e schiocchi. Il calabrese biascicava di avere male alla pancia e li pregò di rallentare: Maurizio disse che non c'era tempo, ma del resto era difficile tenere un buon passo con quella fanghiglia.

Proseguirono per un'ora senza il coraggio di dirsi la verità: si erano persi; o meglio, non avevano mai avuto una direzione. Maurizio aveva distanziato gli altri, ma quando la massa di alberi si ruppe in una radura sentì di colpo le gambe cedere, e si lasciò cadere con la faccia a terra. I contorni della boscaglia iniziavano ad emergere dall'alba, ancora sbavati nella nebbia.

Meglio andarsene così, a questo punto. Doveva solo aspettare che li trovassero e farsi fucilare dai carabinieri contro un tronco; e provò quasi sollievo al pensiero della fine, come tante altre volte gli era capitato: a vent'anni aveva già implorato Cristo di liberarlo per sempre dalla fame o dalla fatica o dalla paura. Ma dietro di lui c'era quel mona di Ballarin che aveva preso a gridare: «O lo seppelliamo, o siamo degli infami».

Maurizio schiacciò il volto nel fango quasi a soffocarsi; non servì. Rotolò su un fianco e Ballarin apparve trascinando a fatica il corpo molle del calabrese. Veniva verso di lui come l'immagine di un affresco, una di quelle minacciose figure di santi che scrutava impaurito, da bambino, nella chiesa del suo villaggio sul Piave. Il calabrese doveva essere morto da poco: il taglio al ventre che aveva nascosto, dicendo di essere pronto alla fuga, l'aveva dissanguato.

«O lo seppelliamo, o siamo degli infami», ripeté Ballarin.

«Sei matto? Dobbiamo correre».

«E allora tu cosa ci fai lì?».

«Prendo fiato».

«Ecco, e ora che ti sei riposato mi dai una mano». Il calabrese gli scivolò dalla spalla e lui cercò di caricarselo addosso di nuovo: era tutto talmente assurdo che Maurizio scoppiò a ridere. Ballarin era inferocito.

«È uno di noi, Sartori».

«E cosa vuoi fare, trascinarlo fino al primo camposanto che troviamo?».

«No. Lo seppelliamo qua e gli lascio la mia croce sulla tomba».

«Tu sei un mona».

«E tu un infame. Ti meriti di morire peggio di lui, hai capito? Carogna! Giuda!». Poi ansimò, si guardò intorno smarrito, mentre la luce colorava piano il mondo: «Come siamo finiti, Sartori. Come abbiamo fatto a finire così?».

Maurizio si mise sui calcagni e lo fissò quasi incuriosito. Ballarin aveva il viso contorto, fango sui denti e negli occhi: lasciò scivolare il corpo del calabrese – l'ennesima pietra, l'ennesima bestia – e finì in ginocchio nel fango. «Oh, mamma», cominciò a gemere. «Mamma, perché? Perché?».

Maurizio contò fino a dieci, quindi si alzò e superò con decisione il compagno e il cadavere. Dopo qualche passo sentì lo strillo: «Non scappare! Giuda!».

Un passo, un altro.

«Ti sparo, Sartori. Guarda che lo giuro sulla Madonna, adesso ti uccido».

«E sparami», gridò lui senza voltarsi.

Ma l'altro non sparò. Maurizio attese che il dolore gli squarciasse la schiena; e invece era sempre vivo, inesorabilmente vivo. Ballarin singhiozzava piano nella distanza. Lui portò le mani sulle orecchie per non ascoltarlo e tenendole ben ferme imboccò il sentiero dalla parte opposta della radura.

Avanzava. Ripensava ai mesi passati. Un modo per non impazzire come Ballarin, si diceva. Sorridi, Sartori.

Concentrati sui fatti, quello che ti sei lasciato indietro e non rivedrai più. I geloni e la merda ghiacciata e gli scoppi che rompevano la notte. I controlli per la misura di barba e baffi mentre la gente crepava di colera, che Dio stramaledica Cadorna e l'Italia intera. Una granata che l'aveva mancato per un soffio e poi ecco due corpi in volo. Lo scintillio dei quadranti fosforescenti degli orologi, le baracche con le travi marce, il ragazzino che mordeva la gamella in lacrime chiamando la mamma. E le sere in cui i commilitoni gli chiedevano di cantare, perché sapevano della sua bella voce: lui a volte diceva no e a volte si schiariva la gola battendo la mano aperta sul petto, partiva con un'aria.

E le corse fra i reticolati per menare colpi a caso di baionetta in mezzo al fumo e i «Savoia, Savoia!» col fiato mozzo e senza capirci niente, e qualcuno prendeva il fucile per la canna e rompeva il calcio sulla testa di chi gli stava di fronte – «Savoia, Savoia!», gracchiavano tutti – e i proiettili fischiavano attorno, e qualcun altro era avvinghiato nel fango, il sangue colava sugli occhi, e un mattino il basso divenne alto e poi tornò basso e tutto era pieno di braccia e gambe molli e Maurizio era stanco, stanchissimo, urlava, era vivo.

E i cunicoli. I razzi verdi delle segnalazioni all'artiglieria. Il tanfo. Le croci di legno sulla costa del monte come una macchia di piante matte. E i depositi, i camminamenti, gli scavi, le trincee prese e perse, il sole sulle tempie a luglio, le ferite zuppe di pus, una lettera mai spedita, il nuovo prete che faceva la spia, i carabinieri con i fucili puntati alle spalle di chi tardava negli assalti.

E il tedesco che aveva incrociato durante una tregua, mentre era sceso a recuperare cadaveri. Era molto più alto di lui, i mustacchi grigi; come lui trasportava corpi senza vita con l'aiuto dei compagni. Quei morti talmente stupidi, bestie o pietre. Si erano fissati un attimo, il tedesco gli aveva detto qualcosa: e chissà perché, Maurizio mica sapeva quella lingua; il suono gli era parso una preghiera o un insulto; così aveva scosso la testa e se n'era andato.

Gettò la divisa e il berretto e tenne addosso solo camicia e mantella. Si tolse gli scarponi e vide che le fiacche sulle dita dei piedi erano ormai esplose e colavano sangue e pus. Li rimise e proseguì.

Per tornare a casa doveva risalire verso nord, ma temeva fosse troppo rischioso; perciò decise di rimanere in pianura. Era un buon piano, o forse no. Una decisione giusta o una decisione come tante – a quel punto non importava. Un giorno l'avrebbe detto ai figli, se fosse sopravvissuto, se mai ne avrebbe avuti: *Qualsiasi cosa scegli, il mondo ti chiava comunque.*

Dormì un'ora di sonno stravolto e fu svegliato da un attacco di diarrea. Più tardi nella pioggia intravide la sagoma di una città e se ne tenne lontano girandole attorno. Ogni tanto degli scoppi laceravano il silenzio. Maurizio incrociava contadini in fuga o gruppi di sbandati come lui; ma nessuno gli fece domande, quasi fosse un appestato o uno spettro, o il reduce di un disastro che riguardava lui soltanto.

La sera, zoppicando attraverso l'ennesimo campo deserto, contemplò il tramonto: le nubi si erano diradate e la luce spaccava il cielo in strisce viola e azzurro pallido. Poco lontano si alzavano le montagne. Maurizio pensò a Ballarin: l'avevano preso? Aveva sepolto il calabrese? Era sulle sue tracce con un colpo in canna?

Colto da un fremito improvviso, roso dalla fame e dalla febbre, accelerò il passo. Ecco la notte. La pianura si alzò. Maurizio risalì il fianco di un colle basso ed erboso. Nuove luci oscillavano nella distanza; proseguì ancora finché non ne vide alla sua destra una simile alle altre, in nulla diversa, soltanto più isolata. Lì si fermò.

2

Come gli avrebbe confessato molto tempo dopo con un misto di fierezza e sconforto, Nadia Tassan non dimenticò mai la sera in cui era andata al pozzo e aveva incontrato il suo biondino. L'avrebbe chiamato così fino alla fine, nonostante tutto. L'uomo che non si sarebbe mai liberato di una privata furia, e che pure ai suoi occhi sarebbe rimasto sempre lo stesso, la bellissima e terribile visione di quella notte: il corpo nervoso, i denti stranamente in buon ordine, e lo sguardo di chi ha vissuto da preda credendosi a volte predatore.

Lui la vide al pozzo con uno scialle addosso, mentre faceva calare la corda verso il basso. Dopo il tonfo si fregò i palmi, un gesto buffo, e poi cominciò a tirare. In quel momento Maurizio decise di sbucare fuori dall'oscurità: il secchio cadde di nuovo sbattendo contro la pietra.

«Scusa», disse lui con un filo di voce. Cercò di schiarirsi la gola, senza successo: «Scusa», tossì.

Lei gridò qualcosa in friulano. Dalla casa giunse un rumore secco; l'abbaiare di un cane. Maurizio alzò le mani e disse in italiano: «Scusa, non parlo la tua lingua. Voglio solo un pezzo di polenta e un po' d'acqua. Sono giorni che cammino».

La ragazza si strinse nello scialle. Sotto il chiarore debole della luna e delle stelle pareva graziosa; Maurizio rimase incantato dal suo viso.

Stavolta anche lei parlò in italiano: «Sei un soldato?».

«Sì».

«Stai scappando?».

«Sì. Ti prego, non so cosa fare».

In quel momento uscì dal casolare un uomo con una lunga barba: il padre, pensò Maurizio. Quando vide che stringeva una roncola, capì di avere scelto la luce sbagliata dove fermarsi.

«Chi sei?», disse l'uomo.

«Un soldato», ripeté lui. «Mi chiamo Maurizio Sartori. Sono veneto, del Piave».

«E da dove vieni?».

«Ero con l'esercito sui monti». Indicò un punto lontano dietro di sé.

«Sei scappato».

«No, no. Mi sono perso».

«Sei un disertore».

«Signore, glielo giuro».

L'uomo appoggiò la mano sinistra sulla lama della roncola. «Io ho due figli in guerra», disse. «Un terzo mi è già morto. Magari per colpa di uno come te».

«No».

«Ah, no? Io dico di sì».

Maurizio capì che avrebbe dovuto prepararsi, difendersi in qualche modo: nella voce di quel vecchio c'era la voce di Ballarin, c'era la voce di un fante ferito cui aveva negato un pezzo di pane, e quella del ragazzino appena arrivato in trincea che gli aveva chiesto se si sarebbero salvati – e lui aveva risposto di no lasciandolo solo, perché gli doleva la pancia. E Maurizio sapeva benissimo cosa dicevano in realtà quelle voci.

Tuttavia fu la ragazza a parlare: «Papà, ma non vede com'è conciato? Sembra Piero. Abbia un poco di compassione, la prego».

I due uomini la fissarono, entrambi sorpresi in modo diverso. Un refolo freddo e profumato passò in mezzo a loro. Poi il vecchio strinse le sopracciglia e si grattò la barba.

«Non mi piace», disse. «Non voglio un uomo in casa».

«Ha soltanto chiesto un aiuto. Guardi che faccia: chissà cosa gli sarà successo. Un poco di pietà cristiana».

«Dici che sembra Piero. Ma Piero non sarebbe mai scappato».

«Si è perso, papà».

Maurizio deglutì e attese.

«Sei armato?», gli domandò il vecchio.

«No».

«E va bene, entra. Ma per poco».

«Grazie. Dio la benedica».

L'uomo non rispose. Maurizio si aggiustò la mantella sulle spalle e diede un'ultima occhiata alla notte fuori. Mentre varcava la soglia del casale, disse sottovoce alla ragazza: «Grazie. Perché hai...».

«Non lo so. Vedi di meritartelo, d'accordo?».

Lui annuì tre volte di fila.

Lei gli toccò le dita furtivamente, quasi una carezza, e chinò il mento: «Mi chiamo Nadia, in ogni modo».

3

Il giorno successivo il padre di Nadia, Martino Tassan, apparve più tranquillo e conciliante: offrì a Maurizio di restare ancora un poco, non per compassione ma perché aveva bisogno d'aiuto nei campi: i figli maschi erano tutti al fronte. Lui accettò subito. Stava malissimo e in quelle condizioni non sarebbe andato lontano; meglio aspettare, anche perché la strada diventava sempre meno sicura.

Nel frattempo capì più o meno dov'era finito: ai piedi delle montagne oltre le quali, su e chissà in che direzione, da qualche parte, c'era anche la sua valle. Nei dintorni parlavano friulano e Maurizio non capiva nulla, benché ogni tanto incontrasse gente dei paesi vicini dal dialetto simile al suo.

I Tassan avevano un po' di terra a mezzadria e qualche bestia – una vacca, un asino, pecore e galline. Il padrone era scappato come tanti con l'arrivo dei nemici, così potevano tenersi tutto: non era molto, ma comunque era meglio della fame che Maurizio aveva patito da bambino. Inoltre il casolare, per quanto buio e sporco, non era poi tanto brutto; e Martino Tassan apprezzava la lena di Maurizio, il fatto che parlasse poco. Giorno dopo giorno iniziò a fidarsi.

Il resto della famiglia era poca cosa. Giovanni aveva otto anni, era magro come una biscia, e spesso rideva da solo annusandosi le mani. Maria, la sorella minore, era sui quindici anni: bruttina e leggermente zoppa, si limitava a guardare Maurizio sottecchi senza mai avere il coraggio di rivolgergli la parola. Infine c'erano la moglie Maddalena, che ancora nutriva sospetti nei suoi confronti, e nonna Gianola, stesa su un pagliericcio accanto al focolare.

E sì, Nadia.

A volte Nadia era gentile come la sera in cui l'aveva accolto: lo chiamava *biondino* quando i suoi genitori non la sentivano, gli rammendava la mantella e i pantaloni. Altre volte era sprezzante: lo prendeva in giro perché dopo il lavoro gli si gonfiavano i capelli in testa per il sudore, oppure lo ignorava. Questo modo di fare dava sui nervi a Maurizio; ma nel contempo vi percepiva un moto d'interesse. Ed era l'unica creatura femminile ad avergli sfiorato la mano da due anni a quella parte, senza chiedere soldi in cambio.

Un giorno la accompagnò in paese per comprare del sale. Le notizie passavano di bocca in bocca, ma erano confuse: i tedeschi avanzavano in pianura, l'esercito ripiegava sul Piave, si combatteva in Carnia, forse i soldati erano pronti ad arrendersi, forse invece stavano per lanciare un contrattacco. Di certo c'era soltanto l'invasione, ogni ora più vicina.

Nadia e Maurizio sedettero su una panca ai margini della piazza. Il mercato era affollato: uova, carne secca, pesce, verze: tutti cercavano di prendersi qualcosa finché c'era tempo. Nugoli di bimbi correvano urlando fra le gambe delle donne, che parevano vecchie anche quando erano giovani, i visi lunghi e duri, il falcetto legato al fianco. A una decina di metri, tre contadini giocavano a carte su un tavolo di legno, dividendosi un orcio di vino.

Nadia teneva il pacchetto di sale in grembo; faceva dondolare la treccia e sbirciava Maurizio.

«Dovresti essere anche tu al fronte», disse a un certo punto.

Lui non rispose.

«Non parli?», lo incalzò.

«No».

«Eppure hai un dovere».

«Che dovere?».

«Sei un soldato».

«Senti. Non ho mica chiesto io, di combattere: voglio soltanto vivere libero e tranquillo».

«Ma se tutti ragionassero così, i tedeschi ci avrebbero mangiati vivi».

«Se tutti ragionassero così, non ci sarebbero più guerre».

«O forse sei solo un vigliacco», disse Nadia fissandolo.

Maurizio le restituì un'occhiata incredula. Una ragazza si permetteva di parlargli in quel modo?

«Un vigliacco», disse ancora. «O sbaglio?».

Lui tirò su con il naso e scrutò il cielo arrossato, oltre i tetti e il campanile, la sera che calava in fretta, e a breve l'inverno li avrebbe sepolti, e chissà dov'era Ballarin, dov'erano i suoi genitori e i suoi fratelli – ma che andassero in mona, lui se ne fregava, se n'era sempre fregato – ed ecco che quella scema si permetteva di dirglielo in faccia. Fosse stata sua sorella l'avrebbe riempita di sberle.

Invece abbassò gli occhi dalle nuvole a lei, che continuava a fissarlo senza muoversi, e borbottò: «Sì, forse». Poi aggiunse: «E ora che te l'ho detto?».

Il volto di Nadia si aprì. Lo prese per mano: «Ora che me l'hai detto, possiamo diventare amici».

Maurizio guardò quelle piccole dita fra le sue, impaurito, quasi incredulo. Erano dure e secche e bellissime. D'istinto ficcò le mani in tasca e si alzò dalla panca.

«Dobbiamo tornare», disse.

Ogni giorno vedeva, in lontananza, gruppi di sfollati nella pioggia battente. Due volte qualcuno si era spinto fino al casolare dei Tassan, chiedendo ospitalità; entrambe le volte il vecchio aveva rifiutato. Maurizio sapeva di aver ricevuto un dono inestimabile. Aveva passato il Tagliamento all'ultimo minuto utile; era fuggito senza che nessuno lo fermasse; e adesso aveva un posto dove mangiare e dormire. Si chiese cosa ciò significasse e come avrebbe dovuto ripagare il destino. Perché lui, perché non chiunque altro.

Raggiunse i margini del bosco e osservò la piana dalla gobba del colle, nascosto dietro un castagno. Gli sfollati avanzavano. Mentre contemplava quelle famiglie di cui non sapeva nulla e che gli parevano come un secondo esercito in fuga, senz'armi, più disperato e sconvolto, mentre guardava quei corpi che apparivano minuscoli da lontano, stringeva i pugni e pensava: *Non mi avrete.*

Una sera lui e Martino Tassan si misero uno davanti all'altro a bere l'ultima grappa rimasta. Nel focolare ardeva una fiamma bassa e corposa. Maurizio aveva freddo, si sentiva la febbre, ed era contento di poter bere. I tedeschi infine erano arrivati in paese e nel giro di poco avrebbero bussato al casolare.

«Dicono che tagliano le mani e i piedi alla gente», disse Tassan. «Io non ci credo. Sono cristiani pure loro, no? Però sono tanti. E si prendono tutto, questo sì».

Maurizio annuì.

«Tu cosa faresti?», gli chiese il vecchio.

«Scapperei, credo».

«E dove?».

«Non lo so, signore. Ma non starei qui».

«E se i miei figli tornano dal fronte? Cosa trovano?».

«Ma almeno voi sareste in salvo».

Martino Tassan fece un sorso di grappa e si alzò a deporre un ciocco nel focolare. Nonna Gianola russava appena. Quando tornò al tavolo parlò lentamente: «Io non me ne vado nemmeno se mi sparano in testa». Infilò una mano nella barba e passò la lingua sulle labbra. «Nemmeno se sparano in testa alle mie figlie, me ne vado. È chiaro?».

«Certo, signore. Non volevo mancare di rispetto».

«La cjasa è del paron, la terra è del paron, è tutto del paron. Ma sono io a coltivarla, e ora lui non c'è. Quindi non la lascio. È chiaro?».

«Certo».

«Nemmeno se davvero tagliano le mani e i piedi. Gli canto anche l'evviva, guarda. Gli do questa grappa, to'». Sollevò il bicchiere, strizzando le palpebre più volte. La voce era diventata cattiva. «Ma che non tocchino le mura».

Maurizio annuì ancora.

«E tu? Non vuoi dare una mano sui monti?».

«Si capisce», rispose cauto. Forse Nadia gli aveva raccontato qualcosa? «Ma preferisco rimanere qui, dare una mano a voi».

«Però là ci sono i tuoi compagni».

«Quali compagni? Non saprei nemmeno a che battaglione unirmi, dove andare».

«Guarda che non sono basuâl», sorrise Martino Tassan dopo un attimo: ed era strano, nella luce dorata e ballerina del fuoco; era come se il sorriso appartenesse a un'altra persona.

«Come dice?».

«Non sono scemo. L'ho capito subito che eri uno scappato».

Maurizio non parlò.

«Ma ci fai comodo. Mangi poco, lavori tanto».

«Faccio quel che devo».

«Lavori tanto, parli poco. Sembri quasi un furlan».

Ripresero a bere. Un altro giro e un altro ancora. Maurizio sentiva l'ubriachezza montare. Tassan si grattò la barba sulla guancia spingendovi la lingua contro.

«Quindi», disse alla fine, «aiutiamoci e speriamo che finisca in fretta».

E con questo, pensò Maurizio, *ce l'ho fatta*.

4

Ma ciò che non seppe comprendere – e come poteva? Anche a distanza d'anni se lo sarebbe chiesto: con che parte del cuore o con quale genere d'istinto uno come lui poteva coglierlo? – ciò che non comprese fu l'effetto di quella mano che aveva carezzato la sua, giorni prima; quanto fosse duraturo l'incantesimo.

Nadia gli era piaciuta fin da subito. Il suo corpo aveva movenze selvatiche: una coscia massaggiata con forza, il passo veloce con cui si muoveva in casa, il seno che lasciava intravedere senza accorgersene. La sbirciava di soppiatto ogni giorno di più, sapendo che uno sguardo di troppo era sufficiente per farsi cacciare.

E più ancora, Maurizio era stupefatto dalla sua capacità di ascoltare. Nessuno l'aveva mai ascoltato: sua madre era una donnetta piagnucolosa, i fratelli una banda di cretini interessati solo a cacciare i gatti o picchiarsi fra loro. E suo padre. Un vecchio bastardo come suo padre prima di lui.

Maurizio invece era stato il primo della famiglia ad andare più in là di venti chilometri dal paese. Il primo a parlare con dei terroni, il primo ad ascoltare frasi dal suono strano o storie di luoghi remoti, e il primo a sentir dire da un commilitone (oh, lo ricordava bene: una notte in cui la neve era caduta interminabile, silenziosa) che Dio era una lurida menzogna inventata dai re per rimanere re, e divorata dai servi per consolarsi. Non si era mai reso conto di come fosse vasto e terribile il mondo, e quanto luminose potessero essere certe parole.

E adesso le sue parole – confuse e piene di rabbia, ancora vergini, ancora incerte – avevano trovato il più ambito dei luoghi dove fermarsi: il corpo di una ragazza.

Presero l'abitudine di vedersi per una mezz'ora al giorno, con regolarità, in momenti diversi e fingendo di essersi incrociati per caso. Sedevano sulla staccionata e parlavano, nient'altro.

Lei gli raccontava del fratello più grande, Toni, che era partito allegro e pieno d'orgoglio e mandava loro cartoline dove sognava sempre di morire da eroe in Albania. (*Bravo mona*, pensava Maurizio). E del più giovane, Piero, salito in Trentino e prigioniero degli austriaci. Ma la sorte dei fratelli la rabbuiava, e così parlavano d'altro: dell'inverno che sarebbe giunto, della malattia di nonna Gianola, della grotta dentro il bosco dove si diceva che il diavolo giocasse a carte (c'era il segno di uno zoccolo sulla roccia); del pessimo carattere del vicino Angelo Dorigo e dei suoi litigi con il padre, di com'era buona la zuppa di verdure e farina, dei tedeschi che bevevano il grasso dei maiali bolliti. Di un socialista venuto a far comizi al paese di Maurizio, prima della guerra, e che quasi era stato linciato. Della maestra cattiva che lui aveva da piccolo.

Parlavano delle lettere di zia Elena, mandata dal governo in Sicilia insieme ad altri sfollati. *Qui non va tanto bene*, leggeva Nadia ad alta voce: *non sai cosa ci tocca patire. Il mio povero Arturo non trova lavoro perché la gente si fa il pane in casa e di fornai come lui non c'è bisogno. Mi manca il latte per Luigina, e ho paura che Santo prenda la malaria. Qui tanti hanno la malaria. Santo si è pure messo a rubare la frutta: diventerà un delinquente. Ci mancate tanto, tua Elena.*

E parlavano dei loro sogni, una materia che sembrava proibita, persino assurda: chi poteva pensare a una cosa remota come il futuro? Invece in quei momenti Nadia ragionava come se la guerra non esistesse. Confidava a Maurizio che avrebbe voluto vivere a Udine. Sì, un giorno sarebbe partita, persino fuggita, aggiungeva sottovoce, senza il consenso del padre. Voleva studiare o imparare a fare bene la sarta o viaggiare in nave – come doveva essere dormire su una nave? – o chissà. Maurizio capiva bene quei desideri; ribatteva che lui si sentiva destinato a grandi cose, sebbene non gli fossero ancora chiare.

«Di sicuro non voglio tornare a casa», diceva. «Di sicuro lassù non ci torno».

«Sono contenta», rispondeva Nadia con un sorriso.

«E perché?».

«Così. Perché sono contenta».

«Sei contenta che io sia qui?».

«Be'. Un poco».

«Un poco».

«Sì, biondino, ma non abituarti mica».

E Maurizio rideva. Un'altra cosa che aveva riscoperto, nelle mezz'ore con Nadia: ridere. Scavava nei ricordi per trovare un'altra risata tanto franca, priva di paura o ferocia; ma non la trovava.

Poi Maddalena Tassan chiamava la figlia dicendole di spicciarsi, di non stare così a lungo con il forestiero. Lui si scusava e rimaneva solo per qualche minuto ancora, mentre la luce spariva in fretta dalla pianura, la sera bruniva i colli e tutta la terra che lui intuiva presente, vastissima, un insieme di possibilità sotto forma di campi e alberi e persone e carri e bestie e oggetti e armi che

33

lui fissava con aria di sfida, acuendo la vista: voleva arrivare a Udine e ben oltre: benché fosse impossibile si sforzava di vedere l'Europa intera, la immaginava gravare sull'Italia, e insieme ad essa la guerra che la attraversava come un incendio, un caos di cui lui aveva una minima, inutile coscienza: ma che avrebbe cambiato le cose, seminato nuove speranze, e forse regalato un'occasione a chi sapeva attendere.

Perciò il fante Maurizio Sartori attendeva, lavorava e digiunava. Erano tre cose che aveva sempre saputo fare alla perfezione. Per ingraziarsi Tassan passava anche un giorno intero senza toccare un pezzo di polenta, affinché le donne mangiassero una razione doppia.

Le giornate si fecero corte e gelide. I tedeschi si erano presi il Friuli e trattavano con le poche autorità rimaste. Al paese cui apparteneva il casale di Tassan, il parroco don Alfredo era stato eletto sindaco dal comandante degli occupanti. Riuscì a limitare le requisizioni di cibo e danaro, ma i soldati continuarono a bussare ubriachi di casa in casa.

In quanto clandestino, Maurizio avrebbe dovuto presentarsi e iscriversi nella lista della popolazione civile, per prestare servizio come operaio. Invece decise di fingersi morto, scomparso, un animale in letargo. Il casale era lontano a sufficienza da essere fuori portata dalle scorribande delle truppe: solo una volta un ufficiale era giunto dai Tassan con la pistola in mano, intimando di avere farina e vino. Il vecchio non aveva fatto storie. L'ufficiale tremava con il pacchetto e la bottiglia in mano: allontanandosi li aveva gettati nel campo e aveva sparato un colpo in aria, gridando qualcosa nella sua lingua.

Soffiava un vento aspro e la pioggia mutava in neve. Maurizio tagliava la legna, la ordinava in piccole cataste dietro la stalla. Digiunava. Si caricava la gerla sulle spalle e marciava. Le mezz'ore con Nadia erano una ricompensa inestimabile, e a ogni suo sorriso rispondeva con un altro, cercando di non farsi notare dai genitori e da nonna Gianola, che gli era sempre parsa più sveglia e cattiva di quanto non sembrasse.

Digiunava. Lavorava. Se qualcuno passava di lì correva a nascondersi, e i pochi che sapevano di lui scuotevano la testa e tacevano.

Di tanto in tanto ripensava a Ballarin e al calabrese e a tutti gli altri che con lui avevano diviso il tempo della trincea e della ritirata. Li immaginava simili a spettri vaganti senza pace nella foschia di quei mattini, traditi dal Dio cui si erano tanto raccomandati. Una volta li sognò persino: sognò che correvano lungo una cengia, esili, color quarzo, finché non scomparirono di là da una montagna immensa, infuocata e irreale, una montagna eretta da demoni – l'inferno che il suo sonno aveva partorito.

5

Giunse il Natale, triste e freddo; il Natale se ne andò, ed ecco un nuovo anno; in paese macellarono una bestia in piazza e i tedeschi la pretesero; la chiesa di Sant'Anna del villaggio vicino fu devastata; la razione di farina per i censiti venne ridotta. Arrivarono gli ultimi profughi, che vagavano per i campi implorando cibo, e nonna Gianola disse che ci mancavano pure loro, potevano anche morire di fame. Un soldato cercò di stuprare Maria ma un altro lo fermò e porse le sue scuse a Maddalena, una mano sul cuore. Fu sancito l'ordine di requisire tutte le campane di ogni chiesa tranne una. Durante una distribuzione del sale, Maurizio ne mise un pizzico sulla lingua e rabbrividì per il piacere. Piero Tassan scrisse dal suo carcere in Austria: lavorava in miniera, aveva tanta fame, li pensava. Toni in Albania non era ancora diventato un eroe.

E una sera del marzo 1918 Maurizio e Nadia rimasero sulla staccionata più della solita mezz'ora. Nonostante il gelo, non avevano abbandonato il loro rito: battevano le mani per riscaldarsi mentre parlavano, o facevano piccoli saltelli sul posto. Sui campi deserti soffiava da ovest il garbìn e le stelle ribollivano vivide.

Quasi sottovoce, quella sera, Nadia gli disse che avrebbe voluto ritrarlo.

«In che senso?», chiese Maurizio.

«Nel senso che voglio disegnarti».

«Fai disegni?».

Lei annuì; lui alitò sulle dita. All'orizzonte le montagne erano macchie nella notte.

«E non me l'hai mai detto?».

«Non si possono mica dire tutti insieme, i segreti».

«Sì, ma questo è bello».

«Insomma. E poi non lo faccio quasi più; solo che ora mi è venuta voglia».

«E come facciamo?».

«Eh, come facciamo. Vado a prendere carta e matita, tu vai nella stalla e io ti disegno».

«I tuoi non vorranno. Non sta bene».

«Facciamo svelti».

«È tardi».

«Cos'è, biondino? Hai paura?».

Maurizio si strinse nelle spalle. Nadia ricomparve dopo un minuto con una candela, due fogli e una matita. Gli disse di seguirlo nella stalla, quindi accese la candela e la depose a terra, facendo attenzione alla paglia. La fiamma illuminava uno spazio minimo. La vacca sbuffò agitando la coda.

Maurizio era inquieto: «Cosa devo fare?».

«Siediti di fianco alla candela».

«Non puoi farlo domani? Sono stanco».

«Smettila. Con un poco d'ombra è più bello».

Lui sospirò e prese a cercare la posizione migliore. Prima si mise sui calcagni, ma non avrebbe retto molto in quel modo; si rassegnò a sedersi con le gambe incrociate. D'istinto pettinò i capelli sporchi, umettò le dita e cercò di togliersi un po' di terra dal viso.

Nadia sorrise.

«Che ridi?».

«Mi diverti. Ti metti in posa».

«Cerco di stare comodo».

«D'accordo, d'accordo».

Si fece seria e stese con cura uno dei fogli su un pezzo di legno. Maurizio la vide avvicinarsi fin quasi a sfiorarlo, poi allontanarsi un passo. Cominciò a tracciare un segno con la matita, subito corretto da qualche colpo laterale. Maurizio la fissava grato, come se nelle ultime settimane avesse colpevolmente dimenticato quanto fosse bella: il mento cosparso di lentiggini, la treccia sfilacciata dai riflessi color rame; e quegli occhi grigi e tondi, accesi sotto il fazzoletto bianco.

Gli sguardi si incrociarono di nuovo. Nadia scosse la testa imbarazzata e tenne ferma la matita sul foglio, come in attesa di ispirazione. Fu allora, forse – ma nei ricordi di Maurizio questa immagine sarebbe rimasta per sempre sfocata, figlia del chiaroscuro in cui erano immersi – fu forse allora che lui si mosse verso di lei. Erano così vicini. Si mosse verso di lei e le carezzò la guancia. Nadia ebbe un brivido che la mano di Maurizio percepì con pura delizia.

Un'altra carezza, un altro brivido. Maurizio era terrorizzato. Lentamente avvicinò la sua bocca e la accostò al naso di Nadia. La candela tremò sotto il suo corpo. Dal naso passò alle sopracciglia, guidato dall'istinto, e quindi scese verso la bocca di lei, che era rimasta immobile e nervosa. La baciò. Nadia rispose al bacio con una sete improvvisa, arrivando a mordergli le labbra. Lui si ritrasse e poi tornò all'attacco, stringendole una coscia con la mano destra. La matita cadde. La candela si spense.

Maurizio armeggiò con la gonna. Lei gli chiese di fare piano; lui avrebbe voluto mangiarsela in tutta furia, ma rallentò. Il corpo di Nadia era bianco, con tre grossi nei sul fianco destro. I seni piccoli e puntuti. Maurizio la rimirò attonito: era talmente diversa dalle puttane di Caporetto. Era una donna vera e lo voleva. La sentì reprimere un grido – era minuscola e fragile sotto il suo corpo – e nel giro di un paio di minuti lui venne in silenzio, stringendo le palpebre.

Rimasero vicini per un po'. Nadia era immobile e non parlava. Riaccese la candela, che lanciò una fiamma vivida. Dietro di loro la mucca sbuffò ancora e si rigirò. Le pecore mandarono un belato. E solo dopo quello che a Maurizio apparve un tempo interminabile, il tempo necessario per navigare intorno alla terra o perdersi in qualche paese lontano, Nadia si voltò verso di lui e lo carezzò sulla guancia con delicatezza, un gesto che sembrava mondare ogni istante del suo passato.

«Ciao, biondino», gli disse con un sorriso.

«Ciao», rispose Maurizio al colmo della gioia.

Martino Tassan sapeva? E sua moglie? E la nonna, e la sorella minore, e il fratellino? Dopo l'estasi delle prime settimane – avevano fatto l'amore altre volte, con la massima cautela ma godendone sempre di più – il peso dell'ansia si fece troppo gravoso per Maurizio. Era incredibile che fosse accaduto, e incredibile che non li avessero scoperti. Troppa fortuna non portava bene.

«Se ci trovano è la fine», le disse. «Tuo padre mi sgozza».

Nadia si offrì di difenderlo senza chiedere nulla in cambio. *Nulla in cambio*, ripeté – e questo, a Maurizio che temeva già di doverla chiedere in sposa, apparve come il più grande dei doni. Nel segreto delle notti, esplorando il corpo di quella ragazza, aveva trovato la libertà a lungo cercata: prima di ricadere sfinito a terra poteva sentirsi distante da qualunque umana preoccupazione. Eppure durava così poco, ed era così rischioso.

Per un periodo decisero di non toccarsi più. Ma quando la primavera cominciò a bruciare nell'estate, tornarono ad amarsi nel fitto del bosco.

C'era una grande pozza blu che emergeva di colpo fra le querce, nell'aria fresca e odorosa di legno. E c'era un momento, un giorno ogni tanti, quando Martino Tassan scendeva in paese e la madre stava con la nonna; allora correvano lì.

Il furore senza nome di Maurizio Sartori trovava un luogo dove placarsi: cos'era dunque quel desiderio? Non la carne. Non solo, non più. Si sentiva debole, mentre accarezzava le guance di Nadia, e Nadia lo stringeva. L'amore era simile alla fame, lo istupidiva e rendeva la testa leggera.

Aveva sempre creduto che la debolezza fosse il peggiore dei mali: soltanto un uomo vigile e forte avrebbe potuto resistere alle botte del padre, al freddo, alle bombe, alle angherie degli ufficiali e dei carabinieri, alla stortura del mondo – quel mondo che tanto odiava perché sopprimeva di continuo gli attimi di pace. Così lui era stato forte, eppure aveva perso tutto. Nessuno gli aveva mai spiegato l'amore: forse poteva studiarlo? Impararlo?

«Ciao», gli diceva la sua insegnante baciandolo sulla fronte.

Arrivò luglio. Nadia gli fece altri due ritratti, uno di profilo e uno in cui aveva un'espressione arcigna. Piovve, tornò il sole, riprese a piovere. I campi si riempirono di covoni. Maria portava fuori Giovanni per mano, gli diceva di respirare bene per guarire dai suoi malanni. Le nuvole erano impalpabili, filacci evanescenti sopra le cime delle Alpi: talvolta Maurizio riconosceva una forma, ma subito scompariva. Le vigne erano cariche d'uva e i tedeschi passavano a soppesare contenti i grappoli. Fra gli arbusti crescevano fiori gialli. Morì un vecchio e un gatto entrò nella sua stanza e tutti dissero che era terribile, portava disgrazia.

Una sera, di ritorno dai campi, Maurizio si mise a cantare a gola spianata. Gli uscì senza volerlo, un sorso di felicità o un modo per combattere la schiena rotta dal dolore; non lo faceva da tanto tempo. Martino Tassan lo guardò stupito e dal casolare uscirono Maddalena, Maria e Giovanni.

«Che bella voce», disse la figlia più piccola. Maurizio si strinse nelle spalle. Lei gli tirò la maglia: «Ancora, ancora!».

Lui intonò *Quel mazzolin di fiori*. La cantava al fronte insieme ai compagni, marciando o spalando neve e aveva iniziato a detestarla – ma in quel momento era solo ciò che era: una canzone innocua, forse appena triste.

Nadia arrivò quando stava per attaccare la terza strofa; la concluse imbarazzato e carezzò i bambini che dicevano ancora, ancora. Martino e Maddalena li riportarono nel casolare mentre Nadia gli si avvicinava: «Cos'è questa novità?».

Lui sorrise appena: «Non si possono mica dire tutti insieme, i segreti».

Venne a trovarli don Alfredo. Era un tipo minuto e con spessi occhiali cerchiati di ferro; lui e la moglie di Tassan erano cugini per parte di madre. Ogni giorno pedalava in bici su e giù per la zona cercando di assicurarsi che i parrocchiani stessero bene, e la cosa lo rendeva molto fiero.

Accettò un piatto di polenta, ma la lasciò raffreddare perdendosi nei racconti. Parlò delle manovre per evitare l'arresto dei figli di Ferruccio Santarossa, e del modo in cui era riuscito a sottrarre del rame che i tedeschi volevano a tutti i costi. Parlò delle benedizioni notturne nelle case, dei bilanci da far quadrare nelle discussioni con il comandante.

«Il problema è che quelli sentono il fiato sul collo». Staccò un pezzo di polenta dal piatto. «Per questo vogliono prendersi tutto. Anche le macchine da cucire, ora».

«Oh, Signor», disse Maddalena portandosi una mano alla bocca.

«Ne hai una?».

«Me l'ha lasciata mia sorella Elena».

«Nascondila bene», disse il prete. Per un po' rimase in silenzio. Solo alla fine indicò Maurizio e parlò con Tassan: «Questo è un tuo parente?».

«No», disse lui.

«Ospiti uno sbandato?».

«So parlare anch'io», disse Maurizio.

«Zitto», disse Tassan. E poi, rivolto al prete: «Sì. Gli devo un favore».

Lui fece un lungo respiro con il naso ed espirò piano, come a valutare la situazione.

«Come ti pare», disse. «Io però non posso aiutarvi. Sono già nei guai con i ragazzi del paese».

«Non c'è problema».

«Nessuno ha chiesto il suo aiuto», disse Maurizio.

La notte seguente, dopo avere fatto l'amore in piedi contro un albero – Maurizio le teneva una mano sulla bocca – Nadia gli chiese perché odiasse tutti.

«Ma cosa dici».

«È vero. Odi tutti, e non capisco perché».

Lui fece una smorfia, come se masticasse una radice amara. Nadia si rassettò la gonna.

«Quando è venuto don Alfredo –».

«È un prete».

«Non voglio sentirti parlare così».

«È un prete», ripeté Maurizio staccando un pezzo di corteccia e rigirandoselo fra le dita.

43

«Non mi importa se sei un senzadio. È una brava persona che si dà da fare».

«Hai visto come mi ha trattato?».

«Stava solo cercando di capire».

Restarono un po' ad ascoltare il vento fra le querce e lo strillo roco delle civette. Nadia si strinse a Maurizio e lo fissò.

«Perché odi tutti?».

«Ancora. Se l'altro giorno cantavo».

«Sì, ma a parte quei momenti sei sempre arrabbiato. E quando parliamo trovi sempre il lato brutto delle cose».

«Non è vero».

«Sì che è vero. Perché?».

«Perché la vita è uno schifo», sbottò. «Va bene? Come vivi, stai male. Vivi, e la gente ti obbliga a stare peggio; o ti comanda di ammazzare altra gente. Se potessi mettere insieme le bombe dell'esercito, le farei cadere sul creato volentieri. Pensa che bel silenzio, dopo. Pensa che pace».

Nadia sospirò e gli sfiorò la barba: «Però non odi me, vero?».

I lineamenti della ragazza erano confusi nel buio, ma lui poteva distinguerne il sorriso.

«No», disse. «Sei l'unica cosa che non odio a questo mondo».

7

L'estate scoloriva. Giovanni soccorse una rondine ferita che Tassan strozzò senza che lui lo vedesse. Piovve per giorni, tornò un caldo torrido e la corda del pozzo si ruppe. Don Alfredo li visitò di nuovo e Maurizio rimase in stalla a fare smorfie alla mucca. Molti dicevano che la guerra stava per finire. Le lettere di Piero non arrivavano più. «E anche stasera, polenta e soffietti», diceva Tassan schiacciando un pezzo di polenta e soffiandoci sopra – una cosa che faceva sempre ridere Maria. Dal suo giaciglio, nonna Gianola aveva cominciato ad annunciare che la sua ora sarebbe giunta presto, e non la smetteva di biascicare rosari. Maurizio avrebbe voluto spaccarle il collo come aveva fatto il vecchio con la rondine.

E poi successe. Verso metà settembre, un giorno che sapeva di sambuco, Nadia lo prese da parte e gli disse di essere incinta. Maurizio tacque. Era incinta, disse lei, ne era sicura, aveva anche parlato con un'amica, e non sapeva come fare. Poteva nascondere il gonfiore un poco, ma prima o poi avrebbero dovuto dirlo a suo padre. Maurizio tacque. Lei gli raccolse una mano e se la mise sulla pancia e lui la ritrasse e lei sospirò.

«Mi spiace», diceva. «Non so come mai è successo».

E Maurizio la vide per ciò che era: una ragazzina. Quanti anni aveva? Sedici? Diciassette? Sentì la bocca asciugarsi di colpo. Quanto era stato stupido. L'amore, l'amore – macché. Un cazzo e una mona, e adesso il peggiore dei guai.

«Mi spiace», ripeteva Nadia, e lui la abbracciò masticando a vuoto.

Per un mese e mezzo il tempo sembrò rallentare, e anche molti anni dopo Maurizio avrebbe ripensato a quel principio d'autunno come a una sorta di rara e incomprensibile tregua. L'armistizio venne proclamato proprio quando la gravidanza di Nadia iniziava ad apparire troppo evidente. Maurizio attese ancora qualche giorno per capire se le notizie fossero affidabili. Quindi fuggì.

E sì, sì, certo: alcune sere, dopo avere stretto Nadia di nascosto, gli era passato per la testa di chiederla in sposa. Temeva la roncola di Tassan, ma con un po' di coraggio l'avrebbe convinto: benché privo di soldi o piani restava comunque un bravo ragazzo. Un lavoratore. Ma alla fine comprese che non avrebbe mai potuto farlo, e la ragione era molto semplice. Non poteva meritarsi o governare quella felicità, né recarne un'altra in dono. Era come con la guerra, in fondo. La stessa cosa. Per fare bene la guerra occorrevano coraggio e devozione, ci voleva un cuore puro; lui invece sapeva soltanto fuggire.

Perciò fuggì. Poco prima dell'alba del quindici novembre 1918, il fante e disertore Maurizio Sartori si mise per strada deciso a tornare dalla sua famiglia. Non aveva più scritto loro, dando per scontato che se la sarebbero cavata. Magari invece erano morti tutti; era morto il medico che leggeva loro le lettere, era morto il prete del paese, morto il becchino, morti i suoi fratelli, gli sterpi cresciuti nella casa.

Che importava. Bruciasse pure il mondo intero, lui restava solo e condannato a se stesso. Si addentrò fra gli alberi e risalì la china del colle verso le montagne. Sapeva che il percorso era pericoloso, che poteva perdersi o essere trovato e fucilato per l'antica diserzione: ma ogni prospettiva era migliore dell'ira di Martino Tassan.

Cercò di tenere un buon passo. Il bosco era ripido e fitto, un intrico di fango e rami caduti. Si costrinse ad avanzare anche da sfinito, ignorando se si fosse perso o meno. Le suole erano incatramate di melma, i pantaloni già sporchi fino alle cosce. Solo al tramonto mangiò metà del pane che aveva rubato e dormì un sonno breve, interrotto dai brividi.

Riprese a salire attraversando la foresta, immerso in un vapore sottile. Guadò un torrente, le scarpe infilate nei pugni, e stringendo i denti per il freddo. Ecco una piana, un enorme larice caduto, un casolare poco distante. L'odore degli abeti e l'aria crepitante dell'alpe gli davano alla testa. Dalla terra si alzò una nebbia scura. Maurizio non vedeva più i piedi. Le civette gridavano e lui era certo che lì intorno ci fosse altro ancora, qualche spirito pronto a coglierlo e punirlo per quella fuga, cento volte peggiore della diserzione, mille volte più infame di ogni morte data in guerra. Aveva paura. Restò immobile a lungo allargando le mani davanti a sé, poi si accoccolò contro una radice.

Al risveglio la nebbia si era un poco diradata. All'alba superò un colle calvo e ricoperto dalla neve, e ore dopo incontrò un altro torrente, più grande, e decise di seguirlo. I corvi strepitavano fra i rami; Maurizio tirava loro un sasso facendoli alzare in volo. Poi il torrente si ingrossò di colpo e incrociò un altro corso d'acqua, e Maurizio capì che quello era il Piave. Si fermò. Inerte sotto la pioggia guardava quella distesa che si era riempita di sangue nei mesi appena trascorsi, e qualcosa si mosse dentro di lui: ma non era gioia, né consolazione. Stava semplicemente tornando a casa. Gettò una mano nell'acqua e si lavò il fango dal viso.

Percorse gli ultimi chilometri quasi di corsa. Il cielo sopra i colli gli veniva addosso, pallido e spettrale.

Bussò e la madre gridò quando lo vide entrare in casa. Il padre gli disse che anche suo fratello maggiore era tornato da poco; era stato prigioniero in Slovenia ed era molto malato. Del più giovane invece non si sapeva. Sua sorella Elisa era morta di parto un anno prima. Esterina invece stava bene. Maurizio ascoltò tutto a capo chino: senza che se ne fosse accorto, aveva cominciato a piangere sommessamente.

«Ma dov'eri finito?», chiese sua madre baciandolo e scambiando quelle lacrime per sollievo. «Non abbiamo più avuto notizie».

«È una storia lunga».

«Niente cartoline, niente lettere».

«È lunga, madre».

«Pensavamo fossi morto».

Maurizio alzò le spalle, e la voce rotta lo sorprese per quanta delusione conteneva, per quanta vergogna. «No», disse. «Io non muoio mai».

8

Riprese la sua vita, fingendo che nulla fosse accaduto. Va bene, si mangiava anche meno di prima e certo meno di quanto avesse mangiato dai Tassan; e diversi suoi amici erano morti o dispersi; e moltissimi prigionieri non erano ancora stati liberati. Però la guerra era finita, così dicevano tutti, e tutti gli chiedevano com'era il fronte, cos'era successo, se avesse combattuto sul Piave. Ma lui nicchiava, si stringeva nelle spalle. Lavorava e taceva. La notte si svegliava braccato dal rimorso e aspettava l'ora di alzarsi con una mano calata sulle palpebre. Lavorava e taceva e ogni sera si sedeva sulla staccionata a scrutare la strada che rompeva il paese in due: una solitaria replica delle sue mezz'ore con Nadia, il tempo felice in cui lei gli parlava di sogni. Guardava l'imbocco della carreggiata masticando erba, come se da un momento all'altro potesse arrivare qualcuno con un messaggio di salvezza.

Finché, un mese dopo, non arrivò.

Un misero carretto trainato da un asino entrò in paese, lungo la strada grigia di brina. Maurizio era sulla riva del Piave. Il carretto si muoveva lentamente, simile a qualunque altro: eppure più si avvicinava, più il viso del conducente gli metteva ansia. Poi se ne accorse. Era Martino Tassan.

Sulle prime pensò di nascondersi, ma il villaggio era piccolissimo e avrebbe trovato subito la casa dei suoi genitori. Mentre il vecchio lo superava senza averlo visto – si era acquattato dietro un cespuglio secco – Maurizio valutò che avrebbe potuto raggiungerlo in fretta. Non era ancora entrato in paese, era mezzogiorno e per strada non c'era nessuno. Avrebbe potuto raggiungerlo alle spalle e rompergli la testa con un sasso di fiume.

Ma non aveva senso. Uscì dal suo nascondiglio e corse dietro al carro strillando più forte che poteva: «Signore! Sono qui, signore».

Tassan tirò le briglie all'asino e si fermò. Scese da cassetta e Maurizio vide che in mano non aveva la roncola. Tuttavia il respiro gli morì in bocca quando incrociò lo sguardo dell'uomo: era talmente carico di furia che avrebbe potuto spazzarlo via dalla terra.

«Ti devo ammazzare?», chiese.

«Come?».

«Parla. Ti devo ammazzare?».

Maurizio tacque. Lui gli venne incontro stringendo i pugni come a farli scoppiare.

«Hai tradito i tuoi compagni. Sei venuto a casa mia. Hai mangiato sotto il mio tetto. Hai sedotto mia figlia. L'hai messa incinta. E poi sei scappato». Martino Tassan era a pochi passi e Maurizio non riusciva a muoversi. «Ti basta per morire? Secondo me sì. Secondo me adesso devo prenderti e tirarti il collo».

«Sì», biascicò.

«Come hai detto?».

«Sì. Ha ragione».

La bocca del vecchio assunse una piega amara. «Nemmeno per la tua vita, combatti».

«So le mie colpe. Che devo fare?».

«Devi essere un uomo, dio can. E invece continui a fare il verme». Sputò per terra. «Tenere un uomo in casa, con mia figlia. Basuâl, basuâl che sono stato. Dovrei ammazzarti, ma lei mi ha implorato di non farlo. Lo sa il Signore cosa le passa in testa, ma ti vuole bene veramente. E non voglio che mio nipote venga su senza un padre, anche se è un padre di merda. Quindi devi tornare. Farlo crescere come un bravo cristiano». Sputò ancora e una specie di sorriso allucinato fece capolino, per spegnersi subito: «E poi tu vuoi morire. L'ho capito, io. Vigliacco come sei preferiresti essere sotto terra, e invece».

Maurizio abbassò gli occhi.

«Allora?», disse Tassan.

«Va bene».

«Devo legarti?».

«No. Vengo».

«E farai come ti ho detto».

«Sì».

«Vai a chiamare i tuoi. Io ti aspetto qui».

Maurizio ebbe un lampo di incertezza: «E se scappo?».

Il vecchio si sedette sul carro e schiacciò il cappello sulla fronte.

«Provaci», disse.

Partirono un'ora dopo. Maurizio sedeva al fianco di Tassan, in silenzio, le mani buttate tra le gambe. Ripensò alle volte in cui lui avrebbe potuto tradirlo, o venderlo al nemico in cambio di un po' di farina, e non l'aveva fatto. Si sentì l'ultimo degli uomini: Ballarin era nel giusto quando gli aveva dato del Giuda.

«Come sta la famiglia?», domandò.

«Giovanni è morto di spagnola», disse Tassan con voce piatta.

«Oh, Dio».

«Anche Maria ha rischiato».

Passarono il Piave sull'unico ponte rimasto in piedi nella zona, e proseguirono scendendo verso sud. L'asino era vecchio e arrancava. Tacquero per il resto del tempo, e Maurizio era così impaurito che si concentrò unicamente sul paesaggio reso immobile dall'inverno, le faggete ischeletrite, i mucchi di neve dura. Ogni tanto una cornacchia tagliava il cielo.

Quando il sole era ormai calato si fermarono in un paese. C'era una sola locanda, e le camere erano tutte libere. Tassan ne prese una. Ai tavoli nel centro della sala – il pavimento era coperto di fango e segatura – tre uomini li fissavano dietro un grosso piatto di polenta. Anche Tassan chiese polenta e vino. Maurizio non aveva fame, ma bevve volentieri.

Finita la cena salirono le scale. La proprietaria aveva soltanto una piccola candela, che Tassan proteggeva con la mano a conca: la fiamma ricordò a Maurizio la luce accanto alla quale aveva fatto l'amore con Nadia, per la prima volta.

La stanza era poco più di un ripostiglio con un letto, paglia avvolta in un telo color noce. Tassan chiuse la porta e infilò la chiave nei pantaloni; quindi si tolse la giacca, grattandosi via dai denti i pezzi di polenta.

«Tu dormi per terra», disse.

«Sì, certo», disse Maurizio. Tolse le scarpe e si decise a chiedere: «Ma come mi ha ritrovato?».

«Una sera mi hai detto il nome del tuo paese. Ci ho messo un po', a ricordarmelo. E poi è morto Giovanni, e mettersi per strada non è stato facile. Ma alla fine ce l'ho fatta».

Maurizio si raggomitolò di fianco alla paglia, vigile e teso. Era sicuro che il vecchio l'avrebbe ammazzato. Tutta quella farsa, il viaggio, la notte insieme nella locanda: solo un modo per prolungare l'angoscia. Dopo un minuto Tassan cominciò a russare, ma Maurizio riteneva stesse fingendo. Forse avrebbe potuto tentare di calarsi dalla finestra – ma c'era, una finestra? Non ci aveva fatto caso, e ora nel buio non poteva distinguere niente. Dal pavimento sentiva filtrare gli ultimi strepiti degli avventori, e la voce della proprietaria che li minacciava. Determinato a resistere, stirò le gambe e le braccia: il freddo lo assalì più intenso, gli spifferi nella camera lo punsero ovunque.

Poi ci fu come uno stacco improvviso, un istante di pace. Maurizio vi cedette e raccolse le gambe, chiuse gli occhi: e quando li riaprì sul suo petto c'era qualcosa, come se un gatto gli si fosse acciambellato addosso. Allungò le mani e incontrò un corpo dal pelo ispido, nerissimo, visibile nonostante il buio.

Maurizio gridò. Nulla uscì dalla sua bocca. Si accorse che il corpo aveva delle braccia, e lunghe dita affusolate che lo carezzavano: provò ad agitarsi e respirare, ma senza riuscirci. L'essere lo teneva inchiodato a terra con un peso sproporzionato rispetto alle sue dimensioni. Annaspò riuscendo a inghiottire almeno un poco d'aria, e nel buio vide brillare prima un occhio e quindi l'altro: i due globi luminosi lo inchiodavano irridendolo. *Aiuto*, pensò, *aiuto*, cercò di urlare. Strinse le braccia pelose del mostro con le sue mani, provando a liberarsi: ma invano. Non aveva più fiato. Quando ormai si sentiva sul punto di cedere giunse una voce – *Sveglia*, diceva, *sveglia* – «Sveglia», risuonò nella realtà: la voce ferma di Martino Tassan, e il suo viso che lo scrutava, illuminato dalla candela.

Maurizio si alzò a sedere di colpo, ansimando.

«Ho avuto un incubo», balbettò.

«Sì».

«Cristo. Un sogno brutto».

«Cos'era?».

Maurizio fissò spaventato il vecchio. Tastò il pavimento, i pantaloni, le scarpe accanto al giaciglio. Era sveglio. Annuì e si asciugò il sudore dalle labbra. «Non lo so», disse. «Stavo come soffocando».

Tassan aggrottò le sopracciglia.

«C'era qualcosa che mi toglieva il respiro», si spiegò. «Una cosa nera, cattiva. Piena di peli».

«Un mostro?».

«Non lo so – una cosa. Mi teneva fermo. Non ricordo».

Tassan lo ascoltava preoccupato. La candela si spense. Maurizio sussultò; Tassan tirò una bestemmia e tastò per terra alla ricerca dei cerini. Dopo qualche secondo la fiamma apparve di nuovo.

«Il cjalcjut», disse a bassa voce, custodendo la luce.

«Come?».

«Il cjalcjut. Sai cos'è?».

«No».

«È uno spirito che ti prende nel sonno». Si guardò intorno nervoso, chinando la barba sulla lingua di fuoco. «Arriva di notte e si siede sul petto, come ha fatto a te, per soffocarti». Fece un segno della croce e Maurizio represse un brivido. Sapeva che là fuori, nell'oscurità, c'erano mostri e streghe e diavoli pronti a tentarti e ucciderti; anche lui aveva ascoltato quelle storie da bimbo, e ci aveva sempre creduto. Come poteva non crederci?

«Il cjalcjut», ripeté.

«Sì. A volte entra dal buco della serratura. A volte ti prende quando sei per strada di notte, agli incroci. Ma mio nonno diceva che è il sogno mandato da chi ti vuole morto». La voce di Martino Tassan si indurì e divenne quasi solenne, come quella di un prete o di un vagabondo: «Sono io, sai».

«Come dice?».

«Sono io che ti voglio morto».

«Ma aveva detto che –».

«Non me ne frega niente di cosa avevo detto. Io voglio ammazzarti, e questa è la verità». Schiacciò una narice e con l'altra soffiò il catarro a terra. La voce era ancora più roca. «Ogni notte ho pregato che tornassero i miei figli, e mi sei capitato in casa tu – con quello che hai fatto. Non ti meriti di vivere: ecco perché è arrivato il cjalcjut. Hai capito?».

Maurizio fissava la roncola infilata nella cintura di Martino Tassan.

«Hai capito come funziona?», ripeté il vecchio. «Tu dovevi morire stanotte soffocato. Invece ti ho preso in tempo».

Erano due uomini in una stanza davanti a un'esile luce di bronzo. Erano soli. Maurizio fece roteare gli occhi alla ricerca di un'arma per difendersi.

«Perché sei così?», disse Tassan. «Un uomo non si comporta così».

Maurizio non rispose.

«Perché ci hai fatto questo?», chiese ancora. Aveva un tono supplicante, quasi sfinito, il peso di troppi dolori come troppa legna nella gerla che di colpo va in pezzi.

«Non lo so. Ho avuto paura».

«Piantala. Paura di cosa?».

«Di lei».

«Sì, va bene. Ma non può essere solo questo».

«Non ho onore», aggiunse Maurizio.

Il vecchio annuì.

«Non ho onore e non valgo nulla». Sentì la voce arrochirsi. «E anch'io mi chiedo perché sono così. Ma non lo so. Mi faccio schifo, ma non lo so».

«Sì, è vero. Non hai onore e non vali nulla. Dovevi morire. Ma adesso – non so». Fece un sospiro, si guardò intorno come alla ricerca di qualcosa; quindi si arrese. «Una volta ho rischiato di ammazzare uno che non c'entrava. Mi avevano rubato il maiale e ho rischiato di ammazzare uno. Ed era innocente». Passò le dita a uncino nella barba. «Ora Dio mi sta dicendo di pareggiare i conti».

«In che senso?».

«Nel senso che tu torni e fai il padre di tuo figlio, e io non ti tocco. Va bene?».

Maurizio fu scosso da un fremito. Si sentiva di nuovo al centro di un gioco vasto e incontrollabile, tirato qui e là da forze arcane, proprio come quando un ufficiale gli comandava di uscire all'alba per ammazzare degli sconosciuti perché, perché, perché così si doveva. *No,* avrebbe voluto rispondere, *no, non me ne frega niente di mio figlio, di te e del maiale e del cjalcjut: ammazzami e facciamola finita, una volta per tutte liberami da questa terra a cui non appartengo, dove ho avuto e ho dato soltanto del male.*

Invece mandò giù un grumo di saliva, e disse di sì.

9

Davanti al casale Nadia lo aggredì e lo prese a schiaffi e pugni, alla cieca e urlando, graffiandolo in viso. Il pancione le era cresciuto ed era più bella che mai. Maurizio subì le botte senza nemmeno il coraggio di chiederle scusa. I bambini e la moglie osservavano la scena, e pure il vecchio, ancora con le redini in mano. Quando Nadia ebbe finito, rientrò in casa ansimando.

Quella sera a cena Maurizio sedette a terra in un angolo buio, lontano dal focolare, e guardò la famiglia mangiare la zuppa e le patate. Nonna Gianola continuava a ripetere il rosario come l'estate precedente. Lui restò a terra tutto il tempo. Era il suo posto.

«Non so che uomini verranno fuori da un sangue come quello», disse Martino Tassan, indicandolo col mento. «Non lo so proprio».

«C'è anche il suo di mezzo», disse Nadia. «E il mio».

«Questo ci ha dato il Signore», disse Maddalena.

Nessun altro parlò di lui e nessuno gli rivolse la parola. Maurizio guardò i ceppi ardere sul focolare, le scintille ballare, finché non sentì gli occhi pesanti. Si svegliò nel punto in cui si era seduto, prima dell'alba. La vecchia dormiva russando. Oltre l'uscio l'aria gelida lo aggredì; poco lontano i monti piovevano sulla valle cattivi, coperti di neve, e lui si domandò come doveva essere calarsi nell'acqua di un fiume e lì morire in solitudine e vergogna. Tassan lo raggiunse poco dopo con gli ordini per la giornata.

Quella notte Nadia lo portò nella stalla. Lo fece sedere sul pagliericcio, prese la sua mano e se la mise sulla pancia. Lui ebbe paura di sentire qualcosa, ma non sentì nulla.
«Perché?», gli chiese.
Maurizio taceva.
«Perché?».
«Non lo so. Non so cosa dire».
«Sono la più disgraziata di tutte. Innamorarmi di una bestia del genere».
«Non so cosa dire», ripeté Maurizio.
«Mi hai lasciata sola».
«Sì».
«Avrei voluto ucciderti con le mie mani. E anche mio padre».
«Sarebbe stato giusto».
«Eppure sei di nuovo qui». Chinò la testa nella paglia. «Secondo te cosa vuol dire?».
«Non lo so».
«Pensaci bene. Pensa bene a cosa vuol dire».
Maurizio strinse d'istinto il corpo di quella ragazzina che aveva tradito e che ancora lo amava senza motivo, contro tutte le ragioni, come un soldato abbandonato dalla truppa e che pure si ostina a difendere una quota persa perché, perché, perché così si doveva. Strinse quel corpo caldo, che recava con sé un'altra vita. Cosa aveva fatto. Una pietà troppo grande lo avvolse e distrusse, e poté solo annuire balbettando: «Ho capito, ho capito»; e poté solo ascoltare Nadia che lo vinceva con le solite parole: «Troviamo un modo di volerci bene, biondino?».

La guerra era finita: ma Martino Tassan conosceva la vita abbastanza per sapere che le parole dei re non spengono le fiamme in un istante. Così seppe che un proiettile aveva scovato suo figlio Toni in Albania, proprio il giorno successivo all'armistizio. Tornò invece Piero, dopo mesi di silenzio passati a peregrinare sul confine, con una brutta ferita al collo e il mignolo della mano destra mozzo.

Il bambino nacque e fu chiamato Gabriele, come il padre di Maurizio: un tributo inutile e tardivo. L'imbarazzo che tutti provavano sotto quel tetto si stemperò nella gioia. Non era certo il primo bambino nato in quel modo, né sarebbe stato l'ultimo. Nessuno avrebbe più parlato di quella storia: e la notte del cjalcjut restò come un monito segreto fra il vecchio e il ragazzo.

Maurizio e Nadia si sposarono nella parrocchia di don Alfredo, e poi fecero una festa con il violinista e il suonatore di fisarmonica, risero e mangiarono le braciole di maiale e i ravioli e si ubriacarono e ballarono come se fossero felici e puri.

Passò del tempo. Nonna Gianola morì un mattino all'alba. La zia Elena non tornò più dalla Sicilia ma continuò a mandare lettere dicendo che le cose si erano sistemate. Nessuno venne a reclamare la diserzione di Maurizio; il mondo ancora una volta l'aveva graziato o dimenticato. Lui lavorava nei campi, e la sera cullava suo figlio, lo baciava sulla fronte, baciava sua moglie, non beveva, cantava quando gli veniva chiesto. Espiava.

Il venti giugno 1919 una lontana cugina dei Tassan, capitata in paese per caso, disse che suo marito aveva

bisogno di un manovale per la sua piccola ditta di co-
struzioni a Udine. Maurizio si offrì. Non sapeva di muratura ma avrebbe imparato in fretta, e comunque l'occasione andava colta. Anche Nadia era d'accordo. La
cugina non sembrava molto convinta, ma nel giro di
qualche giorno l'affare venne concluso.

Perciò al termine dell'estate la famiglia traslocò in un
piccolo appartamento del quartiere Grazzano. Le piastrelle del pavimento erano per gran parte rotte, le finestre davano sulla roggia che correva lungo la strada,
e i muri erano tutti scrostati. Appena deposti i sacchi
di iuta a terra, Nadia diede un bacio sulla guancia a
Maurizio e gli chiese nuovamente: «Troviamo un modo
di volerci bene, biondino?».

«Lo troviamo, te lo giuro», disse lui.

Il giorno dopo Nadia comprò un cartoncino e con una
matita disegnò lei e Maurizio e il piccolo Gabriele. Li
disegnò con grande attenzione, tornando più volte sul
ritratto, e lei appariva radiosa e lui lievemente all'erta –
due giovani sposi con un dono da custodire. Maurizio
le disse che era molto bello. Che sperava sarebbero
rimasti così per sempre. Lei lo carezzò e nascose il
disegno in un cassetto.

Ma ogni sera di quell'autunno Maurizio si metteva
da solo alla finestra a fissare il suo nuovo orizzonte, i
passanti per strada, i palazzi della città che un tempo
aveva sognato e ora abitava, ma non libero come aveva
creduto – bensì rinchiuso nella più terribile delle prigioni,
l'amore.

Udine veniva inghiottita dal buio. Il cosmo si spegneva

in un crepuscolo vastissimo e consunto, le nubi rotte da un'ultima pulsazione di luce. *La guerra è finita*, si diceva il fante Maurizio Sartori, lo sbandato, il fuggitivo, l'uomo senza onore. *È finita davvero per tutti, per i vivi e per i morti. Ma la mia no: la mia comincia ora.*

2
Lungo la roggia
1930-1939

«Torna quando vuoi», gli disse il vecchio.

Gabriele Sartori lo ringraziò mordendosi le labbra screpolate e sanguinanti. Era la sua prima volta in biblioteca da solo. In precedenza ci era andato in gita con la classe: il vecchio aveva spiegato loro il sistema d'archiviazione e mostrato le schede con le informazioni relative a ciascun volume. Spinto dall'insegnante, Gabriele aveva chiesto chi decide quanti e quali libri siano acquistati, e il vecchio aveva sorriso: una domanda intelligente, da vero ginnasiale. (Gabriele ricordava ancora con orgoglio quando due anni prima la maestra aveva consigliato a sua madre di iscriverlo al ginnasio. Aveva superato l'esame e fin da subito si era distinto fra i migliori, ma non aveva mai fatto il capoclasse perché secondo i professori mancava di nerbo).

Torna quando vuoi. Quegli scaffali pieni, tutti per lui. E quel silenzio: lo spettacolo di uomini a capo chino che tacevano era la più grande meraviglia. Di solito gli adulti gridavano sempre, quando litigavano e quando ridevano, quando erano ubriachi e quando lavoravano; sentiva le loro urla nelle orecchie ogni minuto. No, il suo mondo sarebbe stato modellato su quella stanza: teste chine sopra le parole, solitarie e taciturne. Che altro di meglio poteva esserci?

Fuori aveva ripreso a piovere: il Castello in cima al colle era avvolto in una nube circolare, fumosa, color cenere. Gabriele rabbrividì e corse giù per via Mercato-vecchio. Le strade erano scivolose, e all'altezza del Tribunale i suoi piedi pattinarono sul selciato per un attimo, mentre attorno a lui le voci si scontravano l'un l'altra come biglie:

«Cemût?».

«Semolino, semolino, basta con il semolino».

«Domenica c'è la banda in Loggia, sai?».

«Così cari questi fagioli?».

«Mandi. A domani».

«La canfora, ci vuole. Dia retta. Un po' di canfora e passa».

«Mandi».

«Varda come fila quel putèl!».

E in mezzo a queste voci lui correva, gettando appena uno sguardo alle vetrine illuminate. All'angolo di via Cussignacco una caldarrostaia rimestava severa il bidone delle castagne. Dieci centesimi. Gabriele non aveva soldi, ovviamente: ma adesso, con il teatrino, tutto sarebbe cambiato. Uno spettacolo alla settimana in via della Vigna; biglietto d'ingresso, dieci centesimi esatti. Gabriele passò davanti alla signora con uno scatto, fiutando il profumo grasso delle caldarroste.

Davanti a casa si riparò sotto la grondaia e scosse l'acqua dai capelli. La roggia era bucherellata di gocce. Gabriele odiava la pioggia: da grande avrebbe viaggiato per i mari del Sud come leggeva sui giornalini, fra giungle e porti colmi di luce tropicale. Non sarebbe stato Sandokan, però; Sandokan piaceva tanto a suo fratello Renzo, e in effetti gli assomigliava. Yanez? Nemmeno. Si vedeva più nei panni di un esploratore senza nome, un personaggio secondario, nominato di sfuggita e lasciato in pace anche dallo scrittore per tutto il corso delle vicende.

Sul pianerottolo del primo piano Fabiana Agnoluzzi sedeva a terra massaggiandosi la guancia. Tonin Agnoluzzi l'aveva picchiata ancora. Gabriele la salutò alzando una mano; lei gli rivolse un sorriso triste.

In camera, Domenico dormiva nel centro del materasso comune, avvolto nella coperta di lana, mentre Renzo era allegro come al solito: annunciò che era finita, basta; non sarebbe mai più andato a scuola.

«La maestra mi odia», disse.

«Avrai fatto qualcosa per farti odiare», disse Gabriele guardandosi intorno.

«No, giuro».

«Non giurare. Dov'è finito il mio teatrino?».

«L'ha messo via Meni».

Gabriele aprì l'armadietto ed estrasse il piccolo teatro di legno che aveva disegnato lui stesso e composto con l'aiuto del padre. Doveva solo colorare il resto delle decorazioni e ricalcare la scritta TEATRO DELLA ROGGIA.

E i burattini, certo. Mancavano i burattini. Passava di continuo davanti al negozio di giocattoli di Novasel e rimirava nella vetrina i corpi in legno che avrebbe scelto per il principe Luigi, l'eroe del racconto, e per la contadinella Rita. (Quello di Rita assomigliava alla madre: lo stesso sorriso dolce, gli stessi capelli castani che viravano al rosso). Costavano troppo, ma in qualche modo si sarebbe arrangiato.

«Mi aiuti a fare il compito?», gli soffiò Renzo all'orecchio destro.

«Non dovevi smetterla con la scuola?».

«Eh, ma intanto».

«Lasciami stare».

«Ci metti un attimo».

«Lasciami stare, ti dico. Devo finire qua».

«Ci metti un attimo, sei bravo».

«Sì, così la maestra capisce che non sei stato tu».

«Sbaglia qualcosa a caso».

«Sta' buono e finiscilo da solo».

«Ti odio tantissimo. Tantissimo».

Dal letto arrivò un grugnito. Domenico si era svegliato.

«Che succede?», disse.

«Oh, ma nessuno mi lascia in pace, oggi?», strillò Gabriele.

Sbuffi, borbottii dei fratelli, e finalmente tornò la quiete. Gabriele riprese in mano il teatrino e ne rimirò i dettagli. Aveva spalmato la vernice bianca sulle ali e sui bordi, in modo da far risaltare meglio le tendine rosse cucite da sua madre. Aveva ricalcato da un libro il blasone di un drago rampante e l'aveva appeso in cima. Tutto sembrava perfetto. Al momento c'erano due sfondi soltanto a disposizione, ed entrambi piuttosto fragili (il cartone era molliccio): uno ritraeva una città medievale con torri, botteghe e una chiesa; l'altro una semplice campagna punteggiata d'alberi.

Gabriele sentì la porta dell'ingresso aprirsi. Voci di maschi adulti, lo scricchiolio di una sedia spostata in cucina.

Prese la penna e il fondo d'inchiostro e ricalcò a mano ferma il nome del teatro. Poi dispose sul tavolo il suo nuovo tesoro: quattro matite colorate, intonse, stupende. Le aveva ottenute barattandole con una settimana di merende – il pezzo di polenta e lardo che si portava dietro in un fascio di carta, pressato in mezzo ai quaderni. Chissà perché Dino Stutz, con tutti i soldi che aveva, era così affascinato dalla polenta. Lui e la sua penna verde smaltata, il suo quaderno di bella con la copertina, e la coccarda che il Duce aveva regalato di persona al padre. Ciccione di merda. Saggiò la punta delle matite su un foglio, una per una, tracciando curve pastose.

Dalla cucina le voci del padre e degli ospiti erano ora ridotte a un bisbiglio cupo, ora esplodevano con fragore. Non poteva disturbarli per chiedere alla madre un pezzo di candela, quindi si affrettò a colorare le decorazioni.

Quando ebbe finito portò il teatrino alla finestra per rubare un ultimo scampolo di luce e contemplare il lavoro. Adesso doveva trovare un modo per avere i burattini. Forse poteva chiedere al nonno in campagna; dopotutto sapeva intagliare un poco il legno. Non sarebbero mai state come quelle di Novasel, ma l'importante era la storia, si disse; e alla storia avrebbe pensato lui, magari con l'aiuto dei libri in biblioteca.

Appoggiò il teatrino e aprì l'imposta. La pioggia era diminuita d'intensità: cadeva pigramente sui tetti, sulle strade, sui fazzoletti legati sopra le teste delle donne, sui cappelli degli uomini che fumavano alla porta dell'osteria. Animato da un brivido che spesso sentiva, immaginò di librarsi in volo all'altezza dei comignoli: avere gli occhi per vedere gli innamorati ai piani alti, in case ancor più piccole della sua; le massaie con la sporta piena di formaggio latteria, lenticchie, grappoli d'uva nera; i topi che correvano fra parete e parete; le galline del granaio di fronte; il clarino della signora Olbat che ogni tanto giungeva persino alla loro finestra: e poi fuori, per le vie – trovare le parole per dire l'odore fradicio di quei giorni, i vetturini stanchi, i bidoni del lattaio sul carretto, i caffè sotto i portici: trovare una storia e farla vivere sul suo palcoscenico di legno e cartone.

La casa era ripiombata nel silenzio. Forse gli ospiti se n'erano andati? Domenico guardava il soffitto immerso nei suoi pensieri, sorridente e un po' istupidito come sempre. Renzo era intento a scavare più che disegnare cerchi in un foglio con un vecchio lapis. Gabriele sollevò il teatrino e attraversò il corridoio per mostrarlo alla madre.

Ma quando si affacciò in cucina fu travolto da un urlo. Due uomini in camicia nera – uno alto e magro, l'altro più basso ma robusto, e con una cicatrice che gli tagliava la tempia – fronteggiavano suo padre a pugni chiusi.

«In casa mia!», gridava lui.

«Devi darti una regolata», diceva l'uomo alto di rimando. «Se vai avanti così, non va bene per nessuno».

«Io faccio quello che voglio. Dovete lasciarmi in pace».

«Guarda che ti conosciamo, Sartori».

L'uomo basso era più calmo: «Pensa ai tuoi figli. Non gli vuoi bene?».

Gabriele si nascose dietro la porta. Stava succedendo qualcosa di molto brutto, ma voleva origliare comunque.

«Non parlare dei miei figli», disse suo padre. «Non osare».

«Ti do un consiglio e basta».

«Fuori. Subito».

«Vi prego», mormorò la mamma.

I due uomini si guardarono. L'alto ansimava e si leccava di continuo le labbra. Il basso annuì e disse a Nadia: «Va bene. Ma dovete capire che...».

«Fuori!», gridò ancora suo padre.

Il tizio alto si muoveva a piccoli scatti dalla rabbia; alla fine indossò il cappello e si diresse verso la porta seguito dal camerata. Prima di uscire prese una ciotola dal ripiano e la ruppe contro il muro.

«Scusate, non ho fatto apposta», sorrise.

«Mandi, Sartori», disse il basso. «Fa' il bravo».

L'uscio fu sbattuto tanto forte da vibrare. Gabriele entrò cauto nella sala.

«Oh, Dio», disse sua madre.

«Figli di puttana», disse suo padre versandosi del vino. «Come si permettono. In casa mia». Bevve, riempì di nuovo il bicchiere, bevve, lo riempì di nuovo. Fu a quel punto che vide Gabriele.

«E tu? Cosa ci fai lì?».

«Volevo mostrare questo», balbettò lui alzando il teatrino.

Il volto del padre si contorse in un ghigno. Buttò giù il vino e si avvicinò lentamente: Gabriele indietreggiò, terrorizzato e cosciente di non avere vie di fuga.

«Proprio adesso devi farmelo vedere. Come no. E alla tua età, pensi ancora a queste monate?».

«Solo alla mamma. Non volevo disturbare».

«Ma lo sai chi erano quelli?».

«No».

«No. Non sai niente, tu».

«Maurizio, lascialo stare», disse sua madre – ma a voce troppo bassa, senza convinzione.

«Guardati. Cosa vuoi fare, il burattinaio come i vagabondi?».

«No. È solo un...». Cercò di trovare la parola perché non era un gioco, non precisamente: ma era già tardi: suo padre colpì il teatrino e lo fece volare per terra mandandolo in frantumi vicino alla stufa. Gabriele pensò che ne avrebbe gettato i resti nel fuoco e sarebbe partito con una delle sue prediche furibonde sul mondo pronto a fregarti sempre; invece fissava il vuoto. Il sorriso si era sciolto in un un'espressione stupefatta e impaurita. Scosse la testa e agguantò una mano di Nadia, la strinse, poi la abbracciò. Lei gli carezzò i capelli e gli disse quella frase che a volte ripeteva: «Troviamo un modo di volerci bene, biondino?». La frase che Gabriele più odiava. Non ne conosceva il significato, ma aveva l'aria di un patto segreto fra loro due, un codice da cui era escluso.

Lo rifacciamo, disse la mamma con il labiale e gettandogli un sorriso. Suo padre stava tremando.

Gabriele uscì sul pianerottolo con la fronte china. Scese le scale meccanicamente mentre le lacrime cominciavano a bagnargli il viso, tirò un pugno al muro e al primo piano vide di nuovo Fabiana Agnoluzzi. Era ancora seduta su un gradino, il viso gonfio rivolto a terra. Quando Gabriele le passò accanto, gli sorrise; lui la ignorò.

Per strada era buio. Non pioveva più. Gabriele giurò a se stesso che sarebbe tornato al più presto in biblioteca. Prima avrebbe letto i libri raccolti a scuola insieme al professore, e poi sarebbe tornato in biblioteca e avrebbe chiesto al vecchio tutti quelli disponibili sugli scaffali, tutti, e quelli nel magazzino e altri ancora: li avrebbe letti con pazienza per allontanarsi da casa, pagina dopo pagina, riga dopo riga. Avrebbe vissuto leggendo perché là soltanto, in mezzo alle parole, c'era il luogo cui sentiva di appartenere.

2

Tutto il quartiere adorava Nadia Sartori: nonostante la fatica, il marito scorbutico e i pochi soldi, era l'unica donna capace di sorridere sempre e a chiunque. Sorrideva al vecchio Cuntigh che vendeva il burro sotto casa, circondato da casse e bilance arrugginite; ai ragazzi che sciamavano correndo fuori da scuola; alla zingara che la domenica passava a suonare le nacchere, e cui tutti gli altri riservavano una bestemmia: sorrideva ai fratelli Scovesini, entrambi disoccupati e cotti di vino fin da metà mattina; e persino a Maria Covicchio, la matta di Grazzano, intenta ogni giorno a pescare nella roggia con una canna senza filo.

Tutto il quartiere la adorava, anche chi la prendeva in giro per il suo friulano un po' strano, di là de l'aghe; ma lei pensava di avere un'unica vera amica: Edda Bortoluzzi. Naturalmente chiunque avrebbe pensato il contrario, perché Nadia puliva i pavimenti a casa di Edda e non si era mai visto che una serva e una padrona potessero diventare amiche e darsi del tu. Eppure.

Edda era più giovane di dieci anni, ma già aveva sofferto di mali non meglio precisati all'anima, ed era stata curata in un sanatorio nel triestino; già si era fidanzata con un ufficiale di Pordenone e aveva rotto il legame dopo dodici giorni; aveva viaggiato in Eritrea con il padre, ospite del governatore Gasparini, alla ricerca di opportunità imprenditoriali; si era nuovamente fidanzata con un architetto istriano, Emanuele Planinč, collaboratore del famoso Pietro Zanini; e da poco aveva deciso di tentare la carriera d'attrice. (Si diceva che fosse andata al Vittoriale, strappando al vecchio d'Annunzio la promessa di una parte in un'opera o in un film: voce non confermata né smentita, che si arricchiva ogni volta di dettagli scabrosi).

I Bortoluzzi tolleravano a malincuore questo comportamento, così come tolleravano a malincuore la sua uscita più tipica: prendere per mano Nadia e dire: «Basta. Andiamo a dare scandalo, a fare le signore!». E allora uscivano insieme per la città per *dare scandalo* – anche se in realtà si limitavano a bere cioccolate al caffè Contarena, un luogo dove Nadia non avrebbe mai potuto mettere piede. Si sentiva fuori posto, ma era meglio che lavorare.

Qualche giorno prima del Natale si trovavano proprio al caffè, sedute fianco a fianco – «alla parigina», diceva Edda – su un divano di raso. Le vetrate erano appannate e la luce dei lampadari cadeva liquida e sonnolenta su di loro. A due tavoli di distanza c'era una donna sola sulla cinquantina, un cappello rosso dalla tesa larga; con l'indice tracciava cerchi invisibili sul tavolo.

«Hai presente quella?», sussurrò Edda. «È la contessa Degani. Non si faceva vedere da un po', e la capisco: il marito le mette delle corna così». Alzò una mano sopra la testa.

«Oh. Poverina».

«Macché! Se le merita tutte. Mai conosciuta una donna più cattiva di lei. Ora la vedi che fa la posa, elegante e raffinata, ma fidati: è una serpe».

Un cameriere ritirò la tazza di cioccolata di Edda e lei ne ordinò un'altra. La contessa Degani si era messa a sfogliare la *Patria del Friuli*. Nadia cercò di farsi più piccola sul divanetto.

«A proposito di matrimoni: tuo marito come sta?», chiese Edda.

«Mah. Ha tanti pensieri».

«E perché?».

«Non so». Si toccò la treccia. «È un brav'uomo, ma ha tanti pensieri».

«Per me sei troppo buona e basta. Ti meriti di meglio». Prese dalla borsa un portagioie smaltato ed estrasse due sigarette. Ne porse una a Nadia con un sorriso: «Diamo scandalo?».

Lei sorrise di rimando, fece appena segno di no. Aveva provato altre volte a fumare, e l'aveva sempre fatta stare male.

«Allora fammi un disegno», disse Edda accendendo un cerino.

«Qui?».

«E dove? All'accademia?».

«Non ho niente con cui farlo».

Proprio in quel momento il cameriere portò la cioccolata a Edda, e lei gli domandò un foglio e una matita. Quando li ebbe in mano, Nadia attese istruzioni.

«Disegna quel che vuoi», disse Edda. «Disegnami casa tua».

«Non è un bel posto».

«Dai. Scegli tu».

Appoggiò la matita sulla carta. Il casale? Sì, ci tornava ogni estate, era l'unico modo per sopravvivere. Fra giugno e settembre la famiglia Bortoluzzi se ne stava al mare a Lignano; e in campagna c'era bisogno di braccia. Ma non provava nostalgia. Stare in città era più comodo, benché più difficile. Nadia mangiava meno e viveva in un appartamento troppo piccolo: ma in campagna non c'erano i caffè, non c'era Edda, sua madre era morta da tre anni. E suo padre invecchiava disperatamente: nel rivederlo Nadia provava uno smarrimento infantile: *Papà non saprà più proteggermi*. Del resto non l'aveva protetta nemmeno dodici anni prima.

Alla fine la mano si mosse da sola, ma non disegnò né il casale né il sentiero che portava alla staccionata, e nemmeno la stalla dove lei e Maurizio si erano amati. Tracciò il volto della padroncina.

Un ovale. Il mento sfuggente, le labbra dure. Il naso schiacciato. La pelle era liscia, non lentigginosa e sporca come la sua; ma come renderla? Si concentrò sugli occhi: tagliati stretti, ben truccati. E ora i capelli: la massa di ricci neri che le si gonfiavano ai lati e che lei cercava invano di contenere. Avrebbe voluto avere una gomma per cancellare le imprecisioni. Lavorò con la punta quasi di lato, come se stesse usando un pennello; tornò a definire il naso e perfezionò gli orecchini di perla bianca ai lobi.

Quando ebbe finito porse il foglio a Edda: lei batté le mani entusiasta, ma quando lo vide la sua espressione cambiò immediatamente. Nadia si accorse di averla resa troppo somigliante al vero, e non era certo una bellezza. Rimasero entrambe a guardare il foglio per qualche istante.

«Sei brava», disse Edda con voce piatta.

«Insomma».

«Nessuno mi aveva fatto un ritratto. Ho solo fotografie». Si toccò il naso. «Mi hai fatto venire in mente che dovrò farmi fare un ritratto vero, da un professionista. Intendo coi colori e tutto il resto».

«Certo. È un'ottima idea».

«Comunque questo lo appendo in camera appena torniamo a casa».

76

«Sei gentile».

Edda piegò il foglio e lo ripose nella borsa insieme al portagioie, quindi si alzò di scatto.

«Basta, mi sono annoiata. Andiamo a passeggiare?».

«Non so se tua madre è d'accordo».

«Mia madre sa che siamo amiche. Quante volte te lo devo dire?».

«Devo finire il mio lavoro».

«Finirai dopo; te lo ordino io».

Per strada Edda parlò tutto il tempo di questa maga austriaca, Elsa Winkler, che da qualche mese era arrivata in città per *dare scandalo* come pochi. Si diceva fosse figlia di un colonnello dell'esercito particolarmente crudele, che ai tempi della guerra aveva fatto stragi nel goriziano. Ma la signorina Winkler aveva ripudiato famiglia e patria; parlava un italiano chiaro e qualche parola di friulano; e a Udine offriva i suoi servizi a chiunque, nobili o borghesi o semplici popolani.

Sapeva comunicare con i morti. In certe sedute era capitato che alcuni oggetti si sollevassero o venissero scagliati contro il muro: erano le forze degli spiriti che si ribellavano all'evocazione, o un segno tangibile della loro nostalgia per la vita.

Secondo la teoria dell'austriaca, di cui Edda aveva una conoscenza minima, qualsiasi intervento al confine tra il nostro mondo e quello dei defunti generava un dolore insostenibile per entrambi. E allora perché operare in tal senso? Perché la gente vuole sapere, rispondeva la maga. Vuole sempre sapere, a qualsiasi costo: segreti svelati, sorti profetate, ricchezze e sventure. Questo è il destino dell'uomo, così gli dèi ci hanno fatti.

«Parla strano e ha due occhi blu scuro come il mare»,

diceva Edda cerchiandosi le palpebre con indici e pollici, a mo' di binocolo. «Ed è seria, triste. Fa una paura».

«Ma tu ci sei andata?».

«No, che dici. Però l'ho vista. Se vai al cimitero la domenica all'alba la trovi lì che passeggia attorno ai muri, tutta sola. Io e la mia compagna Otellia, hai presente?, siamo andate a spiarla. La madre di Otellia è stata a una seduta spiritica, una volta: è tornata bianca in faccia».

Nadia non disse nulla. Stavano attraversando il Giardin grande. Sotto i platani rattrappiti, gruppi di bambini giocavano a biglie o con una trottola o si rincorrevano tra ululati e risate, schizzando nel fango. I borghesi camminavano con il giornale sottobraccio e le mani intrecciate dietro la schiena. E più su, nell'aria fredda e luminosa, l'Angelo della chiesa di Santa Maria del Castello indicava con decisione un luogo lontano; ma il piede sinistro appena sollevato gli dava come al solito un tratto buffo, sbarazzino, tutt'altro che solenne.

«Chissà poi cos'hanno da raccontare i morti», riprese Edda. «Non capisco proprio».

«Forse ci possono dire com'è l'aldilà. Se stanno bene o male».

«Mi sa che non voglio saperlo affatto».

Nadia alzò le spalle e sorrise.

«I vivi coi vivi, e gli altri affari loro», disse Edda. «Se mio zio Adolfo non ha nessuno che gli lava le mutande in paradiso, peggio per lui».

Nadia alzò di nuovo le spalle. Pensava che i morti avessero solo tanti rimpianti; come i vivi, dopotutto. Ma Edda aveva ragione: i vivi con i vivi. Si guardò intorno, attraversata da un repentino lampo di gioia. Il macellaio di Grazzano, Giancarlo Culiat, le aveva raccontato che in

78

un tempo remoto c'era un lago al posto del Giardin, e nel lago un mostro che si mangiava la gente, finché un santo non lo uccise. Il nonno di Culiat invece ci andava a comprare le bestie, prima che spostassero il mercato. Talmente tante storie, talmente tanta vita.

Edda la tirò per il polso.

«Mi ascolti?».

«Scusami. Pensavo ai miei figli».

«Ti ho fatto una domanda, che figli. A te piacerebbe parlare con i morti?».

Nadia rifletté un istante.

«Non saprei», disse. «Forse con mia mamma».

«Io spero che mia mamma crepi in fretta», disse Edda.

Di ritorno a casa, Edda la baciò sulla guancia e sparì in camera sua. Nadia si rimise a pulire sotto il viso scontento della signora Bortoluzzi: come si incrociavano, lei scuoteva la testa e sospirava. L'alito le sapeva di centerbe.

Benché non avesse commesso errori o peccati, si sentiva in colpa: dunque lavorò con più lena del solito. Spolverò due volte le maioliche, lucidò le brocche e le teiere d'argento, ripassò il servizio buono; poi mondò il riso e controllò che nulla mancasse nella dispensa, come da ordini della signora: cipolle, strutto, uova, polpa famiglia, burro, zucchero. Quella sera avrebbero cenato fuori, e quindi non c'era bisogno di lei per il servizio. Si tolse soddisfatta il grembiule.

Prima di uscire abbottonò la giacca all'ingresso e controllò le calze. Se c'era una cosa che invidiava delle Bortoluzzi erano le calze mai smagliate. Abbassando gli occhi, qualcosa attirò la sua attenzione. Nel cestino di fianco alla porta – adagiato sopra le cartacce, strappato ma in bella vista – c'era il ritratto che aveva fatto a Edda.

3

E così non sarei nessuno, pensò Maurizio Sartori posando
la pala a terra. Strizzò gli occhi, feriti dal tramonto primaverile, mentre cercava di levarsi la calce dalle unghie. I
fratelli Becchiarutti lo tormentavano da mesi. Fanatici,
fascisti fino al midollo, pronti a menare appena svegli: e
per cosa? Si erano convinti che fosse un sovversivo? Ma
a lui della politica non importava, e in cambio desiderava
solo che la politica lo lasciasse stare. Detestava le spavalderie
degli squadristi, e detestava che il Duce volesse dirgli ogni
giorno cosa fosse giusto e cosa sbagliato.

O forse i Becchiarutti conoscevano il suo segreto. Disertore tramutato in prigioniero di guerra grazie all'intervento di don Alfredo e le suppliche di Tassan. Guarda
tu cosa può fare un colpo di penna sul registro. Erano
passati dodici anni e nessuno l'aveva mai scoperto; ma
mentre si lavava le mani e il collo nel catino – intorno
gli altri mugugnavano a voce bassa, scalciavano i secchi
di malta, si prendevano a spintoni – Maurizio fu spezzato
dall'antico timore.

«Non sei nessuno», gli diceva sempre Rodolfo Becchiarutti – il peggiore dei due, quello basso, con la cicatrice sulla tempia. «Non sei nessuno, e non vai da nessuna
parte». E questo era vero, del resto. Maurizio non stava
andando da nessuna parte.

«Sartori, pagaci da bere! Pagami un tajut!».

«Sta' zitto».

Il vecchio rise sputacchiando. Dopo il cantiere andavano tutti alla Vite gialla per qualche bicchiere: una decina di uomini al bancone, tranne il vecchio Felice accomodato su una sedia dipinta di verde, che da anni gli era stata riservata.

«Sartori è incazzato come al solito», disse agli altri, e anche gli altri risero.

«Sta' zitto», ripeté Maurizio. Era stanco e sentiva i muscoli tirare più del solito.

«Non vieni mai in giro con noi. Mai una volta al casino. Cos'è, non ti piacciono le femmine?».

«Mi piacciono. Non mi piacciono le troie».

«Ma senti questo».

«Chi sei, il principe Umberto?», gridò qualcuno dal fondo della stanza.

Maurizio tacque. Il vecchio Felice gli venne accanto, l'alito denso e vinoso. «Dormi male?».

«Dormo».

«Mangi poco?».

«Mangio quel che c'è».

«E allora. Sorridi, Sartori. Sorridi, ché domani magari ti svegli sotto terra. E forse ti ritrovi pure un pezzo di radice nel culo. Che ti manca? Che altro vuoi?».

Tutti risero di nuovo e stavolta anche Maurizio sorrise.

«Volete sapere cosa voglio?», disse.

«Ah, sai parlare. Bene».

«Volete davvero sapere cosa voglio?».

«Sentiamo, sentiamo».

«Voglio che salti tutto per aria».

Il vecchio piegò il collo: «Tutto cosa?».

«Tutto. Voialtri, la città, il Friuli e l'Italia». Fece un

cerchio nel vuoto con l'indice, per poi affondarlo nel suo petto: «E pure il sottoscritto, si capisce. Ma prima voi».

Nella sala di mescita cadde un silenzio improvviso. L'oste ripose un bicchiere che stava asciugando e si voltò.

«Ma te sei matto», borbottò Felice.

«Pensate che bello. Una bomba che ci spazza via, bam, in un soffio».

«Zitto, basoâl».

«Mi avete chiesto come mai sono sempre incazzato. Sono sempre incazzato perché siete troppi e parlate troppo».

«Vuoi le bombe su Udine?», gli chiese un ragazzo.

«Una sola. Ma che sia grossa», concluse buttando giù quel che restava del vino. «Cosa credete, che ci meritiamo di vivere? Io e voi? Chi era in guerra e chi no, chi tradisce la moglie e chi no, chi è buono e chi è cattivo. Siamo tutti uguali».

«Ma taci, Cristo!».

«Fatelo star zitto», disse l'oste allungandosi sul banco della mescita.

«Ecco il punto», disse Maurizio. «Non abbiamo fatto niente per meritarci di essere qui. Niente».

Gettò qualche moneta sul bancone e se ne andò senza salutare.

Dove era stato fregato? Difficile capirlo. Nel '29 aveva perso il lavoro alla ditta del cugino del vecchio. Avevano mangiato a fatica, poi lui aveva trovato un altro impiego come manovale, ma solo per sei mesi l'anno. Il resto del tempo tornava in campagna dal vecchio a lavorare la terra e tenere le bestie. Tutti i suoi sogni – ma quali erano? Perché non li aveva mai saputi spiegare? – mangiati via dall'onda dei giorni.

Una bomba, dunque. Aveva trentacinque anni, né tanti né pochi, e l'idea di continuare quell'esistenza lo atterriva. C'erano i figli, sì, ma di loro non sapeva granché: gli si paravano davanti a cena o all'alba o la domenica, tre maschi, che bene, un dono di Dio: ma lui quel bene non riusciva affatto a vederlo.

Era un padre identico a suo padre e al padre di suo padre: generare creature era uno sforzo necessario per avere braccia e combattere la morte, un altro figlio un altro poco di vita contro, ma per tutti restava un compito ingrato, per il padre e il padre di suo padre e il padre di quel padre, uomini che se avessero potuto si sarebbero impiccati in una grotta pur di non parlare ad anima viva; che forse in altre epoche erano partiti cavalieri o si erano fatti frati pur senza credere in nulla, con il solo scopo di sparire dal mondo o distruggerlo.

All'angolo fra via Mantica e via Zorutti vide due figure staccarsi dall'ombra e dirigersi verso di lui. I pensieri andarono in frantumi come un bicchiere caduto dal tavolo. Maurizio tentennò e imboccò via Zorutti senza riflettere. Dopo un centinaio di metri si voltò a guardare: lo stavano seguendo. Non c'era nessuno in giro. A questo punto correre non aveva senso. Rallentò e si lasciò raggiungere: una mano lo trattenne con dolcezza per la spalla destra.

Maurizio si voltò. I due fratelli lo fissavano con un sorriso cattivo, lisciandosi il petto. Il manganello era infilato a fianco della fibbia.

«Fai bei discorsi, all'osteria», disse Fabio Becchiarutti.

Maurizio sputò per terra e non rispose.

«Che maleducato», disse Rodolfo. «Siete tutti così maleducati, voialtri?».

«Ma voialtri chi?».

«*Le bombe, le bombe su Udine...*», canticchiò Fabio.

«Ero ubriaco».

«No, no. Stavolta eri sobrio come un fiore».

«Non è come pensate voi. Non potete capire».

«Ah, ecco. Hai sentito, Fabio? Non possiamo capire».

«Ma certo. Son questioni complicate».

«Finora ti abbiamo solo tenuto d'occhio, però stasera hai esagerato. È vero o no?».

Maurizio tacque.

«Il fatto è che non ci piaci», disse il fratello alto.

«Non ci piaci proprio», disse quello basso. «Con questi discorsi che, come dire».

«Non vanno bene».

«Eh, no. Il punto è: chi te li ha messi in testa?».

«Nessuno», disse Maurizio.

«La vedo difficile».

«Io non parlo con nessuno».

«Secondo me invece parli con tanta gente, e qualcosa in testa ti rimane. E magari capita una sera come questa in cui, per un motivo o per l'altro, le cose vengono fuori». Fabio Becchiarutti accese una sigaretta e la puntò verso Maurizio: «Ora, tu capisci che in questo modo ti metti nei guai».

«Non ho fatto niente. Se permettete». Fece per andarsene, ma Rodolfo lo spinse indietro.

«No, no. Tu non torni a casa finché non ci fai qualche nome».

«Per esempio, di chi ti ha detto che l'Italia va tirata giù a bombe».

Maurizio deglutì. Poteva dir loro del fabbro anarchico Giancarlo Dusi. O del suo compagno manovale Adriano Piccogna, che partecipava con la moglie a certe riunioni

84

in un solaio, dove leggevano lettere di esiliati in Francia. Erano solo voci: forse vere, forse false: ma se bastava un nome per salvargli la pelle, dove stava il problema? Schiuse le labbra, eppure nulla uscì.

«Allora, Sartori?».

Tacque. I Becchiarutti si avvicinarono di un altro passo.

«Hai bisogno di un aiuto?», chiese Fabio; poi si rivolse al fratello con tristezza: «Mi sa che ha bisogno d'aiuto».

Un istante dopo Maurizio finì a terra stringendosi le gambe. Un altro colpo giunse all'orecchio destro; provò a contorcersi cadendo sulla schiena, ma i Becchiarutti avevano preso a colpirlo a ripetizione, l'uno a calci, di punta fra le costole e sulle gambe: e l'altro in ginocchio al suo fianco, manganellate secche e veloci sul torace.

Maurizio portò le mani al volto e si chiuse in posizione fetale; non voleva gridare o chiedere pietà. Dopo cinque minuti i Becchiarutti si fermarono ansimando. Lui aprì appena gli occhi per capire se era finita davvero. Rodolfo gli sputò in faccia.

«Guarda che non c'è onore a difendere i traditori», disse Fabio.

«Mandi, Sartori», ridacchiò il fratello. «Stammi bene».

Maurizio attese immobile. Cominciò a muoversi soltanto quando il rumore dei passi fu scomparso, ma il corpo gli doleva troppo. Passarono tre donne che lo scansarono in fretta; passò un vecchio che gli chiese se avesse bisogno di una mano – Maurizio scosse la testa. Infine accettò l'aiuto di un uomo dalla barba bionda.

«Ne ha prese tante, eh?», gli disse.

«Già».

«Dove vive?».

«Grazzano».

«Riesce a muoversi?».

Maurizio fece qualche passo. L'equilibrio era instabile, ma poteva farcela.

«Grazie», disse.

«Non c'è di che». L'uomo attese un attimo, poi gli si avvicinò: «Hanno passato il segno. Bisogna fare qualcosa».

«Lasciamo perdere. Non cerco guai».

«È una questione che riguarda tutti».

«Non cerco guai», ripeté Maurizio.

Zoppicò smarrendosi per le vie. L'aria si era fatta fredda e in cielo c'era una fetta di luna. Maurizio teneva una mano sul costato, a ogni passo mandava un gemito, ma continuava a camminare senza meta.

Solo molto tempo dopo imboccò la strada di casa. Sedette alla roggia, stringendo la ringhiera per tenersi in equilibrio. Poi guardò la finestra accesa dove Nadia lo stava aspettando, di ritorno dai Bortoluzzi, forse intenta a badare ai figli – Domenico stava male, giusto? – o a scaldargli la cena. Sorrise di pura gratitudine, il primo vero sorriso del giorno.

Per tutti quegli anni si era chiesto se l'amore di Nadia sarebbe stato capace di redimerlo. Ora si disse che in fondo non aveva dato alcun nome per salvarsi. Forse erano questi i frutti del suo matrimonio: eccoli infine, i frutti tardivi della salvezza.

Gli venne voglia di cantare. Poche ore prima aveva sperato in una bomba, e adesso invece voleva cantare a squarciagola. Era da pazzi, ma perché no? Sputò un grumo di sangue e modulò la sua voce come meglio poteva, ripetendo a mo' di serenata *Nadia, Nadia, Nadia mia*.

Alle sue spalle sentì una finestra aprirsi e la signora Olbat strillare di smetterla. Maurizio non le rispose nemmeno. Un minuto dopo sua moglie si affacciò: distingueva a malapena il suo viso, nel buio della notte d'aprile, ma gli parve che stesse sorridendo. I muscoli dolevano e una ferita sanguinava ancora: ma Maurizio Sartori, innamorato e solo, senza parole se non quel nome – *Nadia, Nadia mia* – continuava a cantare.

4

Lo zio Piero posò l'ultimo strame su un ceppo e lo divise in due; poi mandò giù un sorso di vino caldo. La luce aveva una consistenza rugginosa, e Gabriele sapeva che di lì a poco si sarebbe scaldata ancora di più: il cielo avrebbe preso ad ardere come un braciere, quasi a ribollire prima di spegnersi lentamente. Un uccello lanciò uno strepito sopra le loro teste. La mamma gli sorrise mentre riuniva il fieno tagliato e suo padre ammassava il resto sul carro.

Da qualche anno non c'era cosa che Gabriele amasse di più: l'estate, l'estate dai nonni: la macchia del casale nel prato, vista dal poggio più in alto; il podere circondato dal bosco; l'odore della terra smossa all'alba. Amava i gamberi di fiume da scovare sotto i sassi del torrente, e i ciottoli levigati da quelle acque, e i rami carichi di foglie; infilare il naso nell'erba e starnutire, correre a perdifiato a piedi nudi.

Per tutto il giorno gli toccava lavorare fino a non sentire più la schiena, ma quando calava il tramonto il suo corpo dodicenne scoppiava d'amore.

«Bon, donne!», gridò zio Piero. «Girarsi, ché noi caghiamo in pace».

La mamma e la zia risero. I maschi entrarono nel bosco e tirarono giù i pantaloni a poca distanza l'uno dall'altro: accovacciati sui calcagni si sfidavano a chi scorreggiava più forte. Era uno dei pochi momenti in cui Gabriele vedeva anche il papà ridere di gusto. Solo a suo fratello Domenico non piaceva quel gioco, ma non si capiva mai cosa piacesse davvero a Domenico.

«Tutta salute!», gridò zio Piero.

Il crepuscolo li prendeva così, mentre Renzo tirava sassi contro la quercia in mezzo al campo e cercava di rubare il vino allo zio. Di solito restavano lì un poco a lasciare che il sudore si asciugasse, parlando del lavoro fatto e di quello ancora da fare. Il nonno ascoltava in silenzio, carezzando la cote e riponendola nel corno appeso al fianco. La notte sembrava arrivare da un punto lontanissimo, come un messaggero a cavallo, e l'aratro di legno gettava a terra un'ombra lunga e frastagliata.

«A mangiare!», gridò zio Piero.

Gabriele salì sul carro e si scavò una fossa nel fieno, spostando gli attrezzi e aiutando Domenico e Renzo a trovare posto insieme a lui. Papà assicurò il fanale al carro, mentre lo zio strappava il forcone dalla terra. Il nonno prese i buoi per la cavezza e li guidò verso casa. Il carro cigolò, si mosse. Quando costeggiarono il bosco, Renzo strappò una foglia e la portò alla bocca per lanciare un fischio irregolare; Gabriele sentì un brivido di piacere sul palato.

«Sta' giù», disse la mamma. «Non devi sporgerti, te l'ho detto cento volte».

«Mica mi stavo sporgendo», protestò suo fratello, con il corpo per metà nel vuoto. Lo zio Piero gli tirò una sberla e lui si rimise comodo. Uno sciame di lucciole apparve mandando lampi verde chiaro e si disperse delicatamente al loro passaggio.

Gabriele si sentiva come un giovane sultano portato in trionfo per i suoi domini. Amava quel posto tanto quanto lo odiava da bimbo. Allora ci passava l'anno intero, faticando come uno schiavo: doveva restare lì perché i suoi non guadagnavano abbastanza per sfamarli tutti. Il nonno veniva a scuoterlo nel buio con una candela, la voce rauca: «Dai frut, in piedi». Gabriele aveva male alle tempie, e le sue mani delicate erano percorse da tagli e piaghe. I giorni passavano senza che lui se ne accorgesse, immerso in una stanchezza senza requie che provava dall'alba alla sera – quando, prima di crollare davanti al focolare, tendeva l'orecchio un istante per ascoltare quei sussurri alla tavola, le parole borbottate dal nonno e dallo zio.

A volte coglieva i fili di una storia in mezzo a tutto quel mormorare. Aveva saputo che durante la guerra il paron se n'era andato, lasciando al mezzadro Tassan la terra; e che i tedeschi giravano armati requisendo polli e stoviglie e farina. Poi era arrivato un soldato dal fronte, Gabriele era nato, la guerra era finita, qualcuno era morto, il figlio scemo e gobbo del paron era tornato a reclamare la proprietà («Io gli avrei sparato nel culo», aveva detto una volta Renzo), ma zio Piero era riuscito a trattare per riscattarla.

Questi i fatti: un soldato giunge dal fronte, si innamora di una ragazza, un bambino nasce. Ma c'era sempre qualcos'altro, qualcosa di non detto e che lui non capiva.

Il casale sbucò dietro la curva del poggio, in un frinire di cicale. Il nonno staccò i buoi e li condusse alla mangiatoia, mentre Gabriele e i fratelli si calarono dal fieno uno dietro l'altro. Lo zio Piero andò al pozzo, prese un secchio d'acqua e se lo rovesciò sul capo e sul petto nudo. Visto da lontano, a Gabriele ricordò uno degli eroi romani che studiava a scuola: snello, muscoloso, con i riccioli che gli ricadevano fradici sulla nuca.

Renzo raccolse un sasso da terra e si rivolse a Domenico: «Sei capace di centrare il pozzo da qui?».

Gabriele affilò lo sguardo. Il bersaglio era lontano una trentina di metri, forse di più.

«No», disse Domenico.

«E tu?».

«Nessuno è capace», disse Gabriele.

«Io sì».

«Ma figurati».

«Vediamo?».

«A mangiare», sbraitò zio Piero. «Muoversi!».

«Volete scommettere?», insisté Renzo lanciando il sasso in aria e acchiappandolo al volo.

«Ma piantala».

«Chi arriva per ultimo, niente polenta», disse lo zio passando fra loro con la testa gocciolante e la camicia in mano.

Renzo lo ignorò. Alzò il braccio e mirò con calma, facendo dondolare il polso: «Pronti?».

Trattenne il fiato e lanciò. Il sasso fece una parabola morbida che scese all'improvviso e si infilò nel buco senza nemmeno sfiorare gli argini.

Renzo batté le mani e saltellò, quindi infilò l'indice nel petto magro di Domenico: «Mi devi dieci centesimi, fratello».

«Ma mica ho scommesso!».

«Non ha scommesso», disse Gabriele.

«Questo lo dite voi», disse Renzo.

Nel casale c'era un buon odore di muschio, con una sfumatura più dolce che a Gabriele ricordava l'incenso della sacrestia di don Gastone, a Grazzano, dove serviva messa. Il fresco dell'ombra era piacevole, dopo la giornata a sudare nell'afa. Gabriele si avvicinò al focolare e annusò il fondo della pentola.

«Stasera, polenta e soffietti», disse il nonno mettendosi a tavola: gettò la mano nella pasta gialla e calda e la strinse a pugno; poi la portò alla bocca e cominciò a soffiarci sopra. «Il condimento migliore per noi vecchi», disse a Domenico.

«Leggero leggero», disse suo padre sorridendo.

Nel vederlo sorridere, un evento talmente raro, Gabriele si sentì felice come un poeta felice. (Spiegando Leopardi, la professoressa Nussi aveva detto che spesso i poeti erano infelici: ma Gabriele non era in grado di immaginare un poeta veramente triste. Non era possibile, punto; e lui un giorno sarebbe diventato un creatore di versi lieti e vasti come quell'estate).

Lo zio aveva già divorato la sua parte. Tagliando una fetta tozza di formaggio prese a raccontare di quando, alla fine di aprile, aveva fatto a botte con Agostino Dorigo, il figlio di Angelo, il contadino del casale accanto – lo stesso carattere di merda del padre. E perché? Solo perché stava camminando a bordo dei suoi campi.

«Dovevate vederlo. È corso giù come un lampo e mi ha preso per il bavero, così». Allungò le dita sul bavero di Renzo, che si difese ridendo. «Ma secondo voi chi ha vinto? Eh? Secondo te?».

«Hai vinto tu, zio», disse Renzo.

«Eccome. L'ho steso giù con un bel cazzotto. È ancora lì che dorme».

Tutti risero.

«Non ci credete? Tu ci credi?».

«Ma no», disse Domenico.

«Non ti fidi di me?».

«O è morto o si è svegliato. Non può dormire da aprile».

«Vai a vedere. Sta ancora russando».

Domenico fece per alzarsi, ma il nonno lo trattenne e rimproverò lo zio: «Cosa gli metti in testa. Sai che lui crede a tutto, puar frut».

Più tardi uscirono e suo padre tenne per le mani Renzo calandolo lentamente nel pozzo: ogni tanto fingeva di lasciarlo cadere, godendosi le sue urla divertite e spaventate e ridendo insieme a lui. Era un vecchio gioco che anche Gabriele aveva fatto fino a qualche anno prima, e vedendoli provò una fitta d'invidia. Era insensato e pericoloso, certo, ma proprio per questo gli piaceva tanto – era la prova che la presa di suo padre restava salda.

Poi lo zio radunò tutti in cerchio e raccontò le sue fiabe. Era bravissimo. Gabriele amava ancora le storie di astuzia e inganno, di ingordigia punita; e i racconti in cui il Signore e san Pietro giravano per il mondo, allegri come compagni di ventura, così diversi dalle prediche del parroco che non lo facevano dormire per il terrore dell'inferno.

Infine restarono sull'erba in silenzio, avvolti da una coperta. Il vento sapeva di fiori recisi e le stelle apparivano e scomparivano a grappoli sotto le nuvole viola. Gabriele chiuse gli occhi pensando agli oggetti magici dell'ultima fiaba, un violino che costringe a ballare chiunque, una panchetta da cui nessuno potrà più alzarsi...

«Oh», sussurrò d'un tratto Renzo, scuotendo Domenico alla sua sinistra.

«Eh», disse Domenico con la voce impastata.

«Sei sveglio?».

«Adesso sì. Cosa vuoi?».

«A dormire!», gridò zio Piero alzandosi di scatto.

Renzo si avvicinò a Domenico: «Ricorda che mi devi dieci centesimi».

5

Stato delle tasche di Renzo Sartori il dodici gennaio 1932: una figurina Liebig che ritraeva la Sfinge egiziana, tre biglie di vetro rossiccio, un pezzo di calamita, due fiammiferi, il temperino e la fionda. Altro non serviva per essere liberi. A quasi nove anni, Renzo aveva già compreso una volta per tutte che la sola cosa importante, la sola per cui valesse la pena lottare, era la libertà: libertà di non studiare, non fare i compiti, non restare in casa; libertà di evitare le botte del padre e i rimproveri di Gabriele; e soprattutto di brigare in giro come Sandokan, con Francesco Martinis ed Elvio e Flaviut.

Rimise i suoi oggetti nelle tasche e soffiò forte sulle dita. Aveva passato la mattina a camminare per il centro nel tentativo di scaldarsi, entrando e uscendo dai negozi per rubacchiare quel che poteva – un pezzo d'arancia zuccherata, una matita, un fischietto. Come ladro, però, non valeva granché. Il vero esperto era Flaviut: magro e malaticcio, faceva sparire qualunque oggetto con aria noncurante, quasi triste, sotto il naso dei proprietari: sapeva muoversi fra i sacchi aperti degli alimentari, fra le bilance e le casse di legno, nei panifici come nelle mercerie. A Renzo ricordava il mago Ludus che per strada, nei giorni di festa, faceva sparire monete con un gesto e le ripescava dietro le orecchie dei bambini.

Elvio girò l'angolo della strada. Renzo si mise impettito fingendo di non avere freddo. L'amico sorrise e gli strinse la mano soffocando un singhiozzo.

C'erano giorni in cui Renzo lo odiava. Era pulito e profumato, e anche se si muoveva a scatti – era pieno di tic – aveva sempre quel ghigno di scherno, come se nulla potesse ferirlo. Ma era uno della banda.

«Guarda come sei conciato», disse Renzo indicando le calze di lana di Elvio, alte fin sopra le ginocchia. «Pari una donnina».

«Almeno non mi vengono i geloni».

«Donnina, donnina».

«Ma sta' zitto, basoâl».

«Per i geloni c'è l'olio, comunque».

«E per te l'olio di ricino. Te lo verso io, vuoi?».

Si guardarono soddisfatti. In quel momento, solcando la via con le mani in tasca e un rametto sottile in bocca, splendido agli occhi di Renzo, arrivò Francesco Martinis.

Era più grande di loro, un orfano di guerra cresciuto con l'aiuto di un prete, e ora affidato a una zia che abitava a porta Gemona. Era intelligente e carismatico, come un adulto, e come un adulto aveva spesso un'espressione raccolta: anche quando si trattava di fare casino sembrava posseduto da un distacco superiore. Tutti volevano essere suoi amici, ma Francesco Martinis vagava qui e là, libero, pronto ad accompagnarsi persino ai più piccoli. Inoltre era il migliore ad attaccarsi ai respingenti dei tram per viaggiare gratis.

«Come state?».

«Tutto bene».

«Bene. Tu?».

«Ieri a scuola la maestra mi ha picchiato con lo zoccolo».

«Davvero?».

«Io ho fatto una scritta nei bagni lunga così», disse Renzo aprendo le braccia.

«Alfio Rigutti aveva provato a rubarle il thermos», proseguì Francesco. «E la colpa l'ho presa io. Quella stronza non mi ha creduto».

«Che stronza».

«Va be', che si fa?».

«Cinema?».

«Senza Flaviut è dura entrare di straforo».

«Non c'è oggi?».

«Ha l'influenza».

«Sta sempre male, quello».

«Mangia poco».

«Non so voi», disse Renzo, «ma io due tiri li farei».

Francesco si strinse nelle spalle e fece roteare il rametto sulla punta delle labbra, prima di sputarlo.

«Bestia, lampione o persona?», chiese Renzo prendendo la fionda.

«Bestia», disse Francesco.

«Nascondiamoci bene, però», disse Elvio singhiozzando.

Renzo raccolse un sasso da terra, caricò la fionda e quasi senza guardare lanciò verso il cavallo di un vetturino, immobile come il suo padrone nel gelo della piazza, il muso affondato nel sacco di biada. Il sasso gli atterrò sull'orecchia sinistra. Il cavallo si riscosse appena e sbatté uno zoccolo a terra.

«Ma dai, tutto qui?», disse Elvio.

Renzo, seccato, si chinò di nuovo. Cercò un altro sasso, lo mise nella fionda e prese la mira con un istante di calma in più: il volo stavolta fu secco, quasi orizzontale, e colpì in pieno il collo del vetturino. Lui si alzò di colpo e tirò una bestemmia.

I tre scoppiarono a ridere e corsero giù per i vicoli.

All'altezza di via della Posta si fermarono ansimando.

«E ora, e ora?», chiese Elvio eccitato.

«Biglie?».

«Mah».

«Prima ho visto metà della banda di Aldo Marz».

«Quel merdone!», gridò Renzo.

«Devono avere marinato anche loro. Andiamo?».

«Aspetta. Quanti sono?».

«Ne ho contati cinque».

Francesco Martinis rifletté. «Non ne vale la pena», disse. «E Marz è uno che picchia duro».

«Altro che. Hai visto come ha ridotto quello nuovo di Grions? Lo tenevano fermi in due e lui gli ha quasi fatto saltare i denti».

«Se la prende coi più deboli».

«Chiamiamo i tuoi fratelli?», chiese Elvio a Renzo, asciugandosi il moccio dal naso.

«I miei fratelli sono scemi. Gabriele è buono solo a mangiare ostie, e Domenico le prende e basta. È più grande di me ma sono più forte io».

«D'accordo», disse Francesco. «Allora niente Marz».

Renzo batté le mani: «Fermi. Ho io l'idea giusta».

Gli altri si avvicinarono un poco.

«L'altro giorno ho scoperto una cosa. La signorina dove fa le pulizie mia mamma ha un amante».

«Come si chiama?».

«Bortoluzzi».

«Ah, son ricchi quelli. Li conosce mio padre».

«È fidanzata con un architetto, mi pare; però lo tra-

97

disce con questo tipo più vecchio, forse un conte. Ha un piedatterra in centro dove si vedono il martedì».

«Ma sei sicuro?».

«Giuro». Renzo incrociò le dita e le baciò.

«Un conte».

«Così mi han detto. L'ho già seguita una volta: e siccome l'appartamento è al pianterreno, con un po' di fortuna li vediamo baciarsi in sala».

Per non dare nell'occhio, si misero a giocare a biglie all'angolo della strada, davanti a un venditore di caramelle che tentava invano di scacciarli. Promise persino un dattero a ciascuno di loro, purché se ne andassero; ma quella posizione era perfetta. Attesero a lungo, perché Renzo non ricordava l'ora precisa in cui Edda Bortoluzzi sarebbe arrivata. Le tre, le quattro? Elvio vinse le sue biglie, ma lui lo costrinse a restituirgliele. Scese una pioggia breve e pungente, quasi ghiacciata, e dovettero cercare riparo sotto i portici. Poco dopo videro una ragazza con un foulard che le copriva quasi tutto il viso.

«Eccola», sussurrò Renzo.

«Dobbiamo avvicinarci, da qui non si vede».

«Aspetta un attimo».

«Ma lei ti riconosce? Sa che faccia hai?».

«Un attimo, ti dico».

«Sta bussando».

Edda continuava a gettare occhiate intorno a sé. Rispetto alle volte in cui l'aveva vista elegante per strada – il sabato dopo le adunate, quando lui girava fiero con il moschetto in mano e la mamma la incrociava e lei le dava un bacio sulla guancia – adesso era vestita con semplicità.

«Guarda, guarda lì la rondinella».

«Zitti e buoni. Ecco, sta entrando».

«Contiamo fino a cinque e andiamo?».

«Va bene. Ma attenzione, mi raccomando».

Finsero di prendersi a spintoni, finsero di ridere; quella trentina di metri pareva interminabile. La finestra dell'appartamento era sul vicolo retrostante, dove non passava nessuno. Si appiattirono contro il muro quel tanto che bastava per non farsi notare, e per riuscire a sporgersi e spiare, uno per volta.

Cominciò Francesco.

«Stanno parlando», raccontò. «Si sorridono. Niente. Parlano, parlano. Lei è triste. Lui no. Aspetta, forse mi hanno visto!». Si scostò, riprese: «No, tutto a posto».

«Fa' guardare anche me», disse Elvio sporgendosi a fatica ed emettendo un verso soffocato.

«Sta' buono, se no ci beccano».

«Sì, sì. Aspetta. Forse stanno litigando».

«Ma si sono baciati?».

«Non ancora. Lui la tiene per le spalle, ma lei fa segno di no... Non la vedo più». Un istante di pausa. «Adesso la vedo di nuovo. Parlano».

«Tocca a me», disse Renzo.

«Ma se ho appena iniziato».

«Fammi vedere, dai».

Elvio si scostò sbuffando. Renzo prese il suo posto e scorse Edda piangere: teneva le braccia strette sotto il seno, le mani sui gomiti, e le spalle si muovevano su e giù. L'aveva già osservata bene in viso, e sapeva che sua madre la trovava bruttina: eppure a lui era sempre piaciuta. Il mento sottile, la pelle soffice, e quella massa di ricci neri che le si gonfiavano attorno al sorriso. Ma in quel momento gli apparve ancora più bella: la disperazione le aveva tolto spocchia. E come soffriva, senza ritegno né misura. Renzo sentì quel dolore allargarsi dentro di sé e mutarsi in una sorta di acuto piacere.

Poi ci furono delle urla; una mano lo afferrò per il bavero e lo strattonò a terra. Sdraiato sul marciapiede vide Elvio e Francesco agitarsi e protestare; due donne e un uomo robusto gridavano loro contro.

«Spioni! Ma non vi vergognate?».

«Non si guarda nelle case della gente!».

«Andate a scuola, birbanti!».

Renzo si rialzò di scatto; d'istinto gettò un'occhiata alla finestra e vide che la tendina era stata richiusa. Al suo fianco Elvio lanciava mugolii al cielo, facendo scattare il collo: «Non, non, non», cercava di dire.

«Lasciateci in pace», strillò Francesco Martinis pestando un piede a terra: una delle donne squittì, e persino l'uomo si spaventò. Renzo fece uno scatto. Se le cose fossero andate avanti, se avessero per puro caso scoperto il suo nome, se Edda l'avesse saputo, la mamma avrebbe perso il lavoro. Acchiappò Elvio per un braccio, finse di correre a sinistra, deviò verso destra. L'uomo che cercò di bloccarlo rimase disorientato.

Si ritrovarono in piazza, come d'abitudine. Elvio continuava a tremare; Francesco, cosa rara, rideva di gusto.

«Ragazzi, ragazzi».

«Niente male».

«Ragazzi, ragazzi».

«Ma che voleva, quello?».

«Chissà».

«Sentite, proviamo con il cinema?».

Renzo fece un sospiro: «No, io devo tornare a casa».

«Donnina!», disse Elvio.

«Ma taci».

«Allora mandi», disse Francesco Martinis.

«Mandi, ragazzi».

«Mandi, mandi».

Tornò verso via Grazzano infreddolito e sorridente. *Edda Bortoluzzi*, mormorò fra sé gustando ogni singola lettera. *Edda Bortoluzzi*. Soltanto dopo qualche centinaio di metri si accorse di un dolore pulsante al palmo sinistro: cadendo si era fatto una sbucciatura.

Sotto casa immerse la mano nell'acqua gelida della roggia e lavò il sangue e la terra con un brivido di godimento. C'erano ancora tanti altri giorni davanti per marinare la scuola, girare per la città, tirar sassi ai cavalli, rubare dolci. Era questa la libertà, la libertà di Sandokan: e non l'avrebbe cambiata con nulla al mondo.

6

Il clarino cominciò tentennando, come sempre. Domenico trattenne il fiato e il signor Olbat accese una sigaretta. Una pausa nel fraseggio, un'esplorazione, quasi un'incertezza; ma il suono riacquistò forza e la melodia fiorì all'improvviso.

A Domenico quel suono evocava ogni volta ricordi differenti. Ora somigliava alla voce lamentosa della vecchia carnica che aveva spiato a lungo la mattina precedente: vendeva uova lungo la strada, implorando di comprarle perché sua figlia stava tanto male, ma nessuno si fermava ad ascoltarla.

Gabriele aveva spiegato che la Carnia distava parecchi chilometri da Udine, e che quelle donne venivano in città per vendere le loro poche cose. Con il suo tono saccente, aveva detto ai fratelli che lassù sui monti la gente era molto povera; erano contadini come il nonno, ma vivevano al freddo e coltivavano una terra più misera. Domenico aveva continuato a guardare la donna, incidendosi il palmo della mano sinistra con un'unghia, mentre il mostro che aveva dentro si era stiracchiato e disteso fino a divorarlo: e lui si era lasciato divorare, reprimendo a forza le lacrime. Ancora qualche mese prima sarebbe corso da lei per stringerle le ginocchia e offrire se stesso in dono: ma aveva giurato alla madre di trattenersi.

Come spiegarlo? Non era mai stato bravo a parlare, e in fondo neanche a capire le cose; l'avevano bocciato in terza, gli insegnanti si lamentavano, e Renzo – che pure era il fratello più piccolo – si permetteva di dargli del cretino. Eppure era semplice. Sentiva la sofferenza degli altri come se gli appartenesse; lo paralizzava dal collo ai piedi, colmandolo di vergogna e frustrazione. Non poteva controllarlo, non poteva farci niente. E nemmeno ricordava quando fosse iniziata: forse il mostro era nato il suo stesso giorno, aveva mandato i primi vagiti insieme ai suoi; forse si chiamava persino Domenico, Meni, come lui. Grazie ad esso sapeva, oscuramente, che in ogni essere umano esiste un luogo indifeso e prezioso che la realtà si diverte a colpire. Sapeva anche che per proteggersi ognuno reagisce colpendo a propria volta la realtà.

La voce del clarino si alzò, tremò, e Domenico passò la lingua sulle labbra.

I dolori riempivano l'aria con decine di tonalità diverse. Il rosso vivo di un urlo, il bianco smorto della solitudine, il blu di una ferita fresca sulla mano: e lui solo era condannato a distinguerli. La mamma gli aveva detto più volte che sarebbe andato in paradiso per il suo buon cuore: ma doveva imparare che non sempre possiamo aiutare gli altri. Tuttavia Domenico aveva dei dubbi. Qualunque cosa lo attendesse nell'aldilà gli interessava poco: a differenza dei compagni di classe non aveva molta paura dell'inferno; e il meccanismo del premio e della punizione, di cui parlava tanto don Gastone, gli pareva meschino. A volte papà gli diceva con preoccupazione che era troppo strano, quasi fosse caduto da un altro mondo. Si trovava bene soltanto dai loro dirimpettai, gli Olbat. Forse perché erano un po' strani anche loro.

Una domenica mattina Domenico aveva aiutato il signor Olbat a portare su per le scale cinque sacchi di granaglie, e in cambio lui l'aveva invitato a pranzo: avevano mangiato cappelunghe arrostite in quantità, cavoli bolliti, pesche e vino; Domenico era rimasto commosso e inquietato dall'abbondanza della tavola. Poi il signor Olbat l'aveva guidato per la casa: un appartamento enorme, buio, umido. La puzza di cavolo si mescolava a quella del fumo, e il signor Olbat – mentre apriva la porta di uno studiolo ancora meno illuminato – gli aveva spiegato che per ragioni di salute poteva nutrirsi solo di quella verdura, di cui peraltro era ghiotto.

Nello studiolo un nuovo odore aveva colpito il naso di Domenico: merda d'uccello. E in effetti, la stanza conteneva tre gabbie di piccioni.

«Le granaglie sono per loro», aveva detto il signor Olbat, avvicinandosi a una gabbietta e picchiettando sul ferro. Un uccello si era allontanato dal suo dito con un frullo d'ali. «Piccioni viaggiatori».

La prima visita era finita così. Nei giorni seguenti, la signora Olbat aveva incrociato spesso Domenico per strada, invitandolo a salire per una tazza di caffellatte. Lui di norma rifiutava, un po' per cortesia e un po' per timore; ma talvolta, e poi più spesso, si lasciava convincere. Era contento che degli adulti rispettati lo avessero scelto come amico, senza nessun motivo particolare.

Gli Olbat vivevano soli. La figlia minore abitava da qualche parte in Francia; l'altra era sposata a Lignano con il gestore di un bagno marittimo; e l'unico maschio era morto nel 1920 per le complicazioni di una ferita riportata sul fronte.

«Era un tenente. Fino all'ultimo ha servito la patria», diceva la signora. «Abbiamo ricevuto una lettera di condoglianze dal principe Umberto in persona». E mostrava a Domenico un foglio con ceralacca pieno di parole. Lui annuiva fingendosi interessato – quel dolore era troppo distante per colpirlo, una sfumatura sciapa – e intanto sbirciava altrove.

La casa era piena di cianfrusaglie che sbucavano ovunque: sulle pareti, dai cassetti semiaperti, dalle ante socchiuse, sui tavolini, sull'ampia scrivania di rovere che il signor Olbat aveva collocato davanti alla finestra. Mazzi di chiavi, portafogli, bottoni, cucchiai di strana fattura, pentolini grandi come un pollice per cuocere chissà quali pietanze da gnomo; e ancora mele di metallo, orologi in legno, piatti su cui erano dipinti paesaggi del Friuli con proverbi locali, libri dall'aria antichissima, e soprattutto gagliardetti, piccole bandiere dell'Italia e ritratti del Re. Il Re era ovunque. Di fianco alla porta della cucina spiccava una fotografia di Vittorio Emanuele III alla posa della prima pietra dell'Ospedale civile di Udine.

Per trentun anni il signor Olbat aveva lavorato allo sportello del Monte di Pietà, e a furia di stare in mezzo alle cose, aveva preso il vizio di collezionarle senza un ordine preciso. La sua tesi era semplice: qualunque oggetto era meritevole di interesse. Bastava guardarlo con attenzione o rigirarlo per osservarne un aspetto in precedenza ignorato, e sforzarsi di intuirne l'origine e la storia che conteneva – misera o grandiosa che fosse.

Quanto al mistero dei piccioni viaggiatori, Domenico non aveva ancora saputo nulla, né osato chiedere. Quel giorno, seppe.

Il suono del clarino si spense; il signor Olbat e Domenico applaudirono.

«Oh, vi prego», rise la signora.

«Sei sempre brava», disse il marito. Poi si rivolse a

Domenico: «Bene, frut. Mentre mia moglie prepara il caffellatte, che ne dici di farci un giretto?».

Lo guidò nello studiolo dove erano custodite le gabbie. La piccola finestra sul fondo gettava un fascio di luce e i piccioni borbottavano immobili; Domenico infilò le mani nelle tasche. Il signor Olbat sollevò con attenzione la gabbia più grande – gli uccelli sbatterono forte le ali, quasi cozzando l'uno sull'altro – e la mise a terra. Il tavolo su cui era posata rivelò una cerniera di metallo: il signor Olbat la fece scattare e comparve un doppio fondo simile a una scacchiera, su cui erano deposte in buon ordine alcune monete.

«Il mio piccolo tesoro», disse. Prese con due dita una moneta, rimirandola; quindi la nascose nel pugno e si rivolse di nuovo a Domenico: «I piccioni sono una vecchia passione. Mio fratello minore è veterinario: durante la guerra li usava per comunicare con il fronte. Gestiva intere colombaie. Scommetto che questo non lo sapevi, vero? Non potevi nemmeno immaginarlo, che l'esercito usasse i piccioni».

«Non lo sapevo», ammise Domenico.

«Ed è solo un esempio dell'inventiva del nostro grande paese. Siamo stati i primi a usarli, sai? Nel 1917, contro gli austriaci».

«Mio papà ha combattuto per tanti anni».

«Tuo papà è un eroe. Ha difeso la patria, come mio figlio».

Domenico sorrise, anche se immaginare suo padre nei panni di un eroe gli riusciva difficile. Il signor Olbat carezzò la testa di un uccello con una nocca. «Alcuni li vendo, altri li mangio. Ma quelli bravi li addestro e li uso per scrivere ad alcuni amici, evitando le poste. Ed evitando mia moglie», sussurrò. «Ho tre amici che sono – be', chiamiamoli ribelli. Sai cosa vuol dire?».

«No».

«Odiano il fascismo. Tu conosci qualcuno così?».

Domenico tentennò. Avrebbe dovuto chiedere a Gabriele. Era costantemente in difficoltà quando le persone gli facevano domande.

«Comunque non è importante», lo anticipò il signor Olbat. «Ho dovuto persino denunciarli in prefettura, questi colombi maledetti. C'è una legge apposta. Hanno pensato proprio a tutto; e hanno fatto bene, credo. Il controllo sulla parola è indispensabile, in tempi di crisi. Naturalmente i miei amici non sarebbero affatto d'accordo con me; e anche per questo usiamo uno stratagemma per parlarci».

«Deve volergli molto bene», disse Domenico.

«Eh? No, li detesto», disse il signor Olbat con aria assente. «Non sanno quanto è importante che l'Italia rimanga salda in questo momento. Certo, anch'io non approvo l'intero operato di Mussolini. È un uomo vigoroso, ma con degli eccessi incomprensibili; e vorrei che il Re facesse sentire più spesso la sua voce. Però che importa? Dobbiamo rimanere uniti sotto il tricolore. Vorrei tanto farlo capire, ai miei amici ribelli».

«Ma è possibile avere un amico e detestarlo insieme?».

«A quanto pare».

Domenico tacque. Il signor Olbat aveva preso un'espressione triste, e lui sentì emergere dentro di sé la solita pena. Ma del resto, che ne poteva sapere: di amici non ne aveva mai avuti. A scuola lo prendevano tutti in giro.

«Comunque, i piccioni servono anche a nascondere questo». La moneta era riapparsa fra le dita del signor Olbat. Non era una lira. Era d'oro, sottile, minuta: Domenico non aveva mai visto nulla di simile. Sul lato che gli era offerto c'era il profilo di un uomo barbuto, la fronte cinta d'alloro. «Questo è un aureo di Diocleziano. Sai quanto vale?».

«No».

«Parecchio. Come le altre sue sorelline in questo doppio fondo: le ho raccolte frequentando mercatini e botteghe. E il più delle volte chi me le ha vendute non ne aveva idea. Sapevi che anche il nostro Re è un grande collezionista?».

Domenico scosse la testa e sentì una gamba scattare; non ne poteva più di tutte quelle domande.

«Ha pubblicato un'opera che cataloga le monete italiane a seconda delle regioni. Si chiama *Corpus nummorum italicorum*. Quindici volumi, e ancora non ha finito». Annuì con ammirazione. «La grande casata dei Savoia. Altro che i dogi e dogetti che ci son toccati per secoli, frut. Finalmente qualcuno capace di spaccare i confini e unire l'Italia». Ripose la moneta nel doppio fondo e lo richiuse; ci mise sopra la gabbia. «Quando sarà il momento, e arriverà, donerò queste monete a Vittorio Emanuele. Solo lui le deve avere. Poi ne faccia ciò che vuole: le tenga nella collezione oppure le devolva nelle casse dello Stato. Ma devono arrivare a lui».

Ci fu un lungo istante di silenzio.

«Ti ho raccontato tutto questo perché sei un'anima semplice», disse il signor Olbat. «Sei un'anima semplice, vero?».

«Non lo so».

«Sì che lo sei. E io avevo bisogno di dirlo a qualcuno come te, qualcuno di cui potessi fidarmi». Si avvicinò. «L'avrei detto soltanto a mio figlio, ma mio figlio è morto. Perciò, se morirò anch'io, dovrai ricordarti tu di prendere questo tesoro e darlo al Re. D'accordo?».

«Io?».

«Proprio così».

«Ma come faccio?».

«Il modo lo troverai. Basta che me lo prometti».

«Non lo so. Non saprei come fare».

«Tu promettimelo e basta».

Domenico deglutì: «Va bene, signore».

«Bene». Il signor Olbat apparve improvvisamente molto stanco. «Vuoi dar da mangiare ai piccioni, ora?».

«Volentieri».

«Allora prendi le granaglie lì nell'angolo. Io devo andare in bagno. Se hai difficoltà non combinare pasticci e aspettami».

Quando il signor Olbat fu uscito, Domenico guardò la gabbia che custodiva le monete. Perché avrebbe dovuto donarle al Re? Ne aveva già fin troppe. Poteva rubarle e darle ai poveri. Forse con l'aiuto di Renzo ce l'avrebbe fatta. Pensò al male che avrebbe potuto alleviare con un simile tesoro; al sorriso delle persone che ricevevano in dono qualcosa, senza chiederlo né meritarlo: era la sola cosa in grado di placare il suo mostro.

Gli era già capitato molte volte di regalare ai bisognosi i pochi centesimi che gli erano passati per mano. E da anni, quando poteva, prendeva da tavola un pezzo di pane o una fetta di salame per nasconderli sotto il materasso e offrirli a qualcuno il giorno dopo. A scuola riceveva le botte destinate ad altri, difendendo i ragazzi più piccoli con il suo semplice corpo: si offriva ai pugni di Aldo Marz fino a placarlo, mentre chi proteggeva scappava dandogli del cretino, puar biât, non gli bastano quelle che prende di suo, non gli bastano gli sputi e gli spintoni degli avanguardisti. Ma lui doveva farlo. Lo faceva e basta.

Cinque giorni prima, papà aveva preso a sberle Renzo perché era di nuovo rientrato tardi: Domenico aveva sentito bruciare le guance come se fosse stato lui a ricevere i colpi. Ricordò il desiderio crudele di essere nei panni del fratello, di evitargli quell'umiliazione. Trattenendo a fatica il pianto, aveva atteso che Renzo si addormentasse per avvicinarsi a lui e stringergli delicatamente la mano, quasi a scortarlo lungo le impervie terre dei sogni.

Ora, voltandosi, incrociò il proprio sguardo in uno specchio impolverato accanto ai sacchi: la fronte bassa, gli occhi verdognoli e gonfi, i capelli cortissimi. Si riscosse.

Raccolse una manciata di granaglia e la rovesciò nella gabbia più grande. I piccioni ignorarono il suo gesto. Rimase ancora qualche minuto a osservarli: uno di loro sembrava fissarlo. Gli faceva pena, chiuso com'era dietro una rete di metallo. Anche quell'uccello gli faceva una pena sconfinata. Lo prese fra le mani: si mosse nervosamente ma non lo beccò.

Domenico andò alla finestra, la aprì con il gomito e protese le braccia. A cosa serviva? Sarebbe tornato subito, addestrato com'era. E se fosse stato uno dei piccioni più stupidi, come lui, sarebbe morto da qualche parte perché non era abituato a quella vita. Ma Domenico voleva farlo lo stesso.

Mise fuori il viso e respirò a fondo. «Non tornare», disse all'uccello. Poi lo lanciò e lo vide schizzare via nel tramonto.

7

E così, Venezia. Alla stazione Nadia si fece strada tra uomini con giornali e pacchi sottobraccio e ferrovieri indaffarati; tra signore che fumavano noncuranti sotto i cappelli color malva e ragazzetti dell'età di Renzo che schizzavano qui e là, offrendo bibite e cuscini a chi si sporgeva dal finestrino per salutare o prendere un po' d'aria. La ressa e l'odore di metallo e fumo la confondevano. Edda la teneva per la gonna mentre la signora Bortoluzzi menava colpi con l'ombrellino per guadagnare l'uscita.

«Ma doveva proprio venire anche la servetta?», chiese il marito.

«Edda ci teneva», disse la signora.

«Io questa cosa non la capirò mai. Almeno portami la valigia, Nadia. Renditi utile».

Lei afferrò subito la borsa. Obbedire non le dava fastidio, anzi. Esisteva un ordine da rispettare, un disegno in cui suo padre aveva sempre creduto e che lei – a differenza di suo fratello Piero, o di suo marito – apprezzava per la semplicità: il paron è il paron e non ci si può fare nulla; occorre domandare rispetto, ma niente di più. E oggi i suoi padroni erano ospiti di Gabriele Gradenigo e famiglia per un tè.

Presero due gondole sul Canal Grande. Per tutto il tragitto Nadia rimase con la bocca semiaperta, guardandosi intorno sotto il sorriso divertito di Edda.

Vide una città sorgere dall'acqua. Vide una città intera galleggiare, come appena ripescata, sul filo del mare nella luce di maggio. Non osò nemmeno disegnare sul quadernetto che Edda le aveva regalato per il compleanno. Le nuvole erano grasse, immense: a tratti inghiottivano il sole lasciandola infreddolita, e poi ecco di nuovo un raggio a tracciare il profilo di un palazzo giallastro, arancio, color latte; ecco gli stucchi e le decorazioni alle finestre, un campanile all'orizzonte, due cupole tonde, statue che affollavano il tetto sottostante, gondole e barchette accanto alla loro e i saluti lanciati da una poppa all'altra – *Oh! Oh!* – da chi partiva a chi attraccava ai pali che sorgevano ai bordi, sui piccoli moli cosparsi di alghe e cozze; e quindi le bandiere tricolori frustate dal vento, e una bianchissima vela, e la sorpresa di svoltare in un canale così angusto che Edda d'istinto si strinse a lei, quando passarono sotto un ponticello in pietra: l'umidità pungeva le narici, la gondola sfiorò la pietra con la poppa, e davanti a loro apparve un'insegna a forma di ruota dorata con un pesce balzante nel mezzo. Nadia vide un uomo sorriderle affacciato a una finestra. Le persiane spalancate, mezze rotte, rilucevano di rosso scuro.

Più tardi Edda la chiamò nella sua stanza d'albergo. Si era lavata di nuovo e profumava di viola: era impressionante quanto si lavasse quella famiglia. Edda si sedette sulle lenzuola rosa antico e Nadia le pettinò i capelli con delicatezza, in piedi al suo fianco. La camera era grande e immersa nella penombra – solo un taglio di sole la divideva a metà, cadendo a pochi passi da loro.

«Basta amanti, Nadia. Dopo il marchese dell'anno scorso, sono stanca».

Lei sorrise, ma Edda non poteva vederla: «Mi ascolti?», disse.

Fermò il pettine e le carezzò i capelli: «Sì, scusami».

«Ah, ecco. I pianti che mi sono fatta per quel vecchio. E che rischio, andare ogni volta al suo piedatterra: pensa se qualcuno mi avesse riconosciuta. E forse è pure successo».

«Non credo. Sei stata attenta».

«Sì, ma sai come sono le persone. Serpi, serpi, tutte serpi dalla prima all'ultima».

Nadia raccolse le ciocche nere. I ricci, benché ammorbiditi e odorosi, stavano già gonfiandosi nelle consuete forme irregolari.

«E comunque è finita», concluse Edda voltandosi. «Il mio architetto basta e avanza. Abbiamo finito con gli scandali, eh?».

«Peccato», si sentì rispondere lei. «Un poco mi piacevano».

Edda la fissò e scoppiò a ridere di gusto.

«Hai capito la signorina».

«Non so perché l'ho detto. Giuro, non volevo mancare di rispetto».

«Ma figurati». Si alzò e stirò il vestito sui fianchi con due mani, rimirandosi di sfuggita allo specchio. «Ora ci tocca andare da quei noiosi dei Gradenigo. Il figlio, poi, è un tale cafone. Beata te che avrai il pomeriggio libero».

«È un grande regalo, da parte tua. I tuoi hanno fatto storie?».

«Ma no, ma no. Negli ultimi tempi sembravi un po' mogia. È successo qualcosa? Sai che con me puoi parlare». Le fece cenno di avvicinarsi; lei si avvicinò. Era soltanto un giocattolo nelle dita di quella ragazza, con cui divertirsi o da smontare rabbiosamente a seconda dei giorni: quanti soprusi le era capitato di sopportare, quante angherie dovute alla noia. Eppure l'aveva comunque scelta fra tante.

«Lo so», le disse. «Ma va tutto bene. Ti ringrazio del pensiero».

Nadia gironzolò per la città. Edda le aveva prestato un piccolo borsello color cipria dove mettere il quaderno e la matita. Si sentiva a disagio con quell'oggetto addosso; lo teneva stretto per paura di smarrirlo.

Camminò a cerchi concentrici a partire dall'albergo, perdendosi fra le calli. C'erano quartieri dove la gente andava e veniva, a gruppi fitti ma con un'andatura flemmatica: e campi che si aprivano di colpo, a una via di distanza, nel silenzio più assoluto. In mezzo stava sempre un pozzo in pietra biancastra o grigia: attorno qualche albero, delle panche, e i bei palazzi dalle facciate rose.

Nadia disegnò archi puntuti sorretti da colonnine, lampioni in ferro battuto, un profilo del cielo ad altezza tetti, e l'ammasso di finestre e abbaini allo sbucare di una viuzza. Disegnò la facciata di una chiesa intravista e un ponte dal corpo robusto e la gittata di qualche passo.

Era la prima volta che passava delle ore da sola, senza avere compiti o impegni. Le fece un effetto strano: si sentiva felicemente libera e insieme inquieta, incapace di controllare quella libertà. Seduta su un gradino vide una coppia di ragazze tenersi sottobraccio e scomparire ridendo, quasi di corsa, dietro l'angolo di una calle. Erano leggere ed eleganti, di sicuro senza figli né mariti ad aspettarle a casa; loro sapevano come usare quel tempo vuoto che solo ai ricchi spettava. Le invidiò.

Tornò in albergo prima dell'ora promessa, e si mise ad attendere nella stanza della servitù. Le sguattere si passavano una bottiglia di liquore ed erano mezze ubriache: come entrò borbottarono qualcosa fra loro e poi le risero in faccia. Un cameriere sloveno fumava contro il vetro: quando il fumo gli tornava addosso lo inspirava con soddisfazione, sorridendo, le palpebre serrate. Uno dei cuochi, anch'egli ubriaco, sedeva con una serva mora sulle ginocchia: la scansò e si avvicinò a Nadia ondeggiando.

«Ohi, bellina!», disse. Aveva un accento strano. Nadia non rispose. «Bellina, che fai? Mi ignori?».

«Sto aspettando i miei padroni», disse lei.

«Non ti va di far festa con noialtri?».

Nadia si voltò e guardò il caminetto spento.

«Nemmeno ti va di mangiare? Siamo qui apposta, noialtri. Che ti fo? Un po' di carne? Un pesciolino? O preferisci il mio, di pesciolino?».

L'intera stanza esplose in una risata.

«Ci si vede dopo, bellina», disse il cuoco carezzandola. «Guarda qui che belle lentiggini che hai. Te le lecco via tutte. Ora mi tocca cucinare per questi bischeri».

Altre risate. Nadia rabbrividì. Senza dire altro si mise seduta in un cantuccio, di fianco a una cassettiera, stringendo le braccia al corpo. Si addormentò per qualche minuto: venne risvegliata da una cameriera anziana che la informò del ritorno dei Bortoluzzi.

La mattina dopo aspettò davanti all'entrata mentre i padroni terminavano la colazione. Il signor Bortoluzzi uscì dall'albergo con un'aria disgustata: le passò la valigia tenendo una mano pigiata sulla tempia. La signora sfilò accanto ignorandola. Edda invece aveva un viso allegro e appariva più bella del solito. Fecero qualche passo insieme, lei le chiese di restituirle il borsello. Nadia trasalì.

Il borsello. Era sicura di averlo appoggiato su una panca, o su un gradino – ma era anche sicura di averlo ripreso. Poi ricordò. Quando si era svegliata al mattino, non l'aveva più: una delle sguattere doveva averlo rubato mentre dormiva.

Il volto di Edda si ruppe in una smorfia: «L'hai perso?».

Nadia balbettò qualcosa.

«Rispondi. Rispondi subito».

«Temo di sì. Mi dispiace».

«L'hai perso? L'hai perso *davvero*?».

«No, mi hanno derubato. Non so come. Torno subito dai servi dell'albergo e –».

«Mamma!», gridò Edda. «Mamma, per favore. Ecco, guarda questa scema. La vedi? Sai cos'ha fatto? Ha perso il mio borsello rosa».

La signora era più stanca che arrabbiata. Alzò il braccio e caricò uno schiaffo: Nadia lo ricevette con tranquillità.

«Signora», cominciò a dire. «Possiamo recuperarlo senz'altro. Devo solo...».

Un altro schiaffo. E un altro ancora, e ancora, e ancora: goffe manate che piovevano sul suo collo, sulle sue spalle, sui capelli. Era Edda, stavolta.

«Era un ricordo! Un ricordo caro!».

«Perquisitela», disse il signor Bortoluzzi. «E vediamo di finirla, altrimenti perdiamo il treno».

«Non è una ladra, è solo una cretina».

Nadia abbassò gli occhi. Quando li rialzò vide che la famiglia si era già rimessa a camminare verso la stazione, lasciandola indietro. Cominciò a camminare anche lei, strascicando i passi per il terrore. L'avrebbero licenziata? Cosa avrebbe detto a Maurizio, e come avrebbero fatto a campare? Come doveva essere bello avere tanti soldi: nessuno più poteva metterti nei guai per uno sbaglio.

Senza pentirsene, forse per la prima volta, provò odio verso i Bortoluzzi.

Durante il viaggio di ritorno nessuno le parlò. Edda era tornata di buon umore e scherzava col padre dandogli dei baci sulle guance e tirandogli i baffi come una bambina. Quando scesero in stazione a Udine, la signora le passò al fianco e le disse: «Io ti picchio perché bisogna. Lei perché le piace. È un po' cattiva, sai». Accennò un sorriso. «Ai figli si vuole bene sempre, ma lei è venuta proprio cattiva».

Nadia tacque, sbalordita per quella confessione. Proprio non riusciva a capire cosa si agitasse nel cuore e nella testa dei ricchi. E mentre uscivano dalla stazione e quella parola, *cattiva*, ancora volteggiava nell'aria, ci fu uno schiocco fastidioso, un rumore come di legno rotto all'improvviso; e un nitrito, e un'esplosione di urla: «L'ha investita! L'ha presa sotto!». Ma chi, e come? Una bambina? Cos'era successo?

Il signor Bortoluzzi era chino a terra. La signora Bortoluzzi si portò le mani sui capelli. L'uomo balzò giù da cassetta strillando, agitando le braccia, «Non l'ho vista», gridava, «non l'ho vista, mi è corsa addosso». E Nadia vide sbucare da sotto le ruote di una carrozza in mezzo alla strada un piccolo corpo immobile: vide spuntare da terra, storte, le gambe di Edda.

8

Come arrivò lo vide emergere dalla foschia, al lato opposto della piazza. L'appuntamento era per le otto e la prima regola di un avventuriero era la puntualità. Francesco Martinis teneva uno zaino da soldato sulle spalle, l'unico ricordo del padre, e succhiava con discrezione una caramella. Si strinsero la mano.

«Cemût?».

«Tutto bene. Andiamo?».

«Andiamo».

Camminarono in silenzio. La città terminò in fretta e la campagna, nel freddo del mattino, appariva inerte. I contadini erano macchie che si staccavano di tanto in tanto nella nebbia, ora più fitta ora più rada; i filari di vigne sembravano sospesi a fil del suolo e la terra emanava un odore persistente di gora e foglie putride, come fosse passata attraverso mille autunni senza mai conoscere il riposo dell'inverno.

Superato un canale, Renzo disse una cosa di cui si vergognava, ma che doveva confessare il prima possibile: «Magari ti accompagno solo fino a un certo punto».

L'amico sorrise: «Guarda che l'avevo capito».

«Cosa?».

«Che non vieni via anche tu».

«Perché non ho lo zaino?».

«Anche. E poi non hai problemi. Perché dovresti scappare?».

«Ho anch'io problemi».

«Si capisce», disse ancora Francesco, con una dolcezza che irritò Renzo.

Entrarono in una macchia di carpini, facendosi strada tra il fango e i rovi e il tappeto di foglie marce. Francesco scelse un ramo e iniziò a intagliarlo con il temperino, affilandone la punta e praticando qualche incisione senza badarci troppo. Gli uccelli tacevano.

«E tu perché scappi?», chiese Renzo.

«Sono stanco di mia zia. E comunque mi vogliono cacciare da scuola».

«Come mai?».

«Ho tolto la foto del Re dal muro della classe e l'ho buttata in una roggia».

Renzo era impaurito ed eccitato.

«Sei pazzo?».

«Non ne potevo più di vederlo».

«E ora?».

«C'è la sorella di un mio amico che ha famiglia a Cividale. Dice che può ospitarmi per un po' e darmi un lavoretto».

«E la scuola?».

«La scuola vedremo. Toccherà recuperare».

«Adesso non dirmi che ti piace studiare».

«Studiare serve», rispose Francesco con serietà.

Appena usciti dal bosco si fermò e tirò fuori dalla tasca un pacchetto da dieci di Popolari. Metà erano nuove, l'altra metà sigarette ricostruite con cicche. Ne accese una delle prime, fece due tiri e la passò a Renzo: lui aspirò e tossì. Davanti a loro un cavallo baio brucava l'erba, e poco oltre la campagna si stendeva piatta nella foschia, e dietro la foschia c'era un mondo grande e strano, certo pieno di avventure.

Renzo si soffiò il naso nella manica. Non aveva il coraggio di fuggire con Francesco, né di costruire la zattera che tanto sognava e percorrere il Torre e l'Isonzo fino al mare, ai porti della costa dove le navi, nella sua immaginazione, erano immense e pronte ad accoglierlo per solcare gli oceani e smarrirsi in terre remote come Sandokan. C'erano tante occasioni che lo aspettavano altrove, ma lui era condannato a Udine; o per essere onesti, si stava condannando da solo. Provò una malinconia nuova, aspra, e pensò che i grandi dovevano sentirsi sempre così.

«Quanto starai via?», chiese.

«E chi lo sa».

«Ma poi torni, vero?».

«Si capisce. Magari lascio che la zia sbollisca; e intanto mi vedo un altro pezzo di Friuli».

Renzo annuì. Avrebbe voluto aggiungere: *Come faremo senza di te? Come faremo io, Elvio e Flaviut? E tutti gli altri ragazzi in città, come faranno?* Avrebbe voluto abbracciarlo come da piccolo aveva abbracciato suo fratello Gabriele, per la paura che gli mettevano certe fiabe dello zio Piero; avrebbe voluto sentirsi dire che un giorno, da qualche parte, si sarebbero imbattuti in una battaglia da vincere insieme; o in un mago in grado di esaudire i loro desideri; oppure in un tesoro. Ma non erano discorsi da uomini. E poi era giunto il tempo dei saluti: Francesco regalò a Renzo una sigaretta e qualche caramella; si strinsero la mano e si dissero mandi, mandi, a presto.

Francesco Martinis si allontanò di buon passo e nel giro di qualche minuto non fu altro che una figura sbavata all'orizzonte. Una luce debole iniziava a colare sulla campagna. Renzo sputò a terra, si girò una volta per tutte e tornò verso la città. Ripassando per il canale scelse un paio di sassi a forma d'uovo, bianchi e perfettamente levigati: proseguì lanciandoli in aria, più in alto, agguantandoli con uno scatto della mano. Quando fu stanco li infilò nelle tasche, dove ritrovò le caramelle di Francesco. Ne portò una alla bocca e la succhiò piano, seduto su un tronco spezzato, le mani strette sotto le ascelle.

Alle porte di Udine lo accolse il suono delle campane. Renzo costeggiò i binari riempiendosi le narici di profumo rugginoso e stantio. Davanti alla stazione c'erano tre vetturini a cavallo e un'automobile nera, lunghissima, elegante. Il tram stava arrivando dalla parte opposta. Renzo puntò verso Grazzano, e all'altezza del Ledra li vide.

Subito oltre il canale, in uno spiazzo, c'era Domenico al centro di un gruppo di persone: era seduto a terra e alzava un braccio in segno di resa davanti a un ragazzo. Renzo accelerò, e sul ponte si accorse che quel ragazzo era Aldo Marz e il resto un pezzo della sua banda.

Negli ultimi due anni, Marz era diventato ancora più crudele. Non era né alto né robusto, ma emanava una carica d'odio sufficiente per tenere il comando di una decina di ragazzini. A tredici anni era già noto in tutta Udine per le sue scorribande: furti, pestaggi e aggressioni senza motivo. Al campeggio e alle adunate era un eroe fra i balilla e persino fra gli avanguardisti.

Renzo si bloccò a poca distanza da loro. Ancora non l'avevano visto. Rimpianse di non avere Francesco al suo fianco; lui sarebbe andato dritto da Marz e gli avrebbe parlato viso a viso, contrattando il rilascio del prigioniero.

Il ragazzo più alto del gruppo tirò un calcio a suo fratello negli stinchi. Renzo strinse i pugni. Poteva correre da Elvio e chiamare rinforzi, ma non sapeva cosa avrebbero combinato nell'attesa. Proprio in quel momento, mentre rifletteva sul da farsi, Marz si voltò: sul suo viso si aprì un sorriso incredulo.

«Ma guarda», gridò. «Guarda un po' chi c'è».

Renzo ebbe un fremito. Non poteva scappare, ovviamente. Deglutì e coprì gli ultimi venti metri di distanza fra loro a passo fermo, le mani in tasca, fissando a terra con l'espressione più buia possibile.

«Stavo andando a comprare una cosa per la mamma», disse Domenico.

«Una cooosa per la maaammaaaa», belò il ragazzo che l'aveva preso a calci.

«Allora, Sartori piccolo», disse Marz. «Cosa vogliamo fare?».

Renzo sostenne il suo sguardo. Aveva gli occhi stretti, gonfi di furia sotto i capelli neri.

«Non lo so. Cosa vogliamo fare?».

«Io dico che hai bisogno anche tu di una bella ripassata».

«Ah, sì?».

«Non fare il duro. Non sei un duro».

Domenico emise un sospiro. Renzo conosceva i complicati pensieri del fratello, benché fossero lontanissimi dai suoi: non soffriva, era semplicemente triste per tutta quella violenza.

«Quindi? Cosa vogliamo fare?», disse ancora Marz.

Renzo mise di nuovo i pugni nelle tasche e strinse uno dei due sassi che aveva raccolto, ma lasciò la presa. Gli altri tre lo avevano circondato. Abbassò di sfuggita gli occhi verso Domenico, che si toccava incredulo le gambe ferite. Poi gli gridò: «Scappa, Meni!» – e nello stesso momento si lanciò su Marz.

Non durò molto. Nel giro di qualche secondo si ritrovò con la schiena a terra: e già gli piovevano addosso i

primi calci. Teneva stretti i polsi di Marz, ma lui si agitava gorgogliando, quasi ringhiando; quando gli puntò
un ginocchio sul petto, Renzo buttò fuori l'aria che
aveva nei polmoni in un gemito solo. Capì che era finita,
e nemmeno era servito a qualcosa: il ragazzo più alto
teneva Domenico per il bavero della giacchetta, e lui
aspettava inerte, le braccia molli lungo il corpo.

«Cosa ti è saltato in testa?», gridò Marz.

«È mio fratello», disse Renzo con una tranquillità che
lo stupì.

Arrivò un pugno. Renzo sentì l'orecchio sinistro ron-
zare e la pelle attorno alla palpebra tendersi. Ora si trattava soltanto di resistere. Un altro pugno, una ginocchiata
nella pancia.

«Non potevi startene tranquillo, eh?».

«È mio fratello».

«Non potevi, vero?».

«È mio fratello».

Marz gli strinse il collo, affondando i pollici nel centro
della gola. Come riusciva a essere tanto forte? Renzo si
dimenò, ma liberarsi era impossibile. Fissò il suo nemico
e d'improvviso fu colto dal terrore. Voleva ucciderlo.
Voleva strangolarlo sul serio, non era più un gioco. Ma
perché nessuno lo aiutava? Nello stesso istante, mentre
cercava debolmente di far leva e ancora una volta restava
inchiodato a terra, Renzo si rassegnò anche a questo.
L'angoscia lasciò spazio a una sorta di buia tristezza che
lo invitava a lasciarsi andare. Nessuno nella vita ti dava
una mano, se c'era qualche rischio; o imparavi a cavartela
da solo oppure morivi. Era quanto suo padre ripeteva
ogni sera con la faccia affondata nel piatto: il mondo
degli adulti ti chiava sempre e comunque. E adesso ci
stava entrando anche lui. Aveva quasi undici anni e

mentre soffocava comprese con rammarico che in quel mondo non c'era più spazio per credere.

Invece una voce spiccò dalla distanza: «Basta! Fermi!» – e in quella voce Renzo riconobbe Francesco Martinis. Marz allentò la presa e si alzò di scatto. Renzo riuscì a voltarsi: l'amico aveva lanciato lo zaino per strada e stava solcando il ponte a passi lunghi, le braccia bene aperte. Quando gli fu accanto, a Renzo parve una creatura miracolosa, uscita dalle fiabe di zio Piero.

«Che stavi facendo?», disse.

«Non sono affari tuoi, Martinis».

«Stai pestando a sangue un mio amico e suo fratello, e non sono affari miei?».

«No».

«Lo stavi strangolando. E non sono affari miei?».

Francesco Martinis aprì il temperino e Marz fece altrettanto. Tenevano le lame sollevate all'altezza del petto, l'una puntata contro l'altra, i polsi lievemente piegati.

«E se ti caccio questo in gola?», disse Marz.

«E se lo faccio prima io?».

«Vogliamo vedere?».

«Vedere cosa? Mi conosci. Sai che a casa intero non ci torni».

«Siamo quattro contro uno, coglione».

«Contro tre».

«I Sartori sono a terra. E uno dei due non vale niente anche in piedi».

«Cosa succede lì?», gridò qualcuno dall'altro lato della strada. Tutti si voltarono. Gabriele avanzava a pugni stretti, veloce e goffo, appena uscito dalle porte del quartiere. Renzo sorrise, nonostante il dolore.

«Pure l'altro», fece Marz con una risata vuota. «Pure lo sgobbone».

«Cosa succede?», ripeté Gabriele avvicinandosi. Potevi quasi annusare la sua paura, ma faceva numero ed era il più grande; qualcosa doveva pur contare. Renzo si tirò in piedi a fatica e approfittò del momento di incertezza per aiutare Domenico a rialzarsi.

«Allora?», disse Francesco alzando il mento. «Adesso siamo pari, mi sembra».

Aveva persino smesso la guardia e teneva le braccia conserte; la lama spuntava al suo fianco. Marz inspirò e fissò prima lui e poi Gabriele con una tale ferocia che Renzo tremò. Ma subito dopo chiuse il temperino e fece cenno agli altri di andarsene.

«Comunque non finisce qui», disse. «Sia chiaro che non finisce qui».

Renzo e gli altri attesero che la banda ebbe girato l'angolo.

«Scusa», disse Domenico.

«Devi imparare a difenderti», gli disse Renzo tirando il fiato.

«Scusa», ripeté lui. «Non volevo».

«Mi spiegate cos'è successo?», disse Gabriele.

«Niente».

«Come, niente? Ma possibile che ogni volta debba...».

«Cosa ci fai qui?», chiese Renzo a Francesco.

«Mi ero scordato una cosa».

«Ma tua zia abita a porta Gemona».

«Non l'ho lasciata da lei. Ce l'ha un mio amico che sta qua dietro».

Renzo era sbalordito e confuso.

«Comunque ora riparto», disse Francesco tornando a cercare lo zaino.

«Sei arrivato giusto in tempo. È incredibile».

«Fortuna».

«Ma è incredibile».

«A volte capita anche a noi».

Renzo continuava a scuotere la testa. Un minuto prima stava per essere strozzato. Il mondo poteva essere combattuto.

«Non so come avremmo fatto, senza di te».

«Ma no», disse Francesco, guardando con un sorriso i tre fratelli. «Avreste fatto comunque».

9

Cosa significa ricevere in dono un migliore amico? Davvero saremo degni di una simile presenza, capace contro ogni previsione di parlare la nostra lingua privata, la lingua dei segreti più reconditi, che prima ruminavamo da soli celandola agli altri, temendo che la annientassero?

Gabriele Sartori aveva trovato il solo parlante di quella lingua fin dal primo giorno di liceo. Luciano Ignasti: anche lui detestava la violenza e le parolacce; anche lui frequentava l'Azione cattolica; e soprattutto anche lui era un lettore appassionato e vorace, con una predilezione verso i crepuscolari. Era alto e un po' sovrappeso, e dal collo corto sbucava una gran testa piena di ricci. Si muoveva con lentezza negli abiti dal taglio fine, come se fosse sempre in procinto di rompere qualcosa; una cautela dovuta alla zoppia della gamba sinistra, lascito della polio avuta da bambino. Gabriele invece non arrivava al metro e sessanta, tentava di coltivare degli orribili baffetti dorati, e si agitava confuso e senza grazia, affamato di qualcosa che ancora non sapeva definire. Ma quando erano insieme, i loro difetti si trasformavano in segni d'elezione.

La seconda primavera della loro amicizia, nell'aprile 1935, il nonno di Luciano e celebre libertino Giorgio Ignasti morì in una casa di tolleranza. Aveva settantadue anni, ma l'età e le malattie non l'avevano fermato. Come avrebbero potuto, del resto? Il vecchio Ignasti, decano e pecora nera di quella famiglia borghese, credeva soltanto nel piacere: e nel piacere trovò la morte. Stando ai resoconti della tenutaria, il signore si era presentato con fiore all'occhiello e pipa – sincero antifascista, la fumava in pubblico perché la sapeva antipatica al regime – e aveva richiesto la più giovane del gruppo. Poi era stramazzato fra le sue braccia, e la poverina era svenuta.

Qualche giorno dopo il fatto, mentre in città non si parlava d'altro, Luciano prese Gabriele da parte fuori da scuola. Aveva un'aria furba e cospiratrice.

«Ho una grossa novità», disse. «Il notaio ha letto il testamento del nonno: mi ha lasciato tutti i suoi libri. Ti rendi conto?».

«Caspita».

«Ci sono cose incredibili».

«Immagino».

«Così adesso abbiamo una nostra piccola biblioteca».

«Aspetta. In che senso, *nostra*?».

«Nel senso che potrai prendere ciò che vuoi quando vuoi».

Gabriele frugò nella cartella per nascondere l'imbarazzo. Era contento, ma si vergognava di essere povero.

«Grazie», mormorò. «Non so che dire».

«E c'è di più. Il nonno mi ha lasciato anche un pezzo di eredità: poca, ma quanto basta per quel famoso progettino».

Stavolta Gabriele non si trattenne e guardò l'amico in volto.

«Sul serio?».

«Sul serio. Possiamo stampare».

«Stampare».

«E usare quanto rimane per noleggiare delle pellicole». Luciano aprì le braccia. «Certo, non potremo permetterci chissà quali opere, i soldi sono quelli che sono. Però qualcosa troveremo, no? Chiediamo a don Gastone se ci lascia il teatro una sera ogni tanto, e il gioco è fatto».

Stavano passeggiando lungo la roggia. Le donne lavavano i panni nell'acqua prendendosi in giro a vicenda. Luciano abitava a una ventina di minuti a piedi da via Grazzano, ma accompagnava sempre Gabriele a casa; nonostante la gamba zoppa, camminava volentieri ed era un fanatico del salutismo: a differenza dell'amico prendeva molto sul serio gli esercizi di respirazione, la ginnastica e le gite all'aria aperta.

Una rivista. Una piccola sala cinematografica tutta per loro. Era troppo bello, assolutamente immeritato; pertanto Gabriele si sentì in dovere di obiettare.

«Forse dovresti tenere quei soldi per te», sussurrò.

«E per farci cosa, scusa?».

«Non so. Un viaggio, qualche vestito. Quel che ti va».

«Bravo fesso», disse Luciano – e in quel tono Gabriele riconobbe, con un fremito di gioia, l'accento della lingua che condividevano, la lingua dei loro sogni. «*Questo* è quel che mi va».

Il circolo culturale «La roggia», insieme all'omonima rivistina, venne dunque fondato il tredicesimo anno dell'era fascista – il numero romano campeggiava sopra il titolo. Le proiezioni nella sala parrocchiale iniziarono poco dopo; Gabriele dovette assicurare a don Gastone che non avrebbero mai dato film sconvenienti, o comunque anche solo vagamente immorali.

«Perché il cinematografo?», disse una sera di maggio, davanti a una manciata di persone fra cui Domenico, Luciano e sua cugina, più un'amica di lei dai capelli neri che non conosceva. Schiarì la voce fissandola. «L'aristocrazia sdegnosa lancia da anni strali contro la più giovane delle arti. Tanto giovane che non possiede nemmeno uno straccio di musa a proteggerla! Polemiche, schermaglie... Per cosa? Le folle continuano comunque a riempire i vari "Eden" e "Odeon". Così non va, amici. L'idolatria per il cinematografo non è colpa di quest'ultimo, quasi fosse qualcosa di vile. Io e il mio amico Luciano Ignasti ne siamo appassionati da tempo. Come voi e altri ancora, giovani di sicura morale. Vorrei allora invitare i vari soloni: respirate anche voi il lezzo asfissiante di una platea; salite nella bolgia di un loggione; e quando vi sarete abituati all'oscurità, guardate tutte le passioni che appaiono e scompaiono sul volto dell'operaio, della dattilografa, dell'innamorato. Capirete perché anche noi, giovane plebe, andiamo al cinematografo! Per le passioni».

Un timidissimo applauso. Gabriele sentiva le guance scottare. Due ragazzi dell'oratorio si alzarono e uscirono, quindi venne proiettato il primo film della «Roggia» – una tragicommedia piuttosto noiosa – e quando il protagonista baciò la bella del villaggio, don Gastone coprì il proiettore con una mano. A parte questo non ci furono problemi tecnici e Luciano sembrava soddisfatto del suo investimento.

«Discreto», confermò la ragazza dai capelli neri, avvicinandosi a loro.

«Sul serio?», disse Gabriele.

«Il film sì. Però io parlerei di meno, se fossi in te».

Gabriele arrossì ancora di più, e la vide sparire sorridendo in fondo alla sala.

«Bella, vero?», disse Luciano avvicinandosi.

«Molto. Sai come si chiama?».

«Eleonora Zancon».

«Eleonora Zancon», assaporò Gabriele.

«Già».

«Dici che...?».

«Mi sa proprio di no».

Il resto del tempo, complice la biblioteca del nonno di Luciano, Gabriele sprofondò ancor più nelle parole. Riempiva quaderni e taccuini di note, libri letti e da iniziare: LIBRORUM LEGENDORUM, scrisse a grandi caratteri su un blocco, e le pagine si affollarono di titoli. Scoprì Körmendi, Maeterlinck, Rilke, Jack London. Seguiva le frasi con ansia e timore, come se ciascuna lettera scomparisse per sempre dopo che il suo sguardo vi si era posato sopra. Il vecchio Ignasti aveva lasciato alcuni romanzi di Flaubert in lingua originale, e un buon dizionario. Al ginnasio Gabriele aveva ottimi voti in francese: lesse i libri con tenacia e carpì tutte le parole che poteva. Si consumò con sant'Antonio, circondato da visioni di lussuria ed empietà. Divenne Frédéric Moreau e strinse fra le mani la ciocca di capelli della signora Arnoux. *Le vieillard releva une face hideuse, où l'on distinguait, au milieu d'une barbe grise, un nez rouge, et deux yeux avinés stupides.* Cosa voleva dire *avinés*? Oh, sì, ubriachi – avvinazzati.

Scoprì Verlaine, Tolstoj, Gor'kij. Rilesse Carducci. Rilesse gli almanacchi lunari di Pietro Zorutti, il vate del Friuli. Insieme a Luciano, dopo avere studiato, spiava le riunioni dei giornalisti alla Ghiacciaia in piazza dell'Ospedale vecchio; o inseguiva a distanza il girovagare del poeta cieco Emilio Girardini, che misurava Udine con il suo bastone, scortato da un giovane, arrancando sotto la pioggia primaverile.

Sulla rivista del circolo pubblicarono recensioni in forma di dialogo:

L: *Quest'opera illumina meno di altre la condizione umana universale.*

G: *Sì, ma illumina quella singolarissima del protagonista! Non è forse bastante per dare un riflesso di quella comune?*

L: *Dipende. Un romanzo non dovrebbe aspirare alla conoscenza?*

G: *Un romanzo dovrebbe aspirare alla bellezza soltanto.*

Poi accaddero in rapida successione due fatti che non avrebbe mai dimenticato.

Il primo. Fra i libri del fondo Ignasti, Gabriele trovò un romanzo dal titolo un po' banale, che pareva già dire molto della trama. Cominciò a sfogliarlo svagatamente, ma venne catturato da una scena: lo portò allora con sé.

Il libro lo imprigionò per tutta la notte. Dovette cambiare la candela per andare avanti, attento a non svegliare i fratelli, guidato fra i vicoli e le stanze della città che ai suoi occhi si dipanava, in quell'estate afosa, fra i tormenti del protagonista e la caccia che gli veniva data. Quanta sofferenza, e quanto desiderio di sofferenza. Quanta profondità e quanta carne, quanta miseria, eppure al contempo quanto splendore. D'improvviso, toccando le ultime pagine – era ormai l'alba – Gabriele seppe. Non poteva articolarlo: ma seppe con chiarezza ciò cui era destinato e che fin da bambino aveva oscuramente intuito, quando inventava le storie per il suo teatrino e accettava di credere alla finzione perché conteneva una verità profonda, sostanziale. Il romanzo lo aveva lanciato in un altrove sconosciuto, una terra remotissima eppure familiare, dove ogni gesto appariva motivo di scandalo o di fede; una terra favolosa ma cento volte più intensa di tutta la realtà vissuta fino a quel momento.

Annotò sul diario:

31 maggio 1935

«*Delitto e castigo*» *di Feodor Dostojevsky.*
Sono stravolto come dopo una corsa senza fine. Non ho
mai letto nulla di più straordinario, di più terribile.

Il secondo fatto. Alla sagra di san Giorgio, la festa
del suo quartiere, rivide Eleonora Zancon e capì di
amarla con un'evidenza simile al suo incanto per le
pagine del russo. Amore e lettura gli parvero d'istinto
scaturire da una medesima fonte.

Eleonora rideva con un'amica di fianco ai ferri della
roggia. Sui lampioni erano appese bandiere e lampade
di carta che mandavano una luce opaca nel lungo crepuscolo. Gabriele si avvicinò. Eleonora si ricompose nel
vederlo e stirò le pieghe della gonna a mani aperte.

«Ti ricordi?», disse lui.

«Mi ricordo. Quello del cinematografo».

«Come stai?».

«Così. Vuoi una fetta di pan pepato?».

«No, grazie. Fate festa insieme?».

«Mangiamo caramelle e pan pepato», disse Eleonora.

L'amica la strattonò piano per la camicetta, indicando
con il mento delle persone che cantavano sotto i festoni
colorati. Gabriele, pensando alle pene di Frédéric Moreau
e all'amore di Raskòl'nikov per la purissima Sonja, raccolse il suo coraggio e propose d'un fiato a Eleonora di
farle un ritratto con le parole.

Lei lo squadrò stringendo gli occhi.

«In che senso?».

«Vorrei scrivere una poesia. Un racconto in versi su
di te».

«E perché?».

La domanda colse Gabriele di sorpresa. Decine di risposte diverse gli si affollarono alla bocca – *Perché sono innamorato di te, Perché sono un poeta, Perché vivo per il bello, Perché vorrei avere una tua immagine da stringere la sera* – ma nessuna venne pronunciata.

«Magari un'altra volta», disse Eleonora, mentre l'amica le sussurrava qualcosa all'orecchio. Lei annuì, sorrise a Gabriele e si allontanò. Quel sorriso gli sarebbe bastato a lungo.

Si accorse di essere sudato per l'imbarazzo. Respirò con calma e si guardò intorno. Il borgo era invaso dalla gente dei paesi vicini, contadini e vagabondi e saltimbanchi: tutti mangiavano rane fritte e bevevano vino. Con la coda dell'occhio Gabriele vide Renzo correre lungo la roggia insieme al suo amico Elvio, e più avanti il padre giocare a carte sopra un tavolo improvvisato con due travi, davanti al portone chiuso del verduraio Drigo. L'estate era tutta intorno a lui. La sentì vibrare.

Iniziò così una stagione di sogni. Gabriele vagava sotto i tigli di viale Venezia, furioso e appassionato, pensando alle lettere che avrebbe dovuto scrivere a Eleonora Zancon – *Cuor mio! Regina dei miei tormenti!* – per poi non combinare nulla. Faceva il bagno con i fratelli alla vasca della Stampetta, rimirando il cielo vuoto e inondato dalla luce mentre sosteneva Renzo, cattivo nuotatore, e gli diceva di aggrapparsi al cavo. E con Luciano andava al Dopolavoro ferroviario, nella sala da ballo piena di palloncini, ma era incapace di chiedere un giro a qualche ragazza: si limitava a seguire le danze, ripetendosi che il poeta deve essere come la spia a una festa.

Ormai esentato dal lavoro nei campi, grazie a un impiego da copista sottopagato che gli aveva trovato il padre di Luciano, andò al casale solo qualche giorno: per lo più ad annoiarsi dolcemente nell'erba e leggere Rilke. Talvolta prendeva in prestito una bicicletta e puntava verso est. I prati e i campi erano punteggiati di papaveri e botton d'oro. Faceva lunghe nuotate nell'acqua pallida del torrente Cellina: risaliva la corrente e poi si lasciava trascinare a corpo morto. Le rocce bianche brillavano accecanti.

Nudo nel silenzio tornava a riva e si stendeva sul greto a dormire, immerso nell'odore di resina dei boschi che incombevano attorno. Al risveglio le cose della natura emergevano con un'energia ancora più violenta. I colori erano purissimi: il verde cupo, l'azzurro, il grigio. Ecco una rondine, un piccolo banco di pesci. Ecco una nube immensa sputata fuori dalla valle, all'orizzonte, dove la gola del torrente si stringeva. Gabriele rigirava fra le dita dei piedi i sassi asciutti e bollenti del greto. A volte prendeva dal tascapane carta e matita e scriveva qualche verso; ma per lo più rimaneva lì, immobile, sentendo i muscoli palpitare nel vuoto.

10

L'acquaio in cucina era migliore. Più solido, più grande dell'altro. Ma c'era meno acqua corrente, quindi come ogni mattina Maurizio Sartori staccò un pezzo di sapone e si lavò con quanto restava nella bacinella.

La sera precedente si era scordato di farsi la barba. Il nuovo padrone ci teneva moltissimo: non importava che fabbricassero tubature; gli operai dovevano comunque presentarsi all'appello lindi come funzionari. Era una questione di rispetto: il che comportava, secondo il padrone, maggiore propensione al rendimento.

«In mona», disse Maurizio. «Tua madre, doveva avere rispetto, e non farti nascere».

Buttò un ciocco di legno nella stufa e mise un po' d'acqua a scaldare.

Da tempo soffriva di insonnia. Dormiva poche, pochissime ore, colme di incubi astrusi che lo lasciavano senza forze; e nemmeno il vino aiutava più. Tossì e sputò nella bacinella di metallo, poi guardò fuori la roggia nell'alba trasparente.

Avevano cambiato appartamento nello stesso palazzo – una stanza in più e un terrazzo dove allevare i polli – e lui aveva cambiato lavoro. In fabbrica, con il cottimo e lo stipendio più alto, si campava meglio. Ma la vita non cambiava mai.

Maurizio prese l'acqua appena tiepida e si rase con rabbia e fretta. Soltanto a metà della rasatura sentì la campana della chiesa di San Giorgio, e si accorse che era domenica. Ridacchiò esausto.

«E in mona anca mi», disse specchiandosi nella bacinella. Era invecchiato di cento anni nel giro di sei mesi, o così gli sembrava. Tornò in camera e tolse i pantaloni e la camicia da sotto il materasso. Nadia stava indossando la gonna. La rimirò per un istante: i lunghi capelli percorsi da fili bianchi, il volto più affilato. Si chinò e la sfiorò con le labbra sul collo; lei gli sorrise e lo carezzò.

Uscì nell'aria crespa del mattino di settembre. Udine era talmente bella, quel giorno, da ferire persino lui. Le bandiere tricolori appese ai fili del bucato ballavano nel vento denso di profumi: vernice, erba, cacio, canfora.

Si incamminò verso il centro, di buon umore. Avevano cambiato casa e lui aveva cambiato lavoro. Quella bestia di Rodolfo Becchiarutti era morto di polmonite e l'altro fratello aveva smesso di tormentarlo, dopo che Maurizio aveva infine tradito un ex collega, un socialista, che si era preso la sua razione di legnate e olio di ricino. In fondo non andava tanto male.

Attese che i primi negozi aprissero facendo tintinnare le lire nella mano destra. Quando gli parve l'ora opportuna si recò alla Buona vite. All'ingresso della trattoria c'erano già Rino Barzani e Danilo Scur. Maurizio sorrise. Due dei meno peggio che potevano capitargli: uno lavorava alle Poste e leccava i piedi agli squadristi, ma più che altro per vigliaccheria; l'altro era un vecchio lavoratore alla giornata, gentile e malinconico, dagli occhi percorsi di vene rotte.

«Sartori», disse Scur. «Capiti giusto per il prossimo giro».

«Avete cominciato presto».

«Muoiono tutti. Perché aspettare?».

«Giusto. Muoiono tutti».

«La vita è breve», disse Barzani.

«Fa' un salto al cimitero», disse Scur. «Ne trovi migliaia, che te lo ripeterebbero».

«Ma non possono».

«Eh, no. Perché son solo nomi sulle pietre».

Cominciarono a offrirsi da bere a vicenda e l'umore di Maurizio migliorò ulteriormente. Aveva l'intera giornata davanti a sé, nitida e tonda come un uovo sul piatto. A un certo punto Scur gli chiese di cantare qualcosa. Avevano lavorato insieme durante il suo primo periodo come manovale a Udine; era uno dei pochi a conoscere la sua bella voce. Voleva sentire *Signorinella pallida*. Maurizio di solito avrebbe detto di no; invece stavolta fece un altro sorso e partì:

> *Signorinella pallida,*
> *dolce dirimpettaia del quinto piano,*
> *non v'è una notte ch'io non sogni Napoli,*
> *e son vent'anni che ne sto lontano!*

«Bravo», applaudì Scur.

«Però», fece Rino Barzani, colpito. «Pare Caruso».

> *Al mio paese nevica,*
> *e il campanile della chiesa è bianco,*
> *tutta la legna è diventata cenere,*
> *io ho sempre freddo e sono triste e stanco!*

«La piantate?», gridò l'ostessa. «Già di primo mattino siete ubriachi?».

«Non siamo ubriachi, Ines».

«Ma fra poco, vedrai che circo».

Risero. La donna agitò un braccio per tacitarli.

«Non è male la Ines, vero?», disse Barzani.

«Io sono troppo vecchio per queste cose».

«Ha quel bel culo lì».

«Sono troppo vecchio».

«Dai. Non le infileresti le mani nella sottana?».

«Un tempo, forse».

Barzani si asciugò la fronte con un fazzoletto e blaterò della guerra in Abissinia, dell'Impero che cresceva, di quelle belle negrette che li aspettavano laggiù – altro che la Ines. Era sempre in affanno quando parlava; muoveva le braccia a scatti e gli ballavano un poco le palpebre.

Anche i tedeschi, diceva, anche i nostri alleati vedranno bene di che pasta siamo fatti; visto quanti volontari si arruolano? Quanti alpini pronti a tutto?

«I tedeschi sono delle bestie», disse Maurizio. «E chi ha combattuto sui monti lo sa».

«Ah, sicuro», si affrettò a dire Barzani. «E chi dice che fascismo e nazismo sono la stessa cosa, non ha capito proprio niente. Hitler può anche ammirare il Duce, ma fra i due c'è una differenza totale. Totale», ripeté, sbattendo la mano sul tavolo.

Più tardi Maurizio uscì con il solo Scur; Barzani per fortuna era andato a messa. Una nube spense di colpo il quartiere. Per strada una ressa di ambulanti offriva merci di ogni sorta: grappoli d'uva freschi e carnosi, bicchieri di limonata, angurie tardive spaccate a metà per mostrarne il cuore rosato, ciambelle, liquirizia, blocchi di ghiaccio gocciolante. Le solite vecchie carniche vendevano conigli e cucchiai. Un reduce di guerra senza una gamba passava chiedendo la carità con un mugolio.

Scur domandò a Maurizio dei figli.

«Il maggiore già lavora?».

«Sì, ma studia anche. Va al liceo».

«Sul serio? Non me lo avevi mai detto».

«Sul serio».

«Allora è un genio».

Maurizio si strinse nelle spalle.

«E gli altri?».

«Uno va a scuola, l'altro fa lavoretti».

«Che bravi». Scur fece un sorriso triste. «Ne sarai fiero».

«Certo».

«Anche il mio povero Gianni era in gamba. Un'altra pietra al cimitero. Pure lui ti direbbe che la vita è breve, e pure lui non può più farlo».

Maurizio annuì.

«I fruts, i figli, sono la cosa più importante. Dammi retta. Non hai idea del dolore quando mi è morto Gianni di tifo. Uno esce di casa, lavora come un asino, torna e si ritrova così». Passò una mano sul collo. «Sono passati trent'anni, ma non vuol dire nulla».

Maurizio annuì ancora; conosceva quella storia. Si separarono poco dopo con una stretta di mano e lui tornò verso casa. Era ormai lungo la roggia quando si domandò quale dei suoi tre figli – nessuno con il tifo, nessuno ridotto a una pietra al cimitero e nessuno volontario in Abissinia – potesse capirlo meglio. Fissò l'acqua appoggiato alla ringhiera. A loro avrebbe lasciato ben poco in eredità, quasi nulla. Ma loro, cosa potevano dare a lui? Quale fra i tre lo capiva meglio e poteva donargli un briciolo di verità o conforto?

In quel momento vide arrivare dall'altra parte della strada una risposta possibile. Sorridendo raggiunse Gabriele e lo prese sottobraccio.

«Come stai?», gli chiese. «Torni da messa?».

«Sì, papà».

«Bravo. Sai cosa si mangia oggi?».

«La mamma stava preparando la brovada, mi pare».

«Brovada, sempre brovada», rise lui confuso. «Senti. Prima stavo parlando con Danilo Scur. A volte viene nel quartiere da sua sorella, che abita vicino alla chiesa. Hai presente? Mi ha chiesto di te, di Meni e di Renzo».

«E che gli hai detto?».

«Che gli ho detto. Niente. Infatti mi sono accorto che non so granché di quel che fate. Tu, poi. Io leggo male – e tu invece, guardati. Al liceo».

«Sei sicuro di stare bene, papà?».

«Ma sì, che domande fai», borbottò Maurizio; quindi aggiustò il tono, vedendo suo figlio allontanarsi di un passo, impaurito. Perché la gente reagiva ogni volta così? «Scusa», ridacchiò di nuovo. «Mi sono fatto qualche bicchiere in osteria. Chissà cosa ci mettono dentro, nel vino. Osti della malora».

Gabriele sorrise e nascose le mani in tasca.

«Allora. Tutto questo studio... Cosa vorrai fare?».

«Non so ancora. Insegnare, credo».

«E cosa?».

«Italiano. Con le parole me la cavo».

«Già. Le parole».

Maurizio si grattò il mento. Erano quasi a casa; quella povera pazza di Maria Covicchio pescava come al solito nella roggia con una canna senza filo, canticchiando fra sé; ogni tanto agitava un dito nell'aria come a disegnare la melodia.

«Però le parole non sono sempre una cosa buona, no?», disse Maurizio.

«In che senso?».

«Se impari, è facile usarle per ingannare la gente. Cadorna faceva così. Il Duce fa così». Vide nell'espressione del figlio un lampo di stupore, quasi di scandalo; e poi di nuovo quella paura che tanto detestava, perché gli ricordava la sua. «Come mai mi guardi in quel modo?».

«Scusa. È che non capisco bene».

«Ascoltami. Tu leggi anche poesie e canzoni, no?».

«Certo».

«E storie».

«Sì. Romanzi».

«E ti piace, mi pare».

«Moltissimo», si illuminò. «È come vivere cento vite diverse che non avrai mai l'occasione di vivere davvero».

«Ecco». Lo trafisse con un indice. «Ecco il punto. Vivere vite che non puoi vivere. È un trucco delle parole. Invece conta cosa fai della tua vita, questa, non i sogni di un'altra. Perché non c'è, non esisterà mai. Purtroppo», aggiunse, quasi stupito, mentre Gabriele annuiva incerto – le solite mattane del padre, eh? Ma d'impulso Maurizio gli strinse forte un braccio: voleva sentirsi degno di lui, imparare ad amarlo come si doveva, come aveva fatto Scur con suo figlio Gianni e ancora faceva, stretto da quel laccio che proprio non voleva disfarsi. Fu tentato di raccontargli finalmente l'onta che si portava dietro. *Non ti ho mai voluto. Me ne sono andato quando ho saputo che stavi per nascere. Per questo ti dico e ripeto che non potrai mai fidarti di nessuno, nemmeno di tuo padre.* E sarebbe stato brutto e doloroso, certo, ma forse tutto sarebbe cambiato, anche lui sarebbe entrato nel regno delle parole giuste – anche lui avrebbe aggiunto, infine libero dall'odio: *Eppure eccoti qui, eccoci qui; sei mio figlio e io sono tuo padre e ho capito che ti voglio bene. Non ti lascerò mai.*

Ma queste parole non le aveva. Così tacque, come di consueto, mentre salivano le scale.

Quella notte, sfranto dall'insonnia e dal caldo fuori stagione, la gola stretta da una sete che non poteva placare con l'acqua, si ricordò del cjalcjut. Qualche volta, in tutti quegli anni, aveva creduto che il mostro fosse tornato. Sempre più spesso soffriva di mali lancinanti al petto, e gli capitava di svegliarsi all'improvviso con il respiro strozzato. Allora portava le mani alla gola temendo di trovarvi i segni di altre mani, si scrutava il torace cercando un pelo nero o l'impronta di una zampa; invece non c'era mai nulla. Del cjalcjut nessuna traccia. Eppure sapeva che non poteva averlo abbandonato. Doveva dormire in un angolo della stanza, pronto a rivelarsi di nuovo: le sue colpe erano troppe e l'antica condanna non era certo dimenticata.

Maurizio si alzò e cercò alla finestra una bava di vento, ma la città gli restituì soltanto silenzio e un'afa greve. Rimase lì per un po', aggrappato allo stipite. Quindi tornò a letto e si rannicchiò accanto al corpo di sua moglie: era piccola e fresca, e russava piano.

11

Domenico lo vide all'incrocio con via della Vigna. Lo vide lì, a pochi passi dalla roggia. L'accattone indossava solo una maglia giallastra nel gelo di quel febbraio. Le mani erano piagate fino all'inverosimile, due moncherini gonfi e sporchi. Nulla che non avesse già visto altre volte, soprattutto in campagna: corpi straziati e stanchi, era sempre la stessa storia. Eppure stavolta una forza terribile gli strozzò la gola, e una vena della gamba sinistra prese a pulsare all'impazzata.

Si avvicinò all'uomo. Non doveva avere più di cinquant'anni e davanti a sé teneva una ciotola vuota. Era strano: i mendicanti, già pochi quando era bambino, erano spariti quasi del tutto. Una volta aveva visto delle camicie nere picchiarne uno e portarlo via di peso.

L'uomo lo guardò senza parlare. Domenico si portò una mano alla bocca per trattenersi. Una lacrima gli giunse lentissima alle labbra. Si guardò intorno: era ormai sera, e la gente tornava a casa dal lavoro. Lui aveva appena finito di aiutare il verduraio Drigo, che aveva accettato di dargli un impiego per qualche centesimo l'ora. I pochi bambini per strada si grattavano i geloni e soffiavano sulle mani tenute a coppa. Gli uomini del quartiere si scambiavano un grido o un lazzo, l'invito a fermarsi in osteria.

«Sta bene?», domandò Domenico al mendicante.

Lui non rispose.

«Sta bene?».

«Ti sembro star bene, frut?».

Domenico si ritrasse e si grattò forte il palmo sinistro.

«Ho perso tutto», disse l'uomo cingendosi il petto con le braccia.

Domenico lo squadrò per qualche secondo ancora, poi si tolse di dosso il maglione e lo depose davanti all'accattone. Lui lo fissò.

«Che fai?».

«Glielo regalo. Fa tanto freddo».

«Ma sei impazzito?».

Domenico si allontanò senza dire altro, tremando nella canottiera. Ogni tanto si voltava verso l'uomo: teneva il suo maglione fra le dita e lo palpava con cura. Domenico batteva la lingua sul palato e cercava di ignorare i commenti della gente per strada, le donne che scuotevano la testa, i bambini più piccoli che lo indicavano ridendo: ma quando fu davanti al portone di casa, i suoi occhi incontrarono gli occhi furenti del padre. Era lì, in piedi, di fianco alla mamma e a Gabriele.

«Cos'hai fatto?», gridò. Domenico alzò le braccia per cercare di difendersi, ma il padre già si era avventato su di lui. Da un paio d'anni non tirava più sberle ai figli, e i suoi strepiti si erano fatti meno frequenti. Ma stavolta apparve come rinato, giovane, pronto al peggio.

«Papà».

«Sta' zitto. Cos'hai fatto? Guardati, in canottiera! Che vergogna».

«Ho dato il maglione a –».

«Sì. E perché?».

«Perché è povero».

«*Noi* siamo poveri! E quel maglione era un regalo della zia!».

«Ma quel vagabondo sta peggio di noi».

«E allora? Dobbiamo regalare il pane a tutti, così moriamo di fame?».

«Papà», cercò di intervenire Gabriele, «è carità cristiana».

«Non difenderlo, sai».

«Non sto dicendo che abbia fatto bene: ma è carità cristiana».

Il padre si morse una mano di taglio e fece un sospiro.

«Guarda, Nadia, levamelo di torno. Mandalo via, per favore».

Sua madre lo spinse piano verso casa. Papà andò nella direzione opposta e Gabriele lo seguì a una certa distanza, chiamandolo; ma lui non si voltava. Domenico provò pena anche per loro. Sembrava impossibile che gli esseri umani si trattassero con cura, impossibile volersi bene.

«Hai quattordici anni, Meni», gli disse la mamma. «Quasi quindici. Queste scene le potevamo capire quand'eri più piccolo, ma ora?».

«Mi prendete tutti per scemo», disse lui nel vuoto.

«Ma cosa dici?».

«Lo so. Ma io non sono scemo».

Lei si ritrasse e sul suo volto Domenico vide qualcosa di molto diverso dalla tenerezza e dall'amore che sempre riservava per i figli, anche quando sbagliavano o si ficcavano nei guai. Adesso c'era una traccia di paura.

«Dai», si riscosse. «Sabato ho il pomeriggio libero; andiamo insieme dal nonno dopo l'adunata. Che ne dici?».

Lui annuì e tirò su con il naso.

Risalirono a piedi la strada che tagliava i campi, brulli e vuoti: la terra aveva un colore grigiastro e benché non ci fosse nebbia l'orizzonte era immerso in una cappa lattiginosa. Quando arrivarono era già buio.

Il casale in quegli anni si era riempito di bambini. Lo zio Piero, che pareva destinato a morire scapolo, aveva infine ceduto alla figlia maggiore dei Pasut. Tre volte padre, aveva anche portato una coppia di cugini con i figli e una loro sorella minore. Con l'aiuto del cugino più vecchio aveva rifatto le travature e ampliato lo spazio abitabile costruendo una nuova stanza vicino alla stalla; e dopo una lunga discussione si era messo d'accordo con Agostino Dorigo per acquistare uno dei suoi campi.

Il focolare risuonava di voci e canti e i bimbi giocavano strillando. Uno di loro aveva rubato il tabarro dello zio e si atteggiava da adulto, i pugni sui fianchi, lanciando comandi dall'alto di una seggiola con la voce grossa. Una ragazzina appena più grande diede un calcio alla seggiola e lo fece cadere a terra; cominciò una rissa fra le risate degli altri e l'abbaiare dei cani. Sulle fiamme del focolare bolliva un pentolone di minestra, che una cugina rimestava sbadigliando. I salami appesi al soffitto mandavano un odore acido.

Domenico si sentiva a disagio e fu contento quando il nonno lo chiamò. Era seduto su una grande sedia di legno chiaro, chiuso nella coperta dai piedi al mento. Domenico gli carezzò la barba.

«Nini», disse il vecchio.

«Buonasera, nonno».

«Hai visto come sono conciato?». Batté le mani sulla sedia. «Una volta andavo giù fin sotto terra con la vanga nel giro di cinque minuti. E ora».

«Sta sempre bene, nonno».

«Sì, bene. Mi fate le moine perché sto crepando. E poi, hai sentito? Ora parliamo anche con i Dorigo. Facciamo affari». Emise una specie di ringhio basso, la parola gli si stropicciò in bocca. «Prima facevamo la fame, ora gli affari. Con i Dorigo. Se il mondo è diventato questo, mi sta bene andarmene».

Domenico strinse la bocca; non sapeva cosa rispondere.

«E tu che mi dici? Parla!», alzò la voce il nonno.

«Niente».

«Come, niente? Vivi a Udine, ormai sei un uomo. Avrai pure qualche storia. Ecco», disse, e indicò sua cugina Loretta. «Vai da lei».

«E cosa le dico?».

Il nonno tossì: «Quel che ti pare. Basta che me la tieni lontana».

Domenico si avvicinò a Loretta al focolare. Con un paio di forbici lei ritagliava uno straccio da un vecchio lenzuolo macchiato. Da quando era venuta ad abitare lì, non si erano mai scambiati più di una decina di parole.

«Come stai?», le chiese.

«Male».

«E perché?».

«Ho il cuore a pezzi».

«Oh. Mi spiace. Posso fare qualcosa?».

Lei si strinse nelle spalle. Domenico attese la solita ondata di empatia, ma non arrivò.

«Andiamo fuori?», disse Loretta. «Devo prendere l'acqua».

La sera si era fatta ancora più fredda. Domenico pensò all'accattone in città e fu contento che avesse il suo maglione. Si avvicinarono al pozzo e Loretta fece calare il secchio. Domenico guardò l'acqua dal bordo e ci vide riflesso un pezzo di nube viola e una stella. Loretta gli strinse un braccio.

«Mi sono innamorata di uno che non mi vede nemmeno», disse.

«Ah», disse Domenico.

«Non ti è mai capitato?».

«Mi sa di no».

«Beato te. Fa un male, sai?».

Domenico annuì, ma non le credette. Nulla in lei recava il sigillo del dolore – ciò che conosceva meglio di ogni altra cosa. Loretta gli si avvicinò un altro poco.

«Non tiri su il secchio?», chiese lui.

«Ancora un attimo. Guarda che begli occhi, hai. Come tua mamma». Domenico si irrigidì. «Belli», disse lei sorridendo, e lo baciò. Domenico la fissò senza muovere un muscolo, terrorizzato; e quando la bocca di lei si aprì per lasciar uscire un lembo di lingua, si staccò subito e prese a camminare in cerchio attorno al pozzo.

«Ma che hai?», chiese Loretta.

«Niente. Niente».

«Non ti piaccio?».

«No. Non lo so». Si fermò. «Ma non avevi il cuore spezzato?».

Lei sbuffò, appoggiò il piede sulle pietre del pozzo e tirò il secchio a sé. Quindi gli rivolse un'altra occhiata in cui lui vide – ci era abituato – metà disprezzo e metà compassione, e si allontanò.

La mattina dopo andarono alla messa dell'alba. Una pioggia leggera apriva dei cerchi nelle gore. Domenico ascoltò il prete parlare dell'abbandono che chiede la fede; della necessità di abbandonarsi a Dio, perché Dio solo è certa salvezza. *Venite a me*, dice Gesù – e noi da lui dobbiamo recarci, anche se le sue vie spesso sono ardue. L'alternativa era la solita: le fiamme dell'inferno.

Sulla strada del ritorno, sua madre gli carezzava il volto o gli premeva le labbra sui capelli.

«Il mio Meni», diceva. «Il più buono di tutti».

Domenico vide i contadini andare avanti e indietro, bestemmiando incarogniti. Vide i bambini giocare nel fango, scalzi e magri come serpi. Guardò con attenzione i loro piedi, si nutrì del gelo che dovevano provare. Una donna sedeva ai piedi di un misero carretto di mestoli e ciotole, che certamente aveva trascinato senz'altro aiuto. Un ragazzo della sua età cuoceva sulle fiamme un passero infilato in uno stecco con qualche foglia di salvia. Una vecchia tirava con due uomini un asino che puntava le zampe a terra; dopo un ultimo strattone si appoggiò a un albero e alzò gli occhi, e Domenico li alzò con lei, ferendosi il palmo della mano con l'unghia del pollice, scavando con forza nella pelle per costringersi a pensare ad altro.

Non andate subito da Dio, voleva dire loro. *Venite prima qui.* Sapeva che c'era bisogno di lui in quella terra fredda come in ogni qualsiasi posto: avrebbe potuto aiutare chiunque. La sua anima era grande a sufficienza. La madre lo chiamò perché era rimasto indietro senza nemmeno accorgersene. Il palmo gli doleva. Sopra di loro il cielo era un cencio. Domenico portò le mani fra i capelli per contenere la disperazione.

12

Marco Cesconi, un bravo atleta amico di Luciano Ignasti – aveva partecipato anche ai Littoriali dello sport –, era appena tornato da un campeggio della Gioventù hitleriana. In piedi davanti al loro circolo, le braccia conserte e i capelli laccati di brillantina, si vantava con Eleonora Zancon.

«Là son tutti veri uomini, sai», diceva.

«E le tedeschine, come sono?».

«Bellissime».

«Ah, sì? Più delle friulane?».

«Più di quasi tutte le friulane», le sorrise.

«Quanto sei scemo», disse lei.

Gabriele ascoltava stringendo i denti. Era impossibile tenere testa a Cesconi. Aveva piegato all'ingiù con le tenaglie il manubrio della sua bici per simularne una da corsa, e si lanciava in matte discese per i colli.

«Volete entrare?», chiese timidamente. «Sta per mettersi a piovere».

Da quanto gli aveva detto Luciano, Eleonora stava facendo dei gran pensieri attorno a Cesconi. E come se non bastasse, la diffusione della rivista *La roggia* stava subendo un drastico calo. Gabriele aveva insistito per dare più spazio ad articoli di propaganda dell'Azione cattolica locale, e ad alcuni suoi bozzetti in versi attorno alla bellezza del quartiere – non particolarmente riusciti, a essere onesti. Queste mosse erano servite solo ad allontanare i pochi lettori non legati alla chiesa di San Giorgio, e avevano spinto Renzo a fare aeroplanini di tutte le copie su cui riusciva a mettere mano: Gabriele li vedeva volare giù dalla finestra di casa, puntualissimi e ridicoli, mentre risaliva la via dopo una riunione. Inoltre i soldi del nonno di Luciano stavano finendo.

Salì sul palco di pessimo umore. Se non altro, quella sera il pubblico era un po' più ampio del solito: c'erano sia Domenico sia Renzo; Cesconi; qualche amico di Luciano e sua cugina; e c'era Eleonora Zancon. Gabriele abbassò gli occhi. C'era persino Francesco Martinis, che negli ultimi due anni aveva fatto avanti e indietro da Cividale, e adesso sembrava tornato stabilmente in città.

«Buonasera», disse Gabriele. «Stasera abbiamo una pellicola speciale».

«E basta con questi filmacci noiosi!», fischiò Renzo dal fondo.

Qualcuno rise. Gabriele gli fece cenno di tacere: «È una bella storia, frater».

«Come no».

«Vedrai». Si schiarì la voce, imbarazzato e stanco. «Di solito faccio una breve introduzione, ma non stavolta. Se vi va, ne discuteremo in seguito».

In realtà non aveva idea di cosa avrebbero proiettato. Sapeva soltanto che era una specie di fiaba, la pellicola più economica fra quelle a noleggio; e probabilmente sarebbe stata una delle ultime. Luciano spense la luce, la bobina partì e sullo schermo balenò un paesaggio di montagna. L'immagine era piuttosto sgranata. Un gruppo di cavalieri risaliva un sentiero. Uno di essi, inquadrato in primo piano, aveva il volto attraversato da una voglia a forma di pera. Renzo cominciò a tirare palle di carta in direzione dello schermo, ma smise quasi subito.

I cavalieri erano di ritorno da una missione per conto del sovrano, e l'uomo con la voglia era un conte destinato in sposa alla principessa. Sulla strada affrontarono una battaglia contro nemici che portavano sugli scudi un drago rampante. Nel frattempo, al castello, la principessa era minacciata da una congiura organizzata dalla madre, che desiderava lasciare il regno in eredità al figlio minore. La madre vestiva un abito lungo, sottile, ed era sempre inquadrata di spalle. La principessa giocava in silenzio nel chiostro con le amiche, mentre un menestrello cantava con tono lugubre di guerre passate.

Il film era di scarsa qualità, girato con pochi mezzi, ma gli attori erano bravi e la regia aveva qualcosa di seducente. Talvolta apparivano lunghe inquadrature di cieli solcati da nubi in corsa, o di macchie di larici bruciati. L'obiettivo rimaneva fermo, e fuori campo si udivano i rumori delle spade o le chiacchiere di corte.

La principessa stava risalendo una scala a chiocciola, e dall'alto tre ombre si allungarono in modo innaturale. Il grido della ragazza si sommò al primo piano di una lama; poi la cinepresa filmò il suo corpo immobile e riverso sui gradini per dieci interi secondi. Un pianoforte suonava un ostinato sulle note basse.

«Eh, no!», strillò Renzo dal fondo della sala. «Protesto!».

«Sta' zitto», disse Gabriele.

«No, no, protesto. La principessa non può morire così, dopo neanche venti minuti. Che roba è?».

Suo fratello si era alzato e la sagoma si sbracciava contro le immagini del film: ma la sua voce aveva un tono diverso, come se non si trattasse di uno dei suoi soliti scherzi, bensì di una questione fondamentale.

«Ha ragione», disse Eleonora Zancon. «Ma mica si può tornare indietro».

«La storia va avanti in questo modo», disse Luciano.

«E sai quanto me ne frega?», replicò Renzo trafficando con il proiettore. Luciano zoppicò per fermarlo, ma lui smontò semplicemente la pellicola e la fece ripartire all'incontrario.

Sullo schermo la principessa tornò in vita e le ombre dei congiurati sfumarono via da lei, come assorbite dall'oscurità delle scale: sul campo di battaglia il cavaliere smise di assistere il corpo esanime di un compagno, che si rialzò di scatto: la lancia fu estratta dal suo petto e la battaglia riprese a gesti di marionette. Il sole invertì la sua corsa nella volta celeste. Gabriele guardò Eleonora sorridere e Marco Cesconi tenerla per mano; Domenico e Luciano, seduti fianco a fianco, tacevano a bocca aperta come colpiti da un sortilegio. Il menestrello cantò la sua canzone al rovescio. Un gomitolo di lana si riavvolse e tornò sul tavolo della regina madre. Il sovrano uscì dalla porta da cui era entrato, camminando all'indietro con un'espressione talmente buffa che Gabriele non riuscì a trattenere una risata. Nel bosco di larici i cavalli indietreggiarono in modo innaturale.

Qualcosa si stava compiendo, ma nessuno sapeva spiegare perché fosse così importante e pervaso d'incanto. Tacquero fino a quando la pellicola non si esaurì, scattando su se stessa e lasciando solo il bianco – la semplice luce del proiettore.

«Ecco», disse Renzo alle loro spalle. «La principessa è salva».

13

Il nuovo parroco del paese disse che non aveva avuto il piacere di conoscere il defunto; però tutti l'avevano stimato come un cristiano vero, un uomo gentile e timorato di Dio, un padre virtuoso e un marito fedele. Dunque il Signore l'avrebbe senz'altro accolto nel suo Regno – amen.

Poi Martino Tassan fu seppellito e la gente se ne andò. Era una chiara giornata di maggio. Le rondini schizzavano qui e là, da muro a muro. Nadia restò sola per qualche istante sulla tomba mentre Piero piangeva poco lontano; appariva ridicolo, robusto com'era e scosso dai singhiozzi. Maurizio stringeva il cappello tra le mani.

Il giorno successivo si finse malata per la prima volta nella sua vita. Mandò Renzo dai Bortoluzzi per avvisare che non era in condizioni di lavorare, assicurando che la settimana seguente avrebbe recuperato tutte le ore perse e anche di più.

Nadia aveva conservato il suo posto da serva anche dopo la morte di Edda, contro le sue previsioni. Ormai erano passati cinque anni, e ogni mattina si recava comunque a lavare i pavimenti e i bagni, riordinare le carte del signor Bortoluzzi, fare la spesa e cucinare. Nessuno più la rimproverava e nessuno più le rivolgeva parola. Era come assistere degli spettri.

Adesso giaceva sul letto e fissava le macchie di umidità che incrostavano il soffitto. Don Gastone le aveva regalato un santino della Madonna dietro cui stava scritto: *Il paradiso è degli umili*. Lo tenne in mano a lungo, carezzandone la consistenza. Il padre tanto amato, il padre che aveva riportato a casa Maurizio, se n'era andato per sempre.

Sul tavolino, Gabriele le aveva lasciato una tazza di brodo freddo. Ne bevve un sorso e si voltò a faccia in giù sul cuscino, cercando di riaddormentarsi. Dopo una decina di minuti capì che non ce l'avrebbe fatta, così si alzò togliendosi la maglia di lana.

Nuda, si rimirò tossendo nel riflesso del vetro: il suo corpo era diventato più magro ancora, tranne le braccia e le guance, che si erano fatte un poco più flaccide. La pelle ingrigiva come i capelli.

Avrebbe tanto voluto una bambina. Si guardava tremare e pensò che una bambina avrebbe potuto sistemare tutto: una piccola donna da cullare e crescere, un'alleata contro i quattro maschi della sua famiglia e quello che se n'era appena andato in cielo. Perché non aveva avuto una figlia?

Indossò di nuovo la maglia e andò a scaldare dell'acqua sulla stufa. Mentre attendeva, si mise a frugare sotto le poche cose che aveva nascosto nel cassetto. In una busta custodiva il disegno che aveva fatto tanti anni prima. Talvolta lo rimirava: c'erano sempre lei e Maurizio, più giovani, certo – e quanto tempo era trascorso: il volto nello specchio assomigliava poco a quello della ragazza che la sua stessa mano aveva ritratto. C'era sempre il piccolo Gabriele fra loro due. A volte si diceva che avrebbe dovuto aggiungere dei dettagli – Renzo e Meni, ovviamente – e completare l'opera. Ma per quale motivo? Tutto stava ormai scivolando nel passato.

Allora occorreva vivere bene. Occorreva essere felici. *Troviamo un modo di volerci bene, biondino? Lo troviamo, te lo giuro*. Ecco l'equivoco che nessuno capiva, né suo padre né sua madre né suo fratello: lei era rimasta accanto a quell'uomo perché lo amava davvero; anche se l'aveva tradita e distrutta, lo amava; perché era più debole di lei, e di certo più infelice, e perché anche lui provava lo stesso. A volte le anime elette sono belle e pure; più spesso sono imperfette e lacerate. Ma forse a tutte, se capaci di umiltà, spetta un angolo di paradiso.

Nadia carezzò il disegno e lo rimise nella busta. Mise un dito nell'acqua, era tiepida. Attese ancora un po', quindi la versò in una tazza e se la portò a letto. La bevve tenendo la tazza con due mani, lentamente. Poi si vestì, coprì capelli e mento con uno scialle, e uscì pregando di non incontrare nessuno che conoscesse.

Venti minuti dopo bussava a una porta di legno rossiccio. Sotto il batacchio c'era scritto ELSA WINKLER.

Venne ad aprire un uomo dai baffi a manubrio e lei gli spiegò chi era e cosa voleva. L'appartamento della maga era lungo e stretto. Alla fine del corridoio – Nadia aveva oltrepassato cinque porte chiuse ai lati, ognuna con una diversa decorazione in legno intarsiato, canestri di frutta e scene di caccia e volti impassibili – l'uomo si ritirò con un inchino. Nadia sostò davanti all'uscio.

Negli anni successivi alla morte di Edda, la signora Bortoluzzi si era recata a intervalli regolari dalla signorina Winkler. Le polemiche sulle attività della spiritista erano proseguite, con il signor Bortoluzzi a scagliarsi per primo contro quell'agitatrice di menzogne, nemica della loro cristianissima città. Ma la signora aveva continuato ad andarci per sapere come stava la figlia e cercare di parlarle. Sugli esiti delle sedute, tuttavia, non diceva mai nulla: si chiudeva in cucina, beveva il centerbe, mandava un singhiozzo.

Nadia spinse la porta.

Dietro una scrivania sedeva una donna vestita di nero, dai capelli bianchi ma dal volto giovanile e quasi privo di rughe. Nadia notò i suoi occhi tagliati sottili, di un blu particolarmente intenso. Gli incisivi sporgevano un poco dal labbro superiore.

«Buonasera», disse la donna. Indicò la sedia davanti alla scrivania: «Si accomodi».

Nadia si sedette. Il tavolo era sgombro, a parte tre grossi fogli di carta e tre matite dalla punta rossa. L'aria profumava d'incenso e la finestra a sinistra era serrata per metà: un poco di luce cadeva a chiazze sul pavimento.

«Ho parlato con il signore con i baffi», disse Nadia.

«Sì. Lei lavora presso la signora Bortoluzzi, una mia cara cliente; e vuole comunicare con suo padre».

«Voglio sapere se sta bene. E vorrei anche che la mia padrona non sappia che sono qui».

«Non rivelo informazioni su chi viene da me».

Nadia annuì.

«Quanto a suo padre, non è molto difficile verificare il suo stato. Comunicare invece è assai più complesso: dipende da lui e soprattutto dipende da lei. Gli spiriti sono dotati di cognizione e volontà, ma in un senso molto differente dal nostro».

«Però ora è in paradiso, vero?».

«Se Dio vuole. Tuttavia il paradiso stesso non è ciò che lei ha in mente». Elsa Winkler parlava un italiano quasi perfetto, sporcato solo da un lieve accento tedesco. «Deve immaginarlo più come un'immensa casa dotata di camere con viste differenti; e a seconda dei movimenti di energie che attraversano il cosmo, e al giudizio di chi lo governa, gli spiriti possono cambiare camera».

«Non capisco».

«Voglio dire che è possibile soffrire anche in paradiso, signora».

«Ma cosa dite? Che sofferenza?».

«Un tipo di nostalgia, forse».

Nadia strinse le mani a pugno.

«Questa è una bestemmia».

«No. Nessuno conosce l'aldilà, ovviamente: la mia è un'ipotesi fondata su anni di studi. Ma alla fine tutto dipende da ciò in cui crediamo. Ad esempio lei – noi», si corresse, «noi crediamo in Dio onnipotente: ogni persona dotata di senso, su questa terra, sa che esiste una forza superiore. Nessuno l'ha vista, eppure ci crediamo, e viviamo le nostre vite di conseguenza».

Nadia annuì incerta.

«Lei ha vera fede?», chiese Elsa Winkler.

«Certo. Certamente».

«Bene. Ma riuscirà ad avere fede in ciò che il prete non le ha detto? Ci pensi bene, per favore».

Nadia si irrigidì e strinse di nuovo i pugni. Si rese conto che non voleva affatto essere lì. Forse stava per commettere un peccato mortale; forse quella donna era una strega e una serva del demonio. Del resto anche don Gastone l'aveva condannata nelle sue prediche.

«Quante volte si è presentata un'anima? Quante volte ha risposto?».

«Non molte», ammise tranquillamente Elsa Winkler.

«E la signora Bortoluzzi, è riuscita a parlare con Edda?».

«Gliel'ho già detto. Ciò che avviene con i miei clienti resta segreto».

Nadia tacque.

«Alcuni pensano che sia una ciarlatana. E lo sta pensando anche lei. Sta dubitando e questo già rende inutile la nostra seduta».

«No, io...».

La maga alzò una mano: «Per me non sarebbe difficile mettere su un baraccone e far ballare sedie e tavolini a comando: ma io non inganno le persone. Ho la fortuna di avere un patrimonio di famiglia, ho potuto studiare e chiedo soltanto un piccolo pegno. In cambio offro un ponte reale con il regno dei defunti, e lei deve considerare che spesso i defunti vogliono essere lasciati in pace. Qualsiasi passaggio fra i due mondi comporta dolore e sacrificio da ambo le parti. Il punto è molto semplice: è disposta al dolore e al sacrificio?».

Ci fu un lungo silenzio. La signorina Winkler attese con pazienza. Nadia si voltò e notò appesa al muro una stampa. Sopra delle acque immobili, sopra il profilo di una costa appena collinosa, fluttuava una mongolfiera. Ma il pallone della mongolfiera era un occhio. Un enorme bulbo dotato di ciglia, la cui iride fissava disperata il cielo, trasportava una navicella legata ad esso con decine di corde. Nadia distolse lo sguardo. Davvero voleva parlare con suo padre? Davvero voleva sfidare il veto divino? Era quella la vera ragione per cui si era recata dalla spiritista?

«Non lo so», sospirò.

Elsa Winkler sorrise per la prima volta, un sorriso genuino e quasi infantile. Il volto perse parte della sua rigidità.

«Sì, è vero. Non lo sa». Una pausa. «Il dolore di una figlia è molto grande, ma a volte non è sufficiente: e forse non sono sufficienti nemmeno le mie capacità. Ha perso anche una madre, dopotutto; ma per lei non è venuta a domandare».

«Come fa a...?».

La signorina Winkler sollevò ancora una mano.

«Quello che faccio funziona attraverso la sofferenza, perché è l'unica misura autentica dell'amore. Ciò che muove il cosmo materiale e immateriale. Purtroppo molto altro dolore aspetta tutti noi, senza eccezione».

Nadia fece una smorfia.

«Lo dico perché lo so, signora. Un mostro sta per divorarci». La maga sorrise di nuovo. «Ma se crede al mostro, può credere anche alla spada che lo uccide».

«Cosa vuol dire?».

«Quello che ho detto. Se crede in qualcosa di cattivo – che sia soprannaturale o meno – può, anzi deve credere anche nel rimedio. Altrimenti è tutto vano».

Nadia si levò di scatto e con il ginocchio destro colpì la scrivania: le matite traballarono e una rotolò per qualche centimetro. Voleva andarsene. Doveva andarsene al più presto da quella stanza e filare a confessarsi dal prete. Cosa le era saltato in mente?

Lasciò sul tavolo le monete che aveva preso di nascosto dal borsello di Maurizio. Come se avesse percepito i suoi pensieri, l'uomo che l'aveva accompagnata per le scale aprì la porta dello studio. Nadia si voltò e senza dire altro imboccò la porta.

«Torni pure quando vuole», disse Elsa Winkler alle sue spalle.

14

Renzo chiese a Daniela Drigo, la figlia minore del verduraio all'angolo, se si fosse decisa a dargli quel famoso bacio.

«Ma che bacio?», disse lei.

«Quello che ti domando da mesi».

«Hai le mani lerce, e la bocca pure».

«Faccio il manovale: mica come i signorini che frequenti».

«Appunto. Cosa ti fa sperare di avere un bacio?».

«Sono bello e sono forte».

«Ma fammi il piacere».

«Sono più bello persino di te».

Lei rise apertamente, poi si coprì la bocca. Renzo ebbe un brivido di gioia; l'aveva fatta ridere, e Gabriele gli aveva detto – anche se non gli credeva granché – che far ridere una donna significava averla sedotta per metà.

«Vai a casa, Renzut. Sei ancora un bambino».

«Ho diciotto anni».

«Sì, come no. Quindici, ne hai».

«E allora? Credi non abbia mai baciato nessuna?».

«Di certo non bacerai me».

Lui sbuffò.

«E comunque non posso andare a casa. Mi tocca andare a sentire quel coglione là».

«Non usare queste parole», disse Daniela abbassando la voce.

Renzo si avviò canticchiando *Un'ora sola ti vorrei*, le mani in tasca. Non era ricco e non aveva un bastone da passeggio ma si sentiva come se l'avesse avuto. Com'era bello quel settembre: l'aria era calda e profumata, i ferri della roggia rilucevano. Renzo si chinò a sfiorare l'acqua per bagnarsi il collo, schivando i bambini che spedivano barchette di carta sulla superficie incitandosi a vicenda. Amava le rogge della sua città, quel piccolo reticolo di canali che correva sopra e sotto la superficie delle cose. La mamma gli aveva detto che Venezia era fatta per intero in quel modo: ogni quartiere era separato da canali, l'acqua una presenza costante. Un giorno ci sarebbe andato con Daniela.

Fece capolino nella macelleria di Giancarlo Culiat. Il vecchio stava spaccando a colpi di mannaia una coscia di maiale: l'odore del sangue e della carne cruda colpì le narici del ragazzo.

«Ecco il piccolo Sartori», disse Culiat.

«Il piccolo Sartori», disse il figlio maggiore del macellaio, un ventenne appassionato di boxe – il Carnera di Grazzano, lo chiamavano: o così avrebbe voluto che lo chiamassero.

«Cemût?».

«Tutto a posto», disse Renzo. «Era solo per un saluto».

«Già scappi?».

«Per forza».

«Vai in piazza?».

«Per forza», ripeté.

«Allora ci vediamo là. Cinque minuti e andiamo anche noi. Fa' il bravo, eh».

«D'accordo».

«Stai facendo il bravo?».

«Sempre».

«Fa' il bravo o ti mando quel ghigno all'aria», disse il figlio di Culiat.

«Ti ho visto sul ring l'altro giorno, contro il pugliese», disse Renzo.

«Così, l'ho ridotto». Sollevò un blocco di carne fresca, le striature bianche del grasso la percorrevano come vene, e la fece ricadere sul bancone. «Così».

«Sta' calmo», disse Culiat. «Mandi, Renzut. A dopo».

«Mandi».

Com'era entrato Renzo se ne andò, desideroso di parlare con altri. Dall'altro lato della strada i coniugi Olbat erano a passeggio: Renzo si levò il berretto e loro gli sorrisero annuendo.

«Come sta tuo fratello?», chiese la signora.

«Bene, grazie».

«Digli di farsi vivo più spesso. È un po' che manca».

«Mia moglie vuole insegnargli il clarino», spiegò il signor Olbat facendo roteare gli occhi.

«Davvero?».

«Mi piacerebbe tentare», disse lei.

Renzo si rimise il berretto e proseguì. Alzò la mano in direzione di un gruppo di suoi ex compagni di classe: mandarono un fischio, lui rispose con un fischio più lungo e articolato, una variazione comica. Il verduraio, il padre di Daniela Drigo, lo squadrò severo: anche per lui Renzo riservò un saluto.

Ecco ciò che voleva. Essere un uomo, una figura riconosciuta nel quartiere. Camminare a testa alta per strada, fiero e vivo in ogni nervo; conoscere tutte le facce e saperle distinguere fra buone e cattive con una sola occhiata.

Il padre lo attendeva insieme al resto della città per ascoltare il discorso di Mussolini.

Mussolini e Sartori. Renzo sputò per terra. Benito e Maurizio. Suo padre era un uomo che tutti sembravano odiare, e che per lui aveva riservato quasi solo botte, grida e amari silenzi. Tuttavia Renzo non riusciva a detestarlo, proprio come non lo detestava sua madre. Anzi, lo ammirava. Aveva capito che il mondo è di chi se lo prende, e non si perdeva mai in chiacchiere come Gabriele. Spesso avrebbe voluto stenderlo con un pugno, d'accordo; ma poi l'avrebbe preso per mano e rialzato – e insieme sarebbero andati a bere in osteria.

Seguì a distanza i gruppi di camicie nere e le famiglie con bandierine tricolori. Il suo vecchio amico Francesco Martinis adesso figurava tra le liste dei sospetti: così Aldo Marz, che ormai si faceva strada tra gli avanguardisti, lo controllava e aveva preteso fosse fermato nuovamente in caserma dai carabinieri.

(«Guarda, è una farsa», gli aveva detto Francesco Martinis. «Ti tengono lì a fumare e giocare a briscola». Renzo l'aveva ascoltato con ammirazione. Si chiedeva cosa avrebbe dovuto fare per essere considerato un giovane sovversivo, ma intuiva che fra loro correva una differenza incolmabile ed elementare – un modo di stare al mondo che poteva solo imitare a fatica, senza mai replicarlo davvero).

Giunse in piazza sudato. Il padre lo attendeva ai margini estremi della folla, la giacca della domenica addosso. C'erano molte donne sorridenti, moltissime camicie nere, molti uomini di mezza età che fumavano tirandosi pacche sulle spalle. Bambinetti col fez e il moschetto frignavano perché erano arrivati troppo tardi per mettersi in mostra, e le madri li consolavano pulendo loro le guance con un fazzoletto.

«Ciao», disse suo padre.

«Allora, vogliamo sentirlo davvero?».

«Abbassa la voce. È importante».

«Ma perché?».

«Fidati, è importante».

Renzo strizzò le sopracciglia e stava per fare un'altra domanda, quando un fremito attraversò i corpi circostanti: il tempo di accorgersene e di voltarsi, che il fragore esplose. Dal palco, dietro la balaustra, comparve Mussolini.

Era la prima volta che Renzo lo vedeva. Gli era capitato di odiarlo a distanza, nei cinegiornali, nella foto appesa a scuola, sui quotidiani esposti – ma solo ora, benché ancora lontano, poteva osservarlo di persona. Era basso. Un corpo tozzo e quasi rettangolare. Indossava la solita divisa militare, con il cappello dell'esercito invece del fez nero: salutò il popolo tendendo la mano guantata, e il popolo rispose urlando *Du-ce! Du-ce!* Erano padri e figli felici che si aizzavano a vicenda; era una cosa da maschi, l'intima trasmissione di un sapere, lo capiva anche lui. E benché detestasse Mussolini (perché lo detestava anche Martinis, e soprattutto perché il fascismo era una noia mortale con tutti quei *present'arm* e *fianco dest'*), ebbe comunque un fremito.

Poi di colpo lo strillo collettivo si esaurì, il silenzio crollò dall'alto. Maurizio tirò su con il naso. Renzo si pettinò i capelli all'indietro.

Il Duce cominciò a parlare: «Torno tra voi nel Ventennale della Vittoria, esattamente sedici anni dopo il mio discorso» – un boato – «annunziatore della Marcia su Roma». Un altro boato, ancora più lungo, interminabile e quasi festoso.

Maurizio si chinò: «C'ero anch'io», disse.

«Come?».

«C'ero anch'io, quella volta. Eravamo proprio qui, a Udine. Non aveva detto monate».

Renzo strizzò la fronte.

«Non aveva detto monate, all'epoca», ripeté Maurizio guardando verso il palco. Un gruppetto di ragazzi dell'età di Gabriele gridava alzando il braccio teso, la mano sinistra sul fianco. L'eccitazione era elettrica. Era fervida e reale e pericolosa.

Mussolini proseguì: «L'Italia allora era un popolo che soffriva perché la pace non era stata adeguata ai suoi immensi sacrifici».

Renzo contemplò a lungo le piccole ferite rimarginate sulle sue mani, i calli e le cicatrici del lavoro. Le mani del Duce certo non avevano simili segni. Sapeva solo usare le parole. Chissà cos'avrebbe pensato suo fratello Gabriele: così tante parole raccolgono così tanti esseri umani, e li mandano ubriachi come fossero vino.

«Sono passati sedici anni. L'Italia... L'Italia oggi è un popolo fieramente in piedi», sbraitò il Duce. «L'Italia oggi è uno Stato. L'Italia è un Impero!».

«E come no», disse suo padre. Vicino a loro, una donna intrecciò le dita in visibilio e abbracciò quella che doveva essere la madre. Spintoni, sudore, urla, baci, sorrisi. Renzo sentiva i capelli prudere e la bocca secca, ed era come se quella calca fosse un'onda pronta ad abbattersi su di lui.

«Abbiamo sicure le nostre frontiere, abbiamo riconquistato la Libia, abbiamo liquidate tutte le vecchie pendenze diplomatiche di una pace zoppa...».

«Papà».

«Sta' buono un attimo».

«... E siamo forti per terra, per mare, per cielo, come non fummo mai!».

«Papà, ma che ci facciamo qui?».

«Ti ho detto di stare zitto».

Renzo fissò il padre, che guardava verso il palco con il labbro inferiore palpitante: di colpo gli apparve misero nella sua giacchetta color castagna, il cappello in mano. Sperò che qualcuno saltasse fuori dalla massa e con una pistola sparasse al cuore del Duce. Forse Francesco Martinis era fuggito dalla caserma, aveva trovato un'arma e adesso era lì pronto a colpire.

Invece non successe nulla. Era una giornata come un'altra, in fondo. Mussolini continuò: «Venti anni di guerra, di battaglie, una rivoluzione come quella fascista hanno fatto dell'anima italiana un blocco di temprato metallo». Il rombo della folla vibrò e crebbe d'intensità.

«E come no», disse ancora Maurizio.

Renzo portò i palmi alle orecchie, ma poteva sentire comunque quella voce metallica, le *r* arrotate, le parole scandite e quasi sillabate, le ondate di *Subito, subito, subito!* in risposta, perché i suoi concittadini lo erano, davvero erano pronti a combattere subito, fu chiaro a Renzo soltanto in quel momento, e forse persino lui avrebbe preso un moschetto se ce ne fosse stato bisogno.

«Voi siete gli stessi! Voi avete lo spirito di allora! Voi siete pronti – voi siete pronti ad ubbidire come allora! Voi siete pronti», *Du-ce, du-ce, du-ce!*, gridava la gente, *Du-ce, du-ce, du-ce!*, «a credere come allora. E soprattutto a combattere come allora!».

Una mano strattonò Renzo; un tizio gli liberò le orecchie: «Ma cosa fai? Non vuoi ascoltare?».

«Non sta bene», disse Maurizio. «Lascialo in pace».

L'uomo aprì la bocca per replicare, ma mollò la presa sdegnato. Renzo tenne il mento basso. Si sentiva confuso e umiliato.

«Non è ancora finita», disse con voce raccolta Mussolini. «Nessuno ci fermerà». E un ultimo urlo li investì.

Suo padre lo portò all'ombra di un tiglio, al riparo dai gruppi che sciamavano verso casa.

«Quindi», disse. «Cos'hai imparato?».

«Niente».

Lui scosse la testa.

«Perché sei andato a vederlo tanti anni fa?», chiese Renzo di rimando.

«Era diverso».

«Ma diverso cosa».

«Sta' zitto e ascoltami. Marciare su Roma era un'idea: dritto giù da quei figli di puttana che ci avevano spedito in guerra. Non mi dispiaceva mica. Era un altro che i Savoia avevano chiavato, in qualche maniera: aveva deciso di prendere e ribellarsi. Era un'idea». Si morse le labbra. «E invece. Guarda dov'è arrivato, guarda cosa ne ha fatto. Cos'è diventato?».

«Un nemico?».

«Un potente», disse masticando la parola dalla rabbia. «Uno che può mandarti in guerra, farti fare quello che vuole e poi ammazzarti. La cosa più brutta del mondo. Più brutta di tradire, più brutta di uccidere. Hai capito?».

Renzo annuì, incerto.

«Io vado all'osteria», disse suo padre. «Ci vediamo dopo».

Sulla strada di casa, Renzo non si sentiva più forte e sicuro come all'andata. Aveva la sensazione che il discorso di Maurizio Sartori contenesse una lezione di qualche genere, ma non riusciva a decifrarlo. Il potere, si ripeteva. I potenti. Mussolini aveva avuto così tanto potere e ora guidava una nazione intera: ma anche Maurizio esercitava potere sui suoi figli. E Renzo stesso l'aveva bramato – forza, muscoli e ingegno – per tenere testa a Marz e ai suoi sgherri, per sopravvivere alla fame e alla miseria, per sedurre Daniela Drigo. Gabriele lo cercava nei libri, e la gente lo rispettava per questo. Erano tutti corrotti, dunque?

Solo Domenico non sembrava interessato a quella chimera: e sebbene fosse difficile capirlo, la sua vita era almeno più semplice delle altre. Lì da qualche parte si celava il mistero del potere e i modi in cui resistervi: ma già due amici salutavano Renzo, un venditore di scope sbatteva il fascio di saggine a terra, un gruppo di avanguardisti all'angolo cantava a squarciagola, da una finestra qualcuno calò un pacco con la corda, la città richiamava il ragazzo a sé, e Renzo abbandonò il filo dei pensieri.

15

Il professore lo fissò a lungo prima di rendergli il libretto. Gabriele sentì lo stomaco contrarsi. Aveva risposto bene a due domande, ma alla terza si era limitato a balbettare qualcosa mentre cercava disperatamente di ricordare quanto studiato. Aprì il libretto mentre usciva dall'aula e se lo sbatté sulla fronte.

Fuori dall'università lo aspettava Luciano, una sigaretta in bocca. Negli ultimi tempi era cambiato: aveva cominciato a fumare, saltava le messe ed esibiva sempre un piglio schifato, le labbra piegate in basso.

«Allora?».

«Diciannove. Tu?».

«Non sono manco entrato».

«Ma come?».

Luciano buttò la sigaretta a terra e la schiacciò col piede, stiracchiandosi. «Andiamo a bere un caffellatte? Offro io».

Venezia era immersa in una luce bigia e le calli erano fresche di pioggia. Da Ca' Foscari si spinsero verso San Polo; poco prima del Rio c'era una minuscola latteria dove Luciano passava molto tempo, nelle sue scappate sull'isola. Gabriele scrutò il suo riflesso ondeggiante in una pozzanghera.

I due amici presero le tazze e le portarono all'aperto, appoggiandosi al ponticello che partiva davanti al bar. Luciano aveva preso anche un uovo sodo, che ora scartava nervosamente, gettando il guscio nel canale.

«Tu che vorresti fare dopo la laurea?», chiese a bassa voce.

«Insegnare, credo».

«Ma in università?».

«Sì, figurati».

«Hai il cervello per andare in università».

«E invece finirò a Martignacco o a Colloredo. A ficcare l'alfabeto nella zucca dura dei bambini».

Luciano emise un fischio basso.

«E tu?», chiese Gabriele.

«Non so. A me piace leggere, non studiare. Non voglio che mi si costringa».

«E quindi?».

«E quindi niente, qualcosa mi inventerò. Posso fare il dattilografo come te».

«Sei troppo lento».

«Sono veloce abbastanza. Sei tu che sei un fenomeno». Gabriele sorrise e guardò l'amico sbadigliare: «E comunque mi sono iscritto solo per far contento mio padre. Ma credo di aver già preso una decisione».

«Cosa direbbe tuo nonno?».

«Quel puttaniere», rise. «Sarebbe d'accordo con me».

Tacquero per qualche istante.

«Sai che molti dei libri che ci ha lasciato sono proibiti dall'Indice?», riprese Luciano.

«Certo. Perché?».

«Ci pensavo l'altro giorno. Non ti sembra assurdo? Proibire dei libri, dico».

«Sì, assolutamente».

«Eppure è quanto ordina la nostra Chiesa. Come ci regoliamo?».

Gabriele non rispose. A volte stentava a riconoscere Luciano. Vestiva con cravattini rossi e giacche di velluto verde; faceva molte domande, difficili e irritanti, per poi lasciar cadere il discorso; e aveva preso a girare in via Mercatovecchio e via della Posta, avanti e indietro, trascinandosi dietro la gamba storta, pieno di brillantina come un gigolò: mandava baci e strizzate d'occhio alle ragazze. Gabriele, al suo fianco, faceva finta di nulla imbarazzato e un po' invidioso. In ogni caso, l'amico non combinava mai granché: la maggioranza delle volte finivano com'erano sempre finiti, con sua grande consolazione, a parlare di romanzi e film contro qualche portone chiuso.

Riconsegnarono le tazze al banco e si diressero lentamente verso la stazione. Un gruppo di bambini correva agitando dei festoni e battendo i piedi nelle pozzanghere: si aprì al loro passaggio, li inghiottì e si ricompose subito dopo.

«Quindi vuoi davvero mollare», disse Gabriele.

«Ma sì. A cosa serve una laurea?».

«Guarda che c'è la leva».

«E allora? Tanto con gli studi è solo rimandata. E poi ho la gamba zoppa: sicuro che mi riformano».

Erano sbucati sul Canal Grande, affollato di gondole e barchette. Gabriele contemplò i tetti e le cupole della città. I colori erano spenti e l'aria fredda: quell'aprile non decideva a scaldarsi. Davanti a loro passò una gondola governata pigramente da un vecchio, mentre un gatto si sporgeva sul bordo dell'imbarcazione, sbirciando impaurito l'acqua.

«Abbiamo anche smesso con la rivista e le pellicole», disse, come un rimprovero.

«Ci mancano i soldi».

«Mi pare che a te manchi anche la voglia».

«Può essere».

173

Gabriele era davvero amareggiato. Si vergognò della sua giacca lisa e temette che Luciano si fosse infine stancato di avere un amico senza soldi. Avrebbe voluto dirgli di non abbandonarlo; di parlare ancora una volta la loro lingua privata.

«Stiamo cambiando tutti», lo anticipò Luciano. «Anche tu».

«Non è vero».

«Non te ne accorgi, ma stai cambiando e cambierai persino di più».

«No. Voglio fare il poeta come prima, e adesso ho trovato anche la mia corrente. L'ermetismo è l'unica strada percorribile».

«Ma rileggiti Govoni, invece. Rileggiti Moretti».

«Basta con i crepuscolari. Hai visto il saggio di Bo? *La letteratura come vita*? Gli ermetici sono i nostri stilnovisti».

Luciano si fermò e afferrò Gabriele per una spalla, sorridendo all'improvviso. Anche quei cambi repentini d'umore erano una novità delle ultime settimane. «Ma ti ascolti? Vuoi fare il poeta, ma non vivi abbastanza. Leggi, leggi e ti struggi d'amore. Prima Eleonora Zancon. Adesso quella Lisetta, lì, come si chiama. Quella che hai conosciuto al ballo del Dopolavoro. Le hai detto che ti piace? No. Ti tormenti come un artista, va bene, ma senza fare le esperienze necessarie. Per questo i tuoi versi non hanno fuoco».

«Be', grazie per l'onestà».

«Non far quella faccia. Sai cosa ti dico? Che mio nonno aveva ragione a vivere veloce. Stiamo perdendo tempo».

«Vuoi andare anche tu a puttane?», sorrise Gabriele.

«Perché no».

«Scherzi?».

174

«Non lo so, Gabrielut. No, forse dalle puttane no. Però qualcosa dobbiamo fare. Non senti l'aria?». Fiutò il vento leggero che batteva la città. «Annusa. C'è un'aria diversa. Qui, in Italia, in Europa. Tutto sta cambiando alla svelta, e noi ci ostiniamo a rimanere fermi».

«Ma cosa dovremmo fare?».

«Non lo so», disse Luciano squadrandolo. «Forse dovremmo prendere un treno subito. Saliamo sul primo vagone e via, come i vagabondi, come i giovani che siamo: andiamo a Parigi, facciamo la bohème». Finse di riflettere. «Oppure potresti andare da Lisetta e baciarla sulla bocca».

Gabriele si limitò a sorridere.

«Il mondo sta girando», disse Luciano mettendogli un braccio sulle spalle, un gesto che riempì Gabriele di gratitudine. «Per la poesia ci sarà tempo».

16

Alle nove e mezza le luci si spensero: le poche rimaste accese, come il lampione in fondo alla via, erano ricoperte di vernice azzurrognola. Domenico era stato convinto dagli Olbat a entrare nell'Unpa, l'Unione nazionale protezione antiaerea. Controvoglia, girò le strade urlando di spegnere candele e altre fonti di illuminazione, bersaglio ideale per i nemici. Si orientò a fatica per tornare nel quartiere, e a due passi da casa finì con un piede nella roggia: per poco non ci cascò dentro per intero. Gabriele lo aspettava con un lume di candela davanti al portone e lo aiutò ad asciugarsi. Maria Covicchio li guardava con i suoi occhi vuoti, la canna da pesca in mano, ignara di tutto.

Il giorno dopo una voce cominciò a girare per Grazzano e Udine e portò la gente per strada. La famiglia Sartori scese insieme a tanti altri; ognuno si dirigeva sotto la finestra di un conoscente con la radio. Ai Sartori parve naturale unirsi al gruppo che incitava gli Olbat, gli unici a possederla nel loro vicinato.

«Alzate, ché non si sente», gridavano dalla strada. «Non è mica il Giro, è importante per tutti».

«Va bene, state buoni», gridò in risposta il signor Olbat, facendo sporgere l'apparecchio dalla finestra.

La voce dell'annunciatore crepitò, si spezzò, quindi riprese. Ma nemmeno stavolta durò molto. Una singola parola – *guerra* – si dissolse in un mormorio. Alcuni capirono subito, altri ci misero un poco di più: si parlava di Hitler. Era vero. Hitler aveva invaso la Polonia.

Dieci giorni dopo, una domenica, Maurizio Sartori entrò in cucina fregandosi le mani con ansia.

«Ascoltatemi bene», disse ai figli. «Vi dico solo una cosa, poi fate quel che vi pare. Non dovete obbedire. Non obbedite ai padroni, non obbedite agli ordini, non andate in guerra. Fingetevi malati, fatevi levare i denti dalla bocca oppure scappate. È chiaro?».

Nadia sospirò nell'acquaio. I tre fratelli si guardarono senza capire.

«Ma papà», tentò Gabriele. «Non possiamo tradire la patria».

«C'è una regola, no? Ve l'ho detta tante volte, no?».

«Qualsiasi cosa fai, il mondo ti chiava comunque», recitò Renzo.

«Esatto. Perciò fatevi furbi e cercate di scamparla. Voi non sapete cos'è la guerra».

«Il Duce ha dichiarato la non belligeranza», disse Gabriele.

«E io dichiaro che stasera non mangio. Poi invece sì. Sono soltanto parole, sempre quelle maledette parole. Vedrete che cambia idea, e nessuno potrà dirgli nulla».

«Ma allora dovremo pur difendere l'Italia».

«Dovete difendere voi e la vostra famiglia», disse Maurizio esausto, ed emanava autentica paura, un timore palpabile nei confronti dei figli, quasi si accorgesse solo ora e definitivamente che i loro corpi potessero essere spazzati via da proiettili e bombe. «Renzo, diglielo tu. Quando siamo andati a vedere Mussolini insieme, cos'hai visto?».

«Un potente», rispose.

Su quella parola scese il silenzio; e senza preavviso la tensione si sciolse. Nadia disse che dal macellaio Culiat c'era più carne del solito, perciò aveva fatto una follia e comprato un grosso pezzo di maiale. Lo mise sul tavolo e tutti sembrarono interessati alla sua fattura. Maurizio disse che non aveva mai visto niente di così bello. Nadia tirò fuori una manciata di brovada da riscaldare – il colore rugginoso delle rape in vinaccia splendeva sul piatto bianco – poi chiese a Domenico di accendere il fuoco, e a Renzo di correre dalla vicina per un rametto d'alloro. Maurizio ne approfittò per scendere a comprare due fiaschi di vino.

Fu il loro miglior pranzo da molti anni. Nessuno litigò con nessuno e non ci furono rimproveri o lamentele. Ognuno bevve qualche bicchiere e si tenne sul filo di un'allegria rossastra, un po' ubriaca: tutti parlarono con tutti e risero delle battute di Renzo e delle sue storielle di strada. Maurizio, sebbene con la gola rovinata dalla tosse, cantò per loro. Non lo faceva mai. Cantò e cantò finché Nadia non gli disse di smetterla: e allora lui ridendo le intimò di fuggire, perché l'avrebbe inseguita fino all'inferno e oltre ancora: impugnò una forchetta dall'alto in basso e la minacciò: «Fino all'inferno!».

«Ci sono i diavoli che mi proteggono», rise Nadia.

«Sono più forte io di tutti i diavoli messi assieme. Un uomo vero deve saper rubare anche l'inferno a Satana, se vuole».

«Ah, sì?».

«Non mi credi?».

«Non so: fammi vedere».

Lei si alzò di scatto e si lasciò inseguire, lanciando

qualche urletto, per tre giri intorno al tavolo, mentre Domenico rideva incredulo e Renzo scuoteva la testa.

Poi lui la raggiunse e lei si lasciò prendere in braccio: Maurizio sedette e versò altro vino, tossendo e sputando nel fazzoletto. Gabriele appoggiò le mani sul tavolo e disse che, vista la situazione, avrebbe recitato una poesia a beneficio dei presenti. Maurizio gli gettò addosso un pezzo di carne e nello stesso momento Renzo fece partire una pernacchia: e tutti ripresero a sghignazzare – anche Gabriele, mentre rimirava la carne facendola dondolare fra indice e pollice – finché il suono delle risate non cominciò a calare, per apparire infine fesso e inutile; si spense in un sospiro, in qualche altro colpo di tosse. Domenico soffiò il naso in una manica.

Tutti si voltarono a guardare la luce che entrava dalla finestra, un fascio debole e giallastro che sembrava sfumare i contorni degli oggetti invece di definirli meglio: la forchetta usata da Maurizio per l'inseguimento, il fiasco verde, un osso spolpato. Com'era giunta, la gioia si dissipò. Gabriele andò in camera a studiare. Domenico aiutò Nadia a sparecchiare e riordinare. Maurizio, rimasto a tavola con Renzo, finì il vino.

«Papà».

«Sì».

«Dici che anche per noi arriverà la grande occasione?».

Maurizio fece una smorfia: «In che senso?».

«L'occasione giusta. Come quella che hai avuto tu sui monti».

«Ti ho già spiegato che se ci sarà una guerra, la sola cosa da fare è badare agli affari propri».

«Non intendevo quello».

«Cosa, allora?».

«Non lo so. L'occasione per fare qualcosa di grande».

«Penso di sì», disse Maurizio con cautela. «Penso che arrivi per chiunque, prima o poi».

«Bisogna solo coglierla».

«Può essere. Può essere».

«Bene».

Maurizio era molto stanco.

«Perché me l'hai chiesto?», disse.

«Così. Volevo essere sicuro».

Poco più tardi Domenico entrò in stanza e si avvicinò a Gabriele. Gli chiese se nei libri che leggeva, oltre agli eroi, qualcuno si occupasse delle vecchie uccise che servivano per renderli eroi.

«Le vecchie? Ma di che parli?».

«Mi dicevi di quel russo».

«Ah, Dostoevskij?».

«Non so. C'è qualcuno che uccide una vecchia cattiva, giusto?».

«Sì, in *Delitto e castigo*».

«Bene. E chi si occupava di lei? Io vorrei occuparmi di lei. Degli antipatici, di quelli che tutti odiano. In guerra sarà pieno di gente così, no?».

«Ma cosa stai dicendo?».

Domenico tacque.

«Hai sentito papà», disse Gabriele, tornando sul libro. «In guerra ci si ammazza e basta. E poi perché vuoi aiutare quelli che tutti odiano?».

«Non lo so», rispose; eppure, lo intuiva, si trattava di un compito importantissimo. Stare di fianco agli ultimi e agli ultimi fra di essi, quelli cui nemmeno i santi vogliono tendere una mano. Chissà quale tipo di sofferenza avrebbero emanato, e in che modo lui avrebbe potuto aiutarli.

In quel momento Renzo comparve sulla porta. Domenico gli si avvicinò.

«Senti», disse. «Il signor Olbat nasconde delle monete preziose».

«Cosa state confabulando?», disse Gabriele senza voltarsi.

«Niente». Domenico abbassò la voce. «Il signor Olbat ha una cassetta di monete che tiene sotto la gabbia dei piccioni viaggiatori».

«Piccioni?».

«Sì. Piccioni viaggiatori, che usa per – non so, non ho capito bene. Per comunicare con gli amici. Comunque, sotto di una di queste, ci sono delle monete d'oro e d'argento».

«Stai scherzando? Sotto la merda degli uccelli?».

«Ascoltami, per favore. Valgono tanto, e lui vuole che un giorno le regali al Re. Ma non ha senso». Guardò Renzo negli occhi. «Quando c'è l'occasione, tu le devi rubare».

«Io?», rise il fratello minore.

«Sei l'unico in grado. Le devi rubare e le devi dare a chi ne ha bisogno – e non al Re. Hai capito? Sollevi la gabbia, le rubi e le distribuisci ai poveri. Se arriva la guerra ci saranno molti poveri e molte persone affamate. Ora devi occuparti tu di loro, perché io devo fare altro. Capito?».

Renzo restò a bocca aperta, senza sapere che cosa rispondere. Era la prima volta che sentiva suo fratello parlare in quel modo.

«Mi raccomando», concluse Domenico. «Non dirlo a nessuno».

Nel frattempo, mentre i tre figli parlavano nella stanza e Maurizio finiva di bere scrutando il cielo ritagliato dalla finestra – i comignoli sbuffavano fumo sporcando l'azzurro cupo – Nadia rimase sola davanti all'acquaio, le mani affondate nel getto freddo, custode di tutta la storia che li aveva portati fin lì. Per un istante pensò che ammettere le colpe di suo marito avrebbe salvato Gabriele e Domenico e Renzo da un futuro che già presentiva carico di sangue e dolore, come l'aveva ammonita Elsa Winkler: *E dunque ecco, Signore, ti offro questa storia e i peccati di Maurizio Sartori e il mio cuore spaccato sopra la pentola: fanne ciò che vuoi, ma risparmia la mia prole.*

Poi si avvicinò al suo uomo e lo baciò sulla guancia. Lui le sorrise, la carezzò con dolcezza, le restituì il bacio: ma negli occhi aveva lo sfinimento e la disillusione di sempre. E lei capì che quella era una storia inutile, che riguardava loro due soltanto, e che non avrebbe salvato nessuno.

17

Tre mesi dopo Maurizio Sartori, lo sbandato, il fuggitivo, l'uomo senza onore, camminava nella neve fitta. Il vento faceva turbinare i fiocchi, li sbatteva contro le imposte chiuse e le vetrine e i rari passanti che si affrettavano verso casa. Era sera inoltrata, ormai, e Udine pareva sul punto di spegnersi e svanire. Eppure Maurizio non aveva fretta: stretto nel vecchio cappotto, avanzava passandosi una mano sul viso.

Non era nemmeno tornato a casa dalla fabbrica: al suono della sirena si era lavato nel bugliolo, poi aveva passato tutta la sera a parlare con Danilo Scur senza nemmeno bere un bicchiere – gli faceva troppo male lo stomaco – e quando era uscito la bufera l'aveva sorpreso. Ma voleva passeggiare ancora un po', per stancarsi e dormire, infine: almeno qualche ora in santa pace e senza incubi. L'insonnia lo torturava più del solito.

Imboccò piazza Mercato Nuovo. Via Sarpi. Le forme della città erano impalpabili nella tormenta: Maurizio ansimava tremando a ogni passo. Forse aveva l'influenza? Una finestra si accese all'improvviso e qualcuno si affacciò guardando in basso, verso di lui; ma fu solo per un istante. Maurizio passò di nuovo una mano sugli occhi. La finestra era spenta e sbarrata.

Un'altra guerra. Un'altra enorme stronzata cagata in testa alla gente da imbecilli e mona, cui altri imbecilli e mona erano stati così imbecilli e mona da lasciare il potere. A questo punto, si augurò Maurizio, tanto valeva che li ammazzassero tutti; che l'umanità infine scomparisse dal pianeta e lo lasciasse calmo e silenzioso – come dopo la bomba che aveva sognato per anni.

Nadia aveva cominciato a mettere da parte dei barattoli, imitando le famiglie della via e contro il parere di Maurizio, per cui bisognava mangiare quel che c'era quando c'era. Del resto i prezzi erano saliti di colpo; non si trovava più carne; molti negozi erano chiusi. Udine stava diventando una città di fantasmi: e in questa città Maurizio vagava arrancando, senza meta, la fronte e la gola in fiamme.

La vide oltre il Castello. Una macchia nerastra sul bordo della strada. Era una donna giovane, dai capelli castani tagliati appena sotto le orecchie; indossava una giacca leggera e il berretto le era caduto al fianco. Maurizio si chinò e la scosse per le spalle: lei emise un mugolio.

«Non si sente bene?».

Nessuna risposta. Un altro mugolio. Maurizio la scosse di nuovo e lei schiuse le palpebre.

«Non si sente bene?».

«Devo tornare a casa», biascicò.

«Dove abita?».

«Colugna».

«A Colugna? Così lontano?».

Lei annuì e richiuse gli occhi. Maurizio rifletté. Forse poteva bussare a una porta e chiedere aiuto, ma nessuno avrebbe aperto a quell'ora e con quel tempo. Sbuffò e tornò chino sulla donna.

«Fa un freddo cane. Che ci fa qui fuori?».

«Mi hanno assalita».

Era una prostituta? Si stava inventando tutto? Era una trappola? Maurizio si guardò intorno. Nessuno. La neve continuava a cadere, più fitta e regolare, e il vento era cessato.

«Aiuto», soffiò la ragazza.

«Come?».

«Può aiutarmi? La prego».

Lui sentì un fremito attraversarlo da cima a fondo. Poteva cercare una guardia e tornare in fretta a Grazzano; oppure mollarla lì, semplicemente. Emise un lungo sospiro.

No.

Stavolta no. Una cosa nella vita doveva farla bene: una cosa soltanto, una. Un gesto di cui Nadia sarebbe stata fiera.

Senza pensarci oltre sollevò la ragazza da terra. Era leggerissima.

«Cosa fa?», mormorò.

«La aiuto, come mi ha chiesto», disse Maurizio.

La appoggiò con delicatezza al muro – faticava anche a tenersi in piedi – e si levò il cappotto. Sforzandosi, riuscì a farglielo indossare; era esageratamente grande ma almeno l'avrebbe tenuta al caldo. Lo abbottonò con cura fino al bavero, poi ripescò il berretto della ragazza dalla neve, lo pulì con due schiaffi e glielo calò sui capelli. Avvicinandosi alla sua bocca, si accorse che il fiato puzzava di vino.

«Andiamo. Colugna, giusto?».

Lei annuì. Maurizio la prese sottobraccio e la trascinò con sé. Per i primi trecento metri si sforzò di stare al passo, ma poi parve accasciarsi. Maurizio le tirò un buffetto sulle guance.

«Sto tanto male», disse lei.

«Deve stare sveglia. Parli».

Lei tacque.

«Parli, ho detto. Come si chiama?».

«Fulvia».

«Fulvia. Bene. Io sono Maurizio Sartori».

La ragazza rabbrividì ancora più forte.

«Studia?».

«No, no», disse lei.

«Lavora?».

Tacque di nuovo. Maurizio provò a caricarsela sulle spalle per fare più in fretta – era così leggera, dopotutto – ma lei si rianimò: «Mi lasci! Cosa fa!».

Lui la rimise a terra: «Sto cercando di aiutarla, Cristo santo. Non riesce a muoversi, quindi la porto io».

«No. Voglio andare sulle mie gambe».

Maurizio scosse la testa ma restò con lei offrendole il braccio e sorreggendola quando cadeva. Camminarono lentamente nella città deserta, lungo i viali che portavano alla periferia e di lì alla campagna. Senza cappotto Maurizio si sentiva morire dal freddo; tossiva di continuo e sputava nella neve.

«Ecco», disse la ragazza a un certo punto.

«Non siamo ancora arrivati», disse Maurizio.

«Ma io abito laggiù».

Indicò una villa a due piani, isolata nel buio: disegnati dalla neve e illuminati da un lampione rossiccio, i cipressi che la difendevano sembravano antiche colonne.

«I soldi non le mancano», disse Maurizio.

Fulvia cercò d'istinto qualcosa alla sua destra, vicino alla coscia, ma la mano precipitò nel vuoto.

«La borsetta», trasalì.

«Non l'aveva, in città».

Lei si morse un labbro: «Va bene. Non importa». Si tolse il cappotto e lo restituì a Maurizio. Lui la guardò con cura, ora. Aveva il naso lungo e la pelle butterata.

«Grazie», disse, cercando di sorridere. «La inviterei a entrare, ma».

Ci fu un breve silenzio.

«Arrivederci», disse Maurizio abbottonandosi il bavero.

«Arrivederci», disse la ragazza. «E grazie ancora».

Maurizio si affrettò. L'aveva ricordato ai suoi figli, l'aveva ripetuto a chiunque incontrasse, ma c'era cascato anche lui: mai fidarsi della gente. Nemmeno un poco di riposo al caldo, nemmeno un bicchiere d'acqua gli aveva offerto.

Inciampò e finì a terra in ginocchio. La neve attutì il colpo, ma qualcos'altro si muoveva nello stomaco: le mani affondate nella coltre, vomitò succhi gastrici. Sputò due volte e si pulì la bocca con un pugno di neve fresca.

«In mona», tremò.

Si rialzò e riprese la strada di casa. Era fradicio e stravolto; doveva fare in fretta. D'istinto cercò una luce, la porta di una locanda o di un'osteria dove fermarsi un attimo: ma la città era sepolta dai fiocchi, e comunque era troppo tardi.

«In mona!», gridò nel vuoto. «Ma adesso mi ficco a letto, e tanti saluti».

Vide apparire la piazza come una radura nel bosco. Un altro sforzo, una ventina di minuti. Scosse via il ghiaccio dai capelli con un gesto frenetico. Accelerò. Venti minuti al massimo.

Fu a metà della piazza che un dolore intenso si propagò lungo la parte sinistra del suo corpo. Poi il cuore – portò la mano al petto e cercò di tenersi in equilibrio, ma l'equilibrio era già smarrito. Senza accorgersene si ritrovò faccia a terra. Tentò di muoversi. I muscoli non rispondevano. *Oh, Cristo, no.* Respirò a fondo e il fiato si spezzò subito e al suo posto un dolore ancora più grande lo invase e lo paralizzò. D'istinto, con uno sforzo immenso, riuscì a girarsi sulla schiena. Tutto era nero. *Sto morendo, dio sasìn*, pensò. *Sto morendo davvero.* E istintivamente ripeté la bestemmia del contadino friulano: dio sasìn, dio assassino: l'urlo del vecchio Tassan nei campi devastati dalla grandine. Lo ricordò mentre alzava il pugno al cielo, nella sua rivolta contro l'Altissimo che congiurava in silenzio, dotato di oscure ragioni, per ammazzare lui e la sua discendenza. Un grano di ghiaccio dopo l'altro, un'estate fredda dopo l'altra: l'unica cosa che al Signore era sempre riuscita bene.

Ma altre forze erano all'opera, più antiche persino del Padre onnipotente. Maurizio Sartori soffocava e gli parve di essere ancora in fuga dalla guerra. Gli parve che la guerra, come aveva sospettato, non fosse mai finita: solo ora chiedeva il dazio di tutti i suoi errori, di ogni sua vigliaccheria.

Poi lo vide. La figura pelosa sedeva sul suo petto, gli serrava il collo impedendogli di respirare. Era identico a tanti anni prima, gli occhi bianco latte che lo irridevano, la bocca lercia di sangue, e quelle dita lunghe e affusolate. Maurizio annaspò, ma non provò a combatterlo. La condanna era stata emessa, e più di tutto – lo sentiva nelle viscere come uno sparo ricevuto, quello che aveva atteso dalla pistola di Ballarin e che adesso era giunto a perforargli le carni – più di tutto era giusto così.

Il cjalcjut l'aveva infine ritrovato.

3
Per amore, si diceva
1943-1945

I

Il sottotenente Gabriele Sartori, appena giunto da Udine come insegnante militare, conosceva Gradisca soltanto per sentito dire: la guerra passata, le battaglie sul Carso: la immaginava triste, e invece fu lieto di scoprire una bella terra viva, tutta altipiani e dossi.

Il reggimento Re era di stanza a un chilometro dal paese, in casermette prefabbricate grigie. Ogni giorno il maggiore Ballerio – che si definiva con orgoglio «più fascista di Mussolini stesso» – lanciava un canto per il refettorio. Gli osservatori dormivano tutti nella stessa stanza. Dalla finestra si vedeva il fiume Isonzo, buio nel crepuscolo che li avvolgeva fin da metà pomeriggio; le strade erano coperte di brina e solo per una manciata di minuti i colli parevano bruciare nella luce del tramonto.

Il lavoro non era difficile, ma la compagnia affidata a Gabriele era la più indisciplinata: ogni volta che schierava gli allievi sull'attenti partivano sberleffi: «Balilla!», gli dicevano; «Pivello!». Li odiò fin dal primo momento, ma cercò in qualunque modo di blandirli e farsi stimare. Non riusciva a sopportare che qualcuno lo disprezzasse.

Il comandante era un tenente colonnello emiliano sulla trentina, nevrotico e inquieto. Dopo qualche giorno confessò a Gabriele che avevano rifilato loro il peggio degli altri battaglioni, gli scarti con cui una guerra poteva essere unicamente persa male – con un sovrappiù d'infamia. Oh, avrebbe visto, avrebbe toccato con mano. Erano spacciati.

Gabriele aveva due vicini di branda simpatici: Carletto Grossi, di Firenze, e Dino Alfieri, un piemontese grassoccio ossessionato dalle future manovre dell'esercito. Con le ultime notizie dai fronti si era diffusa nell'aria un'eccitazione cupa e febbrile.

La sera giocavano a poker. Gabriele piaceva a tutti perché perdeva sempre.

«Adesso rimaniamo qui a lessarci le palle per un po'», disse una volta Dino, raccogliendo le carte. «E poi? Albania? Russia? Jugoslavia? Dite, dite».

«E che ne so. Dammi, faccio il mazzo».

«Se mi mandano in Russia, io diserto».

«Ma che cazzo dici, Carletto?».

«Ma che cazzo dici tu. Hai ascoltato la radio oggi? È un massacro».

«Sta' buono, ché se ti sente Ballerio...».

«Ballerio è un bischero e può andarsene in culo. No, io in Russia mica ci vado. L'Africa, piuttosto».

«C'è mio fratello», disse Gabriele. «Non è un bel posto, fidati».

«Dove di preciso?».

«Libia».

«Caldo e inglesi contro neve e russi. Bella scelta».

«Tanto non scegliamo noi».

Gabriele distribuì le carte, poi depose il resto del mazzo al centro. Ognuno guardò la propria mano.

«Di quanto apri?», domandò Gabriele a Carletto.

«Apro e chiudo subito bottega», rispose lui. «Carte di merda».

Quando poteva, Gabriele rientrava a Udine in bicicletta. Renzo ne aveva comprata una con l'ultima paga ricevuta, prima di perdere il lavoro, e se la dividevano a seconda dei bisogni. In città lo aspettavano le lettere sgrammaticate di Domenico dall'Africa, il buon vecchio Luciano – riformato per la zoppia e con un posto alla Cassa di risparmio – e soprattutto lo aspettava Margherita.

«Tu ti struggi per una gonnella, mentre Meni è in guerra», lo rimproverava il fratello. Dalla morte del padre si era fatto ancora più rabbioso. Era come se ne avesse assunto l'eredità di rogna e umori ballerini: scattava al minimo cenno di litigio, o passava ore a rimuginare in un angolo, spingendo la lingua contro le guance, spegnendo una sigaretta dietro l'altra. Ma per quanto si atteggiasse a nuovo capofamiglia, Gabriele era l'unico a portare a casa qualche soldo. Anche la madre era rimasta senza impiego: durante l'autunno precedente, i Bortoluzzi si erano trasferiti in massa in America dal cugino Felice, che aveva aperto una piccola fabbrica di pellame in Connecticut. E i pochi che potevano permettersi una serva l'avevano già. Per fortuna lo stipendio da ufficiale era il triplo di quello che Gabriele percepiva da maestro.

A Renzo non restava altro che girare nelle campagne. Faceva lunghe corse in bici avanti e indietro da casa degli zii, ma con le gelate dell'inverno doveva spesso limitarsi a stare nei dintorni. Cercava cibo, visto che ormai non si poteva comprare più nulla fuori tessera. Soffriva terribilmente questa immobilità forzata, ma come al solito Gabriele non sapeva come aiutarlo – né voleva, in fondo.

Margherita de Maffeis era di lontane origini trentine, una famiglia benestante che con la crisi del '29 aveva perso anche gli ultimi possedimenti – colpa di uno zio schiavo della roulette, dicevano in città. Margherita leggeva Pascoli, era altera in un suo modo quasi buffo, e non parlava con nessuno. Aveva lunghi capelli neri dall'attaccatura alta, che lasciavano sgombra la fronte; il naso nobile e aquilino; una piccola bocca rosso scarlatto.

Ecco dunque la trama di un romanzo, signori, un racconto d'appendice del secolo scorso. C'è un giovane poeta ermetico, maestro elementare, che di ritorno dal corso ufficiali di Rieti conosce una nuova collega al Provveditorato degli studi. Lei ha ventun anni, è iscritta alla facoltà di Lettere di Urbino, e fuma sigarette di nascosto. Lui ancora non sa dove verrà destinato come militare: un giorno si fa coraggio e usciti dall'ufficio la rincorre e la chiama. In quel momento un fotografo ambulante si avvicina per vendere uno scatto. La ragazza non vuole e scuote la testa, ma il ragazzo insiste: nella fotografia sorriderà imbarazzata mentre lui la tiene a braccetto; vanno verso l'obiettivo fianco a fianco, un poco spettinati dal vento. È una scusa, un pretesto, ma funziona.

La passione comune per i libri li porta a conversare sulla porta dell'ufficio; li porta a prendere il caffè insieme; a dividere un panino con le uova; a passeggiare sui grandi prati del Cormôr, appena fuori città. Ed è proprio lì che si baciano. Accanto alle file d'alberi verdi, sotto l'immenso cielo che sembra quasi precipitare sul parco: il giovane poeta sente infine il mondo farsi un luogo di festa, ma subito Margherita si ritrae, gli confessa che hanno peccato. È fidanzata. Lui si chiama Gino, ed è tutto ciò che l'altro vorrebbe essere: volontario, alpino nella Tridentina, sta combattendo contro i russi da mesi.

Tuttavia i baci non finiscono: si fanno solo incerti e dolorosi, e al poeta piacciono ancora di più.

A Gradisca intanto le giornate passavano. Sotto le foglie morte, a un angolo della strada, erano fiorite delle viole. Dino Alfieri mostrò agli altri sottufficiali la foto di una donna nuda fatta da lui stesso: Gabriele non volle guardarla e si ritirò a pregare. In paese vide passare degli sposini con annessa famiglia: lui era ubriaco e sbraitava *Di quella pira, l'orrendo foco!* – e la moglie: «Ti prego, Vittorio! Ti prego!».

La notte, Gabriele si calava nel sonno come in un bagno caldo. Dormiva senza sogni: e al mattino desiderava soltanto fuggire altrove, ovunque, sotto un sole zingaro e felice. Ricordava i giorni d'estate in cui si tuffava nel Cellina o nel Natisone e nuotava controcorrente lungo il corso sassoso, fino a sentire i muscoli dolere.

In libera uscita, Alfieri inquadrò una contadinella e per attaccar bottone le chiese se avesse bisogno d'aiuto: il padre di lei lo fece sgobbare per tre ore. Lo stesso giorno, Gabriele fu incaricato di acquistare duecento lire di libri per il tenente colonnello: quanto avrebbe voluto fare lo stesso. Ma con quali soldi? Comprò invece delle sigarette per Margherita e infilò nel pacchetto un piccolo messaggio: *Mi manchi. Ci vedremo giovedì?*

Si rividero giovedì, sotto i portici di piazza Vittorio Emanuele II, al freddo perché lei non voleva dargli tempo di sedurla al bar.

«Mi metti in difficoltà», disse.

«Non dire che non mi vuoi bene, perché non ci credo».

«Sai che ti voglio bene. Ma sai anche che non possiamo».

Gabriele le carezzò piano i capelli. Lei si scostò, rabbuiata.

«Non toccarmi, per favore».

«Margherita».

«Per favore».

«Ci siamo baciati già tante volte. Perché non vuoi più?».

«Senti. Io sono fidanzata con Gino, e Gino è in Russia. Lo sai cosa vuol dire? Hai idea di cosa stia passando?».

«Lo so. Ma non posso farci niente. Tu puoi farci qualcosa?».

Lei tacque. Gabriele riuscì a tenerla stretta per un minuto, più stretta che poteva. Poi strappò un foglio dal suo quaderno e le scrisse una quartina improvvisata, ma Margherita la rifiutò.

Più tardi, come forma di oscura vendetta Gabriele ordinò ai suoi allievi di dipingere le mura della caserma con figure muliebri, al fine di renderla più allegra. Il risultato fu un pasticcio di colori e forme incomprensibili: quando il tenente colonnello lo vide gli diede un giorno di consegna.

Le giornate passavano. Alfieri punì un soldato siciliano colpevole di furto, e perse la fiducia dell'intera compagnia. «Rammolliti e vigliacchi», diceva misurando la stanza a grandi passi. «Che guerra vogliamo vincere, con questi terroni? Gli parli e non ti ascoltano, li prendi in flagrante mentre rubano e loro negano. Ci meritiamo le cannonate, altro che».

Un altro osservatore, Zanoni, per poco non si uccise mostrando tronfio agli allievi come funzionava la Beretta. Gabriele perse settanta lire a poker, poi altre cinquanta, poi ne vinse trenta. Scoprì che l'attendente gli rubava spesso pennello, rasoio e sapone. Rilesse Leopardi, Cardarelli, Hölderlin. Dalla finestra, un pomeriggio, lui e Alfieri videro un carro trainato al trotto, sopra cui un soldato suonava rapito un pianoforte.

Scrisse a Margherita: *Perché non posso essere in Russia al posto di Gino, oggetto del tuo struggimento?* Ma non osò spedire la lettera.

Ai primi di febbraio andarono sul Carso per un'esercitazione. Tre suoi soldati stavano scavando una buca e di colpo partirono delle grida: avevano trovato uno scheletro dell'altra guerra.

Era una giornata nuda, tutta sassi, battuta dal vento. I ragazzi cominciarono a rimettere vivacemente in ordine le ossa sparse, correggendosi a vicenda su dove posizionarle. A un certo punto uno posò la tibia sopra la spalla, provocando le risate di tutti. Gabriele strillò loro di fermarsi e di infilare i resti in una cassetta. Non appena avvisato, il tenente colonnello si infuriò: «Un'altra rogna, un'altra rogna. Che ce ne facciamo dei morti vecchi? Dobbiamo già badare ai nostri».

La cassetta fu spedita al sacrario di Redipuglia, e il soldato finì senza funerale insieme ad altri trentamila ignoti.

Due giorni dopo arrivò una lettera da Margherita. Un foglio solo con una sola frase:

Gino è morto. Lo abbiamo ucciso noi!

Gabriele piegò la lettera, la rimise nella busta e restò immobile. Immaginò il cadavere del ragazzo nella neve e non seppe reprimere un brivido di felicità, di dolce sopraffazione – ora Margherita era unicamente sua. Aveva sconfitto quel bastardo. Poi comprese l'enormità del peccato e si morse una mano. Scrisse su un foglio:

Dovrei essere morto io. Il traditore, il vigliacco, il colpevole.
Ma chi mi difende contro di me se tu m'abbandoni?

Fissò anche quello per un attimo. Chiese a Carletto Grossi un cerino e lo bruciò.

2

Il fante Domenico Sartori sognò il viaggio da Campoformido all'Africa: i soldati si facevano fotografare in fila per la partenza, fra i saluti e le lacrime; sul ponte il caporale aveva raccontato loro di una sirena; un ufficiale suonava il violino e aveva il viso di suo nonno. Le immagini si scomposero. La prima volta a Tobruk. Le colonne di autocarri che avanzavano alla cieca, nei vortici di sabbia giallognola alzati dal ghibli. La voce del sergente Casalini che lo rimproverava.

Si risvegliò. Era ancora buio. Uscì fuori dalla baracca, camminando stordito sulla sabbia gelida, in direzione del mare: non riusciva ad abituarsi a quelle notti immense, gonfie di stelle fino a scoppiare. Il vento soffiava agitando le sterpaglie e riplasmando i due uadi verdognoli che tagliavano la piana. Il compagno di guardia gli puntò contro il fucile, Domenico disse la parola d'ordine e l'altro lo mandò a quel paese. A tentoni si inoltrò verso il palmeto, l'unico punto di riferimento della zona; ma faceva troppo freddo. Tornò nella baracca e si stese per sognare di nuovo.

Al mattino aprì il diario che gli aveva regalato Gabriele e annotò:

9 febbraio 43

al tramonto, ho visto i bivacchi delle carovane, i fochi dei camellieri e le gobbe degli arabi che pregano. quindici mesi e cinque giorni in affrica. non ho mai sognato tanto!

Giunto in guerra, aveva temuto che la sua indole l'avrebbe fatto impazzire. Tutto quel dolore, tutta quella violenza. E invece era riuscito a disciplinarsi. Stava sempre male nel vedere un corpo torcersi, ma la fame, il caldo e la stanchezza lo proteggevano. Si trattava di sopravvivere, qui; e scrivere una riga lo aiutava.

Aveva ucciso. Di sicuro qualche suo proiettile era entrato nella pancia o nella testa di un inglese, e la cosa lo lasciava quasi indifferente. Ecco un'altra novità: in quelle terre piatte e calde, il dolore da lui provocato era tollerabile.

«Manda avanti il coglione», diceva il sergente Casalini al maggiore quando c'era da fare qualcosa di rischioso. «Non ha paura, quello. È triste, ma non ha paura». E il coglione era lui.

A El Alamein era in seconda linea. Caricavano fusti di benzina e munizioni da trasportare alla prima, mentre i traccianti rossi degli aerei rigavano il cielo. Come tutti, all'alba del ventitré ottobre aveva visto alzarsi la marea di fuoco degli inglesi, centinaia di carri armati che venivano verso di loro, l'orizzonte reso chiaro a giorno – e come tutti aveva pensato, *Finisce qui*. Ma a lui non importava molto. E comunque non era finita lì. Per una settimana si erano tenuti pronti a fornire un rincalzo; poi il maggiore aveva trasmesso l'ordine. Ritirata immediata, in direzione est. Così da mesi scappavano, inseguiti dagli Alleati.

Salì sulla camionetta di Gervasoni, l'unico con cui gli piacesse parlare. Il motore gracchiò, corroso dalla sabbia.

«Sartori», disse Gervasoni. «Almeno oggi parla un po'. Sei sempre zitto».

«Non ho niente da dire».

«Niente?».

«No».

«Non sarai mica frocio, vero?».

«No».

«Meglio. Perché qui bastano già gli inglesi a incularci».

Domenico piegò le labbra contento. Era il loro rito; lo stesso dialogo ogni mattina, da settimane. Nessuno dei soldati rise; qualcuno si lamentò della fame e del caldo.

Si alzò un altopiano largo e come pressato da mani enormi, color sanguinaccio nella distanza. Oltrepassarono una zona paludosa. Domenico strizzò le palpebre nella luce cruda e vide il profilo di un fenicottero alzarsi in volo.

Più avanti lungo la strada raccolsero alcuni soldati dispersi. Alcuni di loro erano in fin di vita. Uno, febbricitante, era svenuto sopra un fico d'india e ne portava le spine su tutto il volto. Un altro era giallo limone per l'itterizia e morì mezz'ora dopo essere salito a bordo. Domenico cercava di non guardarli; sospirò e schiacciò un'unghia nel palmo della mano sinistra, più forte che poteva.

Poi un rombo dall'alto. Gervasoni si chinò contro il finestrino e bestemmiò: il volante gli scappò di mano: il camion sbandò e si fermò al lato della strada. Ora Domenico poteva vederlo. Un bombardiere calava su di loro in diagonale.

«Fuori, fuori, fuori!», gridò Gervasoni.

Si lanciarono a terra mentre le prime pallottole bucavano la sabbia. Un secondo aereo apparve poco lontano. Domenico si sdraiò accanto al camion e si coprì la fronte. Intorno a lui le voci si moltiplicavano. Con la coda dell'occhio vide alcuni commilitoni cercare di trasportare giù da un carro il 47: uno di loro fu colpito alla spalla e cadde urlando. Gli altri continuavano ad armeggiare con il cannone.

Gervasoni estrasse la rivoltella e tirò in aria alla cieca. Dal retro della colonna esplosero altri spari e altri strilli. Il secondo aereo fece una falsa manovra d'avvicinamento; fluttuò di nuovo nel blu, tornò in diagonale verso il basso e sganciò una bomba. Domenico non vide più nulla e non sentì più nulla. Quando riaprì gli occhi, la gola impastata di sabbia e fumo, il carro della colonna era squarciato e tre corpi giacevano immobili.

Il primo aereo stava calando di nuovo, ma Gervasoni era riuscito a mettere a terra una 37. Si sedette dietro la mitragliatrice e prese la mira. L'aereo sbandò – Domenico vide con chiarezza i colpi perforare la fusoliera – e poi riacquistò quota. Nonostante il caos, il resto della truppa si era organizzato. Un altro fante aveva preso possesso del 47 ed era riuscito a sparare, benché a vuoto. Domenico sentì il maggiore strillare ordini.

Gervasoni lo strattonò e gli indicò i caricatori a piastrine caduti poco lontano. Domenico li afferrò e li inserì nella Breda girando la manovella. Altri colpi esplosero a poca distanza. Gervasoni sputò a terra e riprese la mira. Centrò il secondo aereo all'ala: per un istante Domenico lo vide puntare direttamente verso di loro: ma all'ultimo impennò allontanandosi con l'altro, inseguito dai proiettili della compagnia. Un grande silenzio li lasciò attoniti e soli.

«Dio Cristo», disse Gervasoni.

La sera, Domenico scrisse su una cartolina verde pallido:

caro gabriele, oggi ci hanno assalito gli aerei ma li abiamo mandati via. purtroppo abiamo avuto dei morti. e tu come stai? leggi sempre tanto? saluta la mamma e renzo!

A fine febbraio passarono il confine con la Tunisia. Il paesaggio era diventato giallo sporco; filari di ulivi e rocce scabre prendevano lo spazio che prima, in Cirenaica e Tripolitania, era occupato quasi per intero dal deserto.

A pranzo, mentre sostavano a ridosso di un ristagno salino, il maggiore disse loro che c'erano buone possibilità di rientrare subito in Italia; vista la situazione catastrofica, molti soldati stavano per essere rimpatriati.

«Speriamo», disse Gervasoni.

«Per me moriamo qua», disse il cuoco. Stava provando a ricaricare un orologio che aveva rubato a Tripoli durante la ritirata.

«Ma vaffanculo».

«Moriamo qua».

«Vaffanculo».

«Credi che gliene freghi qualcosa?», disse il cuoco allacciando il cinturino al polso.

«Ora basta», disse il maggiore.

«Ma è la verità».

«Ho detto basta».

Andarono a letto sfiniti. Domenico sognò di essere tornato a scuola, ma il maestro non gli domandava addizioni e sottrazioni, bensì di catalogare strane specie di fiori. Alcuni avevano tentacoli, altri petali a forma di grandi monete d'argento, sulle cui facce era impresso il profilo di un gallo. Infine la scena cambiò e un colore intenso la riempì lasciandolo smarrito: il deserto aveva invaso il suo sogno.

Si fece radere seduto su una cassa, al riparo dal sole. Il barbiere lavorava a secco: l'acqua stava finendo e i rifornimenti tardavano. Le mosche si posavano sulle guance ferite dei soldati, e non c'era modo di scacciarle.

Domenico si fece radere e si asciugò i tagli con le mani. Poi scrisse una cartolina alla madre:

cara mamma qui la notte fa un freddo che non sai. ma sto bene anche se cè poco da mangiare. ti voglio tanto bene saluta tutti

Il diciannove marzo si attestarono dietro un enorme pugno di roccia, lungo la linea del Mareth. Non erano lontani da El Hamma. La radio funzionava male, e il capitano urlava per capire dove fosse collocato il resto della divisione, ma come al solito non riusciva a localizzarsi. Il mare sbucava fra le cime basse, uno squarcio improvviso di azzurro, e dall'altro lato le colline si aprivano con dolcezza, punteggiate di fattorie e case abbandonate. Era bello. Di guardia alla sua quota con il moschetto e le bombe a mano, Domenico aprì una scatoletta di carne puzzolente, un po' avariata, che non riuscì a finire.

Scrisse al fratello maggiore:

caro gabriele, cattive notizie. dovevo imbarcarmi per l'italia, epperò cè stato un contrordine. pensa a te, bada a mamma e renzo, non ti preoccupare. mandi.

Tre giorni dopo furono svegliati dai richiami del sergente Casalini. Un distaccamento americano li aveva intercettati e li circondava con i fucili spianati.

«Come on! Surrender!», gridavano.

Non si arresero, ma la battaglia fu breve. Gervasoni aveva una dissenteria terribile e sparava con i calzoni calati. Domenico sentiva i proiettili fischiare e stringeva il fucile come un cero, in verticale, tremando. Non voleva più sparare.

Passò qualche minuto e il maggiore fece alzare bandiera bianca. Offrì la sua vita, se chiedevano vendetta, ma pregò che non uccidessero i suoi sottoposti. I nemici si limitarono a requisire armi, orologi e portafogli.

«Ci mandano in America», disse qualcuno mentre li contavano.

«Magari».

«Via da questa sabbia di merda. Ciao ciao, Africa!».

Invece cucirono a tutti sulla divisa uno scudetto verde con la scritta bianca *Italy*, e li registrarono come prigionieri. Ognuno ebbe un numero di riconoscimento. Poi marciarono per chilometri con le mani sulla nuca, e furono ammassati in un piccolo campo alla base di un colle, infestato di cimici, dove restarono per dieci giorni.

Quindi li trasferirono a un altro campo, un campo di smistamento, disse qualcuno, ma Domenico non sapeva cosa significasse. Era stanco e non riusciva a dormire a causa dei pidocchi; si grattava i capelli e le braccia e il pube, come tutti. Di giorno sedeva contro il muro, davanti ai grandi cerchi di filo spinato. Passarono molti giorni e poi i soldati americani li separarono in due gruppi: quello di Domenico fu consegnato a un distaccamento di gollisti. Gervasoni non era con lui.

I francesi li fecero camminare verso nord. Le guardie marocchine avevano grossi turbanti schiacciati in testa, simili a torte scure, e li prendevano a sputi e li colpivano con il calcio dei moschetti, e Domenico si sentiva mancare per la sete. Sete, sete, sete senza fine. Avanzarono sotto il sole cocente per un tempo interminabile. Durante il tragitto un vecchio soldato cadde a terra e Domenico si chinò per sollevarlo.

«Sta' fermo», gli disse un ragazzo più giovane, quasi un adolescente.

«Ma...».

«Vai avanti e sta' buono».

Il vecchio soldato rimase a terra. Domenico si morse ancora le labbra, voltandosi a guardarlo, già sepolto dalla fila di prigionieri. Fece un lungo sospiro e si tagliò il palmo della mano sinistra con un'unghia. Era tanto stanco e aveva voglia di piangere.

Dopo quaranta ore arrivarono al nuovo campo.

3

Pedalando verso Gradisca, di ritorno da un permesso con Carletto Grossi, Gabriele vide sulla strada alcuni manifesti sparpagliati. Li raccolse:

SOLDATI! MUSSOLINI VI HA TRADITO!
NESSUNO PIÙ È AL FRONTE!
DISERTATE!

«Di chi saranno?», chiese Grossi.
«Non saprei».
«Qui non si capisce più niente».
«Lo diciamo al comandante?».
«Ma va'».
È evidente che non me ne frega più nulla né del Re né del Duce né dell'Italia, scrisse Gabriele sul diario. Il fascismo l'aveva lasciato prima indifferente e poi disgustato per il suo culto della violenza e dell'ignoranza; non l'avrebbe mai detto a voce alta, ma dentro di sé sperava che il regime – così attento a educarti alla forza, così odiosamente nemico del bello – colasse a picco una volta per tutte. *Antifascista per ragioni estetiche?*, annotò. *O per ragioni private, come forse lo era papà? Qualcosa del genere: Lasciatemi stare, vi detesto per principio! (Un'ombra di mio padre vive ancora in me?).*
Marzo era passato, era passato aprile; le ultime notizie dai fronti avevano messo a tacere i guerrafondai, e

persino il maggiore Ballerio non cantava più i suoi slogan. La gran parte dei soldati poltriva fumando sui letti e grattandosi le mutande. Il tenente colonnello passava il tempo a leggere chiuso nello studio.

Intanto Margherita fa la preziosa, scrisse Gabriele. *Mi ha restituito lettere e madrigali. Bene. Tutti fanno i porci? Farò il porco anch'io: vai a farti cullare dai lirici, amore ideale del cazzo!*

Dall'Africa era giunta una breve lettera di Domenico che annunciava la sua prigionia; ma il pensiero più urgente restava sempre lei. Di fronte allo sfacelo della guerra, al dolore del fratello, la sola pena che lo concernesse era comunque l'amore: si sentiva in colpa, certo, eppure nel suo individualismo vedeva anche una linea di resistenza. *Leggo Leopardi per voi, o umani*, concluse con uno svolazzo di penna.

Il sette maggio giunse l'ordine di trasferimento. Lui e Alfieri erano destinati a Sesto Fiorentino, sul fronte interno, per difendere gli aeroporti militari. Quando lo seppe, Carletto fece una scenata.

«Ma come. Mandano voi due a casa mia? In Toscana? È una vergogna. E io devo andare a farmi spellare dai croati?».

Gabriele e Dino Alfieri presero il treno da Venezia e cambiarono a Milano per poi scendere lungo la pianura. Fuori dal finestrino, Gabriele vide le donne prendere le rane con la lenza. Gli parve gente matta che si divertiva a pescare nei prati: un po' come Maria Covicchio quand'era bambino, nella roggia di Grazzano.

Si installarono nella caserma con una ventina di uomini. Non c'erano istruzioni precise se non quelle di tenere la posizione. Davanti al campo, un muro portava una grossa scritta: FRA QUINTO, SESTO E CAMPI V'È LA PEGGIOR GENIA CHE CRISTO STAMPI.

«A posto», rise Alfieri. «Dobbiamo dirlo a Carletto».

In breve, per un cambio d'ordine, furono trasferiti nei dintorni di Pisa. Il capitano della nuova caserma era perennemente malato: stava sdraiato tra le lenzuola fradice di sudore, preda di oscure malinconie. Non c'era nulla da fare e loro non desideravano fare nulla. La primavera mutò in fretta nell'estate e gli Alleati sbarcarono in Sicilia. Gabriele e Dino Alfieri passavano le giornate nudi come pesci, a mangiare pesche e giocare a poker. Nugoli di mosche si avventavano sul mucchio di torsoli e rifiuti che nessuno puliva. I loro soldati andavano e venivano, ubriachi di vino cattivo: cantavano *E la Marianna la va in campagna piena di pulci come una cagna!*

Mi sto trasformando in un mostro, scrisse Gabriele nel diario. Ogni giorno mandava una lettera a Luciano spiegandogli le qualità del suo struggimento – a volte allegando qualche tentativo di madrigale, la sua ultima passione – e una a Margherita. *Io sono vivo, tu sei viva: non facciamoci divorare dai fantasmi*, scrisse. Ma lei non rispondeva, o rispondeva con una riga appena in cui nominava Gino: il castigo dei morti era più forte di loro.

Allora Gabriele si schiacciava zanzare sulle gambe o beveva con gli altri e li guardava lottare per gioco nell'erba o flirtare con un gruppo di ragazze sfollate. E ogni notte sentiva sirene, pallottole, fischi di bombe, ruggiti di aerei. Una scheggia bucò la tenda di Alfieri, che si salvò per miracolo.

Sei giorni dopo la caduta del fascismo Margherita lo supplicò di non scriverle mai più, e stavolta il tono non ammetteva repliche. Gabriele andò a Pisa in un bordello di cui gli aveva parlato l'attendente.

Una ragazzina bionda lo masturbò, gli mise un preservativo e lui perse la verginità in un rantolo vergognoso. Nel tempo che gli restava – aveva pagato per mezz'ora, era bene sfruttarla – si confessò con lei parlando di Margherita. La ragazza sembrava abituata a quelle chiacchiere; lo ascoltò simulando attenzione e alla fine tirò fuori la foto di un bambino che doveva mantenere. Gabriele si commosse e la baciò sulla fronte, anche se probabilmente gli stava mentendo.

Poi s'infilò in chiesa a recitare venti Avemaria. Annotò sul diario che portava sempre con sé: *Sono ufficialmente l'incrocio di una beghina con un porco.* In quel momento partirono le sirene. Sul sagrato, Gabriele scrutò il cielo e vide in lontananza la sagoma di due, tre, quattro aerei. Ripose il diario in tasca, saltò sulla bici e corse via. Per strada la gente camminava tranquilla.

«Ma non avete sentito?», gridò ai passanti. «Scappate!».

«Macché», risero loro. «A Pisa 'un ci vengono!».

Riuscì a uscire dalle mura e precipitarsi in campagna. Le bombe caddero dieci minuti dopo.

L'indomani tornò in città con Alfieri. Non c'erano che macerie, e sulle prime non riuscì a orientarsi. Ad un certo punto riconobbe il quartiere dove si trovava il bordello: la casa chiusa era stata rasa al suolo per intero. Poco più avanti sentì il rumore di qualcuno che scavava. All'angolo della via un uomo era seduto sulle rovine, e batteva fra i calcinacci con una zappetta. Una donna gli si avvicinò e gli posò una mano sulla spalla. Lui, con la stessa espressione, una sorta di dolore stupito e ovattato, disse: «Là sotto c'è la mi' moglie. C'è la mi' bimba».

Proseguirono. Non lontano, sopra un cumulo di mattoni rotti e pietrame, videro i cadaveri di un uomo e una donna. Erano coperti di stracci, ma le braccia e le gambe fuoriuscivano nerastre per il sangue coagulato. I capelli della donna erano pieni di polvere.

L'otto settembre la radio disse dell'armistizio di Badoglio. Il capitano, ripresosi per incanto dal suo male oscuro, scappò poche ore dopo con la motocicletta.

«E adesso?», chiese Alfieri a Gabriele mentre facevano colazione in mutande, sulle panche davanti alla caserma, tormentati dalle zanzare.

«Adesso non lo so», rispose lui.

«Ma quindi siamo nemici dei tedeschi?».

«Boh».

Telefonarono al Comando superiore di Pisa, che ordinò di «fare opera di persuasione». Gabriele e Alfieri si fissarono senza capire, poi ripeterono l'ordine ai soldati, che li fissarono senza capire. Per la strada maestra i carri continuavano a passare con un rombo, ignorando il piccolo distaccamento.

Durante la notte molti fuggirono per i campi, e al mattino si presentò un tenente tedesco per le trattative. Gabriele avrebbe voluto organizzare un minimo di resistenza, ma Alfieri lo anticipò e offrì resa immediata. Nel pomeriggio arrivò un camion e caricò le armi.

Il giorno seguente la caserma era deserta. I cucinieri in fuga avevano rubato tutti i viveri. Gabriele fece un giro nelle camerate e vide che mancavano persino alcuni letti. Sentì la rabbia montare, il disprezzo che aveva per i fuggiaschi e per se stesso. Gino non aveva ceduto davanti ai russi: per questo Margherita l'amava ancora.

Prese una bomba a mano dimenticata dal rastrellamento, strappò la sicura e la gettò nel giardino urlando: ci fu uno scoppio e subito un accorrere di donnette: «Uccidono i nostri soldati! Aiuto, aiuto!».

«Cosa cazzo fai?», gridò Alfieri venendogli incontro dal corridoio.

«Quello che avremmo dovuto fare prima». Respirava velocemente, leccava quasi l'aria. «Vuoi andartene anche tu?», chiese.

«Di corsa».

Il fumo della bomba si era assottigliato e stava svanendo. Gabriele si calmò.

«E va bene. Mettiamoci in borghese e andiamo».

Erano rimasti solo in tre. Partirono insieme in bicicletta, all'alba e senza bagagli. Alle prime rampe dell'Appennino il terzo cominciò a lamentarsi per la fatica: dopo una trentina di chilometri abbandonò il gruppo e decise di nascondersi nei campi in attesa degli americani. Alfieri e Gabriele dormirono in un bosco; faceva ancora caldo. All'altezza del Po dovettero separarsi.

«Un bicchiere?», disse Alfieri indicando l'insegna gialla di una locanda. Gabriele accettò. Entrarono e ordinarono un fiasco di vino. Era rosso e frizzante e cattivo.

«Ma sei sicuro di voler tirare fino a Udine?».

«E che devo fare?».

«Vedi di arrivarci vivo, almeno».

«Per forza. C'è Margherita che mi aspetta». Tacque per un istante. «Ne ha già perso uno, di fidanzato, lo sai».

«Lo so».

«La voglio, fosse l'ultima cosa che faccio. Vaffanculo l'Italia. Io voglio lei».

Alfieri sorrise e alzò il bicchiere per brindare.

Fuori inforcarono le bici. Il sole gettava ombre sottili sulla ghiaia. Gabriele guardò il suo compagno pedalare fino a scomparire dietro un filare di pioppi.

Proseguì da solo, cercando di evitare le città. Le mucche lo fissavano mentre lui si alzava per accelerare e stringeva forte il manubrio, sollevando la polvere dalla terra battuta. In ogni paese dove sostava per riposare sentiva interminabili discorsi di politica: i pochi cui diceva di essere un soldato gli rovesciavano addosso prediche strampalate e incoerenti, minacce, o segni di affetto e partecipazione.

Dopo due giorni era in Friuli. Aveva pensato di fermarsi dallo zio Piero, ma alla fine puntò diritto su Udine. Fece il suo ingresso a Grazzano stravolto da fame e stanchezza: gettò la bicicletta contro i ferri della roggia, salì le scale due gradini alla volta, e bussò. Renzo aprì appena la porta e poi la spalancò di colpo. I fratelli si abbracciarono.

«Mamma! Mamma, vieni a vedere chi c'è», gridò Renzo.

Lei arrivò di corsa e baciò Gabriele sulla fronte, lo strinse e scoppiò a piangere.

«Che hai?», rise lui. «Troppa emozione?».

«Ti devi presentare, se no ti portano in Germania».

«Ma cosa dici?».

«I nazisti hanno occupato la città», disse Renzo cupo.

«Ed è arrivato un bando. Devi andare al comando e presentarti».

Entrarono in casa. Nadia preparò da mangiare e suo fratello gli spiegò che, con l'occupazione tedesca, parte del Friuli e l'Istria erano state accorpate in una zona che dipendeva dal Reich: si chiamava Litorale adriatico. Ancora non era ben chiaro come sarebbero andate le cose, ma formalmente erano sotto il dominio tedesco. Gabriele era intontito e beveva la grappa rimasta.

«L'ho tenuta apposta per te e Meni», disse suo fratello indicando la bottiglia.

«Grazie. Ci sono novità dall'Africa?».

«È sempre nel campo».

«Dio santo».

«Almeno è vivo».

Gabriele non rispose. Scrutava il bicchiere crepato come se volesse indovinarci il futuro.

«Pensi di presentarti?», chiese Renzo.

«No. Meglio morto che con i tedeschi».

«Bravo. Così si fa».

«Ma devo inventarmi qualcosa, altrimenti ci andate di mezzo voi».

Renzo annuì e lo lasciò solo. Lui finì la grappa e chiuse la testa fra le mani, nel buio della cucina.

4

Un figlio prigioniero, un figlio da custodire, un figlio libero. Per Domenico pregava; per l'altro cucinava; per il terzo – che passava ogni tanto la notte fuori casa, chissà dove, con certi sbandati o schifosi comunisti – attendeva. Dall'inizio della guerra si era imposta di aiutarli, di informarsi e capire. Aveva qualcosa che ai figli mancava e che la rendeva più vigile: il terrore di restare sola, una vedova di quarantadue anni senza lavoro in una città occupata.

Cominciò dal caso più semplice, Gabriele. Gli recava conforto ai «domiciliari», come li chiamava lui: non faceva altro che leggere e scrivere o restare alla finestra della sua stanza, immerso nei consueti tormenti. Un pomeriggio, mentre gli portava una tazza di surrogato d'orzo, provò a riscuoterlo.

«Sei chiuso qui da dieci giorni», disse. «Non puoi andare avanti così».

«Non so cosa fare».

«Più resti fermo, più rischi».

«Certo, e faccio rischiare voi. Ma non so cosa fare».

«Potresti andare al Provveditorato». Si appoggiò alla scrivania. «Ci pensavo stamattina. Chiedi se hai ancora la qualifica di maestro elementare, e se dicono di sì sei a posto».

«Ma quelli vogliono arruolarmi».

«Prova. Almeno è una possibilità».

Lui riordinò le carte. Nadia le sbirciò: un appunto recitava *Non esiste più patria, non esiste più niente se non la paura, e chi ha paura ha sempre più paura.* Gabriele incrociò il suo sguardo e girò il foglio, quindi abbassò gli occhi sulla tazza di surrogato.

«Già», disse. «In fondo hai ragione. Cos'ho da perdere?».

Il giorno dopo fece la sua sortita e tornò a casa raggiante: la qualifica era valida, e un funzionario gentile – al cui figlio aveva dato ripetizioni di italiano – gli avrebbe procurato scartoffie e permessi. Era tutto un inghippo geografico: nella Repubblichina le sanzioni contro i disertori erano molto più severe, ma non nel Litorale, almeno per il momento. E c'era un posto da archivista al Provveditorato che lo aspettava.

Nadia lo vide sorridere. L'aveva messo al sicuro lei, con una sua idea. Si sentì piena d'orgoglio e anche un po' irritata, perché nemmeno le aveva detto grazie.

«Che bene», disse semplicemente.

Intanto lei lavorava a maglia. Maglioni e berretti che vendeva a prezzi bassi a chiunque li chiedesse, anche in cambio di cibo. Ogni settimana andava con Renzo da Piero, in campagna, nonostante i divieti, per le verdure. Alla borsa nera di Udine prendeva quel che c'era, quel che le ficcavano in mano svelti e impauriti, anche se costava troppo. Scambiava. Un chilo di zucchero per dieci di fagioli; un chilo di burro per cinque di farina bianca. Le sirene antiaereo suonavano all'improvviso mentre faceva i suoi conti, un suono che si alzava e si ispessiva: in pochi minuti la città era deserta, e lei correva lungo la via, le sporte in mano.

A volte andava con i figli da Luciano Ignasti, il migliore amico di Gabriele, ad ascoltare in segreto Radio Londra.

Luciano batteva la sigla – la *Quinta* di Beethoven, aveva spiegato più volte – tamburellando con le dita sul tavolo della cucina: poi il Colonnello Buonasera parlava a voce calda e piena. Badoglio si era schierato contro Hitler e loro si chiedevano cosa sarebbe stato del Litorale.

«Non resta che aspettare e rimanere all'erta», diceva il padre di Luciano.

Casa Ignasti metteva Nadia a disagio: i loro divani, le loro maioliche, gli scaffali pieni di libri e dischi. Ma la signora era cortese e le regalava del pane. Sulla strada del ritorno Renzo protestava sempre e minacciava di gettarlo nella roggia, perché ricevere la carità era un'offesa: un altro anello alla catena che mantiene poveri i poveri, e i ricchi al potere. Nadia lo zittiva con un cenno, e lui tornava ombroso, una mano in tasca, una sigaretta nell'altra.

Tutti i giorni passavano treni carichi di soldati prigionieri e ragazzi pescati a caso per rappresaglia. In città lo sapevano: venivano trasportati in Germania per essere uccisi o buttati in qualche campo di concentramento a patire fame e torture e chissà che altro. La stazione non era lontana da via Grazzano, e i fischi dei convogli tenevano Nadia sveglia di notte: suonavano come minacce o grida d'aiuto, mentre lei si rigirava sola tra le coperte.

La busta con il disegno era ancora lì, nel cassetto della sua stanza. Il disegno che aveva fatto non appena si erano trasferiti a Udine, quand'erano giovani e forti: loro due e il piccolo Gabriele. Da quando Maurizio era morto non aveva più osato guardarlo. Nelle notti fredde di ottobre, nonostante gli anni passati, la mano correva d'istinto a cercare un corpo e trovava sempre un'assenza, un abbandono ribadito di continuo, nessuno che l'avrebbe stretta assicurandole amore e protezione. *Biondino, abbiamo trovato un modo di volerci bene: ma non è finita come volevamo.*

«Se solo arrivassero i russi», fremeva Renzo a tavola, mentre Nadia serviva polenta e formaggio e un po' di radicchio mezzo marcito. «Sono gli unici che possono fermare i crucchi. E già che ci sono, potrebbero fucilare anche qualche padrone».

«La pianti con questi discorsi da comunista?», diceva Gabriele.

«Perché? La cosa ti dà problemi?».

«Mi dà problemi sì. Sono idee che ti ficca in testa Martinis, vero?».

«Sono idee mie».

«Il comunismo è come il fascismo: lo Stato padre e padrone. Io amo la libertà».

«Che libertà? Fare il passacarte per gli invasori è libertà?».

«Almeno porto a casa qualche soldo, non come te che passi le giornate a grattarti».

«Tengo gli occhi aperti».

«Ah, è così».

«Sì. Le cose si muovono e al momento buono toccherà buttarsi».

«Basta», diceva lei. «Smettetela subito. Sono stanca».

E subito loro tacevano e chinavano la testa ubbidienti, mangiavano a cucchiaiate veloci, la bocca sul piatto. Nadia presentiva in Renzo una stortura, una furia che conosceva bene. Il suo affetto sembrava infrangersi contro di lui, il ragazzo che tanto somigliava al marito morto: avrebbe dovuto agguantarlo prima che le scappasse via. Ma non sapeva come fare.

Perciò dopo cena si chiudeva nella camera a pregare e rileggere le lettere che Domenico le mandava da quel campo di francesi in Africa. L'impossibilità di aiutarlo era un tormento, ma saperlo prigioniero le dava la certezza che nessuno l'avrebbe ucciso; e in quelle cartoline brevi e piene di errori, nella grafia sbilenca, nei tentativi di tranquillizzarla, lei ritrovava il figlio più amato e incomprensibile.

A fine mese incrociò la signora Olbat lungo la roggia. Guardandosi intorno con aria circospetta, lei le confidò che gli ufficiali tedeschi cercavano domestiche per badare alle loro stanze. Pagavano molto bene, trecentocinquanta lire al mese.

«No», disse Nadia. «Per i tedeschi, mai».

«Ma l'hai fatto per una vita. È il tuo mestiere».

«Come posso lavorare per loro?».

«Senti. Non mi hanno toccata e non hanno toccato nemmeno te, mi pare. Non sono mica dei lupi; e la paga è ottima».

Nadia tacque, compunta. Lei odiava gli occupanti per ragioni opache, istintuali. Erano come i soldati che più di vent'anni prima avevano razziato la sua terra, giusto? Stesso sangue, stessa lingua. E rieccoli qui di nuovo a far da padroni.

«Io davvero non ti capisco», disse la signora Olbat. «Con quei soldi puoi aiutare la tua famiglia».

«Per i tedeschi, mai».

La Olbat la guardò fissa e se ne andò. Nadia ebbe l'impressione che qualunque cosa avesse scelto, avrebbe sbagliato in maniera irrimediabile. Il danaro era importante ma era importante anche avere un principio, qualcosa cui attaccarsi. Tuttavia senza cibo i principi diventavano irrilevanti, e la Olbat aveva le sue ragioni. Pulire i cessi di due ufficialetti crucchi non aveva un gran significato, giusto?

Però senza un principio, se tutto si equivaleva, nulla più l'avrebbe distinta da un animale; confusamente intuì che era la fedeltà a un'idea a distinguerci dagli altri – la capacità di tracciare una linea. Cosa le aveva detto Elsa Winkler, tanto tempo prima? *Se crede al mostro, allora può credere anche nella spada che lo uccide.* Doveva credere, doveva tenere duro.

Un figlio prigioniero, un figlio da custodire, un figlio libero. Forse una spada sarebbe giunta.

5

La popolazione del campo era divisa in gruppi che si
ignoravano a vicenda. I fascisti irriducibili che ancora
credevano nella vittoria e sprezzavano i francesi, sfidan-
doli di continuo. Gli antifascisti che cercavano di orga-
nizzarsi, e fra loro una manciata di comunisti che complottava ogni giorno parlando di evasione. Gli indifferenti
se ne fregavano, dicendo che al momento la loro bandiera
era quella della prigionia. Poi i siciliani con i siciliani, i
veneti con i veneti, i piemontesi con i piemontesi. E i tedeschi con i tedeschi.

La sola realtà comune era il campo che li rinchiudeva,
solido e reale alla base del colle: un rettangolo cinto di
alte mura e fil di ferro, baracche piene di spiffer, la
fossa del cesso che mandava una puzza insopportabile,
una sorgente d'acqua grigiastra dove le guardie si diver-
tivano a pisciare. E cimici e pidocchi ovunque.

Gabriele gli aveva mandato una lettera con alcune parole in francese:

Grazie → *Merci (mersì)*
Prego → *De rien (derièn)*
Buongiorno → *Bonjour (bonsgiùr, all'incirca)*

Ma non riusciva a farsi capire; e comunque i francesi
non lo ascoltavano. Domenico aveva imparato in fretta
le regole del posto. Gli avevano cucito una toppa rossa

221

sulla schiena e requisito ogni centesimo rimasto. La gamella di fave a pranzo bastava giusto a tenerli in piedi.

Il campo era un mondo in miniatura, spogliato dalle falsità e dalle convenzioni. Qui era tutto nitido, come la luce africana: c'era chi dava male e chi lo riceveva. Talvolta il comandante li impegnava in lavori inutili – scavare una buca e riempirla, spaccare pietre e gettarle – ma per lo più i prigionieri vagavano senza nulla da fare, preda degli sfoghi improvvisi delle guardie, distrutti dalla dissenteria, i pantaloni lerci, e ammalandosi di tifo e itterizia. Un giorno Domenico vide un ragazzo correre nudo per il campo, il volto sfatto in un sorriso ebete, che fingeva di sparare con le dita a mo' di pistola: «Bam! Bam!», gridava. «Libertà, libertà per tutti! Bam! Bam!». Lo pestarono a sangue e nessuno osò difenderlo. Domenico gli pulì le ferite con la manica e gli carezzò le guance.

Scrisse una cartolina alla madre:

mamma non ti preoccupare, sono prigioniero ma sopravivo. ti voglio tanto bene.

Eppure quella vita continuava ad apparirgli, nella sua assurdità, non solo accettabile ma persino ovvia: l'intero passato era ormai divenuto distante, sfumava in un ricordo, il sogno fatto al mattino, ogni mattino un sogno, e poi la realtà: la bocca riarsa, le coltri di insetti, e il giallo sporco che inghiottiva tutto.

Il Profeta venne da lui cinque giorni prima di Natale. Girava sempre da solo, ed era l'unico a essere in ottimi rapporti con le guardie: parlava francese – era valdostano – e tutti, persino il comandante, sembravano stimarlo per qualche motivo.

Domenico aveva assistito a lungo un uomo morente. Era stato rifiutato all'ospedale da campo, perché ormai troppo grave: aveva la febbre altissima e la lingua così gonfia da non riuscire a parlare. Domenico si era limitato a stargli accanto e cercare di fargli bere un po' d'acqua, invano. Non aveva mai visto nessuno soffrire in quel modo: il dolore lo scavava lentamente, come se volesse trascinarlo nella morte un pezzetto alla volta. Domenico lo carezzò e si tagliò il palmo della mano sinistra con un sasso affilato.

Avevano appena portato via il corpo quando il Profeta apparve, incuriosito. Era un uomo basso, corpulento nonostante il poco cibo, con una barba rossa che gli era cresciuta a macchie sul viso, e la testa calva resa lentigginosa dal sole.

«Come ti chiami?», gli domandò.

«Domenico Sartori».

«Sei veneto? Hai l'accento veneto».

«Friulano».

Il Profeta si sedette di fianco a lui.

«Perché hai accudito quell'uomo?».

Domenico alzò le spalle.

«Era un criminale», gli disse il Profeta. «Lo conosco bene, ero nella sua stessa compagnia». Sorrise. «Bastava che avessi l'uniforme in disordine e ti mollava un calcio nelle palle. Una volta in Libia abbiamo fatto prigionieri dieci neozelandesi. Lui li ha torturati col fil di ferro, piano piano. Quando si è stancato li ha fucilati e lasciati lì sulla sabbia».

«Non si meritava comunque di morire così».

«Lo pensi sul serio?».

«Sì».

Il Profeta lo guardò intensamente.

«Ti fa male, vero?».

«Eh?».

«Lo vedo bene. Ti fa male». Una pausa. «Cosa credevi, che nessuno ti notasse? C'è un matto che divide la sua zuppa con chiunque, sta vicino alla gente che crepa, piange in silenzio. Per gli altri sei soltanto questo, però. Ti usano. Ti cercano quando c'è bisogno e poi ti mollano».

Domenico si grattò gli stinchi.

«Ma in fondo non ti importa», disse il Profeta.

«No».

«Bene. Avremo modo di parlarne». Si alzò e pulì le mani sulla giacca.

«E perché?».

«Perché mi interessi».

A Natale, don Giulio – un parroco laziale prigioniero già dalla fine del '42 – organizzò una messa da campo. Domenico partecipò per abitudine, ma rimase in fondo al gruppo. Dietro di sé vide il Profeta aggirarsi tranquillo per il campo, in compagnia di una guardia senegalese.

A messa finita, don Giulio lo prese da parte.

«Ti ho visto parlare con il valdostano», disse. «Quello è un senzadio. Non devi ascoltarlo».

«Perché?».

«Va in giro a predicare eresie, e affossa il morale dei prigionieri. Qui ci sono anche atei, lo so, e non mi importa. Vorrei soltanto che ne uscissimo vivi». Strizzò gli occhi. «Ad ascoltare lui, invece, siamo già tutti morti e sepolti».

Il Profeta lo evitò per qualche giorno. Pareva essere scomparso. Domenico girava il campo smagrito e febbricitante, ma non riuscì a trovarlo.

In compenso ci fu un tentativo di evasione. Due ragazzi erano riusciti a scappare, ma vennero subito ripresi. Il comandante li caricò con uno zaino pieno di pietre: dovettero marciare avanti e indietro a quattro zampe per un'ora. Quando furono sfiniti, li fece stendere nudi al centro del campo, per essere scudisciati. Le urla erano insostenibili. Domenico si morse la lingua gonfia.

Il Profeta tornò proprio in quel momento. Sorrideva. «Sai perché ci odiano tanto?», disse indicando le guardie che frustavano i due ragazzi. «Perché li abbiamo traditi. *Mussolini ci ha presi alle spalle nel '40*, dicono, *e adesso ci vendichiamo su di voi*. Non hanno tutti i torti». Iniziò a contare sulle dita, soddisfatto: «I francesi ci odiano per questo motivo. I libici ci odiano perché li abbiamo invasi. E i tunisini perché gli stupriamo le donne. C'era questa ragazzina, poco più di una bimba, vicino a Gabès. L'hanno presa in tre e l'hanno violentata nel campo di ulivi dei genitori. Lei gridava, gridava, e loro ridevano. Riesci a immaginarlo? Una bambina con sopra un uomo, e poi un altro, e poi un altro, e non può fare niente».

«Smettila, per favore», disse Domenico.

«Ma è la verità».

«Non mi va di sentirla».

Il Profeta annuì meditabondo e se ne andò.

Attorno a Natale la disciplina al campo si fece un po' meno rigida. I prigionieri riuscirono a organizzare corsi di matematica, di teatro, di inglese; c'erano molte persone colte, lì, e ognuno portava la propria conoscenza nell'illusione che servisse ancora a qualcosa, il solo modo per mantenersi umani e degni. Domenico pensò che Gabriele sarebbe stato d'accordo, ma per lui era una sciocchezza.

Provò a seguire una conferenza di storia tenuta da uno dei più anziani: si parlava dell'Impero bizantino. Non capì nulla e rinunciò. Fuori comunque il campo era sempre uguale e gli uomini niente affatto più umani.

Riprese a sognare, ma al mattino gli restavano appena brandelli dell'altrove: un pezzetto di caramella diviso fra lui e Renzo sull'erba del Cormôr; la risata franca dello zio Piero; la bocca triste del padre: e poi improvvise visioni di un regno di là da venire, guglie di una cattedrale africana color terracotta, inseguimenti tra uomini dal volto coperto di squame. Una figura che portava un fiore nella mano sinistra e un coltello nell'altra.

Scrisse alla madre:

mamma spero che questa lettera di buon anno ti arriva. scusate se scrivo poco ma sapete che non mi viene facile e non è facile spedire, non preoccupatevi però. vi voglio bene e mi mancate tanto tutti. mandi.

Una notte di gennaio il Profeta si sedette accanto a lui fuori dalla baracca. Domenico tremava contando le stelle per distrarsi; aveva ceduto il suo posto a un vecchio che era stato pestato duramente. Il comandante aveva distribuito del pane in sovrappiù e assistito con gioia ai vani tentativi di dividerlo equamente, finiti in una rissa colossale. Il vecchio nemmeno voleva il pane, ma era stato picchiato comunque.

«Non hai sonno?», gli chiese il Profeta.

«Fa troppo freddo per dormire».

«Hai la malaria, si capisce al volo».

«No».

«Sì, invece. Non dovresti startene qui».

Domenico non rispose. La notte pulsava di rumori e nel cielo era confitto un quarto di luna color limone, fresco come di rugiada.

«Chi sei?», gli chiese Domenico a un certo punto.

«Allora sai parlare. Dunque, vediamo. Fino a dieci anni fa ero parroco in una pieve in Valle d'Aosta. Poi mi hanno spretato: o meglio, me ne sono andato e loro mi hanno spretato».

«Hai smesso di credere in Dio?».

«Tutt'altro. L'ho visto com'è davvero».

«E come sarebbe?».

«Hai detto che non volevi sentire la verità».

Domenico non rispose.

«Mi piacciono questi silenzi. Per forza nessuno ti capisce. Qua sono tutti presi con le loro scemenze sul Duce, su Hitler e Stalin, e non comprendono che il vero dramma sta altrove. Tu invece sì, anche se in parte». Sorrise. «Comunque. Dopo aver lasciato la veste ho fatto tante cose: l'arrotino, il rivoluzionario, il pescivendolo, il predicatore vagabondo. Ho odiato Mussolini perché ha imposto l'italiano nella mia bella valle. Ho avuto una figlia che è morta di difterite. Infine è arrivata la guerra ed eccomi qua».

«Ma perché le guardie ti lasciano stare?».

«Eh. Potrei dirti che sto convertendo anche loro alla verità. Invece no, mi rispettano perché sono mezzo francese, e perché avevo dei soldi nascosti e li ho consegnati prima che mi perquisissero».

«Ho capito».

«Ma la verità non c'entra con tutto questo».

Poi il Profeta gli carezzò il viso, un gesto incongruo che non aveva alcunché di consolatorio o fraterno. Domenico rabbrividì.

6

Federica Drigo gli baciò una spalla mentre lui fumava guardando il soffitto.

«Vieni qui a far l'amore con me, ma ti piace mia sorella», disse. «Ti è sempre piaciuta Daniela, fin da ragazzino».

«Ma sta' zitta».

«Non è vero? Dico balle?».

«Sta' zitta».

«E non trattarmi così, sai. Io quelli come te me li mangio a colazione».

Renzo sbuffò e uscì dalle coperte, nudo. La pioggia batteva contro la finestra dell'abbaino. Si specchiò nel pezzo di vetro che lo rifletteva e gonfiò il bicipite.

Quella soffitta spoglia era un bel posto dove amarsi. La figlia maggiore del verduraio l'aveva chiesta alla zia per dare una mano ai compagni, l'aveva arredata con un materasso e un tavolino, e ora ci facevano l'amore. Solo qualche mese prima non avrebbe mai osato, ma era il bello di avere un po' di guerra in casa: tante cose impossibili diventavano di colpo possibili, a volte reali, e le rimiravi con uno stupore quasi infantile.

Renzo spense la sigaretta, si rivestì e nascose nei pantaloni il volantino da consegnare.

«Ti vedi con Martinis?», chiese Federica mettendosi a sedere.

«No. E comunque si chiama Lupo. Dobbiamo usare i nomi di battaglia».

«Ma sentilo. Non hai combinato nulla e fai il grande guerriero?».

«È una precauzione», disse Renzo infastidito. «Lo sai».

«Dai, vieni qua. Ti do un bacetto, partigiano».

Lui si avvicinò. Era bella e forte, con quella pelle bianca da aristocratica, e le cosce larghe che gli facevano montare la voglia. Ma aveva ragione: a Renzo era sempre piaciuta di più sua sorella. Ciò nonostante si chinò, ricevette il suo bacio, poi fece volare via le coperte e le baciò il piede destro come d'abitudine. Gliel'aveva insegnato proprio Francesco Martinis. Diceva che era il gesto con cui certi cavalieri si congedavano dalle loro dame: il più alto gesto d'amore e d'umiltà.

Uscì fuori nel freddo e si avventurò verso il centro. Via Mercatovecchio era deserta e gialla nella pioggia ora più debole. Renzo sorrise. Non era al fronte e doveva inventarsi la giornata da capo a ogni alba, e questo gli piaceva. Una volta accompagnava la madre nei campi, di malavoglia; una volta si ubriacava silenziosamente con il vino offerto da qualche compagno; un'altra volta ancora complottava con loro. Parole, tante parole buttate sul tavolo – tutte splendide, smaglianti come gemme: *lotta, rivoluzione, liberazione, fedeltà, comunismo*.

Da quando Francesco Martinis era diventato Lupo della Brigata Garibaldi, non lo vedeva quasi più. Le antiche rivalità si erano rinnovate: Martinis era salito sui monti e Aldo Marz – l'incubo della loro infanzia – era stato prima repubblichino e poi, tornato a Udine, volontario del Reich.

«Le persone non cambiano», gli aveva detto una volta Gabriele, forse citando uno dei suoi libri: «diventano solo ciò che erano destinate a essere».

Ed era un pensiero giusto, Renzo lo sentiva nelle ossa. Ma lui a cos'era destinato?

Girò intorno al piazzale del Castello muovendo gli occhi a destra e sinistra. Nessuno. Bussò alla porta bruna di un vicolo; gli aprì un uomo con i baffi neri che teneva in mano una vecchia lampada a olio. Anche lui buttò un'occhiata per strada prima di farlo entrare. Renzo non ricordava il suo nome. Scesero una stretta scala.

«Sicuro di non essere stato seguito?», disse l'uomo.

«Sicuro».

«Comunque sei in ritardo».

«Chiedo scusa».

Entrarono in una stanza odorosa di muffa. In un angolo c'era un piccolo ciclostile. Altri due uomini sedevano a schiena curva, parlottando fitto e dividendosi una bottiglia di vino. Renzo li conosceva, erano Lampo e Gelo. Stavano discutendo con una certa foga, inusuale in loro. L'uomo con i baffi neri si versò un bicchiere, lo bevve e uscì dalla stanza lasciando la lampada sul tavolino.

Gelo era un corpulento intellettuale dalla voce sottile, membro del Partito. Sosteneva che la lotta gappista era un pane dolce al primo morso e amaro al secondo: certo non cosa per tutti, anche se molti fingevano di farsela piacere. Ma che c'era di bello negli agguati, nello sparare alle spalle benché spalle di fascisti e tedeschi, nel giustiziare spie o tramare all'ombra attirando dubbi e maldicenze? Quella lotta esigeva un sacrificio enorme, e solo chi vi si inabissava poteva coglierne il sapore. Far ballare i preti minacciandoli con la rivoltella o vantarsi con le donne per portarsele a letto erano cose da ragazzini, il primo morso al pane, la schiuma dell'onda: ma l'onda era comunque vasta e potente, e i loro errori eccesso di passione, tranne il disertare. Tradimento e fuga erano per Gelo una cosa sola, differenza di grado e non di sostanza: una volta addentato il pane bisognava andare a fondo; e chi mollava era un nemico del popolo, un vile.

Lampo non era d'accordo, raccontava la sua ossessione per la morte. Era un uomo affascinante sulla trentina e parlava con un tono più roco, come fosse preda di una febbre. Il destino comune della morte, darla e subirla: Lampo poteva capire che a un certo punto qualcuno si tirasse indietro. Tradire era un altro discorso, ovvio, ma tirarsi indietro per stanchezza era comunque viltà? Non era forse umano lo sfinimento, anche quando la causa era giusta? I nemici erano nemici e dovevano crepare, ma crepare di per sé rimaneva osceno. Gli era capitato di sparare a un fascista di diciassette anni, una bestiola scatenata. Se lo meritava: però dio can. Non era tremendo?

Gelo obiettò che queste cose bisognava lasciarle ai preti ballerini davanti alle pistole. Lampo era d'accordo ma tornava al solito punto, andava fuori tema, la febbre lo tormentava: la morte era un'ingiustizia immensa, lui avrebbe dato tutto affinché nessuno più morisse. Ma non si poteva, concluse, e allora bisognava farla pagare cara alla morte. Bisognava che la gente fosse libera e felice.

Renzo ascoltava rapito. I due uomini tacquero e si accorsero di lui.

«Ciao», disse Lampo. «Hai portato il testo?».

«Sì, è qui».

«Bravo. Adesso ci mettiamo al lavoro».

Si misero a far andare il ciclostile senza più discutere di grandi cose. Renzo impilava e riordinava i volantini in blocchi da trenta fogli. Pensò che voleva mordere il pane della lotta di cui parlava Gelo e divorarlo tutto. Era tempo anche per lui di avere un nuovo battesimo: sarebbe stato Sandokan, ovviamente, l'eroe senza paura.

«Domani il Fronte mette qualche bomba in giro», disse Gelo. «Alla Casa del Littorio, in via San Lazzaro, all'Ottavo Alpini».

«Bene», disse Lampo.

«Speriamo di far fuori qualche crucco».

«Speriamo».

Misero a posto gli ultimi fogli. Faceva freddo.

«Perché non entri anche tu nel Fronte?», chiese Lampo a Renzo.

«Non sono più un bambino».

«Appunto. Vuoi continuare a portare carte?».

«Gli uomini devono fare gli uomini», disse Gelo. «Per le staffette bastano le ragazzine».

«In realtà pensavo di salire in montagna».

«C'è bisogno di gente in gamba in città. Se vuoi ne parlo con Spartaco».

Renzo accese una sigaretta: «Vedremo».

«Non fumare qui dentro», disse Lampo.

Non pioveva più. Renzo portò tre pacchi di volantini a casa di tre compagni. Prima dell'ultima consegna, una guardia tedesca incrociò i suoi occhi e venne nella sua direzione. Lui svoltò veloce in un vicolo, tirò fuori i volantini dalla borsa e li mollò in un androne, dietro un mucchio di fieno. Poi riemerse in via dell'Erbe con il cuore che batteva forte. La guardia lo raggiunse e gli chiese i documenti. Parlava un italiano smozzicato.

«Perché scappato?».

«Non sono scappato».

«In borsa? Cosa?».

«Niente».

«Apri».

Il tedesco guardò dentro.

«Perché vuota?».

«Cerco da mangiare».

Lui borbottò qualcosa nella sua lingua, grattandosi i denti con un dito e ogni tanto scuotendo la testa; alla fine gli disse di andarsene e lui entrò nel vicolo. Renzo sentì la pelle incresparsi: se avesse trovato le carte l'avrebbe ucciso sul posto. Percorse l'isolato, contò fino a trenta e poi imboccò il vicolo dalla parte opposta. Il tedesco non c'era. Corse nell'androne; dietro il fieno trovò i volantini. Li strinse al petto e si asciugò il sudore dalla bocca.

Finì le consegne. Il cielo color lavagna mandava un tuono e l'aria profumava di luppolo. Su un muro, qualcuno aveva tracciato una scritta rossa:

LENIN

Renzo si sentì come se avesse calato la fronte nell'acqua della roggia dopo una corsa. Quella parola era meglio di un bacio promesso, diceva tutto in cinque lettere: c'erano poveri tenuti poveri dai ricchi e bisognava ribaltare le cose da capo a piedi e dare ai poveri il potere. Lenin.

Non aveva voglia di tornare a casa. Non aveva voglia di dormire sotto lo stesso tetto di sua madre né di ascoltare le sue prediche. Era suo dovere anche badare a un altro bene, quello duro e grande di cui parlavano Gelo e Lampo e l'uomo coi baffi, il bene di chi uccide e non conosce più mezze misure.

Si avvicinò alla scritta e la carezzò. Aveva voglia di vivere, di andare alla ventura. Di rischiare la pelle e cavarsela per un soffio e poi raccontarlo ai compagni alla luce di una candela, o all'orecchio di una ragazza mentre la portava sulla canna della bici – e che importava se per Gelo era roba da poco. Per lui non lo era. Valeva quanto tutte le idee giuste del mondo, le parole smaglianti in cui pure credeva. Fece scorrere l'indice lungo l'asta della L di LENIN, come a ripassarla. Il muro era scrostato e umido. Voleva vivere ma aveva anche paura, c'era qualcosa che lo tratteneva lì senza motivo e non capiva cosa fosse.

Appena prima del coprifuoco tornò dov'era partito. Le finestre erano spente. Salì le scale due gradini alla volta e arrivò alla mansarda.

Federica Drigo giaceva ancora nel letto, quasi nella medesima posizione. Leggeva *il Combattente*; gli gettò uno sguardo annoiato.

«Grande guerriero», disse. «Sei già di ritorno?».

Lui le sfilò il piede destro dalla coperta e posò le labbra sull'alluce.

7

Un prigioniero impazzito dalla fame, al suo fianco, cominciò a recitare quel che avrebbe desiderato mangiare. Era lo stesso che si masturbava di continuo, anche dieci volte al giorno. Si metteva in un angolo, tirava giù i pantaloni corti e se lo menava facendo dei versi. Ogni tanto le guardie lo prendevano a calci, ma lui non smetteva.

«Per cominciare, pane bianco», disse. «Morbido, profumato, tondo. Pane, pane. Poi un bel pezzo di formaggio stagionato con il miele. Dio, il miele scuro sul formaggio. Chi l'ha provato sa di cosa parlo. Rizzi, tu lo sai, vero? Tu che vieni dalle mie parti. E il ragù. Voi non sapete come si fa il ragù da noi. Un cazzo, sapete. Senza pomodoro, cotto per ore. Diglielo, Rizzi. Rizzino mio, diglielo. Carote e sedano, mezzo bicchiere di latte, mezzo di vino. E il burro. Senza burro e sale non verrà mai come si deve. Prima della guerra era sempre in tavola. Diglielo, Rizzino, a questi che non capiscono niente e mangerebbero fave da mattina a sera».

Qualcuno gli intimò di stare zitto, ci fu un accenno di rissa, un coltello balenò all'improvviso e i suoi compagni di prigionia si gettarono estenuati l'uno sull'altro, si avvinghiarono e spintonarono a terra, si ferirono e morsero, tornarono a insultarsi e farsi del male.

Domenico strinse gli occhi. La lingua gonfia era come una lumaca in bocca.

Passarono le settimane. Il Profeta continuava a ignorarlo. Domenico non era abituato a chiedere le cose alle persone, ma si fece forza e cercò di sapere di più su quell'uomo. Don Giulio gli aveva già detto cosa pensava. Gli altri soldati nicchiavano: un tipo strano... un collaborazionista di merda... un sincero antifascista... una spia delle guardie... un filosofo. Era difficile venirne a capo. Tutti lo conoscevano, e nessuno gli era amico; ma emanava come un'aura di rispetto.

Scrisse una cartolina alla madre:

mamma, qui è dura ma sopravivo. ti voglio bene e spero di tornare presto. scrivimi per favore e saluta tutti. mandi.

Passarono le settimane, passarono i mesi. Tre prigionieri furono condannati all'isolamento: un secondo minuscolo campo, cinto di filo spinato, dove i tre corpi si contorcevano distrutti dal caldo e dalla sete. I più anziani tennero altre lezioni, su Marx e su Schopenhauer, sui quartetti di Beethoven e sulla pittura ad olio nel Rinascimento. Fu organizzata una fuga più vasta, e stavolta qualcuno riuscì a scappare; ma chissà se sarebbe riuscito a cavarsela nel deserto, e poi sulla costa, e infine a tornare in Europa. Per creparci, magari.

Domenico divideva l'acqua con chi ne aveva bisogno e assisteva i morenti. La sua malattia però era peggiorata: era diventato magrissimo e faticava a mangiare. Come se non bastasse, le piaghe ai talloni che aveva da mesi si erano allargate e sanguinavano pus. Persino camminare divenne un problema.

Tornò il caldo della primavera e il cielo si fece bianco e fosco e poi di un azzurro così crudo da far rabbrividire.

Ci furono altre risse e altri litigi. Qualcuno morì di malattia e consunzione. Conferenze e corsi proseguirono e venne organizzato un piccolo spettacolo teatrale.

Domenico stava sempre peggio. Una mattina venne picchiato perché a un appello non riusciva ad alzarsi, poi fu abbandonato in un angolo dove non si mosse per un giorno e una notte. Due prigionieri tedeschi gli rubarono le scarpe e se ne andarono lanciandosele a vicenda.

Il Profeta lo trovò lì, agonizzante; gli tastò il collo gonfio.

«Adesso sei pronto».

«Lasciami stare», borbottò Domenico.

«Non posso. Credimi, vorrei farti morire in pace, ma non posso proprio».

«Non sto morendo».

Il Profeta si preparò una sigaretta con della carta di giornale. L'accese, emise uno sbuffo di fumo e ricominciò: «Sai qual è il problema? Il problema, come credo di averti già detto, è che a tutti sfugge il quadro generale. Pensano che si tratti di politica e guerre, di fucili e pidocchi. Invece si tratta di Dio».

Domenico strinse gli occhi; le palpebre gli tremavano.

«Allora», continuò il Profeta. «Andiamo al fondo della questione. Prova a pensarci con attenzione. Il bene, su questa terra, non esiste se non per pochi istanti. Di certo non esiste la provvidenza. Dio non interviene in nulla, non ascolta le preghiere né punisce i colpevoli. Perché siamo qui? Perché veniamo picchiati e affamati? E perché altrove qualcuno sta ridendo e se ne frega della nostra sofferenza? Non c'è ragione possibile. Il fondamento del mondo è il dolore. Il male che conosci e che ti scava la pancia».

Il Profeta fece un altro dei suoi sorrisi crudeli: il volto parve spezzarsi.

«Ora: qualche filosofo dice che il male è assenza di bene. Come una luce che si affievolisce nella distanza. Mi segui?».

Domenico annuì: ascoltava, ma non stava capendo. Ancora domande, ancora persone che gli parlavano e lui non capiva. Non aveva mai compreso gli esseri umani.

«Eppure l'intero universo, e questo campo, ci dicono qualcos'altro. E se fosse il bene a essere una privazione di male? Se il Dio che adoriamo non fosse che un angelo ribelle, esiliato in paradiso dal vero sovrano di questo universo – l'onnipotente Satana?». Il Profeta spense la sigaretta e si passò una mano sulla testa calva. «La luce è assenza d'ombra, non viceversa. Quindi è inutile pregare, è inutile sperare, perché – e qui sta il punto, il vero punto, che tutti si ostinano a non vedere – perché Dio non ha forze sufficienti per salvarci. E soltanto questa teoria, amico mio, è degna del suo amore: perché gli offre un nemico che non può sconfiggere. Eppure lui lotta. Ovvio, ci prova in ogni modo, fino a spedire suo figlio sulla terra. Ma se ci pensi bene, Gesù in certi passi dei Vangeli è un uomo terribilmente solo. E stanco. Ci ha insegnato un amore tanto puro da apparire quasi assurdo; e quale assurdo migliore di un universo privo di bene? Cristo è la prova decisiva. Con Cristo, la grazia di Dio si immerge nel vero principio del cosmo. *Ma alla fine risorge!*, dirai tu. Sì, ma soltanto per tornarsene lassù. Della redenzione di cui ha parlato non rimane traccia. Tu la vedi? Dov'è?». Alzò una mano, fece girare lentamente il braccio attorno a sé. «No, amico mio: l'universo è del comandante di questo campo e delle guardie cattive che ho comprato con soldi e bugie. *Loro* erediteranno la terra, non noi».

Domenico provò a passare la lingua sul palato: non riusciva quasi a muoverla e non aveva più saliva. «Perché mi dici queste cose?», gracchiò. «Non so niente, io».

«Al contrario. Dio si rivela a gente come te; io sono solo un messaggero».

Poi il Profeta si chinò e raccolse da terra una borraccia – Domenico non l'aveva nemmeno notata.

Il Profeta la agitò: «Acqua pulita», disse. Si chinò su di lui. «Ora, guarda laggiù. C'è quel tizio che ne ha bisogno quanto te, perché non beve da giorni: glielo impediscono i suoi compagni, un gruppetto di comunisti romani. È un traditore, ha provato a venderli ai francesi. Mentre tu sei buono e gentile e se non bevi probabilmente morirai. Magari morirai comunque, ma non subito». Sorrise. «Che fare, dunque?».

«Cos'è? Un gioco?», disse Domenico.

«Forse».

«Perché?».

L'altro tacque e gli allungò la borraccia. Domenico si sforzò di capire. Per una volta doveva capire. Il Profeta gli stava spiegando che era tutto vano. Il dolore che lo ossessionava da sempre avrebbe vinto comunque: erano già all'inferno e non ce ne sarebbe stato un altro dopo, né un paradiso. Ma era possibile, era sensato amare all'inferno? Non aveva risposte. Non sapeva nemmeno se il suo fosse amore.

Pensò a Renzo, che l'aveva soccorso contro Aldo Marz pur sapendo che le avrebbe prese. I bambini si lanciano nel vuoto certi che si feriranno, ma lo fanno perché credono in qualcosa di più forte del vuoto: allo stesso modo Domenico si alzò e depose la borraccia di fianco al prigioniero. Poi cadde a terra senza forze, battendo la testa. Il Profeta lo aiutò a rialzarsi e lo adagiò dietro la baracca. Lo carezzò e lo baciò sulle labbra e lo lasciò solo.

Domenico si addormentò e si svegliò di nuovo. Soffocava. Voleva urlare ma non ne era in grado. Intorno ci fu movimento, quindi silenzio. Un volto si chinò su di lui, qualcuno gli tirò uno schiaffo o così gli parve; giunsero la sera e il frinire dei grilli. Domenico grattò come un cane la terra battuta. Era stato tutto vano, tutto vano.

E invece no, gli disse una voce. Sulle prime non la riconobbe, poi capì: che stupido. Era sempre stato il più stupido e lento di tutti. La voce di sua madre risuonò un'altra volta, fresca e nitida e reale nel buio. «Mamma», biascicò. «Mamma!».

Per la prima volta provò una rabbia intensa. Provò odio per il mondo e per Dio e Satana che congiuravano contro le creature, e per le creature stesse che passavano la vita a ferirsi. Almeno lui ci aveva provato, a rimediare a quello sbaglio. *Ma perché l'ho fatto, se non ne valeva la pena?*

Perché non potevi fare altrimenti, gli rispose la voce di sua madre; e il corpo conobbe una tregua improvvisa. Forse era questo l'amore – non poter davvero fare altrimenti, benché ogni ragione lo sconsigliasse. Allora anche lui aveva amato. *Allora non sono lo scemo che tutti dicono.*

Era quasi notte. Una folata di vento portò al naso di Domenico Sartori un ribollire di odori: erba, fiori, cenere, sterco. Fu l'ultima cosa che percepì dell'inferno, e non era brutta. Sorrise e si addormentò. Morì pochi minuti dopo, dolcemente, in un sonno senza sogni.

8

Che vada bene o che vada male, tanto siamo del Litorale.
Questo dicevano tutti. Più di sette mesi erano passati
dall'occupazione, e con i tedeschi la vita non era poi
così brutta. Volevano dare l'immagine di una Germania
che assicurava benessere, cibo, e ovviamente vittoria: e
chi ci credeva assumeva un'espressione trasfigurata, come
di beatitudine cattiva.

Gabriele non ci credeva, ma ai crucchi doveva comunque la sua pace. Leggeva Dickens e Proust, aveva
un lavoro e una donna da sedurre. Un comunicato del
Reich proibì nella zona gli arruolamenti per sottufficiali
e ufficiali, e lui annotò sul diario: *Ecco la salvezza, e con
essa la schiavitù. L'italiano (dunque anch'io): o schiavo o
pazzo. Perché sono tanto vile? Ma lo sono anche milioni
di altri. Consolazione altrettanto vile.*

Un giorno tolsero il ritratto del Re dalla parete del
suo ufficio. Ne fu felice: il muro bianco di calce si adat-
tava bene al suo stato d'animo. Pochi giorni dopo però
l'usciere appese l'effigie di Mussolini.

«Ma non dovrebbe stare dal provveditore?», disse
Gabriele indicando il quadro.

«Ordini superiori», disse l'usciere.

Da quel giorno, prima di uscire, Gabriele si metteva
sull'attenti davanti all'effigie, alzava il braccio destro
con le dita a mo' di corna e strillava: «Saluto al Duce!
Ordini superiori!».

I colleghi sorridevano impauriti e gli davano del co-munista. Tornando a casa pensava di aver compiuto un piccolo dovere, e che forse la somma di tanti piccoli doveri come quello avrebbero liberato il Friuli e l'Italia intera. Eppure il diario non mentiva; come aveva sempre sospettato, erano i fatti a essere sbagliati e le parole soltanto recavano verità: *Ti culli nelle illusioni, Gabriele Sartori, ma vile resti. E il tuo amato fratello soffre in Africa.*

Dopo molte istanze ottenne un tesserino bilingue che lo dichiarava cittadino del Litorale: ora poteva circolare liberamente in tutto il territorio. Ne approfittava soprattutto la domenica, per qualche gita in bicicletta con Luciano.

La primavera se ne fregava del conflitto; e anzi, era come se a ogni proiettile sparato, a ogni bomba sganciata, l'intensità della sua luce crescesse di un grado. Perciò era bello salire in quota, rischiando di essere bloccati dalle pattuglie tedesche o di incappare in una formazione partigiana. Il brivido della paura si mescolava al brivido del cielo azzurro bucato dalle cime, del verde abbagliante dei prati: pedalando masticavano l'aria buona e gonfia di odori, su e giù per i sentieri, fra i meleti e le cascine spaccate e i voli a balzi dei rondoni.

«Dici che finisce?», chiese un giorno Luciano mentre lanciavano sassi nel fiume Torre.

«Per me sì».

«Sono ancora fermi sulla Gustav».

«Dagli qualche settimana e finisce».

«Cos'è questo ottimismo?».

«Di qualcosa si deve pur campare».

Luciano si pulì le mani e accese una sigaretta.

«Con Margherita come va?».

«Da quando sono tornato l'ho vista solo due volte, per un minuto o poco meno».

«Tiene sempre il muso?».

«Non vuole parlarmi. Ci scriviamo, c'è sentimento, ma non molla».

Luciano sbuffò.

«Eppure io so che mi ama».

«E allora qual è il problema? Ancora Gino?».

«Ancora Gino», sospirò Gabriele.

«Come si può restare fedeli ai morti? È inconcepibile».

Gabriele inspirò la brezza e guardò l'acqua e le sponde macchiate di muschio e la piana intorno. D'un tratto, l'essere scampato alle bombe e ai rastrellamenti in centro Italia, il suo ritorno a casa dalla Toscana, lo riempirono di una gioia stupefatta. C'erano mille ragioni perché potesse andare diversamente, e invece no: Dio gli aveva dato una possibilità e anche Margherita, nonostante tutto, continuava a scrivergli e raccontargli le sue giornate.

«Almeno noi siamo ancora vivi», disse.

A giugno un gruppo di SS lo fermò mentre tornava in bicicletta da Chiasottis. Gli chiesero i documenti; sul retro della dichiarazione d'impiego c'era scritto, a matita, *Marcel Proust*. Il graduato lo indicò con rabbia.

«Chi essere?».

«Un grande scrittore francese», balbettò Gabriele.

«Francese!».

«Sì, ma è uno scrittore. Ed è morto».

Non sembravano convinti. Confabularono un po' fra loro, mentre Gabriele si dava dell'imbecille: per quale motivo aveva scritto il nome di Proust su quel foglio? Per un sospetto del genere poteva rischiare la fucilazione.

Alla fine pretesero che cancellasse la scritta e lo lasciarono andare.

Non fece in tempo a tornare in città che le sirene mandarono il loro strillo. La gente non si affrettava, ormai era sfinita e quasi rassegnata; ma Gabriele si lanciò verso il quartiere, d'istinto passò sotto casa di Margherita: lei era al davanzale e scrutava le formazioni di aerei calare sulla città, bellissima e calma. Lui si fermò tra i fischi, a rimirarla senza che lo notasse: il suo profilo contro il muro del palazzo, il naso nobilmente adunco, l'abito color ruggine dal colletto stretto. Sognò che una bomba li uccidesse insieme.

Un sacerdote tedesco chiese e ottenne di celebrare la messa alla parrocchia di San Giorgio in onore dei morti di entrambe le parti. Renzo lo trovò indegno, mentre per Gabriele era un gesto di umanità e speranza. Come al solito, finirono per litigare.

Renzo gli mostrò l'appello del CLNAI del dieci giugno, che aveva appena ciclostilato in uno dei suoi incontri clandestini, in quei covi che frequentava sempre più spesso, trasportando volantini da una parte all'altra di Udine. *Alle popolazioni italiane della Venezia Giulia*, cominciava il comunicato; parlava di fratellanza con gli slavi, di Risorgimento, di arruolamento nelle formazioni partigiane. Aveva ragione su diverse cose. Eppure.

«Sai cos'hanno fatto i tedeschi, due settimane fa?».

«Renzo, dai».

«A San Giovanni al Natisone».

«Sì, ne ho sentito parlare».

«I nostri avevano attaccato una ronda. Così quei figli di puttana hanno preso una trentina di prigionieri dal carcere qui, in via Spalato. Tutti innocenti. Metà li hanno impiccati a Premariacco, e l'altra metà li hanno impiccati a San Giovanni al Natisone. C'era anche uno, un amico di Francesco Martinis. Sai cos'ha gridato prima di morire?».

«Cosa», disse cupo.

«*Viva l'Italia libera!*», sibilò Renzo. «Fino a sera, li hanno tenuti appesi. Poi li hanno portati via e sa Cristo cosa ne hanno fatto. Tutto questo a te sta bene?».

«No. No, certo che no».

«E allora perché non sali sui monti? Non ti dico coi garibaldini. Lo so che credi in Dio e tutto il resto. Vai con gli osovani, che sono cattolici».

«E perché non ci sali tu, eh?».

Renzo indietreggiò e batté le dita sul tavolo, masticando a vuoto.

«Perché io lavoro qui, per adesso. Ho il mio daffare. Magari più avanti», aggiunse, fissando la porta. «Comunque si stava parlando di te, Gabriele. Io ho già il mio daffare, ma tu? Lavori, scrivi e taci».

«Non posso».

«E perché? Lavori, scrivi e taci. Vergognati. Lì pronto ad aspettare che la guerra finisca, senza un capello in disordine. Dimmi perché».

«Perché l'idea di ammazzare una persona mi disgusta».

Si sentiva soffocare. Suo fratello era incredulo.

«Ma ci stanno massacrando. Cosa dobbiamo fare, convincerli con il Vangelo? Facciamo la messa ai nostri e ai loro insieme, fingendo che basti?».

«Io questo lo capisco, Renzo. Però non ci riesco. Prendere una pistola e sparare a sangue freddo su qualcuno, fosse anche un nazista... Non ci riesco».

«Hai fatto il soldato».

«Non avevo scelta».

«Nemmeno ora ce l'hai. Se non decidi, è perché sei un vigliacco».

Quella parola, la parola giusta e infine pronunciata a voce alta, lo ferì a morte. Sedette con la bocca asciutta, grattando la superficie del tavolo.

Renzo proseguì, con più dolcezza adesso: «Fratello, è la guerra. Che altro deve succedere? Che vengano a prendermi? Finora me la sono cavata, ma arriverà il giorno. Tocca scegliere».

La mamma entrò in cucina e si mise all'acquaio in silenzio.

«Hai capito? Tocca scegliere», disse ancora Renzo, a voce bassa.

Nel giro di tre settimane il destino scelse per lui: venne emesso l'ordine di coscrizione obbligatoria anche per il Litorale. Luciano gli consigliò di presentarsi e sperare per il meglio. Renzo gli propose nuovamente di salire in montagna con le Brigate Osoppo. Sua madre lo implorò di non andarsene e di ascoltare Luciano.

Alla fine Gabriele si consegnò insieme a un collega del Provveditorato, che nella sala d'attesa gli disse all'orecchio: «Sarà perché sono con l'acqua alla gola, o perché hanno provato di nuovo ad ammazzare Hitler. Sarà quel che sarà, ma stavolta è la fine. Me lo sento nelle ossa».

Entrarono nell'ufficio di leva. Il collega fu arruolato nella Wermacht, e Gabriele nelle SS.

Quando vide le due lettere curve sul foglio si sentì gelare. Vagò per il resto della giornata senza una meta, sotto il sole, attonito e incredulo. Scrisse sul diario: *Le SS! Complice dei peggiori assassini, dei più crudeli demoni che la terra abbia mai partorito!*

Certo, poteva domandare un rinvio o un esonero temporaneo – l'avrebbe chiesto immediatamente, adducendo l'importanza del suo impiego al Provveditorato, cercando aiuto presso gli Ignasti – ma non poteva rimandare la cosa all'infinito.

Giunto di fronte alla roggia pensò di cacciare la testa nell'acqua fino ad annegare. Poi salì in casa e si addormentò di schianto: dormì un sonno lunghissimo e corroso dagli incubi.

Fu svegliato dalle urla della madre. In cucina trovò Renzo che la stringeva in lacrime. Lei era fuori di sé come non l'aveva mai vista; si sbracciava, cercava di liberarsi dall'abbraccio del figlio. Gabriele si avvicinò di corsa. Non le aveva detto ancora nulla, ma immaginava l'avesse saputo da qualcuno.

«Mamma, dai», disse. «Me la cavo anche stavolta. Non fare così, per favore».

Ma Renzo lo fissò severo e triste e indicò un foglio sul tavolo. Gabriele lo raccolse. Era una lettera dall'Africa: il mittente si scusava per il ritardo, ma aveva faticato a recuperare l'indirizzo giusto; e i francesi avevano soppresso la posta per qualche tempo. In ogni caso, comunicava con dolore ai familiari la morte del fante Domenico Sartori, avvenuta in data ventuno maggio 1944.

9

Non avendo per le mani alcun francese, Nadia si concentrò sui tedeschi. Se Hitler non avesse iniziato la guerra, Meni non sarebbe mai partito. Tuttavia non poteva fare granché con gli occupanti. Per giorni interi non riuscì nemmeno ad alzarsi dal letto. Restava abbandonata sulle lenzuola sfatte, piangendo nel cuscino, senza mangiare: vestiva un lutto che non poteva trovare pace, perché non aveva niente da seppellire. Renzo e Gabriele la assistevano cupi e imbarazzati, come se la loro presenza fosse una colpa.

Una mattina prese un foglio e un carboncino e disegnò il volto di suo figlio. Lo avrebbe tratto così dal mondo dei morti. Partì dal viso ovale, tracciò il naso storto, i denti sporgenti, i capelli radi. Quando ebbe finito si accorse con spavento di averlo disegnato com'era da bambino. Non ricordava più con esattezza i suoi lineamenti, quasi che la morte l'avesse sospinto ancora più indietro, più lontano da lei, in una terra due volte straniera. Bruciò il foglio sulla candela.

Dopo una settimana uscì di casa e andò da Elsa Winkler. La maga austriaca abitava sempre nello stesso palazzo, e la guerra l'aveva messa in una posizione di forza: con tanti morti, i clienti aumentavano.

Erano passati anni dalla volta in cui era stata in quella stanza, per cercare di parlare con suo padre, ma nulla era cambiato. Anche la maga non sembrava invecchiata; e con grande sorpresa di Nadia, si ricordava perfettamente di lei. Le raccontò di Domenico, della sua morte, della lettera che aveva ricevuto.

«Farei qualsiasi cosa per aiutarlo o saperlo in pace», concluse. «Qualsiasi».

«Certo».

«I figli non devono morire prima dei genitori. Io non voglio bestemmiare contro Dio, ma questa cosa che ti mangia dentro è troppo grande, è una croce che non so portare». Si portò una mano al petto. «I figli non devono morire prima dei genitori», ripeté.

«No», disse la maga. «Non devono».

Nadia voleva mantenere un po' di dignità, ma sentì comunque gli occhi inumidirsi.

«Non ho molti soldi».

«Li faremo bastare, ma probabilmente serviranno diverse sedute».

«D'accordo».

«E come al solito, devo essere onesta. Non ho modo di assicurarle che potremo metterci in contatto con Domenico».

«Non voglio sentire la sua voce». L'idea stessa, nel pronunciarla, la atterrì. «Vorrei giusto che riceva un mio messaggio. Sarà senz'altro in paradiso, ma vorrei comunque che sappia di me, che sono con lui».

La signorina Winkler annuì, spostò inquieta qualche carta sulla scrivania.

«Non sa quante donne come voi ricevo, ogni giorno», ruminò. «Questa guerra infame. Dobbiamo essere più forti degli uomini: loro conoscono soltanto la morte, la prendono e la danno. Sono stupidi, in fondo. Se lasciassero fare a noi, cambierebbe tutto».

L'aria della stanza era pesante, carica di fragranze di legno, di incenso e fumo di sigaretta. Nadia guardò la stampa appesa alla parete, la stessa che l'aveva incuriosita la prima volta: una mongolfiera a forma d'occhio vagante sopra una costa.

«È una litografia di Odilon Redon», disse Elsa Winkler. «Non è l'originale, naturalmente; solo una riproduzione».

«Redon».

«Un pittore francese».

La parola *francese* le fece risalire un fiotto aspro in gola. Continuò a guardare l'iride di quel pallone, le orribili ciglia che lo coronavano. Poi si rivolse alla maga.

«Vorrei tanto ammazzarmi», disse.

«Sì».

«Vorrei non svegliarmi più. Mi alzo al mattino e penso: che senso ha? Nessuno. Non ha nessun senso. Mi hanno tolto Meni, ora mi toglieranno anche gli altri figli».

«Lo capisco. Ma dobbiamo resistere, signora: se crede nei mostri...».

«Non ho visto nessuna spada, finora. Non esiste nessuna spada».

«La spada è lei».

Nadia trasalì e fece una smorfia. La spada. Lei? Chinò il mento, vide una macchia sulla sottana, la grattò; si tirò una ciocca dietro l'orecchio sinistro. La spada, lei. Era una frase stupida, troppo consolatoria per essere vera. Ma del resto non le restava molto altro.

Elsa Winkler la fissava intensamente.

«Vogliamo cominciare?», disse.

Andò dalla maga quattro volte, ognuna per recapitare lo stesso messaggio a Domenico. In nessuna delle sedute riuscirono a stabilire un contatto, ovvio: ma vedere bisbigliare quella donna a occhi chiusi, in una trance reale o ben simulata, e tenerle le mani sopra il tavolino mentre cercavano di evocare lo spirito di suo figlio – tutto questo la faceva sentire meno inutile. E non importava fosse una montatura o un gioco blasfemo. Perché per mezz'ora Nadia assaporava anche qualcosa di mai sperimentato: la dolcezza di una tregua.

Spese senza remore il poco che le rimaneva, e Gabriele infine se ne accorse. La prese da parte dopo l'ultima seduta.

«Mamma, ho saputo che stai andando da quella ciarlatana. Elsa Winkler».

«Chi te l'ha detto?».

«L'ho saputo e basta».

La sua espressione triste e delusa la irritò.

«Non farmi la predica».

«Non ti sto facendo la predica. Ma non capisco perché farsi fregare in quel modo».

Lei si morse un labbro.

«Già facciamo fatica a mettere insieme il pranzo con la cena».

«Lo so».

«Quella lucra sul dolore degli altri. Non dovevi andare da lei».

«Lo so!», disse Nadia all'improvviso. «Ma io volevo dire una cosa a Domenico! Solo questo. Chiedo tanto? Chiedo proprio così tanto?».

Gabriele chinò il capo. Nadia era sfinita; sollevò gli occhi: «Non dirlo a Renzo, ti prego».

Qualche giorno dopo, venne a sapere che la Olbat si era messa a denunciare la gente per vivere tranquilla. Fu lei stessa a rivelarglielo, con assoluta naturalezza.

Disse che il vero problema erano quei matti di partigiani: combinavano un disastro via l'altro, e loro – la gente, la povera gente cui nessuno badava – finivano in mezzo senza motivo. Quelli sparavano a una camionetta, mettevano una bomba, e i tedeschi si vendicavano a casaccio. Alla fine bisognava pure arrangiarsi.

Nadia era incredula: «Ma non si rende conto? Basta una voce per spedire qualcuno in Germania, anche se non ha fatto nulla».

«Ah, ma mica faccio la spia per la brava gente. Però se un soldato mi chiede se c'è qualcosa di sospetto, io glielo dico. Non è colpa mia e non è colpa nostra. Che vada bene o che vada male, tanto siamo del Litorale».

Nadia desiderò aggredirla. Voleva tirarle un pugno, farla cadere a terra, strapparle i capelli. Il corpo si mosse prima che lei potesse decidere; aveva già la mano alzata – la Olbat era indietreggiata, sbarrando gli occhi – quando la sirena antiaereo esplose e le paralizzò, due donne sole per strada. La sua dirimpettaia scappò.

Nadia risalì il campanile della chiesa di San Giorgio insieme a una ragazza e una bambina più piccola. Come ogni volta, i pipistrelli appesi vicino alle campane batterono le ali irrequiete. Da lì videro le bombe cadere lontano, mentre la bambina chiedeva alla ragazza: «Lidia, quando finisce possiamo andare a giocare?».

Giunse anche agosto, vastissimo e accecante. Nadia incrociò più volte il sacerdote tedesco che aveva detto messa a Grazzano. Era un uomo sulla sessantina con un sorriso pacato, e parlava un italiano stentato ma comprensibile: ripeteva sempre quanto gli spiacesse per la guerra; però aggiungeva che non tutti i suoi connazionali erano cattivi. «Sia onesto», gli diceva Nadia. «Almeno lei». Ma lui non ci riusciva, sorrideva e basta; era come una debolezza diffusa, una febbre che fiaccava tutti; e la guerra intanto non finiva.

Un pomeriggio uscì sotto un temporale improvviso. Non aveva più soldi, ma decise di tentare un'ultima volta da Elsa Winkler. Bussò; non rispose nessuno. Una vecchia si affacciò alla finestra: «Cosa fa qui? Se ne vada».

«Cerco la signorina Winkler».

«Ma è matta?».

«Perché?».

La vecchia si guardò attorno: «L'hanno portata via l'altro ieri. Se la trovano a cercarla, rischia grosso».

Nadia attese ancora un attimo davanti all'uscio, la mente vuota di pensieri, quindi tornò a casa.

Renzo era solo e la aspettava per pranzo scrutando fuori dalla finestra, una mano appoggiata alla maniglia, i denti affondati nelle labbra, come se lungo la roggia stesse sfilando un intero esercito nemico. In casa si vedevano poco, lui era sempre più inquieto, e la convivenza ormai pesava a entrambi.

Nadia si mise a cucinare il poco che c'era, mentre Renzo parlava di una zona libera che i partigiani avevano costituito in Carnia, una repubblica: avrebbero potuto trasferirsi lì tutti insieme, finalmente al sicuro. Nadia non commentò. Mangiarono, poi lei mise sul fuoco il surrogato di cicoria.

«Renzo», disse infine.

«Sì».

«Devo parlarti».

«Sì».

Nadia respirò a fondo. Aveva preso la decisione di colpo, mentre mangiava la sua patata bollita.

«Ascoltami bene. Tu devi restare qui».

«Come?».

«Non devi andare sui monti». Lo fissò. «So che ci pensi e so che stai lavorando con i tuoi amici qua, i comunisti. Te lo dico una volta sola, quindi ascoltami bene: voglio che smetti di fare entrambe le cose».

Renzo aprì la bocca per rispondere, si fermò e tornò a guardare alla finestra.

«Non puoi darmi ordini», disse soltanto.

«Certo che posso. Sono tua madre».

«E io sono un uomo».

«Sei mio figlio».

«Non hai capito. Se voglio mi alzo subito e parto, e tu non puoi fare niente».

«E perché non l'hai già fatto? Perché non sei partito in primavera?».

Lui strinse i pugni continuando a guardare il vetro sporco. «Perché c'era da lavorare qui a Udine. E poi Gabriele ha avuto il guaio con la coscrizione». Una pausa. «Ma quando è ora, è ora».

«Guarda che non mi incanti».

«Cosa vuol dire, che non ti incanto. Cosa diavolo vuol dire».

Nadia fiutò un poco di paura in suo figlio e decise di usarla. Si sentiva molto tranquilla. Incrociò le braccia e parlò: «Te lo dico chiaro. Se vai sui monti o se continui a brigare in città, io mi ammazzo».

Renzo girò la testa.

«Hai capito? Se lo fai, mi butto nel Ledra e mi lascio affogare».

La guardò con gli occhi carichi del disprezzo più puro, misto a una delusione altrettanto visibile – e qualcos'altro che lei non seppe decifrare. Amore, forse? In fondo al disastro, sotto le coltri di odio, c'era ancora amore? Quello era il momento e lo sapevano entrambi. Avevano sfiorato la questione altre volte, girandoci intorno, lei era stata lacrimevole e lui aveva brontolato. Ma adesso era diverso. Nadia stava spegnendo i sogni di Renzo una volta per sempre, lo stava incatenando; e tuttavia si sentiva tranquillissima.

«Cos'è, un ricatto?».

«Sì».

«Mi stai ricattando».

«Sì».

«Perché?», chiese lui con un filo di voce.

«Perché ti voglio bene. Proprio come ne volevo a Meni».

Si alzò. Tremava di rabbia. Per un istante Nadia temette che avrebbe rovesciato il tavolo.

«Stai facendo il gioco dei tedeschi», disse Renzo scandendo ogni parola. «Sei uguale a loro. Ti odio come loro. Hai capito? Mi hai capito bene?».

Lei non rispose. Renzo uscì sbattendo la porta. *La spada sono io*, si disse Nadia. Versò il surrogato nella tazza e ne prese un sorso. Impilò i due piatti e li mise nell'acquaio, si grattò la fronte, fece scorrere l'acqua. Le avevano tolto metà della famiglia, ma dal dolore aveva tratto conoscenza: l'amore è stupido e prodigo, e a volte assume fattezze che gli altri non sanno riconoscere. Farsi odiare era ben poca cosa, se poteva salvare un figlio.

10

Uscito dal paese, attraversate le vigne, apparve il cartello. Era piantato in mezzo al prato, un metro di legno almeno, le lettere appena sbiadite per la pioggia:

ACHTUNG! BANDENGEBIET!
ZONA INFESTATA DALLE BANDE

Renzo avrebbe voluto spaccarlo a sassate, ma poi si disse che era un segno d'onore. Banditi, certo, quello erano Martinis e i garibaldini e gli osovani e lui stesso: banditi da un regime di luridi assassini.

La luce era grigia e densa, ma l'autunno sui monti splendeva di colori. Renzo fiutò un odore di resina così forte da dargli alla testa. Raccolse da terra una prugna tardiva, viola scuro, e l'addentò camminando. Dopo mezz'ora il paese laggiù era ridotto a un mucchio di tetti, lo stradone una riga disegnata male.

Passò il bosco e sbucò presso la radura che gli era stata indicata. Un ragazzetto nervoso, sui diciassette anni, gli puntò contro il fucile.

Renzo alzò le mani.

«Mi mandano i gappisti da Udine».

«Avvicinati».

«Sono un amico di Lupo».

Il ragazzetto lo perquisì e gli fece cenno di risalire gli ultimi dieci metri. A Renzo si asciugò la bocca dall'emozione quando entrò nella casera. Il soffitto era basso, le travi di legno un po' fradice e storte. Seduti al tavolo c'erano Lupo Martinis e altri tre uomini in divisa verde scuro, intenti a parlare e giocare a carte. In fondo alla stanza buia brillava il fuoco e una minestra ribolliva nella pentola. Lupo saltò in piedi e gli strinse un braccio.

«Ohi, Renzut».

«Ohi».

«Sei venuto».

«A quanto pare».

«Da quanto tempo non ci vediamo?».

«Da troppo. Qui come vanno le cose?».

«Bene. Bene». Si grattò il naso sorridendo. «Vieni, ti faccio vedere».

«Aspetta, ho portato qualcosa per voi».

Rovesciò lo zaino sul tavolo: una grossa forma di formaggio latteria, radicchio, pere, verze e barbabietole. Uno degli uomini raccolse una pera.

«Grazie», disse annusandola. «Non hai idea di quanto ci serva».

Renzo sorrise fiero.

Uscirono e fecero il giro della casera. Lupo gli mostrò gli sten e le bombe a mano, gli presentò qualche compagno, offrì sigarette. Poi sedettero a fumare sui massi della scarpata. Il ragazzetto di guardia, più in basso, stava appostato con il fucile dietro un pinastro.

«I neri qui sono pazzi», disse Lupo. «Stuprano persino le bambine. Bruciano le malghe con la gente chiusa dentro, e mentre quei poveretti urlano loro ridono, ridono e bevono. Entrano nei paesi, sparano alla cieca e si portano via chi resta. L'altro ieri hanno sgozzato un pastorello. Abbiamo trovato il corpo lercio di sangue di fianco a una vigna. Puzzava di piscio da vomitare. Ci avevano pisciato sopra, capisci».

«Dio can».

«Tu non hai idea». Lupo abbassò la voce e fissò il vuoto. «Non so più cos'è questa roba. Chi siamo? Uomini contro bestie?».

«Uomini contro bestie», confermò Renzo.

Lupo fece un sospiro.

«Mio fratello direbbe: vale la pena difenderlo, questo mondo? Un mondo dove la gente si ammazza così».

«Vale la pena fare la rivoluzione e cambiarlo».

Spuntò un refolo di vento. Renzo annuì: avrebbe voluto averle lui, quelle parole.

«Ma capisci che non è facile tenere la calma». Lupo accese una sigaretta, tirò una boccata. «Tra quelli, la fame, le spie, la paura, uno dà di matto. E molti non si fidano, non ci danno da mangiare. A volte dobbiamo prenderci polli e pane con il fucile, e loro ci odiano. Poi è vero, c'è sempre qualche testa di cazzo fra di noi che pretende tutto, mette i piedi sul tavolo e vuole essere servito come in trattoria. Per forza la gente si lamenta. Ma io dico, scusate, quelli vi bruciano le malghe e vi stuprano le figlie e poi vi sgozzano. Noi chiediamo solo da mangiare: mica è la stessa cosa, no? E loro niente, incazzati comunque. E io sto su la notte a pensare: come la facciamo la rivoluzione se questi ci odiano?». Soffiò il fumo e appoggiò il mento sulla mano libera.

Due cornacchie si alzarono in volo gracchiando dai rami di un grosso pino nero. Davanti alla casera, gli uomini si caricarono gli sten in spalla e avanzarono in fila indiana lungo il sentiero. Si facevano gli sgambetti e ridevano. Il primo della fila prese l'arma e minacciò gli altri agitandola da sinistra e destra; gridava «Sangue,

sangue!». Sembravano divertirsi come pazzi. Renzo batté nervoso i piedi contro la roccia.

«E tu?», disse Lupo. «Che novità porti da Udine?».

«Finora bene. Bombardano, bombardano, ma non li piegano. Però nemmeno i tedeschi piegano noi».

«Ho sentito che avete fatto saltare la casermetta della difesa antiaerea».

«Loro. Io non c'ero».

«Be', avanti tutta. Ti sei presentato alla chiamata?».

«Alla fine sì, ma per ora mi hanno scartato».

«E come mai?».

«Non so, ci hanno rimandati indietro in tre. Non mi son fermato a chiedere».

Risero.

«Comunque mi tengono d'occhio. Anche se in realtà sto lavorando meno di prima coi gappisti. Vogliono arruolare Gabriele e devo stare dietro a mia madre».

Lupo annuì pensoso.

«Lo faccio controvoglia, ovvio», disse Renzo pescando una sigaretta dalla tasca. «Io vorrei solo essere qui con voi».

«Qui è brutta».

«Lo so, ma».

«Non devi mica vergognarti. Ce l'avessi io, una mamma da cui tornare».

Renzo si fece accendere la sigaretta e tacque; aveva l'impressione che il suo amico mentisse. Rimasero a lungo in silenzio a guardare l'orizzonte: le cime delle Alpi Carniche erano così bianche da ferire la vista. Dalla casera arrivò un vociare, si alzò una melodia: i partigiani avevano rimodellato una vecchia strofa e canticchiavano: *E con le ossa de 'sti crucchi noi faremo tanti mucchi*. A Renzo mancò di colpo e terribilmente Domenico. Voleva parlare di Domenico, confessare le sue colpe di ragazzino, tutte le volte in cui l'aveva maltrattato, dire che se tutti fossero stati come suo fratello non ci sarebbero mai state guerre, mai oppressione, mai cattiverie. Ma non era proprio il caso.

Si alzarono entrambi, come se avessero deciso senza dirselo che era il momento dei saluti. Alla casera mangiarono qualche mora e si divisero un'ultima sigaretta. Ai margini del bosco Lupo presentò a Renzo il suo compagno più caro, Luigi Pastori, di rientro da mezza giornata di permesso. Aveva i lineamenti di un divo del cinema e un bel sorriso furbo; chiese a Renzo se fosse un comunista convinto, e lui rispose: «Certo».

«Bravo», disse Pastori. «Ma ricorda: il fine nostro è la felicità. Prima il pane, poi la libertà, e infine la cosa più importante: la felicità. Se ti dimentichi questo, gli altri hanno già vinto. Hai capito?».

«Certo».

«Bravo. Ma capire non basta, ci vuole fede».

Renzo guardò Lupo, che gli strizzò l'occhio di rimando.

«È fondamentale», proseguì Pastori massaggiandosi un polso. «Perché quando resti senza cibo, senza proiettili, senza fiato, senza niente, come vai avanti? Con la fede».

Quindi si allontanò fischiettando.

«Che tipo», disse Renzo.

«Già».

«Parla quasi come un prete».

«È un po' strano, alle volte. Ma è il migliore. Ho imparato tanto da lui».

Renzo fece un gran respiro. Gli parve di avere già vissuto quella scena, poi ricordò che di fatto era così: quando Francesco Martinis era partito per Cividale e lui non aveva avuto le forze di scappare insieme all'amico. Tutto si ripeteva e ancora una volta sarebbe bastato poco per cambiare la storia. Perché non riusciva ad abbandonare la casa di Grazzano? Perché preferiva dare retta alla madre e detestarla? I pensieri gli si torcevano nella mente, lottando per contenere l'unica risposta plausibile, sepolta sotto la furia, alla quale non voleva credere in alcun modo: forse era lui ad amare Nadia più di ogni altro. Più del padre e di Gabriele e di Domenico. Era lui, il figlio ribelle, a non potersi staccare da lei.

«Bene», disse. «Ora devo andare davvero».

«Sì».

«Non so quando ci rivedremo».

«Non ti preoccupare».

«Però ci rivedremo, no?».

«Si capisce».

Un abbraccio.

«Fa' il bravo in città».

«E tu picchia duro qui fra i monti».

«Non mancherò», disse Lupo. «Mandi».

11

Per due mesi se l'era cavata con l'esonero, ma ora avrebbe dovuto ripresentarsi alla caserma dell'Ottavo Alpini e rendere conto ai tedeschi. Il provveditore gli aveva già fatto intuire che non avrebbe più mosso un dito, perché rischiava un'accusa di complicità.

L'ultimo giorno prima della scadenza riunì ciò che restava della sua famiglia in cucina.

«Non posso lavorare per quei macellai. Ma non posso nemmeno restare qui, perché verranno a cercarmi. Forse però posso nascondermi».

«O unirti agli osovani», disse Renzo.

Sua madre piegò le labbra e distolse lo sguardo.

«Ho bisogno di tempo per vedere come vanno le cose», disse Gabriele. «Don Arturo ha proposto di infilarmi sotto il palco della sala parrocchiale, dove io e Luciano facevamo il cinematografo».

«E come?».

«C'è una specie di quinta o ripostiglio. I tedeschi lì non cercheranno mai».

«E invece ci vengono», disse Renzo piatto. «Poi arrivano qua e ci portano tutti in Germania».

«No. Ho preparato una lettera in cui affermo di essere stato rapito».

«E da chi? Dai partigiani?».

«Non è chiaro. Sono stato rapito da alcuni italiani e sono dalle parti di Trieste».

«Ma figurati se se la bevono».

«Non so che altro fare», ammise. «Per voi sta bene? Ce la farete, da soli?».

Renzo uscì senza rispondere. Sua madre annuì.

La sera stessa Gabriele bussò alla porta del sacrestano, un cinquantenne sdentato dalla pancia tonda. Stava cenando con moglie e figli: come lo vide si alzò da tavola e gli fece cenno di seguirlo per strada. «Don Arturo mi ha già spiegato tutto», disse.

Arrivati nella sala, lo guidò dietro al palco e aprì una porticina laterale che dava su una rampa di scale. Gabriele guardò giù; era buio.

«Spazio ce n'è», disse l'altro. «E di giorno il sole filtra».

«Ho capito».

«C'è anche una vecchia branda. E un rubinetto e un cestino per lavarsi; ma usalo solo al mattino. Hai le tue cose?».

Gabriele strinse il fagotto che teneva in mano. Il sacrestano sparì dietro le quinte e tornò con un secchio.

«Per i bisogni. Verrò a cambiarlo io ogni tanto. Per farmi riconoscere batto con i tacchi sul palco, così». Fece *tap tap tap tap*. «Quattro volte veloce. Capito? E non accendere candele. Se accendi candele rischi un incendio».

«Neanche di notte?».

«No. Finisce che ti addormenti e bruci tutto. E non uscire per nessun motivo».

«D'accordo. Grazie davvero».

«Fra parrocchiani ci si aiuta», borbottò, ma si vedeva che non era contento.

Gabriele scese e si fece strada con qualche fiammifero. Quando trovò la branda – era umida e sporca – lanciò un fischio, e il sacrestano chiuse la porticina. Passò la prima notte ascoltando il rumore dei topi che giravano fra le intercapedini.

Si svegliò rabbrividendo. Le luci tagliavano l'oscurità a fette. Gabriele pisciò nel secchio, che portò silenziosamente all'altro capo del sottopalco: poi sedette sulla branda ed estrasse dal fagotto *Oliver Twist*. Lesse per ore, mangiò il pane nero e raffermo che si era portato, quindi si addormentò di nuovo. Al risveglio erano le tre del pomeriggio. Invece di leggere si fece forza guardando la fotografia che l'ambulante aveva scattato a lui e Margherita: sembravano proprio una coppia fatta, lei che si schermava appena il volto, lui che la teneva a braccetto sorridente.

Il giorno dopo esplorò lo spazio. Era pieno di materiali di teatro: scenari, spade di cartone, costumi, cordami. Gabriele raccolse da terra una maschera piumata e la indossò. Avrebbe voluto rimirarsi allo specchio, quando si accorse con gioia che uno specchio c'era, seminascosto dietro un tavolino ribaltato. Davanti alla sua immagine mascherata rise di gusto, poi tacque.

Nel giro di una settimana il luogo era già impregnato di puzza di piscio e merda. Il secchio era pieno e il sacrestano era passato solo una volta a cambiarlo. Luciano venne con un canestro di cibo e qualche notizia: a quanto pareva i tedeschi erano passati e avevano ispezionato casa Sartori, ma se n'erano andati senza far minacce. Avevano ricevuto la lettera, sì, ma non ci avevano creduto. Gabriele era terrorizzato e voleva altri dettagli, ma Luciano doveva già andare via.

«Renzo non passa?».

«Dice che lo pedinano».

«Ma sta ancora coi gappisti?».

«Non lo so, non credo. Comunque per lui è rischioso».

«Anche per te è rischioso».

Luciano si limitò a sorridere. Gabriele lo abbracciò e gli diede una lettera.

«Per Margherita?», chiese l'amico.

«Per Margherita. Non leggerla, per favore».

«Sarà la prima cosa che farò».

Gabriele dava la caccia ai topi con un bastone da scena. Su un foglio segnava lo scorrere dei giorni. Giovedì, venerdì, sabato. La domenica ascoltò la messa – la voce di don Arturo che si diffondeva, lenta e corposa, dalla chiesa accanto. Per due volte la porta sul fondo si aprì di colpo; lui si irrigidì, ma erano soltanto manovali di passaggio.

Il sacrestano veniva di rado. Saliva sul palco, batteva i quattro colpi col tallone e aspettava che Gabriele lasciasse fuori dalla porticina il secchio. Dopo qualche istante lo riportava svuotato.

Lunedì, martedì, mercoledì. Ricominciò a leggere Dickens da capo. Luciano gli portò pane e salame e verze cotte, qualche quotidiano, e *Il rosso e il nero* di Stendhal.

«Questo non è mio», disse Gabriele.

«Te l'ha comprato Renzo».

«Stai scherzando?».

«Dice che nemmeno tu ti meriti una prigione così. Voleva farti un regalo».

Gabriele fece una smorfia.

«Ma che hai?», disse Luciano.

«E che ne so. Siete tutti gentili, e io vi ripago facendo l'imboscato».

Luciano gli tirò un pugno sulla spalla. Era seduto sul palco, e Gabriele sbucava sotto di lui.

«Ora devo andare», disse.

«Aspetta», disse Gabriele, e gli passò dei fogli piegati. «Per Margherita?».
Annuì.

Per tre o quattro volte riuscì a lavarsi in una tinozza sorvegliato dal sacrestano. L'acqua era gelida ma non importava. Per il resto si aggrappava ai ricordi. Il sapore delle cappelunghe arrosto, il colore del Natisone d'estate, suo padre che canticchiava nei campi, un verso di Leopardi. Una notte sognò Domenico: era venuto a trovarlo con una candela in mano nel sottopalco; era più alto e robusto e indossava un berretto color lilla. Al fianco portava uno spadino. «Che fai?», chiese sorridendo. «Che fai qui sotto, frater?». Gabriele si svegliò annaspando, mulinando le braccia nel vuoto.

«Sono tornati a cercarti», gli disse Luciano sottovoce, dal palco. «Si parla un po' troppo del tuo caso». Una pausa. «Hanno anche minacciato tua madre, quei bastardi. Dicono che ci saranno ripercussioni».

«Oh, Dio. Allora esco subito».

«No».

«Come, no? Andiamo».

«Sta' buono. Renzo ha detto che piuttosto si farà imprigionare, e nessuno toccherà tua mamma».

Gabriele tacque.

«Mi sa che è inutile fare l'eroe», disse Luciano. «Ti ricordi di Alcide Zancon?».

«Il fratello di Eleonora? Certo».

«Gli hanno sparato in testa».

«Gesù».

«Sì».

Gabriele si passò una mano sul viso.

266

«Forse tanto vale morire», disse.

«Può darsi. Ma tu non puoi ancora morire, vecchio mio».

«E perché?».

Luciano gli passò una busta.

«Da Margherita», disse.

Caro Gabriele, Gabriele mio. So cosa stai passando e credimi, ti penso sempre. Ieri notte ho fatto un sogno che non posso dirti e mi sono svegliata in lacrime. E sono giunta alla conclusione che se ti penso così tanto non posso che provare qualcosa di reale...

Le parole di lei lo cullarono. Sulle prime aveva deciso di uscire e raggiungerla subito; ma l'avrebbe unicamente messa in pericolo. Si sentì in grado di sopportare qualunque impresa, persino quella solitudine.

Eppure nel giro di qualche giorno dimenticò anche la lettera. Il vuoto del sottopalco corrodeva ogni cosa. Una mattina lanciò *Oliver Twist* contro una parete. Ora odiava le parole. Le odiava tutte dalla prima all'ultima, insieme ai troppi libri letti. Ricordò l'astio del padre verso di esse, e infine lo comprese: si sentiva vicino a Maurizio Sartori, mentre fuggiva da Caporetto bestemmiando contro Dio e l'umanità intera. Le parole erano false: vera era soltanto la paura – vero era il viso di Luciano, vero il pane che portava.

Passato il Natale, don Arturo scese in persona nel sottopalco. Gli disse che gli americani bombardavano a tappeto, in particolare la vicina stazione dei treni.

«Stanno arrivando molti sfollati. Non puoi rimanere più qui».

«Ho capito».

«Devo ospitarli. Non sai com'è ridotta la città».

«Certo».

«L'altro giorno è caduta una bomba sull'istituto Micesio, in via Ronchi. Sono morte molte bambine».

Gabriele annuì nervosamente: «D'accordo. In ogni caso, è tempo di uscire».

Uscì il mattino del trenta dicembre, dopo una notte di boati. La giornata era luminosa e non troppo fredda. Appena mise un piede fuori dalla sacrestia, Gabriele aprì la bocca. Il muro della casa accanto appariva butterato dall'effetto delle esplosioni; quello successivo era stato strappato via e giaceva in frantumi a terra.

Doveva tornare a casa e invece vagò fra le macerie, come aveva fatto a Pisa. La gente scavava in silenzio, a mani nude o con i badili, composta e rassegnata. Una casa aperta in due rivelava un salotto elegante, un lampadario ancora appeso nel vuoto: sul tavolo di legno Gabriele riuscì a distinguere l'assurdo dettaglio di una tazza bianca, come dimenticata lì dopo colazione.

Dalle parti di via Aquileia era accaduto il peggio. La porta cittadina era infranta per metà e la strada era piena di ciottoli, ferro e travi: la luce invernale riscaldava appena le cose rotte, incapace di resuscitarle. Gabriele toccò i rimasugli di un muro, su cui era scritto: DI QUI SONO PASSATI I LIBERATORI. Toccò i mattoni sparpagliati, toccò una stufa in ceramica rotolata in mezzo alla via. Una donna cercava di tenere a bada i suoi bambini: giocavano fra gli interni della casa vomitati per strada.

Poi Gabriele si diresse in centro e passò sotto casa di

Margherita. Dalla strada gridò ripetutamente il suo nome: lei si affacciò alla finestra con la madre al fianco.

«Gabriele?».

«Vieni giù».

La madre le sussurrò qualcosa all'orecchio; lei la respinse.

«Vieni!», urlò lui.

Margherita scese per strada e gli carezzò la barba incolta, i nodi nei capelli.

«Che fai qui? Sei matto?».

«Dovevo vederti prima di vedere la mia famiglia. Dovevo vedere prima te».

Lei fece una smorfia incredula, commossa.

«Perché sei la sola cosa che mi interessa. La sola e l'unica».

Le labbra di Margherita tremarono. Gabriele si avvicinò e la strinse: si baciarono e restarono così per un minuto, abbracciati in mezzo alla distruzione.

«E ora?», gli chiese. «Che farai?».

«Pensavo di andare dai miei zii, in campagna. È sempre nel Litorale, ma al confine con la Repubblica. Non dovrebbero prendermi. Poi forse entrerò negli osovani. Ma tornerò. Torno per forza, se ci sei tu. Ci sei?».

«Sì. Ci sono».

«Se ci sei, torno».

Lei tacque per un attimo, fece per dire qualcosa, si trattenne. Infine parlò: «L'ha detto anche Gino».

«Non devi più pensarci», disse Gabriele intrecciando le dita nelle sue.

«E come faccio».

Il castigo dei morti, pensò lui. *Ma noi siamo ancora vivi; siamo più forti di loro.*

«Allora devi fidarti e basta. Mi vuoi bene?».

«Sì».

«Allora torno».

«D'accordo».

«Devi fidarti. E devi pensarmi».

«D'accordo», ripeté lei.

Si baciarono di nuovo nel freddo.

«Pensi che finirà presto? Che vinceremo?».

«Non lo so», disse lui.

«Vinceranno i tedeschi?».

«Non lo so». Contavano solo loro due, e dunque disse: «Io spero che perdano tutti».

12

Vennero a prenderlo un pomeriggio di gennaio. Si ritrovò in casa due soldati tedeschi e Aldo Marz, in divisa, lindi e puliti e persino belli, pensò lei, di una bellezza selvaggia.

«Sartori», disse Marz festoso. «Finalmente ci si rivede. Non sai la gioia, quando mi hanno dato quest'ordine».

«Ma vaffanculo», disse Renzo.

«Visto?» Marz si rivolse ai tedeschi. «Questi banditi sono proprio maleducati».

Lo ammanettarono e lo sbatterono sul pianerottolo. Nadia si mise in mezzo urlando: «Non portatemi via anche lui, vi prego! Vi prego».

Marz la scostò con una manata.

«Come farò a vivere?».

«Mamma, non ti preoccupare», disse Renzo piatto.

«Torneremo», disse Marz. «Ma stia tranquilla. Per ora non gli faremo niente, a questo frut. Magari giusto una carezzina, eh?». Fece un ghigno e gli scompigliò i capelli. Nadia lo vide trascinato giù per le scale, mentre un tedesco teneva la rivoltella puntata contro il suo addome. Quando furono sul punto di uscire, credette di riconoscere sul volto del figlio un sorriso quasi d'orgoglio, quasi di vittoria o felicità. Ne fu atterrita.

Tornò dentro e sedette al tavolo, nella cucina vuota e silenziosa. Alla fine ce l'avevano fatta, l'avevano spogliata di ogni bene. Si alzò, andò in camera, prese la busta e tirò fuori il suo vecchio disegno-talismano. Ma anche i talismani possono perdere potere. Ebbe l'impulso di stracciarlo e buttarlo nella stufa: non lo fece. Tornò in cucina e si mise a sbucciare una carota. La luce scoloriva e lei era sola.

«Qualunque cosa succeda», le aveva detto Renzo qualche giorno prima, quando Gabriele era partito per la casera dei Tassan, «di' a mio fratello di non consegnarsi. Si prenderebbero anche lui e a te non rimarrebbe nessuno. È chiaro?».

Nadia era scoppiata in lacrime e Renzo le aveva detto con cattiveria di smetterla, come ormai accadeva da mesi, dal giorno del suo divieto: non voleva sentire piagnistei da donnette, era già troppo dividere il tetto con una nemica dei partigiani. Ma il figlio che la detestava ora si sacrificava per lei. Lasciò cadere la carota e depose il coltello fra le sottili bucce arancioni.

Aveva fatto qualunque cosa per salvare la famiglia: eppure era rimasta ugualmente sola. E tuttavia si disse che non era solo colpa dei tedeschi o dei francesi, ma anche dei suoi uomini. Il marito, i figli: l'avevano abbandonata tutti, uno dopo l'altro. Aveva ragione Elsa Winkler, gli uomini sanno soltanto dare e ricevere la morte. Se avesse avuto una bambina sarebbe stato diverso, ne era certa come lo era stata anni prima; una bambina non l'avrebbe mai lasciata, e nessuno avrebbe potuto toglierglielma. Ma non l'aveva.

Passò tre giorni a letto senza mangiare e senza dormire. All'alba del terzo giunse un ufficiale tedesco con due soldati, diversi da quelli venuti con Marz. Uno era molto giovane e magro; l'altro sulla cinquantina, con grossi baffi color ferro. L'ufficiale si presentò con garbo. Era altoatesino e parlava un italiano impeccabile. Disse che Renzo era accusato di cospirazione e rischiava di essere deportato.

«Però al momento ci interessa di più l'altro figlio», spiegò. «Gabriele Sartori è stato reclutato nelle SS, ma non si è mai fatto vedere».

«L'hanno rapito. Vi ho mostrato la lettera che mi ha mandato da Trieste».

L'ufficiale sorrise: «Signora, per favore». Dopo averle chiesto il permesso, sedette al tavolo e si tolse i guanti. «Capisco cosa sta facendo, è un sentimento umano e naturale; ma nessuno qui vuole fare del male ai suoi figli. Né all'uno né all'altro. Quindi la situazione è semplice: ci dica dove si trova Gabriele e noi le ridiamo Renzo».

Nadia tacque.

«Gabriele presterà servizio al Reich come stabilito», disse l'ufficiale, battendo i guanti sul bordo del tavolo. «E Renzo tornerà libero. Poi starà a lei evitare che frequenti cattive compagnie. Mi creda, è una gentilezza da parte nostra».

«No», disse Nadia.

«Prego?».

«Cosa credete? Che siccome sono una donna ho paura di voi?». Aprì le mani sul tavolo e si chinò un poco, parlando calma.

Il soldato giovane scattò in avanti e sollevò un braccio per colpirla; quello anziano lo trattenne.

«Venite in casa mia e mi minacciate. Cosa credete?».

«Signora», disse l'ufficiale.

«Cosa credete?».

Il soldato giovane mormorò qualcosa in tedesco. L'anziano e l'ufficiale annuirono; l'ufficiale rispose a voce

273

bassa, e Nadia vi percepì una nota di stanchezza immensa. I due soldati si divisero e cominciarono a perquisire la casa. Lei tentò di fermarli ma l'ufficiale le strinse delicatamente un braccio: «Non faccia sciocchezze, per favore».

Il soldato giovane spaccò le ante della credenza, tirò un calcio alla stufa, cercò di svellere il rubinetto dell'acquaio. Poi frugò tra le poche provviste e ne gettò metà fuori dalla finestra. Intanto il soldato anziano ribaltava i materassi nelle camere e sparpagliava i vestiti a terra. L'ufficiale si era acceso una sigaretta e rigirava la fede al dito. Quando ebbero finito, si rimise i guanti e ribadì che attendeva al più presto la consegna di Gabriele Sartori; in caso contrario avrebbero preso provvedimenti. Prima di uscire le si avvicinò e disse sottovoce: «Cerchi di capire. Ci aiuti, e noi la aiuteremo».

Nadia si ritrovò un'altra volta sola in casa, ma era diverso. L'eccitazione di aver tenuto testa ai tedeschi, di aver rischiato qualcosa, la infervorava – e un pensiero assurdo si fece strada: poteva andarsene. Poteva prendere e andare ovunque. Il mondo era disordinato, impazzito e accessibile. A cosa mai essere devoti, e perché? Una strana gaiezza la pervase. Ebbe voglia di fare l'amore. Ebbe voglia di disegnare e si accorse che poteva farlo, con una felicità sorda ed egoista: non c'erano maschi o padroni da servire: afferrò la penna e il calamaio di Gabriele e un foglio bianco e disegnò a china grappoli d'uva, la roggia, il Castello, i colli, il casale, Maurizio che la pizzicava da giovane, i papaveri e le margherite nei prati: disegnò e d'un tratto si alzò e prese quasi a danzare per l'appartamento distrutto dai nazisti. Aveva dato se stessa per intero e non aveva ricevuto nulla, quindi i conti erano presto fatti. Calpestò un cassetto divelto, un pezzo di vetro, un mucchietto di farina. *Son matta. Meni, tesoro mio, scusa ma son diventata matta.* Colpì il cucchiaio di legno con la punta delle dita ed entrò nel minuscolo corridoio. Camminava leggera tra i cocci di un vaso in camera quando incrociò il proprio sorriso nello specchio e tutto crollò all'improvviso. No, non era diventata matta. Era ancora Nadia Tassan, la vedova di Maurizio Sartori.

Uscì mentre sulla città cadeva una pioggia ghiacciata. Si strinse nel cappotto e avanzò fra i cumuli di neve sporca. Vide un gruppo di soldati ridere sotto i portici del centro; il più alto del gruppo aveva un monocolo e agitava la pistola esaltato. Vide una palazzina rotta da una bomba e una corriera mitragliata, piena di buchi tondi. Meditò di recarsi alla caserma per implorare il comando, ma sapeva che non sarebbe servito. Si sentì impotente e tornò indietro. Davanti a casa strinse forte la ringhiera della roggia, guardando l'acqua, le lastre di ghiaccio rotto, e lì rimase immersa nei pensieri finché Maria Covicchio non le mise una mano sulla spalla – la pazza con la canna da pesca le mise una mano sulla spalla e la carezzò.

Pochi giorni dopo Renzo tornò a casa, pallido e confuso, con il viso coperto di lividi. Nadia lo abbracciò sulla porta. Lui si lasciò toccare, si lasciò baciare, e quando lo sentì fremere di paura e carezzarla per un istante pensò di averlo ritrovato per sempre. Ma poi Renzo la scansò e si mise alla stufa.

«Com'è successo? Come hai fatto?».

«Hanno deportato delle persone. Altre le hanno fucilate contro il muro della caserma. Tutti pescati a caso». Deglutì; teneva gli occhi su un punto a mezz'aria. «Gli altri li hanno lasciati andare per farsi belli».

«Maria vergine, grazie. Grazie».

«Ma grazie di che? Di cosa? Hanno ammazzato della gente a caso, Cristo santo. Ti rendi conto?».

«Ma hanno lasciato andare te».

Tentò nuovamente di stringerlo; Renzo si divincolò e portò una mano al fianco con una smorfia di dolore.

«Mollami, per favore».

«Renzut».

«Ti ho detto di mollarmi. Fra me e te le cose non sono cambiate, va bene?».

«Aspetta. Ti hanno fatto andare così, senza dirti nulla?».

«Cosa vuoi che mi abbiano detto. Di rigare dritto».

«E tu?».

Renzo lanciò una risata cattiva: «Manco per niente. Manco per niente».

13

Gabriele posò la penna e guardò fuori dalla finestrella dell'abbaino. Passavano gli aerei americani, come ogni giorno, lasciando interminabili scie bianche. Portavano morte, ma non era una morte che lo concerneva, al momento. Riprese la penna, la intinse nel calamaio e scrisse al centro del foglio: *Sopravvivere*. E poco sotto: *Per Margherita, non per te.*

Poi scese da basso. Cugini e figli di cugini dormivano insieme e tutte le sere davanti alla luce ruvida e ramata del focolare era un chiacchierare di futuri e sogni che ai ragazzi apparivano talmente vicini: *Quando finirà, me ne andrò in Francia! Io in Spagna! Io in Canadà, come lo zio Donato!*

Zio Piero aveva cominciato a produrre surrogato con le castagne, e nonostante la guerra e le difficoltà il cibo non mancava. Le cugine lavoravano tutte in filanda a Sacile. Gabriele era ospite in soffitta, l'unico spazio libero: uno stanzino pieno di ferraglia, in cui aveva steso un po' di paglia dove dormire. Lo zio gli aveva persino intagliato una minuscola scrivania, un pezzo di legno piatto sostenuto da tre grossi rami non scorticati.

Gabriele uscì, girò intorno al casale e si perse nel frutteto. Il sole era debole e i monti, screziati di neve, parevano sospesi all'orizzonte. Ciò che la guerra rendeva insostenibile era il trionfo del caso su ogni ragione e piano di vita: una bomba squarciava il tuo tetto, un soldato trucidava tuo figlio, e non avevi potere alcuno per farvi fronte. Ma tutto ciò strappava anche l'esistenza di persone come lui dalla banalità, rendendola simile a una storia – e dunque, pensò, più degna d'attenzione e cura. Forse era questo il senso dello sterminio, la preghiera celata alle sue spalle: sopravvivete, raccontate, amatevi.

Aveva male al collo e ai reni. La notte annotava i sintomi sul diario, il lumino al petrolio bruciava lentamente e lui si sentiva soffocare di nuovo, prigioniero mentre il mondo combatteva. Dormiva poco. Sonni vuoti, senza sogni. Si svegliava insieme a zio Piero, poco prima dell'alba, e lo aiutava a dare il fieno alle bestie. Poi riempiva la vasca di pietra, portava il letame in concimaia e infine guardava lo zio mungere con serenità, la testa appoggiata al corpo della vacca.

Il resto del giorno lo passava a evitare le occhiate dei parenti. Un imboscato porta sempre guai. Lavorava nei campi, cercando di sudarsi l'ospitalità come suo padre aveva fatto con il nonno Martino, e al tramonto prendeva una coperta e andava a leggere Leopardi sotto un susino.

A volte pescava nei ruscelli a mani nude. Le trote e le tinche non facevano la guerra. Ne prendeva quattro o cinque e le metteva infilzate su un ramo davanti al focolare, un dono ai parenti: lui mangiava solo una fetta di polenta inzuppata nel latte.

A metà marzo tornò a trovarlo Luciano. Era già venuto un paio di volte, in bicicletta, senza lettere né libri per evitare sospetti. Gabriele lo portò a camminare tra le viti. In lontananza si perdeva il suono di una sirena antiaerea.

«Allora?».

«Allora tua madre sta bene».

«E Renzo?».

«Ecco, di questo ti volevo dire».

Gabriele si fermò.

«Sta' calmo», disse Luciano.

«Che cos'è successo?».

«L'hanno preso di nuovo. Volevano fucilarlo, ma i miei sono intervenuti».

«E sono riusciti a salvarlo?».

«Certo. Se no, non sarei nemmeno qui a raccontartelo».

Gabriele si lasciò cadere a terra e rimase seduto. Si passò una mano fra i capelli.

«Te ne devo uno grosso», disse.

«Lascia perdere. Il fratello del mio amico è mio fratello».

Tacquero per un po'. Il vento tirava forte lì dove il pianoro si alzava, tra i filari nudi e magri.

«E se lo riprendono? Forse devo consegnarmi».

«Te l'ho già detto quando eri nascosto. Non ha senso».

«Ma –».

«Ammazzano lui e ammazzano anche te».

«Sono io che dovrei ammazzarmi. Mi butto in acqua e i problemi sono finiti».

A questo punto Luciano gridò: «Ancora con queste storie? Gabriele, io ne ho piene le tasche. Hai capito?».

«Scusa, non volevo dire –».

«Cosa credi, che sia bello sentire queste monate?».

«Hai ragione. Scusa».

«Che diavolo».

Tacquero di nuovo. Gabriele estrasse un bigliettino dalla tasca.

«Per Margherita?».

«È soltanto una frase».

Luciano sbuffò e lo prese.

«Ti scongiuro, dille che –».

«Sì, la ami e lei ti ama. Figli maschi».

Si abbracciarono e si salutarono. Gabriele guardò il suo migliore amico pedalare a scatti per la zoppia; quindi rientrò. Davanti al focolare c'era la cugina Loretta.

«Vuoi qualcosa da mangiare?», gli chiese.

«No, grazie».

«Latte?».

«Sono a posto».

Loretta raccolse un ciocco e lo mise tra le fiamme basse.

«Ho saputo che Domenico è morto», disse.

«Sì».

«Mi spiace».

Gabriele non rispose.

«Una volta ho provato a baciarlo», disse Loretta.

«Come?».

«Tanto tempo fa. Era venuto con tua mamma».

«E lui?».

«E lui niente. Non gli piacevano le donne, eh?».

«Gli piacevano tutti», disse Gabriele alzando le spalle.

Il due aprile i fascisti bruciarono una fattoria a poca distanza. Erano già stati in paese dove avevano dato alle fiamme un intero palazzo. Il giorno dopo Gabriele vide una scritta sulle rovine della fattoria: *Chi piange è un* TRADITORE. *Verrà punito con la condanna a* MORTE. A quel punto decise di scendere in paese.

Si calò un berretto sugli occhi per non farsi riconoscere, indossò la giacca del cugino Alfio e si incamminò. Voleva sapere le ultime notizie, ma forse voleva anche qualcos'altro.

All'osteria, il padrone gli disse che gli Alleati e i russi stavano stringendo i crucchi a tenaglia; ma gli disse anche dei rastrellamenti e delle esecuzioni nelle vicinanze. Tutte cose che già sapeva, ma sapere non cambiava nulla.

Gabriele ordinò del frico e un bicchiere di vino. Il formaggio fritto era bollente e chiese un altro po' di vino per pulirsi la bocca. Stava ancora mangiando quando sentì un gran movimento di fuori: rumore di motociclette, urla, risate. Il padrone dell'osteria si portò una mano alla testa e fissò Gabriele e l'altro avventore.

Pochi secondi dopo la porta si spalancò ed entrarono due militi della Repubblica sociale, pistola alla mano, e gridarono di rimanere immobili.

Seguì un attimo di silenzio e poi un nuovo ordine: «Alzatevi!».

Si guardarono e si alzarono.

«Sedetevi!», gridarono.

Si sedettero.

I militi risero. «In piedi davanti al banco!». Nell'alzarsi, l'uomo di fianco a Gabriele prese il bicchiere; un milite glielo strappò di mano e lo spaccò sul tavolo. Il padrone continuava a supplicare che non toccassero nulla, che se volevano potevano ben fermarsi a mangiare, li avrebbe serviti come si deve.

«Giratevi», disse l'altro milite.

Si voltarono. Gabriele passò la lingua sulle labbra. Le voci dei due arrivavano nervose da dietro: «Quindi?», «Mah...», «Gli spariamo subito e ciao?», «Io ho voglia di far andare le mani».

Gabriele pregò Cristo di perdonare i suoi peccati e assistere la famiglia. Era una morte stupida: e per un istante temette di finire in un inferno altrettanto stupido e vile, come la vita che aveva vissuto.

Poi ci fu uno scoppio, seguito da altri tre più compressi e un urlo soffocato. Gabriele si girò. I corpi dei militi giacevano a terra, scomposti, a faccia in giù. Sulla porta principale c'erano cinque ragazzi con giacche verdi o marroni, fazzoletti rossi annodati al collo.

L'oste si lanciò verso di loro per ringraziarli, mentre l'altro avventore scappava. Gabriele appoggiò le mani al banco respirando forte e cercando di calmare il battito del cuore, quindi si sedette di nuovo.

Uno dei partigiani gli domandò da dove venisse.

«Dal casale dei Tassan», rispose.

«Sì? Anch'io sono di quelle parti, ma non ti conosco».

«Ci sono nato, ma abito a Udine».

«Capito. E com'è la vita in città?».

«Dura».

«E come sei finito qui?».

«Sto da mio zio».

«Imboscato?».

Gabriele annuì piano. Il partigiano raggiunse i compagni che avevano preso i militi, molli e imbrattati di sangue, per i piedi e per le braccia. Sedette al loro tavolo e l'oste servì subito brocche di vino, pane, piatti di frico. Gli uomini presero i cadaveri per i piedi e per le mani; mentre li portavano fuori il partigiano seduto ci sputò sopra e tornò a rivolgersi a Gabriele.

«Perché non vieni con noi?», disse. «C'è bisogno di uomini».

«Ci ho pensato».

«Ci hai pensato. Che lusso».

Qualcuno rise sottovoce. Poi un tizio basso attraversò la sala e si sedette di fianco a Gabriele. Aveva la pelle olivastra, e gli occhiali, e dietro le lenti gli occhi erano talmente chiari da sembrare bianchi.

«Zitti», disse rivolto al gruppo, e tutti tacquero. Doveva essere il capo. «Ognuno è libero di fare ciò che vuole. E magari questo tizio è malato o ha dei figli. Sei malato o hai dei figli?», chiese a Gabriele.

«No, in realtà no».

«Va bene. Allora avrai qualche altro motivo. Posso?». Indicò la brocca sul tavolo.

«Certo».

Versò del vino e lo bevve guardandosi gli scarponi. I suoi compagni fumavano e parlavano fitto. Dalle finestre entrava la luce del primo pomeriggio: imbiondiva i tavoli di legno scuro, e ritagliava un grosso triangolo sopra la camicia dell'uomo.

«Come ti chiami?».

«Gabriele Sartori».

«Piacere. Il mio nome di battaglia è Gustavo».

«Come Flaubert?».

Il capo alzò un sopracciglio.

«Conosci Flaubert?».

«Certo».

«È il mio scrittore preferito».

«Sul serio?».

«Studiavo giurisprudenza, in realtà. Ma ho sempre amato la letteratura, e i francesi in particolare».

«Ti piace anche Proust?».

«Ho letto soltanto *Swann*».

Gabriele trattenne il fiato. Era incredibile, ma *incredibile* è una parola che diamo alle circostanze del destino prima che si compia. Distolse lo sguardo e lo posò sul punto dove erano caduti i corpi dei militi. Era rimasta una macchia bruna. Sarebbe stato in grado di fare altrettanto? Decise di sì; finalmente e con un brivido decise di sì.

I partigiani si erano alzati. L'oste continuava a ringraziarli. Gustavo finì il vino, fece schioccare la lingua e aggiustò la fondina alla cintura.

Gabriele prese il portafogli e mise sul tavolo tutti i soldi che aveva: «Per il cibo o per le munizioni», disse. Gustavo li rifiutò.

«Vengo con voi, allora», disse.

Lui lo fissò inespressivo.

«Vengo con voi», ripeté. Erano comunisti e lui no. Ma doveva dirlo ugualmente. Era giunto il momento di pagare i debiti, difendere la patria come aveva fatto suo padre sul Carso, essere forte come Gino.

«Vengo con voi», disse un'altra volta.

«No», rispose Gustavo alzandosi.

Gabriele non era certo di aver capito.

«E perché?».

«Perché non sei capace», disse Gustavo.

La guerra per Gabriele finì ventotto giorni dopo, quando vide Renzo arrivare dalla strada con la bicicletta di Luciano. Strinse a lungo suo fratello e tornarono a Udine insieme, scampanellando ai drappelli di partigiani. *Non sarò mai più tanto felice*, pensava, imponendosi di bere con gli occhi ogni pezzo del giorno, ogni fiore, ogni spiga, ogni ciottolo. *Non lo sarò mai più, non così, non come ora.* Invece di andare subito a casa deviò verso il centro. Margherita era appena uscita di casa: lui gettò la bici a terra e le corse incontro e la abbracciò da dietro. Lei gridò e si voltò.

«Hai visto?», disse lui. «Sono tornato».

«Sei tornato», disse lei.

Il giorno successivo le campane suonarono a lungo e dai balconi e per strada chi aveva un'arma cominciò a sparare a salve. Gabriele si alzò da tavola e vide i carri degli Alleati entrare in città: avanzavano sulla strada

bagnata, anticipati dai gruppi della Garibaldi a piedi –
ragazzi col fucile in mano, che alzavano il pugno al cielo
fischiando – e dagli automezzi degli osovani, coperti di
fiori di campo e bandiere dell'Italia. Qualcuno aveva is-
sato il tricolore anche sulla specola del Castello.

Tutti sorridevano a tutti. Tutti sorridevano a tutti,
sì, ma a Gabriele parve che nell'aria circolasse anche
una mezza inquietudine sepolta dalla gioia e dai festoni,
dai clacson e dal rombo delle motociclette, dai baci, dal
sole di primavera: un non detto che si faceva strada e
che pochi, forse lui solo, potevano cogliere. Qualcosa
del tipo va bene, la guerra è finita e siamo vivi, Dio sia
benedetto. Ma ora?

Che si fa quando finisce una guerra?

14

Durante l'estate, il Partito organizzò un comizio al Cormôr per discutere pubblicamente il da farsi in Friuli e commemorare i propri morti. In realtà le battaglie sulle montagne continuavano, e così anche le rappresaglie dei tedeschi. Ciò nonostante, al comizio parteciparono molti partigiani e comandanti della Brigata Garibaldi. Si parlò dell'esperienza delle libere repubbliche in Carnia e nel triestino; del ruolo che avrebbe dovuto assumere il Partito; della rivoluzione imminente o futura. Quando Lupo Martinis prese parola, Renzo trattenne il fiato.

«Negli ultimi tre mesi», disse, «sono andato a portare un fiore sulla tomba del mio amico Luigi Pastori. Ogni mattina. Luigi è morto per salvarmi, e sono stato l'ultimo a vederlo vivo, e il primo a recuperarlo da morto, mezz'ora dopo. Era steso a terra di fianco, composto, e ricordo che aveva come una faccia delusa. Come a dire, *Ma dai, è finita così?*». La voce si spezzò per un istante. «Sono scappato di casa per la prima volta a dodici anni. Sono rimasto qualche mese a Cividale dalla sorella di un amico e da suo suocero; mi hanno fatto lavorare nei campi e mi hanno sfamato. Perché ero scappato? Perché mi sentivo oppresso. Questo ho cercato di combattere per tutta la vita, non solo per me ma per chiunque: mai più oppressione, mai più sfruttamento. Proprio come voi. E come voi sono salito sui monti, e lì ho trovato Luigi. Quando c'era da coprire una ritirata o fare qualcosa di rischioso mi diceva sempre: *Vado io*. Io dicevo no, litigavamo, e alla fine facevamo una volta a testa».

Una pausa. Renzo fissò il pubblico, che fissava Francesco in silenzio.

«Mi chiedono se avessimo paura. Giuro, è la cosa che mi chiedono di più, non so perché. Io comunque ne avevo tanta, e chi dice di no per me è soltanto un imbecille. Ma un giorno Luigi mi ha detto questa cosa: *I tedeschi e i fascisti ne faranno fuori ancora, dei nostri. Magari spareranno anche ai bambini e torneranno ad ammazzare i vecchi e le donne indifese* – e così hanno fatto. Lo sapete tutti. *Quindi sì*, mi ha detto Luigi, *c'è da cagarsi sotto. Ma ricorda che loro si muovono per odio e per obbedienza. Ora, l'odio è un sentimento enorme, ma ha un limite. Non c'è dietro nulla. Hai capito?*, mi ha detto. *Stai allegro, Lupo – quelli si muovono per odio. Noi invece ci muoviamo per fede e per amore. Possono picchiare quanto gli va, ma come fai a battere gente come noi?*

«Ecco. Qualche giorno dopo, per coprire la ritirata di alcuni compagni, e la mia, si è preso una pallottola nel collo. Toccava a lui, quella volta, ed è morto. È morto davvero. Allora ho capito una cosa. Dicono che abbiamo una sola vita, che dobbiamo viverla bene: aiutando i compagni, lottando contro gli sfruttatori. È vero e giusto; ma più giusto è che abbiamo una sola morte. E dobbiamo spenderla bene. Per amore, si diceva».

Un applauso lo sommerse.

Tornando a casa, Renzo odiò Lupo Martinis. Lo odiava perché non aveva parlato di quel che era successo ad Attimis, ad esempio – come del resto nessun altro. Ricordava ancora quel giorno di febbraio; era stato appena scarcerato, e aveva incontrato per strada un amico gappista, bianco in volto, che gli aveva detto di un macello su in una malga. Il gruppo di Giacca aveva massacrato degli osovani sospettati di tradimento, ma le cose non erano chiare: forse era un regolamento di conti, forse un fratricidio. Parlava sottovoce e quando Renzo aveva fatto altre domande se n'era andato.

Ecco. Renzo odiava Lupo Martinis perché non aveva avuto il coraggio di dire ciò che pensava: che quell'errore, pure tragico e terribile, era stato compiuto in buona fede da rivoluzionari devoti. Tutto il sangue versato e fatto versare per l'amore di cui parlava Luigi Pastori: ogni colpa, ogni errore, ogni mancanza – non erano anch'essi patrimonio comune quanto i gesti d'eroismo? Non andavano forse restituiti agli uomini per cui avevano lottato?

Ma no, non era vero.

Lo odiava perché aveva combattuto il male, aveva salvato la patria, e nessuna borghesissima famiglia Ignasti era intervenuta per tirarlo fuori di prigione. Lo odiava con le stesse forze con cui odiava sua madre per avergli impedito di andarsene, e se stesso per non avere avuto il coraggio di abbandonarla.

Ma forse nemmeno questo era vero.

La patria non c'entrava. Invidiava il suo amico unicamente perché era tornato dai monti con una verità sostanziale che apparteneva a lui e lui soltanto. Passando attraverso il dolore e il pericolo era diventato infine se stesso; ma a quale prezzo. I migliori erano morti tutti. Luigi Pastori, suo fratello Domenico. In un momento di lagnosa confidenza, Gabriele gli aveva rivelato il terrore più grande: che Margherita, finalmente conquistata, avrebbe continuato lo stesso a pensare a Gino. Era un cadavere nei ghiacci della Russia, ed era facile volergli bene: non solo perché aveva scelto il sacrificio, ma perché amare un fantasma era la cosa più elementare e ovvia.

Ora anche Renzo poteva capirlo. I migliori erano morti per dare agli altri – ai padroni, ai vigliacchi, ai vivi, a lui – il diritto di continuare a esistere e lordare la terra.

Arrivò a casa e si specchiò nell'acqua della roggia. Era invaso dalla rabbia, ma anche da una calma nuova. Sollevò il mento e guardò il cielo percorso da nuvole sottili, e più lontano un cumulo grasso, quasi un ribollire di bianco puro. La guerra per lui non era servita a nulla. Era tempo di andarsene e cercare altrove ciò che i suoi compagni si erano guadagnati lì.

Con quel cielo e con quella terra, con Udine odorosa di luppolo e segatura, con i piedi delicati di Federica Drigo e i vecchi amici e le strade di Grazzano aveva chiuso per sempre.

4
A calci e pugni
1957-1962

I due fratelli camminavano in silenzio lungo il viale. Ogni tanto un soffio improvviso di vento spazzava via le cartacce e la polvere dal marciapiede, portando alle narici di Gabriele un odore nauseante: gomma bruciata, vernice, cemento fresco. Fissò il cartello poco oltre la fermata della corriera, SESTO SAN GIOVANNI, attraversato da un taglio di ruggine scura.

Renzo staccò una foglia da un platano e ci soffiò dentro, ma il fischio uscì strozzato.

«Da queste parti suonano male pure le foglie», disse.

«E allora cosa ci sei venuto a fare?».

«E tu, cosa ci vuoi venire a fare?».

Gabriele tacque e guardò un condominio conficcato nel vuoto intorno, tra macchie d'erba alta e secca, e lunghi cavi dell'elettricità tesi poco distante.

«Parla», disse Renzo.

«Ma parla tu, scemo. Per anni ci hai scritto con il contagocce, non sei mai tornato in Friuli. Ancora un po' e non sapevo manco fossi vivo».

«Non esagerare».

«Alla fine scopro che hai messo su famiglia, ma ci vuole un anno prima che me la presenti. Ti rendi conto?».

«Senti, abbiamo già litigato per ore».

«Io non so cosa dire».

«Infatti. Abbiamo già litigato. Sta' buono».

Imboccarono una via stretta, in fondo alla quale si intravedeva una ciminiera. Gabriele si mordeva le labbra e stringeva le mani nelle tasche dei calzoni. Si fermarono davanti a un brutto palazzo grigio chiaro. Nel cortile una banda di ragazzini giocava a pallone, e tutti i muri erano ricoperti di scritte, alcune oscene: l'area era stretta e dai balconi e dalle finestre pendevano i panni stesi, bianchi e azzurri e gialli e rosa, canottiere e gonne, mutande e camicie. Uomini e donne si parlavano in cupi dialetti del sud, e lungo le scale, sui ballatoi, Gabriele sentì un odore quasi insopportabile di soffritto.

Renzo aprì una porta al secondo piano. In cucina, sedute al tavolo, c'erano una donna grassoccia con un abito a quadretti e una bambina che aveva già visto in foto – minuta, i capelli mossi stretti nel cerchietto. Teresa Rastelli e Diana Sartori.

«Le due metà della famiglia infine riunite», disse Renzo.

Gabriele strinse la mano molle di Teresa. Si dissero piacere, si chiesero come andasse: lei aveva un accento milanese che alle orecchie di Gabriele suonò ridicolo. Poi carezzò Diana, le diede un bacio sui capelli. La bambina lo salutò educata e si grattò il nasino.

La casa era più piccola della sua, più buia e umida. Alcune piastrelle della cucina erano rotte, ma in un angolo c'era un frigorifero: Gabriele si avvicinò colpito.

«Li facciamo noi in fabbrica», disse Renzo. «L'ho avuto con lo sconto, ma sapessi quante cambiali mi son toccate comunque».

Gabriele lo aprì. Era quasi vuoto: un cespo d'insalata, un panetto di burro. Lo richiuse. Renzo si era seduto al tavolo e stava aggiustando l'abitino di Diana, mentre la cognata toglieva la caffettiera dalla stufa. Era poco più alta di suo fratello, con gli occhi un po' bovini e le braccia forti, la pelle segnata da tanti piccoli nei. Scrutandola mentre serviva il caffè, Gabriele provò come vergogna.

Diana gli si avvicinò: «Papà dice che fai lo scrittore e sei bravo a inventare le storie».

«Mi sa che tuo papà esagera».

«Dopo me ne racconti una?».

«Lo zio è impegnato, ninine», disse Renzo prendendola in braccio e facendole il solletico. La bambina ridacchiò. «E poi deve tornare a Udine. Ce ne facciamo mandare una per posta, va bene? Con le principesse e i draghi, va bene?».

«Va bene!», strillò lei ridendo. «Lasciami, lasciami!».

«Vi fermate per pranzo?», chiese Teresa.

«No, andiamo in osteria».

«Ma ho pronto il risotto».

«Non vedo mio fratello da anni, Cristo. Potrò offrirgli un pasto?».

Lei alzò le spalle e annuì.

Percorsero la stessa strada all'incontrario e svoltarono in una viuzza incuneata tra gli edifici: al civico 4 una trattoria spiccava dalla fila di portoni anonimi, in metallo o legno sbarrato. L'oste era un vecchio con una vistosa cravatta bianca.

«Ho sentito che hanno pure coperto la nostra roggia», disse Renzo.

«Come lo sai? Allora ti informi».

«Me l'ha detto un compagno. Sua moglie è di Udine».

«Comunque adesso viviamo in viale del Ledra».

«Sì, me l'hai scritto».

L'oste arrivò pulendosi le mani sul grembiule. Ordinarono bistecche, coste lessate e un litro di rosso.

«Siamo friulani», disse Gabriele. «Beviamo solo due volte al giorno: a pasto e fuori pasto».

«Contenti voi», disse l'oste.

Renzo accese una sigaretta e avvicinò a sé il posacenere.

«Questi maledetti lombardi non sanno bere. E non bestemmiano mai, ti sei accorto?».

«È vero. Non che mi dispiaccia».

«Sei rimasto il solito catechista».

«Già».

«Mia moglie va a messa una volta al mese e ha voluto far battezzare Diana. Non ti dico la litigata».

«Per un goccio d'acqua santa».

«È proprio un ragionamento da lombardi: sono comunista, però mettiamo le anime al sicuro ché non si sa mai». Si grattò la guancia, scosse la testa con un tremito. Aveva perso la naturale eleganza che aveva da ragazzo, ora inquinata da tic e movimenti che non sembravano appartenergli. «Comunque è una donna in gamba. E in fondo qui non si sta male: magari c'è spazio anche per uno come te».

«Chissà».

«Milano è bella, ad averci i soldi. Sesto è un posto come un altro».

«Non mi ha fatto una grande impressione, se devo essere sincero».

«Ci si abitua».

«Non so. Perché non porti Diana in Friuli, a luglio? Le fa bene un po' d'aria buona. Qui c'è una puzza».

«Non ci torno più, te l'ho detto e ridetto».

«E chi ti vuole. Manda solo lei e Teresa».

Renzo accese una sigaretta con quella appena finita.

«Ma quanto fumi?».

«E tu, che non fumi proprio? Cosa sei, una donnetta?».

Arrivarono i piatti. Renzo mangiò in fretta, quasi ingozzandosi. Gabriele si chiese se fosse un riflesso della fame patita: suo fratello gliene aveva accennato in una delle prime lettere giunte a Udine dopo la sua fuga. Erano missive laconiche, con timbri postali ogni volta diversi e che terminavano sempre senza un indirizzo cui rispondere. Solo più tardi aveva accluso un fermo posta milanese, e quindi una via di Sesto San Giovanni – chiedendo esplicitamente che nessuno venisse a disturbarlo lì, che non si sognassero di fargli una sorpresa per Natale o Pasqua.

Sua madre preferiva non scrivergli nemmeno, e Gabriele non capiva. A lungo aveva chiesto a Renzo le ragioni di quel distacco: ma aveva ottenuto soltanto mugugni rabbiosi. Perciò con il tempo avevano finito per abituarsi a quell'assenza. Gabriele aveva sposato Margherita e aveva avuto due figli; c'era altro cui badare che le mattane del fratello: era sufficiente saperlo vivo e telefonarsi una volta all'anno per gli auguri.

Ma ora che finalmente e senza ragione era riuscito a convincerlo, con la scusa di un viaggio a Milano per un possibile trasferimento futuro – ora che quel distacco pareva chiudersi dopo dieci anni – dieci anni! – aveva ancora tante domande, tanta rabbia e incomprensione, eppure quando aprì la bocca gli uscì tutt'altro.

«Ieri era l'anniversario della morte di Meni».

Renzo gli scoccò un'occhiata.

«Lo so».

«Lo sai».

«Che cazzo di domanda è? Certo che lo so».

«Sono passati tredici anni».

«So anche questo».

«Pensavo che forse non gli abbiamo voluto bene abbastanza, quando era vivo. Era strano, va bene, ma era dolce e gentile con tutti. E nessuno l'ha mai capito davvero. Forse avremmo dovuto volergli più bene».

«Perché me ne parli ora?».

«Così».

«Così. E comunque sono d'accordo. Avremmo dovuto volergli più bene».

Gabriele annuì. L'oste tolse i piatti dal tavolo.

«Ti ricordi gli Olbat?», chiese Renzo.

«Mi ricordo la signora. Suonava il clarino».

«Domenico andava sempre da loro».

«Giusto. Erano gli unici con cui parlava».

«Ecco. Il giorno in cui Hitler ha annunciato la guerra, lui mi ha preso da parte e mi ha detto che il vecchio Olbat teneva una collezione di monete rare nascoste sotto una gabbia di piccioni».

«Monete? Piccioni?».

«Sì. Insomma, era un mezzo tesoro. E mi ha fatto giurare che un giorno sarei andato a rapinarli e avrei distribuito quelle monete ai poveri».

«Stai scherzando?».

«No».

«E tu sei andato?».

«Ma va'. Anche se forse avrei dovuto». Soffiò forte con le narici. «A ripensarci, chissà perché non l'ho fatto».

«E adesso la collezione dove sarà finita?».

«Chissà. Qualche parente... O forse i tedeschi».

Entrambi annuirono, poi tacquero. Gabriele sperò che dalla rievocazione del fratello perduto venisse qualcosa, una riflessione sull'importanza di non smarrirsi, magari un'ammissione di colpa, e invece niente. Del resto anche lui era stanco. Estrasse il portafoglio e insistette per pa-

gare, ma Renzo gli tirò un pugno alla bocca dello stomaco – un pugno secco, per nulla uno scherzo, che lo
spedì indietro di un passo – quindi uscirono di nuovo
sul grande viale. Qualche automobile sfilava verso nord.
La luce di maggio era pallida e calda e illuminava le
crepe del marciapiede. I fratelli si fermarono a guardare
un prato costellato di margherite.

«Diana è una bella bambina», disse Gabriele.

«Altroché. Ed è sveglia».

«Ha preso dallo zio».

Renzo rise e accese un'altra sigaretta: «Come no».

«Sei un criminale, ad avermela tenuta nascosta finora».

Nel prato apparve una donna. Era vecchia e gobba e
frugava tra gli sterpi. Gabriele diede un'occhiata all'orologio: l'una e dieci.

«Allora ci sentiamo quando verrai nei dintorni», disse
Renzo.

«Al momento è giusto un'esplorazione».

«Il richiamo del danaro».

«Più che altro la possibilità di scegliere. Qui c'è tutto,
no?».

«E che ne so. Faccio il saldatore, mica ho studiato
come te».

«Smettila».

«Sì», disse Renzo stanco. «C'è tutto». Gettò il mozzicone: «Se ti serve un letto, chiama».

«Non ti preoccupare».

Si abbracciarono; il corpo del fratello era magro e nervoso ed era strano stringerlo dopo tutto quel tempo.
Gabriele provò un'ultima volta.

«Perché non sei mai tornato a Udine? Mai, nemmeno
una volta?».

«Ancora, mi tormenti?».

«Non mi hai risposto».

«Perché non ho niente da rispondere». Aggrottò le sopracciglia, come attraversato da un dubbio o un ricordo doloroso. «Dovevo scappare e ho continuato a farlo. Tutto qua».

Gabriele scese viale Monza fino a piazzale Loreto, dove avevano appeso Mussolini a testa in giù. Pensò di andare al cinema, ma non voleva spendere soldi; così camminò. Ovunque c'erano lavori in corso. Più si inoltrava in Milano e più gli appariva essa stessa un cantiere, una città distrutta e nuovamente eretta tra il turbinare di polveri. Gabriele vide la terra squarciata, e operai indaffarati nell'incavo: fumavano scrutando giù nel buio, le lampade sui caschi gialli, quasi fossero alla ricerca di una vena di metallo prezioso. Ecco il futuro. Lì e non in alto, lì nelle viscere della città.

Una donna lo urtò senza scusarsi. Il tempo di voltarsi ed era già corsa via; la intravide di profilo e gli parve bellissima, vestita in un modo che nessuna aristocratica friulana avrebbe saputo eguagliare. Gabriele proseguì verso il centro. C'erano vasti portici grigio acciaio. C'erano colonnati e gallerie. Aveva letto del traffico milanese, ma la sua intensità lo spaventò comunque. In certe vie sbucavano cavalli da tiro i cui proprietari litigavano con gli automobilisti. Uno spazzacamino in bicicletta – gli attrezzi caricati sulla spalla – frenò barcollando come un ubriaco e rovinò sul selciato: era l'unico a ridere tra la folla.

Il Duomo gli sbucò davanti imprevisto, mentre svoltava a sinistra da via Orefici. Si avvicinò intimorito. Una chiesa tanto grande era un'incongruenza, quasi un'offesa alla sua fede. Un ambulante con i favoriti gli propose una fotografia, e al rifiuto gracchiò qualcosa nel suo dialetto. Gabriele si accorse che c'era chi andava e veniva di corsa, e altri come lui che fissavano da soli la facciata sporca.

Si voltò. Sull'altro lato della piazza le lettere delle insegne al neon galleggiavano a mezz'aria. Cinzano, Sarti, Coca-Cola. Gabriele doveva chiamare Margherita, ma non la chiamò. Carezzò i gettoni del telefono nella tasca, vide una cabina, ma non chiamò sua moglie. Rimase fermo sulla piazza per mezz'ora, fra i piccioni e la gente che gli passava veloce a fianco.

2

La sirena suonò e gli operai uscirono per andare in mensa. La nebbia si era diradata, lasciando la mattina intatta, un po' fradicia, piena di una luce color perla.

Renzo, Sacco e il Giudici sedettero al tavolo in fondo, davanti a tre piatti di merluzzo. Quel mattino il padrone, il vecchio dottor Bianconi, aveva tenuto un discorso in fabbrica in cui chiedeva responsabilità da parte dei lavoratori. La Commissione interna aveva indetto un breve sciopero, per la prima volta dopo anni, ma secondo Bianconi non era ammissibile per ragioni di produttività: lui era il primo a mettersi nei loro panni, ci mancava; però se si fossero fermati avrebbe dovuto prendere provvedimenti.

«Ma non capite che io vi voglio bene?», diceva giungendo le mani. «Vi ho dato un buon lavoro e qui è sempre tutto pulito. Tutto in ordine, mica come nelle altre fabbriche. E voi fate queste cose? Il dispiacere che mi date. Per me siete come dei figli». Gli operai si erano guardati intorno, per evitare gli occhi altrui. Bianconi appariva davvero rammaricato, oppure fingeva molto bene.

«Così non si va avanti», disse Sacco rompendo il merluzzo con la punta della forchetta. «Che figghiu ri buttana».

«Vedrai quanti crumiri, adesso», disse Renzo.

«Hanno paura. Li capisco anche».

«Io non capisco niente e nessuno».

«Hanno paura».

«Io ve l'ho sempre detto», partì il Giudici, agitando la forchetta. «È tutta colpa di Togliatti. Doveva fare un bagno di sangue, no l'amnistia ai fascisti. Un bagno di sangue, e poi la rivoluzione. Così eravamo a posto da dieci anni, altro che Bianconi e crumiri».

«Sì», disse Renzo.

«E invece. La stessa gente di prima fa carriera: e noi?».

«E noi?», masticò Sacco.

«Noi il merluzzo».

Avevano voglia di lamentarsi e si lamentarono ancora. Sacco pigiò nella schiscetta di latta metà del suo piatto, per la cena. La pausa finì e tornarono alle saldatrici. Il caporeparto batté un dito sull'orologio al polso, anche se erano in orario: Renzo tirò un pugno sul banco.

Uscirono tremando mentre i cavi di un tram schioccarono al loro passaggio. Enrico Mariani diede appuntamento a tutti al circolo. Il Giudici accese una sigaretta e buttò il cerino nel fosso lungo la via, mentre Renzo strizzava gli occhi per il freddo: l'aria sapeva di miele, di foglie marce. Sacco infilò dei fogli di giornale sotto la tuta e schiacciò il berretto in testa. Non si fermava quasi mai dopo il turno: abitava da un cugino dall'altra parte della città, alla Bovisa, e in bici era lunga.

Al circolo erano una decina, compresa Bruna Fattori dell'Unione donne italiane. Chi aveva un dialetto comune lo parlava in coppia o nei capannelli, poi passavano a un italiano condiviso molto pulito, burocratico, ma che non smarriva il colore delle inflessioni. Renzo ammirava i sindacalisti. Ne spiava i volti affilati, la magrezza nervosa. Non dormivano mai e litigavano di continuo con le mogli perché erano i più minacciati, e spesso venivano licenziati senza motivo; ma restavano in equilibrio su quella stanchezza come acrobati.

Anche Renzo aveva la tessera della Cgil, ma alle discussioni preferiva ascoltare. Invece lì ognuno aveva la sua da dire, e spesso – sull'onda delle brocche di vino che l'ostessa continuava a portare – i discorsi scivolavano dall'urgenza dell'immediato a grandi principi astratti.

«Bisogna rispettare l'unità», disse Bertolini, uno dei forni, baffuto e dalla voce roca. «La cosa importante è rispettare l'unità».

«Ma che unità di cosa? I cislini non –».

«Senza i cislini non andiamo da nessuna parte».

«Uè, che menata. È ora di far sul serio».

«Cos'è, pensi che mi diverta? Ma ci vuole moderazione, compagni».

«Moderazione un'ostia».

«Diglielo, Giudici».

«Va bene, tutti bravi in osteria. Ma poi quando bisogna trattare, mica puoi andare dal padrone e sbattergli il cazzo in faccia. Non abbiamo dietro abbastanza gente, lo volete capire o no? Metà degli operai non è iscritta al sindacato».

«Ascolta».

«Metà. Bisogna andar per gradi».

«Ma se sono anni che le prendiamo e basta».

«Infatti non sto dicendo di aspettare ancora; solo di trovare le mosse giuste».

«È il Partito che non ci sta dietro, Bertolini. Senza Partito, dove vuoi andare?».

«Su questo siamo d'accordo».

«Ci vuole collante fra Partito e azione diretta, se no le rivendicazioni arrivano a Roma e là si fermano».

«Quante boiate. Dobbiamo agire da soli. Da soli, sul

territorio. Chi c'era nel '44 sa benissimo come funzionavano le cose».

«La Resistenza è finita, Giudici».

«La Resistenza è finita troppo presto».

«Son d'accordo pure io. Ma non possiamo andare in giro a predicare la rivoluzione. Pensiamo concretamente. Il salario, le ore di lavoro, il ricalcolo dei cottimi. Le qualifiche. Che altro?».

«Eh. Che altro?».

«Più litighiamo e più ha ragione il padrone», disse Bruna Fattori.

«E allora cos'è, tagliamo i dissidenti?».

«No, ma impariamo a discutere. Qua tutti parlano e nessuno ascolta l'altro».

«L'è rivada lée».

«I donn, a cà», sussurrò qualcuno a Mariani. Lui rise.

«Signori, guardate che a fare i duri e puri ci rimettiamo».

«La compagna Fattori ha ragione», disse Bertolini. «Noi siamo qua a litigare che ci cascano gli occhi, e il padrone è a casa a riposare. Lui non deve fare il doppio lavoro, la fabbrica e la lotta. Lui di lavoro ne ha uno e gioca in difesa; è più facile. Altro motivo da mettere in conto».

«Altro conto da fargli pagare».

Anni prima, quando era entrato alla Bianconi, Mario Giudici aveva spiegato a Renzo la bellezza dell'opera. Era un vecchio saldatore scapolo, basso e pugnace, originario del Lorenteggio. Aveva passato la Prima guerra mondiale in una cantina con sua sorella e sua madre, e la Seconda se l'era fatta in Africa, come Meni; ma da lì era tornato ed era salito coi partigiani in Val d'Ossola. Finita la lotta gli avevano proposto di entrare nel Partito quale dirigente di seconda fascia, ma lui aveva rifiutato.

Era un operaio, e tale voleva restare: anche la parola gli piaceva, aveva una nobile radice che usava per parlare d'ogni pezzo creato, anche il più stupido: *opera*. Il salariato era un'altra cosa; era schiavitù e disperazione e bisognava combatterlo fino alla morte. Non così il lavoro.

Poco a poco, facendosi strada dalla catena a compiti più specializzati, anche Renzo cominciò a capire. Si sorprendeva a fissare le parti dei frigoriferi che arrivavano fresche dagli altri reparti per essere saldate, perfettamente modellate, quasi fossero corpi dotati di una propria anatomia. Camminava sul pavimento coperto di limatura e guardava Mariani fresare un piano con tale grazia e semplicità da lasciarlo ammirato.

A volte qualcuno prendeva uno scarto e ci giocava sopra per mostrare com'era bravo con gli attrezzi. Anche Renzo voleva farlo: Diana era appena nata, dunque aveva pensato a un regalo per lei. Piegando la lamiera a caldo e saldandola avrebbe creato un fiore di metallo di laboriosa complessità: un gambo della misura giusta, il dettaglio del ricettacolo, e petali così sottili da sembrare sul punto di spezzarsi. Non era facile. Ci aveva lavorato sopra per giorni, usando il ferro di scarto e provando e riprovando fra le sue bestemmie e le risate del Giudici: finché una sera il fiore gli era sbocciato quasi d'incanto tra le mani. Aveva contemplato un giunto unito con tanta cura da non portare i segni della fusione sulla linea di contatto. Lo aveva carezzato. Non c'erano cricche, non c'erano difetti. Era una cosa minuscola, un dono senza utilità – ma era bella, e l'aveva fatta lui.

E se questo non cancellava i forni da cui gli altri uscivano massacrati di fatica, non rendeva meno brutta la fabbrica e meno dure le minacce dei capi e la sveglia all'alba e gli sbirri venuti ad arrestarti per un volantino, ecco, se non altro dava a Renzo un conforto. Era una forma di bellezza loro concessa, gli diceva il Giudici; guai a farsela scappare.

Tornò verso casa pedalando piano. I campi erano chiazzati di brina e il vento impastato di fumo. La sola cosa che gli mancava del Friuli erano le osterie con i bei focolari accesi nel centro della sala. Per il resto, era una vita che filava. Una vita priva d'amore, una vita di lotta. La casa l'avevano avuta in affitto grazie a una raccomandazione ottenuta tramite suo cognato. A Renzo questo pesava, era come l'aiuto degli Ignasti durante la guerra: ripeteva a Teresa che la carità dei ricchi è la catena dei poveri. Ma intanto avevano la casa, ribatteva lei, a venti minuti dall'officina. C'era gente che si svegliava alle cinque per andare a far cose dieci volte peggiori delle sue. Perché si lamentava?

Renzo si fermò e tirò il fiato. Si lamentava perché voleva cavarsela da solo. Se n'era andato da Udine proprio per questo, eppure il mondo pareva sempre pronto ad aiutarlo. Perciò combatteva. Si offriva come manovale, faceva lavori per terzi. A volte rivendeva le piccole cose rubate in fabbrica: pinze, chiavi inglesi, giramaschi, cacciaviti, qualche bullone. Le legava sotto le calze sfidando i controlli all'uscita. Non l'avevano mai preso, e lui portava tutto da una vecchia di Cinisello Balsamo guercia da un occhio che lo pagava subito; poco, ma subito.

Il vento era ancora forte, e ora trascinava minuscoli fiocchi di neve. Sesto gli piaceva: muri e metallo e piccoli, improvvisi angoli di verde, o il vecchio borgo con le case di corte. Ma gli piaceva ancor di più la loro zona, quello sterro spopolato; gli ultimi orti, i caseggiati, il cielo che aggrediva la piana.

Vide una luce sospesa a qualche metro di distanza, nel buio al di là della strada. Si avvicinò. Un uomo stava alzando un muro con una lampada ad acetilene appesa alla scala a pioli; in basso, una donna attendeva tremando di fianco a un secchio. Erano giovanissimi.

«Buonasera», disse lei incerta.

«Buonasera», disse Renzo. «Tirate su casa?».

«Sicuro», disse l'uomo voltandosi e fregando i palmi. «Tocca arrangiarsi».

Renzo riconobbe l'accento: «Siete veneti?».

«Vicentini».

«Io sono friulano».

Si sorrisero.

«Questo è un buon terreno», continuò Renzo. «Qui si sta bene».

«Lo so», disse l'uomo. «Siamo venuti apposta».

«Ma non fa troppo freddo per lavorare?».

«Giusto qualche altro mattone».

«Se no, non finiamo più», disse la donna.

«Mi pare un gran bel muro».

«Sicuro. Solido e dritto». Lo guardò soddisfatto e si pulì ancora i palmi, stavolta sulla maglia. «Ora viviamo in una cantina, sa. Con altra gente».

«Lo so. Ho fatto anch'io la trafila».

«Lei si chiama?».

«Renzo Sartori».

«Ripassi di qui fra qualche mese e le offriamo la cena. Vedrà».

«Con piacere. Se avete bisogno, chiedete di me alla bocciofila Garibaldi».

«Grazie», disse la donna.

Renzo alzò la mano per salutarli e si allontanò nella notte, pensando che quella gente si meritava tutto.

3

Gabriele teneva il conto delle entrate e delle uscite su un quaderno a righe. *Mio stipendio: 57.000 lire. Ripetizioni Margherita: 10.000. Acquisti alimentari: 1.700.* Compravano il caffè una volta ogni due mesi. Lo zucchero quasi mai. Carte bollate, uova, carne macinata, riparazione della bicicletta, formaggini, una camicetta per sua figlia Eloisa, un soldatino per suo figlio Davide, un bicchiere in osteria, un libro. Con i soldi risparmiati regalò a sua madre un cappello rosso che lei non avrebbe mai messo.

Faticavano a tirare la fine del mese, come sempre, e lui non poteva essere più felice. Marzo era rigido e luminoso e in via Mercatovecchio le ragazze passeggiavano cantando e tenendosi a braccetto. Davide faceva palle di carta di giornale per accendere la stufa in cucina, godendosi le fiammate. La sera Gabriele lavorava a una nuova plaquette di poesie, seduto in cucina davanti alla candela, e la domenica andava con Luciano sui monti: camminava fino a crollare sul prato, l'orizzonte sfumato nell'aria resinosa. Un campanile nell'intrico della foresta, il riflesso di un lago in una conca, i primi fiori nei prati.

Allora perché andarsene?

Dopo tredici anni, amava Margherita ancor più del giorno in cui l'aveva baciata promettendole di tornare, quando le bombe cadevano su Udine. Litigavano di continuo: per sua madre che parlava in friulano ai bambini, mentre Margherita non voleva; perché lei fumava troppo e non riusciva a smettere; per i soldi, come tutti. Giravano intorno al tavolo scambiandosi grida, e sua moglie sapeva essere perfida. Lo feriva chiamandolo «poeta minore», e a volte rievocava persino la morte di Gino in Russia.

Gabriele aveva finito per convincersi che fosse una misura d'affetto: con chi altri possiamo essere tanto crudeli, se non con la nostra anima eletta? E poi si pentiva, e per sigillare la fine dei litigi andavano a letto. Facevano l'amore appena possibile, con un desiderio che li lasciava sempre stupiti una volta terminato l'amplesso: eccoli nudi e tremanti, quasi feriti dalla loro stessa furia. Era il rapimento di lei a sconvolgerlo: durante il sesso lo stringeva, gli mordeva le labbra e le spalle; le piaceva così tanto da imbarazzarlo. Forse sconfinavano nel peccato, ma che importava?

Dopo, Margherita si rivestiva e si metteva a leggere carezzandosi i capelli neri e mossi, cullandoli fra le dita, e Gabriele la rimirava ancora incredulo. Ecco una donna con cui parlava di Stendhal e Carducci e Leopardi, che ne sapeva più di lui di Tacito e Anacreonte; una donna che in quei tredici anni era sbocciata dalla ragazza timida di un tempo – una donna cui non sapeva tenere testa, dal fascino quasi minaccioso. Ed era sua.

Davide invece era un enigma, taciturno e riflessivo. Parlava volentieri solo con la nonna, da cui si faceva insegnare i rudimenti del disegno pur non avendo molto talento. Ostinato, continuava ad abbozzare mele, fragole e altra frutta su un foglio azzurrino: poi buttava tutto. Giocava a calcio nella squadra dell'oratorio ed era rispettato dai compagni, o almeno così sembrava; ma non aveva legato davvero con nessuno. Ed era ordinato. Non era mai necessario chiedergli di sistemare vestiti e giocattoli, perché aveva già provveduto. Si scornava con Eloisa per questo; lei era caotica e imbranata, sorridente e su di giri. Per il suo settimo compleanno aveva preteso una biciclettina con cui si era schiantata contro il muro del palazzo a tutta velocità. Margherita era corsa giù per le scale e l'aveva trovata a terra, con un polso slogato e coperta di segni, che rideva come una matta.

Allora perché andarsene?

Perché in fondo credeva di essere sprecato. Ogni libro letto, ogni riga scritta gli ricordava una sua vecchia certezza: non puoi accontentarti di questa gioia perché in fondo sei destinato ad altro. E l'altro non era in Friuli.

Così, la sera, lui e Margherita mettevano una carta geografica sulla tovaglia e si indicavano a vicenda i paesi attorno a Milano. La tentava immaginando per lei un futuro in quei posti. Prati verdi, villette con bagni e termosifoni, treni puntuali, nessun bisogno di fare chilometri in bicicletta: e ospedali, scuole migliori, strade asfaltate. Avrebbero tenuto la Seicento nel garage, perché sicuramente tutti avevano un garage.

Peccato che i nomi dei paesi suonassero ridicoli. Lainate, Abbiategrasso, Cesate, Caronno Pertusella, Gorgonzola. Quelli friulani invece erano nobili: Collalto, Rive d'Arcano, Spilimbergo, Maniago, Istrago: evocavano cavalieri erranti e bionde castellane.

«Ma laggiù c'è lavoro», diceva Gabriele. «Puoi trovarne uno anche tu, smetterla con le ripetizioni».

Finita la guerra, Margherita aveva perso il posto come

dattilografa: secondo Gabriele, una vendetta del provveditore che era sempre stato invaghito di lei. Se la cavavano comunque, ma era dura, e Margherita non aveva la vocazione della casalinga.

«C'è lavoro», ripeteva Gabriele. «E ci sono più possibilità per i fruts».

«Dovremo prenderci una ragazza».

«Ma no, ci pensa mia madre».

«Non verrà mai».

«Verrà, fidati».

«Non verrà mai».

«Perché dici così?».

«Perché la conosco meglio di te».

«Cos'è, parlate di me quando non ci sono?».

Lei sorrideva, scuoteva la testa, lo baciava, tornava a sondare la mappa.

Con Luciano l'argomento era uno solo: Milano era il centro della cultura italiana, il luogo dei sogni dopo Parigi. A Milano c'erano la Mondadori e la Bompiani; c'erano Montale, Bo e l'amato Dino Buzzati – Buzzo, come lo chiamava Luciano. Gabriele voleva la Lombardia anche per questo; lì soltanto avrebbe potuto fare carriera. Le riviste locali e le plaquette stampate in tipografia non lo portavano da nessuna parte.

A volte Luciano giocava a fare il dubbioso. In fondo si doveva creare cultura nei luoghi d'origine, nelle periferie della Repubblica: e quale luogo più remoto del Friuli? Anche questo spettava a un intellettuale di vaglia, no? Non era un cattivo argomento, e ne parlavano per ore passeggiando sotto i portici del centro, o al caffè, o per i boschi lungo il Natisone.

Quando non sapeva più cosa dire, Gabriele buttava lì: «Non è che ti mancherò, invece?».

«Ma figurati».

«Ah sì. Ti mancherò, sposino mio».

Luciano gli tirava uno spintone e Gabriele rideva. Perché andarsene, dopotutto?

Aveva trovato un posto come insegnante a Povoletto. Aveva letto del grande piano di Fanfani per rinnovare l'istruzione: miliardi di qui e di là, assunzioni a pioggia, obbligo di frequenza per i bambini fino ai quattordici anni. Ma non era meglio aumentare un poco gli stipendi? E magari curare di più la selezione all'ingresso? Molti studenti faticavano con la grammatica e saltavano di continuo le lezioni.

A scuola Gabriele era noto per le barzellette garbate e raccontate con bravura. Qual è il colmo per un ramarro? La sai l'ultima su Hitler? Durante un pranzo in trattoria notò che il tavolo aveva un buco al centro: il cameriere spiegò che un tempo lo usavano per incastrarci il pentolone della cassoeula. Gabriele gli chiese di prendere una campana di plastica da portata, si mise sotto al tavolo con il collo nel foro e fece scoperchiare la sua testa fingendo d'essere il piatto speciale.

«Sono diventato più scemo crescendo», diceva ai colleghi. Ma in fondo voleva sempre la stessa cosa: essere apprezzato da chiunque. Sognava che gli allievi parlassero di lui dicendo quant'era bravo, come li aveva ispirati spiegando Manzoni.

«Ti rivedi giovane», gli diceva l'insegnante di storia. «E sei indulgente».

«Da giovane ero il primo della classe», ribatteva. Perché indulgente non era: anzi, pretendeva il massimo.

Sospettava che i colleghi lo volessero rendere più tenero per arrogarsi, loro, il diritto a essere duri senza motivo. Era una cosa che Gabriele detestava; e pur senza ragioni precise, era certo che in Lombardia sarebbe stato diverso.

Una sera sua madre lo interruppe mentre stava ritoccando un sonetto. Di recente aveva riletto Petrarca e si era convinto che c'era spazio per una forma moderna di sonetti – senza rima e dal lessico asciutto. Sognava addirittura di comporre saggi in quella forma: poesie che parlavano di altre poesie. E perché no?

Gabriele posò la penna sul calamaio.

«Non voglio impicciarmi nei tuoi affari», disse lei. «Ma io a Milano non ci vengo».

«Ancora, con questa storia?».

«Non voglio venire, tutto qua».

«Margherita non ti ha convinto?».

«Margherita può dire quello che vuole, ma è tua moglie. Io sono tua madre».

«E io voglio che tu venga con noi».

«Per curare i fruts».

«Perché voglio averti vicino».

Lei scosse la testa.

«Non ti capisco. Che motivo c'è di cambiare vita?».

«E che motivo c'era per venire a Udine quand'ero appena nato?».

«Erano altri tempi».

«Dici? Secondo me no».

Lei attese un istante, sorrise: «In questo mi ricordi tuo padre».

Gabriele riprese la penna e la intinse nel calamaio: «Ti prego. Non sono affatto come lui».

«Lo so. Ma come lui, anche tu non stai bene da nessuna parte».

Tredici anni insieme. Ora lui ne aveva trentanove, e lei trentacinque. Era già tardi, tardissimo, e non voleva che altro tempo sfuggisse loro di mano. Margherita cuciva un centrino, friggeva il frico, leggeva Saffo. La notte facevano l'amore in silenzio, i volti schiacciati l'uno sulla spalla dell'altro; poi lei rigirava fra le dita la sua catenella con un tondino raffigurante la Madonna, pensierosa, le labbra arricciate nel semibuio, il piccolo seno bianco nell'incavo del suo braccio. Prima di dormire aveva la mente accesa, mentre Gabriele si concentrava sui rumori ovattati nel buio, preparandosi a dormire e sognare.

Ma lei diceva: «Allora pensi di andare?».

E lui rispondeva: «Sì. Aspettiamo solo ancora un poco».

Fuori la pioggia sferzava i vetri, l'inverno non voleva finire.

«Ancora un poco», diceva lui. «Poi chiedo il trasferimento».

«Va bene».

«Pensa ai fruts».

«Va bene, ti dico. Ma l'hai detto tu che Renzo vive in un postaccio».

«Non andremo lì, scherzi? Troverò un paese bello».

«Tuo fratello non mi è mai piaciuto».

«È comunista».

«Sì, ma non è soltanto questo».

«Da quel che ho capito non ha avuto una vita facile, da quando se n'è andato».

«Adesso lo giustifichi?».

«Ma figurati».

«A volte sembra che puoi criticarlo solo tu».

La pioggia batteva ora più fitta ora più fievole. Dal piano di sopra, lo scricchiolio di un mobile spostato.

«Comunque per noi sarà diverso. Troverò un paese bellissimo».

«Con quei nomi».

«Ce ne sarà pure uno, no?».

«Speriamo».

«Devi fidarti».

«Ma io mi fido», diceva lei baciandolo.

«Lo so», diceva lui.

4

Conobbe Iris Berni la sera del dodici maggio 1959. L'avrebbe ricordato a lungo, perché sette giorni prima era diventato di nuovo padre: un maschio, Libero Maurizio.

Iris aspettava gli operai fuori dalla fabbrica con Bruna Fattori. Era alta ed esile, con gli occhi azzurro pallido e i capelli castani pettinati a onde; tra le mani stringeva un registratore Geloso. Non sorrideva. Renzo notò la pelle del viso, bianca e tesa, senza imperfezioni: sopra il vestito, una collana di perle.

«La compagna Berni è una giornalista dell'*Avanti!*», disse Bruna. «Ha fatto una bellissima inchiesta sulle operaie della Pirelli: ora vorrebbe sentire anche voi, per un nuovo articolo».

«Le farei sentire qualcos'altro», disse qualcuno. Ci fu una risata.

«Dunque?», disse Bruna con aria stanca.

«Molti miei colleghi pensano a voi come astrazioni», intervenne Iris. Aveva una voce bassa e l'erre moscia. «Io invece voglio rendervi soggetti. Voglio raccontare le vostre storie, le vostre vite quotidiane».

Discussero un po'. Nessuno aveva molta voglia di farsi intervistare. Da qualche tempo la lotta era risorta e le cose andavano meglio; il mese precedente c'era stato un grande sciopero dei metalmeccanici, con quasi duecento-tomila adesioni, ma il padrone li marcava stretti: se avesse letto qualche confessione, forse sarebbero partiti i licenziamenti di rappresaglia.

D'istinto Renzo alzò una mano per proporsi. La giornalista lo guardò e stavolta sorrise; aveva i denti bianchissimi e in perfetto ordine. Gli fece solo qualche domanda generica e poi, con grande sorpresa di Renzo, lo invitò a casa la domenica pomeriggio. Spiegò che per un'intervista approfondita aveva bisogno di quiete. Lui fremette. Mariani lo prese da parte.

«Non dire niente che ci comprometta», intimò.

«Cosa vuoi che dica?».

«Le ho guardato anch'io le gambe».

«E quindi?».

«Quindi non si sa mai. Queste ti fanno l'occhiolino, e uno per sbaglio parla troppo».

«Non ti fidi».

«Certo che mi fido, pirla».

«Allora stai tranquillo».

«È lì il punto. Io non sono tranquillo neanche quando dormo».

Iris abitava in centro a Milano, dietro corso di Porta Romana. Lo accolse alla porta con i piedi nudi e un abito a pois bianchi e neri. Si sedettero sui divani in pelle della sala, davanti a un tavolo di marmo. Dalla finestra si vedeva la forma a fungo, vagamente irreale, della Torre Velasca. Renzo notò un giradischi e dei trentatré giri sparsi sul tappeto, una scultura in legno alta come un uomo – non riusciva a comprenderne la forma, era stilizzata, forse l'abbozzo di un albero – e libri ovunque: ammassi di libri sull'altro tavolo in legno, sui ripiani, sugli scaffali, per terra.

«Vorrei che mi raccontassi delle condizioni in fabbrica», disse Iris avvicinando il Geloso. «E anche della tua vita».

«Cioè?».

«Come sei arrivato a Milano, cos'hai fatto. Sei friulano, giusto?».

«Sì, di Udine».

«Mai stata».

«Non ti perdi molto».

Lei pescò una sigaretta dal pacchetto e si ravviò i capelli. Accese il registratore.

«Prego».

«Un momento. Questa roba finisce fuori con il mio nome?».

«Se non vuoi, no».

«Non voglio. È meglio».

«Va bene, sarai un generico lavoratore. Magari uso uno pseudonimo».

Renzo rifletté un istante, poi partì con tono un po' indeciso: «Per cominciare, spesso gli operai hanno paura a parlare se un compito è pericoloso; se si fanno male stanno zitti, altrimenti il padrone si vendica. E soffrono molto i lavori ripetitivi. Io ora sono fortunato perché non faccio un mestiere terribile rispetto ad altri. Ma la fabbrica, per come è fatta, è la cosa più brutta che ci sia. Quindi molti sono tristi e vogliono scappare, oppure litigano. Qualcuno si è pure buttato nel fiume per disperazione». Fece una pausa. «Parlo bene?».

«Benissimo. Vai avanti».

«Prima era anche peggio. La gente veniva mandata a casa per una scritta su un muro, e c'era la celere ad aspettarti. Abbiamo preso tante di quelle botte. E anche oggi non va molto meglio, a dire la verità. Ti trattano come una bestia, e le guardie vengono persino negli spogliatoi a rompere le palle per niente. Capisci che non si può vivere così. A me lavorare di per sé va anche bene, sono friulano, l'ho sempre fatto. Ma non così».

«Certo», disse Iris.

Renzo prese coraggio. Non era abituato a vedere una donna tanto affascinante ascoltarlo con attenzione: lo fissava fumando e lui cercava di sostenere lo sguardo, ma a volte doveva spostarlo altrove.

Le raccontò delle foto di Stalin ornate di fiori il giorno dopo la sua morte. Dei picchetti nelle albe invernali con Mariani e Sacco e il Giudici e Bertolini, il thermos di caffè fatto girare, la neve rada sullo spiazzo. Dei giovani operai educati ai comizi dagli anziani, che spiegavano loro i concetti più difficili e li tenevano lontani da flipper e biliardini. Le disse delle minacce e delle frughe, dei sospetti, dell'infamia di sentirsi ogni giorno ricattati, delle multe di due ore se ti andavi a lavare le mani un minuto prima della sirena; ma anche degli opuscoli di cui non capiva un tubo e dei pranzi finiti di corsa per fare una mano di scopa. Le disse dell'odio. Dell'odio. Provò con tutte le forze a spiegare l'odio di classe a una persona per cui il lavoro era un vezzo e non un vero obbligo, che non avrebbe mai dovuto svegliarsi col buio cristando e finire in un capannone a tirare come una bestia e la domenica fissare il muro pensando ma perché? Perché? Perché devo arricchire un altro?

Gli stava salendo una rabbia sorda e nemmeno si accorse che lei si era avvicinata tanto da essergli quasi accanto; nemmeno si accorse quando lo baciò.

Profumava di pesca. Renzo si staccò d'istinto, lei inseguì la sua bocca; allora serrò le palpebre e le toccò un braccio. Iris gli catturò al volo la mano e se la portò al fianco.

Si alzarono insieme e iniziarono a toccarsi.

«No, fermo. Scendi e comprali».

«Cosa?».

«Come, cosa? I preservativi. Qui davanti c'è una farmacia. Fai svelto».

Renzo scese le scale di corsa e attraversò la strada. Il farmacista lo portò nel retrobottega e gli diede una scatolina senza guardarlo. Sopra c'era scritto: *Hatù... e son tranquillo*. Renzo pagò e la mise in tasca, ma non si sentiva affatto tranquillo.

Risalì le scale, bussò di nuovo alla porta credendo che stavolta Iris non gli avrebbe aperto; doveva essere uno scherzo. Invece lei aprì, ed era in reggiseno. Lo portò in camera da letto e lo spogliò lei stessa.

«Sei bello», gli disse. «Hai questi muscoli».

Renzo arrossì. Indossò il preservativo con un po' di fatica. Lei aprì le gambe e lui entrò dentro di lei, e spinse guardandola negli occhi tutto il tempo, finché non la sentì venire fremendo. Poi venne anche lui.

Iris si alzò subito e cominciò a parlare camminando nuda per la stanza con una sigaretta spenta in bocca. Renzo era imbarazzato e aveva freddo; nemmeno la ascoltava. Lei scomparve per un attimo dietro la porta, tornò a letto e gli baciò il petto teso e quasi glabro. In mano aveva un libro e una bottiglia di Fernet.

«Piaci alle donne, vero?».

«Mah».

«Per forza piaci».

Lui non rispose; pensava a Teresa, a Diana, al piccolo Libero Maurizio.

«Non hai nemmeno un accento tanto forte».

«Provo a mascherarlo».

«Perché? È bello». Prese il libro e glielo mostrò: «Vittorini. L'hai letto?».

321

«Leggo solo *l'Unità* e *il Metallurgico*».
«Però bevi».
«Questo sì».
Si passarono il Fernet. Era caldo e aspro.
«Allora, com'è la storia?», chiese lui.
«Che storia?».
«Ti piace farti gli operai?».
Lei si rizzò a sedere sul letto.
«Sei un bel cretino, eh?».

Si rividero la settimana dopo. Renzo aveva chiesto una cravatta a Mariani – usare quella del matrimonio sarebbe stato osceno – e la indossò specchiandosi nella vetrina di una pasticceria. Iris lo portò a mangiare in un ristorante del quartiere dove il cameriere lo chiamava *signore* e versava il vino nei calici. Renzo si aggiustava di continuo il colletto.

Lei parlò per tutta la cena di sé. Era nata a Roma, emigrata a nord da bambina con la madre; il padre era stato un fascista convinto e ora continuava a fare l'avvocato, senza problemi di sorta. «Una vera canaglia», disse. «Non raccontarlo a nessuno».

Renzo ascoltava. Com'era diversa quella vita, dalla sua o da quella di Teresa: e come sembravano infelici i borghesi, pur avendo tutto. Erano corrosi da un rancore incomprensibile. Iris raccontò della madre, una brava pittrice morta di polmonite; del fratello maggiore, scampato alla Russia e ora commerciante di stoffe a Cremona; della cugina sposata con un industriale romano; e ogni volta, a un certo punto della frase, la sua bella bocca si spezzava in una smorfia di disgusto. Infelici i suoi parenti, infelice lei che ne parlava. Poi tornarono nell'appartamento e fecero l'amore sul divano.

«Com'è tua moglie?», chiese mentre lui si rimetteva le mutande.

«Non parliamo di lei».

«Sono solo curiosa».

«Taci. Non sta bene».

«E perché?».

«Dovresti capirlo da sola, no?».

«Per me è un tipo alla Mangano».

«Taci», disse Renzo alzandosi.

Lei lo raggiunse e lo abbracciò da dietro: «Scusa», disse. «Sono un po' gelosa».

«Come se fossi l'unico».

«Ma vai a remengo. Certo che sei l'unico».

«Sì, ciao».

«Pensi che mi metta a sedurre i compagni in serie con la scusa delle interviste? Cosa sono, una specie di ninfomane?».

«Non lo so che cosa sei. Ma di sicuro non sei una compagna».

«Ah, no?».

«No. Cosa credi, che basti scrivere per un giornale e fare le denunce per dirsi compagna? Con una casa così? Mi fai ridere».

Lei parve infuriarsi per un attimo, ma accennò un sorriso: «Già. Quando ci sarà la rivoluzione, sarò la prima a essere fucilata; e in fondo va anche bene».

«Tu sei pazza».

«Vuoi spararmi tu? È un bell'onore».

«Sei una ricca pazza, proprio il genere di persona da evitare».

«Può darsi. Ma intanto voglio sapere più di te, Renzo Sartori. Raccontami la tua storia, la tua storia vera».

«Per l'articolo?».

«Per averla con me».

Prese il registratore e lo accese.

«Voglio averti sempre qui», disse.

Parlò per mezz'ora; poi fecero di nuovo l'amore, sta-volta sul tappeto. Dopo, Renzo le cercò il piede destro e lo baciò come aveva fatto con Federica Drigo e come mai aveva fatto con sua moglie: lei si voltò ridendo, lui la guardò e si sentì perduto.

Tornò verso Sesto ancora scosso. Si era lavato ma continuava ad annusarsi mani e ascelle: il profumo non se ne andava. Spinse sui pedali della bici per sudare.

Poco lontano dal Rondò vide un incontro di boxe im-provvisato in mezzo a un praticello. In un riquadro de-limitato da alcune corde, due uomini magri e nervosi si fronteggiavano a scatti. Attorno a loro un gruppo di persone li incitava gridando. Renzo si fermò un minuto e vide l'uomo più basso tenere quello più alto a distanza con dei jab di sinistro. Poi l'uomo alto attaccò con de-cisione, ma il basso lo schivò con un'eleganza quasi so-vrannaturale e gli piantò un gancio sul mento. Renzo trattenne il respiro, sopraffatto dalla bellezza del gesto.

A casa, la piccola Diana era sveglia seduta al tavolo della cucina. Nonostante il senso di colpa non era mai stato così felice, e avrebbe voluto farlo capire anche alla figlia.

«Come mai sei in piedi, ninine?».

«Non sto tanto bene».

«Hai avuto mal di stomaco?».

Lei annuì tristemente. Renzo la prese in braccio.

«Papà».

«Dimmi».

324

«Ma adesso che è arrivato Libero, mi vuoi ancora bene?».

«Certo. Anche più di prima».

Lei mugolò soddisfatta e si rannicchiò fra le sue braccia.

«Sai cosa facciamo?», disse Renzo. «Ti porto in un posto incredibile».

«A quest'ora?».

«Non lo diciamo alla mamma».

Diana batté le mani. Da poco avevano iniziato dei lavori al tetto; con un po' di fatica era possibile accedervi. Renzo si caricò la figlia sulle spalle, salì le scale e si arrampicò attraverso un buco. Uscirono sulle tegole e osservarono la notte. Le stelle di fine primavera erano molte meno dei cieli friulani che ricordava Renzo, e palpitavano più deboli fra le nubi violacee, il cielo falsato dalle luci lontane. Ma Diana non aveva paragoni, e si godeva lo spettacolo strizzando gli occhi.

«Ti piace?», chiese Renzo.

«Tantissimo», disse sua figlia, e gli strinse la mano. «Papà», aggiunse.

«Dimmi».

«La maestra mi ha detto che Diana è il nome di una guerriera».

«Esatto. Anche tu sei una guerriera, ninine».

Lei rise, voleva saperne di più, ma Renzo non era bravo in queste cose. Le chiese invece di cantare. Diana aveva un dono naturale per la musica, proprio come il vecchio Maurizio Sartori: una volta, durante una festa, si era unita a una *Bandiera rossa* e le era uscita perfetta, in armonia con le voci maschili. I compagni erano stupiti. «Dove hai imparato?», le aveva chiesto Mariani. Lei si era stretta nelle spalle e aveva sorriso. Il mese dopo si era intrufolata in chiesa e aveva suonato l'organo pestando le dita a caso sulla tastiera: il prete l'aveva riportata da loro sdegnato, la figlia di un senzadio che combina un disastro del genere. Diana si era difesa dicendo che stava cercando le note giuste; e anche il prete aveva ammesso che, chissà come, qualcosa aveva azzeccato d'istinto.

Così Renzo le chiese di cantare e si limitò a stringerla a sé, augurandosi che questo bastasse. Com'era piccola e fragile sua figlia, quanto la amava. E lei cantò con voce sottile un vecchio ritornello di paese che le aveva insegnato la madre, metà in dialetto milanese e metà in italiano, che si diffuse attorno a loro parola per parola, nota per nota, prima più forte e poi sussurrato, fino a perdersi nel buio.

5

Fu un anno di treni. Treni da Udine a Milano via Co-
droipo e Mestre, e da Milano a Busto Arsizio; e il sabato
pomeriggio l'opposto, da Busto a Milano a Udine per rivedere la famiglia. Gabriele scoprì un popolo in viaggio,
eternamente assonnato, in un'alba sbavata o in una gelida
sera invernale, poco prima che l'oscurità spegnesse i vagoni:
scoprì facce di ogni tipo, bocche marcite, nasi assurdamente
lunghi, labbra pendule, capelli intrecciati da una donna
mentre intimava al figlioletto di tacere. Tutto il paese
scappava altrove.

Scoprì accenti che non aveva mai sentito, storie che
carpiva come frammenti di un tesoro più ampio e prezioso: il ragazzo lucano, muratore nel torinese; il presti-
giatore diretto a Genova, che fece sparire il re di bastoni
e lo ripescò nella valigia di Gabriele; la signora che portava da mangiare alla figlia a Brescia.

Fu un anno di ritardi: alle ultime stazioni prima di
Milano gli operai salivano in massa soffiandosi sulle mani
e prendendosi in giro, mentre qualcuno disegnava cerchi
sul finestrino appannato. Fu un anno di guasti e interminabili attese nel vuoto della pianura padana, con i
controllori che giravano per i vagoni sbuffando e prendendosi insulti.

E fu un anno di sogni, sognati seduto stretto fra i corpi
puzzolenti di sudore o in piedi come i cavalli. Aveva imparato a dormire anche così: incrociava le braccia sul vetro,

stringeva la valigia fra le gambe e lasciava la testa cadere sui polsi; e a volte, nel dormiveglia, gli pareva che il treno avesse invertito la direzione: leggeva di sfuggita il nome di una stazione illuminato in corsa ed era certo che fosse sul lato sbagliato: forse i vagoni marciavano verso est, e lui stava per smarrirsi nei meandri del vecchio Impero, solcando i monti su cui aveva combattuto suo padre.

I colori cambiavano: il verde pallido e il paglierino di fine maggio; l'aria settembrina che faceva splendere le gore e i canali della pianura; gli alberi innevati tra i casolari; e le nuvole che si staccavano dall'orizzonte perdendosi in decine di minuscoli frammenti.

Assistette a litigi, partite a scopa e cirulla, sfide a rigori nel corridoio con una palla fatta di giornali. I friulani trascinavano enormi valigie di fibra grigia, ammucchiate all'entrata e nei corridoi dei vagoni; le scavalcavano bestemmiando per poi ricadere sul sedile. All'andata portavano formaggi e vino e salumi, e al ritorno quanto racimolato in Svizzera di contrabbando.

A Milano lo accoglieva una luce polverosa, sotto gli archi della stazione centrale. Poteva assaporare la città per qualche istante, una futura promessa: l'aveva chiesta come prima meta per il trasferimento, ovvio, ma gli avevano assegnato Busto Arsizio.

Dormiva in una stanzetta ammobiliata a poche centinaia di metri dalla scuola, presso una vecchia che si lamentava di continuo dell'altro inquilino, un trentenne di Salerno. Gli faceva trovare un piatto di minestra o risotto e gli diceva, in tono d'intesa: «Mai più terroni». Gabriele non capiva, perché il tizio – un agente di commercio – era molto tranquillo, e si rivolgeva a lui e agli altri con un eterno sorriso di scuse.

Una sera la vecchia gli raccontò che sua madre era stata disseppellita a Meda: dopo cinquant'anni era ancora identica – il corpo intatto, le vesti, i bottoni e i nastri. Diceva che non era giusto, la morte doveva cancellare tutto, e mentre parlava continuava a battere un pugno sul tavolo. Più tardi Gabriele scrisse a Luciano: *La mia padrona di casa è pazza. Se mi ritrovano a fettine giù nelle fogne di Busto, sai chi è stato.*

La scuola era un grosso edificio color alluminio. Puzzava di canfora e con i colleghi era difficile legare: loro erano gentili in modo distaccato, magari lo invitavano a bere un caffè, ma anche Gabriele aveva sempre fretta e nel fine settimana doveva rientrare in Friuli.

Il pomeriggio cercava casa, girando per i dintorni in bicicletta: si spostava da un paese all'altro con la mappa in tasca. Costava tutto un'enormità, e gli appartamenti alla sua portata erano incassati in condomini di periferia, al limitare di prati spelacchiati, in uno di quei paesi dai nomi buffi di cui rideva con Margherita – e che ora si rivelavano nella loro miseria. Una campagna senza monti accanto, aggredita dalle gru annerite, mentre Milano giaceva laggiù come un miraggio.

Dalla finestra della stanza vedeva alzarsi il fumo denso dei camini e di una fabbrica poco distante. Sdraiato sul letto sforbiciava articoli: era affascinato dalle storie sullo spazio profondo, i satelliti lanciati dai russi. La fotografia del pianeta visto dal vuoto del cosmo lo rapì, e la appese sopra il suo letto. Per noia sforbiciava anche immagini di attrici da *Epoca* e rotocalchi e si masturbava e pregava subito dopo per cancellare il peccato.

Quindi scriveva a Luciano delle sue ultime composizioni, ora lontane dall'ermetismo, o dei nuovi libri di Testori e Calvino o delle differenze tra Montanelli e Barzini. Scriveva a Margherita includendo un resoconto della cena:

Mia dolce, ormai in treno dormo in piedi come i cavalli. Spero che a casa vada bene, che mamma ti aiuti e le creature ti lascino tranquilla. Eloisa ha ancora il raffreddore? Dalle un bacio da parte mia, mi raccomando.

Qui ho trovato un appartamento decente in affitto a Origgio; nell'altro foglio ho disegnato la piantina. È piccolo, ma il prezzo è contenuto: per iniziare potrebbe andare bene.

Stasera l'orrida vecchia mi ha lasciato cinque olive, un etto di prosciutto, due cetriolini, un Galbanino, pane (questa terribile michetta, come la chiamano loro: fuori è crosta, dentro è vuota – una metafora?), e qualche biscotto Pavesi. Faccio sogni assurdi, popolati di preti vestiti di bianco con paramenti dorati e salite su scale interminabili. Mi manchi tanto.

Gli era venuto a noia il diario e usciva di rado. Quando non ne poteva più di restare vestito sul letto andava al cinema o guardava la televisione all'unico bar del quartiere: lasciava che Marcello Marchesi lo tirasse su di morale, e provava a indovinare le canzoni al *Musichiere*. Una o due volte al mese andava a Milano. Gironzolava tra i perdigiorno di Brera, stravaccati sui tavolini tondi del Jamaica; era quella la nuova bohème, forse, ma non lo attraeva: preferiva sedersi alla biblioteca Braidense poco lontana e sfogliare libri in silenzio.

In centro passava di fianco alle decorazioni al neon, alla gente che lo scansava quasi correndo in completi scuri e pellicce. L'aria era così sporca e acre da farlo tossire ogni volta. Nei bar, i camerieri in livrea preparavano gli aperitivi maneggiando sifoni di seltz blu cobalto. Gabriele scrutava le finestre dei palazzi di San Babila: lì si nascondeva la borghesia degli intellettuali, colta e raffinata, cui un giorno sognava di appartenere. Ma i portoni di legno intarsiato erano sempre chiusi.

Andò a trovare Renzo un'unica volta, per conoscere il nuovo nipotino. Suo fratello era inquieto e ancor più taciturno del solito. Uscirono per una passeggiata dopo cena, fra le vie di Sesto, e Gabriele pensò che il distacco fra loro era tanto profondo che nemmeno la sua presenza fisica lo poteva ricucire. Eppure si sentiva bene con quell'uomo al suo fianco, risentito e duro. Era sangue del suo sangue in una terra straniera. Fece comunque un tentativo, mentre attraversavano il Rondò.

«Hai problemi al lavoro?», disse.

«Eh?».

«Sembri preoccupato. Hai problemi?».

«Ma no».

«Libero Maurizio è uno splendore».

«Lui sì».

«Non pensavo gli dessi il nome di papà».

«Mi è venuta così».

«Quindi non hai problemi. Nemmeno a casa».

Stavolta lui lo fissò – quegli occhi verde palude, penetranti, lo stesso sguardo della madre.

«A parte i figli», disse lentamente, «diciamo che potrebbe andare meglio».

«Ah».

«Contento, adesso?».

«Mi spiace».

«Sai com'è, con le donne».

«Mi spiace. Vuoi parlarne?».

Il volto del fratello parve lacerarsi per un attimo, ma si ricompose e tornò com'era prima, chiuso come uno scrigno, le sopracciglia storte, il naso vibrante.

«No», disse. «No, lasciamo perdere».

Tornava a Udine con un pacco di biscotti Lazzaroni e una scatola di Amaretti di Saronno, che Eloisa pretendeva subito per sé. Gabriele le mostrava un gioco che aveva imparato da un collega: prendeva la carta sottile di un amaretto, la modellava a colonna, la poggiava su un piattino e le dava fuoco dall'alto. La carta volava in su come risucchiata da una corrente d'aria.

Mangiava brovada e muset. Il sapore ferroso e pepato del cotechino, un sorso di birra, una forchettata di rape. Dopo cena correggeva i compiti al tavolo della cucina, mentre sua madre disegnava fiori e foreste e animali. E diceva: «Io non voglio muovermi. Voglio rimanere qui».

«Mamma, ne abbiamo già parlato. Come si fa? E poi qui dormi su una branda».

«Se do fastidio...».

«Ma che dici».

«Torno al casale. Non è un problema».

«In campagna? Hai fatto tanto per andartene da lì».

«Ci sono nata e cresciuta».

«Ma io non voglio separarmi da te».

«Starò bene».

«Non voglio», diceva Gabriele.

Sua madre lo prendeva per la mano: «Tu devi pensare alla tua famiglia e basta».

Ma era alla sua famiglia che pensava? Era questo dubbio a tormentarlo quando saliva sull'ennesimo treno da Udine a Milano via Mestre: quando – mentre i vagoni caracollavano verso occidente, bucando la notte – immaginava a volte di scendere alla stazione di qualche cittadina di provincia e allontanarsi, sconosciuto a tutti, per non tornare mai più. Forse anche i suoi compagni di viaggio sognavano almeno una volta quel sogno: forse era su questo inconfessabile desiderio a reggersi la forza che li spingeva avanti, un giorno dopo l'altro, per rifare l'Italia. Poi chinava la testa contro le braccia conserte, in piedi, e chiudeva gli occhi.

6

Il corteo avanzava in silenzio verso piazzale Loreto, compatto, vastissimo. Mezza Milano rovesciata per le strade. Renzo spiava le persone in marcia allungando e torcendo il collo, mentre ai lati del corso la polizia teneva le armi spianate. Si asciugò il sudore dalla fronte e incrociò lo sguardo di un celerino, che gli fece un cenno di sfida con il mento.

Il giorno prima la polizia aveva ammazzato cinque persone a Reggio Emilia. Tre giorni prima, un operaio a Licata. Il trenta giugno a Genova era esplosa una guerriglia di piazza per protesta al congresso del Movimento sociale italiano. Tutto aveva cominciato ad accelerare, e a Reggio c'erano stati quei morti. Quei morti. Renzo aveva ancora in testa la fotografia del cadavere di Lauro Farioli, steso a terra in pantaloncini e piedi nudi, le gambe sporche di sangue. Aveva ventidue anni. Il busto e la faccia non si potevano vedere, erano coperti dalle persone chine su di lui. Era la prospettiva dell'immagine a turbare Renzo – lo scatto dall'alto, come venisse da un angelo impotente.

Enrico Mariani borbottò qualcosa al suo fianco. Teneva alzato un cartello con sopra scritto, a grandi lettere nere, CELERE ASSASSINA. Altre scritte emergevano dal corteo, pannelli o striscioni o bandiere: VIA TAMBRONI, FUORI I FASCISTI, UNITÀ OPERAIA.

Sacco aveva il fischietto a tracolla ma gli ordini erano di tacere; e sì, quella massa di corpi zitti metteva paura ed eccitazione in parti eguali. Avrebbero potuto fare qualsiasi cosa. Renzo si guardava intorno, guardava le facce indurite, i colli tesi, gli occhi nerissimi degli operai e le labbra rovinate e strette, i pugni serrati in alto. Si contavano, erano una massa, avevano un unico sogno: e questo sogno appariva di colpo minaccioso e realizzabile.

Di ritorno a Sesto incrociarono un gruppo di cislini che usciva dalla Falck. Il Giudici fu il primo a lanciarsi contro di loro: «Bastardi!», gridò. «Crumiri maledetti!». Mariani cercò di trattenerlo, ma gli altri si unirono al coro: «Bastardi, bastardi!». Quelli scapparono giù per la via.

«Ma varda ti 'sti avemaria», disse il Giudici. Boccheggiava dalla rabbia. «Nemmeno per i morti, hanno rispetto. Se il loro Dio esiste, devarìa casciai tücc all'inferno».

Costeggiarono il muro della Falck. Le gru a ponte spuntavano dal retro come enormi animali paralizzati; e il cielo era cotto dal caldo, biancastro, un cencio.

«Sta andando bene», disse Mariani. «La gente si abitua a vederci, c'è solidarietà».

«Vero. Mai in vita mia ho visto una roba simile».

«Mah», fece Sacco.

«Dammi retta. Su col morale».

«Giusto, Sacco», rise Renzo. «Su col morale».

«Voi la fate facile. Un siciliano sa che fidarsi è pericoloso».

«Qui siamo a Milano».

«È pericoloso comunque, Mariani».

Camminarono asciugandosi il sudore dal collo con i fazzoletti. L'aria sapeva di acciaio e di morchia. Al circolo la radio era fuori sui tavolini, il filo tirato, per farla sentire anche alla gente sul marciapiede. Una donna fece cenno di avvicinarsi: «Svelti, svelti! È successo un disastro!».

La voce alla radio disse che a Palermo la polizia aveva sparato sulla folla. Erano morte quattro persone, fra cui un sedicenne.

«Su col morale, eh?», disse Sacco a Mariani.

«Cristo».

«Questi ci ammazzano tutti».

«Cristo di un Dio».

«Io lo sapevo. Me lo sentivo».

«Figli di puttana».

Il Giudici teneva il mento basso, si tormentava la tasca dei pantaloni.

«Ma vi rendete conto?», disse Renzo.

«Ci ammazzano tutti».

Due giorni dopo era domenica, e Renzo portò la famiglia al parco Lambro. Teresa voleva andarci da tempo coi bambini: era lì che lui le aveva chiesto di sposarla, tanti anni prima. Le ghirlande di luce fra gli alberi erano rimaste le stesse. Teresa aveva preparato dei panini con un velo di burro e lo zucchero.

Renzo non riusciva a togliersi dalla mente l'immagine di Lauro Farioli. In quella posa composta c'era tutta la violenza di un destino. Non ricordava di aver avuto così paura nemmeno prigioniero dei nazisti, nemmeno quando girava per Udine con i volantini dei Gap sotto la maglia. Osservò Diana correre nel prato cantando con la sua voce limpida e il volto tondo e stupito di Libero Maurizio fra le braccia di Teresa. Ora aveva qualcosa di molto più importante da perdere oltre alla sua vita: ma ciò lo rendeva migliore? Rendeva più giusto il suo sacrificio, o più squallido il suo tradimento?

Il giovedì andò da Iris per cercare risposte che non trovò. Colpita per metà dagli ultimi bagliori della sera, alla finestra la Torre Velasca era un pezzo di roccia nuda, rosa dolomitico, incastrata fra i palazzi. Gli parve che nell'appartamento ci fossero ancora più libri. In bagno si rimirò allo specchio: doveva farsi la barba e gli occhi erano venati di rosso.

Fecero l'amore seduti sulla sedia di vimini.

«Andiamo avanti da più di un anno», disse Renzo poi, mentre lei si rimetteva la sottoveste.

«Eh, già».

«Più di un anno. Ti rendi conto?».

«Non ci siamo visti per tutto l'inverno».

«Perché tu eri via. Eri a Roma».

«Ma mi volevi, vero?».

«Sì», disse Renzo guardando per terra. In realtà era vero per metà. A volte provava verso di lei una gelosia paralizzante. Non smetteva di pensare a quella pelle bianca, priva di imperfezioni, tanto delicata; all'odore che mandava, come di erbe e latte. Altre volte provava disprezzo. Iris era ricca, arrogante, squilibrata; Iris lo trattava come uno scemo; Iris meritava solo che lui si voltasse e se ne andasse per sempre.

«Un anno che ti conosco e ancora hai paura a guardarmi in faccia. Il mio moralista».

«Piantala».

«Dovresti leggere qualche libro, te l'ho già detto».

«E io ti ho già detto che non serve». Lanciò un calzino contro il muro e si mise a contare sulle dita: «Presse, frese, torni, banchi, gru, forni. Attrezzi. Roba. Frigoriferi. Mac-

337

chinari. Fatica. Soldi. Il mondo è fatto di questo. Ogni lavoratore sa già tutto – tutto quello che tu non sai».

«Parlavo di altri libri. Se leggessi un romanzo capiresti molte cose».

«Ora sembri mio fratello».

«Forse tuo fratello ha ragione».

«Quando dici queste cose ti odio veramente».

«E perché andiamo avanti?».

«Perché mi piaci».

«Mi odi, ma ti piaccio. Com'è la storia?».

«Così».

«Così, eh».

«Sì».

«E non ti fa problemi».

«No. A odiare sono bravo, mi hanno tirato su bene», disse Renzo.

Lei sorrise; non era disposta ad arrabbiarsi. Lui si alzò per prendere le sigarette. Senza volerlo fece cadere i vestiti ammucchiati sulla panca, e li prese a calci in un impeto di furia.

«Cos'è, tua moglie ti ha scoperto?», chiese Iris.

«Ti ho già detto anche questo: non devi nominarla».

Lei si avvicinò strisciando sul letto e lo baciò sul costato: «E quindi cos'hai?».

«Non mi va di parlare».

«Prima o poi dovremo farlo, no? È appunto un anno che ci frequentiamo, e non ci siamo detti quasi niente».

«Hai riempito due nastri interi».

«Non intendevo quello, e lo sai».

Renzo era inquieto. «A me pare che a te non freghi niente», disse; ma sapeva già di essere nel torto.

Infatti Iris lanciò una risata vuota e offesa: «Ma sentilo. Il friulano duro e silenzioso. Arrivi, facciamo

338

l'amore, mangi qualcosa dal mio frigo e te ne vai. E a me non frega niente?».

«Che dovremmo fare? Andare in giro a braccetto al mercato?».

«Ti ho chiesto di venire con me a Roma per un fine settimana».

«E come facevo?».

«Non ti sto incolpando», disse lei.

«Come facevo?».

«Non ti sto incolpando».

«Mi stai chiedendo di scegliere».

«No». Esitò un istante. «Forse», disse.

Si rimisero a letto, il Geloso sopra le lenzuola. Renzo schiacciò il bottone e riascoltò la sua storia. Non se ne saziava mai. Era la possibilità stessa di conservarla senza scrivere – a scrivere non era mai stato bravo – ad affascinarlo: per una volta poteva lasciare qualcosa di sé. Iris lo prendeva in giro, gli dava dell'egocentrico. Ma non era vero. Nella sua voce cercava un bandolo per comprendere il senso di tutto quel vagare, degli amori persi e presenti, di un matrimonio combinato in fretta, delle lotte in fabbrica, di due figli per i quali avrebbe dato ogni cosa; ricomporre infine i frammenti di un'esistenza che a poco più di trentacinque anni già lo sfiniva, e della quale sentiva di non aver capito nulla: perciò ascoltava stringendo il Geloso, le labbra appena schiuse, come se un dono potesse giungere a lui, immeritato e magnifico.

Sono partito l'estate del '45 e per tre anni ho girato. Troppo lungo spiegare, e non mi va. Ho vissuto alla giornata, tanto tutti vivevano alla giornata. Sono stato in Veneto, sono sceso giù per la riviera, sono finito a Fermo. Ho venduto pneumatici, venduto pesce, fatto il muratore, fatto la fame. No, non volevo tornare a casa. Come? No, è lungo da spiegare e non mi va.

Un giorno un tizio che conosco dice che basta, vuole andare a Milano. Stavamo guardando il mare. Gli ho detto, Vengo anch'io. E poi, non –

Renzo armeggiò con i tasti. Mandò avanti.

A Milano? Dal quindici luglio 1948. Lo ricordo bene, perché era il giorno dopo l'attentato a Togliatti. Tutto fermo. Certi viali grandi come non ne avevo mai visti, e vuoti. Era come a Udine dopo le bombe, alla fine del '44. Io non sapevo niente, figurati. Giravo con la mia valigia in mano, da solo in mezzo al cemento. Un caldo. Poi mi hanno spiegato. Ricordo di essere finito in una piazzetta piena di gente, tutti operai. Era tarda notte ma ancora discutevano. I fascisti, tornano i fascisti, dicevano. Molti erano armati. Adesso andiamo lì dal prefetto e lo appendiamo al muro, dicevano. Un ragazzo teneva sollevata una lanterna con un bastone, e c'era questa luce chiara sopra di noi. Era bello. Me ne sono andato a dormire su una panchina con la testa che mi girava. Il giorno dopo Bartali ha vinto un'altra tappa in Francia e di Togliatti già si parlava di meno.

Mandò avanti ancora un po'.

– e scaricavo sassi e piastrelle dai treni. Poi ho fatto il muratore. Lì funzionava così: sentivi uno delle tue parti che lavorava nell'edilizia, uno specializzato. Lui ti diceva, c'è questo cantiere, ti do tanto. Va bene? Era davvero poco ma andava bene, si capisce. La sera mi ficcavo a bere in un bar di corso Lodi, grappa cattiva – non la sapete fare la

340

grappa – e vino ancora più cattivo. Facevo a botte, se capitava. Sono sempre stato bravo a fare a botte. Girava certa gente, e da ubriachi, sai com'è.

Avanti.

– e io mi stancavo, perché Milano è cattiva. Però in quel periodo ho incontrato Mario Giudici. Uno dei due uomini migliori che abbia mai conosciuto. Come? No, dell'altro non voglio parlare; era di Udine. No, non siamo più amici. Comunque. Giudici, anzi il Giudici, come dite voi, mi ha salvato la vita. Mi ha trovato una raccomandazione per la Bianconi. Diceva che gli ricordavo il figlio morto in guerra, ucciso dai repubblichini. Come? Sì, ho fatto anch'io la Resistenza. Ti ho detto che non mi va di parlarne.
Tieni conto che non era mica facile entrare in fabbrica. Fuori c'erano delle file così, come oggi; e se non avevi una buona parola del parroco, era davvero complicato. Ma io ce l'ho fatta.
Ho cominciato dalle fonderie. Mai più nella mia vita. Era un incubo, con quel caldo terribile e quel frastuono. E le colate, Cristo. Se ne usciva tutti neri e stravolti. Gli altri si abituavano, io no. Ma il Giudici mi ha tenuto da parte e mi ha insegnato a saldare, e piano piano sono venuto fuori e mi sono specializzato. Poveri gli altri, guarda. Voi non avete idea. Tu, di sicuro, non hai idea.

Avanti.

Come? No, no. La sera dormivo con altri in un appartamento di Cinisello Balsamo. Il Giudici mi aveva dato da leggere delle cose, ma io più che altro parlavo. Parlavamo da un materasso all'altro, in sette in una stanza grande come

il tuo bagno, sui letti a castello; e sottovoce perché se no la
padrona ci buttava fuori. Io voglio fare la rivoluzione,
dicevo sempre. La rivoluzione, la rivoluzione. Che altro
c'era? Per che altro vivere, in questa città di merda? Una
notte uno si volta nel letto e mi dice: Ma vai a fanculo te e
la rivoluzione, io voglio mangiare la bistecca.

Su questa frase si fermò. Iris si era addormentata con
una mano sul viso. Renzo si rivestì, prese un foglio di
carta dalla scrivania e intinse il pennino nell'inchiostro.
Restò per una decina di secondi incerto, poi scrisse sul
foglio *Ti amo*, lo chiuse e lo mise sul comodino. Quindi
uscì. Lungo il corso passarono due ragazzi in Lambretta;
un vigile si era tolto il guanto bianco e si massaggiava il
collo sbadigliando. Renzo inforcò la bici. Più di un'ora
e mezza per tornare a casa, ed era già molto tardi.
Guardò il cielo buio e uniforme. Nessuna stella.

7

Gabriele stava aggiustando una cornice rotta durante il trasloco: conteneva una foto dei figli, l'ultima scattata a Udine, sul lungofiume del Ledra. Davide guardava in alto con la bocca semiaperta, le dita intrecciate al ginocchio sinistro; forse seguiva il volo di un uccello. Eloisa fissava l'obiettivo con la lingua di fuori e le braccia conserte.

Si allungò sulla sedia, nella sala piena di libri da sistemare – aveva fatto un viaggio da solo per caricarli tutti. All'altezza di Garbagnate, un vigile l'aveva multato perché alcuni volumi ostruivano la vista del finestrino.

La nuova casa era un buon compromesso, tre locali in un condominio alla periferia sud di Saronno. Nella finestra della sala c'erano i campi e i binari delle Ferrovie Nord che scavavano la pianura; quella del bagno – il bagno in casa! – ritagliava invece un pezzo di Grigna, e a Gabriele piaceva avere una vista sui monti.

I vicini erano quattro giovani impiegati chiassosi che condividevano un appartamento per risparmiare. Margherita mise subito le cose in chiaro: avevano bambini, non volevano fastidi. Gabriele, al suo fianco davanti alla porta, era imbarazzato. Più tardi gli disse che poteva continuare a fare il vicino simpatico; ci avrebbe pensato lei a tenerli in riga. Litigarono, poi fecero l'amore mentre i figli prendevano le misure del cortile e facevano conoscenza con gli altri bambini del condominio.

Stretti sotto le coperte guardarono il soffitto da ridipingere, le bombature lacerate.

«Sei felice del trasloco?», le domandò.

«Perché me lo chiedi?».

«Così».

«Ogni tanto fai certe domande».

«Le faccio per essere sicuro».

«Certo che sono felice, scemo».

«Meno male. Vedrai, andrà tutto bene».

«È la nostra America».

«La nostra America», disse Gabriele, e la baciò.

Due settimane dopo, Davide si svegliò durante la notte con la gamba destra quasi paralizzata. All'alba il dolore non era ancora passato e lui era sempre più pallido. Lo portarono in ospedale; la dottoressa parve a Gabriele troppo giovane e troppo magra. Si chinò lievemente in avanti sulla scrivania.

«È poliomielite, purtroppo».

Gabriele fece uno scatto sulla sedia.

«No», disse.

«Oh, Signor», mormorò Margherita.

«No. No».

«I sintomi ci sono tutti: febbre, cefalea, rigidità muscolare, e naturalmente la paralisi alla gamba destra».

«E ora cosa facciamo?».

«Lo ricoveriamo, ovviamente».

«E poi? Com'è la cura?».

La dottoressa piegò il collo, come di fronte a una domanda sciocca; ma subito tornò garbata: «Non c'è una cura specifica. Il bambino ha bisogno di riposo, tranquillità e analgesici, e gli daremo tutto».

Gabriele gemette e si alzò di scatto.

«Ma morirà? Rischia di morire?».

«Stai calmo, per favore», disse Margherita. «Non ci servono queste scenate».

«In realtà la mortalità della polio è molto bassa», spiegò la dottoressa.

«Possiamo sapere almeno se peggiorerà o migliorerà?».

«Purtroppo no. Dipende molto dal sistema immunitario di Davide».

«Dopo la polio, i bambini hanno le braccia storte», disse Gabriele. «Le gambe storte. Lo sanno tutti».

«Non è sempre così».

«Il mio migliore amico l'ha avuta da bambino, ed è rimasto zoppo».

«Non è sempre così», ripeté lei. «Anzi, i casi di paralisi permanente e invalidità sostanziali sono meno diffusi di quanto pensa. Esistono ottime possibilità per cui...».

Gabriele si voltò e uscì.

Trasferirono Davide in un reparto isolato, in fondo a un lungo corridoio. Nella stanza con lui c'erano altre due bambine, anche loro affette da polio. Una era convalescente e talvolta si alzava, camminando sulle stampelle: guardava Davide con aria compassionevole, e Gabriele cercava di evitarla. Margherita invece aveva sempre una parola gentile; le chiedeva dei suoi progressi, faceva amicizia con i genitori. L'altra bambina era in condizioni più gravi. Nel giro di qualche giorno fu trasferita e non ne seppero più nulla. Durante la degenza arrivò un altro ragazzino, che venne dimesso nel giro di pochi giorni: Gabriele lo odiò con tutte le sue forze.

Dopo una settimana Davide dovette ricevere un'ipodermoclisi. Vomitava di continuo, non riusciva a mangiare o bere e aveva bisogno di essere idratato. Un'infermiera gli infilò un ago lunghissimo nella coscia e la gamba cominciò a gonfiarsi in modo assurdo, innaturale; Gabriele guardò Davide stringere i denti e spalancare gli occhi forse più per la paura che per la sofferenza.

«Oh, mamma», disse. «Oh, mamma».

«Sta' buono», disse l'infermiera.

Gabriele pretese di assistere il figlio in ogni momento libero, pagando l'infermiera per farlo restare anche quando non avrebbe potuto. Sul comodino si ammucchiavano albi di *Pecos Bill*, *Topolino* e *Il grande Blek*; ma Davide leggeva a fatica. A volte il dolore gli contorceva il volto, e Gabriele si ritraeva terrorizzato da lui. Prima di quel momento si considerava una persona felice e che meritava la sua America. Perché veniva punito? Non era bene ragionare in termini di colpa e punizione, gli consigliava Luciano al telefono. Ma era quanto faceva fin da ragazzo, era quanto faceva chiunque.

Pertanto pregava. Implorava Dio ogni giorno, in qualsiasi momento libero. Il Signore non aveva motivo per preferirlo a chiunque altro, ma perché non tentare? Perché non credere?

A scuola confondeva le lezioni delle classi, spiegava Dante a chi doveva fare esercizi di grammatica; si dimenticava le date e i titoli; fu convinto che Alfieri si chiamasse Rodolfo e non Vittorio, finché uno studente lo corresse timidamente mostrandogli il libro di testo.

Il dolore era come un marchio. Gabriele lo sentiva. I colleghi e i conoscenti lo evitavano perché temevano non soltanto i suoi lamenti, ma qualcosa di più sinistro, una sorta di contagio.

Margherita invece era pragmatica. La polio l'aveva terrorizzata fin da ragazza; ma adesso che l'evento più temuto era giunto, reagiva senza alcun turbamento. Si alzava prima dell'alba, cucinava, dava ripetizioni, lavava i panni e si occupava di Eloisa. «Animo», diceva a Gabriele. «Animo. Non perderti via».

Ma le poche volte in cui dormiva a casa, o tornava per passare almeno un'ora al suo fianco, la trovava zitta e con gli occhi aperti, immobile, incapace anche solo di sfiorarlo.

Riprese a scrivere sul diario. Annotazioni brevissime, pareri dei medici, resoconti, speranze. Una riga al giorno e poco più. Cercava di scrivere con la massima attenzione, tracciando lentamente le lettere, soffiando piano sull'inchiostro. Un giorno si accorse di avere ripetuto per quattro volte la stessa domanda: *Cosa sto facendo? Cosa sto facendo? Cosa sto facendo? Cosa sto facendo?*

Le notti in ospedale gli davano quantomeno il conforto di aver compiuto un dovere. In quelle ore si sentiva migliore di sua moglie, anche se era lui a costringerla a rimanere a casa. All'uomo il figlio moribondo, alla donna la figlia sana. Essere padre era soprattutto una questione di disciplina, e si sorprese a pensare a Maurizio Sartori: provò ira nei suoi confronti, per la sua mancanza di rigore, per la sua violenza e la sua solitudine – per l'inettitudine ad amare. Ricordò la sera in cui aveva fatto a pezzi il suo teatrino: erano passati decenni, ma il senso di ingiustizia vibrò integro dentro di lui.

Parlava con la madre ogni volta che poteva. Era la sola persona che avrebbe voluto accanto. Il telefono al

347

casale non era ancora stato installato, così dovevano mettersi d'accordo via lettera affinché lui la chiamasse all'osteria in paese.

«Io ti capisco», gli diceva. «Ho perso Meni. Povero amore mio».

Gabriele adorava farsi compatire. Nella voce scura e crepitante di sua madre percepiva una vibrazione, come se il tempo e gli eventi le avessero insegnato un equilibrio fra l'accettazione delle cose e la lotta costante per cambiarle: una lezione che Gabriele non avrebbe mai imparato.

Ma sulla similitudine aveva torto: quell'ospedale non era una guerra; non c'era un nemico contro cui scagliarsi o cercare vendetta; tutto appariva naturale e ineluttabile.

Chiamò Renzo e Renzo gli disse che avrebbe fatto qualunque cosa per aiutarlo, ma cosa? Andò tre volte da Davide e gli portò in regalo un'automobilina ritoccata da lui stesso con la saldatrice e resa più moderna e affusolata. Gabriele avrebbe voluto chiedergli di andare a bere qualcosa insieme, ma non lo fece. Renzo non glielo propose. Si limitò ad abbracciarlo e dire che era tutto sbagliato.

Davide peggiorò. La dottoressa disse che una polmonite batterica si era sommata alla poliomielite, e una sera lo trasferirono in rianimazione.

Il letto era un po' più piccolo o forse era un'impressione; c'era però un'atmosfera tetra, quasi misteriosa, come se avessero solcato l'ultima soglia disponibile prima della fine. Gabriele asciugò la fronte a suo figlio e sedette di nuovo al suo fianco, deciso a scortarlo attraverso un'altra notte. Ma solo all'alba, quando udì lo scalpiccio delle infermiere nel corridoio e la luce cambiare fuori dalla finestra – un chiarore color limone, tenue ed esitante – si accorse che non avrebbe mai vinto la paura. L'amore che provava poteva essere inutile. Era una verità semplice ma insopportabile: si calò una mano sugli occhi.

«E se muoio?», disse Davide in quel momento, con la voce impastata. Era sveglio; Gabriele non se n'era nemmeno accorto. Era sempre stato un bambino di poche parole, caparbio e tranquillo, e anche durante la malattia non si era mai lamentato. Un soldato perfetto, un vero friulano.

Gabriele gli strinse la mano senza trovare risposta.

8

Una volta al mese. Lei si faceva viva una volta al mese o poco più. Lo portava in giro in auto per i viali alberati e le rotonde vuote che i milanesi chiamano piazze. Guidava nervosamente, tirando le marce, e Renzo vedeva le edicole chiuse e le saracinesche e i lampioni e le biciclette gettarsi contro il finestrino.

Una sera gli chiese di accompagnarla nel pavese, a una riunione clandestina di lavoratrici. Era l'unico uomo presente. Iris intervistò una sedicenne che si alzava alle tre del mattino e attraversava la nebbia dei campi con un bastone per arrivare puntuale in fabbrica e non prendersi la multa: diceva che le donne spuntavano qui e là nella coltre bianca come fantasmi.

Tornando si fermarono a fare l'amore in un prato, sui sedili dell'auto. Mentre si rimetteva la gonna, gli disse: «Voglio scrivere un libro intero su queste cose. Le operaie prendono paghe più basse, lavorano di più, e non fanno carriera. Ci perdono anche nel cottimo».

«Se gli uomini lavorassero tutti, non ci sarebbe bisogno di ingiustizie».

«Eh, sì, facile così. E se a una piace?».

«Lavorare non piace a nessuno».

A volte era distante, a volte lo era lui. A volte si annoiavano persino, e passavano settimane intere senza vedersi; ma poi si riprendevano con il fuoco di sempre. Forse entrambi avevano paura e avrebbe vinto chi, nel vero addio, si sarebbe trovato dal lato giusto della stanchezza e del disamore. «Da sola io sto bene», gli diceva Iris. «Tu sei un capriccio».

«E basta?», diceva Renzo.

«Scrivo. Non mi serve altro».

«Eppure siamo ancora qui».

«Sì, siamo ancora qui», faceva lei come scontenta, e si allungava per baciarlo.

Mariani rovesciò il sacchetto di iuta sul banco di Renzo. Lui ammucchiò le castagne e cominciò a cuocerle su un padellino con il fornello a metano. Il profumo si diffuse caldo e dolciastro.

Era l'ultimo giorno di novembre. La fabbrica era gelida, e i finestroni rettangolari coperti di condensa. Sacco arrivò dagli spogliatoi con un filone di pane e un fiasco di vino; aveva il collo della tuta fradicio.

«Uè, fa un freddo boia ma ti te see tüt masarà», gli disse Bertolini.

«Come?».

«Sei tutto sudato».

«Non sto bene», disse Sacco asciugandosi la fronte.

Mangiarono le castagne con il vino e il pane. Da una settimana erano a sciopero indeterminato per mezza giornata: lavoravano fino a ora di pranzo, un salto in mensa e a casa. Chi aveva un po' di terra, un orto, portava qualcosa agli altri. La sera Renzo saltava una cena su tre per lasciare il cibo ai figli.

Il Giudici si fregò i palmi e parlò del nuovo corteo l'indomani: erano previsti due grandi flussi che si sarebbero fusi in via Torino, per terminare in Duomo. L'adesione sembrava senza precedenti, e l'Unità aveva già pubblicato titoli trionfali. Da settembre gli scioperi erano cresciuti di numero e massa, e pure i cortei. Alcune fabbriche avevano iniziato a mollare.

Giuseppe Sacchi, il segretario della FIOM, diceva che quella lotta riscriveva le regole: lo sciopero non si sospende quando parte la trattativa, ma quando vengono meno le cause che l'hanno provocato. Quando vincono gli operai, insomma.

«Vi voglio a cazzo duro», disse il Giudici masticando.

«Avanti così», disse Renzo. «Ai padroni dobbiamo mettere una paura costante».

«Giusto».

«Perché ci fanno tutti questi discorsi, ma la verità è che loro campano mettendo paura a noi. Sei stanco? Stai male come Sacco, qua? Lavori lo stesso, se no ciao. Prendi due lire? Ringraziami, perché c'è fuori una fila di poveracci pronti a prenderne una».

«Sì, ostia».

«E mica dobbiamo chiedergli per favore, a Bianconi. Se non ci battiamo, lui non molla niente».

Mariani scandì lo slogan che aveva ormai preso piede: «Resisteremo un minuto in più del padrone».

«Un minuto in più del padrone!».

La sirena suonò. C'erano nuovi pezzi da assemblare, e un cronometrista si avvicinò al Giudici per stabilire quanti minuti occorressero per il lavoro: era un ragazzo sulla ventina, da poco assunto, che tremava dal freddo e si toccava di continuo la punta del naso. Il Giudici andò a rilento per fregarlo e guadagnare tempo, curvando la schiena ad arte e lamentandosi – alla sua età gli toccava ancora fare quei mestieri, Signur, se podeva minga.

Dopo pranzo si dispersero in capannelli e si misero a parlare del campionato. Herrera, appena arrivato all'Inter, faceva faville; ma Mariani – che era milanista, come tanti –

lo giudicava un bluff. L'unico juventino era Savoldi, dei forni: ma invece di Sívori parlava ammirato di Brighenti, l'attaccante della Sampdoria. «Mai visto uno così», diceva. «Basterebbe lui da solo a vincere lo scudetto».

L'Udinese era messa male e Renzo aveva poco da dire. Fece vagare gli occhi nello spiazzo deserto. Le biciclette degli operai appese ai ganci, come maiali. Lungo la strada alcuni manovali stendevano il catrame e l'odore si mescolava nell'aria fradicia.

«Mangiati una castagna, Sacco», disse il Giudici porgendogli il sacchetto.

«Non mi piacciono le castagne».

«Come no».

«Mi fanno schifo».

«Ti fan bene, se sei malato».

«T'ho detto che mi fanno schifo. Sanno di carta».

«'Sti terroni», rise il Giudici. Risero tutti tranne Sacco, che se ne andò agitando la mano sinistra nell'aria.

La carica partì quando nessuno più se l'aspettava. Al corteo erano in cravatta: se l'erano detto e ripetuto, bisognava mostrare dignità – la dignità dell'opera, come la chiamava il Giudici. Con loro era scesa la città intera. Studenti e borghesi in prima fila, una cosa mai vista, e gente che chiamava da un balcone all'altro, li applaudiva, insultava la polizia. Renzo era incredulo. *Eccoti, infine, mia città dei sogni: eccoti, come sorta dal fumo, evocata da anni di lotta.* Milano si accorgeva dei suoi figli operai e attorno a essi si stringeva.

«Un minuto in più del padrone!», gridavano.

Anche per questo la carica li sorprese; fu come un tradimento. Si erano fermati vicino a Palazzo Reale e avevano ripreso a soffiare forte nei fischietti. Renzo stringeva una bandiera che aveva cucito Teresa il giorno prima, con sopra scritto UNITI SI VINCE. Di colpo sentì la tromba e l'urto dei corpi: fu sbattuto contro un muro e un carabiniere gli venne contro colpendolo con il calcio del moschetto. Renzo lo evitò di un soffio ma inciampò in un altro operaio e finì a terra. Il carosello aveva sfondato il gruppo.

«Ma questi sono pazzi!».

«Basta! Figli di puttana!».

«Merde! Merde!».

«Fascisti!», strillava il Giudici stringendosi la testa: Renzo si rialzò di scatto e cercò di farsi largo per aiutarlo – lo stavano massacrando – ma un celerino lo sbatté di nuovo sull'asfalto e cominciò a manganellarlo sulla schiena. Renzo gridò e scalciò e in qualche modo riuscì a liberarsi. Sacco si era rialzato e urlava: «Via, via, via!».

Quando il carosello finì, il corteo aveva tenuto e si stava ricompattando. Renzo zoppicava accanto al Giudici, una mano sul fianco. Gli altri erano scappati. Il Giudici aveva una ferita sulla fronte e il sangue gli grondava fino all'orecchio.

«Ti porto in ospedale?».

«Ma figüres», disse lui. «Portami al bar».

Renzo rise. Svoltarono in piazza Diaz, ancora eccitati dallo scontro, ed entrarono in un minuscolo caffè di via Larga.

«Due bicchieri di rosso», disse Renzo al barista. Il Giudici si asciugò la fronte con una schedina della Sisal.

«Orca madocina», disse il barista. «Ma state bene?».

«Sì. Eravamo in corteo».

Il barista alzò il mento verso il Giudici ma parlò con Renzo: «Il signore anziano ha bisogno d'aiuto?».

Il Giudici lo fissò: «Il signore anziano, se vuole, ti ribalta i tavoli».

Lui aprì le braccia e tornò dietro il bancone. Al tavolo di fianco, tre ragazzini facevano una gara di rutti con l'Idrolitina, tappandosi la bocca per non fare troppo rumore e ridacchiando subito dopo. Alla radio raccontavano degli scontri appena conclusi: per un dirigente della Breda era uno scandalo, con tutto il lavoro che le fabbriche avevano dato agli immigrati, con il miracolo in corso.

«T'el chi, el miracol», disse il barista portando il vino.

«Il miracolo l'abbiamo pagato noi», disse Renzo. «Adesso ce lo devono rendere».

Ma il Natale in piazza Duomo fu un capolavoro. Fino all'ultimo c'era stata incertezza: si era deciso di passare la giornata sul sagrato raccogliendo più operai possibile per dare visibilità al conflitto; ma molti erano ritrosi, temevano di irritare i cattolici e spaccare l'unità. Gli attivisti avevano pressato comunque, e così Renzo si ritrovò davanti alla cattedrale in compagnia di Teresa e dei bambini – stupito e grato, di nuovo, della città che gli stava a fianco. In piazza c'erano famiglie di lavoratori, studenti universitari, e persino intellettuali famosi. C'era il segretario Giuseppe Sacchi, che tremava per la febbre alta ma aveva lo stesso un gran sorriso.

Il grande abete della Croce rossa era coperto di festoni e palloncini. Ai pali della luce era attaccato uno striscione: SIATE SOLIDALI CON GLI ELETTROMECCANICI IN SCIOPERO. Sul palco andavano e venivano i pezzi grossi della Cgil per leggere messaggi di adesione: a ogni nuovo gracchiare del microfono partiva un applauso, mentre gli operai facevano girare vino e panettone, ridendo e soffiandosi sulle mani.

I bambini passavano da un capannello all'altro, rossi in viso.

«Belé, vieni qui», disse Teresa a Diana, che le scappava di continuo.

«Ma mamma, corrono tutti».

«Lasciala fare», disse Renzo. «È una festa».

«Nessuno resta indietro!», gridavano gli altri.

«Un minuto in più del padrone!», gridavano.

Durante la messa, il cardinale Montini salutò i lavoratori sul sagrato.

«Vescovo dei lavoratori, arcivescovo degli industriali», ridacchiò il Giudici, dietro il banco per la raccolta delle offerte. La cicatrice in testa era bruna.

Sacco gli mise una mano sulla spalla: «Dai, tutto il sostegno ci fa bene».

«Non mi piacciono i preti».

«E che minchia vuol dire? A me non piaci manco tu».

Risero, e in quel momento Renzo vide Iris nel mezzo della folla. Sorrideva radiosa e parlava con una donna dai capelli biondi. Aveva un cappotto blu con grandi bottoni dorati e un colbacchino. Lui si allontanò da Sacco e dal Giudici e le si avvicinò: Iris lo salutò dandogli del lei, lo presentò alla bionda e poi lo prese con delicatezza sottobraccio. Indossava guanti di pelle nera, con un ricamo bianco sopra il polso. Renzo si voltò: sua moglie era rimasta indietro con i bambini. Al riparo nella folla si avvicinò e la baciò dolcemente, riparandosi con una mano. Iris si guardò intorno con aria furba e gli mise un dito sulle labbra.

«Hai visto?», gli disse. «C'è Vittorini. C'è Arpino, c'è la Rossanda».

«Non so di chi parli».

«Scrittori».

«Dovrebbero stare nelle fabbriche, invece di fare la passerella qui».

«Non sei mai contento».

«Sono contento, invece».

«Anche un po' commosso? Milano è tutta vostra».

Renzo respirò a fondo, le sfiorò la mano guantata.

«Ma sì. Anche un po' commosso».

9

La macchia d'alberi oltre la provinciale era nuda, i rami contro il cielo opaco e biancastro. Davide prese la rincorsa e saltò a piedi uniti il tronco mozzato nel prato. Atterrò allungando le braccia e senza esitazione ripartì a correre.

A Gabriele piacevano le ore sospese di fine inverno, quando nel freddo le cose erano fragili, come di vetro. Eloisa giocava con l'hula hoop insieme ad altre bambine del quartiere e Davide correva – metodicamente, ogni due giorni, correva in cerchio davanti a casa.

«Rallenta», gli gridò Gabriele.

«Devo allenarmi», gridò lui in risposta, ansimando. «Non ho abbastanza fiato».

«Stai esagerando».

«Come?».

«Ho detto che stai esagerando».

Davide agitò una mano e saltò di nuovo il tronco.

Da quando era guarito, suo figlio sembrava volersi riprendere tutta la vita che era stato sul punto di perdere. Correva, aveva ricominciato a giocare a calcio – un buon terzino destro, rapido e concreto – e faceva compravendite di soldatini o figurine coi compagni di classe.

In un mese e mezzo aveva superato la polio senza traccia di complicanze o paresi. Anche la dottoressa era stupita. Quando l'avevano dimesso, Gabriele si era preso una sbronza colossale in un bar di friulani non lontano da casa. Un vigile urbano in congedo l'aveva scortato – non era in grado di stare in piedi – e per tutto il tempo Gabriele aveva blaterato gioioso sulla sua spalla, dicendo che Gesù l'aveva graziato, che non avrebbe mai più toccato un goccio di vino.

La casa sapeva di borotalco e inchiostro. Margherita si passava la grappa sulle dita e le annusava, dicendo: «Alla fine qui si sta bene. È tranquillo e non ci sono straccioni».

Era un po' cambiata. Ascoltava Rita Pavone e Milva, leggeva di Brigitte Bardot e di Liz Taylor, ma la sera sul divano limava ancora per gioco la traduzione di un'antologia di poesia greca, cancellando a matita i verbi per lei imprecisi, le immagini prive di forza.

Aveva trovato un posto da stenodattilografa in uno studio notarile di Bollate, tramite la parrocchia e la raccomandazione di una cugina. A volte prendeva l'auto, a volte la bici. I bambini stavano con una ragazza pugliese, con cui Margherita aveva trattato un prezzo di favore. Leggeva Buzzati e *La signora Dalloway* e Natalia Ginzburg e si provava il rossetto nuovo allo specchio dell'ingresso, di fianco al telefono. «Perché una donna intelligente non può anche essere bella?», diceva.

E in effetti riluceva. Gabriele la fissava da sopra il piatto, improvvisamente colpito, quasi ferito dalla fronte sgombra e dagli occhi nerissimi che per tante sere da giovane aveva sognato.

«Dovremmo anche cambiare auto», diceva. «Questa si ferma sempre».

«L'abbiamo comprata un anno fa».

«Vorrà dire che l'hai scelta male».

«L'abbiamo scelta insieme, Margherita. E comunque non abbiamo i soldi per cambiarla».

359

«Sei tu che sei tirchio».

«Se volevi un uomo con le mani bucate, dovevi sposare padre Pio».

Lei scuoteva la testa e sorrideva a Eloisa, ed Eloisa la mimava, e quello era il segnale di partenza per il litigio: l'alleanza segreta fra moglie e figlia. Gabriele immaginava le loro confidenze mentre faceva il bagno, le battute sui suoi piagnistei e sulle lettere di rifiuto dagli editori che, talvolta, gli venivano recapitate. (Eloisa aveva quasi dieci anni, ormai, e conosceva perfettamente i mezzi del sarcasmo. La adorava, ma spesso la trovava insopportabile).

Allora Margherita scuoteva la testa, Eloisa la mimava, e Gabriele si alzava e cominciava a strillare, e così Margherita, e i figli chinavano la bocca nel piatto raccogliendo con la forchetta di lato quel che restava del dolce – c'era anche questa nuova mania, il dolce a fine pasto, tiramisù o torta alle mele – e fissandolo in silenzio, mentre moglie e marito si sfogavano come sempre, come chiunque, perché c'era sempre un buon motivo per farlo.

Guardava il figlio correre, dunque; lo guardava dormire, contare le figurine e fare merenda con pane imburrato e latte. Lo guardava colmo di gratitudine mentre sfogliava i libri illustrati, litigava con Eloisa oppure le medicava serissimo l'ennesima ferita da gioco scatenato, raccomandandole di fare più attenzione. Lo andava a prendere all'oratorio e lo portava con sé al bar all'angolo per un bicchiere di cedrata. Al bar i vecchi giocavano a carte segnando i punti col gesso su una lavagnetta nera. Giocavano a burraco, che loro chiamavano birimba, urlandosi contro di continuo ma senza bestemmiare, in quel dialetto incomprensibile; e Davide li scrutava da lontano, taciturno, la bibita in mano.

Era il suo frut, la più bella parola della lingua friulana: il suo frutto, il suo compimento: e gli era stato restituito intatto.

Una mattina, mentre il vicepreside era uscito di soppiatto per andare a pescare sul Ticino – di ritorno regalava al bidello trote e cavedani avvolti in carta di giornale – Gabriele spiegò *L'infinito* a una terza. Le classi erano annoiate e impaurite. Ma lui insegnava. Era temuto perché pronto all'ira, inflessibile sul silenzio che voleva attorno a sé. Sognava allievi di liceo e si trovava svogliati ragazzini di periferia; ma a loro comunque spiegava Leopardi, sperando che almeno uno fosse toccato dal sortilegio della poesia.

«Quando leggete Leopardi», disse, «non dovete pensare ai vagheggiamenti romantici. Certo, è la lettura più semplice: ma il nostro era un illuminista, un classicista. Gli *interminati spazi* della sua lirica non hanno nulla di mistico: è l'universo senza limiti delle scienze che lui coltivava da ragazzo – il cosmo che affascina e al contempo schiaccia l'uomo».

Sapeva di essere in gamba e sapeva di amare i ragazzi. Soprattutto non tollerava che gli studenti venissero bocciati. Alle riunioni litigava con i colleghi che si accanivano con crudeltà sui meno dotati, ma per fortuna erano soltanto una minoranza.

Scrisse a Luciano: *Faccio male a dare un sei, un piccolo sei a un ragazzo che magari non ha i soldi per ripetere la classe, o deve partire militare, e di certo non può pagarsi lezioni private? Lo so, ne abbiamo discusso decine di volte. Ma sono problemi che mi si pongono per decine di casi.*

I pendolari all'alba marciavano con le facce vuote, nude, stravolte sotto le lampade alla stazione. I giovani lasciavano cadere il mento sul petto e lo rialzavano di colpo, sbattendo le palpebre, quasi increduli di essere lì, ogni volta, ogni pochi minuti: e loro e lui si voltavano a spiare fuori dal finestrino sporco. Più di una volta i vagoni si fermarono, il treno si ruppe. Allora la piccola massa di pendolari si riuniva nel prato accanto ai binari, alla prima luce del sole, e attendeva: alcuni andavano a piedi verso le loro destinazioni vicine, altri giravano in tondo tormentando il macchinista. Dov'erano? Erano nel cuore della Lombardia. E lui si era sollevato dalla fatica e dalla povertà per finire laggiù, dove batteva il ritmo della produzione, le fabbriche del futuro e delle nuove classi, dirigenti o sottomesse: e anche se il cuore era cavo e deserto quanto quel rettangolo di terra battuta, non importava.

Andò dal barbiere calabrese in una fresca traversa di corso Italia, l'unico lusso che si concedeva. Il barbiere era un tipo giovane, dalla bocca un po' sdentata. Avvolse Gabriele nel telo bianco e impastò il sapone. La radio mandava una canzone di Jannacci. Il barbiere disse che tifava Milan perché era giusto che uno di Saronno tifasse Milan, anche se era cresciuto in Calabria.

«Voi per chi tenete?».

«Non seguo il calcio, ma se lo seguissi terrei per l'Udinese».

«Siete di lì?».

Gabriele si vide annuire nello specchio.

«Quindi non vi piace il pallone. Ma sì, in fondo fate bene». Gli insaponò le guance con il pennello. «Il calcio non è quel bel mondo che si pensa. I giocatori prendono troppi soldi, e le mogli li rovinano. O no?».

Gabriele si rilassò. Il barbiere diede qualche colpo di rasoio sulla coramella.

«Oppure pensate a Coppi», proseguì. «Ormai son quasi passati due anni, e tutti si son dimenticati. Ma anche lì, cosa l'ha rovinato? Le donne. Uno sportivo si deve tenere lontano dalle femmine, a mio parere».

La radio mandò una canzone di Buscaglione. Il barbiere lo squadrò e poi cominciò a raderlo.

«Almeno il pugilato vi piace?».

«In Friuli abbiamo Carnera».

Il volto del barbiere si aprì: «Un grande combattente. E un vero eroe. A casa ho ancora un suo manifesto».

«Dalle mie parti si dice: Cjarnare cuntun pujn al spache le tiare. Carnera con un pugno spacca la terra».

«Avete ragione. Da giovane era un'ira di Dio, quell'uomo. Peccato si sia buttato via con quella storia della lotta libera in America. O no?».

«Soldi».

«Appunto: torniamo al problema numero uno».

«I soldi servono».

«E chi lo nega? Chi lo nega?», rise. «Ma quando i soldi diventano troppi, ti bruciano l'anima. O no?».

Passava la lama con delicatezza, ritoccando alcuni punti con dei colpi più serrati. Gli chiese se voleva una spuntata ai baffi e si complimentò per il loro bel colore biondo scuro: poi lo pulì, gli massaggiò le guance con l'acqua di colonia e gli mise un'ombra di brillantina sui capelli.

«Tornate più spesso», disse. «Magari per un taglio».

Un'alba di fine marzo portò Davide sotto la Grigna. Il giorno prima aveva piovuto, e ora la luce faceva splendere le balze innevate della cima settentrionale: una piramide da cui affioravano macchie di roccia bruna. Erano così belle le montagne, nude e aspre, insensibili al tempo e alla stupidità degli uomini.

Davide camminava a buon passo, bevendo con gli occhi una radura, una nuvola, la bandiera del rifugio Brioschi che sventolava lontano. Fu il primo a notare i cerchi lentissimi di un rapace a media quota, e restò ad ammirarlo riparandosi dal sole con la mano a taglio sulla fronte. Tutto per lui sembrava ancora costituire un mistero da risolvere: in ogni gesto poneva la dedizione e la cura che solo un ragazzino può avere. Ma a un certo punto l'incanto svaniva, pensò Gabriele frugando i rovi con un bastone, all'improvviso e per sempre, e il mondo diventava banale, e nemmeno le parole erano sufficienti a ridestare la magia.

Pertanto tacquero, perché quello era un affare di silenzi fra padre e figlio, una mano sulla spalla, l'odore agro della resina e del sottobosco, il sentiero appena disegnato a terra. Ecco i castagni, i noccioli, una quercia solitaria. Ecco gli abeti rossi e un lariceto. Oltrepassarono un ghiaione, gli scarponi affondavano scricchiolando nei ciottoli, e scesero per raggiungere una conca deserta. Mangiarono pane e salame e bevvero dalla borraccia nel mezzo dell'erba fredda. Davide rimase per un po' con il panino stretto in mano, senza portarlo alla bocca.

«A cosa pensi?», disse Gabriele.

«A niente».

«Non si risponde mai così».

«Ma davvero non pensavo a niente».

Gabriele ripose la borraccia.

«In realtà ho notato una cosa strana», disse Davide.

«Quale?».

«Come mai non incontriamo nessuno?».

«Perché i lombardi vanno ai laghi e non capiscono la montagna».

«Ma noi sì».

«Noi sì».

«Noi capiamo la montagna».

«Sì».

«Quindi peggio per loro».

«Esatto», disse Gabriele.

Suo figlio annuì e si stiracchiò contento, perfettamente guarito, in equilibrio su un masso color ferro.

10

Iris lo lasciò sul Monte Stella. Da Sesto era un lungo giro, quasi la parte opposta della città: ma lui si era fatto prestare la Lambretta da Mariani per farsi bello. Non si vedevano da due mesi. Al telefono lei si negava, faceva rispondere la cameriera.

Renzo andava volentieri al Monte Stella, almeno una volta l'anno: ci portava anche Diana, per spiegarle che quello era il simbolo di una città severa ma indistruttibile, che con le macerie ci fa una collina e la lascia vuota, perché nessuno deve dominarla dall'alto.

Era la seconda domenica di aprile e tutto sapeva d'erba e pioggia. Sedevano su una delle balze sul fianco a nord: Renzo la fissò; lei guardava i blocchi di condomini, le gru, e il grande sterrato che si apriva sotto di loro. Un'automobile pigra sulla strada.

«Non mi dici niente?».

Iris scosse la testa.

«E perché?».

«Sai che sono passata all'*Unità*?».

«Ho visto la tua firma».

«Era dove volevo stare».

La sua erre moscia lo irritò più del solito.

«Complimenti», le disse. «Ora mi spieghi cos'hai?».

Lei si voltò.

«Cosa vuoi che abbia? Sono stanca morta».

«Mi stai lasciando?».

«Fai un po' tu».

Renzo scoppiò a ridere.

«Così. Stiamo insieme due anni e mi molli così».

«Non siamo mai stati insieme».

«Sì, adesso non guardare le parole».

«Renzo, ascoltami bene. Io me ne vado a Roma. Mi hanno chiamata in redazione là, e qui a Milano non voglio più starci». Fece una pausa, la voce si indurì. «E poi questa cosa. Ci prendiamo e ci lasciamo, di continuo. È troppo che va avanti e non mi fa bene».

Renzo non disse nulla.

«Anche tu. Devi pensare alla tua famiglia, no? Ce lo siamo ripetuti tante volte. Quindi o vieni con me o resti qui, ma te lo dico già: non voglio che tu venga con me. Vado a Roma e ci vado da sola».

Renzo si passò una mano sulla bocca e capì di avere perso, perché quella era la fine e dal lato sbagliato c'era lui. D'improvviso pensò a Francesco Martinis. Lupo. Cos'avrebbe fatto Lupo in quella situazione? Si sarebbe allontanato senza dire una parola, fiero e inattaccabile, un vero partigiano dei monti. Renzo si sforzò di non essere da meno, ma la frase gli sfuggì comunque dalla bocca: «Avevi detto che mi amavi».

«Ti amavo. Ti ho amato. Sei tu che non sei capace. Sai solo scriverlo una volta su un foglietto». Iris tirò fuori dalla borsetta il registratore Geloso e glielo porse. «Tieni».

«Perché?».

«Un regalo d'addio».

«E che me ne faccio?».

«Ci sono i tuoi nastri: è roba tua».

Lui lo lanciò sull'erba; rimbalzò senza rompersi. Iris non smise di sostenere il suo sguardo e Renzo si avvicinò imbarazzato.

«Ancora parole. Siete pieni di parole, come mio fratello».

«Le parole sono tutto quello che abbiamo».

«Balis. Balle».

Iris si allontanò e cominciò a scendere giù per la scarpata.

«Dove vai», gridò Renzo.

«Prendo un tassì».

«Ti accompagno, che tassì».

Lei tacque e si allontanò stringendo le braccia al petto. Renzo attese qualche istante e poi raccolse il Geloso da terra e rimontò in Lambretta.

In fabbrica licenziarono Sacco e altri due fresatori. Mariani era costernato. Sapeva che miravano a lui e Bertolini e al Giudici, i più combattivi, e volevano vendicarsi per vie traverse. Sacco non aveva nessuno e non aveva una lira. Lo trovarono con una chiave inglese addosso durante la fruga, anche se lui giurava che qualcuno gliel'aveva infilata in tasca; e tanto bastò. Organizzarono uno sciopero di protesta, ma non servì a nulla.

«Io mi ero fidato di voi», disse a Bertolini, davanti al parcheggio delle biciclette. «Dove vado, adesso?».

«Non ti lasciamo solo», disse Renzo. «Facciamo una colletta».

«E mica mi basta, per vivere. Devo mandare i soldi giù».

«Mentre cerchi qualcos'altro».

«E mica mi basta».

«Ti giuro che non ti lasciamo solo».

«Qui nessuno resta solo», disse il Giudici.

Ma Sacco guardava oltre, un punto lontano, e disse con voce cupa che nessuno di loro poteva capire, nessuno aveva mai fatto la miseria vera, al nord non sapevano cosa fosse la miseria, e che in Sicilia manco tra fascismo e comunismo gli avevano permesso di scegliere, e ora era qui e aveva scelto, la cosa giusta ovviamente, eppure ripartiva sempre tutto daccapo e a rimetterci erano gli ultimi anche fra gli ultimi: stupido lui a farsi illusioni, la bandiera rossa e la libertà, tutte minchiate, chiedeva appena un modo per campare e dar da campare ai suoi, portare su un fratello, e di fondo non ce l'aveva con nessuno, nemmeno coi crumiri perché li capiva – erano poveri cristi, no? Cosa credevano, che fossero contenti a prendersi gli insulti e le cattiverie? – ma loro gli avevano assicurato che sarebbe stato al sicuro, gliel'avevano promesso, e invece.

Parlava con amarezza, ma anche con una nobiltà distante. Mariani sbatteva le palpebre e si leccava le labbra come a cercare le parole.

«Ti diamo una mano», ripeté Renzo. «Domani ci vediamo qui e ti giuro che ti porto subito cinquemila lire. Domani mattina, alle sette».

Sacco aveva un piglio indecifrabile. Se ne andò.

Renzo lavorò male per l'intera giornata: faceva le riprese svogliato, senza la consueta precisione; le giunte erano piene di scorie, troppo spesse, e l'ingegnere – prendendo un pezzo in mano e rigirandolo controluce, come a verificare l'integrità di un cristallo – gli disse che così proprio non andava. Era un bravo operaio, non una mezza tacca.

«Tutta questa agitazione ti sta facendo male, Sartori».

Renzo ebbe l'istinto di aggredirlo, ma fece solo un piccolo scatto in avanti. L'ingegnere restò immobile e sorrise, quasi non attendesse altro. Quel sorriso a Renzo parve violento come i sorrisi delle camicie nere a Udine, quand'era ragazzo, mentre circondavano qualcuno e lo pestavano in quattro o cinque. Gli parve contenere tutta la cattiveria del mondo.

«Fa' il bravo, ché marchi male», disse l'ingegnere dandogli un buffetto sulla guancia. Poi fece girare l'indice a cerchio: «Marcate tutti male».

Pochi giorni dopo scoprì che Teresa si era rivolta alla Cisl per conto di sua sorella, che aveva un piccolo contenzioso nella fabbrica dove lavorava. Renzo tirò un calcio alla sedia. Fino a un mese prima era felice, con un'amante, i figli, i compagni: ora qualsiasi cosa finiva in frantumi e sua moglie andava al sindacato dei cattolici.

«Ma perché? Perché?», gridò.

«Perché non mi rompono le scatole come i tuoi».

«Sono anche i *tuoi*, se è per questo».

«Qui non c'entra la politica».

«Come no? E cosa ne sai tu della politica, adesso?».

«Ne so più di quanto pensi».

«Sì, brava».

«So molte più cose di quanto pensi».

Renzo accese una sigaretta e si strinse la testa fra le mani.

«Se lo viene a sapere Mariani. Con quello che è successo a Sacco, fra l'altro». Alzò il mento: «Cos'è, una ripicca? Ti ho pure comprato il televisore, ma non ti basta».

«Non è quello e lo sai. Non mi trattare da scema».

«E allora cosa? Cosa?».

«Lo sai».

Renzo tacque. Fumava nervoso, staccando boccate di fumo.

«Lo sai», continuò sedendosi al tavolo. «Credi che sia scema perché sono buona e ti ascolto, ma le cose le conosco».

Renzo era esausto. Voleva ribatterle che in fondo lo facevano tutti, voleva giusto togliersi uno sfizio, un maledettissimo sfizio in quella vita di privazioni – ma non era vero. Aveva voluto ben altro e l'aveva perso.

«Hai ragione», disse dunque. «Perdonami».

Lei teneva le braccia conserte. Non sembrava arrabbiata, e questa era la cosa peggiore: le lacrime le scendevano sulle guance, lente, quasi indifferenti.

«Mi puoi perdonare?».

«Non lo so. Cos'è quel coso?».

«Eh?», disse Renzo, e si accorse del Geloso sul tavolo. L'aveva nascosto in un cassetto, ma quel mattino l'aveva tirato fuori e se l'era scordato lì. «Niente», mormorò. «Me l'ha prestato Bertolini, stiamo registrando le riunioni».

«Sì, come no».

«Va bene. È un regalo di lei».

«Quella puttana».

«Sì, è una puttana».

«Mi devi giurare che è finita. Me lo devi giurare».

«Te lo giuro».

«Dimmi la verità, Renzo».

«Te lo giuro. Ti giuro che non voglio più vederla».

Se ne andò con Libero stretto al braccio. Diana li aveva spiati dalla porta della camera. La madre la superò nel corridoio; lei entrò in punta di piedi e si rivolse a Renzo: «Papà, perché la mamma piange?».

«Abbiamo litigato, Dianute. Non è niente».

«Non farla piangere».

«Non è niente, ti dico. Mi canti una canzone?».

«Perché poi viene da piangere anche a me», disse con la voce spezzata.

Ma con sua sorpresa, dopo qualche giorno si accorse che la tristezza era già evaporata. Non gli mancava Iris, non si sentiva in colpa per Teresa, era soltanto inferocito per il licenziamento di Sacco e la situazione in fabbrica. Non era in grado di essere fedele a una singola persona. Il bene ruvido che poteva provare, il bene di un friulano indomabile, era riservato ai compagni e alla lotta. Tutti uniti contro i padroni, dunque. Un urto che li avrebbe uccisi o lasciati vivi e nuovi, proprio come aveva desiderato vent'anni prima a Udine, ai tempi della guerra.

Teresa era davanti al lavello e si passava acqua calda e glicerina sulle mani e sulle braccia. La faccia di Mike Bongiorno sorrideva sullo schermo.

«Voglio cercarmi un lavoro», gli disse guardando l'acqua scorrere.

«E perché?».

«Voglio solo lavorare». Chiuse il rubinetto e si voltò. «Con Libero, ci servono più soldi. E comunque serve anche a me».

«E i bambini?».

«Chiediamo alla vicina. Ci arrangiamo».

«Che lavoro sai fare, tu?».

«Sarò capace di girare una vite».

«E ora una domanda più difficile», disse Mike Bongiorno.

In quel momento Renzo comprese, e forse anche Teresa infine comprese, che non si amavano e mai si sarebbero amati davvero. Ci fu come una resa reciproca, e fu bellissimo; come svegliarsi definitivamente da un incubo. Non le aveva mai baciato un piede e non l'avrebbe mai fatto. Avrebbero vissuto insieme senza amarsi. E ciò nonostante era giusto così. Il senso di tutto gli risultò chiaro: la gente non aveva bisogno d'amore, ma di pane e lavoro, e nella sua casa era tornata l'antica tranquillità – ciò che aveva sempre voluto da Teresa. Una silenziosa compagna di Bresso, robusta e incapace di sorridere, con i seni gonfi e le spalle larghe e la catenina con la Vergine Maria nascosta nel cassetto delle mutande.

«Va bene», disse, e aggiunse: «È giusto».

Il Giudici venne al suo banco durante una pausa e lo strattonò per la manica della tuta. La forza di quel vecchio lo sorprendeva ogni volta.

«Guarda che ora la situazione è calda come questi ferri», gli disse.

«Lo so».

«Lo sai».

«Sì».

«Sicuro di saperlo?».

«Ma sì, Giudici, dio can».

«Bene. Quindi basta star dietro a gonnelle e menate varie, t'e capì? Perché l'anno che viene bisogna darci. Li dobbiamo mandare giù a calci e a pugni e dobbiamo farlo anche per Sacco, per tutti».

«Stai tranquillo».

«Non mollare, eh».

«E chi molla? Starai scherzando».

«A calci e pugni. A calci e pugni, Sartori, un minuto in più del padrone».

«A calci e pugni», sorrise Renzo.

Quella sera scese in strada con il Geloso e camminò nell'aria fresca. Nel tramonto, i colori apparivano più saturi del solito: le ciminiere contro il cielo, i platani ingialliti e scarlatti, il grande cancello verde di una fabbrica.

Renzo si appoggiò a un muretto di fianco al prato vuoto che tutti usavano come discarica: poi prese il nastro, lo strappò e lo buttò via insieme al registratore, in mezzo ai copertoni e i rottami e i tubi arrugginiti e i blocchi spezzati di cemento.

11

Luciano venne in visita con Nadia. Gabriele trovò sua madre ringiovanita e glielo disse; lei replicò che il tempo poteva avere riguardi, ma alla fine apriva sempre la porta alla morte. Aveva portato due grandi borse piene di formaggio latteria, brovada, musetto, chiodi di garofano, cren, pane con la zucca, fagioli, patate, strucchi e tre bottiglie di ribolla.

Luciano invece si era un po' imbolsito e la zoppia era peggiorata; faticò anche a salire le scale. Per aiutarsi ora portava un bastone nero dal pomo d'avorio lavorato che gli dava un'aria buffa e sostenuta insieme.

«Sto diventando un gran signore», disse.

«Stai diventando vecchio», disse Gabriele.

Luciano impugnò il bastone con entrambe le mani: «Guarda che te lo rompo in testa».

Fecero una cena in sala, stretti al tavolo troppo piccolo, mentre i vetri della porta-finestra erano appannati dal freddo. Davide era entusiasta degli strucchi: diceva che erano i dolci più buoni che avesse mai mangiato. Eloisa invece li trovava terribilmente zuccherosi.

«Non capisci niente», le disse Davide tirando su col naso.

«Tu, non capisci niente».

«Un dolce deve essere zuccherato. È logico».

«I gusti sono gusti».

«E i tuoi sono pessimi».

«Non ti rispondo neanche, guarda».

«Sono sempre così?», chiese Luciano a Margherita.

«Sempre», disse Margherita.

In cucina, Luciano aprì e richiuse il Kelvinator da centodiecimila lire, cambiali da settemila mensili. «Ce l'ho pure io. Non così bello, ma quasi».

«È una vera comodità, no?», disse Margherita.

«Altroché. Come abbiamo potuto vivere senza frigo per tanti anni?».

«Troppo frico, poco frigo», disse Gabriele, e tutti risero.

Luciano si coricò sul divano, mentre Nadia divise il letto con Eloisa. Lei si lamentò perché voleva dormire con la gattina che aveva adottato un mese prima: una bestiola grigia dagli occhi gialli. Nadia le disse che potevano dormire tutte insieme.

«Ma nonna, a te non dà fastidio il pelo?».

«Ti pare? Son cresciuta con le bestie».

«Ah, già».

«Non ricordi? L'estate in Friuli».

«Allora nessun problema. Guarda, le ho insegnato a salutare come si deve». E tirò la coda alla gatta, che mandò un miagolio rassegnato.

Il giorno dopo andarono in gita sul lago di Como. Gabriele si fece prestare da un collega una Cinquecento per Luciano, ma l'auto si fermò in mezzo a un tornante: uno svizzero li aiutò a riavviare il motore. Davide contemplava dal finestrino le cime, mentre Eloisa ripeteva a Nadia una barzelletta sugli idraulici.

Cernobbio era bella anche nella mestizia invernale: i colli spogli e coperti di neve, il lago vuoto di barche. Da nord scendeva un vento appena ghiacciato. Passeggiarono per un po' lungo la riva, fiancheggiando le grandi ville borghesi e gli hotel e i negozi dalle saracinesche chiuse; ma la giornata era troppo rigida e Davide aveva il raffreddore. Trovarono un bar aperto sul corso e ordinarono dei caffè. Luciano aveva ceduto il bastone a Eloisa, che si divertiva a usarlo a mo' di spada contro Davide.

Al tavolo sua madre gli venne accanto. Gabriele le carezzò una mano.

«Mi spiace per Renzo», disse.

«Non ti preoccupare».

Lui strinse i denti dalla rabbia: «Lo chiamo una volta al mese e gli faccio la predica. Di tutto, faccio. E lui dice che non può, non vuole. Mi fa impazzire».

«Lascia perdere».

«Per una volta che vieni in Lombardia, poi. Figurati se non trovava una scusa».

«È sempre stato così».

«Sì, un imbecille».

«Lascia perdere. E non offenderlo».

«Ma ti rendi conto di come ti ha trattato? Di come ti tratta ancora?».

«Le persone non si offendono, e men che meno tuo fratello. È una cosa fra me e lui».

Tacquero. Eloisa passò davanti a loro saltando a cavallo del bastone di Luciano, gridando che era la strega regina di Como.

«Quella frute», disse Nadia. «Ormai è grandicella per scenate del genere, no?».

«Avrà preso dalla madre».

«Smettila».

«Da me non ha preso di certo».

«E Davide, invece?».

«Si è ripreso benissimo. Corre e gioca a calcio». Sorrise. «Non si sa come, ma non ha avuto nessuna conseguenza dalla polio. Nessuna storpiatura, nulla. Un miracolo».

«Che bene».

Gabriele le strinse più forte la mano.

«Senti».

«Sì».

«Sei sicura di stare bene laggiù da sola?».

«Non sono sola: c'è Piero, ci sono le cugine. Viviamo bene».

«Ma se metà della gente se n'è andata».

«Siamo in quattro e viviamo bene».

«Sarà. Secondo me invece devi venire qui».

«Non mi avevi trovata più giovane?».

«Sì, ma che c'entra».

«Sto bene, ti dico. E non voglio parlarne più».

La sera, mentre le donne lavavano i piatti, Gabriele portò Luciano sul balcone. Luciano accese una sigaretta e guardò giù, dal quarto piano, la strada deserta e gli alberi addormentati nella notte.

«Che posto», disse.

«Già».

«Non ci vivrei, ma dà un'idea come di. Non so».

«Modernità».

«Qualcosa del genere».

«E non hai visto Milano».

«La prossima volta. Tornerò senz'altro».

«Magari con una moglie e un figlio?».

«Non cominciamo nemmeno il discorso».

«Non ti sei stancato di fare lo scapolo d'oro?».

«E perché? Adesso ho pure un bastone da signorotto. È tutto fascino».

Gabriele si lisciò i baffi sorridendo.

«Sai? C'è un bar qui dove si trovano i friulani della zona. L'ho scoperto pochi mesi fa. Per lo più sono operai; ogni tanto qualcuno fa la brovada e la divide con gli altri. La mangiano al bancone, tanto il padrone del locale è friulano anche lui. Parlano in marilenghe, bevono, cantano *Stelutis alpinis*. Sembra quasi finto da tanto è vero».

«E che te ne fai della brovada e della marilenghe?».

«Faccio il nostalgico».

«Ma piantala. Sei a un tiro di schioppo dal *Corriere*: corri a bussare da Montanelli».

«Sì, e cosa gli dico? Buonasera, le faccio la punta alle matite?».

Luciano ridacchiò.

«Ah, Gabrielut. Quanti sogni buttati».

«Ho quarantatré anni, non novanta: conto ancora di fare una grande opera. Dammi tempo».

«Continui coi sonetti?».

«No, sono fisso sul verso libero. Ho deciso che i sonetti sono roba da incapaci».

«Proprio ora che ho iniziato anch'io».

«Appunto».

Li accompagnò alla stazione in auto, lunedì prima dell'alba. Si abbracciarono sui binari e Luciano gli disse di tornare presto a Udine, ché l'avrebbe riempito di brovada fino alla nausea. Un ferroviere sbadigliò agitando la paletta sotto le luci color miele. Sua madre lo baciò sulla guancia e lo strinse.

Gabriele li aiutò a caricare le valigie e rimase per un po' sulla banchina, in silenzio. Era ancora presto per andare a scuola. Sul secondo binario passò un treno merci arrugginito. Pensò al fratello, ma senza rabbia ora, solo con una profonda amarezza. Pensò anche di andare a Sesto e aspettarlo davanti alla fabbrica, prenderlo da parte e chiudere tutti quei conti aperti.

Invece vagò per le strade di provincia in automobile, consumando benzina inutilmente: Solaro, Cesate, Caronno Pertusella, Garbagnate, Lainate, Uboldo, di nuovo Saronno: sulla provinciale i fari della Seicento illuminarono per un istante le tracce di un incidente notturno, e poi via di nuovo tra zolle rapprese di gelo e macchie di neve, i tronchi e i rami secchi delle robinie chine sulle strade, cantieri, fabbriche, un mulino diroccato, la grande cinta di una villa signorile, il lampo giallo dei semafori, e la città dei suoi sogni era così lontana: immaginò Montanelli e Buzzati fare colazione davanti ai giornali mentre lui girava con gli occhi gonfi per una terra che niente poteva riscuotere e non sapeva di nulla, né di grappa né di fieno.

Infine tornò a casa. Margherita si era appena svegliata e fu stupita di rivederlo; gli preparò un caffè mentre lui si mise alla finestra a scrutare l'orizzonte ancora buio, inquieto, senza capire contro cosa stesse combattendo di preciso – finché l'intuizione non gli giunse in forma di ricordo: suo padre che passava le sere ai vetri della casa di via Grazzano, cercando un futuro che non giungeva e mutava solo nello spreco tanto temuto, giorni perduti come fuochi di stoppie, il disertore tradito a sua volta.

Ecco cosa stava combattendo: l'eredità di suo padre.

12

E l'anno in effetti passò: a calci e pugni, come aveva predetto il Giudici. Gli scioperi crebbero di numero e forza, in tutte le fabbriche della zona e oltre. A Cinisello Balsamo gli operai bloccarono la strada e il picchetto di massa finì in una sassaiola. La polizia continuava a pestare, ancora più duro, ma la gente ormai si era svegliata. Renzo si fece una ferita sul fianco destro e si incrinò una costola durante una manifestazione; per una settimana lavorò stringendo i denti dal dolore.

Ad aprile andò anche lui al Vigorelli al termine di un grande sciopero generale: il velodromo era gremito di metalmeccanici, e nella luce viva della primavera sollevò il cappello e cantò insieme ad altre migliaia di persone.

A luglio lesse dei tumulti di piazza Statuto a Torino; anche Iris aveva scritto un articolo, e come ogni volta il suo nome sulla pagina dell'*Unità* gli provocò una piccola fitta. Le foto mostravano pali divelti, sampietrini sparsi per strada, e giovani operai che si scagliavano contro la celere. Mariani era scettico, perché il sindacato non approvava azioni simili: ma a Renzo venne un fremito, e il Giudici disse che finalmente veniva la rivoluzione. Iniziava proprio così, disse.

A settembre gli scioperi ripresero, sempre più frequenti; e arrivò infine ottobre, il cinque ottobre del 1962, e loro riempivano di nuovo Milano, una folla sconfinata che si moltiplicava a ogni incrocio, una nuova marcia taciturna per le vie della città, operai e impiegati, compatti dietro lo striscione UNITI SI VINCE!, uno ogni tre con il cartello bene in alto – FIOM, BORLETTI, LA COSTITUZIONE ENTRI NELLA FABBRICA, GRUPPO FALCK – un brulicare di cartelli e corpi, dieci cortei che divennero uno e dalle fabbriche della periferia colarono in centro come le lingue infuocate in fonderia: ed eccoli marciare davanti al Castello mentre dalle finestre e ai lati della strada la gente li guardava attonita, o batteva le mani e agitava fazzoletti – ed era una cosa mai vista, anche a viverla da dentro e coglierne solo un brano, figurarsi contemplarla intera da fuori: non un fischio, non una parola ma soltanto la certezza di esserci: un modo per vendicare Sacco e i compagni persi e tutti i deboli del mondo. E com'era dolce la vendetta su chi si credeva più forte di te. *Avete visto quanti siamo, figli di puttana? Avete visto? Non abbiamo più paura di voi: cominciate a tremare.*

Dopo i comizi di piazza Santo Stefano il corteo si disperse lentamente. Il Giudici tornò a casa in tram. Renzo, Mariani e Bertolini si attardarono in centro, godendosi la sera. Verso porta Ticinese Renzo vide suo fratello camminare con le mani dietro la schiena, il polso sinistro stretto nella destra. Centinaia di migliaia di persone, e fra di esse lui. Quando gli passò di fronte e quasi gli venne addosso, lo afferrò per una manica: «Gabriele», disse.

Lui aprì la bocca.

«Renzo? Che ci fai qui?».

«Che ci fai tu».

«Dovevo consegnare delle carte al Provveditorato. Ma che macello c'è?».

«Abbiamo fatto un gran corteo», sorrise Renzo.

Gabriele annuì; appariva smarrito, esausto. «Erano mesi che non venivo a Milano». Poi guardò Renzo: «E molto di più che non vedo te».

«Già».

Renzo lo presentò agli altri, ma non aveva voglia di fare tavolata insieme. Si vergognava un po' di Gabriele, e Mariani e Bertolini dovettero capirlo al volo; si staccarono per tornare a casa. I due fratelli rimasero soli tra i gruppetti che sciamavano. La luce era quasi scomparsa, come se le cose l'avessero succhiata di colpo.

«Andiamo a berci un tajut?», disse Gabriele.

«Andiamo».

Si sedettero in una latteria e ordinarono un litro di rosso.

«Siamo friulani», disse Renzo alla donna al bancone. «Beviamo solo due volte al giorno: a pasto e fuori pasto».

Stavolta rise anche lei, insieme a Gabriele. Versarono il vino. Renzo raccontò degli scioperi dell'ultimo anno, e di quelli ancora indietro, e avrebbe anche voluto dirgli di Iris e di Libero Maurizio e di Diana e di Teresa e di Sacco e del Giudici – per una volta la presenza del fratello era piacevole, quasi confortante, sangue del suo sangue in terra straniera. Ma il viso di Gabriele si accartocciava sempre di più, e Renzo percepì che qualcosa non andava.

«Va bene», disse a un certo punto. «Adesso dimmi cos'hai».

«Cos'ho. Niente. Soltanto non mi piace il disordine, e voi ne state facendo troppo».

«Ma voi chi?».

«Voi comunisti».

«E l'ordine, sarebbe?».

«Quello della società democratica. Il nostro».

«Ah, sì? Che bella democrazia, dove poca gente si gratta la pancia da mattina a sera e tutti gli altri si ammazzano di lavoro. Perché io devo sgobbare per chi ha la villetta e l'auto e i soldi in banca?».

«Perché se li è meritati».

«Meritati sfruttando gli altri».

«Potresti essere tu, quello con la villetta, se ti impegnassi».

«Mica mi interessa».

«E allora non lamentarti».

«Dio can. Ma si può sapere che problemi hai?».

«Non bestemmiare».

«Bestemmio eccome, perché mi sembri il nonno: il paron è il paron e fine del discorso, i miei omaggi e saluti alla signora. Come se il paron si fosse guadagnato terra o fabbrica col sudore della fronte. È tutto passato di padre in figlio».

«Va bene. Sto solo dicendo che ci sono metodi diversi dal disordine, per farsi sentire».

«Guarda che questo non è disordine. Sono proteste, e serviranno anche a te».

«A me? Pensavo di essere il nemico», disse Gabriele fissandolo dritto. «Non sono un borghesuccio? Non ho l'auto e tutto il resto?».

Renzo si asciugò il sudore dalla fronte. Parlavano friulano, la marilenghe, la loro lingua madre di esiliati, ma ciò non li rassicurava né li scaldava come un focolare, come avrebbe dovuto fare.

«I nemici sono altri», disse. «Quelli che tengono l'Italia bloccata».

«La state bloccando voi, l'Italia».

«E no, Cristo. Questo non posso sentirlo. È la Dc che l'ha tenuta ferma per quindici anni. Il miracolo, il miracolo, dicono. Ma come mai i soldi vanno solo ai padroni? E come mai licenziano la gente a caso? E perché i dirigenti sono tutti fascisti? Tutti, Gabriele. O fascisti o mezzi preti».

«Sì, ma voi fate a botte con la polizia e mettete la città a soqquadro: a cosa serve?».

«A ottenere quello che chiediamo. E lo otterremo, forza contro forza».

Gabriele sospirò.

«Senti. Io capisco che vogliate stipendi più alti; figurati se non lo voglio io. Ma in questa maniera non si va da nessuna parte. La gente vuole stare tranquilla».

Renzo si guardò le mani piene di segni, cicatrici, scottature mal rimarginate. Poi guardò le mani integre del fratello, e sentì la rabbia montare.

«Certo», disse. «È proprio perché la gente vuole stare tranquilla che gli stipendi restano bassi. Facile parlare, dietro la cattedra. Se passassi un solo giorno in reparto, verrebbe anche a te la voglia di spaccare le cose».

Gabriele lo fissò incerto.

«Ora parli come un matto».

«Parlo come uno che vuole la rivoluzione».

«E la rivoluzione sarebbe questo? Sciopero ogni due per tre, intasare le strade?».

«Sissignore. Questo è l'inizio, e poi si vedrà».

Tacquero e finirono il vino. La latteria si andava svuotando, ed era rimasto solo un gruppo che cantava *La bella la va al fosso*: «Ravanei remulas barbabietole spinass, tré palanch al mass!». L'ostessa si versò un vermut.

«Perché non ti sei fatto vedere, quando è venuta qui la mamma?».

«Ah», sorrise Renzo amaro. «È questo il vero problema, eh?».

«Può darsi».

«Tutta la tirata sui comunisti, e alla fine si parla della mamma».

«Rispondi».

«Sempre la mamma, eh?».

«Vuoi rispondere?».

Renzo accese un cerino e lo spense. Ne accese un altro e lo spense.

«Avevo da fare, te l'ho detto».

«Sì, come no».

«Libero di non credermi».

«E comunque non le hai mai scritto né telefonato per scusarti».

«Forse non voglio scusarmi».

«Ma è nostra madre», lo implorò. «Io non so, non ho mai capito perché da un certo punto in avanti sei diventato così. Avrà a che fare con gli anni della guerra: ma ormai è finito tutto. Ti sei fatto una famiglia e non vuoi nemmeno che lei conosca i suoi nipoti. Che razza di figlio sei?».

«Non devi impicciarti in queste cose».

«Mi impiccio eccome, perché ci soffre».

«Di' una preghierina e vedrai che Gesù la fa star meglio».

Gabriele gli tirò uno schiaffo. Il gruppo che cantava si fermò all'improvviso.

Renzo si massaggiava la guancia tranquillo. «Vuoi davvero fare a botte con me?», chiese.

«No», disse Gabriele alzandosi e prendendo il cappello. «Volevo ricordarti che sono il fratello maggiore e devi portarmi rispetto».

Otto giorni dopo Renzo si svegliò tardi, con la bocca impastata e un po' di mal di testa. Teresa sembrava contenta, quasi bella: bevvero il caffè insieme e poi lui portò i bambini a giocare nel prato pelato davanti a casa. Comprò *l'Unità*, la lesse soddisfatto e ripiegò il giornale senza cercare la firma di Iris. Osservò i bambini giocare e chiacchierò con un vicino. Le foglie degli alberi erano brune e gialle.

Di ritorno a casa vide che nella buca delle lettere c'era una busta. La scartò sulle scale; era di suo fratello. Andò in camera, chiuse la porta e la lesse. Si fermò per accendere una sigaretta, la lesse fino in fondo, la rilesse ancora, la fece cadere a terra.

Caro Renzo,

forse dovrei parlarti di persona, ma sai come sono fatto: preferisco le parole scritte.

Comincio con una confessione che c'entra poco con il resto. Non posso dirlo a nessuno, perché Margherita mi sparerebbe a sentirla; perciò lo dico a te. Mi manca Udine. Mi manca il Friuli, da morire. Credo di aver fatto un errore tremendo, di quelli che pagherò con l'infelicità. Spero solo che ne venga del bene per Eloisa e Davide.

Ricordi quando una volta, al cinematografo che mettemmo in piedi io e Luciano, tu invertisti la pellicola del film? Parlava di una principessa, se non sbaglio, e tu non volevi che morisse, così rimandasti la storia all'indietro. Purtroppo non posso fare lo stesso con i miei sbagli. E nemmeno tu con i tuoi; il che mi porta al motivo di questa lettera.

Negli anni ho capito che non posso perdonare ciò che hai fatto, l'aver rotto tutti i ponti con noi. Quando hai rifiutato di nuovo di venire a casa mia, lo scorso gennaio, ho pensato che fossi soltanto il solito testardo. Ma quando ci siamo incontrati giorni fa ho visto che non è così; c'è qualcos'altro. E non riesco né a capirlo né a giustificarlo.

Non ti odio, intendiamoci: anzi ti voglio bene come prima. Ma per un po' è meglio se non ci vediamo più, nemmeno per caso, nemmeno di sfuggita o poco e male come in questi anni. Abbiamo imboccato strade troppo distanti, e tra fratelli è bene dirsi le cose chiare. Tu hai il comunismo e il popolo, io la famiglia e Dio. Ma non voglio litigare, l'abbiamo appena fatto di nuovo e siamo stanchi tutti e due.

Stanotte ho sognato Domenico. Non mi accadeva da tempo. L'ho sognato da bambino, lungo le nostre strade di Grazzano; l'ho sognato felice. E al risveglio mi sono chiesto se lui sia mai stato felice, e cosa significhi essere felici in generale.

Siamo uomini decenti: ma a volte penso ci vogliano più persone simili a Meni. Persone che amano inutilmente il mondo intero, senza distinzioni fra bianchi e rossi o neri e blu, fino a creparci.

Forse prima o poi questa ferita si cicatrizzerà. Intanto, ognuno per la sua strada.

Mandi,

tuo Gabriele

13

L'alba si allargava lentamente mentre Nadia Tassan usciva dal casale con un secchio in mano. Un altro giorno era arrivato. Suo fratello sedeva sul grande ciocco di legno all'ingresso: affilava un coltello con la cote e la pietra mandava uno sfrigolio leggero nel silenzio. La barba era ormai imbiancata, ma il resto del corpo non aveva subìto i segni della vecchiaia.

«Buongiorno», disse Piero.

«Buongiorno», disse lei scrutando il cielo color pesca. «Sembra una bella giornata, oggi».

Piero poggiò la cote e la lama sulle ginocchia.

«Ma fa un freddo cane».

«Sì, fa già molto freddo».

«Verrà un inverno brutto».

«Credo anch'io».

«Lisa e Clara dormono ancora?».

«Sì».

«Che zoventut».

«Se non ci fossimo noi».

«Che zoventut», ripeté Piero, e tornò a far andare la cote.

Nadia si lavò il volto con la rugiada e proseguì verso la stalla, ma invece di entrare subito tagliò in direzione dei campi e del bosco poco lontano. Le era sempre piaciuto il profumo di novembre. Era lo stesso profumo fradicio e penetrante dei giorni in cui Maurizio si era presentato davanti a quella casa, impaurito come un cerbiatto colpito da un fascio di luce: la stessa fragranza, corteccia e terra, e una traccia di fiori sul fondo.

Nella radura appoggiò il secchio e guardò fra i rami. Il sole bruciava le nuvole, le accartocciava. Rabbrividì.

Piero era contento di averla di nuovo a casa. Le diceva che aveva fatto un lungo giro per nulla: vai vai e alla fine in campagna tornerai. Su questo però lei non era d'accordo. Certo Nadia apparteneva a quel luogo dove tutto era cominciato; ma se vi era tornata sola com'era stata lasciata quel giorno del 1918, vi era tornata con una forma nuova di conoscenza.

Aveva perso un figlio in guerra e uno in pace: amava ancora il morto e, nonostante le buone intenzioni, detestava spesso il vivo per il male che le aveva inflitto, anche se non poteva dirlo a nessuno. Il mondo non era stato giusto con lei, e dunque ogni tanto – solo ogni tanto – ne rifiutava l'autorità, i consigli, la morale. Era libera e poteva vivere come le pareva.

Andò a mungere la mucca, portò il latte in cucina e mise la pentola sopra il focolare già acceso. Il fuoco crepitava in scintille rosso mattone. Lei aprì le mani sopra le fiamme e le rigirò per scaldarsi.

Poi tornò in camera – una nuova stanza, una piccola stanza tutta per lei – accese una candela e si mise a disegnare con il carboncino, contemplando dalla finestra il profilo dei colli nella prima luce. Tracciò un arco. Lo sfumò con un dito umettato, lo rese evanescente, quindi abbozzò le foreste spoglie e le nubi. Quei luoghi custodivano qualcosa di remoto: le tracce di un tempo più semplice, dove le complicazioni e la sventura degli esseri umani non esistevano.

Finì lo schizzo e lo ripose di lato. Spense la candela con due dita.

Sapeva di essere intelligente, ma l'intelligenza non bastava certo a giudicare il cumulo di eventi e passioni e peccati che piano piano scolpisce una persona. Di una cosa soltanto era certa: non aveva sprecato la propria vita. In qualsiasi momento era stata libera di scegliere, e aveva scelto.

Non era ancora vecchia. Avrebbe lavorato. Avrebbe disegnato. Avrebbe educato le nipoti a diventare donne come lei. Si sentiva forte e indomita, pronta a qualsiasi sfida il destino avesse in serbo.

Un altro giorno era arrivato e bisognava accompagnarlo alla fine con cura e devozione, con uno spirito fedele, come un padre malato o un animale da sgozzare.

5
Potere a destra, potere a sinistra
1970-1974

I

Le case attorno al Naviglio Pavese erano rade, come
se un pugno avesse colpito la periferia dall'alto. Un'osteria, un condominio occupato, un ambulatorio; orti abusivi
recintati da siepi e reti di plastica verde. In mezzo al-
l'acqua emergeva la chiglia rovesciata di una barca. Eloisa
Sartori infilò i volantini nella borsetta di pelle e seguì
Carlos accelerando il passo: il grande muro era appena
girato l'angolo.

Lui mise a terra il barattolo di vernice ed estrasse il
pennello. Era un pomeriggio di fine marzo; nessuno per
strada, al momento, ma era bene guardarsi le spalle.

Carlos cominciò dal lato sinistro della lettera. Eloisa
iniziava sempre dal cerchio, invece: così aveva fatto a
Capodanno, su un muro di Saronno. Un bel rischio, con
il senno di poi, perché c'era parecchia gente e avrebbe
potuto prendersi qualche sberla o sentirsi dare dell'assassina. Ma non era successo nulla. Anna Ponticelli si
era ubriacata ed era andata a discutere con un gruppo
di tamarri; alla fine si erano abbracciati tutti – erano
un po' brilli anche loro – ed Eloisa si era svegliata la
mattina successiva nell'appartamento della zia di Carlos,
all'alba, e aperta la finestra aveva visto incombere i condomini grigio tortora della periferia di Solaro, una macchia d'alberi nudi, ed era sgattaiolata fuori per tornare
a casa a piedi. Sua madre le aveva tirato uno schiaffo –
il coprifuoco era all'una, e si presentava a quell'ora?

Dopo una notte con quei banditi? Ne era seguito un lungo litigio, con un mese di punizione durante il quale Eloisa aveva letto tutte le riviste che gli amici le facevano trovare nascoste nei libri prestati.

Carlos terminò la stanga orizzontale della *A* e partì con il cerchio intorno: lo tracciava lento e concentrato, soffiando ogni tanto via i ricci neri dalla fronte. Poi scrisse ai lati del simbolo:

STRAGE DI STATO   PINELLI ASSASSINATO

Pochi giorni prima l'avevano gridato insieme a duemila persone per le strade della città, i pugni stretti nell'aria vitrea di Milano: ancora troppo poche, ovviamente, ma più di quante avessero immaginato.

Carlos ripose vernice e pennello in un sacchetto di plastica.

«Faccio un attimo pipì qui dietro», disse, e scomparve dietro la siepe.

Eloisa fissò la scritta, violenta e nervosa, la forza esplosiva del nero sul muro bianco latte. Quando ripensava al corpo di Giuseppe Pinelli, l'anarchico finito giù dal quarto piano della questura, stringeva i denti e i pugni per la rabbia. Ti tengono chiuso lì ben oltre il fermo legale; ti accusano di essere implicato nella strage di piazza Fontana; ti interrogano giorno e notte. E alla fine ti ammazzano. Era andata così di certo, ne era convinta lei come tanti altri. Crepi precipitando da una finestra e per giunta loro dicono che ti sei suicidato, allargano desolati le braccia davanti ai giornalisti. Hai ceduto alle pressioni, dicono. Non c'era rabbia a sufficienza sulla terra, pensava Eloisa. Se ci fosse stata, forse tutto quel male sarebbe scomparso: e lo squarcio aperto dalla bomba che aveva ammazzato e ferito persone inermi per investire poi Milano e l'Italia intera, un'onda di brutalità e violenza e paura che ancora cresceva, mostrando fino a che punto potesse spingersi il potere – ecco, se ci fosse stata, benedetta rabbia, avrebbero potuto chiudere quello squarcio una volta per sempre.

Carlos ritornò fregandosi le mani in un fazzoletto.

«Facciamo un salto in Statale?».

«Va bene. Però alle cinque devo tornare a casa».

«Ti porto io».

«Alle cinque, puntuale».

«I tuoi ti stanno dietro, eh?».

«Non voglio farli preoccupare per niente».

«In fondo sei una figlia modello».

«Ma smettila».

«Eh sì, sei proprio una figlia modello».

Lei sorrise e lo baciò raccogliendogli i ricci in una piccola coda.

Camminarono avanti e indietro davanti all'università, e poi sotto i portici del cortile del Filarete. Nel nuovo volantino – stampato male, perché la matrice era mezza bucata – ribadivano per l'ennesima volta che le bombe erano frutto della manovalanza fascista, rilanciavano la lotta alla repressione, sottolineavano che si sarebbero astenuti alle elezioni di giugno e invitavano tutti i compagni a sabotare la macchina del voto borghese.

Carlos era più bravo di lei nella distribuzione. Cercava sempre di fare due chiacchiere e pregava i passanti di riflettere un istante, senza pregiudizi. Era in quel modo che Eloisa l'aveva conosciuto, del resto: mentre gironzolava da solo per il corso centrale di Saronno, un blocco di fogli in mano e un'assurda lavallière al collo, sorridendo davanti al rifiuto più scortese.

Si erano fermati a parlare. Carlo, detto Carlos. Un mantovano di ventun anni, studente di Filosofia: viveva fra la zia sartina a Solaro e un appartamento di ringhiera in Bovisa con altri tre compagni; era stato anche fra gli occupanti dell'ex Albergo Commercio – quello dietro il Duomo, aveva presente?

Eloisa stava tornando da scuola e aveva tempo da perdere. Carlos era un cattolico devoto, ma anche anarchico figlio di anarchici: suo padre gestiva un negozio di ferramenta dove ospitava riunioni dei pochi libertari rimasti nel Dopoguerra; sua madre era una maestra d'asilo di origini altoatesine, ex staffetta partigiana. La *s* gli era giunta in dono durante un'estate alla colonia libertaria gestita da Giovanna Caleffi, la vedova del rivoluzionario Camillo Berneri – un posto straordinario. Tra le famiglie ospiti c'erano anche alcuni spagnoli fuggiti dal franchismo, e uno di loro, un nonno baffuto cieco da un occhio, si era intestardito a insegnargli la falegnameria e il castigliano, iniziando con un nuovo battesimo. Carlos, dunque. A lui nemmeno piaceva, ma tutti lo chiamavano così.

Si erano baciati tre giorni dopo dietro il Santuario di Saronno.

Anna arrivò con un maglione leggero e una giacca di pelle lisa, che la faceva sembrare ancora più magra di quanto non fosse.

«Amici», disse.

«Come va?».

«Tutto bene».

«Dove hai lasciato Ercole?».

«È qui fuori, ci raggiunge fra poco».

«Io devo quasi scappare», disse Eloisa.

«Andiamo via tutti insieme. Carlos, sull'Innocenti c'è posto, no?».

«Posto si trova sempre».

«Com'è andato il volantinaggio, Elo?».

«Insomma. Non è nemmeno il nostro migliore opuscolo, mi sa».

«Dici».

«Forse è un po' vago. La parte sull'astensione in particolare».

«L'abbiamo deciso insieme», disse Carlos.

«Certo, ma potevamo essere più chiari. Secondo me –».

Anna le toccò una mano e fece segno di voltarsi. Tre ragazzi del movimento studentesco si stavano avvicinando, le spille di Mao sugli eskimo, braccia larghe e nocche in avanti, le tasche rigonfie. Eloisa trattenne il fiato.

«Ancora qui, siete?», disse uno dei tre, con i capelli rossi e radi.

«Dovete levarvi», disse un altro. «Non avete capito che poi finisce male?».

Carlos era tranquillo. Incrociò le braccia sul petto e guardò il rosso: «Invece di minacciarci, potremmo parlare».

«Parlare cosa? Queste provocazioni devono finire».

«Ma quali provocazioni, su», disse Eloisa.

«Il vostro qualunquismo. Il vostro estremismo. Sono assolutamente inaccettabili».

«Dividete la base studentesca».

«E voi?», disse Eloisa. «Dov'eravate al corteo per Valpreda, l'altro giorno?».

«Cosa c'entra».

«C'entra eccome. Siete voi stalinisti di merda che...».
Il più alto fece un passo nella sua direzione. Carlos cambiò volto e si mise in mezzo: l'altro lo afferrò per il bavero della giacca e gli strattonò la lavallière, disfacendola.

«Ti ci impicco, con questa».

«Lasciala. È di mio padre».

«Ti ci impicco. Hai capito?».

«Non potremmo parlare, invece?».

«Sì, volete sempre parlare, voi».

«Mollatelo», disse Eloisa.

Il ragazzo rise e la carezzò piano sulla guancia. Lei si scansò.

«Non potremmo parlare?», ripeté ancora una volta Carlos.

«Cosa sei, ritardato?».

Il rosso si avvicinò infilando una mano nella tasca dell'eskimo. Anna intervenne per separarli.

«Lasciamo perdere, ragazzi. È meglio se andiamo».

«Sì, è meglio», disse il rosso.

Quando furono a una decina di metri di distanza, Carlos gridò: «Comunque potevamo parlare!». I tre scattarono per inseguirli e loro corsero fuori. Anna acchiappò Ercole per un braccio – li aspettava seduto all'ingresso, con un libro in mano – e scapparono verso la Torre Velasca.

In auto, sulla provinciale, l'hinterland scorreva immerso in una luce opalescente. Tralicci dell'alta tensione, condomini popolari, fabbriche. Discussero di come agire nei mesi successivi. Chi finiva una sigaretta passava il mozzicone agli altri per farli accendere. Grattandosi le basette ispide, Ercole parlò di una nuova sottoscrizione in favore dei compagni detenuti. Anna si disse d'accordo.

Superarono Bollate. In un grande spiazzo una ventina di ragazzini giocava a pallone usando zaini e borse per segnare porte improvvisate. Carlos guidava piano e dal finestrino rotto entravano i rumori del traffico, i colpi di clacson. Anna scartò una caramella e disse che suo cugino poteva filmarli per documentare il livello di violenza degli sbirri. Bastava seguirli a un corteo qualunque. Ercole disse che finire in video non gli piaceva granché.

Superarono Garbagnate e Caronno Pertusella. Baracche con tetti di lamiera ondulata, prati smunti, il fumo grasso di una ciminiera. Eloisa taceva e ascoltava, una mano fuori dal finestrino. Tornava nella terra dove tutti parlavano di danaro e corna e si odiavano e facevano quello che dice il prete: l'ardente città era ormai lontana. Pensò a sua madre che l'attendeva a casa, al piatto di pastina, alle prediche che le riservava; era convinta, come suo padre, che la bomba in piazza l'avessero messa non i suoi amici, va bene, ma di certo «qualche pazzo dello stesso giro». Mamma, voleva dirle, ma non capisci? L'anarchia non è mica caos e violenza come leggi sul giornale. È il più alto degli ordini. È la vita che pure tu avrai sognato da giovane: senza gendarmi né imposizioni, lontano dalla cucina dove ti hanno relegato i maschi, l'eguaglianza nella libertà.

Carlos fermò l'Innocenti di sua zia alla periferia sud di Saronno, tra due capannoni color ardesia. Scese, prese una borsa dal bagagliaio e si guardò intorno stirando le braccia.

«Ogni volta che torno qui», disse, «penso: va' che merda. Ho lasciato Mantova per questo».

«Ragione di più per lottare», disse Eloisa.

«Giusto».

Si incamminarono nei campi in fila indiana. Un sentiero fra le robinie sbucò davanti a un cascinotto abbandonato non lontano dalla ferrovia. L'aveva scoperto Eloisa per caso, durante una passeggiata con suo fratello, e ora si erano decisi a occuparlo per farne – chissà. L'avrebbero deciso strada facendo. Per terra c'erano tegole spaccate e dalla porta divelta sbucavano sterpaglie. Eloisa strappò una ragnatela dalla grata della finestra. I muri erano percorsi da crepe ma sembravano abbastanza solidi.

«Iniziamo a lavorarci settimana prossima», disse Ercole. «Basta rimandare».

Carlos estrasse dalla borsa una bottiglia d'alcol, qualche straccio e un po' di spago. Spaccò il ramo di una robinia e legò gli stracci a un'estremità, poi ci versò sopra l'alcol e diede fuoco con un cerino. Eloisa guardò Anna guardare Ercole con le guance arrossate, e guardò Carlos mentre si arrampicava sul muro innervosito, aggiustandosi gli occhiali con un movimento del naso – il suo ragazzo. Con un po' di fatica riuscì a incastrare il ramo e fissarlo alla meglio con lo spago.

Il traffico sulla provinciale cominciava a infittirsi e l'aria puzzava di gas di scarico. Eloisa accese una sigaretta. Il tramonto era scialbo, quasi spettrale, ed era bello vedere la loro fiaccola bruciarvi dentro.

2

Al limitare del campo, le braccia goffamente divaricate, un uomo dormiva avvolto nella bandiera tricolore. Dal finestrino di una Cinquecento parcheggiata sul marciapiede spuntava il capo biondissimo di un ragazzo, anch'egli addormentato. Sul muro della fabbrica accanto qualcuno aveva scritto GERMANIA KAPUTT, e un rivolo di vernice rossa era colato dall'ultima T, quasi che la lettera stesse sanguinando. Poco distante c'era un'altra scritta, enorme e un po' più vecchia:

1969 CONTRATTO
1970 RIFORME
1971 RIVOLUZIONE

Diana toccò gli occhiali con la punta del dito medio. Non si era ancora abituata a indossarli e le davano fastidio, soprattutto con quel caldo; ma ormai senza lenti vedeva tutto sfocato. Attraversò il centro deserto di Sesto San Giovanni e citofonò alla porta della villetta oltre il parco.

Cristina la aspettava già seduta al mezza coda, un bicchiere d'acqua in mano. Diana nascose le braccia dietro la schiena, come ogni volta, intimorita dalla grande sala con le finestre aperte, i quadri astratti alle pareti – ondate nebulose di blu e amaranto e panna. La pendola all'angolo vibrò e suonò i rintocchi.

«Buongiorno», disse Cristina alzandosi. «Anche i maschi della tua famiglia hanno dato di matto, ieri sera?».

Diana sorrise e annuì.

«*Quattro a tre, quattro a tre*, gridavano. Una partita storica, a quanto pare».

«A quanto pare».

«Che noia, questi Mondiali. Sei riuscita a dormire?».

«Non molto. Lei?».

«Poco. Ma non ti preoccupare: ci sveglieremo con Czerny».

Diana sedette al pianoforte, stirò la gonna sulle ginocchia e fissò lo spartito. Quindi attaccò a suonare simulando tutta la convinzione che non aveva; pur amando la musica – o amando il fatto di poterla amare e comprendere, a differenza della sua famiglia – non riusciva a prendersi sul serio. Cristina invece metteva enfasi in qualunque sfumatura. Le fece riprendere dall'inizio uno studio, insistendo sulla sua carenza di energia o sulle imprecisioni della mano sinistra.

«Qui», disse. «Non scorre bene. Rifammelo». Ascoltava con gli occhi su un quadro, le labbra sigillate, poi scuoteva la testa: «Rifammelo ancora».

«Sì».

«Mi raccomando, scioltezza».

Diana si vergognava un poco, non per la fragilità del suo suono, ma perché sudava e temeva di puzzare. Cristina invece profumava sempre: tracce di lavanda e muschio immerse in qualcosa di più vasto e fresco, simile a una giornata di fine autunno. E quando le si avvicinava o allungava un braccio, le spostava una mano sulla tastiera, Diana sentiva la pelle incresparsi. Era così bella e delicata.

Dopo Czerny passarono alla prima suite francese di Bach.

«Questa la voglio perfetta», disse Cristina ricaricando il metronomo.

Diana deglutì; sentiva le ascelle fradice. Inspirò, chiuse gli occhi e seguì per qualche secondo il ticchettare del metronomo. Quindi li riaprì e attaccò l'Allemanda.

Tempo prima la professoressa di italiano aveva dato alla classe il tema *Racconta qualcosa della tua grande passione*. Diana aveva scritto:

La mia grande passione è la musica. Fin da bambina ho sempre amato cantare e ascoltare la radio o i dischi di mia madre. Sono intonata e credo che attraverso la musica l'essere umano esprima le sue passioni più alte senza bisogno di parole, e dunque in maniera universale.

Da tre anni inoltre suono il pianoforte grazie alla mia insegnante Cristina, figlia di un dirigente della Breda. Ho conosciuto Cristina al circolo delle donne di Sesto. Al circolo era appena arrivato un pianoforte e lei stava parlando con l'ostessa, la Gina Meroni. Io non avevo mai visto un piano, sembrava uscito da una favola, ho spinto un tasto in basso e ho pensato che era un Fa. Cristina intanto si è avvicinata e mi ha chiesto se fossi capace. Ho risposto di no. Mi ha chiesto se volessi imparare, non so perché. Ho detto forse sì. Lei ha sorriso e ha suonato qualcosa, ed era stupendo. Poi mi ha detto che se volevo poteva insegnarmi lei, perché andava al Conservatorio. Io però ero timida, anche perché Cristina ha sei anni più di me, e ho detto no, grazie. La Gina Meroni mi ha detto che ero un po' scema, era una bella occasione.

Però io e Cristina ci siamo riviste ancora al circolo e lei, chissà perché, ha insistito. Mi ha spiegato come sono disposte le note sulla tastiera e dato i riferimenti sul rigo. Io ricordavo bene quanto appreso a educazione musicale e non mi sem-

brava difficile tenere le mani sulla tastiera. Poi per curiosità Cristina mi ha chiesto di voltarmi e ha suonato qualche nota chiedendomi quali fossero. Le ho azzeccate tutte e lei mi ha detto, colpita, che ho l'orecchio assoluto. (Hai l'orecchio assoluto quando sai riconoscere una nota senza il diapason). A quel punto mi ha convinta a parlarne in famiglia per prendere corsi.

Mio padre da principio era contrario. Non per il pianoforte in sé (con me è molto gentile e generoso), ma perché Cristina è borghese. Gli ho spiegato che loro sono comunisti come noi, ma lui ha riso e ha detto che un dirigente comunista è un po' come dire Stalin chierichetto. Poi però si è fatto convincere, e da allora seguo le lezioni una volta a settimana. Il mio obiettivo è perfezionarmi per cantare e suonare da sola. Non dico di voler fare la musicista, perché non sarò mai così brava, ma vorrei cantare e suonare da sola.

La suite terminò a fatica, le note decisamente troppo strappate: Diana raggiungeva gli ultimi passaggi sfinita per la concentrazione. Cristina versò l'acqua per entrambe, mentre Diana la spiava di sottecchi. Avrebbe potuto essere un'annunciatrice televisiva: il viso ovale, le iridi color nocciola e la parlata senza accento.

«Va abbastanza bene, ma devi esercitarti di più».

«Lo so».

«Dovresti davvero avere un pianoforte a casa, Diana».

«Me lo dice sempre. Ma uso quello al circolo, va bene così».

«Ti esibisci per gli ubriaconi».

«Almeno ho un pubblico».

La Gina Meroni le lasciava fare un'ora di scale ogni tanto e in effetti i disoccupati, già mezzi sbronzi, la applaudivano fischiando.

Cristina scosse la testa sorridendo e andò in camera sua. Tornò con una chitarra dal corpo in legno chiaro.

«L'ha comprata mio fratello qualche mese fa, ma non l'ha mai toccata. Tipico di lui».

Diana rimirò lo strumento.

«È per te», disse Cristina.

«Ah. Grazie! Ma non la so suonare».

«L'idea che in casa tua non ci siano strumenti mi irrita. E visto che non posso regalarti un piano, ti regalo questa».

«Ma non la so suonare».

«Impari».

«Ed è di suo fratello».

«Non si accorgerà nemmeno».

Diana alzò una mano: «Non posso accettare, davvero».

«Senti, basta complimenti. Prendila e divertiti. Solo, non rovinarti le dita».

«Dice sul serio?».

«Certo», rise lei allungandole la chitarra.

Diana la prese e strinse le sopracciglia. Ne aveva viste suonare molte, ma non ne aveva mai toccata una. Era un oggetto assai semplice, più simile a lei di quanto non fosse il pianoforte. Fece risuonare le corde vuote con l'indice, dalla più grossa alla più sottile; quindi si fermò su una delle due centrali e la pizzicò.

«Un Sol», disse incuriosita.

«Inscì te paret una studiosa», le diceva sua madre per consolarla, pulendole gli occhiali, ma Diana non voleva essere la ragazza dalle lenti spesse che nessuno nota; perciò quell'estate cominciò a fumare. Le faceva schifo, ma aiutava. E dopo qualche sigaretta smise quasi completamente di tossire.

Luglio si spalancò pieno di vaghe promesse. Lei aveva sedici anni e mezzo e certo il piano era qualcosa, un segno d'elezione in mezzo ai suoi compagni, ma non si era affatto rivelata il piccolo genio che sperava di essere.

Però ora fumava e possedeva una chitarra. Chiese a un amico di insegnarle qualche accordo e si esercitò in camera ogni pomeriggio nonostante le lagne di suo fratello Libero. In meno di un mese era già in grado di suonare gran parte delle *Canzoni di Bella ciao* del Nuovo Canzoniere Italiano, uno dei tre dischi in suo possesso. I polpastrelli le dolevano e sbavava ancora molti passaggi, ma se la cavava.

Nel canto cercò di imitare Giovanna Marini, senza riuscirci; non possedeva quel tono oracolare e insieme carezzevole. Il suo timbro era più aspro, e secondo la sua compagna di banco Francesca aveva qualcosa di Janis Joplin. Diana la conosceva soltanto di nome. Francesca le prestò *I Got Dem Ol' Kozmic Blues Again Mama!* – e fu una rivelazione. Janis faceva a brandelli le canzoni invece di suonarle. Le maltrattava. Era musica con un intento, musica altamente infiammabile: e sotto tutta quella furia, la sua voce sembrava nascondere un universo di perdita e solitudine. E poi quella copertina. Il volto sfocato, virato in rosso cupo, la bocca pronta a divorare il microfono. Diana ascoltava il disco da cima a fondo e lo rimetteva su daccapo, ignorando le proteste del fratello, ancora e ancora, senza mai saziarsene.

L'estate era lunga e vuota e lei cantò per gli amici rimasti a Sesto. Chi aveva famiglia al sud era già partito e sarebbe tornato a settembre carico di formaggio, olio e barattoli di sugo, con la pelle scura e le lentiggini sul naso: gli altri si riunivano davanti ai chioschi oltre i binari, sotto le tende verde scuro della latteria, oppure andavano in bicicletta fino alle cascine e verso la Brianza, e c'era sempre un ruscello o un canale dove fare il bagno e giocare a pallone.

Diana stava con la sua amica Francesca e altre ragazze della scuola. Fu l'estate in cui sorrise senza più timore, l'estate in cui cantò. Francesca le consigliò di farsi crescere i capelli e lasciarli liberi e selvaggi. Diana comprò dei finti Ray-Ban al mercatino e iniziò a guardarsi più spesso allo specchio. Sapeva di non essere una bellezza – mamma diceva che le qualità esteriori se l'era tenute tutte quell'egoista di suo padre – ma volle credere a Francesca quando le pettinava i capelli mossi e le diceva: «C'è materia su cui lavorare. E bisogna cominciare a farlo».

(Intanto: Cristina e Czerny. Cristina e la sonata n. 5 di Beethoven in Do minore, con quel ponte modulante che Diana non avrebbe mai saputo suonare. Cristina e il tè con i biscotti alla nocciola. Cristina che metteva le mani sulla tastiera a fine lezione per esibirsi un poco: suonava Schubert, per lo più, ed era ovvio che fra loro esisteva un divario di conoscenze molto più vasto della tecnica – lei conosceva l'universo raffinato che aveva generato quelle note, mentre Diana si limitava a riprodurle senza un fine preciso, contenta solo di udire i suoni spargersi nella stanza).

A ferragosto i sindacalisti della Cgil organizzarono una festa al parco. Per risparmiare, e perché i musicisti più bravi erano in vacanza o in tournée, chiesero una mano ai giovani. Diana accettò di cantare quattro brani, ma per sicurezza domandò a un chitarrista di Bresso di accompagnarla. Questo la lasciò più libera di esibirsi.

Cercò di muoversi come si sarebbe mossa Janis in una situazione del genere, furiosa e ispirata: non dovette riuscirle molto bene, perché dal pubblico ogni tanto partiva qualche risata.

Per ultima cantò *Ma mi* – la canzone di un partigiano imprigionato che rifiuta di tradire i compagni. Il padre era in prima fila con i suoi amici. Diana li adorava: il Giudici che le aveva insegnato di nascosto le parolacce; Enrico Mariani e il suo Milan; Bertolini con le caramelle fregate alla cugina erborista. Vide suo padre sorridere, stringere le spalle del Mariani e indicarla più volte. Lo vide urlare il ritornello, stonato e incapace di cogliere i suoni del dialetto milanese – *Ma mi ma mi ma mi, quaranta dì quaranta nott, a San Vitur a ciapà i bott* – e dare un bacio sulla guancia alla madre, che lo scansò ridendo. Era un gesto raro e felice e credette di esserne responsabile. Ma il brivido più intenso la solcò quando si accorse di Cristina, poco lontano, sulla destra del palco: così Diana cantò ancora più forte, più forte che poté, finché un piccolo applauso non la coprì.

C'erano angurie tagliate nei secchi di plastica bianca. Cedrata fredda. Pezzi di ghiaccio da spaccare con il martello e la subbia. C'erano salsicce fumanti e ciotole piene di pane e salame e insalata e uova tagliate a metà – e il giallo del tuorlo faceva venir voglia di morderlo. Diana fumò e bevve birra di nascosto dietro un albero, e divise con Francesca una scatoletta di mentine per pulire l'alito.

La notte arrivò più in fretta del previsto. Era tardissimo. Diana vide Cristina allontanarsi da sola lungo il sentiero aperto nell'erba. La raggiunse di corsa; la birra le saliva alla testa. Sfiorò un braccio dell'insegnante e lei si voltò sorpresa.

«Resti ancora un minuto», disse Diana.

«No, devo proprio andare a casa».

«Un minuto».

«Non c'è tua madre? Va bene che sei la protagonista, ma anche tu dovrai tornare».

Non riusciva a smettere di contemplarla. Le si avvicinò. Ecco il suo profumo di muschio, lavanda e autunno – e qualcos'altro, che ora le fu dolorosamente chiaro: un frammento della sua infanzia, il grosso sapone rettangolare con cui si lavava il padre non appena tornato a casa, una favilla improvvisa di limone, e lui che la sollevava in aria ridendo.

Fece un passo in avanti. Erano vicinissime. Le poggiò la mano destra sul braccio sinistro e quasi issandosi verso di lei – era più alta, era una donna – la baciò sulle labbra e lì rimase per un secondo, il tempo di sentire un gusto dolciastro e un po' acquoso. Non aveva mai baciato nessuno.

Quando si staccò, Cristina indietreggiò di un passo e portò le dita alla bocca aperta. Poi alzò gli occhi e Diana comprese di aver commesso un errore irrimediabile. L'ebbrezza si disfece. Entrambe scrutarono nei paraggi per essere certe che nessuno le avesse viste.

«Sei impazzita?», disse Cristina.

«Oddio. Mi scusi».

«Cos'era questo?».

«Mi scusi. Davvero, mi scusi».

«Sei...».

«No. No, no». Si torse le mani. «Ho bevuto una birra e non sono abituata. Non so cos'è successo».

Cristina incrociò le braccia e la fissò a lungo.

«Forse è meglio se non ci vediamo più», disse infine.

Diana attese un istante.

«Come?».

«A lezione, dico. Se sei una di quelle, non posso».

«Ah».

«Capisci anche tu che non avrebbe senso».

«Ma io non sono una di quelle! È stato – non so».

«Ti consiglierò un mio ex compagno di corso, se vuoi».

«Ho bevuto una birra».

Cristina continuava a toccarsi le labbra.

«Se hai questi problemi dovresti parlarne con il medico».

Diana tacque.

«Io non voglio saperne niente», disse Cristina.

«Sì. Per favore, non lo dica a nessuno».

«Va bene, ma io non posso aiutarti. Lo capisci, vero?».

Diana annuì.

Cristina si allontanò, le braccia ancora incrociate sul petto.

3

Davide schivò il sinistro del Barbetta un istante prima che impattasse contro di lui, ma evitò di contrattaccare. Gli ballò attorno, allontanandolo con qualche jab, mentre il Rimoldi gridava di pestare: pestare, pestare, *dai*! Davide fintò un gancio e fece partire un montante che andò a segno, ma il Barbetta non parve scomporsi. Si squadrarono ansimando, nell'odore di pelle e sudore.

Davide indietreggiò fino a sfiorare la linea di scotch che delimitava il ring, quindi scartò di lato. L'istinto gli suggerì una combinazione, ma in quel momento il Barbetta provò un altro sinistro: anche stavolta lo evitò con grazia, entrando nella guardia; fece partire lo stesso pugno, lo mancò. Il Rimoldi suonò la campana. Seduto per terra, Paolone batté le mani ed emise un fischio lungo.

«Sei sempre più veloce», masticò il Barbetta. «Te me paret un gatt».

«Tu però pesti duro».

«Eh».

«Se mi prendevi una sola volta, volavo».

«Ma non ti ho mica preso».

Davide gli toccò i guantoni e andò a farsi la doccia negli spogliatoi della squadra di calcio. Il corpo pulsava sotto l'acqua bollente. Poi cancellò la condensa sullo specchio con il palmo e si guardò. Era alto e snello e con un volto infantile, che sapeva essere un doppio pregio: era bello, ma appariva anche inoffensivo. La miglior dote per un pugile, o per un uomo in generale.

Il Rimoldi lo fermò all'uscita e gli disse di passare nello «stanzino». La parrocchia gli aveva lasciato un'intera sala dell'oratorio per la palestra di boxe, e lui aveva tirato una tenda di perline per ritagliare un posto dove parlare con gli allievi. Prendeva tutto terribilmente sul serio, il Rimoldi. Da ragazzo era stato campione regionale dei welter; ora, muratore cinquantenne senza figli, passava il tempo a insegnare.

Sedettero sugli sgabelli di plastica verde, presi dal bar dell'oratorio. Davide passò la mano nei capelli ancora bagnati.

«Senti, fioeu», disse il Rimoldi. «Non so cosa ti è successo nell'ultimo periodo, ma ormai tieni testa al Barbetta. Hai questo problema del pugno debole, e bisogna lavorarci su. Un po' di pesi. Però ci sai fare». Strizzò le palpebre. «Quanti anni hai?».

«Venti».

«E il militare l'hai fatto».

«Sì».

«Ma non ti sei mai allenato, lì».

«No. Non facevo niente da mattina a sera».

«Chiaro. E da quanto vieni qui? Sei mesi?».

«Un po' meno».

«Eh. Tieni conto che il Barbetta si allena da due anni per conto suo».

Davide annuì.

«Voglio dire che la stoffa è di prima scelta, e se ti va possiamo cucirla bene».

«Non so».

«Qualche gara in zona. E nel caso vediamo».

«Non so. Non credo faccia per me».

«E perché?».

«Boh».

«Guarda che sei più bravo di quel che pensi. È un peccato».

Davide sorrise e scosse la testa.

«Va be'», concluse il Rimoldi. «Tu comunque pensaci su».

Paolone lo aspettava fuori dall'oratorio. L'aria aveva un profumo denso e colloso. Tre vecchie conversavano in dialetto davanti al fornaio e una ragazzina sui pattini le schivò per un soffio. Davide studiò il bianco e il rosso sbiadito del segnale di stop al termine della via; le particelle di ruggine, il triangolo rovesciato inscritto nel tondo.

«Ti va una coca?», chiese Paolone.

«Riesco appena a mollare la borsa a casa. Poi vado dal Banfi».

«A scaricare casse».

«A scaricare casse».

«Ma davvero non trovi nient'altro? Uno sveglio come te».

«Ho dato appena un esame», disse Davide.

«Fregatene. Davvero vuoi fare l'ingegnere?».

«Mica è un brutto lavoro».

«Voglio solo dire che potresti cercare subito qualcos'altro».

«Ho bisogno di soldi».

«Per fare cosa?».

«Stare un po' in giro. Viaggiare».

«E perché?».

Un cane si affacciò dietro il cancello di una villetta e lanciò un latrato spento. Ogni tanto Paolone sembrava un idiota.

«Per vedere il mondo», disse Davide.

«Ma perché?».

«E perché stare qui, scusa?».

«È la nostra patria», disse Paolone, come se stesse spiegando un'ovvietà. «Il posto migliore che ci sia».

Davide si accorse di non avere nulla da ribattere. Accelerò il passo.

Il pomeriggio seguente andò a casa della Renata, come tutti i venerdì. La Renata aveva quarant'anni ed era vedova di un industriale; aveva lasciato la fabbrica di Cesate in gestione alla cognata, in cambio dell'appartamento e di una rendita mensile. Si erano conosciuti fuori da messa, una mattina in cui Davide aveva accompagnato la madre, e da qualche mese facevano l'amore sul suo divano. Sul letto mai, perché il letto era ancora del marito. Tuttavia il divano era grande e ci stavano comodi: la Renata aveva il viso lievemente cavallino e un porro sul collo, ma il corpo era snello, senza smagliature; lo prendeva sedendosi sopra di lui con le mani sulle spalle. Teneva sempre il reggiseno addosso e questo eccitava Davide. Passava il volto sbarbato nel solco dei seni, baciando la pelle abbronzata della signora. Se l'avesse saputo Paolone. Ma non voleva vantarsi con lui.

«Come sei carino», gemeva lei.

Dopo giocavano qualche mano a briscola sul tappeto, con un disco di Celentano in sottofondo. Dalla finestra del salotto la luce di ottobre inondava le cose e lanciava ombre lunghe a terra. Davide si perdeva a rimirarle, quasi fossero più languide di quel corpo di donna.

La domenica, mentre sua madre ed Eloisa lavavano i piatti, ripassò il congiuntivo francese e conversò in lingua con il padre. Parlava con una certa scioltezza, ma i suoni nasali gli riuscivano ancora difficili. *Un verre de vin*. Il vecchio insegnava bene, con pazienza e sollecitudine; ascoltava tenendo un bicchierino di grappa in mano, muovendo il capo come se seguisse una melodia – e quando coglieva un errore si illuminava. *Soudain, un peu de vent*.

Durante il militare, a Cuneo, Davide aveva parlato inglese con il figlio di uno scozzese rimasto in Italia dopo la guerra per sposare una ragazza di Firenze. Era bilingue e Davide segnava su un quadernetto i termini che non conosceva e ne aggiungeva altri tratti dalle canzoni dei Led Zeppelin, dei Beatles, di Dylan. Voleva conoscere l'inglese e il francese alla perfezione, e magari anche lo spagnolo. Qualunque cosa pur di rendere più semplici i viaggi futuri. Altro che la patria. A volte pensava che il suo desiderio di partire fosse simile a quello di combattere: non c'entrava soltanto il sogno di altri luoghi; aveva a che fare con il sentirsi vivo. Se ti muovi sei vivo. A Saronno la gente era tutta morta.

«Devi leggere di più», disse suo padre.

«A me interessa parlare».

«Se leggi impari il lessico».

«Per quello c'è il dizionario».

«In generale ti farebbe bene stare con un libro in mano». Indicò Eloisa all'acquaio. «Tua sorella invece legge tanto, ma solo le cose sbagliate».

Lei non si voltò nemmeno: «Adesso mi parli in terza persona? Cosa sono, un cane?».

La madre le tirò una gomitata. Davide fiutò il litigio nell'aria e disse: «Cosa dovrei fare? Spararmi tutto Proust?».

«Potrebbe essere un'idea». Suo padre fece un sorso di grappa. «Te l'ho già detto tante volte, no? Con i romanzi fai il giro del pianeta fermo in poltrona. Non c'è niente di più straordinario».

Davide non rispose.

Più tardi era sdraiato sul letto con un manuale di Analisi in mano. La matematica lo interessava blandamente: asintoti, massimi e minimi, flessi, concavità, l'oscuro segreto del calcolo infinitesimale. Le formule erano seducenti per il loro arcano potere, l'economia dei movimenti e l'esattezza simili a un pugno ben lanciato. Ma potevano cogliere giusto un aspetto della realtà, forse il meno interessante – e poi erano piuttosto noiose.

Eloisa entrò nella stanza.

«Oh», disse.

«Oh».

«Gira voce che sei diventato il pugile numero uno, lì dai preti».

«Sì».

«Dai preti», ripeté.

«Sì, dai preti. E allora?».

Sua sorella si sedette sul bordo del letto.

«Fossero solo loro, non mi preoccuperei più di tanto. Ma quello sport attira brutta gente, Davide».

«Ma smettila».

«Ti hanno visto girare spesso con Paolone».

Davide la ignorò e riprese a leggere. Troncando la Serie di Taylor si ottiene il polinomio dallo stesso nome. La serie può essere usata anche per estendere una funzione analitica a una olomorfa nel piano complesso.

«Mi ascolti?».

«Ti ascolto. E quindi?».

«Paolone è del Fuan. E quella merda di suo padre fa il maresciallo dei carabinieri».

«E quindi? È terrone. Tutti i terroni fan quel lavoro».

Eloisa sbarrò gli occhi: «Davide. Il Fuan, i carabinieri. Ti rendi conto?».

«No».

«Sono fascisti e tu gli parli?».

Lui chiuse il libro e si alzò a sedere di fianco a sua sorella.

«Senti, mettiamo le cose in chiaro», disse. «Paolone è un po' scemo? Sì. Fa del male a qualcuno? No. Mette in giro le bombe e pesta la gente? No. Fa l'idraulico. Va a vedere il Milan. Boxa – male, per dirla tutta. E sai cosa mi ha raccontato? Che suo padre ha ceduto sotto costo una casetta al paese giù in Puglia a chi ne aveva bisogno. Ma tanto è un caramba e deve schiattare, vero?». La fissò dritto. «Se uno che pensate cattivo fa una cosa buona a voi non sta bene? È comunque una merda?».

«Non dico questo. Ma nemmeno dobbiamo farceli amici».

«Siete matti a vedere il mondo in questa maniera». Tornò a sdraiarsi. «E il mondo non è così semplice».

«Bisogna renderlo tale».

Davide non rispose. Eloisa si allungò di traverso sul letto guardandosi intorno, e lui la seguì: il giradischi e la pila di vinili, il poster di Page e Plant che si sporgevano in avanti sul palco, un paio di jeans ripiegati sulla piccola scrivania, la borsa di pelle, un quadro con una caricatura di Keith Richards, i nastri e i guantoni.

«Sei un cretino», disse poi alzandosi di scatto. Gli diede un bacio sulla guancia. «Ma non riesco a litigare con te».

«Bene».

«Mi fai un sorriso?».

«No».

«Da quant'è che non ti faccio divertire con un bello scherzo?».

«Non so. Qual è stato l'ultimo?».

«I preservativi nel cestino della vecchia, in farmacia».

«Ah, già».

«Ti ricordi che faccia ha fatto la signora?».

«Vorrei vedere te».

«Un ridere».

«Sei completamente pazza».

«Devo compensare l'uomo di ghiaccio qui davanti a me».

Davide abbassò il libro sul petto e si stirò.

«Vai a letto, dai. E fai la brava».

«Sì, fai la brava».

«Papà e mamma sono preoccupati».

«Cosa sono, una bambina piccola?».

«Sono preoccupati».

«E tu no?».

«Mah». Voleva bene a sua sorella e la capiva; anche lei in fondo cercava un modo di fuggire. Finse di pensarci sopra e aggiunse: «Non troppo».

Si svegliò di colpo e accese la lampada e vide sulla sveglia che erano le due e quarantacinque. Eloisa dormiva immobile senza emettere un suono. Si alzò, prese alla cieca l'atlante che aveva sul comodino e in punta di piedi attraversò il corridoio. In cucina si tolse il pigiama e fece quattro serie di piegamenti veloci, come gli aveva spiegato il Rimoldi. Poi rimise il pigiama, sudato com'era, e cominciò a sfogliare l'atlante sotto la luce color tuorlo d'uovo della lampada.

Eloisa lo chiamava l'uomo di ghiaccio. Sì, sapeva di essere taciturno e distaccato. Ma era com'era semplicemente perché conosceva la morte; l'aveva vista chiara in viso da bambino ed era sopravvissuto al suo tocco. *Volevate uccidermi e invece sono ancora qui.*

Vagò fra i nomi delle isole greche. Forse per Natale avrebbe avuto abbastanza soldi; e chissà com'era l'Egeo in inverno. Santorini, Chio, Samo, Sciato. Suo padre aveva lasciato il bicchiere di grappa sul tavolo e la finestra semiaperta. Davide ascoltò i rumori tenui della notte, le auto lungo lo stradone, mentre il suo indice si spostava da sinistra a destra, sfiorava Cipro, costeggiava il Libano e si perdeva nel Medio Oriente, e da lì risaliva verso le piane sconfinate dell'Asia.

4

Il silenzio era confortante. Gonfio d'incenso e confortante. L'unico rumore percepibile era uno scricchiolio distante, che compariva e scompariva. Dalle vetrate dietro l'altare fluiva una luce opaca. Libero Maurizio Sartori, il figlio del comunista, fece due volte il segno della croce e si alzò dalla panca dov'era inginocchiato.

Lo scricchiolio aumentò. Nonostante il freddo, il sacrestano apparve con indosso una sola maglia bianca. Sotto le ascelle aveva grosse macchie irregolari. Rifilò a Libero un'occhiata truce, e lui si voltò.

Rimase ancora un attimo in piedi, pizzicandosi la pancia gonfia sotto il giubbotto. Pregare gli piaceva e ora sapeva farlo bene, possedeva un metodo. Prima si era concentrato sul senso di ogni frase cercando di raffigurarsela in testa (*Padre nostro che sei nei cieli*, un vecchio dal grugno severo fra le nubi; *sia santificato il tuo nome*, lettere illeggibili ma splendenti). Poi aveva compreso che non contavano i significati o le parole ripetute, bensì il tempo offerto a Dio: contava semplicemente essere lì, le mani giunte, le ginocchia sul legno, lì e non altrove, a giocare o studiare.

Si avviò verso l'uscita. Davanti all'acquasantiera incrociò don Silvestro. Il mento del prete disegnò un semicerchio.

«Libero», disse.

«Buongiorno, don».

«Sono contento di vederti. Stavi pregando?».

«Sì».

Il prete annuì. Libero alzò gli occhi verso il soffitto della navata laterale e trattenne il fiato.

«Cammina con me», disse don Silvestro. «Parliamo un po'».

«Certo».

«Come vanno le cose?».

«Bene, credo».

«Preghi e vieni a messa».

«Sì».

«E senti la presenza di Dio?».

«Sì», mentì Libero.

«La fede è il dono più grande, ma richiede fatica e dedizione». Passò la mano sui capelli radi. «Va coltivata, come i talenti della parabola. Tanti parrocchiani, che vengono qui da molto più tempo di te, se lo scordano di continuo».

Si fermarono davanti alla gradinata, poco sotto al grande crocefisso. Da quando aveva cominciato ad andare in chiesa da solo, di nascosto, Libero cercava sempre di non fissarlo. Ancora non capiva come fosse possibile appenderlo in casa. Quella era la parte più complicata: accettare di adorare un corpo morto, benché morto per soli tre giorni. A volte si chiedeva se avesse mai puzzato.

«Settimana prossima inizia la Quaresima», riprese il prete. «Ricordi di cosa si tratta?».

«L'attesa della resurrezione».

«Bravo. E ricorderai di digiunare il venerdì?».

«Sì».

Fin qui tutto bene. Erano riti semplici da ottemperare o da evitare; ma quanto alla religione in sé, le conoscenze di Libero erano ancora incerte. Non ricordava nemmeno

423

come fosse cominciata, superando la vergogna e il sospetto instillatigli da un'educazione atea. Per fortuna sua madre l'aveva battezzato. Semplicemente, un giorno era entrato in chiesa e si era trovato bene. Le sue risorse di fede erano sconfinate e non attendevano che qualcuno a cui essere destinate; ma le persone gli apparivano in generale ben poco affidabili. Così si era rivolto al cielo e con sua sorpresa aveva creduto fin da subito, benché non sentisse presenze di alcun genere. Aveva bisogno di un Dio che badasse a cose minuscole e fragili, che conoscesse il peso delle piume: un Dio dell'indecisione, della bronchite e degli sfigati. Quel corpo sulla croce pareva di una debolezza estrema, e per questo poteva fidarsi di lui.

La voce di don Silvestro si piegò sul tono afflitto che usava durante le prediche domenicali: «Un ragazzino che non si commuove davanti a questa immagine sarà un uomo cattivo. Questo penso».

Libero si sforzò di provare commozione, ma era come sforzarsi di provare sete. Il prete strinse la bocca.

«I tuoi sono dei senzadio».

«Sì, don».

«Perciò devi impegnarti a fondo».

«Sì, don».

Un sorriso, stavolta: «Ma sei sulla buona strada. E già il fatto che tu sia qui è motivo di gioia per me».

«Grazie, don».

Sul sagrato si guardò intorno tirandosi il berretto sulla fronte. Se suo padre avesse saputo sarebbe stato un guaio enorme. Si chinò a raccogliere una pigna nella neve sporca, la pulì e la mise nella tasca del giubbotto. Poi andò verso i giardinetti. I parabrezza delle auto erano incrostati di ghiaccio, e i pochi passanti avanzavano tenendosi la sciarpa ferma sulla bocca. Un uomo trascinava con una corda un bimbo seduto su un copertone. Appoggiato al cancello dei giardinetti, stretto in una giacca verde troppo grande e intento ad alitarsi sui palmi, lo aspettava Alberto de Sio.

Non si vedevano da più di dieci giorni, perché Alberto aveva preso la scarlattina da suo fratello minore. Libero stese su una panchina un foglio di giornale e ci mise sopra il suo album Panini; quindi estrasse il pacchetto di figurine e sciolse l'elastico che le teneva unite.

«Hai finito la Lazio?».

«Quasi. Mi manca ancora Wilson, vedi?».

«Ce l'ho io».

«Sul serio?».

Alberto fece passare le sue figurine e ne alzò una.

«Là», disse. «Ti ammali, ti regalano le cose».

Libero osservò il mento squadrato di Wilson, l'espressione assente.

«Che ti serve?».

«Perani. Bologna».

«Fammi controllare».

«E ne voglio anche una del Foggia. Una qualunque che non ho. 'Sto cacchio di Foggia, metà me ne mancano».

«No. Due non te le posso dare».

«E allora ti tieni la Lazio così com'è, faccia di merda».

«Faccia di merda sarai tu». Si morse un labbro. Non avrebbe dovuto dire le parolacce, un peccato banale e stupido; ma dirle era elettrizzante. «Comunque, fammi guardare le doppie».

«Prego, prego».

Alberto strinse le mani dietro la schiena e si curvò borbottando, mentre lui sfogliava le figurine con il pollice destro. Era il primo della classe nella sezione C, strabico e con occhiali più spessi di quelli di Diana, e ogni tanto aveva queste pose astruse da vecchio, come quelli che aspettavano davanti al circolo della Gina Meroni. Cosa aspettavano? Che la morte li strappi da terra come gramigna, diceva sua mamma.

«Perani». Libero bloccò il flusso di figurine. «Ecco qua».

«E uno. Adesso il Foggia».

«Ti ho già detto di no».

«Dai, non fare il menoso».

In quel momento sentirono un urlo dietro di loro – un urlo singolo, lungo e rauco, come un richiamo. Si voltarono. Libero trattenne il respiro e nascose d'istinto le figurine nella tasca del giubbotto. Gallerani e Lattuada camminavano verso di loro tirando su con il naso. Alberto fece un passo indietro.

«Guarda chi si vede», sorrise Gallerani. Sembrava ancora più basso e muscoloso, con i capelli a caschetto biondicci e l'occhio sinistro perennemente socchiuso.

Libero trattenne il fiato.

«Due frocetti», disse Lattuada sputando a terra.

«Due bei frocetti. Capitate a proposito».

«A proposito, sì».

«Volete le figurine?», disse Alberto.

«Le figurine. Cazzo siamo, dei bambini?». Gallerani fissava Alberto, ma tirò uno spintone a Libero. Lui barcollò e cadde sulla panchina.

«Tirate fuori i soldi», disse Lattuada.

«Non abbiamo niente».

«Come no».

«Non ne abbiamo, ti dico. Lasciaci stare».

«Sì, lasciaci stare».

Gallerani si accese una sigaretta. «Dai, Giorgio, frugali».

Libero sentì il fiato spezzarsi. Proprio quel mattino la mamma gli aveva dato cinquecento lire. Cinquecento lire erano un sacco di soldi. Si domandò come avrebbe potuto sfuggire alla perquisizione, ma non ne ebbe il tempo: Lattuada gli aveva già infilato le dita nelle tasche tirando fuori le monete.

«Guarda qua. Altro che niente».

«Però», disse Gallerani soffiando il fumo.

Lattuada frugò anche Alberto, poi lo spinse via. «Questo pirla invece è davvero a secco».

«Cinquecento lire», disse Gallerani. «Perché non me l'hai detto?». Libero affossò il mento nel petto. «Non devi dire le bugie, Sartori». Lo sentì avvicinarsi. «Cos'è, hai paura?».

Libero non rispose. Uno sputo gli colpì i capelli, quindi uno schiaffo leggero la guancia – uno schiaffo di puro scherno. Lattuada scoppiò a ridere.

«Non devi aver paura. Hai paura?».

Libero annuì.

«Ma se ti dico che non devi».

Ancora risate. Libero ricordò la prima volta in cui l'aveva preso di mira. Il sesto giorno di scuola, appena arrivato alle medie, l'aveva fermato in corridoio e gli aveva tirato un pugno nello stomaco. Voleva solo tirare un pugno a un ciccione, gli aveva spiegato. Libero era rimasto atterrito dalla gioia che quel volto promanava.

«La prossima volta che mi dici le bugie, ti sfondo il culo. Hai capito?».

Libero non rispose.

«Hai *capito*?».

«Sì, ho capito».

«Bravo. Ciao, frocetti».

Non si mosse finché non furono lontani e Alberto gli

strinse un braccio per riscuoterlo. Libero richiuse l'album delle figurine e lo infilò nel giubbotto. Sollevò il mento.

«Andiamo», disse Alberto. «Ho perso la voglia».

Libero annuì. Alzò una mano e la vide tremare un poco. Se non altro era finita.

Alberto si allacciava e slacciava i bottoni della giacca e scuoteva la testa: «Che bestia, quello».

«Non dovevo nemmeno trovarmelo in classe».

«L'hanno bocciato due volte, no?».

«Due volte di fila in prima».

«Cacchio».

«Sì».

Voleva piangere ma non poteva farlo; non davanti ad Alberto. Fuori dai giardini si guardarono intorno, circospetti.

«Meglio se andiamo a casa», disse Alberto con le mani dietro la schiena, chinandosi su di lui.

«Con cinquecento lire in meno».

«Non ti preoccupare troppo, Lì. Puoi dire a tua mamma che le hai perse».

«Non mi crederà mai».

«Allora dille la verità».

«Eh, la verità».

Si salutarono all'incrocio. Libero riuscì a trattenersi per un centinaio di metri, poi si nascose nell'androne d'ingresso di una fabbrica e lasciò andare le lacrime, soffocando i singhiozzi e coprendosi il volto con entrambe le mani. Non era per i soldi. Poteva rinunciare a qualsiasi cosa, e così avrebbe dovuto, del resto – così intimava di comportarsi Gesù. Era la certezza che presto avrebbe rivisto Sebastiano Gallerani in classe: il suo occhio semichiuso, il suo ghigno, i ricatti, le botte senza motivo e nessuno cui dirlo se non un uomo in croce che di lì a poco sarebbe morto di nuovo e poi risorto, e nulla per Libero sarebbe cambiato. Altri trenta e più mesi nella stessa stanza con Gallerani, trenta e più mesi a fare da preda senza aver modo di scappare. Solo un adulto poteva pensare che la scuola fosse una buona idea.

Don Silvestro gli aveva spiegato che nessun peccato rimane impunito. La giustizia divina era perfetta. Allora Libero si domandò cosa avesse fatto di tanto orribile per meritarsi quella punizione, e perché Gallerani potesse continuare a tormentarlo. Era un mistero troppo grande e tuttavia non si risolveva ad abbandonarlo: forse il difetto stava nella sua fede, ancora fresca e imprecisa.

Mentre le lacrime si asciugavano bruciando nel gelo, incamminandosi verso casa, pregò nuovamente il Dio delle piccole cose e della bronchite e dell'indecisione, quel corpo appeso al legno. Pregò in silenzio lungo il marciapiede, pregò in bagno, pregò a tavola, pregò mentre Diana suonava la chitarra o ascoltava quel suo stupido disco della cantante americana e lui cercava di addormentarsi con la testa sotto il cuscino: e infine pregò a luci spente, mordendo le coperte, invocando stavolta non l'universale perdono né la salvezza e nemmeno vendetta – solo un po' di tregua.

5

C'era una storiella sulle cattedrali che Eloisa amava raccontare. Un giorno, un filosofo entra in una cava con un gruppo di allievi, e chiede a tre scalpellini cosa stiano facendo. Il primo: spacco pietre; il secondo: lavoro per mantenere la famiglia; il terzo: costruisco cattedrali. Allora il filosofo dice ai suoi allievi che dobbiamo pensare come il terzo scalpellino, perché anche il nostro modesto contributo servirà alla causa – la Chiesa, la Patria, il Socialismo.

No. No. Dobbiamo urlare: *Io spacco pietre e mi pagano pure poco!* E lanciare il martello.

La raccontava alla facoltà di Giurisprudenza dove si era iscritta e dove studiava con ottimi voti. La raccontava a Davide, inseguendolo nel corridoio di casa o seduta sul bordo del letto, benché lui la ignorasse. E ovviamente la raccontava ai compagni libertari, in una di quelle tante albe, mentre calavano sulla città.

Dormivano poco, perché la vita pareva loro più ricca e preziosa di qualunque altra mai vissuta: andava dunque usata per correggere le bozze di un volantino e distribuirlo ai cancelli della Rizzoli, della Breda, della Pirelli; per studiare le tecniche della Rote Fabrik di Zurigo o ciclostilare nel nuovo appartamento di Ercole al Ticinese – cinquanta metri quadri divisi con altri amici, con il vicino di casa cabarettista che ogni giorno provava la sua parte in milanese e li faceva ridere gratis – *Se fem, fioeu? Se fem? Sifulum!* – e ancora scrivere una lettera mentre qualcuno preparava il risotto, raccogliere il cibo per un asilo autogestito dai genitori o una mensa, vedere una riduzione teatrale del *Lupo della steppa* di Hesse. E leggere. Leggere l'infinità di carta che il movimento produceva, riviste e fogli e numeri che magari sarebbero rimasti unici, e c'era qualcosa di commovente persino in quello – per quanto effimeri erano parte di una rete, le parole che un giorno avrebbero distrutto il mondo così com'era.

Dormivano poco anche per questo, certo: il mondo non andava forse distrutto e capovolto?

Avevano un nome e l'avevano dato al loro cascinale: Gruppo Fabbri, Zona Fabbri. Da Luigi Fabbri, l'anarchico amico e biografo di Malatesta. Era meglio *Zona* di *Comune*, perché non ci abitavano: inoltre Anna era scettica sulla possibilità di una comune vera e propria. Il migliore amico di suo fratello ci aveva provato – un posto in Umbria, nei boschi attorno a Umbertide – aveva una fotografia, un rudere con un'enorme bellissima bandiera rossa e nera sopra le finestre – ma era finita male. Avevano un orto, facevano legna, ma era finita male: due erano scappati a Roma, lui era tornato a Cesate, e solo una coppia ci abitava ancora rischiando di crepare di fame e freddo. Per dimostrare cosa? Al più era una fuga, il contrario della rivoluzione. Ma la Zona non era altrove; bruciava come un marchio in quella terra.

Carlos sapeva lavorare il legno: costruì un tavolo con assi di scarto, sedie solide e robuste. Appesero tende e misero cuscini e un divano trovato nei campi. Niente narghilè, niente «stronzate indiane», come le chiamava Ercole: a loro serviva uno spazio nudo ed essenziale come la loro Idea. Su un muro esterno tracciarono la consueta A cerchiata; su quello opposto Ercole dipinse a grandi caratteri, un po' sghembi:

POTERE A DESTRA
POTERE A SINISTRA
IL POTERE È SEMPRE FASCISTA

Ecco. Vuoi tenerti il governo? Sei mio nemico. Fare la rivoluzione per governare al loro posto, anche in nome del proletariato? Sei mio nemico lo stesso.

Percepivano, come un'onda di calore insopportabile che saliva dalla terra, il dolore degli ultimi. L'immensità di quella sofferenza, cui tutti gli altri erano indifferenti, era cosa tangibile, cosa quotidiana: era il lavoro, era la miseria; erano le malattie non curate, i turni sottopagati, le domeniche a fissare il muro. Per questo erano insorti.

In quei mesi Eloisa parlò tantissimo e dormì quasi nulla. Nello specchio di casa, prima di sentire gli ennesimi rimproveri davanti al caffè e ai biscotti rotti della Lazzaroni, percorreva con le dita le occhiaie ed era felice di averle. Il fremito di essere additata e scomunicata era per lei segno di essere nel giusto.

«Siamo veramente preoccupati», disse sua mamma una mattina qualunque. Suo padre taceva girando la tazzina fra le mani.

«Passo gli esami, no? Sono una figlia modello».

«La gente che frequenti».

«Frequento gente stupenda, mamma».

«Sì, come no».

«Prova a parlare con loro e vedrai».

«Se finisci sul libro della questura, vedi».

«Ma che libro e libro».

Suo padre si alzò e uscì stringendo i pugni.

«Senti. Ormai sei adulta».

«Appunto».

«Ma siamo preoccupati che ti succeda qualcosa».

E in effetti le cose succedevano. Quando era morto Saverio Saltarelli, figlio di pastori abruzzesi, ucciso da un lacrimogeno negli scontri davanti alla Statale l'anno precedente, il dodici dicembre, l'anniversario della strage di piazza Fontana, Eloisa era a trenta chilometri di distanza; ma per tutto il giorno e tutta la notte era rimasta paralizzata sotto le lenzuola, un solo pensiero addosso: *Si può morire davvero, può morire uno di noi, uno della nostra età.* Ed era terribile, ma anche la dimostrazione che erano in guerra e come in ogni guerra esistevano una parte giusta e una parte sbagliata dove stare.

La sigaretta di sua madre era ridotta a una colonna di cenere.

«Non vi preoccupate», disse Eloisa.

Lesse su un volantino: *La verità vi farà liberi? No, la libertà vi farà veri.*

Nel rombo grave e solenne dei cortei restavano sempre in fondo, un po' perché destinati lì dal resto delle formazioni e un po' perché a loro piaceva, fra i vecchi anarchici milanesi e gli altri del Ponte della Ghisolfa: alzavano il pugno sotto il cartello VALPREDA LIBERO – LO STATO DEI PADRONI È RESPONSABILE DELLE BOMBE. Carlos dava un bacio a Eloisa e le diceva ridendo: «Beati gli ultimi, no?». E lei sorrideva e pensava: *Sei proprio un cristiano cagasotto.*

Ma una volta vennero travolti da una pesantissima carica a taglio. Eloisa sentì uno sfrigolio alla nuca e i

433

muscoli della gola serrarsi. Nella coltre di fumo vide i ragazzi tenersi rasente il muro, mentre le sirene tagliavano l'aria e le camionette si inerpicavano sui marciapiedi e i poliziotti emergevano dalla nebbia con le visiere calate, colpendo a caso con i manganelli.

Una molotov aprì uno squarcio e lei cercò Carlos ma non lo trovava, le parve di intravedere Anna ma nel movimento era difficile capire, la prospettiva della strada in corsa era diversa, perciò si riparò dietro una Cinquecento ansimando nel fazzoletto bianco, un regalo del fratello, e l'aria tremò per uno scoppio improvviso, le camionette schizzarono ancora nella folla a velocità innaturale e qualcuno cercò di colpirle con le aste delle bandiere. C'erano fiamme, un accenno di barricata con una Ritmo messa di traverso e macchie di sangue e fumo e biglie di ferro.

Vide tre poliziotti prendere a calci sulla schiena e in testa un ragazzo rannicchiato in posizione fetale. Doveva restare, aiutarlo, ma la paura era troppa. Corse e scalò un cancello per mettersi in salvo, e la gente si affacciava alle finestre del centro e lei gridò: «Ma che cosa guardate, tutti? Non vedete che ci stanno massacrando? Venite giù!».

Chiamava la città, e la città la fissava attonita.

Lesse da qualche parte: *Quel che avete, abbandonatelo; prendetevi quel che vi si rifiuta.*

Anna si preoccupava molto della salute degli operai. Suo fratello minore soffriva di una malattia ai polmoni che i medici non riuscivano a decifrare, e lei si era convinta che fosse dovuta all'aria malsana della zona, ai fumi vomitati dalle fabbriche e cui nessuno badava.

Restò molto colpita dall'auto-inchiesta dei lavoratori della Breda Fucine di Sesto San Giovanni, *La salute non si paga. La nocività si elimina*. Eloisa ruppe il patto di silenzio fra i rami della famiglia Sartori e telefonò a suo zio Renzo. Fu una chiamata breve e imbarazzata: gli chiese di venire alla Zona per parlare del tema, visto che era di Sesto. Lui non disse né sì né no, forse più avanti, chissà.

Occuparono case insieme a quelli di Lotta continua, che per lo più le piacevano anche se erano troppo scalmanati. Girò con Anna attorno a un condominio di cinque piani per qualche pomeriggio, verificando che non ci fosse sorveglianza. Qualche notte dopo vide i maschi del gruppo far saltare le porte e bisbigliare ai senzatetto «Dai, dai!», mentre lei teneva la torcia e pensava *Ma cosa sto facendo? Lo sto facendo davvero* – e il fascio di luce gettava squarci nel buio.

Il mattino successivo i ballatoi erano pieni di bambini. Loro difesero il palazzo dalla polizia con barricate e sassaiole e cucinarono pasta e riso e polpette e regalarono merendine. LE CASE DI LUSSO SARANNO POPOLARI, urlava uno striscione da ringhiera a ringhiera. E vinsero. Il Comune diede gli appartamenti a chi li reclamava, liberò i compagni fermati negli scontri. Ed era una gioia incontenibile vedere il nemico chinarsi di fronte alla forza del proletariato, nulla di astratto come nei libri o nei discorsi in Statale, bensì uomini e donne veri, che sapevano d'aglio e sudore.

Eppure Carlos aveva sempre qualcosa da obiettare.

«La propaganda lasciamola agli altri», diceva. «Non siamo qua per scrivere il volantino più bello, o dire che la rivoluzione arriva domani. Noi una casa ce l'abbiamo:

finito di gridare possiamo anche andarcene e tanti salulti. Ma se perdiamo la lotta, questa gente perde tutto».

Sulle prime Eloisa lo spingeva via, gli intimava di smetterla con queste prediche da pretino. Ma passata la sbornia della vittoria anche lei sentiva di sfuggita ciò che non voleva sentire affatto, le lamentele dei padri di famiglia a bassa voce sui pianerottoli: vedeva la paura accartocciare i loro volti, quando si domandavano se avessero fatto bene a mettersi contro la polizia, perché prima o poi gli studenti li avrebbero abbandonati, gli studenti dovevano studiare, e allora ne valeva la pena? Non c'era un modo legale per fare le cose e stare tranquilli? Intanto le massaie si rubavano a vicenda le merendine per i figli invece di condividerle, e gridavano a Ercole: «Uè, ti! Son già finite le cose da mangiare?».

Alla Zona Fabbri organizzarono un incontro sulla repressione cui parteciparono alcuni ragazzi delle Acli, un parrucchiere libertario di Ceriano Laghetto e due femministe di Solaro.

«Se dovessimo porci una sola domanda», disse Eloisa, «sarebbe più o meno questa: perché non possiamo fare tutto in un altro modo? Tutto. Costruire, abitare, mangiare, vivere con gli altri, volersi bene. C'è una storia che parla di un filosofo e tre scalpellini. State a sentire».

Lesse su un manifesto: *Pinelli ti vendicheremo*.

Dormivano poco perché volevano toccarsi. Abbattere anche la distanza fra i corpi eretta da secoli di sfruttamento e fatica. Un compagno operaio diceva: «Sono così stanco che nemmeno guardo più le donne». Anna invece le faceva il resoconto delle sue maratone di sesso con Ercole, ed Eloisa cercava di mascherare l'imbarazzo. Con Carlos lo fecero per la prima volta quella primavera, alla Zona. Carlos fu gentile e lento e lei non provò granché durante l'atto, ma dopo mentre lo abbracciava si sentiva bene. Lo strinse come se da un istante all'altro la polizia potesse sfondare la porta e separarli a manganellate.

Sotto il plaid a scacchi, Carlos le raccontò una storia della madre, un racconto dolomitico del regno dei Fanes. La principessa Dolasilla cui i nani donarono tredici frecce infallibili e lo stregone Spina de mul che gliele rubò con tredici demoni travestiti da bimbi, per poi ucciderla.

Lo strinse ancora più forte. Parlando dell'anarchia, Errico Malatesta usava spesso la parola *amore*; e mai come in quel momento Eloisa intuì la grazia, la vulnerabile bellezza di quel paragone. L'anarchia era amore. E loro non erano lì, allacciati sotto il plaid in un vecchio cascinale, anche per amare davvero?

Una mattina distribuivano i volantini davanti all'Alfa di Arese. Anna annusava la carta. Eloisa si leccava le labbra perché aveva finito il burro di cacao.

Un operaio disse loro: «Ma piantatela, fate il gioco del padrone».

Un altro afferrò il volantino e lo accartocciò.

Un altro, a Eloisa: «Bravi, ragazzi. Abbiamo bisogno di voi».

Un altro: «Cosa l'è 'sta roba chi?».

Un altro, a Ercole: «Te che puoi, studia! Cosa stai qua a fare?».

Un altro, ad Anna: «Uè, bellezza. Perché non torni a fine turno?».

Un altro alzò il pugno chiuso e regalò loro un sorriso.

Dovevano abbattere una cattedrale, insomma. E in quelle albe terse di maggio, o calde e ruvide di luglio, o attraversate dai primi brividi di settembre, a loro pareva di vederla: non era il Duomo, non qualunque altra chiesa visibile, ma il dominio silenzioso che innervava città e provincia e Italia. E loro erano svegli e lo dicevano ad alta voce per la prima volta – le parole si libravano nel vento come parti di un soffione: volevano essere liberi, volevano essere nuovi.

6

Il cugino della sua amica Francesca, Roberto, le prese
la mano: alto e goffo e cortese, sembrava non sapere che
farne. La carezzò con un certo imbarazzo, poi si fece coraggio e si spinse in avanti verso di lei. La baciò su una
guancia e Diana sentì i suoi baffi sottili; spostò la testa e
intercettò la sua bocca, e quello fu il suo primo bacio con
un ragazzo. Rimasero così per qualche attimo.

«Sei bella», le disse Roberto.

«Anche tu», disse lei.

Si baciarono di nuovo. A Diana non piacque affatto,
ma da qualche parte bisognava pur cominciare. Forse
doveva solo abituarsi ai maschi e al loro odore.

Qualche giorno dopo la portò a una riunione della Federazione dei giovani comunisti. Davanti ai compagni
Roberto parlava senza indecisioni; illustrava il punto
con frequenti svolazzi di mano, imponendo ai suoi una
morale rigorosa. Si soffermava spesso sul calcio: «Questo
sport da capitalisti, questo sonno indotto delle coscienze.
Non tirate calci al pallone, tirateli al capitale».

In compenso era un campione di ping pong e adorava
il cinema. Diana era attratta da queste contraddizioni.
La incuriosiva la furia pubblica di Roberto, la sua capacità
di reggere tre o quattro riunioni al giorno e studiare di
notte per tenere la media sull'8 costante: la solerzia con
cui organizzava una gita a Bologna, l'ospitalità per una
delegazione ligure. Girava con il *Che fare?* di Lenin in

tasca, e a differenza degli altri l'aveva letto più volte e riempito di note a margine.

Ma con lei si stringeva nel montgomery blu, si accarezzava i baffetti ridicoli, e a volte nemmeno riusciva a guardarla negli occhi. La portava sulla canna della bici in giro per Sesto, e ogni tanto le dava un bacio leggero sui capelli, e tutto era come doveva essere, e a Diana appariva terribile.

Come promesso, con una telefonata stringata e nervosa, Cristina l'aveva messa in contatto con uno studente casertano del Conservatorio. Si chiamava Giuseppe e aveva già i capelli brizzolati nonostante i vent'anni, cicatrici da acne sul volto sbarbato e sulla fronte. Viveva in una stanza vicino alla stazione dove aveva un pianoforte a muro in affitto e un materasso. I pochi vestiti erano piegati sulle sedie e non c'erano tavoli: mangiava dalla padrona di casa e leggeva sdraiato.

Ascoltò Diana suonare e si informò sulle sue conoscenze musicali: non parve soddisfatto. Le prestò una manciata di dischi, intimandole di tornare soltanto dopo averli ascoltati con cura. Lei passò dieci giorni immersa per lo più nelle *Kinderszenen* di Schumann suonate da Vladimir Horowitz. Intuiva che la partitura di Schumann non fosse molto complicata, ma quanto ne traeva Horowitz – ah, era qualcosa di enigmatico.

Giuseppe disse che non le avrebbe dato molti altri esercizi.

«Ti annoi e basta, e hai già una certa tecnica. Ti servono due cose: ascoltare più musica, e una sfida per tirare fuori qualcosa da 'sto pezzo di legno». Batté la mano sul corpo del piano. «Quindi, lavoreremo sulla sonata in La minore di Mozart».

Quando le stava al fianco alla tastiera, Diana sentiva la fragranza asprigna del suo dopobarba: a differenza del profumo di Cristina, la distraeva e basta. Allora alzava le mani in aria prima di iniziare come aveva visto fare a lui – come credeva facessero i grandi musicisti – e poi cercava di tirare fuori quanto possibile da quel pezzo di legno.

Ascoltava Schumann e Schubert e le sonate di Mozart. Ascoltava i Doors, i Jethro Tull, gli Yes, Neil Young e i Beatles. Ascoltava De André e Paolo Conte e Patty Pravo. Si faceva prestare i dischi da chiunque e li restituiva in ritardo ogni volta. A scuola del resto c'era poco da fare: i professori spesso non si presentavano a lezione; alcune sue compagne bigiavano per andare all'Itis a sentire i ragazzi più grandi del movimento; altre organizzavano gruppi di studio autogestiti che finivano in ore di pettegolezzi.

Lei invece fumava sigarette con Francesca sulle panchine, sotto gli alberi ingialliti, esercitandosi a copiare le smorfie di Janis Joplin. Voleva che il suo sorriso fosse disarmato e schietto come quello della ragazza americana ormai morta, così presto, riversa sul pavimento di una camera d'albergo. Le rockstar morivano di droga o disperazione o troppa gioia: morivano indifese e sgomente, immaginava Diana, per aver visto qualcosa dietro la coltre delle settimane tutte uguali.

Francesca leggeva *Re nudo* anche se diceva di non capirci quasi niente, ma lo faceva sua sorella, e quindi. Il nuovo numero aveva come titolo *Distruggiamoci la città*. In copertina c'era un bambino con un fucile che svettava sopra i palazzi, alto come un gigante. C'era anche un inserto sulla droga che fra le varie sostanze includeva i pantaloni, dichiarando che «non producono effetti psichici rilevanti».

«Mi sembrano un po' dei pirla», disse Diana da sopra la spalla dell'amica.

Francesca le gettò un'occhiata.

«Tu hai mai provato una canna?».

«Che c'entra?».

«Hai provato o no?».

«No».

Francesca chiuse la rivista e chinò appena la testa di lato.

«Ti andrebbe?».

«E che ne so. No».

«Perché?».

«Boh».

Francesca estrasse dalla borsetta una sigaretta arrotolata.

«Ecco», disse.

«Cosa fai? Mettila via».

«Non ci vede nessuno».

Diana deglutì e si guardò intorno. Un gruppo di ragazzini giocava a porticine nello spiazzo antistante. Uno di essi stoppò il pallone con eleganza, di tacco, e lo governò a terra con il piatto del piede.

«Ma è vera?».

«No, è finta. Dai».

«E dove l'hai trovata?».

Francesca la ignorò. Si mise la canna fra le labbra e accese un cerino: si diffuse un odore simile all'alloro. Fece un lungo tiro, sbuffò una riga di fumo denso, e si voltò verso di lei.

«Avanti», disse con tono nasale. «Cosa credi facesse Janis Joplin?».

Diana prese la canna esitante. Aspirò e soffiò. Aspirò

ancora. Tossì. Era forte. Sentì subito una macchia di calore spandersi tra la nuca e le scapole; quindi le frizzarono le mascelle. Un altro tiro breve. Sorrise senza volerlo.

«Forse mi piace», disse. Voleva aggiungere qualcosa, ma non seppe cosa.

«Eh sì», disse Francesca.

Roberto la portò ad attacchinare i manifesti della Federazione, il lavoro di base che tanto amava. Lei si annoiò e rimase a fissare lui e i suoi compagni coccolando una ciocca di capelli. Lui la accusò di mostrare poco impegno e litigarono, ma fecero la pace al circolo. Più tardi le disse che c'era una sorpresa. Aveva chiesto a un amico maggiorenne di lasciare la sua auto parcheggiata in un certo posto.

Salì sul retro con Diana e chiuse la portiera. Era come in un film. Lui non aveva la patente e non sarebbero andati da nessuna parte, ma era comodo ed era sicuro. Le disse che forse, ecco, potevano fare qualcosa di più che baciarsi. Non il sesso, no, ovvio. Ma qualcosa. Si abbassò i pantaloni di velluto a coste. Il respiro di Diana si arrestò e Roberto le sfiorò i capelli. Tremava, benché continuasse a sorridere. Diana si fece forza e gli calò le mutande. Il pene era piccolo e duro e puzzava. Francesca le aveva spiegato vagamente cosa fare in una situazione del genere, ma lei non ricordava e aveva freddo e stava male. Improvvisò carezzandolo. Roberto mandò un rantolo e le venne in mano, un piccolo filamento caldo. Le disse che era bellissima e la baciò sulla fronte; tremava ancora. Era felice in un modo che a Diana parve rivoltante.

«Ti devo – devo farti qualcosa?», disse riallacciandosi i pantaloni.

«No», disse lei allarmata.

«Ma non so se ti è piaciuto. A dirla tutta, non sono molto pratico».

Diana non rispose.

«Davvero non posso fare nulla?».

«Meglio di no».

Diana si pulì le dita sul sedile. Voleva scappare. Ci aveva provato e le aveva fatto schifo e adesso voleva scappare. Guardò il cruscotto e il volante.

«Sai cosa vorrei fare?».

«Dimmi».

«Vorrei accendere l'auto».

«Non possiamo», disse Roberto con lentezza.

«Perché?».

«Non è mia. E poi non abbiamo la patente».

«Voglio soltanto provare».

«Credo sia pericoloso».

«Ma no».

Roberto restò immobile mentre lei gli prendeva le chiavi dalla tasca. Scivolò al posto del conducente, le inserì e cercò di ricordare come faceva la sorella maggiore di Francesca; ma quando le girò l'auto sobbalzò due volte, imbizzarrita, mentre Roberto gridava. Poi si fermò di colpo. Diana scoppiò a ridere.

«Tu sei pazza», disse lui. «E se l'abbiamo rotta?».

Scese dall'auto e cominciò a girare intorno con le mani nei capelli gonfi. Diana si sentiva bene al volante, da sola. Suo padre l'avrebbe sgridata per il ritardo, ma non importava. Alzò gli occhi e vide dai vetri la Torre dei modelli con la scritta BREDA in cima – la torre grigio chiaro con la scala esterna a zig zag, un cilindro nella sera di ottobre.

Di ritorno da scuola cucinava con la madre. Talvolta Libero le spiava dalla porta e talvolta si univa a loro per mondare i fagiolini o girare la polenta nella pentola, il suo povero fratellino. A volte Diana si chiedeva se dovesse fare di più per lui. Ascoltarlo, rassicurarlo che un giorno avrebbe trovato un posto nel mondo: i doveri di una sorella maggiore. Ma ogni sera vacillava prima di dargli la buona notte, sperava che la sua voce ancora infantile e stridula non si levasse dal letto di fianco per chiederle qualcosa di imbarazzante o anche solo un semplice consiglio. Eppure un tempo giocavano insieme. Un tempo lei lo aiutava a ritagliare figure dagli albi e a colorarle, e nonostante i cinque anni di differenza camminavano mano nella mano per il cortile tempestato di strilli e risate e pianti e partite di calcio e reticoli di campana tracciati col gesso, e lei ricordava quei giorni come un giardino di remota purezza.

La madre le faceva domande.

«Come va col piano, lì? Il terùn l'è bravo?».

«Sì, è bravo».

«E non ti tocca. Non fa cose strane».

«Ma va'».

«Meno male. E quand'è che ci suoni qualcosa?».

«Non so se ti piacerebbe».

«Va' che anche se non ho studiato, la musica la capisco».

«Ascolti soltanto Mina, mamma».

«E te par mal? Canta come un angelo, mica come te».

«Non ti piace la mia voce?».

«È un po' dura».

«Un po' dura».

«Eh. Cumè on can con la tuss».

«Che bel complimento».

«Ma un cane intonato, però».

Nel giro di qualche lezione passarono dalle note alle parole. Con un certo rammarico, Diana si rese conto che il fascino del pianoforte era connesso a Cristina più di quanto pensasse. Giuseppe era un insegnante attento e un musicista dotato, ma in lui vedeva più che altro l'amico colto che non aveva mai avuto. Parlavano, parlavano, parlavano.

Verso la fine di novembre, mentre fuori la grandine colpiva i tetti di Sesto, ruppe un arpeggio e si voltò verso di lui.

«Per te ha senso?», disse.

«Cosa?».

«Che io suoni il piano».

«Be', vorrei sentire come finisce questa parte. Povero Mozart».

«Intendevo in generale».

Giuseppe si avvicinò un poco.

«Vuoi sapere se hai talento?».

«Non proprio. Ma già che ci sono, sì. Ho talento?».

«No».

«Ah».

«Mi hai fatto una domanda».

«Sì, solo non mi aspettavo questa risposta».

Le fece cenno di alzarsi e sedette al suo posto. Si sporse di poco in avanti e attaccò il primo *Scherzo* di Chopin, i due accordi violenti d'apertura, quell'uragano di note, i colpi sul registro basso della tastiera – poi un breve interludio, quasi a riprendere fiato – e ancora presto con fuoco, come da indicazioni, e Diana aveva già sentito quel brano, ma ora c'era un che di traboccante, uno stridore portato all'eccesso, come se Giuseppe stesse spremendo le note. Ed ecco sbocciò il nuovo tema, dolcissimo, molto più lento, che a Diana ricordava, chissà perché, il canto di un perdigiorno. Provò a concentrarsi ma si accorse che la musica la sopraffaceva.

Anche quella parte più semplice era di una complessità irreale. Giuseppe suonava facendo dondolare la testa avanti e indietro, le spalle immobili e rigide, le narici aperte. Giunse un accordo alto ad annunciare il ritorno del tempo infuocato, il grido di un marinaio che vede dalla coffa l'avvicinarsi di una tempesta sull'oceano – ma lui si fermò di colpo. Il silenzio parve a Diana un po' ostile.

Giuseppe si voltò verso di lei.

«Ti rifaccio la domanda. Vuoi sapere se suonerai così un giorno?».

«Lo so già. No».

«Questo è il punto. Se già lo sai, vuol dire che non ti interessa».

Diana non disse nulla.

«Allora cosa ti interessa?», riprese lui. «Cosa ti piace davvero?».

«Cantare e suonare la chitarra, credo».

«A posto. Problema risolto».

«Ma quello», disse, indicando il piano.

«Questo è un bellissimo pezzo di legno, però ha bisogno di tante ore e tanta fatica».

«Quindi la finiamo qui? Così?».

«Vediamo. Che ne dici di tirare fino a Natale?».

«Solo se dopo continuerai a prestarmi dischi».

«Sarà un onore». Si alzò. «Ora però siediti qui e fammi sentire qualcosa».

Ma non passava. Nonostante i baci con Roberto e la buona volontà, finiva sempre per rimirare le fotografie delle attrici sui rotocalchi: Brigitte Bardot, Monica Vitti, soprattutto Claudia Cardinale. Era talmente diversa da lei, con quell'aria gaudente, le tette tonde. Non era Janis

447

Joplin. Con Janis avrebbe girato per le strade d'America cantando. Con lei, invece – che cosa?

Era una di quelle? O era soltanto una fase? Ma era durata fin troppo e lei non ne veniva a capo; pensare alla Cardinale le scaldava sempre le guance. Non era giusto. Una volta pianse di rabbia nei bagni delle scuole, dopo aver diviso una sigaretta con le amiche, e quando le chiesero cosa avesse si asciugò gli occhi e sorrise: «Ma niente, niente, ho litigato con papà».

7

Dicembre era sempre stato il suo mese preferito. La passione per l'alta quota che gli aveva trasmesso il padre era rimasta intatta; e non c'era niente di meglio che svegliarsi prima dell'alba nella casa buia e preparare scarponi, zaino e borraccia. Partiva in treno per Luino e da lì risaliva i colli innevati. I sentieri erano malconci, ma la sola assenza di rumori o parole era per Davide una ricompensa.

L'aria vibrava fredda e sferzante, brina in bocca. Il lago appariva e scompariva più in basso, mentre lui avanzava fra tronchi caduti e fanghiglia e sassi, progettando la prossima fuga – un fine settimana in Francia, in Austria, a Firenze, ad Ancona, ovunque. Più saliva e più sentiva i pensieri farsi sottili, quasi trasparenti. Ogni preoccupazione estinta. Dalla cima di un colle, proprio come da una città lontana, si voltava e misurava il percorso fatto: la schietta soddisfazione di aver coperto altri metri o chilometri.

Sui rami i corvi tenevano il becco aperto e battevano lentamente le ali. Lui scartava un panino e lo mangiava su una roccia piatta.

Sulla via del ritorno si fermava in una radura, gettava lo zaino ai piedi di un castagno e provava qualche combinazione di pugni. Jab, jab, gancio sinistro e schivata; montante destro. Bam. Finta a sinistra, entra nella guardia, gira, jab, nuova finta – e bam, un gancio sinistro al fegato.

Per un anno intero il Rimoldi aveva insistito con l'idea del professionismo: poteva parlare con uno di Milano, c'era una tal palestra dove l'avrebbero seguito. Davide lo ignorava. Continuava solo ad allenarsi con costanza, due volte a settimana, e a correre tutte le mattine nei campi. La domenica passava davanti al cascinotto che Eloisa e quei matti dei suoi amici avevano occupato. Li vedeva coltivare insalata e pomodori e cetrioli e cavoli e patate, fare riunioni all'aperto, discutere della società futura. Lui passava oltre salutandoli con un cenno, ben felice di restare nel presente.

E migliorava. A furia di esercizi aveva messo su un po' di massa muscolare, benché rimanesse troppo magro. Sul ring si muoveva con grazia, a minuscoli passi laterali, e leggeva i movimenti degli avversari senza troppe difficoltà: finta, finta, jab, schivata, jab, schivata, gancio, schivata, ancora gancio. Schivata, jab, finta, montante.

«Su coi pugni!», ringhiava il Rimoldi, asciugandosi la bocca con un fazzoletto. «Cos'è, vuoi farmi vedere il bel faccino? Te me paret un gagà. Chiuso a riccio, devi stare!».

Eppure, nonostante la guardia disinvolta e guascona, i colpi degli altri andavano di rado a segno. Era l'unico a non avere lividi visibili: Paolone lo chiamava l'Angioletto, perché usciva dagli allenamenti e dalle lotte con quel suo viso da ragazzino, intonso e indifferente. E ora che i suoi pugni acquistavano peso, cominciava a diventare un problema anche per i migliori delle palestre vicine.

«Hai stoffa», gli ripeteva il Rimoldi. «Cuciamola per bene, dammi retta».

Ma a lui non interessava. Combatteva per ben altro: la boxe rispecchiava la sua visione del mondo. Un posto dove era il più determinato – non necessariamente il più forte – a prevalere. L'Italia lo disgustava proprio perché aveva messo l'inganno a fondamento di ogni rapporto: ma quando ti massacrano di cazzotti, l'inganno non vale più.

Suo padre non capiva, ovviamente: per lui era uno sport da barbari che l'avrebbe rincitrullito. Invece a sua madre piaceva. Una sera disse che non era male vedere due uomini fare a botte: aveva qualcosa di cavalleresco, antiche lotte in forma nuova.

E allora combattere, scaricare casse dal Banfi, andare in montagna, ascoltare i Led Zeppelin, dare ripetizioni di matematica, studiare quel tanto che bastava per ingrassare il libretto, saltare su un treno all'alba e tornare la notte successiva. Non poteva dirsi felice – non era nemmeno sicuro che quella sensazione esistesse – ma era senz'altro vivo.

A metà dicembre vinse un piccolo torneo a Novate. In finale si trovò davanti un tizio di Bollate dalla corporatura simile alla sua: snello, rapido, flessuoso. Aveva un ottimo gioco di gambe e un sinistro pericoloso. Riuscì a farcela ai punti, ma non era soddisfatto del combattimento, come se non ci fosse stato vero spargimento di sangue: per la prima volta, la boxe lo annoiò a morte.

Due sere dopo vinse anche una Nikon a una pesca di beneficenza dell'oratorio; era il primo premio e tutti lo guardarono con invidia. Davide ignorò la macchina per qualche giorno: poi chiese a suo padre se conoscesse qualcuno in grado di aiutarlo a imparare. Lui stava correggendo dei temi con i piedi incastrati nel calorifero. Si alzò per fare una telefonata, strappò un pezzo di carta e ci scrisse un indirizzo e un nome.

«È una collega che insegna storia, ed è appassionata di fotografia. L'ho avvisata che saresti passato oggi stesso. È una signora un po' strana», aggiunse.

Davide comprò un rullino Kodak in un negozio lungo corso Italia e si fece aiutare a inserirlo nella macchina. Poi si incamminò verso la stazione, svoltò a nord ed entrò nel quartiere Prealpi. Quando Alda Beretta gli aprì la porta, Davide si stupì nel vedere una donna alta quasi quanto lui, almeno un metro e ottanta, e con i capelli tagliati corti. Non sorrideva.

Davide si presentò e lei continuò a non sorridere.

«E così vuoi fare il fotografo», disse.

«No. Ho vinto questa e voglio solo imparare a usarla».

«Fa' vedere».

Davide le diede la Nikon. La donna la rigirò fra le mani, scrutandola con le sopracciglia strizzate, e iniziò a parlare a voce bassa. In pochi minuti spiegò come la macchina catturava la luce e la fissava sulla pellicola; come regolare l'obiettivo, il diaframma e il tempo di esposizione; cosa significavano tutti quei numeri sulle ghiere. Davide ascoltava. Sotto i modi bruschi, lei sembrava contenta della sua attenzione. Lo portò nello sgabuzzino di fianco al bagno, dove aveva allestito una minuscola camera oscura. La lampadina ambrata affascinò Davide. La signora Beretta gli disse come funzionavano le vasche per lo sviluppo e gli fece vedere una pellicola stesa ad asciugare. L'odore era penetrante. Alla fine prese un manualetto con in copertina una vecchia reflex.

«Qui trovi altre informazioni», disse. «Te lo presto».

«Grazie».

«Ma lo devi riportare, intesi?».

«Certamente».

«E ricorda: la luce è tutto».

«La luce è tutto. Ho capito».

«Non dire che hai capito. Non hai capito. Vai in giro, stai per strada, non giocare con le lampade negli interni. Con la luce naturale sarà più dura, ma ne varrà la pena. E sii rapido». Si fermò. «Comunque. Portami qualche scatto e vediamo cosa ne viene fuori. Ma non cerco allievi; ne ho già abbastanza a scuola».

Quando Davide uscì, nevicava.

Fotografò suo padre circondato da fogli, schizzi, appunti – di spalle, leggermente curvo, i capelli grigi, la matita nella mano destra. Fotografò l'ingresso della ditta del Banfi in sei momenti diversi del giorno; i campi davanti a casa solcati di brina, con una linea di nebbia bassa e verdastra; la pila dei suoi dischi; la facciata del Santuario di Saronno; il cavallo del ferravecchio che lo fissava attaccato al carro pieno di rottami. Fotografò sua madre in poltrona, un libro sul grembo e le sopracciglia aggrottate, un'antica patrizia.

I primi tre rullini furono da buttare: poteva capirlo da solo. Ricominciò da capo. Rilesse il manualetto della signora Beretta, imparò la regola dei terzi – dove posizionare la linea dell'orizzonte – e si procurò una rivista per studiare le immagini dei grandi professionisti.

Adesso poteva corteggiare meglio il mondo. Aveva qualcosa con cui fermare la realtà dove si smarriva e che adorava per la sua nettezza, per la resistenza che offriva ai desideri rendendoli ancora più acuti.

Con la vedova, la Renata, era finita; ma si era trovato in fretta una nuova ragazza stabile. Si chiamava Laura. La sera di Capodanno i genitori di lei erano a sciare con la sorella minore, a casa di uno zio in Piemonte. Lui e

Laura mangiarono una zuppa di riso e verdure, bevvero vino dell'Oltrepò, fecero l'amore nel suo letto. Laura aveva occhi nerissimi e sospettosi, non si scioglieva mai i capelli e indossava maglioni colorati, nascondendo le dita fra le maniche. Era la sua prima relazione seria, qualunque cosa volesse dire. C'era un che di straziante nel modo in cui lo teneva stretto, in ginocchio sopra di lui, piccola com'era. Voleva inchiodarlo al materasso e non lasciarlo andare più. Davide credette di sentire qualcosa, infine – qualcosa di profondo, l'emersione di un sentimento nuovo: ma fu appena un istante, un bagliore impercettibile e già scomparso. Lei gli chiese di fotografarla, ma lui non volle.

«Mi sembra una mancanza di rispetto», disse.

Portò la Nikon in montagna e scattò una foto alle incrostazioni di ghiaccio sulla parete di una malga. Tentò anche un ritratto del barista guercio e sorridente dell'ultimo paesino prima degli alpeggi, ma lo sviluppo rivelò che aveva esagerato con l'esposizione.

Portò la Nikon in palestra e seguì un incontro fra il Barbetta e Paolone, per esercitarsi con i tempi brevi. Non era facile. Aveva comprato una pellicola più sensibile, ma il suo proposito di bloccare il pugno del Barbetta sul torso di Paolone si rivelò vano. Andarono meglio i ritratti del Rimoldi con i guantoni appesi al collo e il semplice sfondo della palestra: le macchie di sudore visibili, il sacco attraversato da un taglio.

Dopo qualche settimana fece una selezione degli scatti migliori e la portò alla signora Beretta, insieme al manuale che gli aveva prestato. Lei li osservò attentamente, li batté sul tavolo per allinearli e glieli rese senza guardarlo.

«Non male», disse, e fu chiaro a entrambi che non avrebbe mai più voluto vederlo.

Era vivo. Il lavoro, i soldi messi da parte, fare il paciere tra Eloisa e i genitori, l'assolo di Page in *Whole lotta love*, saltare su un treno per Zurigo o Lione o Amsterdam, mangiare panini in quota, fotografare le strade davanti ai monumenti e non i monumenti stessi, dormire su una panchina circondato da piccioni infreddoliti e telefonare a Laura da una cabina senza avere molto da dire – e poi tornare a casa per sfogliare l'atlante. Era vivo e passava ore sull'atlante. Ogni volta una zona diversa, l'incavo di una costa, la linea irregolare di una strada, la vastità del pianeta che nessuna formula poteva contenere.

«Guarda», disse una sera a Eloisa mentre percorreva la mappa e leggeva i nomi delle città sperdute in mezzo agli Stati Uniti: Grand Junction, Amarillo, Wichita, Sioux Falls. Ogni sillaba un enigma o una promessa. «Guarda. E voi volete restare qui? A fare la rivoluzione?».

Lei gli diede del cretino e del qualunquista. Lui le scattò una foto.

8

Alberto e Schizzo sedevano sulla panchina con una pagina di giornaletto porno in mano. Schizzo l'aveva trovata in un cestino, accartocciata ma ancora integra.

«Ce l'ha bello grosso, eh».

«Io guardavo le tette della tipa. Ma se a te piace il pisello, oh: sono gusti».

«Mi piace farmelo succhiare da tua mamma, in realtà».

Libero non voleva guardare il giornaletto perché era peccato – uno dei più comuni e veniali, ma comunque un peccato – e perché quella donna lo metteva a disagio. Aveva il seno innaturalmente gonfio, un mucchio di capelli neri e le labbra rosso acceso; e la sua espressione ricordava una smorfia di sofferenza.

«Chissà quanto bisogna avercelo lungo per far godere due donne insieme».

«Più del tuo sicuro».

«Da' qua», disse Schizzo, soffiando di tanto in tanto con il naso. «Accidenti, che roba».

Alberto annuì e si rivolse a Libero: «A proposito di donne. Hai sentito?».

«Sentito cosa?».

«Si è ammazzata una tipa a Bresso. Si è buttata dal balcone di casa, e ciao».

«Urca».

«L'han trovata con la testa rotta. Ma forse è morta prima di spaccarsela, d'infarto».

«Per la paura».

«Una storia d'amore, dicono. Si può essere più pirla?».

«Sai come sono fatte le donne», disse Libero riciclando una frase di suo padre.

«Sono fatte così!», gridò Schizzo spalancando il giornalino.

Aprile: gli operai a lavoro con le maniche della tuta al gomito, le giostre degli zingari fuori città, i pranzi con le finestre aperte – e i pugliesi che si salutavano da balcone a balcone a grandi cenni, offrendosi pani e dolci. Ogni tre giorni per strada passavano cortei compatti di ragazzi delle superiori, maestosamente felici, agitando grandi bandiere. Libero era riuscito a imbucarsi alla messa di Pasqua, valutando che con ciò avrebbe guadagnato diversi punti-salvezza. Da qualche tempo aveva cominciato a calcolare la sua impresa di avvicinamento alla religione – e dunque alla vita eterna in paradiso – in termini di punti, un po' come il campionato di calcio. Forse non era molto ortodosso, ma gli dava la sensazione di essere da qualche parte nel suo percorso.

In attesa di salvarsi leggeva fumetti, nascondendoli sotto il materasso perché il padre non li vedesse. Leggeva *Braccio di ferro* e *Zagor* e *Tex*. Infilava le narici negli albi e respirava a fondo l'odore di carta, immaginando di lanciarsi a cavallo in una prateria, accompagnato da Kit Carson, verso il cerchio del sole all'orizzonte.

Aprile. Vide Lattuada e Crocco, un altro del giro di Gallerani, mettere un ragazzino più piccolo sulla giostra girevole al parchetto. Era pallido e con gli occhi sbarrati di terrore. Loro fecero ruotare la giostra, più veloce, più veloce, e a turno gli assestavano un ceffone o un pugno sulla fronte e ridevano.

Libero non conosceva il ragazzino e si mise al riparo di un muro per non farsi notare – aveva ancora nelle orecchie i coretti che lo perseguitavano da una vita, *Cicciooo-ne, Cicciooo-ne!* – ma non smise di guardare. La giostra era gialla e rossa, con Topolino e Paperino disegnati sul bordo, e Libero rabbrividì nel vederla trasformata in uno strumento di tortura. Crocco ululava di gioia a ciascuna sberla: «Bam! Preso!».

A scuola cercava di ignorare tutti. Gallerani sembrava avergli dato tregua; bigiava sempre più spesso e stando a Schizzo aveva cominciato a lavorare con Ezio Scala e il Baffetto, due rapinatori di Lambrate. Per garantirsi ulteriore tranquillità, Libero si puniva con alcune limitazioni: non mangiare il dolce, non toccarsi, non aiutare Alberto a rubare miccette e gomme bicolore in cartoleria. Quindici punti-salvezza. Sperava contassero come un acconto sui peccati futuri e come incentivo durante le preghiere. Pregava di continuo, con fervore e devozione, che Dio lo tenesse al sicuro e gli facesse passare l'anno con un'insufficienza soltanto.

Andò con Alberto in bicicletta al parco tra Sesto e Bresso. Fecero gimcane tra sassi disposti ad arte e buche nel terreno, si sfidarono a risalire una collinetta e Libero vinse per un soffio: «Gösta Petterson!», ansimò. «Il campione del pedale!». Nonostante la ciccia aveva un buon fiato ed era più forte del suo amico. Poi lasciarono le bici in riva a uno stagno e si misero a far saltare i sassi, ma nessuno andò più in là di sei rimbalzi. Quando si stancarono, Alberto sedette sull'erba umida e accese una sigaretta rubata alla madre.

«Lì», disse.

«Eh».

«Secondo te la Zucchi ci sta con me?».

«Boh».

«Pensavo di invitarla al cinema. Rifanno un film con Sartana».

«Ma ti pare che una ragazza...».

«Le piace il western».

«Sul serio? Allora è una giusta».

«Madonna. Mi piace un sacco». Gettò un po' di cenere nello stagno e si perse a fissarlo. «Chissà se ci sono dei pesci in quest'acqua».

«Non so».

«Se ci sono i pesci, porto la Zucchi a vederli».

«Schizzo direbbe che l'unico pesce da mostrare è il tuo».

«Schizzo è veramente un pirla».

Risero entrambi e restarono in silenzio a scrutare il cielo, nuvole sfilacciate e morbide sull'azzurro pallido, le loro schiene appoggiate alle bici. Eccoli, i momenti di imprevisto sollievo e purissima felicità: il mondo era loro, potevano cavarsela da soli. Persino Dio non appariva più tanto necessario.

«Lì», disse Alberto.

«Eh».

«Scommettiamo che rutto più a lungo di te?».

«Senza niente da bere è difficile».

«Proviamo».

Poi il pomeriggio finì. Alberto cenava da sua zia a Cinisello, quindi proseguì diritto fra i palazzi in costruzione. Libero pedalò verso casa da solo. Non lontano dal parchetto, all'angolo con una piccola fabbrica di ceramica, c'era un capannello di gente. Un uomo alto dalle narici larghe e pelose, una coppola rossa in testa, stava

459

giocando alle tre carte. «Dov'è il Fante di cuori?», canticchiava. «Il Fante di cuori, il Fante di cuori. Beato chi lo trova! Il Fante, il servo della Regina, l'è chi? L'è là?». Libero spiò fra le ascelle dei ragazzi e di qualche adulto. Le mani dell'uomo si muovevano con grazia fulminea.

Quando si voltò per andarsene, vide Gallerani avvicinarsi. Camminava annoiato masticando una gomma. Libero sterzò subito a sinistra, e per la paura inciampò sulla ruota. Gallerani gli lanciò un richiamo: Libero fu tentato di alzarsi sui pedali ma sapeva che avrebbe pagato per quell'affronto. Si fermò.

«Vieni qui, Sartori». Sembrava pensieroso. «Non ti faccio niente. Hai cento lire da prestarmi, per caso?».

Libero frugò in tasca e gliele diede.

«Grazie. Hai visto quel tipo?».

«Sì».

«È un trucco vecchio come mio nonno, solo che in questo paese di coglioni non lo sanno. Ora lo inculo coi fiocchi e poi ti ridò i soldi». Gli sorrise. «Con gli interessi».

Gallerani si fece largo a spintoni e Libero lo seguì incantato. Un adulto stava finendo la sua mano masticando una bestemmia; Gallerani gli disse di levarsi. Lui protestò ma qualcosa negli occhi del ragazzo dovette fargli cambiare idea. Gallerani si piazzò a gambe larghe davanti al tizio, che non lo degnò di particolare attenzione.

«Vuoi giocare, fioeu?», chiese.

«Voglio vincere».

«Sentito, gente? Vuole vincere».

«Partiamo con cento lire».

«E alura fà balà l'oeucc».

Le mani si mossero. Gallerani era molto concentrato. *Il Fante di cuori, il Fante di cuori dov'è?* Il tizio si fermò e Gallerani mise la moneta sulla carta di destra: ma era un sei di quadri.

«Che peccato», disse l'uomo mostrandogli il Fante al centro.

Libero trattenne il fiato, ma Gallerani non reagì. Si voltò e sorrise di nuovo: «Quelle erano mie. Adesso mi gioco le tue. Ti ho detto che te le ridò, tranquillo».

Di nuovo le carte si alzarono e caddero, quasi intrecciandosi in volo. *Il Fante di cuori, dove finirà?* Quando furono tutte sul tavolo, Libero era convinto di aver capito. La carta a sinistra, stavolta: proprio quella che indicò Gallerani. Avevano vinto insieme, poteva essere l'inizio di qualcosa. Invece l'uomo la voltò ed era l'asso di fiori.

«Ma come cazzo», disse Gallerani tirando un pugno sul tavolino.

«Oh, ciccio. Sta' bon».

«Hai barato».

«Ma che barato».

«La carta era lì, l'ho vista».

«Levati e fa' giocare gli altri».

In quel momento Libero fu attraversato da una vibrazione che si propagò dalla colonna vertebrale al resto del torace. Agguantò la bici per il manubrio cercando di muovesi il più silenziosamente possibile. Arrivò all'incrocio con la fabbrica, quindi salì sul sellino; ma la la ruota posteriore incontrò un blocco, una forza, e lui quasi cadde a terra.

«Dove volevi andare, ciccione di merda?».

Gallerani lo prese e spinse contro il cancello.

«Sei un menasfiga, lo sai?».

«Perché?», biascicò Libero.

«Mi hai dato dei soldi iellati. Ho perso i tuoi e ho perso i miei».

«Non è vero. Giuro, erano lire normali».

«E invece è colpa tua, menasfiga».

«No, no».

Lo bloccò a terra, e lui urlò d'istinto.

«Cosa cazzo gridi?».

Una mano schiacciata sulla bocca e cominciarono le botte. Gallerani era bravo a menare. Ginocchiate sulle cosce, capelli strappati, calci nelle palle, orecchie torte e dita negli occhi. Faceva male senza creare lividi troppo vistosi.

«Grassone menasfiga», disse. «Ti faccio vedere io».

Poi un'altra voce, poco lontana. Un adulto, per una volta: Libero strizzava ancora le palpebre ma sentì Gallerani lasciarlo e correre giù per il marciapiede. Qualcuno gli mise una mano sotto l'ascella. Libero vide una donna dall'aria mesta, con un grosso neo sulla guancia. Aveva appoggiato la borsa a terra e lo stava aiutando.

«Come stai?».

«Male», disse lui.

«Ce la fai ad alzarti?».

Libero annuì e si sollevò tenendo una mano sull'orecchio destro. Da quella parte la voce della donna e i rumori della strada gli giunsero ovattati e coperti da un ronzio.

«Che razza di delinquente».

Libero tacque.

«Ma si stancherà. Non aver paura».

Libero la ringraziò e montò in sella – la prima pedalata fu una fitta.

«Si stancherà di questi scherzi scemi», ripeté lei. «Vedrai».

No, invece, lo sapeva benissimo: non si sarebbero mai stancati. E non erano scherzi. I ragazzini sapevano molte più cose degli adulti, o forse gli adulti erano talmente stupidi da dimenticare quelle semplici verità: con il tempo l'amore e il dolore perdevano purezza, e così la paura. La paura di essere ridotti a cose. Gli adulti languivano al bar e guardavano le donne e urlavano nei circoli per fingere che la realtà potesse essere governabile o cambiata con la rivoluzione. Ma Libero sapeva.

A casa, il padre fumava in cortile con quel suo amico, il Mariani, che aveva cercato in tutti i modi di farlo diventare milanista da juventino che era.

«Liberìn», disse allegro. «Vieni qua, vieni».

Raccontò che lui e il Mariani avevano sbrigato un lavoro extra a Milano; un tipo aveva bisogno di saldare in fretta dei pezzi e li aveva pagati subito e più del dovuto. Era stato un buon sabato. Il Mariani annuì soddisfatto, lanciando via la cicca ancora accesa. A quel punto Libero si mise a piangere silenziosamente: erano belli e forti, e lui così debole. L'orecchio gli ronzava sempre.

Suo padre aggrottò le sopracciglia e il Mariani li salutò imbarazzato.

«Scusa», disse Libero asciugandosi il volto, e gli raccontò tutto. Non ne poteva più. Stavolta era sfinito e Dio gli appariva orribilmente lontano. Suo padre ascoltò con un'espressione grave, annuendo ogni tanto. Alla fine accese un'altra sigaretta e lo fissò con una dolcezza imprevista.

«Povero ninìn», disse. «A volte mi ricordi mio fratello».

«Lo zio Gabriele?».

«Ma no. Lo zio Domenico. Voleva bene alla gente, e proprio non era capace di reagire – come te».

Libero rifletté su quelle parole. No, non credeva di essere esattamente così. E non voleva sentire di nuovo la storia dello zio Domenico, il santo morto in Africa:

ora desiderava soltanto sabotare il tempo: diventare più grande affinché la sofferenza e il terrore sparissero; o anche tornare indietro a quando era più piccolo e inconsapevole, quando il mondo era privo di minacce e suo padre lo faceva danzare sulle ginocchia, odoroso di vino e ferro e tabacco e sapone.

Ma non aveva modo di sfuggire al presente. La mano di Renzo Sartori gli si posò sulla spalla come un corvo.

«Ascolta. Quando avevo la tua età e anche meno, c'era un tipo che mi prendeva di mira. Si chiamava Aldo Marz ed era un vero figlio di puttana. Poi è diventato pure un fascista, naturale. Adesso non ho idea di cosa combini, ma spero che qualcuno gli abbia sparato».

Libero non disse niente.

«Mi cercava per pestarmi, mi tendeva gli agguati, una volta ha aggredito Domenico». La faccia si contrasse in un istante di furia. «Insomma, mi tormentava; un po' come succede a te».

«Ho capito».

«La vita è ingiusta, sai. La gente è cattiva e bisogna imparare a lottare come ho imparato io».

«Ma perché? Non dovremmo vivere tutti in pace?».

«Dovremmo, si capisce. Ma se uno ti mena è giusto reagire».

«E se quell'altro è più forte?».

«Non importa. Tu reagisci, e loro capiscono. È chiaro?».

«Non sono capace».

«Devi imparare».

Non erano affatto le parole che Libero avrebbe desiderato sentire. Fra di esse percepiva l'oscuro palpito dell'imbarazzo: ecco un figlio che non era all'altezza della stirpe, della sua eredità.

«È un discorso da uomo a uomo», aggiunse Renzo.

Ma io non sono un uomo, avrebbe voluto dirgli.

Tacquero. Libero sentiva gli occhi del padre su di sé, l'odore aspro del tabacco, e poi di nuovo la sua voce.

«Guarda che porti un secondo nome importante. Sai cosa avrebbe fatto mio padre, se fossi arrivato in questo modo davanti a lui?».

Ma tu non sei tuo padre, avrebbe voluto dirgli Libero. *Tu sei tu. E io sono io. Sono tuo figlio.* Questo avrebbe voluto dirgli.

Invece disse: «Te la sei sempre cavata da solo? Sempre?».

Il tono gli uscì più accusatorio del previsto, e dovette accorgersene anche Renzo: quasi indietreggiò; ma rispose: «Certo. Le ho prese, si capisce, ma le ho sempre date da solo».

Ed era una menzogna. Libero lo intuì subito: era una menzogna ed entrambi lo sapevano, ma fecero finta di nulla. Non che fosse motivo di stupore. Gli adulti mentivano costantemente, e per ragioni molto diverse da quelle dei bambini, a lui del tutto incomprensibili.

Sua madre e Diana si avvicinarono in quel momento, entrando in cortile con due borse piene di frutta.

«Che cosa è successo?», chiese sua sorella.

«E quindi che facciamo?», disse suo padre. Ora sembrava preoccupato. Di più, sembrava contrito – colpevole egli stesso del dolore del figlio.

«Non lo so», disse Libero, tirando su con il naso. Dentro di sé provò a recitare una preghiera. Era tanto stanco. D'improvviso la tizia che si era suicidata a Bresso qualche giorno prima gli apparve molto in gamba e coraggiosa. «Non lo so», ripeté.

«Belé», disse sua madre carezzandolo. «Che hai? Non piangere».

465

«Mi spiegate che è successo?».

«Un bastardo gli ha messo le mani addosso, Dianute».

«Oh, Dio. Stai bene?».

«Sì», disse Libero.

«Ci siamo noi qui con te», disse sua madre, e lo abbracciò. Anche Diana si unì all'abbraccio. Suo padre gli carezzava la testa con una mano, fissandolo come una creatura strana e ferita: e c'era dell'affetto in quello sguardo, ma c'era anche qualcos'altro.

9

Perse un treno e così conobbe Giulio Pagani. Era stata in Lunigiana con Carlos per il primo maggio. Lì, fra la Toscana e la Liguria, sembravano esserci più anarchici che in tutto il resto d'Italia. Avevano marciato insieme sotto una grande bandiera rossa e nera con una A cerchiata nell'angolo, cantando; e a pranzo, davanti ai tegami di testaroli col pesto e alle damigiane di vino rosso, Eloisa era stata felice.

Ma con Carlos le cose non andavano bene. Il sesso non era mai stato granché e negli ultimi tempi era anche peggiorato. Lui si era tagliato i capelli e parlava soltanto del servizio di leva incombente, di esami da dare o di una fuga in Svizzera per salvare la pelle.

Perciò quando Eloisa perse la coincidenza per Saronno e si ritrovò a gironzolare per piazzale Cadorna, e un ragazzo le chiese da accendere, fu lieta che quel ragazzo avesse grossi baffi neri e i capelli mossi, una fossetta sulla guancia destra e una camicia a scacchi ben stirata. Si fermarono a parlare.

Giulio era di Cantù, vicino a Como, e viveva con tre amici a Milano, dalle parti di piazza Napoli. Si stava laureando in Architettura. Aveva due anni più di lei e le piacque subito: sorrideva meno del Carlos di un tempo, ma con aria più decisa e forse anche meno innocente. Fece qualcosa che non avrebbe mai dimenticato: le propose di andare da un rigattiere dietro il Castello Sforzesco. Passarono mezz'ora tra lampadari monchi, scrivanie di noce, telefoni d'epoca dalla ghiera dorata, sedie, barattoli, crocefissi, ciotole piene di monete in rame, una chitarra senza corde, specchi e statue di animali. Giulio le pose molte domande e le regalò l'imitazione di una caravella, le vele crociate e la chiglia mezza rotta. Eloisa perse altri due treni e diede numero e indirizzo al ragazzo. Lui le strinse le mano e disse che si sarebbe fatto vivo.

Anna aveva lasciato l'università e si era messa a lavorare in una piccola ditta di solventi e vernici, a Caronno Pertusella, per imparare finalmente qualcosa di vero. Non c'erano mezzi pubblici dal suo paese e quindi andava a piedi, trentotto minuti attraverso i campi e poi lungo la provinciale, stando attenta a non finire sotto le auto dei pendolari.

Eloisa andò a prenderla una sera a fine turno, con la nuova Citroën di suo padre. La trovò malconcia e inespressiva, le mani coperte di ustioni.

«Come va?», le chiese.

«Come va. Mi sto accorgendo che abbiamo un'idea parziale della situazione. In realtà è tutto cento volte peggio».

«Davvero?».

«Sì. Qui da me per lo più sono della Dc, e nemmeno iscritti al loro sindacato. Non possono andare a pisciare durante il turno eppure accettano qualunque cosa, non dicono manco bà. Una oggi mi ha detto che siamo già fortunati così. Con tanti disoccupati, perché fare casotto?».

«Cristo».

«Sì. Hanno i figli che lavorano in nero nei solai e saltano la scuola pur di tirare insieme due soldi in più. Oggi ho provato anche a parlare di anarchia, ma mi hanno fissato come se fossi il diavolo in persona. Scema io».

Eloisa mise la freccia e svoltò. Costeggiarono un campo di grano.

«E sai qual è la cosa più triste? Che i pochi davvero incazzati litigano solo fra di loro. Sono stanchi morti e pieni di rabbia e non sanno come dirigerla; quindi se la tirano addosso».

«La lotta è lunga», disse Eloisa.

Anna annuì e rimase in silenzio per un po' guardando il finestrino.

«Con Carlos come va?», disse poi, senza voltarsi.

«Che posso dirti. Così».

«Mi ha parlato».

«Ah».

«Dice che forse vi prenderete una pausa».

«Be', vedo che sei più aggiornata di me».

«Scusa». Si girò verso di lei. Eloisa percepì la forza dei suoi bellissimi occhi dorati, il viso aguzzo. «Comunque, per te è un problema se ci provo io?».

«Con Carlos?», chiese. Era sbalordita. «Guarda che non ci siamo mica lasciati. Una pausa non vuol dire lasciarsi».

«Per questo te lo chiedo. Non voglio che sia un problema».

«Ed Ercole?».

Anna si grattò nervosamente una guancia.

«Anche con Ercole le cose non vanno molto bene», mormorò.

«Non so cosa rispondere», disse Eloisa. Continuò a guidare. Si sentiva in colpa e questo era paradossale, ma si sentiva in colpa lo stesso. «Non so davvero cosa rispondere».

«Lascia perdere», disse Anna. «Hai ragione. Fai come se non avessi detto niente».

«Non so cosa rispondere».

«Lascia perdere, davvero. Non avrei nemmeno dovuto parlartene».

Passava più tempo a Milano, ora. Studiava molto. Disprezzava la manfrina del trenta politico: in questo si sentiva figlia di suo padre. Occorreva combattere per un accesso libero ed eguale agli studi, ma perché creare medici incapaci o avvocati inetti? Era una scusa per la pigrizia, e nessun rivoluzionario poteva permettersi di essere pigro.

Pertanto lei studiava e dava gli esami regolarmente e con ottimi voti. Si calava nei dettagli del diritto e cercava di capire se fosse possibile darne una lettura libertaria. Come assicurare il rispetto delle regole senza la coercizione? Era possibile conservare un minimo di codice penale? E che fare di un assassino, in una futura società di anarchici? I libri non davano risposte, ma lei non si fermava.

Si interessò alla questione delle carceri. Secondo Ercole lì stava il cuore del capitale: la prigione come riassunto estremo della società. Un amico di Lotta continua aveva passato loro alcuni scritti di detenuti che avrebbero composto un libro, *Liberare tutti i dannati della terra*. Erano per lo più giovanissimi meridionali senza un soldo, finiti in galera per furtarelli di disperazione. Una risorsa, certo, ma come convincerli? Quale linea separava il crimine dalla rivoluzione? E lei, che non aveva mai nemmeno rubato una mela, quanto poteva saperne?

Rimaneva in città fino a sera, molto spesso da sola, molto spesso cercando ospitalità da qualche compagna e solo di rado fermandosi da Carlos – oppure dormendo sui banchi dell'università per poi svegliarsi nell'alba cruda, intirizzita e stretta nel maglione.

La notizia dell'assassinio di Calabresi la raggiunse

mentre ciclostilava in Bovisa un volantino del Gruppo Fabbri sulla distribuzione gratuita di cibo ai sottoproletari di Quarto Oggiaro. Una ragazza corse dentro lo stanzino pieno di fumo e cominciò a gridare, un sorriso largo sul volto. Luigi Calabresi, che nel giro tutti ritenevano il vero responsabile della morte di Pinelli, era stato ucciso a revolverate in via Cherubini. Eloisa tornò a casa eccitata e inquieta, guardandosi di continuo le spalle.

Ne discussero alla Zona. Le voci si intrecciarono al tavolo e dopo due ore fu difficile capire chi sosteneva cosa, chi era d'accordo o meno e su quale argomento:

«Metti che siano stati i fascisti».

«Ma che fascisti».

«E che ne sai».

«No, no».

«Dite i compagni, eh?».

«Sicuro».

«Anche per me».

«Ma un morto così? A freddo?».

«Secondo me invece sono stati i servizi».

«Non so».

«Ascolta. Non gli serviva più, e magari si era stancato e voleva parlare».

«No, è roba nostra. Fidati».

La sola cosa certa e che Eloisa avrebbe ricordato a lungo era la vibrazione di frenesia nell'aria, la gioia per una vendetta materialmente realizzata – e appena un fondo di sgomento. Come se qualcosa fosse sul punto di succedere, assai più grande della morte di un uomo. Eloisa sentiva lo stomaco contrarsi pensando al coro di condanne e sdegno là fuori, nel mondo pacificato e borghese, il coro che dimenticava tutte le oscene menzogne sulla morte di Pinelli, i ragazzi pestati a sangue, l'onda di violenza diffusa su cui nessuno aveva nulla da ridire.

Solo Carlos appariva pensieroso. Accennò alla vedova e ai figli piccoli, provò a dire che dovevano essere migliori della giustizia borghese: e che un assassinio era una cosa da pazzi, soprattutto in quel momento. Ma lo fece a bassa voce, forse temendo di sentirsi dare del cristiano cagasotto, mentre gli altri parlavano e parlavano, e Anna diceva che la repressione si sarebbe fatta ancora più pesante, d'accordo: ma una volta tanto erano i potenti ad avere paura. Non era bellissimo?

Eloisa iniziò un rapporto epistolare con Giulio Pagani. Lettere che giungevano ogni due o tre giorni, nessuna telefonata o quasi, benché abitassero piuttosto vicini: lui riempiva comunque i fogli di frasi dalla sintassi involuta e qualche caricatura di politici per farla sorridere, Taviani e Cossiga e Berlinguer.

Giulio militava nei Radicali, che definiva «i libertari in parlamento, nonviolenti e incazzatissimi». Si ispiravano alla tradizione liberale e socialista, ma con qualcosa di più: l'odio per le carceri e un amore assoluto per i diritti. Eloisa rispondeva piccata: i Radicali erano tutti borghesi, e i diritti – per quanto conquiste importanti – restavano comunque leggi, e dietro le leggi vigeva l'ordine del manganello. Giulio girava intorno alla questione più che affrontarla direttamente. Le sue lettere erano piene di punti interrogativi e altri disegnini ai bordi – abbozzi di case, minuscoli ritratti. In una busta le mandò un fiore secco, una fresia giallo intenso, che Eloisa tenne per un giorno e poi buttò.

E zio Renzo passò infine a trovarli alla Zona, una domenica pomeriggio. Quasi un anno per convincerlo, e no, grazie, non voleva passare da casa a salutare Gabriele; prima la sbrighiamo e meglio è. Si mise a curiosare rovistando fra i volantini, i pacchi di cibo e vestiti che avrebbero distribuito ai poveri, i pezzi di legno da assemblare in nuove sedie, la piccola biblioteca a disposizione dei passanti – ma quali, poi? Erano sempre i soliti, a parte un vagabondo e un tizio che li aveva derubati.

Si fermò davanti al muro.

«*Potere a destra, potere a sinistra*», lesse. «*Il potere è sempre fascista*. Mah».

«Per noi le forme di dominio si replicano allo stesso modo anche fra comunisti», disse Ercole. «Se l'abbiamo invitata qui, è per avere un confronto. Ma il Partito –».

«Sì, sì, certo. Ragazzi, voi dovete capire una cosa. Gli anarchici vogliono tutto: ma tutto è troppo. E poi degli operai non sapete niente. Tu che fai?», chiese a Carlos.

«Studio».

«Cosa?».

«Filosofia».

«Là. Il borghese perfetto».

«Ma la classe non è fatta soltanto di operai. Camillo Berneri ha scritto un articolo magnifico, *L'operaiolatria*. Non bisogna idolatrare i lavoratori in quanto tali; e anche Malatesta critica duramente la dittatura del proletariato».

«Bravo. Vallo a dire davanti ai cancelli della mia fabbrica e senti un po' cosa ti rispondono».

«Mi scusi, non capisco che c'entra».

«C'entra che ne ho piene le balle degli studenti che vengono a spiegarmi la vita prima del turno. Il vostro guaio è che non conoscete la fatica. La fatica vera, che fa gli uomini veri. Vi riempite la testa di parole, dite che i sindacalisti sono dei venduti, dite potere operaio e autonomia e tutte quelle cose lì. Ma sentimi bene, nini: sono trent'anni che noi ci rompiamo le ossa e prendiamo botte dai celerini. Quindi, un po' di rispetto».

Carlos indietreggiò di un passo e Anna invece ne fece uno in avanti.

«E la rivoluzione?», disse. «La rivoluzione quando la facciamo, compagno Sartori?».

«La rivoluzione con calma. Intanto bisogna prepararla».

«Per regalarla al Partito mentre noi sudiamo».

«Voi, eh».

«Sì. Perché io la fatica la conosco, sa? Faccio l'operaia in un'industria chimica. Respiro la merda da mattina a sera – e cosa devo fare? Aspettare la rivoluzione per riavere la salute?».

«Non hai trovato altro?».

«Me lo sono scelto».

Lo zio rise scuotendo la testa: «Un'altra che si è infilata in fabbrica per turismo. Voi siete tutti matti. La rivoluzione arriva domani, mica oggi».

«Domani saremo tutti morti», disse Anna.

Eloisa si rivide con Giulio Pagani a Milano, e Giulio Pagani la portò in un cantiere a ridosso della Martesana. Gli scavi lambivano l'acqua del naviglio. Mentre guardavano le gru, le parlò di quanto gli piacesse vedere un suo professore lavorare all'aperto, fra le impalcature e i blocchi di cemento.

«In cantiere le gerarchie saltano. Sì, tu dirigi, ma è un modo di dirigere – anarchico, in effetti». Ridacchiò. Eloisa gli diede uno spintone. «Se la gente è scontenta lo capisci al volo. È diverso dalla fabbrica, o almeno credo. In fabbrica non ci sono mai stato. E non credo sia nemmeno tanto importante, in fondo».

Eloisa chiuse gli occhi.

«L'architettura conta di più. Potete riprendervele quanto volete, le città; ma se le costruiamo male, restano costruite male e la gente ci soffre. Non c'è rimedio al cemento».

«Questo è vero».

«Hai ancora la mia caravella?», le chiese.

«Certo. Ho anche provato a farla galleggiare nel lavandino».

«E galleggia?».

«No».

Risero. Si tenevano per mano senza baciarsi. Al momento dei saluti lui la carezzò appena e le disse che le avrebbe scritto. Eloisa camminò smarrendosi tra Greco e Bicocca; Milano cresceva, mal concepita e grigia come dalle parole di Giulio, e sembrava inghiottirla; ne captava il peso, il mistero, la forza funesta: per una volta non era né uno spazio da conquistare e nemmeno la città dei suoi sogni.

Un'ora dopo si ritrovò sul balcone di una casa occupata fra Dergano e Bovisa con un sasso in mano, un appartamento al primo piano di un condominio giallo crema, sbeccato e in disuso: lo stavano difendendo dei compagni e lei era capitata lì per caso – ma in quegli anni si era andata convincendo che il caso fosse un'altra delle illusioni del capitale. Strinse il sasso guardando giù e fra la polizia si fece largo una signora in abito a fiori azzurri, una del quartiere, gridando: «Bestie! Questa è casa di mia mamma! No dei padroni, di mia mamma! A sun anca mi de sinistra, ma così non è giusto!». Eloisa aveva la bocca secca. Qualcuno le disse qualcosa, qualcun altro rise. Lei indietreggiò di un passo; il ciottolo le pesava in mano; lo lasciò cadere a terra.

10

I cugini Sartori avevano cominciato a telefonarsi più spesso nel corso della primavera e dell'estate; e per eludere il veto implicito tra le famiglie si scrivevano cartoline scherzose: *Saluti saronnesi dalla ridente Saronno* e *Vi aspetta un FANTASTICO fine settimana a Sesto San Giovanni, California!* e *La nuova generazione dei Sartori si ribella all'ordine patriarcale.*

Ogni mese e mezzo si mettevano d'accordo per un appuntamento a Milano. Eloisa conosceva sempre un posto dove andare – un angolo di parco, una latteria o una mensa dove si mangiava pastasciutta a meno di mille lire, un appartamento dalle tende verdi dove ognuno poteva entrare liberamente e parlare di qualsiasi cosa con gli occupanti. Fu lì che Diana vide due ragazze giocare a scacchi in mutande, serissime, i piccoli seni nudi. Calò una mano sugli occhi di Libero per dissimulare l'eccitazione che le mordeva lo stomaco.

Tra famiglie ci si vedeva per Natale e Pasqua, ma solo per scambiarsi gli auguri e i vestiti usati: una merenda, un anno a Sesto e un anno a Saronno. Era un accordo di massima che le madri avevano stabilito tempo addietro, ma di quei pomeriggi Diana ricordava soprattutto i silenzi tra suo padre e lo zio Gabriele, agli angoli opposti della sala, fingendo interesse per qualunque sciocchezza pur di non parlarsi. Poi lo zio e i cugini andavano a prendere la nonna in stazione o partivano per il Friuli; e suo padre aggiustava cose che non dovevano essere aggiustate, beveva più del solito, sfidava i figli a scopa cercando una complicità che né lei né Libero erano in grado di fornirgli.

Invece gli incontri fra cugini le piacevano molto, in particolare per la presenza di Eloisa. Era un po' matta e faceva discorsi strani che non capiva fino in fondo. Le pareva che idealizzasse troppo gli operai, forse perché non ci era cresciuta in mezzo. Diana invece li conosceva bene. Quegli uomini in tuta blu che ciondolavano di ritorno dalla fabbrica, le dita nel naso: ne conosceva la dignità e la testardaggine e la puzza e le battute sconce e la stupidità e la generosità e la grettezza e le ansie.

E tuttavia Eloisa era anche gentile e coraggiosa. Avrebbe voluto confessarsi con lei, magari mentre Davide teneva a Libero una lezione improvvisata di boxe al parco Sempione, e Libero si scansava – *No, no, no!* – incapace di prenderle e darle. Avrebbe voluto dirle l'elementare verità: le piacevano le ragazze. Ma rimaneva di continuo con la parola sulla punta delle labbra, la parola con la elle, incapace di pronunciarla.

Aveva trovato lavoro a metà tempo come segretaria presso una piccola ditta in via Marelli, e il pomeriggio componeva canzoni alla chitarra e fumava canne con Francesca. Si riempiva la bocca di caramelle comprate dalla Gina Meroni e poi scuoteva la giacchetta per cancellare l'odore. A volte finiva a casa di Giuseppe, ancora leggermente fatta, e lo ascoltava suonare: stava lavorando alle *Images* di Debussy. Era incredibile quello che potevi fare, se tornavi a casa puntuale: che mai avrebbe combinato una ragazza? Erano i maschi il problema di tutti.

Diana sedeva sul materasso lasciandosi investire dagli arpeggi di *Reflets dans l'eau*, le progressive fioriture di

477

frasi senza ordine apparente – inquiete come l'acqua del titolo, così simili a un'improvvisazione – e quel finale pieno d'abbandono. Giuseppe suonava e risuonava senza fermarsi, composto e quasi immobile alla tastiera, ignorando la sua presenza. Non era mai soddisfatto. Dopo ciascuna esecuzione si alzava e girava in tondo per la stanza, in un modo buffo che a Diana ricordava i tormenti di Zio Paperone.

Nel settembre del 1972 partecipò a un festival autogestito in una valle bergamasca, grazie al fidanzato di Francesca che lavorava nel giro: il suo primo vero concerto. Roberto era impegnato, ma Diana sapeva che non sarebbe venuto comunque. I cugini si offrirono di accompagnarla per evitare le reprimende del padre; Eloisa portò un paio di amici – quel tipo buffo e simpatico, Carlos, e una ragazza dal viso aguzzo di nome Anna – mentre Davide avrebbe scattato fotografie.

Il raduno era stato organizzato da un gruppo di circoli locali, imparentati alla lontana con il gruppo milanese di Re nudo: non c'erano nomi famosi, e sul palco si alternarono alcuni mediocri imitatori di Ricky Gianco o della Premiata Forneria Marconi. A Diana fu concesso di suonare penultima; dopo di lei si sarebbe esibita la band di un ragazzo senza barba, con i capelli scombinati sulla nuca e un cognome straniero: Demetrio Stratos.

Quando le fecero cenno, Diana imbracciò la chitarra, aggiustò le maniche a sbuffo della camicia, e deglutì. Anna le diede un bacio sulla guancia e le augurò buona fortuna – uno gesto inatteso che la rassicurò. Da lì vide con più chiarezza il pubblico: poche centinaia di persone sparse sull'erba della radura, mentre l'ultima luce penetrava tra gli alberi intorno. Molti avevano la camicia aperta, alcuni erano in mutande, e tre ragazze avevano acceso un fuoco accanto a un cascinotto diroccato.

Si toccò gli occhiali e senza presentarsi attaccò una canzone recente di Lolli. L'applauso e gli ululati durarono più di quanto avesse mai sperato. Cantò un altro paio di brani con crescente convinzione, disse il suo nome, salutò con un cenno di mano le ragazze raccolte al falò – *Che sto facendo?*, pensò – e cominciò a muoversi come avrebbe fatto Janis.

A costo di sbavare qualche accordo si mise a correre e saltare. Non fingeva. Le veniva naturale, e di nota in nota acquisì ulteriore sicurezza: piegava il corpo in avanti, torceva la voce fino a spezzarla. Di nota in nota si sentì pervasa da un senso di potere, una particella della stessa aura che circondava i cantanti visti in televisione, quegli americani che facevano tutto ciò che desideravano, perché il palco era una zona strappata ai trucchi e alle miserie di ogni giorno: la sola vera rivoluzione, crudele poiché spettava a una persona per volta, ma giusta. Giusta.

Quasi leccò il microfono dicendo: «Questa l'ho scritta da sola in camera mia a Sesto San Giovanni. Rompendo le scatole a mio fratello, mi sa».

Un altro ululato, uno solo, e alcuni applausi. Diana prese un lungo respiro e colpì le corde con solennità. La minore. La minore, Mi minore, uno sghembo Fa diesis; Re e ancora La minore.

«Si chiama *Stringimi*», urlò. «E non ha ritornelli. Soltanto strofe».

Una risata appena nel buio caduto di colpo. Quindi il silenzio, e un accordo dopo l'altro Diana percepì l'incendiaria bellezza di quanto stava creando, la sua cruda forza. Cantò:

Stringimi, stringimi, ma solo se puoi
Andiamo, per terre ancora senza nome
E chiamiamole in fretta, con nomi di eroi
Perché fra un attimo sarà già troppo tardi
E cadranno nel passato.

Proseguì. Teneva la bocca un po' distante dal microfono per rendere la voce un sussurro arrochito, da profetessa di periferia: il mondo intorno si era dissolto e lei chiuse gli occhi. Un rumore ai suoi piedi glieli fece riaprire. Qualcuno dalle prime file aveva gettato una pistola sul palco. Sulle prime Diana non comprese, poi ricordò di averla vista girare in precedenza fra il pubblico: era un vecchio arnese da partigiani, scarico e inutilizzabile. Diana la fissò in silenzio tra un accordo e l'altro; d'un tratto si fermò, la raccolse e la portò alla bocca con un sorriso complice. Tutti parlavano di lotta armata, di resistere con il fucile sulle spalle, e lei rivolse verso di sé quella canna con un sorriso. Dov'era il nemico, adesso?

Una scarica di vento sferzante tra i pini. Un'ombra di gelo. L'arancio vorticoso del falò. Tutti sapevano che la pistola era senza proiettili e lo sapeva anche lei, ma quando premette il grilletto – senza smettere di sorridere, quasi deliziata dal metallo freddo sui denti e dalla forza che promanava – il silenzio mutò in qualcos'altro. Clic. Clic. Clic. Lanciò la pistola dietro di sé e gridò la sua ultima strofa, con una voce torva e inebriata: *Stringimi, stringimi, ma solo se puoi.*

Qualche settimana dopo accompagnò Roberto in Germania dell'est, a Erfurt. La sede locale del Partito aveva organizzato un convegno di due giorni per i giovani co-

480

munisti europei. Suo padre era felice; le disse che sarebbe stata un'ottima esperienza.

Erfurt era sepolta da una nebbiolina fitta. Attraversando il centro fatto di case dalle finestre ornate di colori e dai tetti spioventi, Diana vide una doppia chiesa emergere all'improvviso dietro il finestrino. Vennero accolti in una struttura anonima di periferia, un parallelepipedo di cemento bianco che fungeva da foresteria e sala per gli incontri: nella grande aula c'erano centinaia di seggiole disposte in file ordinate, e dietro il palco dei relatori una bandiera con sopra scritto FDJ.

«*Freie Deutsche Jugend*», le spiegò Roberto con ammirazione. «I nostri equivalenti, ma più forti e organizzati meglio».

Diana fu costretta ad assistere a una breve conferenza di benvenuto in tedesco, di cui ovviamente non capì nulla. Nessuno sembrava capire nulla, eppure tutti sorridevano. La cena fu a base di uno stufato di verdure, informe e senza sale.

Dopo cena vide un pianoforte nell'atrio del primo piano, un mezza coda nero, un po' usurato, poggiato a tastiera aperta sulla moquette. Al momento buono si sedette e saggiò i tasti con prudenza. Non era affatto male. Provò le note iniziali di un Preludio di Bach – cosa di più adeguato? Ma presto abbandonò la classica e attaccò con una sua versione personale di *Cry Baby*. Roberto apparve alle sue spalle e le bloccò un braccio.

«Cosa fai?», disse allarmato.

«Cosa faccio? Suono».

«Prima devi chiedere il permesso. Cos'è 'sta roba?».

«Una canzone di Janis Joplin».

«E ti sembra il posto dove suonarla? Una cantante americana, qui?».

Diana si alzò sbuffando. Litigarono a bassa voce davanti a un busto di Lenin e un grande specchio orizzontale. Roberto era affranto.

«Ascolta, non voglio fare sempre quello che ti rimprovera; però forse non hai capito il significato di questo viaggio».

«A quanto pare non mi interessa».

«Ma se non ti interessa, perché sei venuta?».

«Me l'hai chiesto tu», disse lei incrociando le braccia.

«Non capisco. Ho fatto qualcosa di male?».

«No, no».

Roberto si prese la testa fra le mani: «E allora perché non funziona?».

Diana sorrise. Lo stava tenendo in suo potere e ci stava riuscendo benissimo. Rimirò entrambi allo specchio: una ragazza con gli occhiali e i capelli ricci, non particolarmente bella se non per le iridi color erba – eppure teneva in pugno il delegato italiano in visita. Provò un moto di soddisfazione, e poi un senso di spreco: che gliene importava di lui?

Il mattino seguente uscì a camminare, nonostante le raccomandazioni di rimanere in gruppo. Pioveva ancora, ma a Diana non dispiaceva. La foresta aggrediva la cittadina invece di costeggiarla, e alle narici le arrivava una fragranza metallica. Pensava al suo concerto, a quel che le aveva dato il palco: avrebbe potuto urlare la verità su se stessa e tutti ne avrebbero gioito. *Mi piacciono le ragazze! Mi piacciono davvero!*

Ma una volta scesa da lì, cosa sarebbe stato di lei? Dove stava il mistero della musica? Forse era qualcosa di simile alla fede. Quando suo fratello tornava dalla messa – il gran segreto che le aveva rivelato un giorno, e che in fondo non l'aveva affatto stupita – appariva beato, istupidito da una forza superiore; eppure c'era anche una traccia di delusione nei suoi occhi. Come se il potere raccolto stesse per sgretolarsi di fronte alla meschinità della vita.

Mentre si asciugava gli occhiali inciampò e cadde a terra con la mano destra aperta e il dolore fu molto più intenso del previsto. Rialzandosi toccò il mignolo e le sfuggì un grido. Tenendosi la mano per il polso cercò di chiedere aiuto ai passanti; un vecchio chiamò un agente di polizia. Diana aveva nella borsetta di tela un taccuino e una matita. Scrisse a fatica *FJD*, poi si corresse: *FDJ*. Il poliziotto parve capire. Telefonò da una cabina e la portò al pronto soccorso.

Il medico che la ricevette era una donna sulla trentina con i capelli rossi raccolti in una treccia, il seno gonfio e il sedere fasciato dal camice. Le ordinò una radiografia e commentò le lastre parlandole in tedesco, con tono di rimprovero, ignorando i suoi gesti di incomprensione. Dopo averle ingessato la mano si mise alla finestra. La pioggia le colpiva appena il viso, il gomito destro appoggiato al polso sinistro. Diana dovette farsi forza per non avvicinarsi e sentirne il profumo; la rimirò come un oggetto proibito.

Un'ora dopo arrivarono il traduttore e Roberto. Il traduttore parlò con il medico e si voltò verso Diana con un'espressione quasi colpevole: «Purtroppo l'osso è rotto. L'osso del dito è rotto». Roberto era preoccupato e continuava a guardare il suo orologio a cipolla. «E adesso? E adesso?», diceva.

Oh, e adesso: adesso era tempo d'altro. Forse quel viaggio non era stato inutile. Massaggiandosi il polso,

Diana decise che non avrebbe mai più suonato il pianoforte e avrebbe lasciato Roberto quella sera stessa. E
mentre la riportavano al centro convegni immaginò l'inizio di una canzone – una strofa che parlava di foreste e
di una donna dai capelli rossi.

11

Alla fine di luglio, Davide scese a Milano per scattare qualche immagine ai palazzi del centro. Si incamminò in via Carducci e scrutò una facciata grigio ardesia: i rilievi dei balconi e delle piccole colonne alle finestre emergevano con nettezza. Trattenne il fiato e scattò. Una signora gli chiese in dialetto cosa stesse facendo e lui non seppe bene che cosa rispondere. Proseguì. Mentre indugiava lungo via Vico, asciugandosi il sudore sulla nuca, sentì alzarsi delle grida. Svoltò a passo rapido in via Bandello e si trovò di fronte una massa di poliziotti con caschi verdi in testa, armati di fucile. Oltre la muraglia del carcere di San Vittore vide le grate piene di detenuti: e sul tetto ce n'erano altri ancora, decine e decine: agitavano la mano in segno di saluto; qualcuno stringeva il pugno; un paio tenevano il volto coperto con un fazzoletto bianco.

Davide li inquadrò, ma un poliziotto gli intimò di levarsi di torno. Indietreggiò di una ventina di metri. Adesso era troppo lontano: nel mirino non vedeva nulla che lo soddisfacesse. Intanto un paio d'uomini in camicia, con due macchine fotografiche a tracolla ciascuno, si stavano avvicinando al cordone della polizia. Davide scelse il più basso e gli chiese di farlo passare. Il tizio lo fissò.

«Sei un collega?».

«Aspirante».

«Hai scelto un bel posto per provarci».

Davide si strinse nelle spalle.

«Va be', oggi mi sono svegliato gentile. È con me», disse al carabiniere con cui stava parlando.

Il carabiniere squadrò Davide indeciso, poi si scansò. Era davvero vicino alla muraglia. Alzò la macchina verso il tetto. I detenuti si erano ammassati lassù, un gruppo di corpi urlanti e i lenzuoli con sopra scritto IL CARCERE UCCIDE e RIFORMA. Scattò e attese. La polizia sembrava innervosirsi e qualcuno lo spintonò. Davide vide i detenuti dietro le grate passarsi un bastone dal basso in alto, a zig zag, da grata a grata. Aggiustò il tempo di esposizione e scattò di nuovo, augurandosi di aver fissato il movimento, quindi indietreggiò di qualche passo e riuscì a cogliere un uomo che si sporgeva pericolosamente dalla grondaia, allungando il pugno chiuso davanti a sé, mentre un altro carcerato lo teneva per la maglia.

Almeno una foto doveva essere buona. Ne era certo. Corse in via Savona, dove abitava una compagna d'università che aveva delle tank e usava il bagno come camera oscura. Era in casa, fortunatamente. Dopo aver sviluppato i negativi, Davide cercò sull'elenco telefonico l'indirizzo del *Giorno*: fu il primo a venirgli in mente e non ne cercò altri. Uscì con la pellicola tagliata e incartata; prese la 90, cambiò due tram e arrivò in via Angelo Fava. La palazzina del giornale svettava grigioazzurra dietro una cancellata; entrò e chiese del direttore alla segretaria.

«Ho delle foto che potrebbero interessarvi», disse.

Lei lo fece attendere in piedi. Poco più tardi comparve un tizio con gli occhiali appannati e le spalle coperte di forfora; osservò i negativi di Davide.

«Le hai fatte tu?», gli chiese guardandolo da sopra gli occhiali.

«Sì».

«Vieni, va'».

Lo portò nell'ufficio del direttore, Aldo Marchesi. Era un uomo sulla cinquantina, con un bel viso asciutto e una cravatta rosa. Dopo un giro di presentazioni – il tizio con la forfora si rivelò essere Viglietti, capocronaca – Davide diede i negativi al direttore e anche lui li osservò in controluce.

«Fiore è già sul posto?», chiese a Viglietti.

«Sì».

«Fai un'altra telefonata in questura, per sicurezza».

Viglietti scattò fuori dalla stanza. Marchesi si rivolse a Davide: «Be', non sono male. Le hai mostrate ad altri?».

«No».

Marchesi fece dondolare la testa a destra e sinistra.

«Lo fai di mestiere?», gli chiese. Viglietti tornò nella stanza sbadigliando.

«Non proprio. Vorrei cominciare».

«Quindi studi».

«Ingegneria al Politecnico. E da qualche mese lavoro in una tipografia del mio paese, a Saronno».

Marchesi e Viglietti parlottarono un po' fra loro, nascondendosi dietro una mano messa di taglio. Ogni tanto indicavano il negativo sul tavolo.

«Potrei averne dieci, di scatti così», disse infine Viglietti.

«Venti, potremmo averne», disse Marchesi. «Però tu sei arrivato per primo, no?».

Davide allargò le braccia.

«E quella dell'uomo col pugno chiuso è bella. Racconta una storia. Perciò la pubblichiamo».

«Sul serio?».

«Quando torna Fiore presentagli il ragazzo, qua», disse a Viglietti. «Magari ha qualche dritta da dargli».

487

Guardò Davide: «Tu puoi aspettare un'ora o due? Come hai detto che ti chiami, a proposito?».

«Sartori. Sì, non ho impegni».

«Bravo. Io invece devo mandare avanti un giornale».

Uscì con Viglietti e si sedette su una poltrona in redazione. C'era un buon profumo di carta e l'atmosfera era più nervosa e indaffarata di quanto avesse immaginato. Fece qualche foto ai giornalisti. Gli piacevano i loro abiti, le sigarette sbuffate, l'aria truce con cui incrociavano il suo obiettivo. Una donna in tailleur gli chiese per favore di smetterla: Davide ripose la macchina e si mise a leggere l'edizione del giorno. Più di un'ora dopo sentì una mano sulla spalla. Un ragazzo della sua età, piuttosto tarchiato, gli parlò con un vivido accento del sud: «Sei tu quello della foto?».

«Sì».

«Mi chiamo Giovanni Fiore».

«Davide Sartori».

Si strinsero la mano.

«Sto alla cronaca, con Viglietti. Sono giusto tornato dal carcere».

Davide annuì, fissandolo. Fiore aveva il doppio mento e sorrideva con la bocca storta, il che gli conferiva un'espressione beffarda.

«Un bel macello, eh. Tu hai visto qualcosa di particolare? Qualcosa che non sei riuscito a fotografare?».

«Non saprei».

«Vabbuò». Si grattò il naso. «Vuoi farmi compagnia mentre batto l'articolo?».

«Ma adesso?».

«Non so, vuoi aspettare quelli del *Corriere*? Ti porto una fetta di torta?».

«No, no».

Fiore si mise alla scrivania, riordinò gli appunti e batté a macchina il pezzo in una decina di minuti, in piedi, il ginocchio appoggiato al cassetto aperto. Davide era impressionato da quella rapidità.

«Andiamo a farci un caffè», disse Fiore scrocchiando le dita. «Poi vediamo cosa c'è da sistemare. Offri tu, eh».

Al bar gli raccontò della sua vita. Era lucano ma abitava a Milano da otto anni, su dalle parti di Gorla, una stanza infestata dalle zanzare vicino al Naviglio della Martesana. Si era laureato in Scienze politiche, aveva cominciato come cronista in un giornale di provincia, era rimasto fermo cinque mesi per un brutto incidente in auto. Aveva un tono di voce piacevole nonostante la erre blesa. Davide si limitò a dirgli della boxe e della fotografia. Ordinarono un secondo caffè e si misero a parlare di musica.

«Il tuo gruppo preferito?», chiese Fiore.

«I Led Zeppelin, credo».

Il giornalista sembrò illuminarsi, senza perdere la sua aria sarcastica.

«Ah, ottimo. Ottimo. C'eri due anni fa al Vigorelli?».

«No».

«Meglio. La polizia che lanciava i fumogeni, gli attivisti che sfondavano per entrare gratis. Fuochi in mezzo al velodromo. Teste di cazzo da una parte e dall'altra. Per poco non ci scappava il morto, e gli Zep non torneranno mai più. Bravi fessi tutti». Fiore estrasse una Marlboro dal pacchetto e la puntò contro Davide. «Canzone preferita?».

«*Gallows Pole*. No, aspetta. *When the Levee Breaks*».

«Buone scelte entrambe».

«La tua?».

«*Immigrant Song*, direi».

«Bella».

Fiore portò una sigaretta alle labbra e l'accese.

«Mi sembri un bravo tipo, Sartori. Sei un bravo tipo?».

Davide si strinse nelle spalle.

«Non fare la faccia smarrita. Sei uno furbo, se vuoi, io lo so. Ma sei un bravo tipo?».

«Che vuol dire?».

«Rispondimi. Sì o no».

«Non lo so. Sì».

«Sì o no?».

«Sì».

«Bene. Allora magari rifatti vivo, che dici? Ti lascio il mio numero».

Scribacchiò qualche cifra su un pezzo di carta. Poi lo accompagnò fuori e gli diede la mano.

«Grazie di tutto, Giovanni», disse Davide.

«Chiamami Fiore. Fiore e basta».

«Va bene».

Lo misurò ancora, incuriosito: «Eskimo e capelli corti... Una combinazione strana. Studi davvero Ingegneria?».

«Sì. Non va molto bene, ma sì. Perché?».

«Di questo tempo vanno di moda le balle», disse Fiore: una frase che Davide non seppe come interpretare.

Nei mesi successivi riuscì a piazzare altre sette foto al *Giorno*. Viglietti iniziò a pagarlo alla quinta, e poi lo fece viaggiare un po' con Fiore. C'era qualche possibilità per dei piccoli reportage in zona; ai lettori piaceva e piaceva anche a Marchesi.

Fiore del resto era pieno di idee, e nel giro di poco si rivelò la persona più interessante che Davide avesse mai conosciuto. Insieme lavoravano bene, e nei tempi morti passavano ore al bar a bere caffè o limonate – nessuno dei due amava l'alcol – e discutere di musica e pugilato.

Intervistarono le casalinghe del Lorenteggio sulla crisi: come influenzava la loro spesa? Coprirono le proteste contro il blocco del traffico domenicale in provincia. Fiore cominciò a chiamarlo *Davìd* perché una volta lo aveva lasciato allibito con la sua conoscenza delle lingue. Doveva intervistare un politico francese, che non sapeva una parola d'italiano; e non c'erano interpreti disponibili. Davide si offrì di mediare, e alla fine il politico era così soddisfatto che regalò loro una coccarda repubblicana. «*Liberté, egalité, vaffanché*», disse Fiore buttandola in un cestino.

Nel tempo libero, Davide fotografò alcuni operai del saronnese che tenevano aperto un forno in sciopero e fondevano metallo per costruire letti per i poveri, con materiale di scarto: catturò le scintille agitarsi in cima alla colata, il flusso d'oro della fusione. Fotografò i treni delle Ferrovie Nord dalla sopraelevata, l'intrico dei binari rugginosi, mentre alle sue spalle i tuoni rompevano la sera estiva. Fotografò di nuovo i suoi genitori.

Furono mesi frenetici e felici. Smise con la boxe, con gran delusione del Rimoldi e di Paolone, anche perché a un torneo regionale si trovò di fronte un bresciano che per la prima volta gli fece male sul serio. Davide gli ballò intorno come di suo solito, ma non servì a nulla. Il bresciano era tozzo e cattivo e aveva un gancio destro pesantissimo che alla quarta ripresa mandò Davide KO. Quando riprese i sensi, si disse che poteva bastare.

Comprò altri manuali di fotografia e si iscrisse a un corso di perfezionamento serale a Milano. Eloisa gli chiese spesso di impegnarsi nel movimento, ma lui rifiutò ogni volta. E c'era ben altro da ritrarre che le masse in protesta.

«Ancora con questa storia del mondo grande e vasto?».

«Più o meno», disse lui. «Ma non solo».

Sì, non solo: Davide non voleva alcun tipo di legame emozionale con i suoi soggetti. Seguiva volentieri i compagni di Eloisa per documentare, ma non per fare propaganda; e altrettanto faceva con i loro presunti nemici: il padre di Paolone carabiniere in servizio, un gruppo di suore, o un concorso provinciale di modelle. Le opinioni, sue o di altri, non contavano. Doveva unicamente scattare e lasciare che le cose si rivelassero.

Una sera tornava in treno da Lodi con Fiore e un vagabondo russava al fianco del giornalista. Lui lo guardava schifato e ripeteva che un giorno non avrebbe mai più messo piede su una carrozza, soltanto automobili e cene di lusso, champagne e bistecche alte così, e basta con le cronachette dalla provincia.

«E tu?», chiese a Davide.

«Io cosa?».

«Che vuoi fare. Da qui a sei mesi o un anno».

«Mah. Viaggiare, direi. E fare foto».

«Ascolta me, Davìd. Hai ventitré anni, io venticinque. È già tardi per tutto, quindi tocca muovere il culo».

«Perciò quale sarebbe il piano?».

«Il piano sarebbe di levarsi da questo paese di fessi. Hai una fidanzata?».

«Più o meno». Inspirò con il naso. «In realtà sono mesi che penso di lasciarla».

«Ecco, bravo. Lasciala e scappa per sempre».

«Tu hai una fidanzata?».

«Come no. A Potenza».

«E perché non la lasci anche tu?».

«Ma sei scimunito? Io la amo. L'anno prossimo ci sposiamo e mi raggiunge qui». Rise. «Sei tu che non vai bene per stare in coppia, Davìd; e nemmeno per l'Italia. Sei il terrore dei due mari. Tu e la Nikon contro tutti».

«Ma smettila».

«Sai cosa dice mia mamma? Apr l'uocchie ca a chiurl nun ce vol niend'».

«Eh?».

«*Eh?* Quanta fatica». Rise ancora. «Vuol dire: Apri gli occhi, ché a chiuderli non ci vuole niente. La vita è breve, Davìd».

Tornando a casa pensò alle foto di Walker Evans che aveva studiato al corso di perfezionamento, i ritratti delle famiglie povere in America, operai alle prese con un'insegna enorme su un furgone, un barista vestito di bianco – e il cieco che cantava con una fisarmonica nella metropolitana, le palpebre serrate, la bocca un tondo quasi perfetto – il cieco che cantava in quella remota e meravigliosa città d'occidente, New York – *New York*, sillabò Davide – e benché la vita fosse breve, Evans aveva fatto suo quell'uomo, l'aveva messo al sicuro dalla stupidità e dalla rovina, ma anche dalla rapacità dell'amore e della gelosia: nulla al mondo lo avrebbe distrutto.

493

12

Il primo giorno di scuola all'Itis, Libero sedette in quarta fila. Era una zona indistinta, un buon compromesso: da lì, per l'intero mese di ottobre, avrebbe visto litigi e grida e aeroplani di carta abbattersi a terra, e proteste e cori contro i professori e interrogazioni balbettanti. Bastava tacere per farsi invisibile. Appiccicò una figurina di Zoff e un'immaginetta della Madonna sul sottopiano del banco.

Fuori intanto la gente parlava del compromesso storico, del Cile, e chi poteva permettersdo faceva piani per la fuga o per la rivoluzione. La scuola era spesso occupata: c'erano bivacchi e comizi e feste, e il privato era pubblico, dicevano i suoi compagni per poi infilarsi nei sacchi a pelo, e chissà quanta figa tiravano su, diceva Schizzo con invidia, veniva voglia anche a lui di fare la rivoluzione. Ma il privato di Libero erano giorni passati a trattenere il fiato, a schiacciare la pancia in dentro e contare i punti-salvezza che lo separavano dal paradiso.

Anche Alberto de Sio era all'Itis, sebbene in un'altra classe. Il pomeriggio si davano appuntamento a casa dell'uno o dell'altro per fare i compiti, quindi recuperavano Schizzo di ritorno da lavoro: aveva iniziato a fare l'idraulico con suo zio, un tipo silenzioso dalle orecchie enormi. Sedevano sulle panchine dell'oratorio a scambiarsi fumetti e parlare di ragazze. Una sera, dopo una gran quantità di rigori tirati in porta a Libero, Alberto chiese a Schizzo come fosse lavorare.

«Secondo te?», disse lui.

«Una merda?».

«Bravo».

«Ma più o meno merda di andare a scuola?».

Schizzò rifletté con attenzione.

«Di più», concluse.

«Sicuro?».

«Sì».

«Ma bisogna pur campare».

«Guarda, io se potessi mangerei la frutta dagli alberi e basta».

«E i vestiti?».

«Boh. Mi arrangio».

«Tutti lavorano, Schizzo».

«E allora sono tutti coglioni, che ti devo dire».

«Però almeno prendi soldi».

«Che soldi? Mio zio non mi paga mica. Forse da Natale in avanti, dice».

«E perché?».

«Perché è uno stronzo».

«E tu sei un coglione», disse Alberto.

Provò a mangiare di meno. Masticava la pasta fino a ridurla a una poltiglia, quindi si alzava con una scusa e andava a sputarla nel cesso. Smise di comprare merendine e per una settimana si svegliò prima dell'alba per fare i piegamenti. Si toglieva le pantofole, sentiva il freddo delle piastrelle sotto i piedi, allungava le braccia e cominciava. Il sudore gli imperlava la fronte e sentiva le ascelle bagnate sotto il pigiama; dopo qualche ripetizione crollava a terra ansimando. Diana lo spiava da sotto le coperte, incuriosita. A volte ridacchiava, gli diceva di smettere. Ma lei era magra e non poteva capire.

Ama i tuoi nemici. Ecco una frase che Libero non riusciva ad accettare. Don Silvestro la ripeteva spesso nelle sue prediche, anche se sceso dall'altare tirava maledizioni contro i comunisti e i gruppettari di Sesto che imbrattavano le pareti della chiesa. Ama i tuoi nemici. Era certo una verità scandalosa, degna di Cristo; ma Libero non si sentiva affatto disposto a perdonare gente come Gallerani. Se la sua fede aveva un senso, doveva assicurare una punizione nell'aldilà a coloro che sulla terra avevano peccato. Altrimenti perché creare l'inferno?

La cosa gli fu ancora più evidente quando suo padre lo fermò per un braccio mentre stava per uscire, diretto a messa.

«Dove vai?».

«Da Alberto».

«Sì, proprio».

«Perché?».

«Cosa credi, che non sappia della chiesa?».

Libero aprì la bocca.

«Non sono nato ieri, nini». Un sorriso inatteso, quasi complice. «Sarà un anno che provi a farmela, vero? Quel prete è furbo. Non so come, ma ti ha proprio fregato».

«Ci vado perché voglio». Avrebbe voluto aggiungere: *E da ben più di un anno.*

«Eh, come no. Io li conosco, i preti».

«Papà, ascolta».

«Quando l'ho saputo volevo prenderti a sberle. Poi ho parlato con tua madre, che ovviamente mi ha detto di lasciarti in pace. E sai cosa? È giusto». Si grattò forte la guancia. «Ma con quello che sta succedendo, è meglio parlare chiaro. Qui ci sotterrano tutti, fra un po', e tu vai in chiesa. Ma imparerai da solo che sono soltanto balle. Lo capirai presto».

«Papà».

«E quando avrai bisogno di Dio e lui non ci sarà, verrai da me e io ti dirò: *Visto?*».

«Papà, ascolta».

«Guarda, non parlarmi. Non dire niente». Tirò su con il naso e gli trafisse il petto con un dito. «Lo capirai da solo. Io ti lascio fare quel che vuoi. Contento?».

E allora fottiti, pensò Libero. *Finirai all'inferno, senzadio.* Si portò una mano alla bocca, deliziato e scandalizzato dall'anatema, quasi avesse condannato per sempre il padre, come Gallerani e tanti altri, al regno di Satana.

Sul sagrato della chiesa, dopo la messa, conobbe una ragazza bassa e scheletrica dai capelli castani già quasi ingrigiti e il collo stranamente corto. Si chiamava Marta Polito, e fu don Silvestro a presentargliela. Le strinse la mano: era debole e molle e sudata.

«Marta è già nel direttivo dell'oratorio femminile», disse il prete. «In tutta l'Azione cattolica non c'è una più in gamba di lei».

«Dai, don», sorrise Marta.

«Ma è vero. Se hai dubbi, Libero, chiedile pure ciò che vuoi».

«Hai dubbi?», gli chiese Marta.

«Non saprei», disse lui.

Camminarono insieme verso casa – lei abitava a tre via di distanza dal suo condominio – e scoprirono chi erano davvero: il figlio reietto dei comunisti, la prima della classe senza amiche. La cosa non sembrò creare troppi problemi, anzi.

Superarono un ferramenta e un alimentari e una merceria. Due signore trascinavano una bambina, un braccio per signora. Marta si tirava l'indice sinistro con la mano destra e sorrideva. Non era carina, ma aveva dei bei denti e possedeva una risposta a tutto – anche alle domande che Libero non aveva sollevato. I non credenti? Erano solo degli ignoranti, o al peggio degli arroganti. Le altre religioni? Approssimazioni alla Verità. Il mondo era un posto perfetto, e tutto era severamente regolato. Parlava molto. Libero invidiava la sua faccia estatica: lei di certo percepiva Dio ovunque. Di certo si sarebbe salvata.

Oltrepassarono il Rondò e dalla ferrovia sopraelevata giunse il rombo di un treno. Marta rabbrividì e d'istinto si avvicinò a Libero, sfiorandogli un braccio. Lui sentì la bocca farsi secca e alzò la voce per coprire il rumore. Le disse di non avere dubbi, soltanto paura. Dio non lo aveva aiutato con Gallerani e lasciava soffrire molte persone. Com'era possibile? Lei osservò che Dio aveva tante cose cui badare e non stava affatto a loro deciderne le priorità. Libero annuì. Era la solita risposta, ma lo convinceva solo a metà.

Alla vinicola di via Bergomi un uomo beveva il caffè seduto sul sellino della bici. Tre anziani litigavano tirandosi degli spintoni. Libero e Marta si fermarono all'incrocio dove si sarebbero separati e lei gli confessò che forse voleva farsi suora, ma non era certa di sentire la vocazione. Come si distingueva una vocazione vera da una falsa? Ecco una domanda davvero difficile. Libero non aveva risposte. Trattenne il fiato per nascondere la pancia.

«Ci vediamo domenica prossima?», chiese.

Smise di fare piegamenti. Smise anche di sputare il cibo. Non serviva. Passò invece ore in bagno a masturbarsi, la schiena contro la porta dal vetro smerigliato perché la chiave era rotta e non poteva chiudersi dentro, l'ansia di essere scoperto, l'aspra certezza di stare peccando, la difficoltà di immaginare con chiarezza la madre di un compagno nuda e china su di lui, e poi quell'attimo di vertigine dopo essere venuto, mentre restava con le chiappe nude sulle piastrelle, la mandibola appena staccata, il senso di colpa che faceva capolino.

Ma il luogo dov'era più felice era ancora la cucina verso le sei e mezza. Con la madre e la sorella e il brusio della televisione si sentiva al sicuro. Sua madre non era molto contenta: ma Diana protestava con insolita rabbia.

«Che fastidio ti dà, scusa?».

«Non è questione di fastidio».

«E allora?».

«I omen a devan fa i omen».

«E se un uomo vuole darci una mano è un problema? Poi ha quattordici anni, su».

«Mi a capissi no».

«Gli piace stare qui, mamma».

Lei sbuffava ancora e scuoteva la testa, ma tornava allegra quando Libero le dava una mano a mondare i fagiolini. Staccavano i piccioli e li gettavano nel mucchietto sulla tovaglia, verde sotto un raggio rettangolare di sole; e Libero ascoltava le sue donne chiacchierare fitto, senza osare intervenire. Suo padre era da qualche parte, in osteria o con i compagni, e fino all'ora di cena nessuno gli avrebbe detto che Dio non esiste o che era uno scemo ad andare a messa. Sua madre mondava i fagiolini o batteva le fettine di pollo con il batticarne, impastava farina e uova o tagliava i pomodori a spicchi. Sua sorella gli strizzava un occhio e lui lo strizzava di rimando. Sapeva che gli uomini devono fare gli uomini, ma non voleva andarsene da lì.

Al loro quarto incontro, Marta confessò di sentirsi a disagio. Non era bene passare del tempo con il figlio di un comunista. Parlava con un tono irritante, la voce bassissima, masticando le parole. Libero si arrabbiò davvero, forse per la prima volta, e le spiegò che i suoi erano brave persone. Erano generosi, pronti a sacrificarsi, e avrebbero digiunato per una settimana se fosse servito a dar pane a chi non l'aveva. Pane, cacio, polenta: le loro parole erano semplici, vicine a quelle di Cristo. E proprio come i cattolici, anche loro raccontavano di essere una grande famiglia felice – e proprio come per i cattolici, non era vero.

Intuiva che con Marta avrebbe potuto alzare la voce senza subire conseguenze, e questo era inebriante. Lei si fece più piccola, indietreggiò di un passo agitando le mani per scusarsi, ma non smetteva di sorridere. Mentre parlava, Libero le prese la mano senza pensarci: se ne accorsero entrambi nello stesso momento, arrossirono e Marta lo fissò di sfuggita senza ritrarre il braccio. Non era bella. Non era niente di che. Non era come le donne sulle riviste e non sarebbe mai finita su un giornaletto porno. Ma era vera e sorrideva, senza ribattere, e Libero le carezzò il dorso della mano.

13

L'elettricità era saltata e così avevano appiccicato una dozzina di candele ai banchi. Alla biblioteca dell'università occupata erano rimasti solo in tre. Due tizi parlavano concitati mentre una ragazza ripeteva sul labiale la lezione annodandosi una ciocca.

Eloisa scansò i libri ed estrasse dalla borsa un diario con un lucchetto e dei fiori rosa sulla copertina. L'aveva comprato in pausa pranzo dicendo al cartolaio che era per sua sorella minore. Alla luce delle fiammelle scrisse:

1. Lasciata e rimessa per due volte con Carlos negli ultimi sedici mesi. Stranezza: più il nostro rapporto peggiora, e più mi sento legata. E sono certa che lo stesso vale per lui. Ma quanto può durare? E ha senso?

2. Ho iniziato a frequentare spesso il giro dei Radicali (gli amici di Giulio). Sono brave persone, ma non mi convincono. Sono borghesi fino al midollo. (E tu non lo sei? Non come loro! E non lo rivendico come valore!).

3. Una relazione leggera con Giulio. Lui mi è sembrato subito preso. Io?

Attese, imbarazzata; poi lo scrisse:

Comunque è un amante più bravo di Carlos. Molto più bravo. (Anche questo conta, no? La rivoluzione dei corpi, ecc. ecc.).

501

4. *Sono in pari con tutti gli esami. Media del 29.*

5. *Ho sviluppato un ribrezzo quasi totale verso la violenza. E su questo i Radicali hanno diverse cose da dire. Un ricordo: Diana che si punta la pistola in bocca a quel raduno nella bergamasca dopo una canzone. Che succede quando la violenza ci si ritorce contro? (Diana sta avendo successo. Settimana scorsa sono andata a sentirla con Davide e Libero a un club dalle parti di porta Nuova, ed era pieno di gente!).*

6. *Una femminista siciliana amica di Giulio ha fatto un'ipotesi. Più o meno mi ha detto: «Il problema di questo paese siamo noi donne. E qui al nord è già meglio: dovresti vedere come ci trattano giù. Io se domani cambiassero tutto e facessero la rivoluzione i maschi, non vorrei mica vivere in un posto così. Per loro la forza è sempre la prima scelta. Voi anarchici siete contro la polizia. Va bene. Ma chi ti difende se la sera torni a casa e uno ti aggredisce? E vogliamo parlare dei compagni che fanno i duri in assemblea e poi ci usano come puttane?».*

7. *A queste e altre domande non so rispondere.*

8. *Un'altra domanda a cui non so rispondere: <u>credo ancora all'Idea?</u>*

Prese l'ultima manganellata della sua vita in piazza Santo Stefano: una botta secca e precisa sulla schiena, data con tutta la forza da un uomo grosso il doppio di lei. Urlò dal dolore ed Ercole, che le era al fianco, balzò d'istinto sul poliziotto; si avvinghiarono a terra, poi altri due celerini li separarono e portarono via il suo amico. Anna cercò di seguirlo, ma le intimarono di allontanarsi.

Più tardi, in questura, seppero che il giudice aveva scarcerato tutti i fermati: Ercole uscì fuori con le mani in tasca e un occhio nero. Festeggiarono senza troppa allegria in un bar di via Brera, davanti a un cappuccino. Carlos chiese un sacchetto di ghiaccio per Ercole, e il barista glielo diede masticando un insulto. Pittori squattrinati andavano e venivano fra i tavolini offrendo un ritratto a matita in cambio di un amaro.

«Avete mai pensato a cosa volete scritto sulla tomba?», disse Ercole premendosi il ghiaccio sul volto.

«Che domanda è?», disse Anna.

Ercole la fissò con una certa irritazione.

«Una domanda. Non posso?».

«Certo che puoi».

«Qui rischiano di spaccarci la crapa un giorno sì e un giorno no, quindi bisogna pensarci con un po' di anticipo. E non mi va che lo facciano gli altri». Fece ondulare lievemente il collo. «Poi ti ritrovi con una cosa lacrimevole, poco ma sicuro».

«Io vorrei una frase di Camillo Berneri», disse Carlos.

«Io nulla, credo. Pietra e basta».

Eloisa disse: «Io che scrivessero *Cazzo guardi?* sotto la mia foto».

Risero, ma lei era stanca. Chiese un gettone ad Anna e telefonò a casa per avvisare che stava bene. Agli altri disse che sarebbe tornata a Saronno, e invece andò da Giulio nel suo appartamento condiviso in piazza Napoli. Tremava e la schiena le faceva ancora male. Lui le chiese se si fosse medicata e lei scosse la testa. La spogliò in bagno: aveva un brutto segno bruno fra le scapole.

«Dio mio», mormorò Giulio. «Ti porto in ospedale».

«Ma no».

«Come no? Non vedi che livido?».

Eloisa si colse nello specchio, il collo girato a fatica.

«Poi mi passa. Parlami di qualcosa, invece».

«Di cosa?».

«Qualsiasi cosa. Di architettura».

Giulio parve interdetto e non sapeva cosa dire. Improvvisò. Ogni città era fatta di cose minuscole, disse. Parigi non era la Tour Eiffel e Milano non era il Duomo. Erano le vie a modellarla, le piazze, gli ornamenti dei balconi, le finestre, gli atrii, ma anche gli anonimi palazzi dove brulicava la vita e c'erano problemi concreti come lo smaltimento dei rifiuti, il gas che non funziona, il freddo, l'umidità alle pareti, la quantità di luce necessaria.

«Non vorrei mai progettare una cattedrale», concluse, ed Eloisa restò senza parole ripensando alla sua storiella preferita, lo scalpellino che getta il martello in nome della libertà. Ma il caso era un'illusione del capitale, no? – E tutto, tutto accadeva per una ragione, se si era pazienti a sufficienza da cercarla tra le maglie dell'imponderabile. Eloisa passò una mano sulla guancia di Giulio e lo baciò.

Tre giorni dopo Carlos indisse una riunione alla Zona per i soli fondatori. Nominalmente, i punti da discutere erano due – una sottoscrizione per aiutare gli ultimi contadini della zona e un volantino per un compagno in carcere – ma ne fu aggiunto un terzo. Anna si assunse la responsabilità di cominciare: «Elo, perché continui ad andare coi Radicali?».

Eloisa sussultò e si accorse che gli altri la fissavano.

«Mah, così», soffiò.

«Guarda che è importante. Dobbiamo parlarne».

«Cos'è, il KGB?».

«Dai», disse Carlos triste. «Vogliamo solo capire».

«Sentite, non so cosa dirvi. Hanno idee simili alle nostre».

«Sono un partito».

«Marce antimilitariste, diritti delle donne, lotta nelle carceri, diritti degli omosessuali», proseguì Eloisa contando sulle dita. «Non è gente di palazzo».

«Ma sono un partito».

«Sì».

«E i diritti sono concessioni dall'alto».

«Sì, lo so. Non fatemi la predica, almeno».

«Però ti piacciono».

«Diciamo che preferisco essere meno coerente con l'Idea in astratto e aiutare una persona in più in concreto».

«Meno coerente?», disse Carlos. «Guarda che fra noi e loro c'è una differenza enorme, e non dovrei essere io a spiegartelo».

Eloisa sedette al nuovo tavolo e grattò il segno delle bruciature sulla Lettera 22 di Carlos, le sigarette fumate mentre batteva un volantino. Gli sguardi cominciavano a darle fastidio.

«Ascolta. Quelli al potere non vanno giù. Non ci vanno. Allora meglio qualcosa di buono, no? Qualcosa di piccolo, che incida sull'esistenza della gente. Magari domani faremo pure l'anarchia; io ci credo e lo spero. Ma finché c'è il parlamento bisogna tenerselo e renderlo un posto più abitabile. I Radicali fanno proprio questo. È brutto, lo so; ma ci vuole realismo».

Ercole era allibito.

«Ma ti senti? Noi il parlamento, lo Stato, lo vogliamo abbattere».

«Ah sì? E ci stiamo riuscendo? Perché a me non sembra proprio. Mi sembra che non stiamo combinando granché. Sì, certo: occupiamo, facciamo i cortei, i caramba ci menano, facciamo i volantini per denunciare la repressione, invitiamo a disertare sindacati e voto, e poi? Ma tu hai ancora voglia di svegliarti alle cinque e volantinare e sentirti ridere dietro o aspettare che uno ti palpi il culo? Tra Saronno e Solaro siamo in quattro da anni e quattro restiamo, più qualche sfigato come noi. Gli altri vanno in chiesa o se ne fregano».

«Aspetta», disse Carlos.

«Ma poi lo Stato. Siamo sicuri di sapere cos'è lo Stato? È tutto male? Le scuole statali sono male? Che alternativa stiamo dando? Anna dice che in fabbrica la trattano da terrorista, che nessuno vuole parlare con lei».

«È una lunga lotta», disse Anna.

«Sì, ma siamo sicuri che sia la strada giusta? Sicuri davvero che la rivoluzione arriverà e sarà come la vogliamo? O è soltanto una scusa per sentirci migliori? Pensate alla scritta lì fuori». Indicò il muro, come se potesse trapassarlo con l'indice. «*Potere a destra, potere a sinistra*. Ma cos'è esattamente il potere? È ovunque, persino fra di noi. Nelle cazzo di relazioni che ci sono fra di noi. E poi, è sempre una cosa sbagliata? *Potere* significa anche essere in grado di compiere qualcosa».

«Ti hanno fregata», sospirò Carlos.

«Scusa?».

«Hanno fregato persino te».

«Stai delirando, Elo», disse Anna. «Nessuno di noi ha mai pensato che domani la gente si trasformerà di colpo; e neanche dopodomani. Ma non possiamo vendere il culo, metterci a votare e dire che lo Stato ha ragione. Lo Stato non ha ragione».

«Ora sto delirando. Certo».

«È una lunga e difficile lotta».

«La bella preghierina. Non sai dire altro?».

«Adesso basta». Era la prima volta che sentiva Carlos alzare la voce. Indietreggiò, stupita, e così gli altri. «Se insulti noi non importa, ma non insultare l'anarchismo. Vediamo almeno di non perdere il lume della ragione, d'accordo? Se credi che il tuo amico Giulio e i suoi compagni siano nel giusto, va benissimo. Ma devi dirlo chiaramente. Il piede in due scarpe non si può tenere».

«Mi sembrate dei pazzi», disse Eloisa.

«Se la pensi in questo modo», disse Anna sottovoce, «forse dovresti uscire dal Gruppo Fabbri».

«Cos'è, mi espelli?».

«Non siamo mica un partito, noi. Dico che forse dovresti uscire».

«Ah, è così».

«Sì, è così. Pensaci bene».

«Hanno fregato persino te», ripeté Carlos sconsolato.

«Scusa?».

Eloisa li misurò. Carlos era geloso di Giulio, Anna di lei, Ercole di Carlos. Ecco tutto, altro che politica. Agitò una mano nell'aria.

«Ci ho già pensato. Domani riprendo le mie cose e me ne vado».

A casa c'era solo sua madre. Eloisa le diede una mano a stirare e piegare i vestiti; poi le legò i capelli in una treccia mentre lei fumava una sigaretta alla finestra.

«Davide non c'è?», chiese.

Lei scosse la testa. Appariva ancora più bella del solito, ma molto stanca. «Torna tardi. È con quel suo collega giornalista».

«Ho capito».

«Fammi una cortesia: vai a chiamare papà, altrimenti non ceniamo più».

«Dov'è?».

«Al bar».

Uscì. Al locale dei friulani vicino a casa trovò Gabriele Sartori un po' alticcio a un tavolo, in compagnia di un uomo dai baffi color ferro. Quando vide Eloisa, le fece cenno di avvicinarsi.

«Sei venuta a riportarmi all'ovile?».

«Già».

«Tu eri in giro con quei basoâls, vero?».

«Sono i miei amici, papà».

«Sì, i tuoi amici. Sai chi è un amico? Luciano Ignasti. Un amico ti porta da mangiare quando sei nascosto sotto un cinema, con fuori gli americani che bombardano e i tedeschi armati fino a qui». Portò una mano ai capelli. «Se l'avessero beccato, l'avrebbero ammazzato in piedi com'era. I tuoi lo farebbero?».

«Certo», disse Eloisa.

«Eh, come no».

«È così».

«Va bene. Siediti, dai».

«Dobbiamo andare».

«Non vuoi bere una cosa?».

«No. Sei ubriaco?».

«Ma va'». Si rivolse biascicando all'uomo coi baffi grigi: «O soi cjoc, Stelio?».

Quello emise un risolino basso, che suo padre imitò. I friulani e l'alcol, che banalità. Eppure era vero, e come sempre sopra la sbronza gravava un'ombra di vendetta e odio verso se stessi. Eloisa fu trapassata da un ricordo improvviso, lei bambina che giocava ai prati del Cormôr con Davide, i piedi nudi nell'erba, un nugolo di farfalle viola e arancioni. Udine. Non ci pensava mai.

Suo padre riprese a parlare, più cupo: «Sai cosa mi

hanno fatto oggi? Aspetta, come l'hanno chiamato. Un "processo popolare in classe"».

«Scherzi?».

«E che scherzo, cosa. Un processo popolare. A me. Per dirmi che non tolleravano più la mia severità, e che ero un – come hanno detto? Ah, sì. Un persecutore e un agente della reazione. Vigliacchi! Viziati! Cosa credono?». Si leccò le labbra. «Ho lavorato fin da quando ero bambino. Non ho mai fatto male a una mosca, mai rubato un soldo, mai tradito mia moglie, mai alzato una mano sui figli. E nessuno mi ha regalato niente, né ho pensato che qualcosa mi fosse dovuto. Che colpa ho?». La guardò. «Sul serio. Perché faccio rispettare le regole e non accetto di dare la sufficienza agli asini? È questa la mia colpa imperdonabile? Perché sono un insegnante e credo nelle regole?».

«No», disse Eloisa. «Non penso».

«Voi credete basti il fuoco sacro. Liberare la scuola da noi vecchi cattivoni. Eh no, cara. Insegnare è difficile. È difficile e faticoso esigere il meglio. Voi non volete prendervi questa responsabilità; e chi vi dice di no è un nemico. Ma non è così; ed è importante capirlo. Voi volete solo spazzare via tutto: mi sembrate tuo nonno, e non è un complimento».

«In realtà», cominciò Eloisa, ma suo padre parlottava ancora, mescolando italiano e friulano.

«È tutta colpa di questa terra. Cheste no je la nestre storie. Ca no vin nuie di nestri. Siamo venuti qui dal Friûl – ah, ma perché, poi? Capisci cosa voglio dire?».

No, Eloisa non capiva.

«Decenni a scrivere poesie, e per cosa? Per avere una figlia che da anni si accompagna ai banditi, e finire giudicato dai miei studenti. Vigliacchi!», sbraitò.

L'uomo dai baffi grigi annuì con solennità. Il barista, dietro al bancone, masticava caramelle sfogliando il giornale.

«Papà», disse Eloisa sottovoce. «Devi mangiare qualcosa».

«Come dici?».

«Dobbiamo cenare».

«Ma no», rispose lui più dolce, quasi una cantilena. «Vai, ninine. Vai, amor mio, ché fra poco arrivo anch'io».

E così tornò il giorno successivo alla Zona a prendere la sua borsa e il tappeto che Anna le aveva cucito per il ventunesimo compleanno. Fu anche più doloroso del previsto. Sapeva bene – Carlos lo ripeteva spesso – che la nostalgia era di destra; eppure ciò che le mordeva lo stomaco non poteva avere altro nome, e si sentì in diritto di rivendicarlo: era nostalgica per quanto appena smarrito, un mondo di comunione e bellezza che andava inabissandosi per sempre: e nel voltarsi un'ultima volta verso quel cascinotto provò un senso di colpa straziante – come se stesse tradendo non solo un luogo e degli affetti ma un intero tempo ormai già remoto.

Per difendersi si raccontò una storia e ci credette: era stato l'amore a distruggerli, e non l'odio; l'anarchia, in sé, funzionava davvero. La politica non c'entrava nulla. A distruggere il Gruppo era stato qualcosa di imprevedibile, un problema che non si erano posti: non i fascisti, il freddo, le difficoltà pratiche, la pigrizia, l'autogestione – ma l'amore. Una vecchia forma d'amore che pensavano di avere superato, e che invece ancora resisteva, piena di ferocia ed egoismo e gelosia. Anna e Carlos.

O forse no, forse era davvero un sogno troppo grande: forse l'Idea non era nata per adattarsi alla realtà ma per guidarla, e ogni tentativo di portarla in terra finiva con una delusione; non importava quanta libertà si donasse, c'era comunque nell'uomo una stortura irredimibile.

Da una cabina del corso con le porte rotte, non lontano da dove aveva visto Carlos per la prima volta, telefonò a Giulio. Una voce femminile le disse che non era in casa. Vagò senza meta per il suo paese e riprovò dalla stessa cabina mezz'ora più tardi; e questa volta lo trovò.

«Giulio».

Pronunciava il suo nome, sorrideva alla cornetta.

«Mi hai cercato?».

«Sì. Voglio stare con te».

«Stasera?».

La voce del ragazzo era incerta, frettolosa. Eloisa ebbe il brusco timore di perderlo. Aveva soltanto un gettone.

«Anche. Ma non solo».

«Come?».

«Ma non solo».

«Elo».

«Voglio stare con te», disse con tono più fermo, ora: e si dispose ad attendere la risposta dell'uomo che voleva al suo fianco, china sopra il telefono, mentre fuori le voci dei passanti si annodavano in un brusio senza fine.

14

A Sandra piacevano i bar del centro con i banconi di zinco, i camerieri anziani in livrea, le mandorle salate, le grosse olive verdi ancora gocciolanti. Sandra vestiva con pantaloni a sigaretta grigi e maglioni da uomo. Teneva i capelli corti con la riga da parte nello stile di Jean Seberg, e ogni tanto imitava le sciure milanesi del centro, fingendo di avere l'erre moscia e curvandosi in una riverenza: «I miei più ossequiosi ossequi, signova».

Ma si chiamava Sandra Peri ed era di Cormano. Fu lei a presentarsi, dopo un concerto al Tip top. Il locale dal soffitto basso era caldissimo. Diana era scesa dal palco sudata e felice pensando che avrebbe dovuto correre a casa – la rockstar con il coprifuoco dei genitori – e dal pubblico saltò fuori questa ragazza con un cane al guinzaglio, una specie di bassotto ciccione: la invitò a bere con lei il giorno successivo. Aveva il mento aguzzo, con una fossetta, e le iridi nocciola. Le diede un biglietto da visita – ma chi mai possedeva biglietti da visita? – con sopra scritto il suo nome e il numero di telefono; poi sparì nel flusso di persone.

Una pazza, certamente. Eppure il giorno dopo, un sabato, erano insieme in uno di quei bar che lei diceva di amare, proprio dietro il Duomo. Diana non scendeva mai in città: si sentiva intimorita e a disagio.

«Ti consiglio un Campari soda», disse Sandra.

«Va bene», disse lei, chiedendosi perché avesse accettato.

Il bassotto si chiamava Zufolo, detto Zuf, e guaiva rotolandosi tra i gusci di noccioline. Sandra portò i drink al tavolo e lesse a Diana le recensioni del suo concerto su tre giornali diversi. Erano brevi ma molto positive; una francamente entusiastica.

«Hai diciannove anni e sei già sulla cresta dell'onda», commentò, forse con una punta di sarcasmo.

«Sto solo cantando in giro».

«Non fare la finta modesta. È di pessimo gusto».

«Tu quanti anni hai?».

«Ventitré».

Diana fece un sorso e una smorfia; il Campari non le piaceva.

«Come fai a scrivere quelle canzoni?», chiese Sandra.

«Non lo so».

«Non lo sai. Vengono da sole».

«Più o meno».

«Sai, ho già conosciuto un paio di musicisti, ma mi hanno fatto una pessima impressione. Pensano soltanto a se stessi, cantano per se stessi, hanno il culto di se stessi». Si produsse nella sua imitazione della sciura: «Pvopvio gentaglia, guavda. Tu invece».

«Cosa».

«Sei diversa. Ti importa delle canzoni e basta».

«Sei un'esperta? Non ho ancora capito cosa fai nella vita».

«Non sono esperta di un'ostia, ma dopo averti sentita ho avuto fiducia».

«Se non mi conosci nemmeno».

«Ti sto conoscendo ora. Facciamo conoscenza, come due brave dame».

Diana tacque, imbarazzata. Sandra finì il bicchiere e le porse una mano per invitarla fuori. Si diressero al parcheggio di San Babila. Sandra aveva una Fiat 126 celeste invasa di libri e dischi; li sparpagliò sul sedile posteriore per fare spazio, e Diana riconobbe la copertina di *Berlin* di Lou Reed. Quando sbucarono sulla circonvallazione interna cominciò a nevicare; i fiocchi si infittirono già all'altezza di viale Monza.

«Che dicembre di merda», disse Sandra.

Il tergicristalli mandava un cigolio fastidioso. Diana non pensava a nulla. Le parve insieme ovvio e assurdo di essere su quell'automobile, diretta verso la periferia, con un vinile sul grembo. A Cormano si fermarono davanti a un cerchio di condomini da dieci piani, cresciuti come orribili piante selvatiche ai margini della zona industriale. Le fabbriche sputavano ancora pennacchi di fumo nero.

Salirono le scale mentre Zuf arrancava davanti a loro, le zampe che scivolavano sui gradini. Sandra aveva un monolocale al settimo piano. Il palazzo era mezzo vuoto, spiegò, e l'affitto costava poco; il suo appartamento era stato ricavato abusivamente da uno più grande e prima ci viveva con un'amica – «Ma ora non più», chiosò con equivoca tristezza. Diana guardò le locandine di film appese ai muri. Nel centro della stanza c'era un divanoletto con una trapunta arlecchino. Tazze, una teiera, cuscini dai colori pastello.

«Che ci faccio qui?», domandò.

«Non lo so. Che ci fai qui?».

Sandra le venne accanto, la strinse e la baciò con delicatezza. Diana tenne le labbra strette. Quando si separarono fece un passo indietro e si toccò gli occhiali e il naso. Le tremava un poco la gamba sinistra e sentiva una vena pulsare sulla coscia.

«Aspetta», disse. «Devo ancora capire».

«Capire cosa?».

«Tutto. Questa roba qui».

La fissò e il sorriso sul viso di Sandra la rassicurò un poco.

«Come facevi a saperlo?», chiese.

«Dai, cocca. Lo sapevo e basta».

Sandra la baciò di nuovo, questa volta schiudendole appena le labbra; e questa volta a Diana si fermò il respiro. Zuf latrò per richiamare la loro attenzione e Sandra versò degli avanzi in una ciotola. Diana intanto si affacciò alla finestra. Voleva andarsene e non voleva. Nel cortile nudo, un riquadro di cemento tra gli edifici, vide dei ragazzi giocare a pallone sotto la neve. Gridavano. Sandra la cinse da dietro e le baciò il collo. Diana fremette e sorrise.

Il sabato successivo Sandra la portò al bar Magenta. La grande sala interna traboccava di corpi e fumo e fruscii di giornali. Le spiegò che il locale era frequentato da alcuni capi di Lotta continua, ma ciò nonostante si beveva «più che discretamente». I movimentisti in generale non le piacevano granché.

«Poi le loro donne – te le raccomando, quelle. Se hai un'emozione, sei fascista. Ma scusa, se io voglio piangere perché sono triste? Non posso? Tradisco la causa? Pev me è davvevo assuvdo».

Disse che le femministe non capivano le lesbiche. Che le lesbiche erano due volte discriminate, ma a volte anche loro si trasformavano in staliniste di prima classe.

«Vedi come funziona la politica? Ti manda il cervello in acqua».

«Quindi non dobbiamo fare politica?».

«Non così, cocca. Non si può perdere l'intelligenza».

Andò al bancone per un altro giro di Martini. Diana osservò i ragazzi correre su e giù per lo stanzone, i lampadari simili a meduse, i tavolini color ardesia. L'atmosfera le piaceva e sentì qualcosa aprirsi dentro di sé, la promessa di un futuro radioso e del tutto imprevisto.

Sandra tornò con i bicchieri.

«E allora, da quanto ti piacciono le femmine?», le chiese.

«Non so. Da sempre, credo».

«Ovvio».

«In realtà ho provato a stare con un ragazzo».

«E non è andata bene».

«Mi ha fatto schifo», sorrise Diana.

«Vi davate i bacetti e tutto il resto».

«L'ho anche toccato un paio di volte».

«Ussignur».

«Già».

Sandra annuì e contò le sigarette rimaste.

«E i tuoi non lo sanno, naturalmente», aggiunse senza guardarla.

«Scherzi?».

«I miei sì».

«Davvero? E come hanno reagito?».

«Mia madre mi ha mandato dallo psicologo. E sai cosa mi ha consigliato lui?».

«Di andare con un maschio».

«Di fare ginnastica e smettere di soffrire». Scosse la testa. «E intanto vedevo bene cosa pensava, quel maiale. Pensava: *Dio, quanto vorrei vederla limonare con un'altra*».

La sua amica Francesca era andata a Napoli con un gruppo di fuoriusciti di Potere operaio. C'erano manifestazioni e blocchi del traffico e lotte, occupazioni e autoriduzioni e una epidemia di colera; scrisse alcune lettere dicendo che era dura, però era contenta di fare qualcosa per la rivoluzione. Allegava un ritaglio di giornale, una foto di donne dai capelli neri in coda davanti a un ambulatorio, e alle loro spalle spazzatura ovunque. Diana l'avrebbe mai raggiunta?

Era una domanda lecita, perché in quel dicembre tutto si mosse più alla svelta. Il tempo era fosco e gelido e i suoi amici andavano su e giù per l'Italia: a Napoli o in Sicilia o in Liguria o in Veneto inseguendo amori di poche notti, senza un soldo in tasca, le bandiere arrotolate, risvegliandosi su un treno con le membra rotte: si muovevano, lottavano, fuggivano. Invece Diana voleva fluttuare, lì dov'era, con quella ragazza che non somigliava a nessun altro.

A Sandra piacevano i film dell'orrore. Adorava Mario Bava. Convinse Diana a vedere un cortometraggio di vampiri ambientato in Canada: per tre notti riuscì a dormire solo con la luce accesa, costringendo Libero a restare sveglio.

Sandra le regalò *Desertshore* di Nico. «Guarda che viso», disse indicando la foto sul retro dell'album, dove la cantante era sdraiata, un po' goffamente, su dune rocciose e bianchicce. «La bellezza le viene fuori dal dolore». Diana lo ascoltò una domenica dopo pranzo, in cucina, finché suo padre non entrò implorando di smetterla con quella lagna.

Sandra faceva la cassiera. Era figlia di un avvocato e di un'insegnante che le davano una mano con le spese, e di questo non si vergognava affatto. Andava a vedere le ballerine di lap-dance nei night del centro, litigando con i proprietari e i buttafuori perché non era accompagnata. Quando riusciva a entrare ordinava gin fizz o i suoi soliti Martini e Campari soda. Lei e Diana fumavano marijuana insieme nell'appartamento di Cormano, e poi uscivano a scorrazzare sulla Fiat blu: si tenevano per mano mentre Sandra guidava con la sinistra, e cantavano insieme *Sunday morning* dei Velvet Underground bucando l'hinterland di condomini e campi neri.

La vigilia di Natale si ritrovò con i cugini a Milano. Davide li portò in una latteria vicino a piazzale Loreto, dove andava ogni tanto con il suo amico giornalista del *Giorno*. Dopo aver ordinato tè e brioche, Diana chiese d'impulso a Eloisa di andare con lei in bagno. Non aveva preventivato di dirlo, fino a un istante prima non le era nemmeno passato per la testa. Eppure qualcos'altro la smosse. Voleva farle un dono per Natale e cosa donarle se non ciò che realmente era, il più grande dei suoi segreti? O forse erano tutte scuse, forse non ne poteva più di andare in giro senza che nessuno sapesse: così davanti al lavandino disse a Eloisa quello che doveva dire. La bocca era asciutta e invasa da un sapore metallico. Leccava le labbra di continuo mentre cercava le parole, si toccava il collo e si sentiva in colpa – si sentiva in colpa e si odiava per questo.

«Non immaginavo», disse sua cugina alla fine.

«Speravo mi capissi», mormorò.

«Scusa. Scusami». La carezzò. «Sono solo sorpresa».

«Allora non sei arrabbiata».

«Stai scherzando? E perché dovrei?».

«Non lo so. Ormai non so più cosa pensare».

Eloisa la abbracciò e le diede un bacio sulla guancia.

«Gli zii lo sanno?».

«No».

«Libero?».

«Nemmeno».

«Cioè, ti sei tenuta tutto dentro? Per anni?».

«Che dovevo fare».

Una donna con il collo di pelliccia entrò in bagno e le fissò senza capire. Loro uscirono e presero la porta sul retro, di fianco al bancone, che dava su una corte color miele. Erano senza cappotto e tremavano, le braccia strette attorno al corpo. Eloisa parlava e Diana teneva gli occhi bassi e l'ascoltava e non l'ascoltava, ma era bello sentire qualcuno che parlasse di lei.

«So che non è facile. La gente fuori chissà cosa pensa».

«Eh, sì».

«Ma io ci sono sempre. Per qualunque cosa, io sono qui. Va bene?».

Diana sorrise, e la cugina la baciò ancora sulla guancia.

L'ultimo giorno dell'anno si inventò una festa a casa di Francesca e convinse suo padre a lasciarla tornare il mattino successivo.

Lei e Sandra chiusero Zuf nel bagno dell'appartamento di Cormano e fecero l'amore per la prima volta mentre lui abbaiava, avvinghiate sul divano-letto. Fu più semplice di quanto Diana immaginasse, anche se la sicurezza di Sandra la irritò un poco: avrebbe voluto essere più adulta e seducente, e invece per tutto il tempo si sentì una ragazzina da istruire. Ciò nonostante, mentre lei la leccava con delicatezza, fu scossa da un orgasmo lungo e strascicato. Non credeva che il piacere fosse fatto così. Quell'abbandono, quella pienezza. Non riusciva davvero a immaginare.

Dormirono abbracciate e si svegliarono un'ora dopo, la prima ora del 1974. Sandra indossò una vestaglia viola, mise a bollire del tè per inaugurare il nuovo anno e ci sciolse dentro un cucchiaio di miele. I termosifoni mandavano uno scoppiettio sordo.

Diana prese la chitarra e cantò a voce bassa *Io che amo solo te* di Sergio Endrigo, la recitò quasi, piatta e senza espressione, e le piacque farlo in quella stanza fredda. Quando ebbe finito Sandra applaudì, servì il tè su un vassoio di plastica e rollò una canna con studiata lentezza. Diana fece scivolare la chitarra sul tappeto mentre Zuf mugolava dietro la porta del bagno.

«L'amore è una cosa di contrabbando», disse Sandra pensosa.

«Ehi. Sono io la cantautrice, non mi rubare le parole».

«E io sono la tua musa».

«Ma quella frase è mia».

«Mia, tua, che differenza fa».

Fumarono alla finestra, guardando la neve cadere sulla periferia accecata dalla notte, tra le luci rade, i torrioni delle fabbriche e gli acquedotti e i tralicci, le finestre illuminate delle ville lontane dove le persone facevano festa ignare di loro e di quella felicità che a Diana ora appariva inestimabile e fragilissima.

«Ho paura», disse di colpo.

Sandra gettò il mozzicone di canna nel vuoto.

«Il mondo là fuori fa paura», disse ancora.

«Sì».

«Non so come spiegarlo, ma. A volte sembra che tutti siano pronti a distruggerci, che vogliano solo questo».

«Lo so».

«Che vivano solo per distruggere gli altri».

«Lo so, cocca», disse Sandra carezzandole una guancia. «Lo so».

15

Fotografò un contadino davanti alla stalla, le braccia conserte e il cappello sollevato sulla fronte, una vanga piantata a terra. Poi il contadino lo portò nel folto del bosco e gli mostrò una risorgiva, una polla d'acqua parzialmente ghiacciata, e gli disse di toccarla per sentire il respiro del torrente. Davide affondò il pugno e il gelo gli risalì fino alla spalla, quindi aprì le dita e appoggiò il polso nel punto dove gli aveva detto l'uomo. La sabbia pulsava. Era come tenere la mano su una bocca che si apriva e chiudeva.

Sulla porta del casale si fermò a scuotere la neve dalle scarpe. Nonna Nadia lo aspettava fregandosi le mani al focolare.

«Hai lavorato bene?», gli chiese.

«Abbastanza, sì».

«Parti domani?».

«Stasera».

«Ma sei appena arrivato».

«Passa a prendermi in auto il mio giornalista di fiducia».

Lei alzò le spalle e tossì.

«Qui va tutto bene?», le chiese Davide.

«Come vuoi che vada».

«Ve la cavate».

«Ce la caviamo».

Davide gettò una pigna nel fuoco e vide una nuvola di scintille alzarsi. Sua nonna lo fissava.

«Tuo padre come sta?».

«Come al solito. Bene».

«Sempre dietro ai libri, eh?».

«Già».

«Dovevi vederlo da ragazzino. Udine era tanto diversa. C'era il fascismo, ma non è soltanto quello; era proprio un altro posto. E lui e Luciano leggevano, leggevano. Tuo zio Renzo giocava tutto il giorno, non stava mai in casa. E Domenico – be', lo sai».

Davide annuì. Era stanco. La nonna sembrava vagamente addolorata, quasi sorpresa dalla vividezza dei ricordi e dal mistero della perdita, due figli lontani e uno perduto; ma allo stesso tempo il suo viso aveva un aspetto lieto.

«E Gabriele leggeva. Adesso magari è normale, ma non era scontato, per gente come noi. Venivamo da qui». Batté un piede a terra. «Eravamo figli di contadini, povera gente, e lui si portava a casa un libro dietro l'altro. Stava su la notte con la candela. Leggeva e scriveva».

«Scrive molto anche oggi».

«Ma all'epoca eravamo stupiti. Tuo nonno non capiva, gli faceva quasi rabbia. Io invece ero fiera».

Si fece silenziosa e agitò la mano per cambiare discorso. Gli regalò un disegno dei colli – una bella opera a matita e china, Davide era impressionato – e insisté per fargli un ritratto. Mentre disegnava gli chiese dei suoi viaggi e del suo lavoro e se avesse una fidanzata. E nel rispondere, a Davide rifiorì l'antica cadenza friulana. Una cantilena, una ninna quasi: ora la sentiva bene, anche se un poco sepolta dall'abitudine al lombardo: ma eccola lì – certe vocali chiuse, *cassétto* e non *cassètto* – i lontani giorni di Udine, gli scatti di rondini in viale del Ledra, i prati che invadevano la città, il ricordo improvviso di alcuni odori: cacao, inchiostro, carbone.

Andò con Fiore a Vienna. Durante il tragitto lui parlò soltanto dei bambini di sei anni che lavoravano nelle cave in Basilicata, dei canyon che si riempivano di luce polverosa, delle fatture lanciate da certe vecchie e dei modi per levarsele.

«Sarà il nostro prossimo reportage. Voglio delle foto grandiose, va bene?».

Davide misurava con gli occhi i campi di terra nera e le case cantoniere e i primi borghi austriaci dopo il confine, i manti di foreste sopra le Alpi. A Vienna intervistarono un'attivista locale e il vicesindaco sui pericoli del neonazismo; faceva parte di un progetto più ampio commissionato dal *Giorno*. Si separarono lungo il Danubio mentre il vento tagliava loro le labbra. Fiore non riusciva ad accendersi la sigaretta; al terzo tentativo buttò i fiammiferi nell'acqua.

«Che posto di merda», disse. «Torna presto e non fare cazzate, mi raccomando».

«Tra due o tre settimane sono a Milano».

«Ma sei sicuro? È inverno, se non te ne sei accorto. E già qui fa un freddo boia».

«A me piace, il freddo».

«Tu sei proprio scemo, Davìd».

Si abbracciarono. Davide comprò delle palacinche alla marmellata d'albicocca e prese un treno per Norimberga. Mentre oltrepassava la grigia piana austriaca cominciò a leggere un libro di Kerouac, *I vagabondi del Dharma*. I suoi compagni di carrozza erano tutti anziani. Dal finestrino filavano via casolari, recinti, silos e campanili tozzi in pietra scura.

Alla stazione di Norimberga lesse il tabellone delle destinazioni e lanciò una moneta da cinquanta lire per scegliere dove recarsi. Mentre aspettava il treno comprò un pretzel salato e imburrato.

Il viaggio fu lungo e Davide scese sulla banchina di Brema intirizzito e stanco. Entrò in un bar poco distante con un orso sull'insegna in metallo brunito. Il locale era buio, c'era del country di sottofondo, e i rami secchi di un albero si agitavano contro la finestra. Davide ordinò una birra e un panino alla mortadella e chiese al barista indicazioni su dove dormire: l'uomo non parlava inglese ma riuscì in qualche modo a consigliargli un ostello.

Fuori pioveva fitto e Davide non aveva voglia di camminare. Restò al bar fino a sera, mangiando panini e leggendo Kerouac e scattando fotografie dalla finestra. La mortadella del panino era molto salata e punteggiata di macchie bianche. Ogni tanto dalla porta entrava qualche uomo grasso e baffuto sulla quarantina: si somigliavano tutti, nell'aspetto come nei gesti.

All'ostello Davide scrisse una cartolina a sua sorella e ai cugini: *Un saluto da Cruccolandia*. Telefonò alla madre e le promise di coprirsi bene. Ci fu un blackout nel quartiere e la padrona dell'ostello distribuì qualche candela. Sul divano in fondo alla sala comune due ragazze ridacchiavano e gli lanciavano occhiate per farsi notare. Davide pensò che avrebbe dovuto alzarsi e parlare con loro e sedurne una o magari anche entrambe, ma non ne aveva voglia. Girò la sedia e finì *I vagabondi del Dharma* alla fiamma dorata. Prima di salire nella camerata studiò il disegno di sua nonna. Era veramente bellissimo.

La mattina dopo seppe che alcuni francesi sarebbero partiti in auto per Amburgo. Non aveva visto quasi nulla di Brema ma chiese un passaggio e loro accettarono, anche se con evidente fastidio. Lo lasciarono fuori città senza motivo. Davide coprì gli ultimi chilometri in autostop e vagò tutto il giorno nella zona del porto, immersa in una strana nebbia gelata. Scattò qualche fotografia alle navi che partivano e poi si addentrò nel quartiere di St. Pauli. Gli edifici erano bassi e dai colori tenui, i muri scrostati. C'erano club chiusi e piccoli bar e bandiere appese alle finestre. A un certo punto si accorse di essere circondato unicamente da maschi di mezza età e insegne a luci rosse. Dietro una vetrina una ragazza gli mandò un bacio; lui puntò l'obiettivo ma lei si girò di spalle. Scattò.

Dormì in un Missionhotel gestito da pastori protestanti. Gli diedero gli orari delle messe cattoliche; lui ringraziò e li gettò nel cestino.

Fece ancora autostop tramortito dal gelo, con l'eskimo foderato di quotidiani. Dopo un'ora d'attesa una famiglia canonicamente bionda – marito, moglie e figlia – lo raccolse e lo portò oltre confine, nello Jutland. Si stupirono nel sapere che era italiano.

«Parla davvero un buon inglese», disse il marito.

«Grazie».

«Io sono stato a Roma l'anno scorso, e nessuno parlava inglese».

La figlia chiese a Davide di provare la sua Nikon. Lui gliela passò e lei scattò una foto ai campi attraverso il finestrino.

A Copenaghen cambiò i marchi in corone e dormì in un altro Missionhotel. Per due giorni mangiò smørrebrød e bevve succo di mele, mentre i passanti affrontavano il vento a testa bassa. Passò molto tempo a leggere nel bar di fianco al Missionhotel, una specie di lungo corridoio buio con lampade gialloverdi a forma di pera e tavoli in legno grezzo.

Il pomeriggio del terzo giorno prese un traghetto per la Svezia. La luce era rada e diffusa, e mentre la guardava stendersi sulle acque Davide sorrise. Aprì la mappa e cominciò a studiare il percorso successivo. Sul ponte del traghetto c'erano uomini grassi che mangiavano fette di burro e bevevano vodka a grandi sorsate. Davide controllò l'esposimetro, aprì il diaframma e fece una foto alla costa.

Risalì l'entroterra svedese in autostop. Voleva andare a nord, ecco tutto; era un impulso e doveva assecondarlo. Cambiò di nuovo la valuta e comprò un parka giallo scuro in un mercato al coperto. Sui fiordi sopra Göteborg lanciò dei bocconi di pane ai gabbiani e cercò di fissarli su pellicola mentre li mordevano al volo. Si perse a rimirare le cime cornute dei monti. Poi attraversò il confine con la Norvegia in autobus e cambiò nuovamente valuta, anche se non aveva quasi più soldi e gli era rimasto un solo rullino.

Da Oslo prese un treno e scese a Gjøvik. Con un po' di fatica, trovò alloggio presso un pastore che lo sbatté fuori all'alba. Davide non stava bene, forse aveva la febbre, ma camminò lo stesso lungo le rive del lago Mjøsa. Le parti vicino alla costa erano completamente ghiacciate, ma verso il centro l'acqua tremolava scura. Scattò una foto al sole dietro una sfilza di abeti, mentre la foresta sullo sfondo appariva e scompariva come una traccia di carboncino dietro la foschia.

Il giorno si liberò della nebbia. L'aria era così tersa e rigida da dargli alla testa. Gli abitanti del paese uscivano dalle case trascinando slittini e muovendosi a gambe larghe sulla neve: Davide ricordò che era domenica. Le poche ragazze in giro erano tutte biondissime e magre e severe; facevano venire una voglia, ma Davide era troppo debole per fare conoscenza. Camminò fino a quando non si sentì esausto, poi fece colazione in una piccola osteria dall'insegna rossa, l'unica aperta. Affondava rabbrividendo il cucchiaio in una ciotola d'avena, mentre gli avventori lo spiavano di sottecchi.

Più tardi si perse ai margini della foresta innevata, una cattedrale di bianco abbagliante: ondeggiava per la febbre, doveva reggersi ai tronchi di betulla, ed era felice come non mai di essere perduto su quella terra: di essere solo e vivo, di essere libero.

16

Infine Marta gli disse che poteva baciarla, ma mi raccomando – niente lingua. La lingua era peccato. Tolse la gomma da masticare di bocca e la strinse fra indice e pollice, quindi chiuse gli occhi: Libero si avvicinò e appoggiò le labbra sulle sue. Rimasero fermi per qualche secondo, poi si staccarono e lui le appoggiò di nuovo. In ogni caso, con la lingua non avrebbe saputo bene che fare. Sentì le orecchie scottare. Fu il suo primo bacio.

«Le altre mi guardano ancora male», gli disse Marta. «Dicono che finirò all'inferno, a girare con te».

«Ma cosa vogliono quelle sceme? All'inferno ci finiranno loro».

«Non dire così».

«E poi io credo, lo sai. Te lo giuro».

«Non giurare».

«Va bene».

«Non devi giurare. È peccato».

Libero annuì, compunto. Aveva messo il dopobarba del padre e ora guance e collo gli prudevano terribilmente, ma grattandosi avrebbe peggiorato il problema.

«Mi tratterai bene?», chiese lei.

«Certo».

«Devi rispettarmi».

«Ma certo».

«Bene».

Iniziò a cadere una pioggia rada. Oltrepassarono il Rondò e i binari. Non incrociarono nessuno: la gente era in casa o nei bar ad ascoltare il campionato alla radio. A Libero tremavano appena le braccia e non poteva smettere di sorridere. Aveva una ragazza. Deviarono verso la periferia e si smarrirono tra le palazzine color mattone, le file di alberi nudi, le pozzanghere e la fanghiglia. Sui muri c'era scritto + SALARIO - ORARIO e MILAN = PISCIO e COL CARO VITA NON SI COMPRA UN CAZZO. Marta aveva paura di andare così lontano e chiese di tornare indietro. Libero le strinse la mano. Doveva fare i compiti e andava male in troppe materie e nonostante si fosse alzato di qualche centimetro le sue guance restavano gonfie e flaccide. Ma aveva una ragazza, una ragazza.

Più tardi sedettero a un tavolino del bar dell'oratorio maschile.

«Tu cosa vorresti fare da grande?», gli chiese Marta.

«Non so proprio».

«Io l'infermiera».

«Come mai?».

«Per aiutare gli altri. C'è tanta gente che sta male. E visto che ormai non potrò fare la suora», sorrise.

«Già».

«E don Silvestro ha detto che può darmi una mano».

«Ma non avresti schifo?».

«In che senso?».

«A toccare i malati».

«Ma no. Sto dietro tutti i giorni a mio nonno che se la fa addosso, sono abituata».

Libero tacque e guardò di sfuggita il televisore; c'era *Novantesimo minuto*. Gianni Rivera schivò un difensore del Cagliari, poi ne schivò un altro e si fermò ai margini dell'area, un predatore in attesa.

«E tu?».

«Io?».

«Sì. Che vuoi fare da grande?».

«Non lo so».

«Non hai qualche sogno?».

«No», disse Libero. «Nessun sogno in particolare».

Lei lo guardò incerta ma non commentò. Si divisero un mucchietto di stringhe di liquirizia e una spuma. Il bar dell'oratorio odorava di legno e orzata. Il televisore ora inquadrava un giocatore della Fiorentina e Libero grattava senza parlare una macchia sul tavolino.

Erano confinati nel regno dei perdenti. Lui lo sapeva perfettamente, perché possedeva più intuito di quanto la gente credesse. Erano stati rinchiusi lì dal mondo circostante, ed era stato naturale trovarsi; quante battute ci avrebbe fatto sopra Gallerani, com'era ovvio il loro destino. Ma Libero ebbe la radiosa certezza che almeno da quel posto nessuno li avrebbe potuti scacciare; nessuno più li avrebbe sfiorati per deturparli ancora. Strinse la mano di Marta e la baciò e vide loro due di sfuggita nello specchio dietro al bancone, fra i bicchieri in fila e le bottiglie: guardò l'immagine della sua ragazza – aveva una ragazza, una ragazza – avvicinarsi alla sua spalla e poggiarvi la testa sopra.

Diana tenne un concerto pomeridiano in un campo da calcio a Bresso. Libero la ascoltò in prima fila, schiacciato fra centinaia di persone, il fiato corto e un po' di raffreddore. Sua sorella era brava, lassù. Sembrava una della televisione. Si muoveva a piccoli balzi oppure restava immobile, il volto lievemente chino da una parte come la Madonna, e poi di colpo scuoteva i lunghi capelli ricci. Sentì dire alla gente «Che figa! Che grande!». Era invidioso e felice insieme, una sensazione difficile da catturare.

Quando Diana alla fine scese dal palco e lo abbracciò per primo, Libero la cinse forte. Era sudata nonostante il freddo. Attorno a loro si formò una calca ancora più stretta. Diana gli diede un bacio e Libero non voleva che lo lasciasse – voleva che i suoi fan capissero che lui era suo fratello.

All'oratorio gli affidarono per qualche pomeriggio un bambino down, Arturo. A Libero faceva paura, con quegli occhi stretti e le urla strozzate che mandava. Doveva inseguirlo su e giù per il campo da calcio, stanarlo se si nascondeva nelle siepi, in un gioco senza fine che Arturo adorava. Don Silvestro gli spiegò che non c'era nulla di male in quel bambino, era una creatura come le altre, solo più sfortunata. Libero si sforzava in ogni modo di volergli bene: ma i suoi baci pieni di saliva e le risate e gli schiaffoni che voleva tirargli non gli piacevano affatto. E non gli piacevano gli sguardi degli altri compagni d'oratorio, pieni di scherno e pietà. Dopo il terzo incontro, reagì tirando ad Arturo dei calcetti sulle tibie. Non erano dolorosi ma almeno lo zittivano per un po'. Lo rimettevano al suo posto, pensava Libero.

«Ti va di segnarci i punti?», disse Schizzo.

Stava giocando a biliardo con Alberto dalla Gina Meroni. Libero si alzò e segnò cinque punti per Schizzo, quindi tornò a sedersi e mangiare caramelle frizzanti. Alberto prese le misure e scoccò un colpo dolce; la palla bianca attraversò il tavolo rimbalzando contro la sponda opposta, lambendo la 9 e fermandosi.

«Ma cazzo», gridò.

«Il linguaggio, fioeu», disse la Gina Meroni.

Alberto si scusò con un inchino.

Schizzo impiegò pochi minuti a finire la partita. Riscosse la sua vincita al banco – una limonata – e poi i due si misero al tavolo con le schedine del Totocalcio. Avevano cominciato a giocare seguendo un sistema che Alberto riteneva infallibile. Spendevano troppi soldi e non vincevano; si trattava però di avere pazienza, controllare classifiche e risultati, lavorare di fino e non come tutti quegli imbecilli che giocavano così, alla buona.

Chiesero a Libero di partecipare, per una volta. Solo cento lire, su. Ma lui lo riteneva un peccato e inventò una scusa. Doveva proprio andare.

«Quella Marta ti sta bruciando il cervello», disse Schizzo.

«Ma smettila».

«Te la limoni, almeno?», disse Alberto.

Non rispose. Aveva una ragazza e loro no.

«Devo dimagrire».

«Non sei grasso».

«Insomma».

«E comunque si vede che stai perdendo un po' di peso».

«Davvero?».

«Certo».

«Ho ripreso a fare qualche esercizio».

«Si vede, credimi».

Sorrise. Erano seduti all'ombra di un albero. Sulle panche opposte erano stravaccati tre operai alla fine del turno, che si infilavano le dita nelle orecchie e sbadigliavano e ridevano. Poco più in là un nugolo di bambini giocava strillando a rialzo.

«Ti impegni tanto», disse Marta. «E sei anche coraggioso».

«Addirittura».

«Vai contro la tua famiglia da anni. Contro tutto quello che ti hanno insegnato».

«Questo sì».

«È un gesto di coraggio».

Libero deglutì e scavò a terra nella ghiaia con la punta del piede. Un urlo esplose alle sue spalle e lui d'istinto si voltò, temendo di vedere Gallerani avanzare, le mani in avanti, il ghigno sul viso, per rovinare tutto. Ma non c'era nessuno.

«Tu credi si possano davvero amare i nemici?».

«Perché me lo chiedi?».

«Ogni tanto ci penso».

«Be', è molto difficile».

«Io non capisco nemmeno perché dovremmo».

«Secondo me bisogna anche punirli».

«Però Gesù dice solo di amarli».

«Certo, ma la punizione a volte è un gesto di amore. Anche Gesù minaccia i cattivi e sgrida i discepoli».

Libero tacque.

«Il male va punito», disse ancora lei.

«Sì».

«Ma bisogna anche pregare per i peccati dei cattivi».

«Perché dobbiamo essere migliori di loro».

«Esatto. Esattamente».

Libero le carezzò il dorso della mano.

«Sai? Alberto è arrivato a tanto così dal fare dodici al Totocalcio», disse.

«Ah».

«Se tu vincessi, cosa faresti dei soldi?».

«Li darei a poveri», disse subito lei.

«Tutti?».

«Certo. Perché, tu no?».

«Non so. Pensa se vincessi un milione».

«Gesù ha detto al figlio del ricco di lasciare ogni cosa e seguirlo».

Libero si limitò ad annuire.

Suo padre entrò in cucina mentre stava fingendo di ripassare matematica con Diana. Aveva chiesto a sua sorella di togliersi gli occhiali e verificare fino a che punto riuscisse a cavarsela senza lenti. Già da un paio di spanne la vista cominciava a confondersi: Libero era contento di non essere anche miope.

«Vieni un attimo», disse Renzo.

Gli fece salire le scale, e all'ultimo piano spalancò una porticina in ferro, una specie di botola. Si issò e diede una mano a Libero. Era troppo stretta per lui e faticò a passare, ma riuscì comunque a finire sul tetto. Suo padre era in piedi sopra le tegole.

«Qui ci portavo tua sorella da piccola, quando facevano i lavori. C'era un buco e potevamo passarci. Una settimana fa hanno fatto questa porta, sa Dio perché, e mi è venuta voglia di tornarci».

Libero si fregò le mani sui jeans. Soffriva di vertigini e non osò alzarsi. Suo padre sedette accanto a lui.

«Senti, Libero».

«Sì».

«Mi spieghi cosa fai in chiesa?».

Fissò suo padre senza capire.

«Cosa guardi? Rispondimi».

«Be'. Prego. Ascolto la messa. Faccio la comunione».

«Sì, ho capito. Ci sono stato anch'io da bambino, grazie».

Lui allargò le braccia.

«Intendevo: come fai a fidarti di qualcosa che non vedi?».

«Perché ci credo, papà».

«Ma se non lo vedi. Come fai a crederci».

«In realtà è proprio per quello».

«Per quello, eh?».

«Sì. In un certo senso», azzardò, «è come per il comunismo. Anche quello non lo puoi vedere e non lo puoi toccare».

Libero temeva una reazione violenta, ma suo padre strizzò soltanto le sopracciglia e si passò una mano sul volto. Sembrò molto stanco, d'improvviso, preoccupato e debole. In fabbrica le cose non andavano bene e si era fatto ancora più taciturno del solito. Libero fu attraversato da un pensiero nitido, ferocemente adulto: *Quest'uomo non può salvarsi. Mio padre finirà all'inferno.* Lui stesso ce l'aveva mandato qualche mese prima, no?

Renzo si riscosse.

«Il comunismo si costruisce», disse. «Non sono paragoni da fare».

«Va bene».

«Poi ci saranno anche dei preti in gamba; persino Mariani la pensa così. Però ricorda: preti o non preti, devi fare la cosa giusta. Bisogna sempre fare la cosa giusta». Si grattò la guancia. «Ricorda solo di fare la cosa giusta, va bene?».

«E come faccio a capire qual è?».

Suo padre fece una risata vuota.

«Eh, non c'è una ricetta. Di solito fra due scelte è quella più rognosa».

Libero rifletté per qualche istante e gli venne in mente Arturo, il bambino down. Si sentì in colpa per quei calci: un'emozione diversa dal solito, priva delle minacce di ritorsioni divine. Si sentiva in colpa con una purezza simile al dolore che Gallerani gli aveva inflitto.

Ma non si confessò, non disse nulla. Voleva godersi il momento in silenzio: perché sul tetto ora c'era lui e non sua sorella, che pure sapeva essere la più amata. Inspirò a fondo e stirò i pantaloni con le mani.

«Pregherò per te, papà», disse.

Lui si voltò.

«Ma cosa preghi, cosa», rise.

17

La mattina del sabato Giulio lavorò alla camera da letto rifinendo gli zoccoletti con malta e cazzuola. Eloisa gli passava le piastrelle e lo baciava sulla nuca sudata. Un raggio di sole, obliquo e caldo, colpiva i loro corpi. Dalla finestra Eloisa guardò gli appartamenti di fronte: persiane verde scuro rose dal tempo, panni ad asciugare sulle ringhiere, copertoni e gerle appesi a un chiodo, biciclette, giocattoli, vasi di basilico e rosmarino – e più in alto una manciata di comignoli rossicci. Milano, il quartiere Isola, un appartamento dal bagno minuscolo, ma dopotutto che importava.

«Chi l'avrebbe mai detto, qualche mese fa?», disse Giulio.

«Già. Chi l'avrebbe mai detto?».

«Forse è un po' da pazzi».

«Forse».

«Ma è bello essere pazzi».

«Se lo dici persino tu, allora deve essere vero».

A pranzo andarono dai genitori di lui a Cantù e mangiarono tagliatelle con i gamberi e le zucchine, frittata alle cipolle e insalata. La carne dei gamberi era rossa e soda, e il sauvignon di Alfio Pagani la rendeva più acida. Felicita Lieberman Pagani, in abito rosso, i capelli mossi e lunghi come quelli della cugina Diana ma raccolti in una crocchia, mangiava sbocconcellando appena e calcando il suo accento romano. Aveva le iridi azzurro tenue e il mento morbido, e Giulio non le somigliava affatto.

I Pagani abitavano in un grande appartamento al quarto piano. Eloisa ci era già stata tre volte, ma soltanto quella sera le parve di percepire la distanza fra lei e loro. Non aveva unicamente a che fare con questioni di classe; era più un atteggiamento di fiducia verso la vita. Felicita e Alfio non erano curvi sui piatti e sembravano non avere mai alzato la voce.

Durante la cena parlarono dei Radicali, in cui militavano quasi con maggior determinazione del figlio.

«Siamo degli alieni», disse Felicita. «Penso sia questa la nostra vera forza. Lontani anni luce dagli archetipi politici di questo paese. Dal perbenismo, soprattutto. Con Pannella abbiamo riscoperto il corpo».

«Il corpo e la libertà», disse Alfio.

«È il perbenismo il vero problema del paese. Il concetto stesso di moderazione, che si applica a destra e a sinistra senza differenze».

«Tutti a farci la morale».

Giulio tagliò una fetta di torta alle mele, mentre Eloisa assisteva sapendo di non poter intervenire.

«Pensa all'idea stessa dei referendum. Si tratta di restituire l'iniziativa alle persone, fuori dalla dinamica a piramide del partito». Unì le punte delle dita per simulare un triangolo. «Così. Il capo decide, Berlinguer o Moro è lo stesso, e tutti seguono. I referendum servono proprio a questo. Lascia perdere i temi: si tratta di andare *contro*».

«Abbiamo tenuto botta con il divorzio, e questo la dice lunga. Non si tratta solo dei cattolici. Anch'io sono cattolico, che vuol dire? Si tratta pure dei comunisti, dei socialisti. Come dice Felicita, il problema reale è il perbenismo». Alfio scavò via dalla torta rimasta un pezzetto e se lo mise in bocca.

«La libertà costa caro. Gli italiani non la vogliono perché richiede un senso di responsabilità a cui non siamo abituati».

«Lo diceva già Gobetti, se ci pensi: e ovviamente ha fatto una brutta fine».

Eloisa ascoltava mentre Giulio le stringeva una mano, non sotto la tavola come avrebbe fatto a casa dei suoi, bensì fra le briciole e le posate e i bicchieri di vetro sottile.

La domenica studiò fino alle cinque del pomeriggio per il suo ultimo esame, e poi diede ripetizioni a due gemelli di dieci anni che si mettevano di continuo le dita nel naso. Cenò con suo fratello in una vecchia osteria non lontano dal municipio. Davide era ancora più taciturno del solito: ascoltò i suoi racconti, accolse con un sorriso l'eccitazione per la casa e la futura convivenza, e pagò per entrambi.

«La rivoluzione è già finita?», le chiese.

«È un discorso complicato».

«Ma il mondo non andava reso semplice?».

«Senti, sta' un po' zitto e raccontami di te».

Ma di sé Davide non disse quasi nulla, come di consueto, se non che sarebbe partito presto per Palermo. La accompagnò dai genitori e le diede un bacio sulla guancia.

I suoi la aspettavano alzati in cucina: Margherita leggeva un libro con una matita fra le labbra e suo padre guardava la televisione. Non l'avevano sentita entrare, ed Eloisa si fermò sulla porta a rimirarli. Erano belli; più belli dei Pagani. Ogni tanto Margherita prendeva appunti, un gesto rapido, tenendo il libro fermo con l'indice della mano sinistra. Gabriele stringeva i pomelli della poltrona e borbottava ascoltando Benito Zaccagnini sullo schermo.

«Rieccomi, ciurma», disse facendo il suo ingresso.

Bevvero il caffè nell'aria calda di odori: cipolla, carne stufata, alloro. Parlarono di Davide – un argomento neutro, sempre buono. Sull'impenetrabilità del fratello ognuno aveva un'opinione.

«Parte per la Sicilia», disse Margherita.

«Me l'ha accennato».

«Che ci va a fare laggiù, io non l'ho mica capito».

«Per lavoro, mamma».

«Sì, ma ha detto che vuole restarci il più possibile. Non è che vuole trasferirsi?».

«A Palermo? Non credo», sbadigliò suo padre.

«Prima se ne va in Svezia. Poi in Sicilia».

«Adesso è per lavoro», disse ancora Eloisa.

«Purché lo paghino».

«Lo pagano», disse suo padre. «Quindi è un lavoro».

«Mah. Avesse continuato con l'università, sarei più serena».

«Anch'io. Ma lo pagano, è quello che conta».

Più tardi, quando la mamma era già a letto, suo padre le diede un'antologia di poeti stilnovisti. Disse che amava in modo particolare Dino Frescobaldi – un minore, ovvio, la sua antica passione. Le tolse con delicatezza il libro dalle mani e lesse:

Morte avversara, poi ch'io son contento
di tua venuta, vieni,
e non m'aver, perch'io ti prieghi, a sdegno,
né tanto a vil perch'io sia doloroso.

«Senti come suona bene?», sorrise.

«Sì. Suona davvero bene».

«Un poeta notevole». Le rese il volume tenendo gli occhi di lato. «So che ora sei molto impegnata con la tesi e tutte quelle leggi da mandare a memoria; ma la letteratura è importante. Non dimenticarla».

«D'accordo».

«Promesso?».

«Promesso».

«Bene. Allora buonanotte».

E si allontanò nel corridoio semibuio, a passi leggeri. Eloisa non aveva sonno; sedette in cucina con una tazza di camomilla. Sfogliando di nuovo il libro e si accorse che sulla prima pagina c'era una dedica: *Alla figliola prodiga. Con amore. Papà.*

Il lunedì prese 28 al suo ultimo esame: Filosofia del diritto. Il tema del corso era il giusnaturalismo di Grozio, e durante la discussione si avventurò in una critica all'idea che fossero necessarie leggi positive di qualsiasi tipo. Il professore si risvegliò dalla sua noia e la guardò stranito per un attimo.

Poco dopo festeggiò con una bottiglia di vino nel bar dell'università insieme a Ercole e Carlos. Anna la raggiunse più tardi e le diede un bacio sulla testa. Era bello che nonostante tutto non si fossero dimenticati di lei. Era bello e triste insieme.

«Adesso avremo un avvocato che ci tirerà fuori di galera», disse Ercole.

«Con calma», disse Eloisa. «Devo consegnare la tesi».

«Argomento?».

«La presunzione d'innocenza».

«Ottimo».

Anna annuì con forza. Carlos taceva.

«Il movimento ha ancora bisogno di te», disse Ercole. «Anche se la vediamo diversamente, non è un buon motivo per smettere di frequentarci».

«Lo so. Hai ragione».

«Purché non ci chiedi di votare per i Radicali».

«Non lo farei mai».

Restarono in silenzio fissando i bicchieri, sforzandosi di sorridere.

Si svegliarono tardi, abbracciati e nudi. Giulio aveva i capelli schiacciati dal cuscino e un'aria piuttosto buffa. Eloisa si sciolse dall'abbraccio e sbadigliò.

«Dormito bene?», chiese.

«Mai dormito così tanto in vita mia. Tu?».

«Idem». Passò una mano sul collo. «Credo che in questa casa staremo benissimo».

«Io ho ancora sonno, comunque».

Lei soffocò una pernacchia sul suo braccio: «E allora freghiamocene. Stiamo qui tutto il giorno».

«Devo essere in studio alle due, Elo».

«Freghiamocene. Per una volta».

«Ho già preso la mattina libera».

«Per una volta».

Eloisa non era pronta a questa felicità; non era pronta né alla sua intensità, né alla sua inspiegabile durata. Tutti i giorni aspettava che giungesse la sera per rivedere il suo fidanzato, per toccarlo, per stringerglisi contro sul materasso buttato a terra – accendere una candela e leggere insieme – o fare l'amore con la stessa, misteriosa naturalezza della prima volta.

«Ma sì», disse Giulio. «Che diavolo. Telefono dandomi malato».

Si baciarono e tornarono a dormire. Un'ora dopo lei

si svegliò di nuovo e disse che sarebbe uscita a comprare i giornali. Giulio mugolò qualcosa in risposta.

La giornata era un po' fredda e nuvolosa. I marciapiedi erano picchiettati di macchie scure – una pioggia improvvisa. Eloisa vide quattro piccioni contendersi un tozzo di pane, un gruppo di ragazzi che avevano marinato scuola. Da lontano arrivò un tuono. Doveva affrettarsi, poteva scoppiare un temporale, ma era troppo felice e voleva fare le cose con calma. Davanti a un bar chiuso vide un distributore di caramelle. Le caramelle scolorite dietro il vetro, rosse celesti verdi gialle arancioni. Ci infilò una moneta e ne comprò due. Proseguì masticando e poi vide un capannello di gente che andava crescendo di numero e agitava le braccia o scuoteva la testa.

La vibrazione nell'aria mutò di colpo. Eloisa rallentò il passo. I volti erano sconvolti, accartocciati. Captò la parola *strage*; captò la parola *Brescia*.

Attese immobile sul marciapiede.

Morti e feriti, dicevano le voci. Un paio d'ore prima. A una manifestazione in piazza della Loggia. Erano stati i fascisti, sicuramente. Una bomba. Una cosa orrenda. Morti e feriti. L'avevano appena saputo. Erano stati quei figli di puttana dei fascisti. Chi altri?

Eloisa sentì la bocca inaridirsi. Voleva gridare e correre a casa, scuotere Giulio dal sonno e dirgli di fare presto, dovevano organizzare subito una manifestazione, sentire i compagni, scrivere un comunicato. Invece rimase trafitta. Non riusciva a muoversi. La rabbia e lo sdegno mutarono in qualcos'altro, le voci della gente calarono di forza e lei credette di svenire. Ma non svenne. Aveva abbassato la guardia ed ecco il risultato. Sentì dunque l'eco di una frase che ora – quasi fosse filtrata dalle storture e dalle menzogne del mondo – suonava alle sue orecchie come un ghigno, una condanna. Come se la colpa di ogni male ricadesse sulle sue deboli spalle.

Ti hanno fregata!

Ti hanno fregata!

Hanno fregato persino te!

6
Prendere la mira
1978

Gli spari arrivarono il mattino del dodici aprile.

Come l'istruttoria avrebbe in seguito ricostruito, Anna Ponticelli gambizzò il capo del personale della Bianconi verso le otto e venticinque: tre proiettili nelle cosce, un quarto finito nel muro. Il dottor Roberto Villa si contorse urlando e lei scappò nascondendo la pistola sotto il cappotto blu che le aveva regalato Ercole alcuni autunni prima.

Una delle guardie della fabbrica le balzò addosso mentre stava passando il cancello, senza che lei se ne accorgesse. Rotolarono in una pozzanghera e la pistola le cadde di mano, la guardia le piantò le ginocchia sullo stomaco e le tirò i capelli, e Anna gridò e cercò di divincolarsi. Una pattuglia notò la colluttazione e si gettò sui due; ci furono altre grida e rapidi tentativi di spiegarsi e capirsi; i carabinieri videro la donna scattare verso il semaforo, ma era disarmata e la ripresero in fretta e l'azione finì. Anna disse il suo nome. «Sono una militante rivoluzionaria», aggiunse.

Il giorno dopo, Davide guardò il telegiornale in una pizzeria di Napoli. Ascoltò di sfuggita la notizia del ferimento mentre chiedeva il caffè: la vittima era in condizioni gravi ma non in pericolo di vita. Non percepì il cognome di Anna. Poi apparve sullo schermo il volto di Aldo Moro prigioniero delle Brigate rosse. Ora Davide si concentrò. La voce dell'annunciatore disse che le forze dell'ordine erano sempre alla ricerca dell'onorevole; non c'erano novità rispetto al quinto comunicato delle Br.

Davide prese la Polaroid con cui giochicchiava da qualche giorno, si avvicinò e scattò una foto allo schermo – scattò una foto alla foto poco prima che il telegiornale passasse ad altre notizie. Il cameriere gli portò il caffè. Lui lo bevve agitando la pellicola e osservando il viso di Moro emergere lentamente dalla cellulosa.

L'immagine era stata riprodotta così tante volte da perdere significato: eppure continuava a essere perfetta. Davide trovava l'espressione di Moro profondamente ironica. Era uno sguardo che penetrava il tempo.

Ripose la foto nel quaderno degli appunti e si alzò. Doveva documentare i bassi della città, il suo terzo lavoro per *l'Espresso*. Fiore era stato assunto al settimanale e l'aveva subito tirato dentro: insieme avevano pubblicato un racconto sugli studenti a Torino e un reportage molto apprezzato dalla Grecia.

Uscì e si perse fra le vie e i vicoli umidi, incuriosito dall'aspetto sciupato degli edifici e dalla quantità di gente che andava e veniva, indaffarata o trasognata. C'era un cielo ferrigno e ogni tanto Davide sentiva qualche goccia sui capelli. In piazzetta Nilo rimirò la statua del dio romano e l'edificio rosso cupo retrostante. Continuò fra le botteghe, i panni stesi su un filo da muro a muro, i balconi da cui gli anziani lo scrutavano o un cane gli abbaiava contro, e saracinesche mezze aperte che rivelavano un'officina, un laboratorio, o anche solo un tavolaccio dove tre uomini si dividevano la pastasciutta mentre un gatto dormiva ai loro piedi.

In una piazzetta alcuni bambini giocavano a porticine.

Un tiro ribattuto dal muro gli finì sui piedi: Davide sollevò il pallone con un grazioso colpo a cucchiaio, lo fece rimbalzare e lo ripassò ai bambini che applaudirono in risposta.

Gabriele colse di sfuggita la notizia sul *Giornale*; ma ignorò il nome della donna e ignorò persino che si trattasse della fabbrica dove lavorava il fratello. Avrebbe capito solo giorni dopo, parlando con sua figlia dell'accaduto e chiedendole perché mai avesse frequentato una persona simile, una criminale, e ascoltandola spiegarsi con dolore e imbarazzo.

Ma il giorno degli spari era di buon umore: aveva restituito dei temi sorprendentemente ben fatti alla sua terza superiore; gli era stato confermato che a breve sarebbe diventato vicepreside; e il pomeriggio sapeva di marmellata.

Ripose il quotidiano e prese dallo scaffale un volume di poesie di Camillo Sbarbaro. Lesse per mezz'ora compitando le sillabe a fior di labbra, scrisse una lettera a Luciano, e si mise a temperare i lapis dello studio. Osservò con soddisfazione il giallo e il verde delle matite, la punta ben affilata, oggetti semplici dal nome semplice e pronti all'uso.

Il citofono trillò. Margherita aveva le chiavi ma le piaceva farsi aprire la porta del palazzo. Gabriele corse in salotto, sistemò un disco di Ornella Vanoni sul piatto e quando sua moglie entrò in casa depose la puntina sul vinile. Lei disse qualcosa ma lui le allungò semplicemente una mano per invitarla a ballare. Lei lasciò la borsa a terra e scosse la testa. Lui allargò il braccio sorridendo per indicare la casa vuota, il salotto tutto loro. Margherita avanzò, lo strinse al fianco e danzarono goffamente, nessuno dei due era molto dotato, mentre dalla finestra aperta salivano i rumori della strada.

Sedici minuti prima degli spari, Nadia Tassan cadde sotto il melo mentre trasportava un sacco di farina. Da tempo aveva male alle gambe e faticava a sbrigare i lavori di casa. Piero le aveva detto più volte di lasciar perdere, il suo aiuto non era necessario: poteva stare tranquilla in camera a disegnare. Ma Nadia non poteva accettarlo. C'era sempre stato bisogno di lei, e doveva essercene ancora; e anche adesso, nel fango sotto il melo e cosparsa di polvere bianca – il sacco si era aperto rovesciando manciate di farina sull'erba – pur non riuscendo ad alzarsi, ne era convinta.

Fece di nuovo leva sui palmi. Le gambe erano molli. Tirò un pugno sul prato e imprecò; si stese e strizzò gli occhi contro la pioggia che cadeva sopra di lei. Doveva urlare per chiedere aiuto a suo fratello, ma non aprì bocca. Rimase in silenzio ancora per un minuto, quindi tornò a fare leva sui palmi, i denti stretti. Riuscì a puntare un ginocchio, poi un altro, e infine si alzò.

Il Circolo Femministe Brianza Rossa si riuniva in uno scantinato di Desio. Ogni lunedì sera una compagna di Cinisello passava a prendere Diana con la Cinquecento del padre. Nello scantinato lei per lo più ascoltava e suonava qualcosa. Non parlava quasi mai. Per il circolo era un onore, dicevano: la Joan Baez di Sesto San Giovanni che finiva sui giornali, la loro paladina.

Diana ascoltava le rivendicazioni delle donne, capiva il bisogno di politicizzare l'amore, ma l'amore per lei restava tutt'altro, un fatto irriducibile a ogni discorso comunitario, un sentimento privato e a volte oscenamente stupido: i giorni felici con Sandra ma anche le lettere in cui lei, poco tempo prima, le aveva chiesto un periodo di pausa. L'amore era poi quella ragazza conosciuta su un treno tra la Svizzera e la Francia e con la quale aveva avuto una breve storia. Sybille. Nel ripensarla la definiva *rapace*, perché rapace era: le teneva il collo contro il muro e le infilava le dita dentro, forte, fino a farla godere. Poi basta. Era scomparsa senza nemmeno voler ascoltare la canzone che stava abbozzando per lei. Diana era pronta alla brutalità, ma non riusciva a credere che quella ragazza così debole e minuta, con i capelli color miele e le guance pallide, sarebbe stata in grado di esercitarla con tale perizia. Non sapeva nemmeno dove vivesse. Non le aveva detto addio. Eppure questo era l'amore, il mistero di un corpo nuovo, il senso di colpa verso un altro corpo prediletto.

Perciò quel lunedì, due giorni prima degli spari, il lunedì dieci aprile 1978, Diana non suonò alcun brano dal suo terzo disco. Disse che non le importava delle rivendicazioni. Nulla importava, perché anche se lo Stato o la società o chiunque avesse riconosciuto il loro valore di donne – ecco, ecco: in fondo sarebbero state sempre sole e indifese, esposte all'arbitrio dell'amore, che omosessuale o eterosessuale restava la medesima cosa, il potere di qualcuno su qualcun altro, e allora che importava?

Il direttivo la ignorò con un certo imbarazzo. Lei uscì e giocherellò con un arpeggio, appoggiata al muretto fino al termine dell'incontro, quando la compagna di Cinisello la riportò a casa senza dire una parola. Pioveva e faceva freddo e le sue scarpe nuove erano già rotte.

Il dodici aprile nemmeno lesse la notizia. Non seppe cos'aveva combinato la ragazza che, anni prima, l'aveva baciata sulla guancia al suo primo concerto nella bergamasca augurandole dolcemente buona fortuna. L'arpeggio su cui aveva cazzeggiato divenne una canzone, e quella canzone si chiamò *Rapace*. Ma non l'avrebbe mai suonata: perché infine Sandra le telefonò e per dirle che l'amava, che non avrebbe potuto vivere senza di lei, e che sperava l'avrebbe perdonata.

Poco dopo Renzo atterrò all'aeroporto di Linate da una trasferta in Polonia. Era stato per una settimana al distaccamento locale della Bianconi, per un corso di aggiornamento degli operai emigrati: ne era tornato con una certa inquietudine, come un'ombra di disgusto. La gente non gli pareva stare affatto bene come gli avevano raccontato. Poi certo, erano tutti comunisti, anche i padroni; ma se son tutti comunisti, si chiedeva Renzo, chi è il nemico? Ed è possibile vivere senza nemici?

In aeroporto comprò *Paese sera* e *l'Unità* e cominciò a leggerli aspettando la corriera. In trasferta ci volevano andare in pochi, ma a lui andava bene starsene lontano. L'aria si era fatta pesante, in fabbrica; e una volta un tizio nuovo dei forni l'aveva minacciato di non ficcare troppo il naso in giro, lui e il suo sindacato di merda. Un altro gli aveva detto apertamente che stava pensando di fare il salto e prendere il fucile. Coglioni. Tutti giovani coglioni, bande di basoâls, incapaci di lavorare e incapaci di lottare. Come se al posto di un padrone morto non potesse arrivarne un altro; e come se avere le mani sporche di sangue fosse roba di cui vantarsi.

Riprese in mano *Paese sera* e di colpo lo vide. Quella mattina, proprio alla Bianconi. Doveva succedere e infine era successo. Portò una mano alla tempia.

A casa strappò un foglio dal taccuino e scrisse le volte in cui Roberto Villa aveva trattato male o ricattato qualcuno. Erano parecchie. Girava voce che avesse persino molestato un'operaia per poi licenziarla: se c'era un individuo che poteva meritarsi un proiettile nel culo, quello era lui. Ricordò quando anni addietro dicevano che le Brigate rosse forse esageravano un po', però che cazzo.

Strappò il foglio dal taccuino e lo bruciò al fornello e accese una sigaretta alla stessa fiamma. Dopotutto non era scontento. Poi tirò il filo del telefono, mise l'apparecchio sul tavolo e chiamò Mariani per capire come stendere il comunicato di condanna.

Quattro giorni prima, Libero Maurizio e il suo amico Alberto erano seduti a leggere fumetti davanti alla saracinesca abbassata di una macelleria. Ora Libero lavorava come garzone dal ferramenta e il padrone quand'era arrabbiato gli tirava addosso un bullone, ma la maggior parte del tempo era gentile con lui. Era stato bocciato al quarto anno dell'Itis e poi aveva smesso di frequentare. Il sabato passeggiava a braccetto con Marta su e giù per il centro di Sesto e la domenica andava a messa.

Alberto gli mostrò dei vecchi numeri di *Eureka* trovati da un rigattiere, con le meravigliose *Sturmtruppen* di Bonvi. *Amiken o nemiken? Semplici conoscenti.* Libero invece aveva un volume di *Lupo Alberto* (ridevano sempre dell'omonimia). Sghignazzarono alle strisce in cui Enrico la Talpa fonda un movimento pro omosessuali, i Bravi ragazzi, il cui simbolo era la stella a cinque punte delle Brigate rosse.

Quattro giorni dopo Libero seppe degli spari dal ferramenta. Il padrone era sconcertato, conosceva la vittima; chiuse il negozio e mandò Libero a casa. Lui andò in chiesa e disse una preghiera per quel poveretto gambizzato. Cercò di pregare anche per chi aveva sparato. Che Dio illuminasse quei matti con la sua grazia e gli facesse capire che non esisteva paradiso possibile in terra. Sulla strada verso casa comprò la *Gazzetta* e la lesse camminando. Era felice di avere una giornata libera.

La sera del dodici aprile 1978, Eloisa stava ascoltando Radio popolare. Suo marito Giulio era andato a vedere una partita di basket con alcuni amici, e lei ascoltava la radio e guardava la pioggia colpire la finestra. Quando sentì il nome di Anna pensò di aver capito male. Alzò il volume: lo speaker disse che la terrorista – usò questa parola – affermava di appartenere ad Azione rivoluzionaria, un'organizzazione armata di matrice anarchica. Era stata tradotta al carcere di San Vittore per l'interrogatorio.

Eloisa si portò una mano alle labbra.

Di Azione rivoluzionaria aveva sentito parlare qualche volta. Nell'anno precedente avevano piazzato alcuni attentati dinamitardi e gambizzato il medico del carcere di Pisa, Mammoli, colpevole di non avere curato l'anarchico Franco Serantini. (Le sovvenne una manifestazione del 1972 dopo la morte di quel ragazzo: un orfano, pestato a sangue dalla polizia e lasciato crepare in prigione. L'odio che aveva provato le apparve ancora vivo ma come trasfigurato).

Eloisa si alzò ed ebbe un momento di vertigine. In cucina versò un bicchiere d'acqua e lo bevve, poi si appoggiò contro la parete girando la fede al dito. Le era andata bene. Non era finita in carcere, benché di occasioni ce ne sarebbero state molte, e non aveva fatto del male a nessuno. Aveva creduto. Continuava a credere in maniera diversa ed esercitava una professione utile al movimento. Un giorno ogni tre comprava una rosa in sostegno di Adelaide Aglietta, l'avvocato dei Radicali che aveva accettato di fare la giurata popolare al processo di Torino contro le Brigate rosse, nonostante le minacce di morte. Comprava una rosa e la metteva in un vaso di ceramica bianca.

Ricordò che una delle ultime volte in cui l'aveva vista, un paio di anni prima, Anna le aveva detto: «Ci stanno mangiando vivi e noi parliamo, parliamo. A cosa serve?».

La morte del fratello dopo un aggravarsi della malattia ai polmoni l'aveva resa ancora più cupa, e il suo entusiasmo – la sua generosità, la dedizione verso la sofferenza altrui – sembrava scaduto nella ferocia. Secondo Carlos aveva smesso di frequentare il suo giro verso la metà del '75. L'aveva rivista in un corteo, ma si erano salutati a fatica: appena un sorriso con gli occhi, il foulard le copriva il volto. Quindi era scomparsa. Nessuno sapeva più nulla di lei, e chi sapeva ne parlava con la dolorosa cautela che si destina ai compagni passati in clandestinità.

Eloisa guardò la rosa nel vaso. Doveva telefonare subito a Carlos e a Ercole, ma non lo fece. Provava una vergogna immensa per quell'atto. Vergogna perché era successo, semplicemente, e andava a infilarsi in una lunga teoria di altri atti simili, ormai identici, stupidi e mostruosi come qualsiasi cosa ripetuta.

Accese una sigaretta. Vide la sua amica entrare nei cancelli della fabbrica di zio Renzo, impaurita e pronta ad agire per quello che riteneva essere il bene. Ma quale bene, cos'è il bene, come può il bene nascere dal male, che orrendo equivoco. *Potrà ancora essere mia amica?*, si chiese Eloisa.

La vide stringere il calcio della pistola. Immaginò che non avesse mai sparato prima di allora a un uomo: aveva forse fatto delle prove nei campi, ma prendere la mira su un corpo vivo? No, quello no. La vide spezzare il respiro e per un attimo lì sul balcone sotto la luce della sera, temette che questa soltanto fosse la differenza tra una ragazza e una donna, tra un ragazzo e un uomo: prendere la mira – o farsi prendere di mira.

7
Il dono della chiaroveggenza
1982-1987

Il primo ad andarsene era stato Davide; e quando
Eloisa si era sposata, Gabriele Sartori aveva trasformato la camera dei figli nello studio a lungo sognato.
Le pareti erano tornate a essere vuote, senza poster
e manifesti con A cerchiate. C'erano solo due immagini
accanto alla libreria: la prima fotografia di lui e Margherita, scattata fuori dal Provveditorato di Udine
nel 1943, e un ritratto della famiglia – tutti e quattro,
genitori e figli, in posa un po' rigida sulla riva del
lago Maggiore.

Fu nello studio che lo raggiunse la notizia, un sabato
pomeriggio del settembre 1982. Seduto alla scrivania,
fra lettere di Luciano e libri e ritagli di giornale –
foto di Davide, stoccate di Montanelli, fatti curiosi,
editoriali sul collasso morale del presente – contava i
rifiuti accumulati dagli editori per la sua ultima plaquette di poesia, a suo avviso la più riuscita. Nonostante i sessantatré anni si sentiva nel pieno delle
forze, posseduto da un'inventiva generosa: tornava
all'ermetismo della giovinezza, ma depurato da calchi
e oscurità. Com'era bello plasmare un endecasillabo,
sentirlo vibrare tra le labbra.

Poi il telefono giù in corridoio. Margherita aveva risposto e ora lo fissava perplessa, una sigaretta non accesa
e rovinata in bocca: il suo modo per consolarsi dopo
aver smesso di fumare.

«Tuo zio Piero», disse.

Al tramonto era al fianco della madre, nella camera del casale in cui erano nati entrambi. Nadia tirava e scuoteva le coperte. Non dava affatto l'impressione di essere sul punto di morte; ma il dolore doveva essere un tormento, perché il vecchio viso scattava ogni minuto senza parlare.

Lo zio spiegò che secondo il dottore aveva un'infezione o qualcosa del genere; non avevano capito bene, comunque era molto grave. Gabriele telefonò a suo fratello, ma in casa c'era soltanto Teresa: la pregò di avvisare immediatamente Renzo.

Strinse la mano di sua madre per tutta la notte. Lei lo guardava digrignando i denti. Sulle prime l'idea della morte non aveva atterrito Gabriele; ricordò quando stringeva la mano di Davide, ai tempi della poliomielite: era stata una paura ben diversa, priva di attenuanti. Questa invece era una donna anziana, e Gabriele si appellò alla logica delle cose mentre carezzava le sue dita gonfie, come se cercasse di calmare un animale spaventato, e fuori dalla finestra i rumori della campagna si accavalcavano l'uno sull'altro: fischi, schiocchi, trilli; talvolta uno sparo.

Verso le quattro Nadia sembrò placarsi un poco. Gabriele si addormentò e al suo risveglio – aveva sognato qualcosa, la mano affilata era ancora nella sua – la madre parlò.

«Ànime».

«O soi ca, mari».

La luce stava cambiando. Con uno sforzo che a Gabriele apparve immane, Nadia sollevò la testa e indicò la scrivania appoggiata sotto la finestrella.

«Nel cassetto c'è una cosa per te», disse passando all'italiano.

Lui si alzò ed estrasse una larga busta giallo senape, sottile e leggera. Doveva contenere un cartoncino, perché non si piegò facilmente tra le sue mani. Sopra c'era scritto: *Fra cinque anni.*

«Non aprirla», gracchiò Nadia.

«Non la apro».

«Aspetta almeno cinque anni. Come c'è scritto».

«Sì. Ma cos'è?».

Lei scosse la testa.

«Devi aspettare. Hai capito?».

Gabriele stava per fare una battuta sul fatto che forse nel giro di cinque anni sarebbe morto, ma si fermò in tempo. Ripose la busta nella sua borsa e si mise alla finestra. Il vetro gli restituì un'immagine strana: più che stanco e preoccupato, appariva quasi ringiovanito.

Nadia non parlò più e non lottò ancora a lungo. Il nuovo parroco del paese, don Walter – un ometto magro con la barba a chiazze – la confessò e abbracciò a lungo Gabriele. Puzzava di muffa e cera. Il giorno dopo il corpo della madre si raffreddò e smise di agitarsi. Zio Piero le si sdraiò di fianco e cominciò a baciarle la fronte con delicatezza; lei morì. E quando infine Gabriele carezzò il viso immobile di sua madre, quando intuì che era finita, un antico terrore lo dominò: di colpo comprese l'entità della perdita, irrimediabile e peggiore di quella del padre o di Domenico, perché conteneva una promessa infranta. Lei avrebbe dovuto proteggerlo per tutta la vita; e invece non c'era più.

Il suo vecchio amico Luciano venne in soccorso e lo portò in giro per Udine. Camminarono per le vecchie strade del centro, bevvero il caffè in piazza, salirono al Castello e videro insieme la città disperdersi e l'orizzonte percorso da nuvole sfrangiate, e la catena delle Alpi poco oltre. Parlarono di poesia: di Dario Bellezza, che non piaceva a nessuno dei due; di Giovanni Raboni; degli ultimi lavori di Montale che Gabriele trovava impeccabili. Era come se non avessero mai smesso di essere ragazzi, e nell'angoscia Gabriele provò un conforto di cui fu immensamente grato.

Più tardi telefonò a Eloisa e le intimò di non muoversi da Milano: era incinta e non doveva affaticarsi. Lei protestò, ma lui era irremovibile; le chiese solo di dirlo a Davide, dovunque fosse, e riappese. Era contento che i figli non ci fossero. La morte di Nadia era affare suo.

Il funerale fu partecipato: tutti al paese conoscevano la sorella di Piero Tassan, e tutti vennero ad assistere alla sua sepoltura. La gente formò una coda e strinse la mano a Gabriele, si raccolse a mormorare in capannelli, un bambino rise e venne zittito con uno schiaffo, quindi fu finita. Luciano si offrì di rimanere, ma Gabriele preferiva restare solo. Zio Piero era distrutto e continuava a borbottare discorsi sul casale: doveva venderlo, era finito tutto, era troppo vecchio per badarvi, così tanto tempo buttato per niente. Si allontanò sostenuto dai figli lungo la strada di ciottoli.

Gabriele fece un giro attorno al cimitero e tornò davanti alla tomba e lì rimase per un po', nel pomeriggio limpido e caldo di settembre. Le mosche e i moscerini continuavano ad agitarsi attorno a lui. Sedette asciugandosi di tanto in tanto il sudore dal collo, finché non sentì i passi dietro di sé.

Renzo gli mise una mano sulla spalla e depose dei crisantemi davanti alla lapide.

«Andiamo a bere qualcosa?», disse.

Gabriele prese l'auto di una cugina e guidò verso sud lungo la nuova strada asfaltata. Capannoni e cantieri di villette a schiera sorgevano qui e là nella bassa, ferendo il paesaggio. Renzo guardava fuori, la mano attaccata alla maniglia sopra il finestrino.

«È cambiato tutto».

«Non sei più tornato, da allora?».

«No».

«È passata una vita».

«Sì», disse lui tetro. «Una vita».

Gabriele parcheggiò davanti a un'osteria alle porte di Pordenone. I due fratelli entrarono e ordinarono una brocca di cabernet e del prosciutto di San Daniele. Il cameriere portò loro un piatto di ceramica con le fette ben disposte a fiore e una cesta di pane caldo.

«Finiamo sempre davanti a un bicchiere», disse Gabriele.

«Siamo friulani».

«Sono contento che te lo ricordi».

Renzo pescò una fetta di prosciutto e la masticò piano.

«Il treno era in ritardo», disse. «Proprio oggi, Cristo».

«Non bestemmiare. Volevi davvero arrivare in tempo?».

«Ma certo».

«C'è il funerale di tua madre e di colpo ti svegli fuori».

«Sì».

«Così, dopo decenni».

«Volevo davvero arrivare in tempo», disse Renzo contrito. «Pensavi che sarei mancato? Sono un bastardo fino a questo punto?».

«Non lo so. Dimmelo tu».

«Be', non lo sono».

Gabriele decise di non insistere. Per la prima volta Renzo gli apparve fragile, e fu tentato di affondare il colpo. Ma non insisté.

L'osteria si svuotò e il fascio di luce tagliato dalla finestra cambiò forma. L'orologio a cucù sopra il bancone di zinco cantava ogni quarto d'ora. Loro bevevano piano ma con determinazione, cercando di abituarsi l'uno alla presenza dell'altro: a volte Renzo accendeva una sigaretta e metteva il posacenere sulla sedia accanto per non dare fastidio a Gabriele; e a volte il cameriere passava a cambiarlo con un posacenere nuovo.

«Perché non l'hanno sepolta a Udine?», chiese Renzo.

«Lo zio la vuole vicina, e là non c'è più nessuno».

«Ma c'è la tomba di papà».

«Era cresciuta qui».

«Secondo me doveva stare con suo marito».

Gabriele si strinse nelle spalle. Tornarono in silenzio per un po'. Al bancone qualcuno cominciò a raccontare una barzelletta sui carabinieri.

«Parlami dei tuoi figli», disse Gabriele.

«I figli. I figli sono solo guai. Comincia tu».

«Davide è sempre in giro». Alzò la mano per ordinare altro vino. «Non si è sposato, vive come un ragazzino. Sono contento che il suo lavoro gli piaccia, intendiamoci, ma non lo vedo mai e telefona poco. Con Eloisa invece va bene. Sto per diventare nonno».

«Sì, questo l'ho saputo».

«Non ne approfitti per farmi gli auguri?».

«Te li faccio quando nasce il marmocchio. O la marmocchia».

«Va be'. Comunque Eloisa sta bene: viene a trovarci

spesso a Saronno, e suo marito è un tipo in gamba. Se ripenso a com'era messa da ragazza, è quasi incredibile».

«L'anarchica».

«Robe da matti».

«E quell'altra, che si è messa a sparare?».

«Robe da matti, davvero. Non sai quante volte ho pensato finisse male».

«Due sberle, dovevi darle».

«E invece l'ho lasciata libera».

«Ti è andata di lusso».

«Sì». Tossì. «Anche adesso non riesco a spiegarmi perché sia stato tanto arrendevole. Non è da me».

«Le figlie femmine ti fregano».

Il cameriere portò il vino.

«Pensa che una volta sono stato a trovarla», disse Renzo.

«In che senso?».

«Sono andato al loro cascinotto, vicino a casa tua. Quello degli anarchici. Mi aveva invitato lei».

«Davvero?».

«Già».

«E come ti sono sembrati?».

«Una banda di basoâls».

Gabriele si fece una risata e versò il vino.

«Va bene, ora tocca a te. Diana come sta? Libero? E il nipotino?».

«Mah. Dario sta bene, ma Libero è sempre il solito. Triste come un calcio nel culo. E poi sua moglie non mi piace. Parlano di andarsene da Sesto, perché l'affitto del posto dove stanno è troppo alto – e quella figlia di Maria ha intrallazzi ovunque. Sua zia ha un appartamento a Caronno Pertusella, lì, dietro casa tua».

«Bel posto inutile. Vogliono trasferirsi?».

«A quanto pare. Alla fine, se non pagano, buon per loro». Si passò la lingua sul palato. «Diana invece – non so. Lavora in un'azienda di cose chimiche. Suona la chitarra in giro».

«Ho qualche ritaglio di giornale con la sua foto».

«Se le piace, buon per lei. Ma intanto vive ancora con quella sua amica a Cormano. A ventotto anni, ti rendi conto?».

«È questa nuova generazione».

«Bello schifo».

«Sì, noi eravamo diversi».

«Ti ricordi il freddo a Grazzano? Il lavoro nei campi qui?».

«Mi ricordo tutto».

«E le botte di papà?».

Gabriele annuì solennemente.

«Ma noi dalle botte e dal freddo abbiamo tirato in piedi due famiglie. Non ci siamo persi via: quel che c'era da fare, l'abbiamo fatto».

Gabriele annuì ancora e sbatté il suo bicchiere contro quello di Renzo. Restarono a bere e mangiare fino a sera, e quando si alzarono era ora di cena ed erano ubriachi. Fuori l'aria sapeva d'erba e latte. Com'era bello il suo Friuli, quanto gli mancava: che meraviglia quei boschi e quei filari di vigne. Veniva voglia di addentarli.

Si rimise al volante ma sbandava; dopo qualche centinaio di metri accostò e per poco l'auto non finì in una roggia. Renzo uscì di colpo e saltò il corso d'acqua e cominciò a camminare in una striscia di prato stretta fra due campi.

«Ehi», gridò Gabriele.

Renzo avanzava dandogli le spalle, diretto verso il tramonto – una macchia nerastra, mentre più lontano le nubi avevano preso fuoco e si disfacevano come pezzi di carta velina.

«Ehi», gridò ancora Gabriele.

Renzo si fermò in mezzo all'erba e cadde in ginocchio. Gabriele lo raggiunse e si accorse che piangeva, un pianto sommesso e fosco. Non sapeva cosa fare. Era imbarazzato e ubriaco e un po' arrabbiato per quella scenata. Infine si decise a stringergli una mano. Renzo serrò la presa guardandolo, incredulo.

«Non l'ho mai perdonata», mormorò.

«Ma per cosa? Cosa ti ha fatto di orribile?».

«Non mi ha lasciato andare».

«Dove?».

«Sui monti». Si voltò, affilò lo sguardo. «Con gli anni poi ho capito, ma sai come sono. Come siamo. È diventata una di quelle cose che ti ripeti di fare, una telefonata, bastava solo una telefonata, e invece. Così ti dici che tanto, ormai. Poi si crepa, e ti rendi conto di quanto sei stato coglione». Si passò una mano sulle labbra. «Ma le volevo bene. Te lo giuro, le volevo bene davvero».

Gabriele aveva mille cose da dire ma non parlò. Rimasero a osservare il crepuscolo e gli ultimi colori di settembre perdere consistenza: il rosso cupo si inceneriva, mutava in piombo. Un falchetto tracciava cerchi regolari sopra di loro. Allungando la mano libera Gabriele si accorse di avere preso con sé la borsa: la aprì ed estrasse la busta gialla.

«Mamma mi ha dato questa», disse.

Suo fratello la prese e la rigirò con preoccupazione: «Cosa c'è dentro?».

«Non lo so. Una lettera, credo». Indicò l'avviso redatto sulla carta. «Fra cinque anni lo sapremo. Anche se potrei aprirla subito».

«Non farlo», disse Renzo allarmato.

«Perché?».

«Tu non aprirla e basta. Neanche fra cinque anni».

«Ma perché?».

«I morti non portano mai cose buone».

«Se mamma l'ha fatto, vuol dire che è importante».

«Può essere anche importantissimo. Può anche esserci scritto che in realtà siamo figli del re di Spagna. Io penso proprio di no, ma comunque non c'entra. Come diceva il tuo amico Gesù? Lasciate che i morti si seppelliscano da soli».

«Sì, ma».

«Niente ma». Gli rese la busta. «Se fossi in te la butterei in un fosso».

Gabriele avvampò e fu sul punto di ribattere: quella conversione era tutta una finta? Voleva togliergli persino l'ultimo ricordo di Nadia? Ma ancora una volta non disse nulla. Ripose la busta nella borsa e guardò l'orizzonte al fianco di suo fratello, due uomini in un prato deserto.

Alla fine, senza rifletterci granché, Davide Sartori si trasferì a Parigi. Grazie alla sorella di Fiore, che aveva sposato un allenatore di pallavolo francese, trovò alloggio in sedici metri quadri nel tredicesimo arrondissement. Appese a una parete il suo vecchio poster di Page e Plant.

Allo studio di François Lapierre, un grasso bretone figlio di vignaioli, Davide produceva per lo più copertine di dischi. C'erano band di tutta Europa che necessitavano di fotografie per i loro album – malinconiche, irriverenti o coloratissime; squarci di boschi, pontili, masse di persone, ritratti – e Lapierre ne era il primo fornitore da anni. Davide l'aveva conosciuto durante un festival della fotografia ad Aosta, e quando era balenata l'opportunità di un lavoro aveva accettato subito.

Era stanco dell'Italia, ma soprattutto era stanco dei reportage. Da sei mesi aveva dismesso la sua collaborazione con *l'Espresso*, provocando l'acre delusione di Fiore.

«Guarda che una cosa così non si trova facilmente», gli aveva detto.

«Anni fa mi dicevi che dovevo scappare dall'Italia».

«Che c'entra? Eravamo giovani. E poi erano anni di merda».

Ma Davide aveva bisogno di andarsene, e Parigi lo accolse severa e indifferente. Lui guadagnava troppo poco, ovviamente, eppure riusciva a mantenersi; la consueta frugalità lo aiutava. Poco cibo, niente alcol, ogni tanto un film o un romanzo giallo comprato sulle bancarelle del quai Saint Michel. Due volte a settimana boxava in una palestra incassata fra un ristorante vietnamita e un minuscolo tabaccaio.

Nel tempo libero camminava: era gratis e lo teneva occupato. La sua zona era un agglomerato di condomini piuttosto anonimi, che la luce d'inverno rendeva più spettrali: lui andava verso est, tagliava il quartiere cinese fra avenue de Choisy e avenue d'Ivry, e risaliva in direzione della Senna.

Talvolta faceva tappa alla Biblioteca nazionale, dove consultava raccolte di Saul Leiter, Cartier-Bresson ed Elliott Erwitt. Tutti allo studio di Lapierre volevano entrare nella Magnum, avere successo e guadagnare un sacco di soldi. Davide si limitava a scattare e studiare. Restava minuti interi a osservare una fotografia di Kertész: quanta bellezza distante conteneva, e come splendevano le ombre, com'erano esatte le geometrie: rami e lampioni e corrimani e finestre e ombrelli riprendevano miracolosamente vita, davano l'illusione che il segreto fosse visibile e dunque a portata di scatto – ogni cosa infine trasparente, la sua verità manifesta.

Fuori proseguiva costeggiando il fiume per gironzolare alla Gare d'Austerlitz – nel corso dei mesi la fotografò dozzine di volte – e quindi virava nel quinto arrondissement, perdendosi intorno alla Sorbona: place de la Contrescarpe, rue Mouffettard, place Monge, la minuscola rue Amyot. Sapeva che erano luoghi ritratti e vissuti fino alla nausea. Lo sapeva. L'intera Parigi, in un certo senso, viveva di quella maledizione: tavolini tondi con macchie di Pernod, ringhiere in ferro battuto e decorazioni liberty, insegne e tetti in zinco bombato: lo sapeva, lo sapeva.

Eppure com'era bello sedersi in place Monge e attendere semplicemente che i minuti colassero sotto le trame dei rami nudi: com'era bello riscaldarsi al bistrot all'angolo e attendere l'ora giusta per tornare allo studio, uno stanzone invaso dal fumo a place de la Nation – e sviluppare nel silenzio della camera oscura, nell'odore acido e nelle luci rosate della camera oscura.

Il resto erano gli incontri. Davide non li cercava né li evitava, e Parigi in questo era impeccabile. Gli offriva ogni settimana la possibilità di uno svago differente, ma quasi con noncuranza. Lapierre aveva sempre qualche «giro» da cui spuntavano prostitute arricchite, reduci di guerra, ex rivoluzionari sudamericani, cineasti ottantenni: così poco prima di Natale Davide si ritrovò su un'auto che seguiva un'altra auto. Un miliardario socialista, parte dell'ennesimo «giro», dava una festa nella sua villa in Normandia.

Parcheggiarono davanti a una massiccia costruzione a tre piani, a poca distanza dalla spiaggia. Il tetto era color fegato e spioveva fin quasi a coprire l'ingresso.

Il miliardario, Jean-François Cherrier, li ricevette in camicia e pantaloncini sotto il nevischio che batteva la costa. La festa aveva raccolto una quarantina di persone. L'attrazione di gravità del salone centrale, con una vasta vetrata che dava sul mare, si disperse mano a mano che il tempo passava: non fu servita alcuna cena e l'evento si frantumò in una manciata di party privati nelle numerose stanze della villa.

Davide scese nella taverna. Oltre a lui c'era solo una donna mulatta, molto elegante, e un ventenne con i capelli biondi pettinati all'indietro. Entrambi stavano guardando un quadro. Il ventenne se ne andò quasi subito e Davide si avvicinò.

Nella cornice c'era una tela astratta: tre righe diagonali, blu scuro, nero e rosso, sopra uno sfondo bianco. Davide provò un interesse fisico. La sfumatura del blu era pastosa, quasi calda; il rosso, verso la fine della riga, trascolorava in un arancio scuro. Era tutto semplice e ordinato e non sembrava suggerire significato alcuno. Soltanto tre grosse linee.

«Che ne dice?», chiese la donna girandosi.

«Mi piace molto».

«Ottimo».

«Non sono un esperto, ma lo trovo molto affascinante».

Si sorrisero. Lei cominciò a parlare del quadro – a quanto pareva conosceva l'autrice – mentre Davide la scrutava con garbo. I piccoli seni spiccavano appena nella scollatura del vestito; e il viso, benché dai lineamenti morbidi, aveva un curioso naso aguzzo.

Davide non si era ancora abituato a parlare con le persone nere. In Francia aveva imparato a non chiamarle *negre* e non soffriva di grossi pregiudizi, ma in Italia erano pochissime, venditori ambulanti o poveracci. Questa donna però era diversa. Non era così scura di pelle, e poi aveva un nome occidentale – Sophie.

Le spiegò chi era e com'era finito lì. Lei si complimentò per il suo francese quasi impeccabile e disse di lavorare nella moda – nient'altro. A Davide toccò lanciare la conversazione. Non amava farlo, ma qualcosa lo rese più facile: il lampo nello sguardo di lei, il modo lento con cui annuiva, e l'energia dei suoi «No, non sono d'accordo». Non era d'accordo con Mitterrand, non era d'accordo con gli apprezzamenti di Davide per la costa normanna, e soprattutto non era d'accordo che la fotografia fosse una riproduzione della realtà.

Parlarono per quasi due ore, avvicinandosi un centimetro alla volta sul divano in pelle della taverna, mentre nessuno veniva a disturbarli. Sophie lo fissava e rideva e a volte si versava un bicchiere di rum. Davide fiutò in lei la stessa brama che lo animava, e ancora una volta bastò ad accendere in lui una cruda felicità. Un istante simile cancellava tutte le sfortune, i lavori persi, il giro invidioso e perfido dei fotografi, i negativi bruciati, le donne che l'avevano respinto.

Si baciarono dopo mezzanotte, quasi svagatamente e poi con più languore. Lei lo prese per mano e lo portò in una delle camere da letto della villa: sembrava conoscere perfettamente quel luogo. Si spogliò – il corpo marrone chiaro dai capezzoli scuri era scioccante, era una rivelazione, era bellissimo – e gli disse che non avrebbero fatto l'amore.

«Possiamo dormire insieme, però», e si infilò sotto le coperte.

Davide non sapeva cosa rispondere. Si mise in mutande e la strinse da dietro. L'erezione non accennava a diminuire, anzi; ma a Sophie non parve importare molto. Iniziò a russare, quasi un rantolo. Davide la stringeva con delicatezza e ne annusava il profumo aspro. Dal soffitto giungevano risa strozzate, un gradevole scalpiccio. Si addormentò.

Il mattino dopo lei era scomparsa. Sul comodino c'era un biglietto con il suo recapito e un saluto in un corsivo nervoso. La sala principale della villa era deserta, e il mare dietro la vetrata era in subbuglio. Infreddolito, Davide andò in cucina e scaldò un pentolino di tè.

Più tardi Jean-François Cherrier lo salutò con affetto e gli disse che sarebbe venuto a Parigi per dare un'occhiata ai suoi ultimi scatti. Gli lasciò l'indirizzo del suo appartamento al Marais. Tornando in auto verso casa, Lapierre gli disse di fare attenzione: Cherrier era gay e voleva carne italiana fresca, una bella bistecca ai ferri. Nell'auto risero tutti tranne Davide, che stringeva nella tasca il biglietto di Sophie.

La chiamò. Andarono al cinema la domenica mattina, perché la sala preferita di Sophie dava una replica di *Alice* di Claude Chabrol, e poi a pranzo in un ristorante italiano. La pastasciutta era pessima e alla richiesta di un po' di pane la cameriera reagì con gli occhi sbarrati e la bocca aperta – stupita, quasi offesa. Ma Sophie era di buon umore e dopo qualche sorso di vino divenne più loquace.

Raccontò che era figlia di un magistrato dell'Auvergne e di una pittrice di origine senegalese: il quadro a casa del miliardario era opera di sua madre. Lei era nata subito dopo il divorzio dei genitori; era cresciuta in Senegal con la sorella maggiore, ed era tornata in Francia il giorno prima del suo diciottesimo compleanno. Nel frattempo i suoi si erano rimessi insieme – una storia ancora incomprensibile al resto della famiglia. Sophie aveva studiato Scienze politiche e si era laureata (con un voto piuttosto basso, ammise) scrivendo de *I dannati della terra* di Frantz Fanon. Quindi aveva aperto una agenzia di moda, che nel giro di tre anni era diventata un piccolo caso nella capitale.

«E così sono diventata ricca, stronza e famosa», concluse.

«Un percorso perfetto», disse Davide.

«Vero?».

«Ma almeno sei una donna libera».

«Questo sì. Al cento per cento».

Riprese a criticare le idee di Davide sulla fotografia. Disse che aveva una visione semplificata del mezzo; lo considerava alla stregua di una macchina per creare copie, quando copie non erano affatto.

Lui provò a giocare la carta della chimica – il processo di creazione dell'immagine implicava una traccia del reale, il prodotto di lastre e raggi luminosi – ma ovviamente Sophie *non era d'accordo*.

«Il discorso è più complesso», disse. «Non metto in discussione la scienza, ma l'ideologia che c'è dietro. Un cadavere è un cadavere, però la percezione di chi lo guarda cambia a seconda del taglio che scegli. Della didascalia che aggiungi. Altro che riproduzione della realtà».

«Ma senza realtà, non c'è immagine».

«Senza realtà, non c'è niente: neanche la musica, o l'arte, o la letteratura, o noi due qui a parlare di queste cose. Tu pensi di ritagliare un pezzo di mondo, e invece stai facendo un lavoro arbitrario. Con un mezzo violento, per di più. Una foto ruba l'anima del fotografato».

«Non credo nelle anime».

«La cosa non mi stupisce».

«E cerco solo di essere fedele alle cose come sono, di ritrarle nel momento giusto».

«Dio!», ridacchiò lei battendo le mani. «Non dirmi che sei uno di quelli che crede nell'*istante decisivo*».

Davide rinunciò a discutere. Non era mai stato bravo a discutere. Pagarono il conto e si incamminarono lungo la Senna tenendosi per mano, tra bancarelle di libri e ritrattisti di strada. L'aria era gelida, frizzante di neve appena caduta, ed essere lì con quella donna bastava a riempire la giornata.

«Cosa vogliamo fare?», disse Sophie.

«Tu cosa vuoi fare?».

«Gironzolare».

«Anch'io».

«Non vedi l'ora di infilarti nella mia gonna, eh?».

«No», disse Davide – ed era vero, con sua grande sorpresa. Certo la desiderava, ma era più urgente, più giusto starle accanto in quel modo. «Gironzoliamo», disse.

Nei giorni seguenti, germinò in lui una sensazione nuova: la solitudine. Era sempre stato bene nel suo isolamento, una solida fortezza; aveva sempre evitato che una donna potesse entrarvi. Ma ora provava verso Sophie un desiderio così struggente e doloroso da non poter essere lenito in alcun modo. Passava le notti insonne, pensandola. Quando le parlava al telefono portava l'apparecchio in bagno tirando il filo al massimo e si guardava allo specchio. Aveva le orecchie rosse, un velo di sudore sul naso. Cosa stava succedendo? E perché proprio con quella donna? La bellezza di Sophie aveva qualcosa di minaccioso, e lui si accorse di voler esserne soverchiato.

Più preoccupato che incuriosito, pensò che l'ala dell'amore – quell'amore ridicolo, l'amore cui tanto teneva suo padre – il sentimento delle poesie stilnoviste o dei film in cui lui sfiorava una mano a lei – ecco, quell'arcano banale aveva infine colpito anche lui.

Il ventinove dicembre lo condusse tra le coperte. Davide si accorse di tremare un poco. Mentre la penetrava e lei si tendeva ad arco sotto di lui – la pelle mandava come una fragranza d'erba – sentì la bocca farsi secca e il respiro spezzarsi. Venne dopo un paio di minuti; la peggior prestazione della sua vita, e il letto singolo non offriva spazio per nascondersi.

Sophie prese una rivista dal comodino e finse di leggerla. Davide si alzò e accese la radio: David Bowie cantava un pezzo a lui sconosciuto. Cominciò a riordinare le buste di negativi sul tavolo, i rullini accumulati, le lettere di sua sorella Eloisa cui prima o poi doveva una risposta. Quindi si voltò e disse: «Scusa».

«Di che?», disse lei stupita.

«Di quello». Indicò il letto. «Non credo sia stato molto bello, no?».

«Non molto. Ma abbiamo tempo per conoscerci».

«Sì, però».

«Vieni qui», disse allungando le braccia. «Non aver paura».

Lui le si rannicchiò contro e sì – aveva paura. Per la prima volta, aveva una paura terribile.

Conobbe il meraviglioso sapore della menzogna. Non aveva mai dovuto difendersi con delle bugie, perché non era mai stato necessario difendersi. Ora invece, disarmato e desideroso di compiacere Sophie, inventava storielle per giustificare i suoi ritardi, un'assenza imprevista, o i pochi soldi in tasca. Mentiva per ingraziarsela ed era delizioso. Era delizioso essere frivolo. *Proprio tu*, si diceva seduto sul divano. *Proprio tu. E con una così.*

Da tempo aveva abolito i sogni di felicità che coltivavano i suoi parenti – la rivoluzione, Dio, il matrimonio, un figlio – e in cambio aveva ottenuto il più generoso dei doni: un'incolmabile gioia per ogni giorno ricevuto. Amava il semplice fatto di uscire vibrante da una doccia fredda, saziarsi con un piatto di riso, schivare un jab. Aveva ricevuto la lezione intera da bambino, in un letto d'ospedale: il dolore l'aveva liberato dalle illusioni.

Ed ecco che una nuova gioia gli si offriva. Ma era difficile governarla. Il modo di donarsi di Sophie somigliava specularmente al suo: era permeato da un certo sospetto, quasi da sarcasmo – «Cos'è, vogliamo sbaciucchiarci e chiamarci *Cuoricino mio*?» – eppure nelle rare volte in cui si lasciava andare era come se tutto finisse in frantumi di fronte a quel corpo e quel sorriso. Tutto perdeva d'importanza. Come facevano le persone a legarsi l'un l'altra, a provare sentimenti tanto intensi senza impazzire?

Nel contempo si accorse che durante quei giorni non aveva ottenuto nuove informazioni su di lei; o per meglio dire, non ne aveva affatto chieste. Il passato di Sophie restava confinato alle poche parole scambiate in precedenza: ma per conoscerla Davide avrebbe dovuto smettere di amarla, perché l'amore, o qualsiasi cosa fosse, appariva il contrario esatto del sapere – o anche solo di una fotografia. Era una forza mobile, che dell'altra persona voleva ignorare molte cose, per garantire la durata del desiderio. Ed era, qualità per Davide tremenda, del tutto invisibile.

Così un giorno, guardando Sophie avvolta in un trench grigio chinarsi sulla vetrina di un rigattiere – guardandola voltarsi e sorridergli come per dire, *Che c'è?* – Davide comprese che quella felicità era troppo grande, e che da essa ne sarebbe uscito distrutto; ma si lasciò divorare comunque.

Sophie voleva rivedere Montpellier, nel sud, e tramite la sua socia all'agenzia trovò un albergo a buon prezzo. Lapierre prestò l'auto a Davide e partirono il primo weekend di febbraio. Il cielo era opalescente. Sophie aveva un po' di febbre e la prima notte lui la accudì cambiandole di tanto in tanto una pezza bagnata sulla fronte.

Il giorno dopo si era quasi rimessa. La città era piccola e sporca e stupenda. Passeggiarono per le vie del centro dai nomi che Davide gustava, rue du Berger, rue de l'École de Pharmacie, place de la Canourgue: si persero tra le scalinate in pietra, le piazzette e i vicoli da cui spuntava l'insegna di una brasserie o un'onda d'edera, negozi di acqueforti e libri antichi, e guarda che bello il carillon sul terzo scaffale o quel globo dai colori pallidi, avanti e indietro, giocatori di scacchi in una traversa di rue Foch, un'épicerie che esponeva cavoli e mele verdi.

Pranzarono con un piatto di pesce marinato e fecero una siesta. Davide si svegliò nel pomeriggio; la finestra era semiaperta e il vento gonfiava le tende. In mutande e infreddolito scattò una foto alla stanza, attento come di consueto a non ritrarre la sua donna. Lei era immobile fra le lenzuola che la coprivano fino al viso. Davide si chinò a sfiorarle una gamba con le labbra. Non avevano fame e non cenarono, restando semplicemente abbracciati in una sonnolenza ipnotica.

Il mattino seguente si svegliarono tardissimo. Fecero colazione con dei pain au chocolat e risalirono il centro verso la Promenade du Peyrou, una piazza sopraelevata con file d'alberi spogli. In fondo, ai lati di una polla d'acqua ed erbe, due scalinate terminavano in un acquedotto circolare; e di lì partivano le arcate classicheggianti del viadotto. Le braccia appoggiate sulla ringhiera in pietra, Davide e Sophie guardarono la distesa dei tetti. In lontananza si intravedeva il mare, una traccia appena più azzurra.

Scesero di nuovo in città. Parlavano poco, tenendosi per mano. In una trattoria mangiarono un enorme piatto d'insalata con uova, olive, carne, cipolle e maionese; poi andarono al cinema, e quando rientrarono in albergo era pomeriggio inoltrato. Dalla finestra al terzo piano videro calare un sole enorme, vermiglio, una moneta ardente buttata nel cielo. Fecero l'amore due volte di fila. La prima Davide la prese da dietro, mordendole la schiena e leccandole il collo. La seconda volta fu anche meglio. Lei rimase tutto il tempo sopra di lui e diede il ritmo a colpi secchi di bacino, lasciando che Davide le carezzasse e leccasse i seni.

Più tardi, in mutandine e reggiseno, chiese di essere fotografata e lui disse di no.

«Non fotografo le donne con cui sto», spiegò.

«Le donne con cui stai».

«Di certo non fotograferò te».

«E come mai?».

«Mi sembra sbagliato. No?».

Lei lo fissò indecisa, poi fece un sorriso: «Non sono d'accordo», disse, e lo baciò.

Eppure tanto le cose erano cominciate bene, tanto in fretta peggiorarono. Il viaggio a Montpellier, l'amore nelle sere piovose, lo strazio dell'attesa: tutto si rivelò a Davide per ciò che era, metallo placcato, ben poco nobile. Mentre si addormentava al fianco di Sophie, una notte, sentì risorgere dall'abisso il vecchio, inesausto bisogno di libertà: poteva vederlo volare verso l'alto con un ghigno: *Vaffanculo, vaffanculo!*, gridava: *Tu non vuoi questa cosa e non sei capace di gestirla.*

Ed era vero. Ma ancor più doloroso fu scoprire che nemmeno Sophie la voleva. Prima ci fu una danza di ritardi e appuntamenti mancati; infine se lo confessarono una sera a casa di lei, davanti ai piatti ancora vuoti e che non avrebbero mai riempito dello yassa poulet appena cucinato. Fu Sophie a prendere la parola, con una certa decisione. Spiegò che erano degli eletti. Sì, esseri superiori rispetto alla mandria di persone che li circondavano, ma anche troppo simili per proseguire insieme. È la mandria che si innamora, no? E loro si erano stancati, giusto? Davide non aveva nulla da eccepire. Quelle frasi, in apparenza terribili, gli davano un grande sollievo.

«Non ho mai avuto una relazione che durasse più di sei mesi», concluse Sophie.

«Io sì, ma era una farsa».

«E arrivati alla nostra età, questo ha chiaramente un senso».

«Pensiamo solo a noi stessi», disse Davide.

«Esatto».

«Non vogliamo ostacoli alla libertà».

«Siamo egoisti. Non c'è nulla di male».

«E due egoisti non possono amarsi».

«Vorrei dire *no, non sono d'accordo*. Invece, stavolta».

Sorrisero. Non c'era altro d'aggiungere, Davide conosceva quel rituale: finì il suo bicchiere d'acqua e prese il cappotto. Aprì la porta. Era l'esatto momento in cui la stava perdendo, l'unica persona che nella sua vita gli aveva fatto provare una sorta di pulsione amorosa, e se ne stava andando. Sophie l'aveva capito perfettamente, lo conosceva per ciò che era: ma che triste paradosso – ciò che era, così come ciò che era lei, implicava l'impossibilità di una relazione.

«Allora ci sentiamo», disse lui.

«Certo. Possiamo vederci comunque, nessuno ce lo vieta».

«No, nessuno ce lo vieta».

«Magari andare a letto qualche volta», rise lei, la battuta fuori tempo e lo sguardo percorso da un rammarico quasi impercettibile che chiunque altro avrebbe ignorato – ma non lui. E com'era bella.

«Perché no?», rispose, e uscì nella notte. Le strade erano uguali a sempre, uguali a sempre le facce dei pochi passanti. Da una finestra arrivarono delle risa e il suono sommesso di una tromba. Davide sentiva un dolore vago, come una sbadataggine che poi definì meglio mentre superava i confini del Marais: sì, ora poteva vederlo. Davide non aveva mai creduto in Dio, ma sapeva di aver commesso qualcosa di molto simile a un peccato.

Il giorno dopo si svegliò presto; era la fine di febbraio. Telefonò a Fiore chiedendogli se avrebbe potuto riprendere a fotografare per lui e per la rivista. Fiore fece il riottoso, disse che era offeso e non sarebbe stato facile convincere il caporedattore; ma Davide non ebbe bisogno di blandirlo molto: il vecchio legame cui il giornalista teneva molto – *Davìd, come farei senza di te!* – era ancora lì.

«Sei il solito stronzo», disse Fiore ormai vinto.

«Ma smettila».

«Il solito stronzissimo personaggio alla Hemingway. Allontani la gente, ma la gente ti cerca comunque – quando dovrebbe solo mandarti affanculo».

«Non l'ho mai letto, Hemingway».

«Dovresti farlo. Dovresti leggere Hemingway e un libro di Joseph Roth. *Fuga senza fine.* Scommetto che non conosci nemmeno questo».

«No».

«Compralo».

«Va bene».

«Dimmi: *Giuro che lo compro*».

«Giuro che lo compro».

«Bravo. Ti chiamo nei prossimi giorni».

Più tardi Davide camminò nell'aria spessa e grigia, fra i cumuli di neve sporca, e raggiunse la libreria di quartiere dove acquistò l'edizione Gallimard del romanzo consigliato da Fiore. *La fuite sans fin*. Poi si spinse fino all'edicola e acquistò il *Monde* e il *Journal de Mickey*. Le battute di Pippo in francese non facevano molto ridere, ma non c'erano alternative.

Sfogliò il libro di Roth su una panchina, intirizzito dal freddo. Andava tutto bene. Avrebbe chiesto a Lapierre di invitarlo a qualche altra festa, avrebbe ricucito i rapporti con Fiore, avrebbe scattato delle foto magnifiche, sarebbe andato a letto con una studentessa della Sorbona. Stava per arrivare marzo e non c'era motivo di essere tristi.

3

Mentre ancora cercava di capire quale fosse il tragitto più breve dalla sua nuova casa all'ufficio – il treno delle Nord da Caronno Pertusella a Milano Cadorna, quindi la metro fino a Piola, e forse un tram? – Libero fu licenziato insieme ad altri cinque impiegati. I sindacati della ditta di telecomunicazioni erano stati incapaci di bloccare l'operazione, e avevano preferito sacrificare gli ultimi arrivati.

Il suo primo mattino da disoccupato si ubriacò in un bar tabacchi lungo la provinciale, a trecento metri dal brutto appartamento che Marta aveva ereditato. Ordinò un Campari, poi un altro, e a metà del terzo si alzò per andare in bagno; barcollava e sorrideva nel vuoto. Non era mai stato sbronzo perché aveva pessimi ricordi del padre in quelle condizioni: ma era piacevole.

Si guardò allo specchio. Era dimagrito. Il grasso era andato calando lievemente ma costantemente nel tempo, forse perché Marta era una pessima cuoca a differenza della madre, gli rifilava pastine e brodini e minestre e riso in bianco. E mentre si guardava comprese che la notizia peggiore non era il licenziamento in sé. Suo figlio Dario aveva quasi due anni ed era in ottima salute; sua moglie aveva un posto da infermiera all'ospedale di Saronno; lui non poteva provvedere alla famiglia, ma ora non dovevano pagare l'affitto e potevano cavarsela. Questa era la notizia peggiore. Se un uomo non lavora, cos'è? Un uomo deve fare qualcosa, deve stare con le mani occupate dieci ore al giorno e avere un ruolo, altrimenti nulla ha più senso. Cos'avrebbe pensato papà? Con il quinto Campari soda, Libero mandò al diavolo anche il vecchio Renzo. E la madre. E pure quella lesbica di sua sorella, maledizione a lei e al giorno in cui gliel'aveva confessato, e lui non aveva saputo far altro che tacere con il mento basso e dirle che era peccato, e lei gli aveva dato dello stronzo. Al diavolo gli zii che si godevano la pensione; ed Eloisa che faceva carriera; e Davide che stava a Parigi vivendo da artista. Al diavolo tutti i Sartori, stirpe maledetta di cui lui era il capro espiatorio!

Fuori la nebbia era densa, sapeva di terra. Sul pianerottolo faticò a infilare la chiave nella porta, e una vicina di casa che non riconobbe gli disse che puzzava di alcol: lui alzò un braccio per scusarsi, balbettò qualcosa. In cucina prese dalla credenza i biscotti rotti della Lazzaroni e li rovesciò sul tavolo; mangiò tutti quelli con la marmellata d'albicocca al centro e rimise il resto nel sacchetto.

Chiese allo zio Gabriele di trovargli un posto come bidello, sfruttando le sue conoscenze nelle scuole della zona: si sentì rispondere che era roba da italiani, un favoritismo indegno di lui.

Ne parlò anche con suo padre, che se non altro riconobbe nel fratello una virtù: era diverso dalla masnada democristiana pronta a fare tre favori per riceverne dieci in cambio. Libero era d'accordo, ma questo non cambiava le cose. Nemmeno Renzo del resto sapeva come aiutarlo; poteva parlare in fabbrica a Sesto, ma Libero non aveva nessuna voglia di finire in catena di montaggio.

Alla fine suo padre gli chiese di accompagnarlo al Congresso del Pci a Milano. Non avrebbe risolto nulla, ma almeno era un buon modo di passare il tempo.

«Una volta tuo nonno mi ha portato a sentire Mussolini», sorrise. «Io ti porto a sentire Berlinguer. Poi non dire che non ti voglio bene».

Così andarono insieme e ascoltarono il loro segretario – Libero, nonostante fosse cattolico, aveva sempre votato comunista – discutere della degradazione umana del capitalismo e proporre un nuovo partito di massa, aperto e moderno, in grado di sostenere le sfide dell'epoca; seguirono le sue parole, il lieve accento sardo che qui e là si accendeva, la voce arrochita, la dolorosa limpidezza, e tutti, notò Libero, sembravano attendersi da quell'ometto una qualche salvezza, gli credevano ciecamente, ma lui no – lui percepì una certa amarezza nel discorso, qualcosa di inevitabile, e il suo timore crebbe.

Disoccupato e senza interessi se non un moderato amore per la Juventus, passava le giornate in un bar di via Adua, in quello che doveva essere il centro di Caronno ed era soltanto una strada con qualche negozio. Un paese come tanti, come tutti. Un paese di uomini e donne e bambini, con i suoi peccati da due soldi, le sciure che si lamentano davanti al fruttivendolo, le occhiate e le malelingue, la cattiveria e la brama di danaro. *A Caronn se ven dumà quand ghe n'è bisogn*, gli aveva detto ridendo qualcuno. Ci si viene solo se c'è bisogno. Ma lui guardava le persone passare e le invidiava tutte lo stesso. Ogni bacio scambiato dagli adolescenti di ritorno da scuola lo riempiva di una rabbia fresca e pura che lo inebriava.

Fu allora che iniziò a bere con determinazione, e fu allora che con sua grande sorpresa Marta lo seguì. Una sera si ritrovarono davanti alla televisione; Dario era già a letto; per festeggiare – «Che cosa?», «Non so, ma ho voglia di festeggiare» – Libero tirò fuori una grossa bottiglia di bianco sottoprezzo che giaceva nel frigorifero da mesi. Marta assaggiò un bicchiere per pura curiosità, quasi con ritrosia. Le guance si colorarono di rosso in fretta e, con un piglio che lo spaventò, versò subito un altro bicchiere. Più tardi finì per vomitare in bagno ridendo e piangendo. Cominciò così il periodo più interessante della loro relazione.

Marta era sempre stata una figura ovvia, per Libero: in un certo senso non si era mai premurato di osservarla. L'alcol invece la rese più visibile. Le fissava le gambe rachitiche, la peluria sul naso, il lieve strabismo, e questa somma di difetti ora gli appariva desiderabile, o quantomeno concreta, reale, un viso e un corpo al suo fianco e non soltanto la voce troppo bassa e un po' lagnosa cui era abituato.

Da tre anni Marta faceva la volontaria presso un centro di frati missionari nel comasco, vicino a Cantù. Coordinavano alcuni progetti in Africa per aiutare i bambini di strada, dar loro cibo e conforto e la parola di Dio. Lei formava le infermiere da campo e si occupava di raccogliere i fondi, organizzando collette e cene di beneficenza o bussando di porta in porta con fotografie di bimbi neri macilenti.

Libero non ci aveva mai dato molto peso, e invece adesso era orgoglioso: il vino lo aiutava a sentirsi migliore attraverso sua moglie, ed era bello ascoltarla mentre sciorinava dati sul bene fatto nell'ultimo mese, le derrate di viveri recapitate qui o là, o la storia dell'ennesima ragazzina salvata da una fine tremenda, al sicuro presso le suore.

È vero, a volte bere rendeva Marta più crudele. Spazzava con la mano le tracce di forfora che lui lasciava sul cuscino, lamentandosi di quello schifo; faceva i conti dandogli del tirchio; e a volte lo umiliava, parlando al telefono con gli altri missionari o una vecchia amica dell'oratorio di Sesto San Giovanni. Ma l'alcol appianava anche le tensioni. Mettevano Dario a letto, si sedevano davanti alla televisione, guardavano *Superflash* con Mike Bongiorno cercando di indovinare i quiz con i nomi dei personaggi famosi: e intanto facevano fuori una bottiglia di bianco, poi una e mezza, poi due. Quindi si buttavano in ginocchio, recitavano un Padre nostro, e andavano a letto abbracciandosi stretti, felici e disperati come mai prima di allora, i respiri corti a poca distanza.

Marta il giorno dopo si alzava con il mal di testa, tormentata dai sensi di colpa; tutte le mattine pregava in bagno un poco più a lungo, sgranando il rosario – Libero la sentiva salmodiare mentre lui si leccava il palato asciutto e aspro – ma ogni due sere arrivava con una nuova bottiglia, ansiosa di ritrovare suo marito e bere con lui. Il lunedì e il mercoledì e il venerdì al centro nel comasco, per aiutare gli ultimi della terra; il resto il vino. A volte lo sorprendeva con un tono birichino imparato forse dalle telenovele: «L'ho comprato dicendo che devo fare il risotto». Gli strizzava addirittura l'occhio.

E non si dimenticavano di Dario, anzi. Per la prima volta Marta appariva a Libero una madre vera. Era rimasta orfana a diciassette anni, poco dopo l'inizio della loro storia, e forse questo l'aveva resa distaccata nei confronti del bambino – o forse era sempre stata così, più interessata alle vicende divine che ai piccoli fatti della vita, persino il pianto di suo figlio. E invece ora teneva Dario in braccio trattenendo lacrime di commozione, persa nei fumi dell'ubriachezza ma con la più salda delle prese.

Solo talvolta si svegliava nel cuore della notte e strattonava Libero per il pigiama, la lucidità riacquistata per intero: «Ma cosa stiamo facendo?», sussurrava. «Cosa stiamo facendo? Finiremo all'inferno». Lui la cullava dicendole che era tutto a posto. Dario saliva con loro sul lettone e stringeva la mamma chiedendole cosa non andasse. Lei sorrideva e lo stringeva dicendo che non era nulla, tesoro mio, niente davvero: allora si addormentavano di nuovo, e Libero sapeva di peccare, lo sapeva perfettamente e ne provava orrore; eppure quella gioia era tanto grande che non avrebbe saputo rinunciarvi.

Chiedeva al bar, tanto per fare. Cercate qualcuno? Qualcuno cerca lavoro? Cosa sai fare?, gli chiedevano gli altri di rimando. Hai studiato? Aveva studiato all'Itis, sì, però non si era diplomato. Fece un tentativo presso un elettricista di Solaro ma si presentò in ritardo e con i postumi. Quello gli diede un impianto da aggiustare e Libero ci provò. L'elettricista verificò il risultato e gli disse che non era buono a fare un'ostia.

Ma un uomo deve lavorare, altrimenti tutto gli sfuggirà di mano: un uomo deve stare con le mani impegnate affinché non perda il controllo. A fine maggio Libero non aveva ancora trovato un posto, così Marta una sera rifiutò di bere – lui già barcollava un poco – e gli disse che avrebbe voluto partire per l'Africa con una missione del centro. Libero non sapeva come commentare.

«In Africa».

«Sì. Stanno allestendo un ospedale in Congo e c'è bisogno di un'infermiera esperta».

«Ah».

«Ne abbiamo parlato a lungo, di recente, e fra Danilo crede sia un'ottima idea».

«Chi è fra Danilo?».

«L'hai conosciuto, è il nostro capo. Il coordinatore».

Libero guardò il bicchiere di vino e lo vuotò.

«Ma quanto staresti via?», chiese.

«Tre mesi, credo».

«Tre mesi? Scherzi?».

Marta si torse le dita.

«Lo so che sembra una follia».

«Be'. Lo è».

«Ma ci ho pensato a lungo, Libero. Credo sia una vocazione, per me. Dopo tutto questo tempo a sentire le storie degli africani, a dare una mano da qui, è arrivato il momento di vivere con loro nella grazia di Dio e nella povertà. Mi capisci, vero? Capisci cosa intendo?».

Proseguì spiegandogli la felicità che le aveva recato quel pensiero, la prima vera felicità da anni: di come l'aveva aiutata a venire a capo delle inquietudini, dei peccati che la tormentavano e di tutto il vino che si erano bevuti. Gli ricordò che fin da ragazzina aveva pensato di farsi suora, e che forse questa era la naturale prosecuzione di quel lontano desiderio. Libero sentì le cosce tremare e un velo di sudore sulle sopracciglia.

«È colpa mia, vero? È per il lavoro».

«No». Gli strinse i polsi. «Questo non devi assolutamente pensarlo».

«Se avessi un lavoro sarebbe diverso».

«Ti dico di no, credimi».

«E Dario, scusa?».

«Dario è la cosa più importante di tutte. Devi prendertene cura tu – per quel periodo, intendo». Aveva le palpebre gonfie, ma non singhiozzava. Nel suo tono c'era qualcosa di altero, di misteriosamente ruvido e distante, che atterrì Libero.

«Ma un bambino ha bisogno di sua madre».

«Lo so. Per favore, non parlarmene».

«E come faccio!».

«Cosa credi, che non mi ferisca?».

«Lo spero bene. Capisco aiutare i poveri, ma Dario è tuo figlio. Sono discorsi da pazzi».

«Non si serve Dio senza pagare un prezzo».

Dio, Dio, Dio. C'era sempre Dio di mezzo, quando si trattava di fare quel che si voleva. Libero fu sul punto di scoppiare a ridere, ma la risata gli si trasformò in bocca acquistando un sapore acre.

«E a me non pensi? A noi?».

«Noi?». Marta sorrise e aprì le braccia; e ora lui vide con chiarezza lo sfacelo accumulato nei mesi, misurato da quel gesto: vide i grumi di sporcizia, le bottiglie vuote nascoste nei sacchi di carta, la polvere sui mobili, il disordine che li circondava. «Non vedi come siamo ridotti?».

«Ma siamo sposati».

«Certo».

«Siamo sposati e abbiamo un figlio. Non te ne puoi andare».

Lei sorrideva ancora, dolcemente; scosse la testa: «Siamo anche cattolici. E sai anche tu che se Gesù chiama, bisogna rispondere».

«A me sembri matta».

«Libero, ascolta».

«A me sembri completamente matta».

«Libero». Alzò una mano, severa, per fermarlo. «Non ho detto che voglio partire ora e non so nemmeno se lo farò. Ma in ogni caso mi servirà il tuo sostegno».

Lui scattò in piedi, ondeggiando un poco. Come doveva reagire? Cosa doveva fare? Nessuno l'aveva preparato a quel momento. Doveva tirarle un ceffone? Andarsene al bar? Scuoterla per le spalle? Gli uscì una specie di latrato, tutto quello di cui era capace: «Mi stai chiedendo di lasciarti andare così? Vuoi abbandonarmi qui da solo con tuo figlio, tuo figlio di *due anni*, senza che dica niente?».

«Non ti sto abbandonando. È giusto qualche mese».

«Giusto qualche mese».

«E comunque, la risposta è sì». La voce di sua moglie era molto serena. «Ti sto chiedendo di fare esattamente questo».

Andò da sua sorella a Cormano. Non si vedevano da mesi: lei non ci sapeva fare con Dario e stava sui nervi a Marta. Si scambiavano solo brevi telefonate una volta ogni tanto, come va, come stai, come sta Sandra, quando lo dirai a mamma e papà, lascia stare.

La trovò sola, per fortuna – la sua fidanzata lo metteva in imbarazzo e non ne capiva l'umorismo. Il salotto era ingombro di plettri, appunti e spartiti; un grosso registratore e due chitarre occupavano il divano. Diana gli preparò un tè alla cannella. Gli disse che lo trovava stanco e dimagrito, ma non voleva essere un complimento. Lui le raccontò concisamente delle sbronze e dell'idea africana di sua moglie. Lei era dispiaciuta; consigliò di regalare più attenzioni a Marta e soprattutto di smetterla con il vino. Libero pensò che come al solito non aveva capito nulla: voleva bene a sua sorella ma certe cose proprio non riusciva a comprenderle. Eppure era la sola persona della famiglia con cui potesse parlare di quella crisi.

Lasciò il tè sul tavolo e cominciò a curiosare fra gli spartiti.

«Che stai facendo?», chiese.

«Ho in mente un nuovo disco. Quasi finito». Soffiò sulla tazza. «Parla di cosa accadrebbe se potessimo conoscere il futuro».

«Cioè?».

«Be'. Abbiamo tutti molta paura perché non sappiamo come andranno le cose. Non sappiamo se rimarremo in salute, se in ufficio andrà bene, se il treno partirà puntuale, se faremo o meno tredici alla schedina. Si vince con il tredici, giusto?».

Libero annuì.

«Viviamo in questo stato di ignoranza, che ci mette una paura terribile. Almeno, per me è così. Fin da quando sono bambina è così».

«Vale per chiunque, credo».

«Già. Ma se sapessimo, saremmo meno spaventati? Cosa faremmo? Forse la conoscenza non è per forza un bene. Ecco, sto scrivendo di questo».

Lui non ascoltava la musica di Diana, non ascoltava musica in generale, ma sentì che quelle parole lo concernevano in qualche maniera. Poi guardò sua sorella e si accorse che lo stava fissando. Forse aveva bisogno di sfogarsi più di lui. Forse il suo segreto era un dolore più grande, e lui si sentì fiero di poterla aiutare, una volta tanto.

«Parlamene ancora», disse.

Nei giorni seguenti Marta tornò a ripetergli che avrebbe riflettuto a lungo prima di fare qualsiasi scelta, ma lui sapeva benissimo che aveva già deciso. La osservò smettere di bere per gradi, fino a non toccare più un goccio di vino; e appariva radiosa, come trasfigurata. Comprese di non conoscere affatto sua moglie. Aveva sempre avuto bisogno di lei, senza chiedersi se la amasse davvero – come facevano tutti gli uomini che conosceva, del resto. Ora invece la amava. Ne amava le vene azzurre sulle braccia, le labbra piatte, la determinazione: si innamorò perdutamente, proprio quando smarrì il conforto di saperla infelice.

Divenne geloso. Una volta la pedinò a distanza, solo per scoprire che stava bevendo un caffè con una collega: dall'angolo della strada, nascosto dietro una siepe, Libero la guardò sollevato e barcollante, ricolmo di desiderio. Le comprò un mazzo di fiori, un gioiello di bigiotteria, un grembiule, facendosi prestare i soldi dai genitori, per ingraziarsela e farsi ascoltare: Marta lo carezzava, annuiva, e andava a letto con una guida del Congo o qualche fotocopia del centro missionari.

E lui tornava a sedersi sul divano con la bottiglia di bianco fra le mani, suo figlio sul tappeto intento a calcare una matita colorata sul foglio, righe su righe rosse o blu o marroni che non componevano alcuna figura, si arrotolavano concentriche fino a esplodere.

4

Una strada asfaltata, appena in discesa, e poi i campi per un breve tratto gibboso: le staccionate in legno scuro e gli ulivi: e infine il mare a rompicollo, giù dalla scogliera. Eloisa si affacciò per un istante, le onde color ardesia attraversate da schizzi bianchi, prima di tornare alla villetta. Nella cesta aveva tre fette di focaccia, un cartone di olive e qualche pomodoro.

Giulio stava preparando il pesto, in piedi davanti alla finestra aperta della cucina. Eloisa svuotò la cesta sul tavolo e annusò aglio e basilico e pinoli.

«Vediamo se questa volta mi riesce», disse lui.

«Potevamo comprarlo dalla signora in paese».

«Voglio imparare a farlo. Non ci vuole una scienza».

«Letizia si è comportata bene?».

«Direi proprio di sì».

Eloisa gli diede un bacio sulla guancia e guardò sua figlia dormire nella culla accanto al tavolo, i pugni stretti e una smorfia sul viso. La carezzò senza svegliarla e versò dalla caraffa un bicchiere di limonata. Era aspra e fredda. Andò in camera e si buttò sul letto vestita, sorridendo tra le lenzuola pulite e odorose di lavanda.

Cenarono sul balcone del casolare, immersi nel fischio sottile delle rondini. Era l'ultimo giorno in Liguria: per una settimana si erano nascosti sul colle, andando al mare solo tre o quattro volte. Entravano in acqua a turno, giusto un tuffo per rompere il caldo, per poi bere caffè sotto la tenda bianca del bar e cullare la loro bimba. Ma tornavano subito lassù, nella loro rocca tra gli ulivi e le mosche sulla frutta spezzata, a dormire sull'erba e passare le braccia nell'acqua gelida di una vasca in pietra.

Quando Eloisa scese alla costa, terminata la cena, il mare era di oro rosso e sulla linea dell'orizzonte era apparsa una petroliera.

Non aveva dunque alcuna voglia di tornare allo studio legale e lavorare le consuete dieci ore al giorno, ma il lunedì seguente varcò la soglia di una viuzza dietro corso Venezia, entrò nella corte con il pozzo ristrutturato al centro e le colonne di marmo, e carezzò il glicine che vi pendeva sopra, coprendo un vecchio fregio liberty.

Il titolare, Alfio Radaelli, era un vecchio repubblicano alto un metro e sessanta, con il doppio mento e l'alito cattivo. Era stato amico di Piero Calamandrei – anche se alcuni sostenevano gli avesse parlato soltanto una volta – e aveva subìto due anni di confino sotto il fascismo. Si faceva vanto di offrire assistenza gratuita ad alcuni detenuti politici, piccoli spacciatori, vagabondi senza un soldo; e nel suo studio teneva una frase dei *Lineamenti di filosofia del diritto* di Hegel, in grandi caratteri vergati a mano, inchiostro blu su carta giallo uovo: *Non c'è democrazia se le leggi sono appese tanto in alto da non poter essere lette.* Ovviamente, il quadro era appeso così in alto da essere a malapena decifrabile.

«Come possiamo difendere i peggiori criminali?», arringava ogni tanto i suoi dipendenti, specie i nuovi arrivati. «E soprattutto, dobbiamo farlo? La risposta è sì, inequivocabilmente sì. L'avvocato non è l'imputato, signori. Le colpe non si trasferiscono su di noi perché assistiamo un individuo. Anzi, il nostro ruolo è ancor più importante perché difende l'ultima particella di dignità e libertà personale che esiste anche nel peggiore degli esseri umani – proprio perché essere umano. Ricordatelo».

Ma per quanto fosse un sincero difensore del diritto e un bravissimo penalista, il settantaduenne Radaelli era anche uno stronzo arrogante, capace di umiliare chiunque non fosse d'accordo con lui, uno che si faceva chiamare «professore» benché non lo fosse. Del resto, diceva Eloisa ai colleghi della sua età o poco più giovani, mentre uscivano a fumare sulla balconata del sesto piano e Milano fremeva docile ai loro piedi – del resto, diceva Eloisa, tutti i capi sono stronzi. Non esistono padroni buoni. Non ci sono poteri validi.

Davanti a queste tirate, gli altri avvocati scuotevano la testa e lei sorrideva: a volte ragionava ancora da libertaria, e questo leniva i sensi di colpa verso la sua giovinezza. Ma se c'era una cosa che la professione le aveva insegnato, era la varietà e l'indomabilità della cattiveria umana. Esisteva nel mondo una forza che spingeva gli uomini al male, una dedizione innata a sopraffare l'altro. Tredici anni prima avrebbe detto che l'anarchia era in grado di mettere fine a tutto ciò. Ora invece la considerava una nobile ingenuità. Se solo Carlos l'avesse saputo; però Carlos non poteva sapere, perché avevano smesso di telefonarsi da tempo.

Pochi giorni dopo, attraverso la porta del bagno, sentì qualcuno che le dava della *menosa figa di legno*. Forse era Lippi? O De Roberto? O il figlio di Radaelli? Non riconobbe la voce ed evitò di indagare, ma per il resto della giornata fu tanto furiosa da non riuscire a concentrarsi sul lavoro.

Stava seguendo il caso di un ingegnere che aveva travolto e ucciso una vecchia con la sua BMW: quando gli aveva parlato si era trovata di fronte un uomo sconvolto che non desiderava assoluzione alcuna, ma solo il massimo della pena. Non era ubriaco, andava a velocità moderata, aveva chiamato subito i soccorsi e stando ai rilievi dei carabinieri e a due testimonianze la vecchia aveva attraversato la strada di colpo, fuori dalle strisce pedonali. Non c'era modo di evitarla: eppure l'ingegnere era stato perseguitato sui giornali e voleva soltanto svanire.

Una menosa figa di legno.

Andò in bagno e tirò qualche calcetto al muro, piano, per non farsi sentire. Poi tornò nello studio e si mise a sfogliare il Codice di procedura penale, come spesso le capitava quando voleva distrarsi: apriva una pagina a caso, la leggeva, un'altra pagina a caso, e così via. Leggi oscure, involute, infarcite di tecnicismi e dettagli inutili, o continuamente modificate e rese irriconoscibili.

Sospettava ancora che fossero un gioco per professionisti cui delegare le interpretazioni – proprio come lei: *Ti sei fatta fregare pure tu!* – e un travestimento di realtà più semplici. Troppe regole, troppe minacce di cui nessuno sa nulla. Troppe leggi. Ogni cliente lo intuiva: tutti erano terrorizzati e sapevano a cosa stavano andando incontro, una lotta impari e faticosa.

Ma a lei piaceva. Che poteva farci?

Arrivò settembre, e con settembre i caffè ai tavolini di plastica bianca, nelle sere ora più fresche, un maglione sulle spalle, un'aranciata e i salatini. Alla radio le canzoni dicevano dell'estate finita – *Vamos a la playa* era sempre la hit del momento – o grondavano di umori malinconici,

Io ho in mente te di Ivan Cattaneo o *Sweet Dreams* degli Eurythmics. Giulio fischiettò il tema di *Every breath you take* a ciascun aperitivo e prima delle riunioni del gruppo di Radicali di zona.

A Eloisa invece sovvenivano i ricordi della Liguria; quasi la perseguitavano. Vivere così, lontano dall'opera umana e dalle incombenze di ogni giorno. Guardare la costa a mezz'acqua, la spiaggia una pennellata di vernice gialla, il rimbombo delle onde nelle orecchie; e uscirne grondante, lasciando che il sole l'asciugasse nell'odore degli aghi di pino; e risalire con pazienza il sentiero, fra gli arbusti e le agavi e gli ulivi. Le mancava il fuoco divampante di quei giorni.

Passava ore a contemplare Letizia; le iridi grigie sgranate e curiose, gli urletti e il sorriso mutevole come un banco di nubi. Le tendeva un dito e sua figlia lo stringeva.

«Ciao, amore», le diceva.

Al processo sul caso dell'ingegnere presentò una richiesta molto decisa. Sostenne la possibilità di applicare una sentenza della Cassazione del 1976, basandosi sull'elaborato del consulente dell'assicurazione. Il giudice istruttore si convinse: non luogo a procedere perché il fatto non costituiva reato.

Radaelli la rimproverò. Aveva letto la sua memoria trovandola troppo emotiva.

«Il processo è un rituale», le disse evitando di fissarla. «Non stai difendendo un amico, stai rappresentando un cliente».

«Ma abbiamo vinto».

«Vinto, perso, che importa! Quello che importa è la forma».

Eloisa provò ad argomentare, ma Radaelli già aveva

incrociato gli occhi del figlio, che avanzava a piccoli passi verso di loro.

Mentre si allontanavano, l'ingegnere le venne vicino e le strinse mollemente la mano: «Grazie per il suo impegno».

«Ora si può riposare», gli sorrise.

«Sì», disse lui cercando di sorridere a sua volta. «No», si corresse poi, abbassando il capo. «Ho ammazzato una persona, non credo di poter riposare».

«Capisco come si sente, ma finire in carcere non avrebbe cambiato le cose».

«Già. Ma ha visto il figlio di quella donna? Ha visto la sua faccia? Forse se mi avessero condannato avrebbe avuto un poco di pace. E invece».

«Lei è una brava persona», si limitò a dire Eloisa, arrabbiata.

«Dice?», rispose l'ingegnere. «Ne è davvero sicura?».

In pausa pranzo si godeva la città. Chioschi con la pubblicità in latta dei gelati Alemagna. Gli impiegati mangiavano avidamente i loro piatti di pasta, la cravatta buttata di lato sopra la spalla. Un bagliore, una frustata di luce, poi ancora l'ombra dei palazzi del centro. Un uomo in impermeabile sabbia con un levriero al guinzaglio. Di ritorno allo studio l'androne del palazzo mandava sempre un odore di moquette e mandorla. Era felice. Che poteva farci?

Il sabato successivo festeggiò il suo compleanno tornando a Saronno con Letizia. Il treno delle Ferrovie Nord restò fermo a lungo a Serenella, tra i campi e le robinie che appena ingiallivano: il canale Villoresi, rinvigorito dalle piogge degli ultimi giorni, traboccava d'acqua oleastra. Sugli argini alcuni ragazzini lottavano ridendo e si tuffavano a braccia aperte nonostante il freddo del primo autunno. Poco oltre, un vecchio con gli occhiali da sole pescava con il mento lievemente sollevato.

Sua madre aveva preparato una torta alla marmellata di arance amare, con una decina di pinoli sparsi sulla superficie e una candelina al centro.

«Tanti auguri», disse mordicchiando la sigaretta spenta.

Suo padre la baciò sulle guance e prese Letizia in braccio. In quel momento Davide sbucò fuori dal corridoio massaggiandosi i capelli bagnati con un asciugamano.

«Sei davvero tu?», disse Eloisa.

«Ciao», disse lui noncurante.

Si abbracciarono.

«Ma che diavolo ci fai qua?».

«Una rimpatriata».

«Per la mia festa».

«Ne ho approfittato. A Parigi le cose vanno così così».

«Sì, mi è giunta voce da un tuo omonimo che risponde a una lettera su tre».

«Sono molto impegnato».

«Sei un bello stronzo, tutto qua».

«Me lo dicono più spesso del solito».

«Forse perché è vero?».

Lui scosse la testa.

«Ah, fratello. Ma quando ti sistemi?».

«In che senso?».

«Vuoi continuare a girare come un uccello migratore?».

«Che razza di immagine».

«Devi sistemarti».

«Non devo fare niente. Mangiamo la torta».

Mangiarono la torta e bevvero un tè con il latte. Gabriele insisté che lei soffiasse sulla candelina e Margherita

canticchiò *Tanti auguri a te*. A Eloisa sembravano un po'
matti ma le fece piacere. Erano ancora insieme, una famiglia, il ramo principale dei Sartori – eccoli lì nonostante
tutto, e lei si chiese come stesse il ramo cadetto, Diana
e Libero e gli zii. Avrebbe dovuto invitarli. Perché non
li aveva invitati?

Dopo la merenda uscì a fare due passi con Letizia. I
campi dietro casa erano rimasti identici, a parte un grosso
cantiere circondato da teli di plastica rossa, bucherellata.
Un treno passò fischiando e lo spostamento d'aria le
scombinò i capelli, ora tagliati più corti. Tra i cespugli
e i rovi brillavano gli aghi delle siringhe, come ovunque:
camminò con la dovuta attenzione per evitarli, inorridita
che il passeggino di sua figlia li sfiorasse.

Imboccò il vecchio sentiero, costeggiando la ferrovia
e poi infilandosi in una macchia più fitta di robinie.
Calpestò le coltri di foglie cadute e annerite dalla pioggia
recente, i fossi punteggiati di funghi; carezzò le cortecce
degli alberi. Un merlo saltellava tra l'erba. Quando giunse
nella radura vide che il cascinotto del Gruppo Fabbri
era stato abbattuto: solo un pezzo di muro era rimasto
in piedi, e della vecchia scritta POTERE A DESTRA, POTERE
A SINISTRA restava la prima sillaba – PO.

5

Il cinema non era esattamente un cinema, quanto più una sala ricavata alla buona da una vecchia macelleria o da un negozio in disuso, lì in periferia, tra le repliche di caseggiati popolari – i tipici posti che solo Sandra era in grado di scovare.

A proiezione finita uscirono per ultime. La temperatura era calata di colpo e sopra l'asfalto galleggiava un brandello di nebbia.

«Allora?», disse Sandra.

«Che schifo».

«Nemmeno la scena del licantropo?».

«Non so perché mi porti ancora a vedere queste cose».

«Perché l'horror è una medicina, cocca».

«Bella medicina».

«Ma è vero. Capisci che là fuori c'è qualcosa di misterioso e terribile. Arrr». Alzò le dita a mo' di grinfie per imitare l'aggressione di un mostro; Diana rise nervosa e la scansò. «Sulle prime ti dici che è impossibile. Poi però cominci a crederci, e il mondo diventa più grande di quel che pensavi».

«Bella medicina», ripeté Diana.

«Ma alla fine, se sei in gamba, puoi anche cavartela. Come nella vita vera. Ma poi cos'è vero?».

«Oggi sei sul filosofico».

Costeggiarono il parco, alla luce giallastra dei lampioni, dirette verso l'auto. La nebbia rendeva il quartiere ancora più sinistro. Il muro di un condominio era coperto di scritte: TERRONI GO HOME, PANINARI MERDE, GIULIA TI AMO. Quindi cinque strisce di spray rosso sopra una saracinesca, spesse e violente.

«Finora ne salvo due e basta», disse Diana alzando l'indice e il medio. «Il remake di *Nosferatu* e quello che abbiamo visto tre mesi fa. Come si chiamava?».

«Quale?».

«Ce l'ho sulla punta della lingua. *Miriam si sveglia a mezzanotte*».

«Ah, be'».

«Era bello».

«La vampira lesbica. Come sei prevedibile».

«Dico soltanto che era molto bello. E la colonna sonora, poi».

Sandra accese una canna e la porse a Diana. La fumarono nel vicolo con boccate profonde. Diana si passò le mani sulle braccia con un brivido.

«Ti senti bene, cocca?», chiese Sandra.

«Sì. Ho solo freddo».

«Per una volta che usciamo».

«Domani devo finire il mix e non ho nessuna voglia».

«Il piccolo capolavovo», disse lei imitando la sciura milanese. «Che voba».

Si baciarono e tacquero guardando la notte. All'angolo c'era un ragazzo macilento rovesciato a terra: un gruppo di adolescenti faceva gara a saltarlo senza sfiorarlo. Sandra gridò loro qualcosa e quelli scapparono. Una Mercedes sgangherata risalì la via, gettando dietro di sé una nuvola di fumo.

Il suo ex insegnante di pianoforte, Giuseppe, l'aveva messa in contatto con Eleno Atzori, produttore e unico proprietario della Atzori Records. Faceva una manciata di dischi all'anno, ma con un'abilità commerciale tutta sua era riuscito a creare una buona rete di distribuzione. Fu lui a suggerirle il titolo del nuovo disco, partendo dal suo nome di battesimo: Eleno era fratello gemello di Cassandra, la sfortunata sacerdotessa di Omero; e come lei era in grado di predire il futuro.

Diana adorava Atzori, benché litigassero di continuo. Quando si trattò di ultimare il disco ci fu l'ennesimo scontro davanti al mixer. La copertina era una foto di suo cugino Davide: uno scorcio di campagna francese al mattino, anonima e deserta: un paesaggio reso quasi astratto dalla scarsa esposizione. Ad Atzori non piaceva, ma lei fu irremovibile.

«Si chiama *Il dono della chiaroveggenza*. Cosa c'entra un campo?».

Diana espirò con il naso, paziente. Fissò i canali d'ingresso, i potenziometri, il posacenere pieno di mozziconi sopra la consolle.

«Ci vuole uno spazio vuoto», disse infine.

«E perché?».

«Perché anche se potessimo vedere il futuro, resterebbe comunque il problema di cosa fare».

«E il vuoto cosa c'entra?».

«Esattamente questo. Hai tutte le informazioni disponibili, ma è come se fossi sola in un campo. Nessun punto di riferimento».

«Ma piantala. I tuoi fan non lo capiranno mai».

«Ho dei fan? Come la Nannini?».

«Senti, vaffanculo».

«Ero seria».

«No. Vuoi sentirti dire che sei una figura di culto, per

quanto piccolo, perché te la fai sotto. Ma i culti vanno onorati, Diana. E questa copertina non va bene».

Lei tacque. Sì, se la faceva sotto. E sì, era una figura di culto. Dopo un brevissimo e sfortunato periodo con una band a sostegno, aveva ripreso a cantare da sola. Chitarra e voce, una tastiera Roland portatile. Di giorno impiegata in un'azienda farmaceutica, e di notte cantautrice riverita e ben recensita, con all'attivo poche migliaia di dischi venduti. Bruce Wayne e Batman, come diceva suo fratello Libero. A volte la riconoscevano per strada, qualcuno la indicava o le chiedeva un autografo: ed era bello, una forza fresca che spaccava la banalità dei giorni in ufficio. Ma allora perché non era a Parigi come suo cugino?

«La teniamo», disse.

Atzori alzò le braccia e se ne andò in bagno sbuffando. Quando tornò era di umore migliore. Accese una sigaretta, mise il posacenere in bilico sul ginocchio e fece ripartire il nastro. Ascoltarono il disco di nuovo insieme, dalla prima all'ultima nota.

«Copertina a parte, che te ne pare?», chiese Diana.

«Te l'ho già detto, è la tua cosa migliore». Starnutì. «E ha questa cupezza. Rischi di sfondare con i depressoni borghesi».

«Speriamo».

«Speriamo di no».

In effetti il disco non sfondò, ma andò bene comunque. Diana mise in piedi il consueto tour di quindici date, e attorno a Natale portò in giro le sue canzoni a Brescia, Torino, Genova, Firenze, Città di Castello, Ancona, Campobasso, Bari, Cosenza, Catania e da lì verso nord toccando Napoli, Roma, Bologna e Milano.

Le ferie invernali cadevano bene, e Sandra riuscì ad accompagnarla. Partirono con la nuova auto, una Dyane 6 usata, celeste, scelta non per onori onomastici – Sandra lo ripeteva sempre, non voleva apparire troppo devota – ma per motivi estetici.

Ai concerti lei giocava con un synth che le aveva prestato Atzori. Non sapeva ancora usarlo bene e questo la affascinava: l'approccio punk agli elementi elettronici. Produceva uno sfondo di beat, qualcosa di liquido sopra cui muovere le buone vecchie note dell'acustica e quelle riverberate della tastiera Roland – e cantare, nel silenzio carico e bisbigliante di un centinaio di fedeli. Suonava in quei club, in quelle cave, in quei locali sotterranei od occupati, in quelle salette da concerto di circoli popolari, e le bastava. Poi si specchiava in camerino o nel bagno delle donne con la camicia di canapa, una cravatta rossa ereditata da suo padre, l'unica cravatta del vecchio, e il gilet nero alla Diane Keaton (un'altra omonima). E cosa vedeva? Una figura di culto.

Ma a Roma commise l'errore di baciare Sandra nella piazzetta davanti al locale. «A lesbicazze!», gridò qualcuno. Ci furono delle risate e si formò un capannello di gente. «Ma che, alla Sartori je piace 'a fregna?». Diana si allontanò dalla compagna, paralizzata e umiliata da tutti quegli occhi sbucati di colpo. Un vecchio provò ad avvicinarsi con un sorriso forse gentile, ma a lei apparve ributtante e pericoloso: senza pensarci si mise a correre. Sandra riuscì a raggiungerla solo alla porta della locanda dove avevano una camera, due letti separati che avrebbero unito per poi staccarli di nuovo al mattino.

«Ma che hai?».

«Ho avuto paura».

«Di quei tre? Come se fosse la prima volta. Mi sembri scema». Tirò fuori una canna e l'accese aspirando a lungo. «Cocca, tu devi darti una regolata».

«Adesso è colpa mia?».

«Di sicuro è colpa tua se continui a far finta di niente».

«Pensavo fossero loro, gli stronzi».

«E lo sono. Ma tu gli dai una mano».

«Che cosa?».

«La donna sul palco sei tu, mica loro. Sei tu al comando. Di' al mondo intero che ti piace scoparmi, e vedrai che dopo un po' si abitueranno».

«Tu sei fuori».

«E innanzitutto dovresti dirlo ai tuoi».

Diana sentì un ghigno largo e amaro comporsi sul suo volto.

«Ah», disse. «Ah, ora capisco. È per questo».

«Sì, cocca. È proprio per questo. Il primo passo che non vuoi fare».

«Me la meni da anni, con questo primo passo».

«Perché non hai il coraggio». Le rivolse la punta fumante della canna. «Abitiamo vicino a Sesto, ma non ci torni mai. Forse tuo papà lo sa, forse la mamma ha intuito qualcosa».

«Smettila».

«Anzi, anzi. Sei sicura che mammina lo sappia eccome, ma che stia zitta per convenienza. Eh, con le voci che girano in paese – come darle torto?».

«Smettila».

Sandra fece un ultimo tiro.

«Credi sia stato facile, per me? Eppure ora sono libera».

«Ma se tua sorella nemmeno ci ha voluto, al funerale di tua madre».

«E questo che c'entra?».

«C'entra. Ti pare essere libera? O felice? O migliore di me?».

Litigarono sul marciapiede in mezzo ad altre occhiate curiose, addossandosi colpe e rimproveri privi di ogni connessione fino a giungere al solito punto, tra le lacrime: Diana aveva paura e basta. La semplice realtà dei suoi affetti la atterriva e non sapeva spiegarsi perché. Magari fossero esistiti i mostri dei film horror di Sandra; affrontare un vampiro o un licantropo sarebbe stato più semplice.

I mesi passarono. Cambiarono casa: un amico di Sandra lasciava un trilocale quasi nuovo a Cernusco sul Naviglio, con un affitto alla loro portata. Zuf morì e per combattere il dolore – non aveva nessuna capacità di gestire il lutto – Sandra prese subito un cucciolo al canile, un bastardino nero che chiamarono Cicco. Fecero un breve viaggio in Austria e visitarono la tomba di Ingeborg Bachmann a Klagenfurt. E andarono a concerti: i Cramps, Patti Smith, i Cabaret Voltaire, i Faust. La musica sussultò e splendette quell'anno. Dovevi solo scendere giù dalle vette della classifica, e ti aspettavano suoni carichi di nuova e selvaggia inquietudine.

Diana era contenta che i Settanta fossero finiti. La new wave le piaceva; e le piaceva essere uscita dai tempi della militanza. Atzori non era d'accordo: «La tua musica viene dalla classe», ripeteva. «Tutto si riduce a questo, volente o nolente». Lei protestava: perché darsi un altro padrone cui rendere conto quando componeva una canzone? La classe operaia non era meno peggio della borghesia, in questo. Anzi, era più stupida e rancorosa; e lei non voleva sentirsi dare della fascista perché le sue note non erano canonicamente una rottura di palle e non inneggiavano al sol dell'avvenire.

Atzori borbottava: serviva musica rivoltosa, qualcosa che scuotesse i giovani apatici e fatalisti; qualcosa che li facesse incazzare. Il punk era già morto. Il metal, solo merda. Ma Diana non era mai stata incazzata davvero né voleva cominciare a esserlo: così andava avanti a comporre le sue ballate sghembe, la sera, guardando il Naviglio della Martesana dal quinto piano del nuovo palazzo.

Nell'aprile del 1984 l'azienda per cui lavorava la mandò qualche giorno a Chicago con due dirigenti. Diana parlava un pessimo inglese da scuole magistrali, ma comunque migliore di quello dei colleghi di pari livello. Il suo capo le disse che serviva una donna di rappresentanza che sorridesse e poco altro; agli americani, i loro nuovi padroni, poteva far piacere. Era un gran privilegio, una roba da film. Tutti l'avrebbero invidiata.

Quindi partì. La fabbrica di Chicago era enorme e orrenda; a fine turno gli operai non ridevano e non si prendevano in giro come faceva suo padre con i compagni. Finito il primo giro, i suoi ospiti insisterono per farle assaggiare la pizza locale, «deep dish»: una torta di pasta frolla, alta e spessa, con pomodoro, un formaggio irriconoscibile e pezzi di carne. Diana andò a letto con il mal di stomaco.

I giorni seguenti continuò a sorridere ed essere carina, non capendo nulla o quasi di ciò che le dicevano gli americani; ma loro erano gentili e parlavano lentamente per aiutarla. Il dirigente disse che poteva prendersi il giovedì libero.

Quel pomeriggio, dopo essere rimasta per ore sul letto della stanza, si ritrovò davanti alle cabine telefoniche dell'albergo. Una signora leggeva il *Tribune* e fumava sigarette sottili, sprofondata in una poltrona di cuoio. Forse la distanza poteva proteggerla.

Entrò nella cabina numero 2 e compose il numero: rispose la madre, Teresa, e Diana glielo disse, glielo disse immediatamente, senza convenevoli, come quando attaccava a cantare non appena salita sul palco. Lei balbettò, non capiva, te se dré a dì cusè, ma in realtà aveva compreso benissimo e non ci fu bisogno di aggiungere altro.

Quindi si fece passare il padre e lo ripeté anche a lui. E aggrappata alla cornetta come se potesse salvarla dall'abisso, subì prima il lungo silenzio e poi la rabbia crescente del vecchio Renzo Sartori, che passò dall'incredulità a una furia tale che Diana pensò di venire spazzata via, sebbene a migliaia di chilometri di distanza: «Dopo tutto quello che ho fatto per te! E tutto quello che hai fatto *tu*! Mandarlo in mona per – per una –».

Poi lo ascoltò tornare sui suoi passi, ammettere che forse lui e sua madre avevano sbagliato da qualche parte; le diede persino un consiglio sui maschi, i maschi erano un po' così, rudi, doveva solo trovarsene uno gentile: e ancora percepì l'odio risalire, il disgusto che provava per una cosa in fondo tanto semplice. Tutto l'amore per la sua ninine mutava di segno, si rovesciava nel contrario, come un tradimento improvviso e insopportabile. «Ti rendi conto?», gridava. «Ti rendi almeno conto di quanto starai male?».

Diana riappese e restò nella cabina altri cinque minuti, grattando la superficie di legno davanti a sé con la chiave della camera. Avrebbe telefonato alla sua donna per spiegarle l'accaduto e farsi consolare; ma non ora. Frugò nella borsa. Per il suo compleanno Eloisa le aveva regalato un walkman Sony: Diana indossò le cuffie e uscì sotto lo sguardo perplesso del portiere. Gli americani le avevano sconsigliato di girare da sola per la città, e in ogni caso di non avventurarsi mai oltre tre strade a sud dell'albergo.

Camminò cautamente in quella direzione, a piccoli passi nervosi. Cercava una paura più concreta di quel rifiuto, e la trovò: la città era sporca e percorsa da una tensione continua. Capannelli di giovani neri o sudamericani la fissavano di sfuggita, intenti a portare a termine qualche transazione o passarsi una sigaretta o una bottiglia in un sacchetto di carta. Per darsi forza accese il walkman e ascoltò il suo disco. C'era una breve introduzione strumentale dove Atzori suonava il clarinetto, e un brano carico di synth intitolato *Cicatrici*.

Aveva ragione Sandra, i suoi genitori sapevano già ma non volevano crederci – ed era ovvio, del resto: troppi indizi, i pettegolezzi, la sua convivenza con una donna, benché lei facesse di tutto per mascherarlo. Sapevano, eppure avevano sempre finto. Forse anche per questo Renzo aveva reagito così. Era meglio fingere, e lei gli aveva rovinato il gioco.

«Ehi», sentì filtrato dalle cuffie, qualcuno che la chiamava. Lo ignorò.

«Ehi», disse ancora la voce, e qualche parola incomprensibile.

Sentì il sudore scaldarle il cuoio capelluto. Accelerò pregando che nessuno la seguisse; nessuno la seguì. Passò tra i graffiti urlanti. Altissimi condomini sfitti si alzavano ai lati della strada, e che aspetto fragile avevano: era come se il vento potesse mandarli in frantumi. Sull'asfalto, i lampioni ritagliavano macchie gialle dai bordi sfumati. Diana vide scale antincendio color ruggine, giornali incollati sulle finestre rotte di un capannone, un negozio di dischi jazz e un bar davanti al quale sostava una bionda dalle braccia nude.

Voleva piangere ma tratteneva le lacrime con tutte le sue forze. Perché mai la verità doveva avere un prezzo?

Allora sentì quel giro di chitarra acustica. Una volta, su chissà quale rivista, aveva letto che per una certa Ildegarda di Bingen la creazione era avvenuta secondo la parola cantata. Il Verbo non era statico, il Verbo era una melodia che si irradiava estraendo dal nulla le cose; e forse le cose conservavano quel marchio originale: non i semplici nomi potevano dirle compiutamente, soltanto il canto; e così Diana si ascoltò cantare:

Se avessi il dono della chiaroveggenza
Lo useresti per minacciare? Per avvertire?
Per spargere amore, per usare violenza?
Ma il futuro che ci hanno promesso,
Pane rose amore bellezza, tutto subito adesso
Non è arrivato e non arriva: faremo senza.
Occorre pazienza, occorre pazienza, occorre pazienza.

Chicago era incenerita dal crepuscolo. Il lago balenava tra due blocchi di palazzi e lei si diresse verso la costa: e senza alcun motivo, senza connessione con la sua esistenza e il suo presente – una trentenne in un paese straniero – elaborò un pensiero.

Le città appartengono ai morti. Sono i vivi ad attraversarle come spettri: infinitamente meno numerosi dei caduti calpestano marciapiedi, masticano cibi, attraversano corridoi, fanno sesso in camere surriscaldate, seguono un ciclo limitato e sempre uguale di azioni.

I morti invece sono onnipotenti. Nulla sappiamo di loro, se non che ci scortano a ogni passo. I morti orecchiavano i suoi pensieri: i suoi avi, lo zio Domenico sepolto in Africa, la nonna in Friuli – li sentiva al suo fianco, colmi di rimpianto, insieme ai cadaveri americani sepolti nei secoli, schiacciati dalla povertà, dalla solitudine o persino dalla ricchezza.

Aveva detto ai suoi genitori chi era e il risultato era questo tipo di meditazioni. Aveva detto a suo padre chi era e il mondo le aveva ricordato che ai vivi non è concesso essere se stessi; tale privilegio si acquista unicamente nell'aldilà.

Le lacrime cominciarono a scendere. Schiacciò il tasto STOP, si fermò sulla banchina del lago e vide i grattacieli, li vide sfidare l'aria gelida, poi scrutò le acque increspate e l'orizzonte livido e fumigante, alla ricerca di un'altra costa che restava invisibile nella distanza. Diana rabbrividì e si strinse nel cappotto, mentre la paura risorgeva in lei come un astro infuocato. Il futuro era laggiù, verso oriente, pronto a caderle addosso, inaccessibile a qualunque divinazione.

Più o meno nello stesso momento in cui Diana tornava da Chicago, dopo mesi turbolenti – da Parigi era andato a Neuchâtel per fotografare Friedrich Dürrenmatt al seguito di un giornalista famoso e piuttosto maleducato dell'*Espresso*, da Neuchâtel a Zurigo, da Zurigo a Berlino dove era stato aggredito nel bagno di un bar (le macchine fotografiche e gli obiettivi almeno erano al sicuro in albergo), e da Berlino era giunto prima a Milano dalla sorella, quindi a Roma sul divano di Fiore, nutrendosi quasi esclusivamente di pizza e fotografando registi e attori per un festival del cinema e riuscendo a piazzarne meno del previsto, per poi essere invitato da un amico di Lapierre in Florida dove si mosse per lo più in auto e mangiò carne alla brace e si risvegliò un mattino sul prato di una villa con piscina, accanto ad altri corpi stravolti come il suo, e nella piscina galleggiavano bottiglie vuote e il sole lo feriva – dopo questi mesi, Davide gironzolava nel quartiere Medrano di Buenos Aires. Indugiava camminando avanti e indietro lungo un viale, spiando le facce dei passanti, così italiane e simili alla sua.

Gli ultimi lavori erano mediocri e aveva litigato con troppe persone, redattori e giornalisti e individui da fotografare. Tutti i suoi possessi erano in una borsa nella camera d'albergo poco distante: ma era ciò per cui aveva a lungo lottato, no? Dormire in una stanza sconosciuta, bere il caffè con lo zaino fra le gambe, dividere parole con persone di cui non avrebbe saputo più nulla, e che non l'avrebbero ricordato. Una fuga senza fine, come quella di Franz Tunda.

Andò a letto, e all'alba si svegliò con un dolore lancinante alla gamba destra. Gli mancava il fiato; provò ad alzarsi ma ricadde sul pavimento. Ingoiò tutti gli antidolorifici che aveva e prese una corriera per l'aeroporto. Faticava a reggersi in piedi. Durante il volo di rientro a Milano vomitò più volte, svenne, tornò in sé. Sbarcato in Italia telefonò a sua sorella allo studio legale implorando aiuto.

Poi il buio.

Rinvenne a fatica, stanco come dopo una lunga camminata. Mosse le dita. Lenzuola. Era in un letto. Un dottore sulla sessantina, massiccio e occhialuto, stava parlando con un'infermiera.

«Oh», gli sorrise. «Buongiorno».

«Dove sono?», disse Davide.

«Ospedale Sacco».

«Sacco? Ma dove?».

«A Milano. Non ricorda?».

«Ah, sì». Provò a muoversi, ma era intorpidito. «Cos'è successo?».

«Ha dormito». Il dottore si avvicinò e gli tastò il polso. «Ci ha fatto prendere un bello spavento. Non riuscivamo a capire cosa le fosse successo, finché sua sorella ci ha detto che da bambino ha avuto la polio».

«Sì».

Il dottore gli sfiorò delicatamente la gamba destra sotto le lenzuola: «Qui, vero?».

«Sì. Cos'è successo?».

«Post-polio. Colpisce un tot di persone che in passato sono state affette da paralisi infantile. A Sabin bisognerebbe dedicare una piazza, altro che tutti questi nomi di fessi che si trovano in giro». Si grattò una guancia e precisò: «Sabin è l'inventore del...».

Davide annuì, stanco.

«E come si cura?», disse poi.

«Non c'è cura, purtroppo».

«Non c'è?».

«No, proprio come per la polio. Le possiamo dare degli analgesici, e lo faremo; faremo anche degli esami per vedere se non ci sono complicanze o altri fattori in gioco. Ma non esiste una terapia specifica».

Davide annuì ancora e chiuse gli occhi.

«Quanto può durare?».

«Un po'», fu la risposta. «Ci vorrà pazienza».

Passò l'estate nella sua vecchia camera di Saronno. La madre lo nutriva e gli diceva ogni giorno, più con tristezza che con tono di rimprovero: «Hai trentaquattro anni, ti rendi conto?».

Trentaquattro anni. Davide aveva cercato la vita e l'aveva vissuta a fondo: aveva visto le piazze ricolme delle estati mediterranee; si era sfamato di souvlaki o tortillas o merluzzo; aveva patito il freddo e imparato rudimenti di tedesco e portoghese: e ciò nonostante la vita stessa, multicolore e radiosa, si rivelava ora in tutta la sua miseria.

Le medicine diminuivano il dolore ma anche il più piccolo sforzo lo debilitava. Un amico di Eloisa, fisioterapista, gli consigliò degli esercizi che svolse con diligenza, ma che non sembravano aiutarlo. Si sentiva vecchio.

Nei momenti peggiori gli sovvenivano le ragazze avute e perse, le loro immagini mai scattate per pudore o forse per oscuro presentimento, e gli parve uno spreco immane riconoscere che fra esse ne aveva amata una sola, Sophie – e per così poco tempo. Sophie, Sophie, Sophie. C'era un modo per guarire dalla stupidità del passato?

L'ambiente della fotografia gli era venuto a nausea, con tutti quegli ego gonfi, le bizze dei committenti, la mediocrità e l'avidità di tanti colleghi. Persino il gesto di scattare lo disgustava, pertanto cercò di aumentare le letture. Pescava a caso tra i classici del padre: Jack London, Buzzati, Flaubert, antologie di poesia, la *Storia della colonna infame*. Rileggeva *Fuga senza fine*. Impilava i libri sul comodino e suo padre gli diceva: «Bravo! Finalmente ti sei convertito». Ma non sapeva che Davide li abbandonava dopo poche pagine.

Non aveva più un soldo, non sapeva cosa avrebbe fatto. Ogni sera scriveva a François Lapierre facendo ammenda per essersene andato all'improvviso dallo studio, e passava ore al telefono con Fiore. La notte ascoltava a volume basso il disco di sua cugina, *Il dono della chiaroveggenza*, la penultima canzone in particolare, *Latte e biscotti*, la più sognante, il racconto di una colazione solitaria in una cucina vuota.

Alla fine si decise a scrivere anche a Sophie, augurandosi che non avesse cambiato indirizzo. Lunghe lettere dalla grammatica incerta: tanto il suo francese era sciolto nel parlato, tanto faticava a metterlo su carta. Ne spedì cinque in una sola settimana: un'unica grande missiva in più parti dove argomentava che avevano sbagliato tutto. Era da pazzi, certamente, ma se una malattia non portava illuminazioni simili, profezie sul loro felice futuro insieme, a cosa mai sarebbe servita? Era da pazzi, ma dovevano superare i loro egoismi e ritrovarsi – dare un termine alla fuga senza fine. Lei non rispose mai. Davide non sapeva nemmeno se le avesse ricevute.

A metà giugno guardò il funerale di Enrico Berlinguer in televisione con i genitori e la sorella, e benché i comunisti non piacessero a nessuno per ragioni differenti, provò un'emozione intensa. Il corteo, inquadrato dall'elicottero della Rai, era immenso. Bandiere rosse e arcobaleno, pugni chiusi e canti. Davide si sentì ancora più turbato. Solo in quel momento si accorse di essere davvero tornato in Italia, e che l'Italia cui non aveva mai badato molto stava cambiando per sempre.

La sera stessa riprese in mano la macchina fotografica, uscì sul balcone e fece uno scatto svagato al vuoto del quartiere intorno. Attese una manciata di secondi e scattò un'altra immagine mentre nell'angolo destro del campo era apparsa una signora anziana in procinto di cadere sul marciapiede. Davide la osservò rialzarsi e imprecare, e fu certo di averla colta nel preciso istante in cui le gambe volavano all'aria – un dettaglio ridotto ma visibile che cambiava completamente il senso della scena. Fu come ritrovare per caso un giocattolo dell'infanzia. Sorrise, dopo settimane in cui non sorrideva.

Nei giorni seguenti, usando un bastone per aiutarsi, scese a Milano in treno e si mise a fotografare con un'idea. Voleva gli eventi minuscoli di cui era intessuta la città. Era difficile, ma quando gli riusciva – quando sviluppava i negativi e li osservava controluce, nel bagno dei genitori con le finestre imbottite di stracci – provava un moto di autentica delizia. I soggetti erano miseri soltanto all'apparenza: tetti sbeccati, tralicci dell'alta tensione, piccioni infreddoliti. Ma ecco a un secondo sguardo esplodere i particolari: ecco un saluto da un marciapiede all'altro, il riflesso di un albero sulla vetrina di una pasticceria, un oggetto in bilico, una signora addormentata sulla panchina: ciascun evento enigmatico e terribile per il fatto stesso di accadere, di essere accaduto e scivolato nel passato.

Gli mancava il fiato e spesso doveva fermarsi o farsi aiutare da un passante, ma non importava. Ebbe la sensazione di aver compreso una verità profonda sulla fotografia, qualcosa che aveva ignorato. In ogni pressione dell'otturatore pensava a Sophie. Stava creando un catalogo di oggetti adorati, stava esercitando la massima attenzione solo per lei: e del resto fare attenzione e amare non erano la stessa cosa?

Ricominciò a studiare. Analizzò l'equilibrio compositivo di Brassaï, la vitalità e l'irrequietezza di Garry Winogrand. Tornò ai meravigliosi, purissimi scatti di Stieglitz e al suo amato Walker Evans. Quante cose aveva dato per scontate.

E di nuovo per strada. Fotografò persone alla guida; sale da biliardo vuote; risse di bambini; tre operai schiacciati in una cabina del telefono. Fece una selezione degli scatti e la spedì a Parigi da Lapierre; nella lettera acclusa lo pregava di superare i malumori.

Ricevette una telefonata sovreccitata cinque giorni dopo.

«Questa roba è buona», disse Lapierre. «Molto».

«Davvero?».

«Sei sempre stato in gamba, ma qui. Non so. C'è qualcosa in più».

«Ho dato tutto quello che avevo».

«Sono più floride, più vive».

«Ho dato tutto».

«Ascolta, come al solito cadi bene. Ti ricordi il miliardario socialista? Cherrier?».

«Certo. Ho conosciuto Sophie a una sua festa».

«Ha questa cugina, a Bruxelles, che ha appena aperto uno spazio espositivo. Gli ho fatto vedere il tuo lavoro e vuole organizzare una personale. Che te ne pare?».

«Sul serio?».

«Che te ne pare?».

Davide emise un sospiro. Ogni cosa si rimetteva in fila, ed era così facile. Il destino gli offriva di continuo nuove possibilità, ma invece di gioire provò una sorta di rammarico.

«L'uomo giusto al momento giusto, eh?», disse.

«Quella è ricca, e ha bisogno di uno bravo».

«Di bravi fotografi ne conosci molti».

«Sì, ma questa è arte».

Davide tacque un poco.

«In un altro momento ti avrei detto no grazie, si fotta la cugina di Cherrier».

«Ma ora no, eh?», ridacchiò Lapierre. «Ora vuoi il successo».

«Non so bene cosa voglio».

«Bravo. Intanto che cerchi di capirlo, mandami altre foto».

Fissarono il vernissage per il ventuno ottobre; la mostra ebbe un titolo semplice e vago che a Davide non piaceva: *Momenti*. Ma fu un successo persino esagerato. Lo spazio era il vastissimo pianterreno di un palazzo di Ixelles, poco lontano dalla porta di Namur: le sue foto, stampate su carta di ottima qualità e vivificate da un'illuminazione discreta, erano ancora più belle di quanto ricordasse. Non aveva mai provato una simile soddisfazione.

La cugina di Cherrier aveva fatto le cose in grande e invitato giornalisti da mezza Europa – uno addirittura dagli Stati Uniti – parlando di Davide come della nuova rivelazione della fotografia italiana. Lui sapeva che era in gran parte il gioco di una ricca annoiata senza alcuna competenza estetica; ma non possedeva le forze per arrabbiarsi o discutere della propria purezza. Aveva ricevuto una seconda chance dagli dèi che tanto lo amavano, e non poteva gettarla al vento.

Rispose garbatamente a qualsiasi domanda, lasciò che la sua malattia affascinasse i giornalisti, si fece fotografare con il bastone, bevette champagne sorridendo con mondanità. Aveva portato con sé una Polaroid e si divertiva a scattare qualche immagine sciocca, senza mostrarla a nessuno; e anche questo piacque ai presenti. Stava succedendo tutto molto in fretta, troppo in fretta, e Lapierre era radioso: «Ricordati di me, quando sarai celebre», gli disse.

«Eh sì, quando sarò celebre?».

«Domattina, a giudicare dal casino che ha tirato su questa scema».

«Non esageriamo».

«E invece esageriamo. Perché no?».

In quel momento Davide vide entrare nella sala Sophie.

Aveva un abito verde pallido e si guardava intorno con un sorriso vago e interrogativo. Quando intercettò gli occhi di Davide, lui sentì la bocca asciugarsi e strinse più forte il manico del bastone. Lapierre si finse molto interessato alla fotografia dei bambini che si picchiavano per strada, intitolata *Società*. Sophie si avvicinò come se si fossero lasciati la sera prima; si baciarono sulle guance e lei gli strinse il braccio sinistro con delicatezza.

«Ho ricevuto l'invito», disse.

«E le mie lettere?».

«Ho ricevuto anche quelle».

«Ma non mi hai mai risposto».

«No. Perché il bastone?».

«Problemi di salute».

«Niente di grave, spero».

«Niente di irrecuperabile. Senti».

«Dimmi».

«Sei ancora più bella di quanto ricordassi».

Sophie rise.

«Ah, cominci subito con le avance».

«Volevo soltanto farti un complimento».

«Ma guardati, guardati. Hai l'aria intimorita».

Davide strinse il bastone e passò la lingua sui denti.

«Possiamo uscire un momento a parlare?», disse.

«E le tue foto?».

«Prima vorrei parlare, per favore».

Sedettero sulla panchina davanti al palazzo. L'aria era umida, carica di una nuova pioggia imminente. Esaurirono in fretta il resto dei convenevoli e poi rimasero in silenzio: Sophie giocherellava nervosa con l'orecchino destro e guardava Davide di sottecchi.

«Allora».

«Allora».

«A proposito di quelle lettere...».

«Sì, a proposito di quelle. Ti rifai vivo dopo un anno e mezzo e pretendi – cosa? Che ti sposi?».

«No».

«Be', sembravano quasi una dichiarazione».

«Non di nozze».

«Tu sei matto».

«Vorrei solo», provò a dire. «Vorrei che tornassimo insieme».

Sophie alzò una mano: «*Non sono d'accordo*», scandì con un sorriso. Davide fu sul punto di commuoversi. Era così seducente, così crudelmente bella, e il loro vecchio gioco appariva intatto: potevano ancora non essere d'accordo su tutto tranne che su una cosa.

Ma lei riprese: «Sul serio, non sono d'accordo. Hai paura di crepare da solo, tutto qua».

«No».

«Sì».

«No, assolutamente no».

«Fidati. Conosco gli uomini, Davide. Ti sei reso conto all'improvviso di invecchiare e hai ripreso a tampinarmi. Forse c'entra quello». Indicò il suo bastone. «Forse ti è successo qualcosa che ti ha fatto ripensare a me, perché ero più disponibile di altre. O perché con me hai provato un minimo di connessione. E io dovrei fidarmi di un uomo del genere?».

Era una possibilità. Davide giocherellò con la Polaroid; non aveva ragioni da opporre, solo un fatto: «Però sei venuta», disse.

«Sì», ammise lei. «Sono venuta».

Tacquero di nuovo. Una finestra del palazzo di fronte si aprì e alcuni piccioni scattarono in volo.

«Ci somigliamo troppo», disse ancora Sophie, alzandosi e stirando il vestito con le mani. «Siamo due egoisti, ce lo siamo detto e ripetuto».

«Possiamo cambiare».

«Cazzate. Le persone non cambiano».

«Però sei venuta».

«Sì, è vero. Sono venuta».

«E allora che facciamo? Che vogliamo fare?».

Qualcuno lo richiamò con voce preoccupata, ma Davide fece finta di niente. Sotto i piedi di Sophie c'era una distesa di foglie di ginkgo, minuscoli ventagli dal lungo ed esile picciolo, un'onda giallo cadmio e verde limone lungo il marciapiede. Un raggio di sole tagliò il pomeriggio. Davide puntò d'istinto la Polaroid su Sophie e scattò; attese che l'immagine emergesse e poi la porse a lei come il più prezioso dei doni.

7

Ci furono ripensamenti, ci furono problemi buro-
cratici e una missione saltata, ma alla fine Marta partì
davvero.

Intanto Libero aveva trovato un impiego come custode
presso un nuovo centro diurno per anziani, a Garbagnate.
Doveva aprire e chiudere il cancello di ferro blu quando arrivava un parente o un medico o un nuovo ospite. Pulire e
annaffiare le aiuole. Rispondere al telefono. Di tanto in
tanto riusciva a bere qualche mignon di amaro nascosto
sotto la radio. Poi tornava a casa e cercava di convincere
sua moglie di non lasciarlo. Usava Dario come merce di ricatto, sorprendendosi nel verificare che fosse ormai inutile.

E una mattina di fine ottobre lei se ne andò. Prese
una borsa e aspettò in stazione un treno per Milano,
dove la attendevano i frati e i laici dell'associazione e
un volo per il Congo. Dario strillava e la pregava in lacrime di non andarsene; Marta lo strinse sforzandosi di
non singhiozzare, poi di colpo si rizzò in piedi e cambiò
espressione.

«A presto», disse.

Libero avrebbe voluto gridare; invece la aiutò con la
borsa, lei baciò un'ultima volta Dario ed ecco che li salutava
con la mano dietro al vetro, sotto una pioggia sottile.

Passarono sette settimane punteggiate di telefonate
rade, finché non giunse una lettera. Un foglio con molte

parole che Libero lesse soltanto a metà. Marta non sarebbe più tornata, ovviamente. Aveva già pensato a tutto per il visto e la residenza. Voleva vivere con gli ultimi. Implorava il perdono di Dio per avere abbandonato suo figlio e suo marito e avere spezzato un legame santo come quello matrimoniale, eppure, eppure, la lettera era piena di *eppure* – c'era sempre una ragione a suo favore, il perdono di un frate ben disposto, una latrina da riparare, il sorriso di un bambino malato per pareggiare il conto dei peccati. Non era quello che Libero faceva da ragazzo? Non era anche il suo modo di intendere la fede?

Vi lascio la casa, è il minimo che possa fare, scriveva sua moglie. *Non odiarmi,* aggiungeva.

Non odiarmi. A Libero tornò in mente il disco della sorella, che ancora giaceva incartato sulla credenza. *Il dono della chiaroveggenza.* Cosa faremmo della nostra vita se avessimo una visione del futuro? Lui aveva trovato Marta e l'aveva sposata e ci aveva fatto un figlio perché chiunque faceva così, non aveva nemmeno pensato che potesse non piacerle. Se avesse saputo che tutto sarebbe terminato con una letterina, avrebbe agito diversamente?

«Dov'è la mamma?».
«Sta aiutando altri bimbi, Dario».
«Quali?».
«Bimbi poveri».
«Ma perché non torna?».
«Perché adesso abita lontano».
«Ma non torna più?».
«Dai, ti preparo il latte coi biscotti».
«Perché non torna?».

«Dai, amore».

Due sere a settimana i suoi genitori venivano a Caronno da Sesto per dargli una mano: nel bambino trovavano una consolazione alle ultime sventure della famiglia – la rivelazione di Diana lesbica, la fuga della nuora.

Libero ciondolava al solito bar sulla provinciale, giocando a carte con i vecchi e guardandosi intorno circospetto. Pensava ai pettegolezzi del paese più che all'amore perduto: a quanto si fosse reso ridicolo davanti a tutti, ancora una volta. Non gli spettava nemmeno la dignità del cornuto in paese. Sua moglie aveva preferito trovarsi un bel negrone.

«Visto come si comportano le figlie di Maria?», gli diceva il padre. «Non bastava tua sorella, anche tu dovevi metterti nei guai».

E aveva ragione. Aveva ragione lui, aveva ragione sua madre a insultare Marta, aveva ragione Diana a dirgli che doveva evitare i sensi di colpa. E aveva ragione anche Dario, quando lo fissava con occhi colmi di pena: vedeva suo padre ubriaco sul divano, e invece di protestare o frignare o chiedere la sua attenzione, lo compativa come avrebbe fatto un adulto.

Eppure Libero non odiava Marta, proprio come lei gli aveva chiesto. E le domeniche mattina, quando guardava la messa del papa in televisione – adesso lo metteva a disagio, con quell'accento straniero e la voce traballante – giungeva persino ad ammirarla.

Passarono il Natale a Sesto San Giovanni, dove Libero rintracciò il suo vecchio amico Alberto de Sio. Negli anni si erano persi di vista, come succedeva a chiunque; la famiglia, la distanza, il lavoro. Fecero una camminata insieme il giorno di Santo Stefano, perdendosi tra le vie che un tempo avevano percorso con le figurine in tasca.

Alberto era appena uscito da una brutta malattia – non entrò nei dettagli, ma era magrissimo e sfinito – e quasi non ascoltò le lamentele del vecchio amico. Gli raccontò invece che per festeggiare la guarigione era riuscito a sedurre una cassiera di Cologno Monzese, bruttarella, d'accordo, ma che importava: voleva una rivalsa sulla morte. Era come ottenebrato da quella piccola gioia. Anche lui faceva un mestiere di merda e stava male, ma almeno si scopava una cassiera. A un certo punto cominciò addirittura a saltellare su una gamba, malfermo e sul punto di cadere, canticchiando: «Mi faccio l'amante! Mi faccio l'amante!».

Libero lo strattonò per il bavero e lo fece cadere sul marciapiede gelato. Non aveva mai fatto nulla di simile, ma quello stronzo che aveva chiamato amico gli ballava davanti? Aveva ancora una moglie e la tradiva? Simulò il gesto di tirargli un calcio, o forse non voleva simulare affatto, e Alberto si coprì la testa incredulo e spaventato.

«Dov'è la mamma?».
«Sta aiutando altri bimbi, Dario».
«Ma perché non torna?».
«Facciamo una preghierina per lei, ti va?».
«Non lo so».
«Dai. Diciamo l'Avemaria insieme».

Poi arrivarono le nevi. Il telegiornale mostrava di continuo immagini di città imbiancate, Roma e Genova e Trieste, e una mattina Libero vide che una coltre bianca e scintillante aveva coperto anche il suo paese. Ne fu felice; aveva da bere e Dario poteva guardare i cartoni animati.

Per tre giorni continuò a nevicare. Andare al centro anziani era impossibile. Il telefono squillava nel vuoto. Libero stava davanti alla televisione con suo figlio, mescolava di nascosto il vino bianco all'acqua brillante e ogni tanto Dario lo svegliava tirandogli i pantaloni.

Ma un uomo deve lavorare, altrimenti tutto gli scapperà di mano: le notti, insonne e seduto sul divano con una coperta addosso, Libero ripensò ai giorni meravigliosi in cui era disperato e doveva occuparsi di una disperata, ed erano entrambi ubriachi e non avevano altro che se stessi cui aggrapparsi. Com'era semplice. Sentì un rigurgito violento d'odio e iniziò a maturare un proposito. Quando le strade furono di nuovo agibili, lo portò a compimento.

Segnò l'indirizzo su un foglio, affidò Dario alla vicina, prese l'auto e raggiunse il paese nel comasco dopo essersi perso più volte. Parcheggiò dov'era possibile e avanzò affannosamente per raggiungere il centro missionari di Marta. L'aria era tersa al punto da provocargli un lieve mal di testa. Ovunque c'erano persone che spalavano neve e cercavano di spaccare blocchi di ghiaccio con il taglio del badile.

La sede era un piccolo prefabbricato in legno chiaro, nella parte alta del paese. Libero bussò. Nessuno rispose. La porta era aperta; entrò. In fondo al corridoio c'era una grande sala con sedie di plastica e una lavagna piena di fogli e fotografie appesi con puntine colorate. Cominciò a sentirsi a disagio. Era venuto lì con l'idea di arrabbiarsi e fare una scenata, ma con chi?

Si avvicinò alla lavagna e fra le fotografie vide sua moglie abbronzata e sorridente, in maglietta a maniche corte e con un cappellino da baseball, con un uomo in camice bianco e una suora al fianco e una ragazzina nera che la teneva per mano. Ci mise un po' a riconoscerla. Tentò di capire se si trattasse del colore più scuro della pelle, o degli occhiali da sole: ma infine comprese. Era felice.

Libero staccò la foto dalla puntina. Si rese conto che in tutto quel tempo l'aveva immaginata come addolorata e stanca e magari attraversata dal dubbio, se fosse riuscita o meno a lavare un peccato con il sacrificio. E invece era felice, persino leggermente ingrassata. Vestiva pantaloncini kaki e una maglietta bianca a righe azzurre; un crocifisso in legno le pendeva al collo. Quel volto era così beato che ogni proposito di vendetta – o anche solo il desiderio di avere un numero di telefono in Congo, di pronunciare il suo nome, di maledirla – si dissolse lasciando spazio a un'immensa frustrazione.

«Posso aiutarla?», disse una voce.

Libero trasalì e la foto gli cadde di mano. Alle sue spalle un uomo in tunica, un giovane frate dalla barba rada, lo fissava perplesso.

«Cerca qualcuno?».

«No», disse Libero. «No».

Imboccò di nuovo il corridoio.

«Scusi», disse il frate alle sue spalle.

Libero lo ignorò e andò verso l'uscita accelerando il passo.

«Scusi. Aspetti un attimo».

La porta. Il piccolo sentiero di beole verdeacqua. La neve spalata ai lati. Il frate gli parlava ancora ma Libero già era all'incrocio con la strada, dietro la siepe. Si tirava la pancia sotto il giaccone, sudato dall'imbarazzo e dall'ansia.

Girò attorno al paese per calmarsi. L'insegna della stazione era rotta e dondolava spinta dal vento. Un gatto sbucò fuori dal cancello di una villetta e attraversò guardingo la strada, lasciando piccole impronte nel bianco. Libero attraversò il passaggio a livello e proseguì lungo i binari, continuando a stringersi la pancia, inabissato nei pensieri.

All'altezza di un benzinaio, le gambe si mossero da sole. Aveva degli stivaletti da lavoro e anche lì, dove la neve era stata spazzata, camminare non era facile. Ciò nonostante accelerò e iniziò a correre. Correva. Il sudore scendeva dalle guance e dalla fronte e sul collo ma si asciugava subito. Il cuore prese a battere a una velocità allarmante. La strada salì un poco e si strinse in mezzo a due villette; un cane si avventò contro il cancello latrandogli addosso.

Libero non voleva altro che vivere una vita qualunque, e il mondo non gli aveva mai dato niente. E il poco ricevuto gli era stato strappato via. Uscì dal paese e percorse la provinciale a grandi falcate, sputando e gemendo. Poco distante vide un ponte di metallo color terracotta lanciarsi sopra un corso d'acqua, e l'idea nacque come un'ovvietà o un morso di fame. Poteva anche uccidersi. Marta aveva avuto il diritto di lasciare suo figlio, e lui no? Un sentiero comparve sulla destra e Libero lo seguì con un sorriso.

Gli stivali sui sassi e nel fango indurito. Le dita aperte. Eccolo, il vostro ciccione; ecco che se ne va più veloce di voi. Arrancò, il respiro mozzo, le gambe dure, un sapore ferreo e acido in bocca, gli occhi arsi. Urlò con il fiato rimasto. Urlava nel vuoto cinereo e minaccioso mentre il ponte si avvicinava. Mulinò le braccia per arpionare l'aria, la bocca spalancata, il paesaggio ridotto al suo grido – e di colpo percepì una sorta di resa, di abbandono. Non poteva fare nient'altro e questo lo affrancava.

Il sentiero terminò in un campo di neve ancora fresca, appena butterata. Tre cornacchie volarono sopra di lui. Libero affondò i piedi cercando di andare avanti, ma rallentò e non solo per l'impedimento fisico; qualcosa ora lo tratteneva. Smise di gridare e cadde in ginocchio, le mani ardenti per il freddo, lo stomaco e il cuore esplosi.

A casa fece una doccia bollente. La vicina gli restituì Dario e Libero giocò con lui l'intero pomeriggio, poi lo lavò, lo mise a letto presto e gli lesse una storia dal libro di fiabe. Quando si addormentò restò un poco a vegliarlo nella luce fioca. Era piccolo e intelligente, un bambino lodato dalle suore dell'asilo perché sapeva già decifrare l'alfabeto. Lo carezzò mordendosi le labbra. Aveva rischiato di distruggere tutto, e per cosa? Ora erano soli e poteva crescerlo come desiderava. Sentì una lieve eccitazione, il desiderio di fare le cose per bene.

Il giorno dopo era domenica. Invece di guardare la messa in televisione, Libero andò alla funzione dell'alba con suo figlio e seguì con convinzione i canti e le letture; poi comperò delle brioche alla marmellata in pasticceria.

A pranzo cucinò una pastasciutta. Frugò nei ricordi – i pomeriggi passati con la madre e la sorella, a far loro da assistente in cucina – e cercò di fare il meglio che poteva. In frigo aveva delle zucchine un po' passate: le tagliò a strisce e le fece soffriggere con l'aglio. Mise a bollire l'acqua, gettò le mezze penne, si ricordò solo a metà cottura di salarle, e quando furono pronte le scolò e le unì alle zucchine. Il sapore non era granché ma Dario era affamato e disse «Ancora, ancora, ancora!», battendo la forchetta sul tavolo.

«Ti piace, amore?».

«Buonissima», disse lui.

«Ti piace davvero?».

«Mmm». Squadrò le zucchine mollicce sulla punta della forchetta. «Sì», concluse sorridendo.

Libero lavò i piatti sfregandoli per bene e asciugandoli con lo straccio. Pulì il pavimento e gettò la spazzatura e rifece il letto che aveva lasciato in disordine. C'erano tante cose che doveva imparare e le avrebbe imparate.

Più tardi Dario si alzò dal tappeto dove stava giocando con i Lego e lo fissò con un'espressione indecisa.

«Hai bevuto, papà?».

Quante volte Libero aveva sentito quella frase. Quante volte l'aveva detta al figlio per giustificarsi, sorridendo, in compagnia di Marta.

«No», rispose. «Non bevo più».

Dario annuì, compì uno strano saltello sul posto, e chiese ancora: «Ma quindi la mamma non torna?». Chissà quando avrebbe smesso.

«Ci sono io, amore».

«E la mamma?».

«Ci sono io».

Lui chinò la testa e cominciò a piangere. Libero se lo mise sulle ginocchia carezzandogli le guance. Doveva essere degno di lui: doveva essere felice per lui e per sé, e lo sarebbe stato. Nel caso peggiore avrebbe finto. Tutti fingevano. Avrebbe finto di essere felice anche da solo e alla lunga lo sarebbe stato.

8

C'era bellezza, in quella città. Sì, il suo quartiere cambiava di giorno in giorno; le vecchie trattorie chiuse e rimpiazzate, la piccola delinquenza bonificata: e sì, certo, le piazze erano deserte e metà dei giovani si bucava lasciando siringhe sui marciapiedi e tra l'erba dei parchi, crepando magari negli stessi luoghi in solitudine, mentre l'altra metà girava in Lacoste e maglioni annodati al collo, esibendo foto di vacanze al mare: ma Eloisa non sapeva resistere alla bellezza di una città che voleva essere New York o Londra e invece era semplicemente Milano, la buona vecchia Milano, un aperitivo veloce, e perché poi non attardarsi in una libreria dell'usato, uno di quei buchi gestiti da vecchi compagni al Ticinese, le riserve indiane di un tempo passato così in fretta – un'altra birra al bar Rattazzo con le famose polpettine a rimorchio, un'osteria dove cenare con focacce e formaggi e risotto ai funghi – oppure lasciarsi semplicemente stupire dalla città, un calzolaio sconosciuto, il ferro ricurvo di un balcone liberty, o il misterioso segreto di una quercia cresciuta in un cortile di periferia.

E benché a volte Eloisa sentisse questa pace come immeritata – *Ti hanno fregata! Hanno fregato persino te!* – aveva comunque un lavoro solido, un marito in gamba, e Letizia iniziava a comporre un piccolo vocabolario per farsi strada nel mondo.

Ma quando non si teme il futuro, che altro se non il passato può recare sorprese? Così il passato tornò nella forma di una lettera.

Anna Ponticelli le scrisse dal carcere di Torino, senza preavviso, dopo tanti anni di silenzio. Eloisa aveva cercato più volte di mettersi in contatto con lei, ma invano; e ora eccola. Scrisse che avrebbe avuto piacere a incontrarla con Carlos ed Ercole, la vecchia banda. Poteva organizzare la cosa?

Eloisa si fece forza e telefonò a Carlos. Fu strano sentire la sua voce, l'accento mantovano, il modo con cui strascicava le parole. Cercarono di rintracciare Ercole, ma nessuno dei due aveva sue notizie. Erano certi fosse andato a vivere in Germania da un cugino, forse a Monaco di Baviera: tuttavia non avevano indirizzi o numeri di telefono a disposizione, e nessuno che li potesse aiutare.

Risposero ad Anna informandola della cosa e concordando un giorno per la visita.

Non conosceva Torino e appena arrivata aveva già fretta di andarsene: le pareva un posto qualunque, simile a Milano ma vagamente più sontuosa e indifferente insieme. Verso le Alpi una nuvola splendeva giallastra, come se qualcuno avesse acceso una candela al suo interno.

Non riconobbe Carlos quando le venne incontro davanti al carcere delle Nuove, e anzi indietreggiò stringendo la borsa al petto. L'uomo era calvo, troppo vecchio, con una barba grigia cresciuta in modo irregolare. Solo quando lui allungò la mano si decise a dire: «Sei tu?».

«Purtroppo sì», rise Carlos.

Mentre passavano i controlli lo squadrò nuovamente di sottecchi. Grugniva a ogni respiro, forse un problema respiratorio, ma sembrava a suo agio nelle procedure d'ingresso al carcere: anche Eloisa lo era, ovviamente – per lavoro e per il suo attivismo con i Radicali – ma tradiva sempre il vecchio disgusto.

«Siamo nel luogo più osceno in assoluto», sussurrò mentre entravano, sorridendo. Carlos si limitò ad annuire, e questo la infastidì.

Una guardia li fece accomodare nella sala colloqui, dietro un vetro divisorio blindato e verdastro. Poco dopo Anna arrivò a passo svelto: Eloisa la riconobbe subito – riconobbe la sua camminata, le sue iridi dorate. Non era né invecchiata, né ingrassata, né dimagrita.

Agitò la mano per salutarli e sedette davanti a loro.

«Allora», disse. «Allora. L'altro giorno una compagna di Prima linea ha ricevuto una lettera dal tizio che l'ha denunciata. C'era scritta una roba tipo: *Hai visto cosa mi hai fatto fare, per salvare delle vite? Mi odiano tutti, sono solo come un cane. So di aver fatto la cosa giusta, ma mi disprezzo pure io*. Era sincero. Non l'ha fatto per salvarsi la pelle o levarsi un po' di galera. Questa è la misura della tragedia».

«E lei cosa ha risposto?», chiese Carlos.

«Al suo delatore? Niente. Cosa doveva rispondere?». Batté piano un dito contro il vetro. «Be', come state?».

«Bene».

«Ne sono lieta. Grazie per essere venuti».

«Non hai voluto mai vederci», disse Eloisa. «Perché ora?».

Anna si strinse nelle spalle: «Mi mancavate».

«Ti mancavamo».

«Sì».

«Così un bel giorno, dal nulla, hai preso carta e penna e –».

«Senti, Elo: non cominciare a farmi la predica come al solito».

E qui Carlos rise. *Come al solito*: sembrava davvero che fosse passata una settimana; che ancora potessero ritrovarsi al vecchio cascinotto nella periferia di Saronno, e poi salire sulla Innocenti puzzolente di fumo e andare a Milano per riprendersi la città: potere a destra, potere a sinistra, il potere è sempre fascista.

«Come ti trovi qui? Ti trattano bene?».

«Ah, benone. Come al Grand Hotel».

«Non ti manca molto, però. Giusto?».

«Sette mesi. Non mi sono venduta ma ho un'ottima condotta. Dieci e lode». Aprì le mani e stese tutte le dita.

«Potevamo vederci fuori, allora».

«No, no».

«A Torino, a Milano, dovunque».

«Ma io volevo vedervi qui. Portarvi dentro».

«Va bene», disse Eloisa. Era già stanca e irritata. «Ma perché? Vuoi parlarci di quello che hai fatto?».

«Non particolarmente». Anna guardò alla sua destra spingendo la lingua sotto il labbro, come a levarsi un pezzo di cibo. «E poi che c'è da dire? È l'opinione pubblica ad aver condito il fatto di mille parole. Mille distinguo, mille discorsi».

«Mi sembra naturale».

«E perché? È stata una cosa semplice».

«Non direi proprio», mormorò Carlos slacciandosi l'orologio e massaggiandosi il polso sinistro.

«C'erano tante maniere per cambiare», disse Eloisa. «Ma non questa. Non così».

«Non così, eh?».

«No».

«E allora come?».

«Anna, dai. Capisco che con la morte di tuo fratello...».

Lei indurì la voce.

«Non osare. Non tirare in mezzo mio fratello. Non ero depressa e quindi alé, mi son messa a fare la matta. È stata una scelta. E la verità è che fin dall'inizio non stavamo combinando un cazzo, Elo. Avevamo una casa sull'albero e la chiamavamo Zona Fabbri; ecco tutto. L'anarchia, dissolvere il potere, né servo né padrone: bellissimo. Le occupazioni, i volantini, quel che ti pare. Ma arriva un punto in cui il padrone reagisce, lo Stato reagisce, e le parole finiscono. Lo dicevamo tutti che ci voleva la violenza; e se ti rimangi la parola, sei una vigliacca».

«Sì, ma non questo tipo di violenza», disse Carlos. «Non sparando a un uomo disarmato, santo Dio».

«E come volevi ribaltare le cose? Con la propaganda?».

«Perché no? Ti dava tanto fastidio? È una lotta lunga».

Anna rise al vecchio slogan.

«E come no. Quante belle parole».

«Invece voi avete fatto di meglio? Guarda, non apro neanche la questione etica, anche se per me è fondamentale, altrimenti diventiamo dei boia. Parliamo di tattica. A cosa è servito?».

«Ma io sono la prima ad ammettere che ci hanno sconfitto. E tuttavia le rivoluzioni si fanno, e si perdono, proprio così». Sorrise di nuovo e si abbandonò sulla sedia: «L'innocenza è un dono che si paga caro. Ma nemmeno voi siete innocenti».

Ed era una frase con molti sensi, con molte interpretazioni possibili, dalle loro reazioni alla morte di Calabresi al filo rosso di gelosie che li legava. Eloisa si grattò il naso incapace di rispondere. Aveva sentito fin troppi discorsi del genere; per anni aveva parlato con brigatisti e piellini, tramite i Radicali: per convincerli a entrare nel suo partito e abbracciare la nonviolenza, o semplicemente per farli ragionare. Non era nuova a questi sermoni, alla cecità morale e alla superbia; ma qui non si trattava di estranei. Ripensò a suo padre, alle tante volte che le aveva detto, allibito e indignato: *Tu sei stata amica di una che ha sparato. Ti rendi conto?* Sì, si rendeva conto. E voleva ancora la sua stima.

Carlos stava finendo di ribattere: Eloisa non riuscì a cogliere che un brano del discorso – l'azione armata è assolutoria, e l'avanguardia che si stacca dalle masse la cosa meno libertaria del mondo.

«Ascolta», replicò Anna. «Io una scelta in quel momento l'ho fatta e ne assumo la responsabilità. Era sbagliata? Per me no: alla violenza si risponde con la violenza. Sarà una semplificazione, ma è reale». Intrecciò le dita. «La gente dice di non giudicare le intenzioni perché non si conoscono davvero. A me invece sembra che siano la cosa più importante. Abbiamo visto tutti e tre tanti compagni violenti e basta, vere teste di cazzo, lì a scegliere la chiave inglese più grossa, eccitati come scimmie. Ricordate? *I servizi d'ordine sono un alibi*, gli dicevamo; *in realtà volete solo sfogarvi e ragionate da fascisti*. Ricordate?».

«Ricordo tutto», disse Carlos.

«Ecco. Quella roba faceva schifo. Ma ho visto compagni che volevano davvero cambiare le cose, anche con la forza. Però dietro la forza ci vogliono le motivazioni giuste. E so che la buona fede è difficile da giudicare: eppure è la sola cosa che ci resta, che distingue noi rivoluzionari dai figli di puttana – anche se abbiamo entrambi rotto una vetrina, maneggiato un bastone, o sparato a una persona. Non avevo nulla di personale contro quell'uomo, assolutamente. E mi prendo volentieri le ingiurie dei suoi familiari, ci mancherebbe altro. Ma la notte dormo».

«Dormiamo pure noi, se è per questo».

«Benissimo. Sogni d'oro a tutti, allora».

«Ma potresti semplicemente cambiare idea», disse Eloisa. «Ora che è finita e hai visto che non è servito a nulla, ha portato solo tanto dolore. Rifletterci sopra, ammettere un errore».

Anna si asciugò le labbra con il palmo della mano.

«E perché mai? Questa voglia di abiura, di revisionismo... Guardate, ammettiamo pure che c'erano altri modi – e senz'altro più umani. Però passare il tempo a proclamare che abbiamo sbagliato tutto, no. Questo no».

«Cambiare idea non significa dire che abbiamo sbagliato tutto».

«Questo lo dite voi. Per fortuna non sono né un cristiano cagasotto, né una finta anarchica che si è venduta al nemico».

Eloisa e Carlos si scambiarono un'occhiata sfinita. Di colpo lei ricordò che negli anni Settanta le davano della terrorista, e invece ora le davano della venduta.

«Quindi ci hai chiamato per insultarci? A saperlo me ne stavo a casa».

«Ma no».

«Perché pare proprio così», rantolò Carlos. «Altro che accettare le critiche: mi sembra proprio l'arroganza che abbiamo sempre combattuto, da libertari».

«No. No, giuro». Adesso Anna era dispiaciuta, come se un'altra persona avesse preso repentino possesso di lei. «Non volevo infilarmi in questo discorso. Stare qui ti incasina i pensieri». Si ravviò i capelli, passò la lingua sulle labbra. «Mi mancavate davvero».

«Va bene», disse Eloisa.

«E vi dico un'altra cosa, una sola. Erano anni felici. Non cascateci anche voi, almeno su questo punto non cascateci: possiamo essere in disaccordo completo ma non fatevi mettere nel sacco. Leggo i giornali anche qui e vedo bene come gira il vento. Erano anni felici, eravamo per strada, ci abbiamo provato. Gli anni di piombo sono questi», disse, spingendo un indice verso il basso.

Eloisa non rispose. Era davvero esausta. D'improvviso, pur non conoscendolo affatto, pensò al figlio dell'uomo cui Anna aveva sparato e provò una fitta di vergogna terribile.

La guardia informò che i colloqui stavano per terminare. Carlos riallacciò l'orologio al polso.

«Perciò alla fine volevi parlare di quanto è successo».

«Forse», disse Anna.

«E ti è servito a qualcosa?».

«Non so».

Tacquero a lungo. La guardia li pregò di andare e loro si alzarono.

«Va bene», disse Carlos. «Se hai bisogno di qualcosa facci sapere».

«Certo». Poi aggiunse, con gravità e una certa distanza, battendo le palpebre sugli occhi dorati: «Vi ho sempre voluto bene, lo sai?».

«Lo so. Anche noi».

«Anche noi», ripeté Eloisa.

Fuori le strade vibravano di un inquietante chiarore. Tornati in stazione, e dopo aver verificato che il treno per Milano era in ritardo, Eloisa e Carlos entrarono nel bar e ordinarono due acque brillanti Recoaro.

«Non so neanche cosa dire», borbottò lui.

«Neanch'io. Che spreco».

«Uno dei momenti più tristi della mia vita».

Era arrabbiato e deluso; continuava a sedersi sullo sgabello, tornare in piedi, battere la mano aperta sul bancone di zinco. Ci fu un po' di silenzio.

«Dimmi di te, dai. Cos'hai combinato in questi anni?».

«Ho lavorato, per lo più. E sono sposata con Giulio. E ho una figlia».

«Ti sei sposata», disse Carlos.

Era incredulo? Ammirato? Il barista allineò bicchieri e bottigliette sul bancone. Eloisa versò l'acqua brillante.

«Dal sedici maggio 1980», disse.

«Ti sei sposata e hai una figlia».

«Letizia. Non c'è niente di strano».

«No, in effetti. Ho una figlia anch'io».

«Sul serio?».

«Vedi che sembra strano anche a te?».

«Be'», disse Eloisa. «Non so, ti immaginavo come uno spirito libero. Qualsiasi cosa volesse dire».

«Ma no, ho sempre voluto una famiglia. Sono un bravo cristiano, lo sai».

«Lei chi è? Se posso chiedere».

«Una maestra elementare. Ci siamo conosciuti a Venezia, durante un convegno anarchico. Poi i giovani dicono che alle riunioni politiche non si trovano donne».

«Era una battuta?».

«Un tentativo».

Eloisa sorrise. Era ancora gelosa di lui, benché non ne avesse motivo.

«Da un anno vivo con lei sulle colline romagnole»,

proseguì Carlos lisciandosi la barba. «Vicino a San Marino, in un piccolo paese disabitato. Proviamo a ripopolarlo con altra gente, ma senza isolarci dalle lotte».

Le facce dei clienti erano per lo più indifferenti e sostenute. Un vecchio leggeva un giallo Mondadori con una lente d'ingrandimento. Carlos finì la sua bibita d'un sorso.

«Abbiamo pensato di fare la rivoluzione», disse, «ed eccoci qua».

«Sai cos'è mancato, a ripensarci? Un canale in televisione».

Carlos rise.

«Dico sul serio. Noi facevamo propaganda, e intanto quelli avevano la tivù».

«Mah».

«Tu sei ancora anarchico?».

«Sì. Certamente».

«Stoico», commentò lei contando le lire sul palmo della mano.

«No, non è stoicismo». Alzò il mento, parve rianimarsi; ora era il ragazzo di un tempo, indomito e severo. «Lo faccio solo perché ci credo ciecamente, e penso sia l'unica salvezza per l'umanità. L'unica forma di decenza che abbiamo. Amare la libertà, combattere lo sfruttamento dell'uomo sull'uomo».

«Ma se la rivoluzione ci ha portato qui, come...».

«Ci inventeremo qualcos'altro».

Eloisa pagò il conto, andò in bagno e poi a controllare l'orario: il ritardo del treno era aumentato di altri venti minuti. Al bar Carlos stava sfogliando *la Stampa* e aveva acquistato l'aria mogia degli altri clienti.

«Torni a Milano, ogni tanto?», gli chiese.

«No. Preferisco badare al mio orto. Ma non prendermi per un hippie fuori dal mondo».

«Certo che ti prendo per un hippie».

«E comunque del vecchio giro non sono rimasti in molti, vero?».

«Alcuni sono morti. Altri scomparsi».

«Ercole», mormorò lui ripiegando il giornale.

Eloisa annuì.

«Sai, proprio di recente è morto un tizio che ho conosciuto anni fa, un ex di Avanguardia operaia. Droga».

Eloisa annuì ancora.

«Si stava ammazzando e lo sapeva. L'ultima volta che l'ho incontrato, credo a Parma, mi ha detto: *Il vero comunismo è l'eroina. Nessuno fa male a nessuno, e son tutti uguali.* Capito? Ed era serio, lucido come non mai».

Lei lì per lì non commentò, ma sul binario riprese: «A volte penso che abbiamo perso perché abbiamo smesso di essere come ci definivano – il movimento. Ma come fai a muoverti all'infinito? A un certo punto bisogna stare fermi. Bisogna lavorare, mandare i figli a scuola, portare l'auto dal meccanico. E lì uno impazzisce, o si arrende, o cambia. Che alternative ci sono?».

«È una lotta lunga», disse lui.

Parve ovvio a entrambi fare il viaggio di ritorno in vagoni diversi. Si salutarono alla stazione di Milano abbracciandosi piano, con cautela, e la carezza sui capelli da parte di quell'uomo grasso e invecchiato fu come un dispetto: l'avrebbe tenuta sveglia per gran parte della notte, mentre Giulio russava al suo fianco.

9

Dopo lunghe manovre di convincimento, Diana riuscì a organizzare qualche cena fra le donne della famiglia – sua madre Teresa, zia Margherita, Eloisa e Letizia (che aveva tre anni, ma contava lo stesso). Solo donne, una volta al mese o quando andava loro: voleva renderlo un appuntamento stabile.

La prima cena fu organizzata sul balcone dell'appartamento di Cernusco. Sandra bruciò le lasagne e corse a comprare qualcosa in rosticceria, mentre Diana prendeva a calci il forno, ma tutto andò meglio del previsto. Si comportarono da *veve signove*.

Chiacchierarono sbocconcellando patate e pollo, bevvero vino bianco, parlarono di nuovo dell'assurda fuga di Marta in Africa e di come Libero si fosse ripreso in fretta. L'imbarazzo e le differenze che le separavano svanirono con il primo bicchiere. La loro famiglia offriva molte cose di cui discutere, e c'era sempre un piccolo segreto, un aneddoto scherzoso da regalare alle altre. Da piccola Diana credeva che nella stufa dormisse un mostro. Gabriele si faceva fregare sul prezzo da idraulici e macellai. Davide e la boxe? Sì, era pericoloso, ma anche affascinante; peccato avesse smesso.

Ridevano, si riempivano i piatti a vicenda, si passavano l'accendino. Zia Margherita non approvava l'omosessualità e trovava sbagliato che ci fosse Letizia, ma aveva comunque deciso di provare – come si prova un vestito, aveva detto, come si leggono le prime dieci pagine di un libro. Eloisa aveva aiutato a convincerla.

Forse tutto era ancora possibile. Persino la Teresa sembrava a proprio agio.

Dopo aver ritenuto che fosse una fase, per quanto lunghissima, sua madre si era rassegnata. In fondo, diceva, sarebbe potuta andare peggio: Diana avrebbe potuto essere cieca, o ritardata come il nipote della Gina Meroni. Invece stava con una in gamba. C'era di peggio, no? Inoltre si vestiva carina, non somigliava davvero a una di quelle.

E durante la cena – mentre le chiedeva in italiano e non in dialetto cosa avrebbe fatto per il compleanno di Sandra – Diana percepì nella sua voce un tremito d'invidia: nonostante la disapprovazione, una parte di lei forse avrebbe voluto essere libera e strana come lo era sua figlia; senza il friulano rude che aveva al fianco, senza idee su cosa dovesse o non dovesse essere l'amore. Quante cose non sapeva della Teresa, quante avrebbe voluto chiederne. E ora poteva.

Eppure la paura non finiva. La paura era costante e funestava ogni gesto, ogni giorno lieto; il giudizio della gente, il sospetto degli altri, la braccavano anche nei sogni sotto forma di suo padre – la telefonata di Chicago ripetuta all'infinito. I colleghi le chiedevano di uscire, le colleghe le dicevano che doveva trovarsi un marito. Sollevava dubbi e pettegolezzi perché non si truccava e non aveva gioielli se non una vecchia collana di legno.

E la paura di non trovare più le note giuste. Di scrivere canzoni soltanto per non essere dimenticata.

Intanto attorno a loro qualcuno si ammalava. Qualcuno dimagriva ed era sempre più debole e poi moriva. A ottobre un amico metà inglese e metà umbro di Sandra, Morgan, perse il suo compagno. Andarono a Gubbio al funerale, un giorno piovoso e profumato, e c'era così poca gente, così poco affetto davanti a quella tomba, il prete era imbarazzato e più tardi Morgan raccontò loro, di fronte a un tè, che gli uomini delle pompe funebri avevano ribrezzo nel toccare il suo fidanzato: uno addirittura si era rifiutato, aveva dei bambini, spiegava, non poteva rischiare di contagiarli con le malattie dei froci. Morgan parlava a voce bassa, con un incongruo e dolce sorriso sulle labbra, e disse che quelle erano state le parole, quelle esattamente, e l'avevano distrutto quasi più della morte.

Gli appuntamenti tra le donne Sartori proseguirono. Nel corso dell'autunno e dell'inverno si trovarono in un'osteria di Brera, in una bocciofila lungo via Padova, a casa di Eloisa e in una trattoria pugliese di Cinisello Balsamo, sotto un pergolato, in una calda e diafana sera di novembre dove Letizia fu morsa dal cane del proprietario e portata di corsa in ospedale per l'antirabbica.

Poco prima di Natale fecero un aperitivo segreto – «da rapinatori», lo definì Eloisa – a Sesto San Giovanni: la Teresa aveva comprato una bottiglia di Punt e Mes e preparato ciotole di lupini e olive e castagne al miele. Renzo fu spedito in osteria. Sandra chiese alla madre di Diana come si fossero conosciuti con Renzo; non gliene aveva mai parlato. La Teresa la guardò stranita.

«Mah, così. Era un bel tipo, aveva un lavoro, mi ha fatto un po' la corte. Non è che ci sia tanto da contar su».

«Vi siete piaciuti subito».

«Eh, una roba inscì. Erano anche altri tempi».

«E tu?».

«Io?». Zia Margherita si carezzò i capelli con un gesto nobile e noncurante – era l'unica fra loro a possedere quell'eleganza. «Lavoravamo insieme al Provveditorato di Udine. Un giorno lui ha attaccato bottone chiedendo a un ambulante di farci una foto. Io non lo conoscevo bene, era solo un collega e mi sembrava pure abbastanza strano».

«Come mai?».

«Parlava soltanto di poesia».

«Be', non è tanto male».

«Perché non l'hai sentito parlare da giovane. E poi ero fidanzata, sapete».

«Ma alla fine ha fatto colpo».

«Sì. Diciamo di sì».

Eloisa alzò gli occhi al cielo. Diana attese che qualcuna chiedesse come si fossero conosciute lei e Sandra, ma non ci furono domande. Finirono il caffè, lavarono le tazze e uscirono incamminandosi verso il Rondò. Le strade e le auto erano imbiancate e ancora scendevano fiocchi fitti e grassi, quasi setosi. Nessuno sotto la luce dei lampioni. Letizia giocava con una palla di neve; Eloisa la prese in braccio e la bimba spiaccicò la neve sulla testa di Sandra.

«Uè, scemetta», gridò lei scuotendosi i capelli. «Cosa cavolo combini?».

Letizia rise battendo le mani. In quel momento un'altra palla si ruppe contro le spalle di Sandra; lei trasalì e Diana scoppiò a ridere incredula. Zia Margherita le fissava con un sorriso di sfida dall'altro lato della strada.

«Ma siete tutte fuori?», disse Sandra.

«Reagisci», le disse Diana.

«Pure tu, ti ci metti?».

«Dai!». Modellò la neve nel palmo e la lanciò in direzione di Eloisa, mancandola di un metro buono.

Le coppie si definirono da sole: le due più anziane contro Eloisa e sua figlia – che si limitava a correre in giro cantando – contro Diana e Sandra. Le palle erano sode e facevano abbastanza male e nel giro di pochi minuti a Diana cominciò a mancare il fiato per la gioia e la fatica dei movimenti. Sua madre aveva un'ottima mira: lanciava immobile, lievemente dall'alto in basso, chiudendo un occhio per aggiustare il tiro: e con un po' di neve ben pressata riuscì a far volare il berretto dalla testa di Letizia. Sandra invece era impacciata e imprecava perché i guanti la impedivano.

Faceva freddo ed erano sudate ed era bello: risero a lungo mentre la gente si affacciava alle finestre e le guardava indicandole, dicendo hinn matt, quelle son tutte matte.

All'appuntamento di gennaio, Diana annunciò che avrebbero celebrato la loro unione da lì a qualche mese con una grande festa.

«Sarà per il nostro tredicesimo anniversario e mezzo».

«Il tredici porta fortuna», disse Sandra, «e il mezzo è perché volevo festeggiare in primavera».

«State insieme da così tanto tempo?», chiese Eloisa.

«Eh, già».

«Salvo una pausa nel '78», disse Diana.

«Devi ricordarlo per forza, vero?».

«Certo. Era colpa tua».

«Incvedibile», disse Sandra, ma nessuna rise.

«Comunque è solo una festa», riprese Diana. «E vorremmo ci foste anche voi».

«E che ci deste una mano a convincere i maschi. Ci saranno gay e lesbiche, e insomma – sapete come ragionano i maschi».

Eloisa la abbracciò subito, come si erano aspettate; zia Margherita taceva con la sua sigaretta spenta in bocca e guardava Letizia, né contenta né scontenta. La Teresa invece attese qualche secondo con la testa china. Alla fine diede un bacio a entrambe, dicendo che degli uomini dovevano fregarsene, e soprattutto di quelli della famiglia Sartori.

«A saperlo che reagiva così, ci evitavamo questo sbattimento di cene», disse più tardi Sandra impilando i piatti.

Seguì un mese lento e inquieto. Sandra scatenò il peggiore litigio della loro relazione, che terminò con una fuga: per una settimana Diana tornò a vivere dai suoi.

Dalla telefonata di Chicago erano passati ormai due anni, e dopo un interminabile silenzio e alcuni ricatti emotivi, Renzo si era arreso. I loro rapporti si erano diradati, soprattutto con l'arrivo delle cene fra sole donne. Continuava a ritenere assurdo che sua figlia fosse lesbica, e durante le poche telefonate mugugnava che quella porcheria le avrebbe portato solo infelicità e dispiacere.

Tuttavia accolse Diana con gentilezza, e accettò di riaccompagnarla a casa quando la lite con Sandra si ricompose; ma davanti al portone dell'appartamento di Cernusco rimase zitto con le mani in tasca, imbronciato, immerso nei pensieri.

«Papà», disse Diana spostandogli una ciocca di capelli bianchi dalla fronte. Stava invecchiando in fretta; e pur essendo arrabbiata e delusa da lui, gli faceva pena. Si detestava per questo, ma gli faceva pena.

«Papà», ripeté.

«Eh».

«Non vuoi salire un attimo?».

«A fare cosa?».

«Un saluto. Un caffè».

Suo padre la scrutò smarrito. Poi fece cenno di no. Disse che doveva comprare il pollo, era di fretta, toccava andare.

Durante le vacanze di Pasqua Diana e Sandra fecero un breve viaggio di riconciliazione in Spagna, in Costa Brava: lasciarono correre i paesini del litorale, uno dopo l'altro, coi finestrini aperti per godersi l'aria già calda del Mediterraneo. Attraversarono i filari e i campi e le strade costeggiate da palme, i vecchi borghi e le colate di cemento sulla costa. Mangiarono patate e calamari e paella e bevvero vino e si smarrirono tra le strade rose dal sale, e ripresero a fare l'amore. Diana faticava a dormire, e Sandra la carezzava dicendole che sarebbe andato tutto a posto; ma gli incubi minacciavano altro, avevano il volto di chi l'aveva insultata o temuta perché a lei piaceva la figa. Sì, le piaceva: e allora? Era una musicista di culto. Un'impiegata di valore. Una brava persona. Possibile si tornasse sempre lì?

Scrisse solo altre tre canzoni, il magro bottino di anni sterili. Atzori le telefonava il martedì sera, sollecitandola a darsi una mossa.

«Guarda che non puoi stare ferma troppo tempo».

«Ho la mia vita da vivere».

«Hai anche un pubblico. Te l'ho già detto cento volte».

«Se non mi viene l'ispirazione, che ci posso fare?».

«Ma che ispirazione e ispirazione. Impegnati di più».

E lei si impegnava, di ritorno dall'ufficio: un'ora con l'acustica in mano, a volte un'altra ora a giocare con il synth. Ma la vena era esaurita; o forse occorreva scavare altrove.

E alla fine arrivò il giorno della festa. Avevano affittato un casolare con un prato punteggiato di fiori selvatici, in una valle bergamasca aperta e luminosa. Arrivarono in auto con mezz'ora di ritardo e risalirono la stradina sterrata tenendosi per mano. Sandra si era tagliata i capelli ancora più corti del solito, e indossava un abito verde petrolio che le donava molto. Al collo aveva una collana di pietre tonde.

«Certo che sembri proprio una signova», le disse Diana rimirandola.

«Ma vai a remengo».

Sul prato c'era una tavola imbandita con semplicità, piena di formaggi e salumi e verdure tagliate e pinzimonio, e panini al latte imbottiti e ciotole di ciliegie e albicocche, e tartine alle uova di lompo che brillavano nere e arancioni. Atzori aveva posato su un masso il suo vecchio grammofono sfruttando una prolunga; l'ultimo disco di Diana suonava con un tono sommesso, appena gracchiante, che a lei piacque molto. Quando partì l'unica canzone d'amore dell'album, *Illumina*, scosse la testa con un sorriso.

E c'erano Eloisa e Giulio, e Libero e Dario, e Davide – non lo vedeva da anni – con una bellissima donna nera al fianco che tutti fissavano incuriositi; c'era la zia Margherita, altera e truccata alla perfezione; c'era il padre di Sandra che sorrideva cauto e nervoso. C'era Morgan in completo ciclamino, con un fiore bianco all'occhiello e il monocolo, un barone d'oltremanica. C'erano gli amici gay di Sandra e il gruppo di lesbiche di Monza con cui ogni tanto andavano a ballare. Si puntavano gli indici ridendo e parlavano a voce troppo alta, e uno di loro voleva riempire il bicchiere di zio Gabriele, ma lui li scansava alzando una mano, indietreggiando, offeso e impaurito.

E c'erano i suoi genitori, entrambi vestiti a festa, in un angolo. Renzo fumava una sigaretta dietro l'altra e accettò che Sandra lo ringraziasse per essere venuto fin lì. Non riuscì a sorridere; non riuscì a dire che era felice per loro. Perché non lo era. Avrebbe voluto vedere sua figlia con un giovane operaio di Sesto, un compagno fidato. Era incazzato nero e triste e di sicuro nei giorni successivi si sarebbe pentito di avere accettato. Ma come diceva la Teresa, poteva andare peggio.

Qualche cirro stropicciato passava in cielo oscurando per un istante il sole dando a tutti un brivido di frescura. Il bosco vicino mandava un lieve odore di resina.

Morgan si avvicinò strizzando la faccia per far risaltare il monocolo e parlò a Diana e Sandra delle promesse, come si faceva talvolta ai matrimoni. Disse che avrebbero dovuto giurarsi qualcosa finché erano in tempo. Diana temette che il discorso piegasse su un lato morboso, il ricordo del partner morto, ma Morgan ribadì soltanto quella semplice verità: bisognava fare una promessa, perché le promesse sono una cosa bellissima.

«Sai che ha ragione?», disse Sandra.

«Per me è un po' una scemenza».

«Perché non sei romantica».

«Ma se sono un'artista».

«E io sono la tua musa. Vieni».

La prese per mano e la condusse sotto il pendio, dove la strada sterrata si chiudeva a gomito, all'ombra di una quercia nodosa. Da lì guardarono, non viste, i loro invitati: i vestiti sgargianti degli uni e quelli sobri degli altri; le grida dei primi e l'imbarazzo dei secondi, la distanza incolmabile che li separava – ma insieme, comunque insieme su un prato.

«Va bene, no?», le disse Sandra buttando la sigaretta a terra.

«Sì», disse Diana, con sollievo e incredulità. «Va piuttosto bene».

«Magari adesso tuo padre pesta qualcuno».

«L'ho sentito dire che ci sono troppi finocchi».

«Non posso certo dargli torto».

Diana portò una mano alla bocca e rise.

«Abbiamo di tutto», disse Sandra. «Pure la negretta».

«Manca giusto un alieno».

«Avanti, allora, prima che arrivi. Le promesse».

«Vuoi farlo davvero».

«Certo, cocca».

«Va be'. Cominci tu, però».

«No».

«E perché?».

«Perché no».

Diana sbuffò. Ma forse Morgan aveva davvero ragione. Forse era quello il modo giusto di combattere, promettersi qualcosa sotto una quercia e mantenerlo, restare fedeli.

«Ti amerò e ti starò accanto per sempre», disse dunque. «Per sempre».

La sua fidanzata, la sua musa o quel che era, esitò un attimo e le strinse più forte le mani; nel silenzio udirono il cinguettio bislacco di qualche uccello, un ramo spezzato, il frullio delle foglie; quindi lei disse lentamente: «Non avrai più paura. Mai più. Promesso».

La bocca di Diana si spezzò nel più grato dei sorrisi: e nonostante tutto, nonostante le difficoltà e l'inevitabile imperfezione delle cose, seppe di non essere mai stata così felice in vita sua.

8
E se provassimo a fuggire dalla storia?
1992-1999

I

Nel maggio del 1992 i Sartori comprarono un trilocale in Valle d'Aosta, parte di una vecchia casa in pietra. La finestra della sala inquadrava perfettamente la Grivola – uno sperone di roccia innevata contro il cielo.

Piuttosto stranamente, era stato Libero a premere per l'acquisto. Lo vedeva come un giusto premio per le fatiche della famiglia, un segno di unità e un luogo di vacanza gratuito per i bambini. Bastava solo un piccolo sforzo comune.

Eloisa e Giulio si occuparono di ristrutturarlo e passarono la prima notte lì da soli, stesi a terra sotto il piumone come due ragazzini. Il mattino dopo li svegliò la luce. Girarono per le stanze che avrebbero riempito di manuali su funghi e flora e fauna, di sedie intagliate, di mappe e di foto di Davide.

Fuori il paesino era immerso nel silenzio. Si sciacquarono nella vasca di un fontanile, sotto gli occhi di un gatto randagio, giocando a spruzzarsi l'acqua addosso. Dopo il nugolo di case la valle si alzava e cominciava subito il bosco, ed era bello fiutare il vento pungente e carico di odori.

All'unico spaccio del paese presero il caffè seduti su una panca in pietra, all'aperto, guardando gli abeti ondeggianti e qualche automobile che risaliva i tornanti. Giulio aveva una mappa e cercava di imparare i nomi delle vette accanto alla Grivola. Poi dal telefono dello spaccio chiamarono Letizia, ospite di Diana e Sandra, e la ascoltarono raccontare della sera divertentissima che avevano passato insieme, giocando a carte e suonando la chitarra. Eloisa era gelosa ma fece finta di nulla.

Il sabato successivo era in ufficio. Da quando il vecchio Radaelli era morto e il figlio aveva preso la gestione dello studio, le cose erano peggiorate; gli avvocati più in gamba, fra cui lei, dovevano lavorare duro per coprire l'incapacità del nuovo capo.

I telefoni suonarono e nessuno rispose. C'era da chiudere una causa e c'era da farlo in fretta. Eloisa alzò gli occhi dalle carte soltanto la sera tardi, verso le dieci, quando una collega più giovane chiamò tutti nella stanza grande. Sul piccolo televisore che il figlio di Radaelli aveva installato in un angolo, l'annunciatrice con gli occhiali aveva un'espressione preoccupata, e al suo fianco una fotografia in riquadro del giudice Giovanni Falcone.

C'era stato un attentato in Sicilia. La scena si spostò su un terreno brullo, con alberi sparuti e il metallo di guardrail. Carabinieri e personale in camice bianco si aggiravano sulla scena. La grana dell'immagine aveva un che di irreale, come un velo di foschia, ed Eloisa vide le lamiere ritorte e le carcasse d'auto, e lo speaker disse che sulla Croma bianca blindata c'erano i magistrati Giovanni Falcone e Francesca Morvillo, sua moglie.

«Questa è guerra», disse un collega.

«Ma è stata la mafia?».

«E chi vuoi che sia stato».

«Santo Dio».

«L'hanno ammazzato. Hanno ammazzato Falcone».

«Io non –».

«Santo Dio».

«Fammi fare una telefonata. Devo telefonare».

«Guarda le auto».

Ed Eloisa guardò ancora. Le persone si muovevano lente e indaffarate sulla scena. L'inquadratura si muoveva a scatti, zoomando avanti e indietro, la scritta in sovrimpressione RAIUNO si agitava in basso a destra, e la voce dell'inviato disse che tre agenti erano rimasti uccisi, erano tutti e tre pugliesi.

Ecco lì, visibile su uno schermo, a mille chilometri di distanza, il Destino e il suo adempimento; e lei invece era viva e poteva scegliere cosa mangiare, che regalo comprare a Letizia, progettare un weekend nella sua nuova casa in montagna.

«No, ragazzi, questa è guerra civile».

«Pronto? Sì, passamelo. Dai, svelto».

«Le bombe. Vi rendete conto?».

«Era un po' nell'aria, eh».

«Sì, ma una cosa del genere...».

«E adesso?».

«E adesso?».

«E adesso?».

2

Dario e Mattia sedevano in cima al vecchio acquedotto. L'ingresso aveva la porta divelta, seminascosta dai rampicanti: salire la scala a chiocciola e sbucare dal soffitto sfondato era pericoloso – i pioli cedevano, un taglio nel metallo rugginoso poteva farti venire il tetano – ma loro sapevano cavarsela alla svelta. L'avevano fatto per anni.

A una decina di metri metri d'altezza aspettavano il treno delle sette, il ritorno dei padri.

Prima c'era un rumore quasi impercettibile, più che un suono una vibrazione in gola, vagoni che battono il ferro: poi il fischio e il lampo di elettricità che ogni tanto scuoteva i fili, e infine il lungo morso dei freni. Arrivavano i padri, nel cielo di fine estate bruciato dallo smog. Tornavano dalle fabbriche non ancora fallite dei dintorni, e dalle scuole di Saronno dove insegnavano matematica o educazione fisica; dalle aziende di Milano dove speravano in un aumento e inveivano contro le Ferrovie Nord: il treno soppresso, un ritardo di quarantacinque minuti su una tratta di ventotto, e quel tale doveva proprio suicidarsi sotto l'omnibus?

Dario era abbastanza sicuro di sapere come funzionasse il mondo. Non c'era granché da attendersi dalle persone, in generale; ma se eri fortunato potevi trovare qualcuno in gamba che, come te, faceva una gran fatica.

La sua scuola forniva un'evidente dimostrazione della teoria. Gran parte dei compagni maschi era crudele e violenta. Un giorno un ragazzino fu massacrato di botte e ferito ripetutamente in volto con un mazzo di ortiche; poi ne trovarono uno imbavagliato in mutande con i piedi nel cesso. Non passava settimana senza qualche episodio del genere.

Dario faceva judo e il decimo giorno alle scuole medie, un anno prima, aveva messo a terra il più grosso della classe con un o-soto-gari, guadagnandosi con questo la pace. Purtroppo poco dopo saltò fuori la storia di sua madre fuggita in Africa e lui divenne subito *il figlio di quella dei negri* – un'occasione di sfotterlo così straordinaria che tutta la scuola ne fece ampio uso. Ma a lui non importava. Per l'intera infanzia era stato il cocco delle suore e delle maestre, il povero bimbo abbandonato da una donna irresponsabile. Aveva sofferto, ovvio, ma da un certo punto in avanti aveva semplicemente smesso di pensarci. Mamma era scappata? Cazzi suoi. Questo diceva ai bulli e bastava per zittirli. La madre era una figura intoccabile persino per loro.

Con Mattia invece era diverso. Lui aveva un anno in più, era stato bocciato per le troppe assenze, ma era sveglio e intelligente e non avrebbe mai fatto del male a qualcuno per il semplice scopo di goderne. Con Mattia poteva fare a gara di chi ce l'aveva più lungo, tirandosi giù le mutande nel soggiorno, senza timore di essere schernito – anche se l'amico l'aveva considerevolmente più lungo del suo. Potevano fare a sassaiole con quelli delle case popolari o tirare centinaia di rigori a turno o incendiarsi le scoregge fino a ridere come pazzi, e la sensazione era sempre la stessa: erano al sicuro. Un conforto non da poco.

E leggevano fumetti. Si scambiavano albi di *Batman*, studiavano le vecchie strisce di *Lupo Alberto* del padre, discutevano se fosse più forte Hulk o la Cosa, e si inebriavano davanti al fattore di guarigione di Wolverine: più degli artigli, più dello scheletro d'adamantio e l'aria da duro, era la sua resistenza al dolore ad affascinarli. Passavano ore a leggere nella piccola biblioteca vuota di via Capo Sile, o nella cucina di Mattia. Nei fumetti c'era tutto. C'era il loro futuro, quello che un giorno sarebbero diventati – qualsiasi cosa, ma lontano da quel posto: anche una comparsa senza alcun potere, purché al riparo delle torri scintillanti di New York.

Dario si affacciò dal bordo. I padri si dispersero, chi a piedi chi in automobile. Forse da qualche parte il furgoncino di Libero Sartori stava tornando verso casa: Dario lo immaginò ansioso di rivedere suo figlio e di baciarlo sui capelli con la foga di sempre. La carie al molare sinistro lanciò una fitta.

«Mi sa che dobbiamo tornare», disse Mattia.

Dario annuì. Mentalmente elencò ciò che lo attendeva nei giorni a venire: un telescopio, regalo di zia Diana; la prospettiva quasi certa di dover indossare gli occhiali; la visita dal dentista. E quella merda di scuola, ovvio.

Mattia prese la palla arancione che aveva rubato in oratorio la domenica precedente, si alzò di scatto, fece due passetti di rincorsa e la calciò al volo di collo pieno.

Dario aprì la bocca. Vide il suo unico amico fermarsi sul bordo dell'acquedotto, saltellando all'indietro per non cadere. La palla sarebbe atterrata in mezzo alla strada sotto, avrebbe colpito una vecchia in bici, magari provocato un incidente – ma che importanza aveva? La guardarono alzarsi ad arco e trattennero il fiato. Per un istante rimase lì. Era sospesa nel bianco sporco, un secondo sole.

Terminò il suo ultimo disco nella casa in Valle d'Aosta, durante il ponte di Sant'Ambrogio. Dodici giorni prima le avevano diagnosticato un tumore non operabile al fegato. Nel corso dei mesi era dimagrita, si sentiva stanca anche dopo una giornata qualsiasi in ufficio, e aveva dolori pungenti allo stomaco. Il medico le aveva prescritto degli esami del sangue: le transaminasi erano fuori controllo, così aveva fatto un'ecografia, una TAC, una biopsia ed ecco i noduli – e con essi un nome dal suono buffo, quasi impronunciabile. Emangioendotelioma epitelioide.

L'oncologo era perplesso: il fegato di Diana appariva sano e non soffriva di epatite o altre malattie. «È un caso raro», le aveva detto. «Possibile, ma molto raro». E aveva aggiunto che le aspettative di vita con un cancro del genere erano ridotte a qualche anno. Le avrebbero proposto delle cure strada facendo, a seconda del decorso e delle possibilità; tuttavia era bene essere chiari.

Diana aveva apprezzato la franchezza, ma l'entità della condanna le era sfuggita fino alla mattina successiva, quando si era svegliata in lacrime prima dell'alba ed era corsa in bagno per evitare che Sandra la sentisse piangere.

Terminò dunque il disco in pochi giorni, sui monti, con una coperta di lana grezza addosso, ma le canzoni erano estive e milanesi: dicevano di alcolizzati del

Giambellino, di un gruppo di ladre della Bovisa, di vecchi ballerini di Niguarda. Solo chitarra e voce. Lo intitolò *Robe da nulla*. Eleno Atzori si batté per arrangiarlo un minimo, senza riuscirci. Riascoltandolo in sala registrazione Diana fu soddisfatta dalla sua nudità assoluta, dal canto che si assottigliava fino a divenire un'orazione.

Robe da nulla uscì nel gennaio 1993 e fu un insuccesso. I critici si divertirono a stroncarla, ma Diana non se ne curò. Aveva trentanove anni e non ne avrebbe compiuti molti altri.

Raccontò in maniera volutamente stringata del suo tumore alla compagna, al fratello, ai genitori e agli zii. Sandra cominciò a fare telefonate e prendere appuntamenti e chiedere altri pareri. Doveva esserci senz'altro un errore, diceva. Il cancro non poteva certo venire dal nulla. Diana la guardò agitarsi e parlare per non cedere un solo istante al silenzio. La sua Sandra incapace di gestire sofferenza e abbandono, la donna che aveva sostituito un cane con un altro fingendo che questo bastasse.

Il vecchio Renzo invece era sconvolto, esposto a qualcosa che la rabbia non poteva spazzare via. «La mia ninine», disse quando lo seppe. Sedeva affossato nel divano, le mani sulle ginocchia. La fissò. «Non riesco a crederci», disse. Non riusciva a crederci nemmeno lei, ma se non altro c'era questo. Era tornata a essere la sua ninine.

Lasciò suo padre immobile e terrorizzato e scese per strada incamminandosi verso il Rondò. Pensava alla sua famiglia. Potevano fuggire dove gli pareva o stare fermi, ma la realtà non sarebbe cambiata. Il mondo sembrava fatto per combatterli, pensò. Il mondo era più forte di tutti loro, o forse loro erano così testardi e stupidi da non sapere come viverci in pace. Eppure non si arrendevano. Nemmeno di fronte alla sventura, alla malattia, alla solitudine: l'indomito spirito dei Sartori. Ma che fare di fronte alla morte? Davanti al ponte della ferrovia si arrestò. Un treno passò urlando sopra di lei, scuotendola da cima a fondo.

4

Il giornalista era al bar, in un elegante completo blu, davanti a quello che sembrava un gin tonic. Stava leggendo *la Presse* e aveva posato il registratore sul bancone. Davide gli si avvicinò e attese che l'uomo lo riconoscesse.

«Marc Rodrigue», disse quello alzandosi e porgendogli la mano. Davide ordinò un succo di mela e controllò di nuovo l'orologio. Aveva ancora quattro ore prima dell'intervento alla fondazione Stockwell-Gagnon, in occasione del suo debutto in Canada. Montreal era ricoperta dalla neve e un giorno grigio cenere, uniforme, si abbatteva contro i vetri del bar.

Rodrigue gli chiese dei suoi ultimi scatti, della sua vita privata e del successo inaspettato che l'aveva travolto otto anni prima. (Ci tornavano sopra tutti: uno sconosciuto fotografo italiano che si trasforma di colpo in una piccola star). Davide rispose nel suo solito tono asciutto. Sì, viveva a Bruxelles con la sua partner Sophie; no, non amava l'Italia ma sì, adorava il Belgio; sì, stava lavorando a un progetto sull'oceano; sì, avrebbe voluto andare in Jugoslavia per documentare quella guerra terribile: stava anzi iniziando a programmare il viaggio.

«E cosa cerca nella fotografia?».

Davide dovette scoccargli un'occhiata piuttosto truce, perché Rodrigue alzò subito la mano sorridendo.

«So che può sembrare una domanda stupida», aggiunse. «Lo so. Ma vorrei davvero sapere qual è la sua opinione».

Dalle casse del locale partì l'arpeggio di *Don't Cry* dei Guns N' Roses. Davide prese un sorso di succo e passò la lingua sugli incisivi. Normalmente si sarebbe rifiutato di rispondere, ma quel giorno aveva voglia di parlare. Forse poteva essere un'occasione per spiegare delle cose anche a se stesso.

«Da piccolo ho avuto la poliomielite», disse.

«Ah».

«Sì. Ho rischiato di morire».

«Mi spiace».

«Il punto è che forse ciò che cerco dalla fotografia, o meglio ciò che cerco di fare attraverso la fotografia, dipende da quel periodo. Conosce Garry Winogrand?».

«Certo».

«Grandissimo fotografo. Una volta disse: "Non c'è nulla di più misterioso di un fatto descritto con chiarezza". Ed è vero. Un fatto descritto con chiarezza e devozione – e solo una macchina può unire questi aspetti – rende, come dire. Esplicito il mistero. Perché il mistero riguarda la superficie del mondo. Ecco una cosa che impari quando stai per morire da bambino: è tutto lì, e ti tocca perderlo per sempre. Ma è davvero tutto lì. Non c'è altro».

Marc Rodrigue annuì lentamente.

«La gente parla di profondità, di significato, di ciò che sta sotto: e invece ecco un'arte – o una tecnica, come vuole – che ci offre la superficie e basta. Nel modo più puro e personale. La scritta sopra un accendino, ad esempio: sopra *questo* accendino, *ora*, in questa frazione di secondo, dal mio punto di vista e non dal suo». Afferrò lo zippo di Rodrigue e lo accese: la fiamma era troppo alta. Lo appoggiò sul tavolo. «Forse anche per questo ho sempre trovato idiota l'idea che un'immagine sia comunque un simbolo, o persino che racconti una storia». Si fermò per cercare le parole esatte. «Non sa quante volte ho litigato con mia sorella al riguardo, vent'anni fa. Lei voleva immagini politiche, ma cos'è un'immagine politica? Il visibile è quanto ci serve; bisogna solo imparare a vederlo. E poi le foto fermano istanti. Per le storie, andate a chiedere a qualcun altro. Credo di non aver mai parlato così tanto in vita mia», sorrise.

Una cameriera chiese loro se desiderassero altro. Scossero entrambi la testa; lei raccolse i bicchieri. Davide spense lo zippo.

«Mi ha fornito del materiale eccellente», disse Rodrigue.

Più tardi Davide attraversò il quartiere rabbrividendo e incespicando e lesse il suo intervento alla Stockwell-Gagnon davanti a un centinaio di uomini e donne dai capelli bianchi. Disse che la fotografia era innanzitutto un orientamento dello sguardo. Ribadì che le foto dipendevano dalla realtà ma la interpretavano con una selezione precisa; inoltre popolavano il mondo stesso non di copie bensì di oggetti nuovi.

Aveva studiato e la platea parve apprezzarlo; ma le parole continuavano a non essere il suo mezzo, e molti di quei concetti li aveva trafugati a Sophie. Scese dal palco e strinse mani e qualcuno gli domandò quale fosse la maggiore qualità per un fotografo.

«La prudenza», rispose.

Poi si preparò a una breve passeggiata per le strade innevate di Montreal, le scale antincendio color verderame, i grattacieli luminescenti, lo strato di ghiaccio sul fiume – ancora incredulo e felice per essere giunto fin lì. Il freddo era talmente intenso da spaccargli il respiro. Alzò gli occhi irrigiditi e vide i cavi dell'elettricità perfettamente stagliati contro il cielo, e pensò che c'era davvero bisogno di prudenza, nel toccare il mondo come nel fotografarlo. Gli uomini cercavano un senso profondo in ogni cosa, quando la superficie era talmente pregna, talmente bella – intrisa di continue sorprese.

5

Libero montò il nuovo telescopio in un rettangolo erboso perso tra le fabbriche della zona industriale. Gli era costato molto caro, troppo benché usato, un Konus Rigel 80/1000 giallo cadmio; ma era un dono bellissimo e non aveva saputo dire di no.

Fissò il cavalletto mentre Dario puliva l'obiettivo. La notte di marzo non recava traccia di nubi. Puntarono la lente e cominciarono a orientarsi: Dario consultò con una torcia la carta celeste e identificò subito Cassiopea; poco distante c'era Perseo con il suo Ammasso Doppio. Libero lo lasciò fare godendosi l'aria amarognola della periferia. Gli edifici sembravano grandi navi attraccate, immobili in un vastissimo porto. Libero non aveva mai visto dal vivo una grande nave, ma era certo che avesse quell'aspetto; e l'idea di paragonare la pianura del saronnese a un mare non gli dispiaceva.

Le cose andavano bene. Il centro anziani dove lavorava aveva chiuso per un giro di tangenti, ma lui era stato salvato da un tipo bizzarro e pieno di risorse, Stefano Palma. Si erano conosciuti al bar durante una partita della Juventus, e dopo qualche sambuca Palma aveva cominciato a raccontare. Era andato in pensione a cinquantatré anni e voleva aprire un'attività di riparazione infissi. Mettersi in proprio. Cercava soltanto un socio, anche inesperto, ma in quel paese di cagasotto nessuno gli veniva dietro. A quel punto si erano guardati negli occhi.

E così ora Palma lisciava i clienti mentre Libero faceva il grosso del lavoro. Con sua grande sorpresa, montare e aggiustare serramenti gli veniva semplice; e gli piaceva vedere una tapparella dondolante tornare a funzionare, una porta-finestra scorrere di nuovo nella guida. La sera, nello specchio del bagno, vedeva la faccia soddisfatta e stanca e un po' nauseata di chi ha lavorato a fondo. La faccia di suo padre, senza le lagne sullo sfruttamento.

Dario gli disse che potevano cominciare.

Discussero su dove dirigere il cercatore e quali costellazioni indagare. Non che Libero se ne intendesse – i manuali erano davvero difficili – ma qualcosa aveva appreso, per sostenere la conversazione con il figlio. Ecco Arturo, la stella arancio pallido. Ecco Spica della Vergine, e il Leone, e l'Idra. Un ammasso di polvere e pietre e fuochi celesti, forse spenti da ere, di cui rimiravano gli antichi bagliori: il cosmo esplodeva e bruciava e si spegneva e in fondo tutto si riduceva a questo, collisioni di minerali o un grande silenzio.

Intanto, sulla Terra, sua sorella lo invitava ancora a buttare fuori la rabbia invece di concentrarsi su Dario. «Ha perso una madre», si giustificava lui. «E tu hai perso una moglie», replicava lei: «Dai di matto, una buona volta. Trovati un'altra donna». Ma nessuno aveva l'umiltà di capire che loro due erano felici.

Il pastore tedesco di guardia a una fabbrica abbaiò a un'auto di passaggio. Libero si aggiustò i pantaloni e respirò a fondo. Sentì Dario commentare, con la competenza e l'amore che soltanto un ragazzino possiede, l'aspetto gibboso della superficie lunare; lo ascoltò descriverne i mari e i crateri ritrovandone i nomi sulla carta, dividendo con lui lo stupore del cielo notturno.

6

I primi sintomi del male di Margherita si manifestarono quando il termosifone del salotto cominciò a perdere acqua e lei lo prese a colpi di cuscino dicendo che era invaso da uno spirito maligno. Gabriele la fece ragionare e la calmò. I giorni successivi lei si lamentò di avere male alle gambe e alla pancia e si rifiutò di alzarsi dal letto. Rimandò indietro gli studenti cui faceva ripetizioni di latino e pretese di mangiare sulle coperte. Gabriele la servì e presto divenne una routine basata su un compromesso: il pranzo poteva essere servito a letto, ma colazione e cena dovevano essere consumate al tavolo della cucina.

Margherita alternava i capricci a momenti di totale lucidità, in cui tornava a essere quella di un tempo, la donna che l'aveva dominato con intelligenza e un tocco di lascivia. Ricordava dettagli che a lui sfuggivano del tutto, momenti trascorsi insieme prima del trasferimento in Lombardia o addirittura durante la guerra – quando lui era nascosto sotto il palco della sala parrocchiale e lei sperava che sarebbe venuto a cercarla. Citava a memoria poesie di Ungaretti. Era come se combattesse una battaglia fatta di soli estremi: a volte era rimbecillita, a volte più acuta che mai.

Una notte un uragano si abbatté su Saronno, e Gabriele fu svegliato dai tuoni. Sua moglie era immobile, la testa affondata nello spazio fra i cuscini.

Il vecchio professore di italiano uscì dal letto e avanzò a mani tese, barcollando un poco e tastando il muro, fino a riconoscere la superficie della porta. La chiuse dietro di sé e accese la luce in corridoio.

Quel mattino Margherita era stata visitata dall'ennesimo medico, un amico di suo genero, che aveva borbottato le ennesime incomprensibili cose. Gabriele odiava i medici. Erano arroganti e irascibili, e lui troppo remissivo per farsi valere: alle sue domande alcuni rispondevano «Non ho mica la bacchetta magica». Ma Gabriele non chiedeva la bacchetta magica.

Come ipnotizzato da una musica distante, andò alla finestra dello studio e la aprì. Una folata lo investì mentre in un cassetto della sua scrivania la busta con il segreto della madre attendeva infine di essere letta, e lui non voleva – non voleva. Almeno una volta al mese quel pensiero tornava a visitarlo, e ogni volta la risposta era sempre la stessa, il consiglio di suo fratello Renzo: lascia perdere. Il casolare in Friuli era stato venduto. Zio Piero era morto. Non rimaneva che leggere quella lettera e scoprire qualcosa di commovente o terribile o pietosamente banale e passare una settimana di tristezza e ricordi da trascrivere in una lettera a Luciano. Ma lui non voleva. Impedire l'inevitabile, al prezzo di tradire i morti: non è quello che cercano di fare tutti?

La schiena gli doleva terribilmente. Il mondo fuori era sepolto dalla pioggia e dal vento. Un lampo ruppe la notte oltre i palazzi e un altro tuono seguì a breve. In piedi contro la finestra, in pigiama, Gabriele si lasciò bagnare in volto dall'acqua e colpire dalla grandine.

Dovevano cambiare casa. Eloisa convinse suo marito a cambiare casa per stare più vicini ai suoi genitori, visto che ora la mamma dava segno di rimbambire. Inoltre Milano era in mano a quel sindaco terribile, e a Eloisa pareva ogni giorno più crudele: era tempo di andarsene.

Giulio non aveva alcuna voglia di trasferirsi nell'hinterland, ma accettò a patto che con loro venisse a vivere sua madre, rimasta vedova da poco. Era giusto e ragionevole – aiutare entrambi i genitori in un colpo solo – ed Eloisa si disse d'accordo, pur sapendo che avrebbe dovuto ascoltare le lagne di una donna incattivita dall'età. Le proteste di Letizia non furono prese in considerazione.

Grazie a un collega di Giulio che aveva gestito dei cantieri nei sobborghi del nord-ovest, trovarono una graziosa villetta di due piani ad Arese. Il prezzo era molto ragionevole. Vendettero l'appartamento di Milano e traslocarono a fine gennaio, pochi giorni dopo l'entrata in politica di Silvio Berlusconi. Giulio appese una foto di quell'uomo ritagliata da *Panorama* nella taverna e piantò una freccetta in mezzo al suo sorriso.

Eloisa si stupì di quanto le fosse mancata la vita di provincia. Da giovane l'aveva odiata, e ora invece non capiva come avesse potuto abitare così a lungo a Milano. Si alzava presto e faceva colazione nel silenzio del quartiere. Pendolare non le dava particolare fastidio. La suocera cambiava l'ordine dei cibi in dispensa e metteva becco in qualsiasi discussione: ma bastava rimanere in ufficio il più possibile e arrivare stanca morta affinché tutto sembrasse tollerabile.

Nel fine settimana si dedicava al piccolo orto davanti alla villetta. Zappava con cura e devozione, sgranando la terra e portandola alle narici. Le piaceva tenere gli attrezzi in un luogo deputato nel garage, zappa, vanga, rastrello e cesoie. Non c'era bisogno di molto. I semi e qualche attrezzo. Era come nei suoi sogni di ventenne, come forse lavorava la terra Carlos laggiù nel centro Italia.

Coltivava ravanelli, cipolle, lattuga a cappuccio, carote e spinaci. In primavera avrebbe piantato i pomodori e durante l'estate li avrebbero mangiati con le insalate ricce, e con capperi e olive e olio di frantoio. Ma adesso era inverno, un rigido febbraio, e doveva badare a cipolle e carote. A ogni pianta il suo momento. A ogni cosa la propria stagione.

Renzo ripose *l'Unità* e andò a prendere il mazzo di carte dalla credenza. Teresa stava pulendo i fornelli; intercettò il suo sguardo e gli sorrise, un segnale. Renzo tolse la tovaglia, mischiò il mazzo, diede tre carte a sé e tre carte a lei e ne mise una scoperta sul tavolo – il fante di quadri.

Sua moglie si morse le labbra e sbuffò. Renzo giocò un sei di fiori, lei ribatté con un otto dello stesso seme. Alla televisione accesa qualcuno parlava.

In tarda età Renzo si era innamorato davvero di Teresa. Forse perché la pensione lo impigriva, forse perché dipendeva da lei e non se la sarebbe più cavata da solo; ma del resto tante cose funzionavano in quel modo. Il suo legame con Iris Berni – a volte la sognava ancora, guarda tu che roba – non aveva nulla a che fare con l'amore: l'amore era necessità, un patto di sopravvivenza. Ma all'epoca era giovane e scemo.

Le carte erano unte e sapevano di aceto. La piccola pendola che gli aveva regalato Libero batté un tocco. Renzo lanciò sul tavolo un re di picche che fu strozzato da Teresa con una risatina. Aveva perso un'altra volta.

L'alba a Sesto era lattiginosa e gli uomini vi si muovevano dentro a passi nervosi. Renzo e i vecchi compagni davano consigli ai giovani operai ai cancelli d'entrata della Bianconi; ma i giovani li scansavano con gentilezza.

Gli antichi dèi delle fabbriche erano morti, le gesta eroiche dei suoi anni ormai sepolte. Un uomo doveva essere in grado di rompere le ossa al diavolo e prendersi l'inferno, se necessario – almeno così diceva suo padre. Ma se nessuno più voleva compiere l'impresa? Che fare?

Diana era malata e presto, non si sapeva quando, l'avrebbe persa: una figlia che l'aveva sempre capito pur nelle diversità; che come lui sapeva quanto spietato potesse essere il mondo. E come doveva avere sofferto: il cancro le era certo venuto per l'isolamento, pensava, perché era un'invertita. Ma che fare?

Niente. A settant'anni Renzo andava con Mariani al bar che aveva sostituito il vecchio circolo dei comunisti, bevendo caffè e lamentandosi della cataratta da operare. Telefonava a suo fratello e ancora litigava con lui su qualsiasi cosa: ma ora quei rimbrotti lo lasciavano contento, metteva giù la cornetta e si stirava la schiena soddisfatto.

Perdeva a briscola con la moglie. Faceva il nonno con suo nipote a Caronno Pertusella, nel fine settimana, benché trovasse Dario un po' antipatico e saccente.

E la sera restava seduto nella penombra del salotto, ad ascoltare persone che parlavano nel televisore, e bere birra e sgranocchiare olive e pezzi di emmental – restava a scrutare dalla finestra il cielo piatto come acciaio.

9

Evidentemente qualche divinità doveva odiarla, se era finita lì.

La sera scendeva un silenzio spettrale e carico di presagi, rotto appena dal rumore a scatti degli annaffiatoi: Letizia aspettava i genitori, modellandosi il viso con i trucchi della madre, mentre la nonna parlottava da sola al pianoterra, immobile davanti alla televisione.

Dopo cena si alzava cautamente per spiare dal buco della serratura il padre sdraiato sul letto, in pantaloni e camicia, le braccia dietro la nuca e gli occhi chiusi; e la madre al suo fianco, immersa nella lettura di un plico. Sembravano entrambi molto più stanchi di quanto avesse mai ricordato, e Letizia sapeva che era tutta colpa di quel posto.

Si rifugiava allora tra i vecchi libri dei genitori e i Junior Mondadori che le compravano con regolarità: ore passate a starnutire per l'allergia, mangiare caramelle e leggere nel fresco delle tapparelle abbassate.

Il giorno prima di partire per la Valle d'Aosta, Diana e Sandra vennero a parlare con suo padre per ristrutturare la loro casa di Cernusco. Dopo cena sedettero in giardino, sotto le lampade, agitando ventagli e bevendo acqua e limone e schiacciando zanzare.

Letizia adorava sua cugina. Era incredibile che in quella famiglia ci fosse una rockstar o qualcosa del genere, e ogni tanto le telefonava per fasi raccontare una storia dei suoi tour negli anni Settanta.

«Cantami qualcosa», la implorò.

«Così, senza strumento?», sorrise Diana.

«Papà, posso andare a chiedere la chitarra al vicino?».

«Ma sì. Tanto quello più che grattarla non sa fare».

Letizia tornò reggendo la chitarra con entrambe le mani.

«In realtà avrei smesso», disse Diana.

Sandra sbuffò: «Su, cocca, piantala di tirartela e fai contenta la cuginetta».

Lei prese lo strumento, lo accordò suonando note finissime, quasi trasparenti, e saggiò i tasti con le dita lunghe. Nonostante si schermisse, con la chitarra in grembo appariva già più viva, un'altra persona, la stessa che Letizia aveva visto in foto sui ritagli di giornale conservati dalla mamma.

«Cosa vuoi sentire?».

La ballata del Giuàn».

«Ah, dal mio ultimo disco. Hai fatto i compiti».

«Mi piace un sacco».

«Davvero? Non è piaciuta a nessuno». Si schiarì la voce. «Va bene, Leti. Solo per te».

Letizia seguì l'arpeggio lento, la grazia con cui Diana sorrideva e agitava piano la testa, e poi la ascoltò cantare di un contrabbandiere che durante la guerra passava il confine per comprare sigarette e cioccolato, ma che in realtà voleva soltanto incontrare la morosa nei boschi. Ascoltò cantare sua cugina e al secondo ritornello si unì alla sua voce – e con sua enorme sorpresa anche Sandra e sua madre si unirono, e persino suo padre. Anche Diana era colpita e dopo un attimo di smarrimento suonò con più energia, cantò ancora più forte. Era bello. Sandra scoppiò a ridere ma poi si riprese.

«Un'altra volta», gridò Diana stoppando le corde e lanciando nuovamente il ritornello, liberando il suo Giuàn

nelle foreste della Svizzera. Di colpo la luce della lampada
sfrigolò e si spense. Si spensero tutte le luci dell'isolato.
Un mormorio si diffuse all'unisono dai giardini circostanti. Succedeva spesso con quel caldo, ma nessuno dei
Sartori si alzò per prendere una candela o cercare una
torcia: cantarono, tutti e cinque, immersi nel buio, sudati
e felici.

Stefano Palma lisciava i clienti e Libero faceva il grosso del lavoro. Era la regola e non c'era motivo di lamentarsi. Palma gli aveva insegnato tutto: come prendere le misure dei vani, posare una finestra battente, cambiare una persiana, attaccare zanzariere. Adesso doveva pure godersi la parte migliore, no?

All'inizio di settembre convinse una famiglia di ricchi siciliani a sostituire le imposte della loro villa, e a cose fatte disse che bisognava festeggiare.

Andarono in un ristorante di pesce sulla provinciale, all'altezza di Bollate. All'entrata c'era un buffet di antipasti: scodelle di peperoni e melanzane alla griglia, cipollotti, luccicanti e grasse olive nere, crocchette di patate e formaggio. Libero e Palma piluccarono qui e là, poi il cameriere portò loro un piatto con una striscia di carta sopra cui erano stesi moscardini, calamari, gamberi e triglie. Palma indossava ancora gli occhiali da sole.

«Non sarà troppo?», chiese Libero.

«Ma che troppo. In due giorni abbiamo fatto l'incasso di due settimane».

«Okay».

«Li ho inculati per bene, quei coglioni». Addentò un gambero fritto. «Ho capito subito che erano delle teste di cazzo, gente che ti firma il preventivo senza neanche leggere la cifra. Un po' di vino?».

«Sai che non bevo».

«Manco oggi?».

«No».

«Che fighetta», rise lui.

Accompagnò Palma a casa e lungo la strada del ritorno notò una cappella votiva che non aveva mai visto, poco oltre il nuovo spaccio di vestiti e il ristorante cinese ricavato da un capannone. Lasciò il furgoncino sul bordo della strada con le frecce lampeggianti. La cappella era nuova, piuttosto semplice, un piccolo edificio in muratura con una raggiera dietro cui c'era una statua della Madonna col bambino. Libero si inginocchiò sul primo gradino e pregò innanzitutto per sua moglie in Africa, come sempre, poi per suo figlio, e infine per la sorella.

Diana gli aveva spiegato che una guarigione non era prevista, ma lui ci provava lo stesso ogni volta. Che le forze divine la proteggessero almeno da altro male, e che un domani la accogliessero in cielo nonostante i suoi peccati. Pregò il suo Dio della bronchite e delle piccole cose, che mai si era rivelato e lasciava ancora gli uomini farsi la guerra e i bambini picchiarsi; lasciava Palma fregare i clienti e Libero tacere perché voleva regalare altre cose a suo figlio. Pregò per Diana, nel silenzio e nel segreto, davanti a una Madonna in pietra, nell'odore di catrame di settembre, mentre le auto sfrecciavano a poca distanza buttandogli addosso la polvere della strada.

11

Saronno, 25 gennaio 1995

Mio caro Luciano,

mi auguro di trovarti in forma nonostante la turpe vecchiezza, come la chiamava quel porco di d'Annunzio. Come vanno le cose a Udine? Hai poi cambiato automobile? La gamba come va?

Immagino anche tu stia seguendo con apprensione le ultime notizie dalla Jugoslavia. Ricordi quando la frontiera era calda, tanti anni fa, con le truppe di Tito pronte a sconfinare?

Quanto a me, ça va. Fa ancora un freddo cane. Mi hanno prescritto nuovi farmaci per la pressione e non ho più giramenti di testa. Il guaio in bagno di cui ti parlavo è stato risolto, anche se l'idraulico mi ha presentato una signora fattura. (Gli idraulici, la nuova classe dominante).

Di recente ho litigato ancora con Eloisa sulle colpe dei suoi coetanei. C'è questa maleducazione diffusa che viene, ne sono certo, dalle idee dei sessantottini: hanno continuato a scusare comportamenti non scusabili, a confondere la severità con l'ingiustizia. Insegnare è dire cos'è giusto e cos'è sbagliato, tutto qui: ma il giusto e lo sbagliato sono diventati la stessa cosa; e così questo paese è finito in rovina. Come sono felice di non fare più il professore. Ne morirei!

Scusa la digressione. Le cose comunque vanno bene: ciò che non va bene, come immaginerai, è Margherita. Giusto l'altro giorno ha avuto l'ennesima crisi, o quel che è. I dannatissimi medici dicono demenza senile, dicono che il mal di pancia di cui si lamenta è di origine nervosa, parlano parlano ma non trovano cure. E io devo assisterla come un maggiordomo; capirai il sollazzo. Di recente si è messa in testa che io la tradisco, e a volte rifiuta di mangiare perché ritiene che metta del veleno nella pastina. Inoltre non si alza quasi più dal letto. Manco a dirlo, i figli latitano: Davide è in Belgio, e va bene; ma Eloisa abita a quindici chilometri da qui. Capisco che non voglia vedere la madre in queste condizioni, però... In compenso litighiamo al telefono, come ti dicevo.

Da giovane pensavo che i peggiori tormenti riguardassero l'anima (non la mente, l'anima). Ma ora, mentre lavo mia moglie, so che i corpi sono la vera condanna. E dunque sì, forse avevi ragione tu quando una volta, credo ai tempi dell'università, mi dicesti che il platonismo e il cristianesimo hanno una giustificazione razionale, perché deve pur esserci un regno al di là di questa miseria e di questi intestini. Deve, per forza: se no cosa siamo qui a fare?

Ed ecco che ricomincio coi soliti filosofemi! Sono proprio incorreggibile.

Spero di venire a trovarti presto; spero verrai presto anche tu in questa landa. Posso offrirti risotto originale garantito lombardo, visita al Duomo di Milano come tre anni fa, nebbia locale di assoluta qualità e il consueto paesaggio deturpato. (Ma perché ho abbandonato il Friuli?).

Ti abbraccio,

tuo Gabrielut

12

Prese il treno all'alba, senza dirlo a nessuno, e il pomeriggio era una figura tra le tante nel corteo del venticinque aprile. Sul palco in piazza parlarono il sindaco, una rappresentante dell'Anpi di Udine, e quindi – glielo aveva detto Gabriele tramite Luciano Ignasti, pensando di fargli un favore – il suo vecchio compagno Francesco Martinis.

Lupo era ingrassato, la schiena terminava in una gobba visibile, e tremava chino sul leggio. Fece il suo discorso, retorico e convinto come quello di cinquant'anni prima. Renzo era partito con l'idea di ascoltarlo parola per parola, ma si perse a osservare il volo a scatti delle rondini sopra di lui. Le gambe gli dolevano e il viaggio l'aveva stancato.

Quando la folla cominciò a disperdersi, si avvicinò a Lupo e gli porse la mano. Lui lo fissò con un occhio semichiuso, incerto. Renzo disse il suo nome.

«Oddio», disse Lupo.

«Un fantasma dal passato, eh?».

«Non ci posso credere. Il giovane Sartori».

«Ero di passaggio», mentì.

«Non ci posso credere».

«Come stai?».

«Sto bene. Bene. Vieni, facciamoci un tajut».

Lo prese a braccetto e lo trascinò per una via dietro la Loggia del Lionello: Renzo venne aggredito all'improvviso da un ricordo – correvano, lui e Francesco e Flaviut, forse dopo aver rubato qualcosa al mercato – correvano come pazzi – e che fine aveva fatto Flaviut? – ma decise di non cedere alla nostalgia.

Sedettero al tavolo di un bar e parlarono di poco mentre il cameriere serviva loro due bicchieri di rosso. Lupo sembrava molto emozionato.

«Chi l'avrebbe mai detto. Dopo tutto questo tempo».

«Una vita».

«Torni spesso a Udine?».

«No, no. Quasi mai».

«E ora dove vivi? Ho perso completamente le tue tracce».

«A Sesto San Giovanni, vicino a Milano».

«Ah sì. La Stalingrado d'Italia». Sorrise e portò il calice alla bocca con entrambe le mani; un po' di vino gli schizzò sulle guance. «Dopo tutto questo tempo».

Anche a Renzo da qualche tempo tremavano appena le mani, ma si sforzò di non farlo notare.

«Già», disse.

«E ti trovi bene?».

«Mi trovavo meglio prima. È cambiato quasi tutto».

«Ti capisco».

«Porti ancora un fiore sulla tomba di Luigi Pastori?».

«Ogni mattina», rispose Lupo con un orgoglio così sincero, con un affetto tale verso il compagno che l'aveva coperto in ritirata sui monti, che in Renzo risorse subito l'antica rabbia.

«Non manchi mai».

«Qualche volta, per malattia o perché sono fuori città. Ma il giorno dopo gli porto due fiori per scusarmi».

Renzo passò la lingua sui denti.

«Ho capito», disse.

«E tu cosa racconti? Hai moglie, figli?».

«Sì. Una moglie sola; figli invece due».

«Ti è andata bene».

«Non so. Ho avuto tanti dolori».

«Tutti hanno dolori. Io sono vedovo da ventun anni». Tacque, poi indicò davanti a sé un gruppo di manifestanti più giovani, con bandiere sconosciute e capelli lunghi: «Guarda quelli. Hanno rotto le scatole per metà manifestazione, dicendo che la Resistenza è stata qualcosa di alto e puro ma il resto li ha delusi. E certo, come no. Quanti ne abbiamo sentiti anche noi? Ci siamo rammolliti, abbiamo tradito l'ideale. Come no».

Renzo annuì.

«Noi che abbiamo combattuto e rischiato la pelle. Noi avremmo tradito l'ideale? Erano cinquant'anni che non parlavo da un palco. Mi sono detto: per un anniversario così importante devi fare uno sforzo. Ma se avessi saputo come sono i giovani, non avrei parlato affatto. Preferivano il fascismo?».

«Quindi non pensi mai che qualcosa sia andato storto, in tutti questi anni?».

Lupo strizzò le sopracciglia.

«Mai. Come potrei?».

Renzo guardò gli altri tavolini, le coppie che si baciavano indifferenti in quella radiosa giornata di primavera. Gli mancava il vecchio Pci; gli mancavano i santini di Lenin e Stalin appesi ai torni e i veri comunisti, non quei ragazzini esaltati né questo vecchio malconcio che era stato il suo dio in terra. Gli mancava il Giudici, che fino all'ultimo respiro aveva inveito contro il mondo. Erano passati decenni ma Renzo Sartori continuava a stringere i pugni e odiare, e gli parve cosa buona: aveva compiuto tanti errori ma non si era mai seduto sullo scranno dei giusti. La ragione non si poteva possedere come una cosa o un attrezzo al banco di lavoro.

Fissò gli occhi acquosi di Lupo.

«Già», gli disse. «Come potresti?».

Dopo essersi licenziata, Diana passava molto tempo nella casa in montagna. Le piaceva la solitudine. Le piaceva avere un po' di raffreddore per l'aria aspra; e l'odore di legno e liquirizia delle stanze. Faceva colazione con marmellata e burro e pane ai cereali, guardando dalla finestra la valle ricoperta di abeti rossi e le cime poco oltre. Ogni tanto giungeva il canto strozzato di un gallo.

Poi studiava. Sandra le aveva regalato una tastiera Casio di ottima qualità, sulla quale si esercitava con pervicacia. Cercava di dedicarsi alle *Kinderszenen* di Schumann, un ricordo dell'adolescenza, quei piccoli brani fiabeschi. Tentava di ottenere una *Träumerei* decente – una *Am Kamin* senza retorica. Ma era difficile, perciò di solito finiva a strimpellare qualche brano del Nuovo Canzoniere Italiano.

La sera leggeva i manuali di Bruno Cetto sui funghi, allenandosi a distinguere un boleto dall'altro; quindi strofinava foglie di salvia e di rosmarino sulle dita e andava a letto annusandosele. Era sempre più stanca e nello specchio del bagno rimirava con preoccupazione le sclere giallognole e la pancia gonfia per l'ascite. Aveva rifiutato la possibilità di un trapianto dopo averne parlato a lungo in famiglia: così, la malattia avanzava come un incendio dentro di lei.

Tuttavia aveva ancora dei mesi e voleva sfruttarli. Voleva cogliere i lamponi, godersi un temporale dalla finestra della casa, guardare il pero del vicino inclinato dietro una cortina d'acqua. Un giorno pensò che di troppo dolore era piena la terra, ma da esso possiamo a volte trarre qualcosa – se non ci schianta o consuma, se abbiamo sufficiente dedizione. Questo non cambiava nulla, certo. Non l'avrebbe miracolosamente salvata e non era granché consolante. Ma era qualcosa.

Sandra la raggiungeva il fine settimana con qualche grammo di hashish. Camminavano insieme per sentieri semplici, fermandosi ogni quarto d'ora per consentire a Diana di riposare. Guardava l'ardesia dei tetti dall'alto, sentiva il pizzicore degli arbusti caldi sui polpacci. Il sole a quell'altitudine era dritto e forte, ma ancor più bello era provare un brivido quando una nuvola vagabonda lo copriva.

Di ritorno da una passeggiata più lunga del solito, Diana vide una cesta di funghi sul davanzale della vicina. Erano freschi e odorosi, grassi, ancora sporchi di terra. Ne prese uno, lo portò alle labbra, e sentì gli occhi inumidirsi: non voleva separarsi da tutto questo, dai colori e dai profumi. Asciugò le lacrime e cercò di riprendersi.

A letto, ascoltando la radio e fumando, disse: «Forse avremmo dovuto adottare un figlio».

«Eh?».

«Un figlio. Adottarne uno».

«Te ne vieni fuori così con questa cosa».

«Ci ho pensato ora».

«E come avremmo fatto? Sentiamo».

«Di nascosto».

«Sì, l'anonima adozioni».

«E perché no?».

«Perché siamo due sceme, cocca. Due poveve cvetine».

«Ma smettila. Un bel maschietto, per compensare».

«Compensare cosa? Vuoi tornare ai dibattiti sulla procreazione? Ci manca giusto questo».

La radio gracchiò *Zombie* dei Cranberries; Diana la spense e di colpo ci furono solo i rumori del bosco dietro casa.

«Non mi piace saperti qui da sola», disse Sandra passandole la canna.

«Sto bene».

«Sì, ma se stai male?».

«Ti telefono. E la ragazza del bar viene a trovarmi ogni giorno: in pratica sono assistita, e pure gratis».

«E se stai male-male-male?».

«Non funziona così. Non ci sono momenti improvvisi di –».

«D'accordo. Lasciamo perdere».

Diana si grattò un polso.

«Piuttosto», disse, «dovremo pensare a quando comincerò a peggiorare».

«Ne parleremo quando sarà il momento, cocca».

«Ma...».

«Quando sarà il momento».

Diana le pizzicò il braccio: «Ci sarà anche da capire per il funerale, eh. Non vorrai mica farmi morire in abito nero».

«Ti metto nella bara con un vestito a fiori. Contenta? Ora sta' buona e ripassami la canna».

Diana rise piano, ma Sandra guardava davanti a sé, concentrata e tesa, gli occhi gonfi: come se nel buio fosse acquattato qualcosa di mostruoso pronto a sbranarla. E Diana sapeva cos'era. Lo sapeva benissimo: era la vecchia paura da cui Sandra l'aveva protetta per anni, fedelmente, e cui ora doveva arrendersi. E come doveva essere dura per lei, sapere che la sua compagna sarebbe morta giovane, consunta e infelice, lasciandola sola. Ma erano finiti i trucchi, finite le strategie; non restava che amarsi per il tempo ancora disponibile.

14

La doccia dava direttamente sul water. Si lavò come poteva, allagando mezzo bagno, e si fece la barba con l'ultimo rasoio usa e getta rimasto. L'acqua puzzava di verdura marcia. Poco dopo Fiore venne a bussare alla porta.

«Andiamo?».

«Oggi cosa ci tocca?».

«Non so, devo sentire Stanko».

«Non farmi fotografare altri bambini, ti scongiuro».

«Fotograferai quello che c'è».

Davide sospirò e prese le macchine. Stanko li aspettava nella hall con la consueta aria annoiata; li fece salire in auto e li portò in casa di una vedova musulmana con due figlie. Bevvero il loro tè troppo zuccherato e Stanko tradusse con voce neutra il racconto terrificante della morte del marito, sgozzato dai cetnici e buttato giù da un ponte. Le due figlie fumavano guardando Davide; la più alta aveva una cicatrice sulla guancia e gli chiese in inglese stentato se l'avrebbe portata via in Italia. Davide disse che aveva una compagna e viveva in Belgio. Fiore finì di intervistare la vedova; sembrava molto soddisfatto.

«Fammi un bel primo piano della signora», disse. «Mi raccomando».

Davide aveva fotografato cadaveri, vecchie in lacrime, bambini in lacrime, bambini che ridevano, ragazzi che bevevano rakija, palazzi sventrati, bombe inesplose, bambini senza una gamba, finestre rotte, ospedali da campo. Da qualche tempo si parlava di pace ma a Sarajevo c'era- no sempre i cecchini e i cannoni e a quanto pareva c'era ancora bisogno di immagini da quel posto, chissà per quale motivo. Così Davide puntò l'obiettivo e scattò.

La sera telefonò al padre, lo ascoltò lagnarsi e lo consolò come poteva. Si fece passare sua madre che lo rin- graziò per essere sbucato da sotto il letto l'altra sera e avere fatto una bella chiacchierata con lei. Tornò suo padre al ricevitore e gli disse: «Hai sentito? Hai sentito? Torna presto e fai attenzione, ti prego».

Davide riappese e si attardò nel bar dell'Holiday Inn in compagnia degli altri giornalisti. I tre inglesi litigavano davanti a una bottiglia di rakija e Fiore ci provava con un'inviata della tv svedese. Stanko fumava chiacchierando con il portiere.

Davide pensò a Sophie e guardò l'inviata svedese che rifiutava con garbo la corte di Fiore: aveva belle tette sotto la maglietta a righe, e i capelli castani le ricadevano sugli occhi in una frangia corposa. La immaginò nuda ed ebbe un'erezione.

Offrì un altro paio di giri a Stanko e poi salì in camera, prese carta e penna e scrisse:

Cara Sophie,

ti scrivo dalla stanza dell'albergo che puzza come al solito di marcio e di fumo. Spero tu stia bene. Io invece non ce la faccio più. Dopo Srebrenica mi pare che questa guerra abbia superato ogni logica, se prima aveva una logica. Sì, intanto è arrivata l'estate e con l'estate l'ONU si è svegliata, ma io non ce la faccio più. Gli altri mi dicono: Ma se sei

*qui solo da tre mesi! Per me sono fin troppi. Noi fotografi
e giornalisti non serviamo a niente. Almeno, io non servo
a niente. Faccio una foto, la vendo, poi torno a Bruxelles a
fare l'amore con la mia bella compagna.*

*Ieri però è saltato fuori che Stanko, nella sua vita prima
della guerra, faceva l'insegnante di letteratura. Mi ha parlato
di un poeta, Izet Sarajlić. Pare sia molto famoso da queste
parti. E nonostante tutto non ha mai voluto abbandonare
Sarajevo, anche se avrebbe potuto. Stanko mi ha tradotto
qualche poesia in inglese: io come sai non ci capisco molto,
ma questi versi sono semplici e mi piacciono. Forse piace-
rebbero anche a mio papà (dovrei mandarglieli).*

*Ce ne sono quattro che mi hanno colpito in particolare,
gli ultimi di una poesia che si chiama* Giudicano. *Provo a
tradurli dall'inglese di Stanko:*

Giudicano.
Nel corso di tutta la storia giudicano.

Cara,
e se provassimo a fuggire dalla storia?

Ecco, è quello che vorrei fare anch'io.

Ti bacio

Davide

15

Dario si appassionò al thrash metal grazie a Mattia, e capì in fretta che non esisteva musica più adatta a lui. Quella furia compressa e disciplinata, quella solitudine altera, quell'iperrealismo. Ora aveva quindici anni, una maglietta dei Metallica che riproduceva la copertina di *Master of Puppets* e il solito desiderio – essenziale, bruciante: essere altrove.

Il fratello maggiore di Mattia suonava in una band piuttosto rinomata nei dintorni. Dario iniziò a seguirli nei loro concerti in circoli e birrerie di provincia, stipato nel retro di un Fiorino con gli strumenti e il suo migliore amico. Li istruivano sui modi di collegare i cavi, usandoli a volte come roadie improvvisati. La notte non era più solo un panorama di stelle e pianeti lontani. Poteva abitarla e attraversarla anche sulla terra.

Dopo aver suonato, i membri del gruppo facevano girare una bottiglia di vodka parlando dei pompini che le loro donne gli avrebbero fatto l'indomani. Dario dubitava che queste donne esistessero, ma era bello starsene lì accanto al Fiorino a far sfumare il sudore del pogo e delle grida, a pisciare in un campo di frumento, mentre le casse dell'autoradio lanciavano i riff dei Testament per l'hinterland.

Il resto delle sere le passava in camera con pile di fumetti e un grosso blocco da disegno e le matite e i pennarelli. Copiare Steve Ditko, copiare Frank Miller, John Romita Jr., Todd McFarlane e il Batman di Neal Adams.

E la domenica (dopo aver attraversato a piedi scalzi il corridoio e visto il padre russare riverso sul letto, l'altro cuscino abbracciato e stretto al viso) faceva interminabili peregrinazioni in bicicletta, in solitudine o con Mattia, fiancheggiando i capannoni dai tetti in eternit, i cantieri caliginosi e bigi. La segheria sulla provinciale mandava un odore acre e intenso che bruciava in gola.

Era un'ipnosi. Era qualcosa cui non potevi sfuggire: benzinai, platani ingrigiti, immensi cartelloni pubblicitari che parlavano tutti la stessa lingua – MOBILIFICIO CASTELLI 5 KM, AUTOLAVAGGIO BRILLAFAST, RISTORANTE TAVOLA CALDA IL TIGLIO PREZZI MODICI – e campi da calcetto coperti da teloni di plastica, la brina sui prati vicino all'uscita dell'autostrada in inverno, e d'estate i temporali a gonfiare l'aria che in bocca scoppiava di asfalto bollente: e ancora il riflesso di certi crepuscoli, di certi cieli tagliati dal profilo dell'acciaieria – e infine era di nuovo sera, così presto, e di nuovo notte, la notte rossa che si alzava tra l'abbaiare dei cani fino ai limiti dell'hinterland, verso il richiamo disperato della città.

Un pomeriggio era davanti alle case popolari. In uno spiazzo di terra battuta dove fino a pochi giorni prima c'era un circo di zingari, vide una decina di bambini sdraiati. Rallentò la pedalata e si avvicinò. I piccoli corpi erano immobili, gli occhi chiusi, braccia e gambe larghe, chi supino e chi prono. Dario pensò a una perdita di gas della fabbrica chimica vicina e fiutò l'aria, ma non sentì nulla. Giunse a un metro di distanza dal primo bambino, con la bocca secca dalla paura, quando tutti insieme si levarono in piedi o in ginocchio e urlarono.

Dario sussultò, cadde dalla bicicletta, gli occhiali volarono a terra. I bambini risero saltellando sul posto, indicandolo e agitando le braccia. Era un gioco? E perché fingersi morti? E quanto a lungo avevano atteso? Dario raccolse gli occhiali, ritornò sul sellino e pedalò via, tremando, mentre le risa echeggiavano sguaiate alle sue spalle.

Aveva cominciato a chiamare sua madre per nome, dunque rimproverò Eloisa perché fumava ancora nonostante le promesse di smettere. Lei si difese: era solo una sigaretta qui e là, light per di più. Per ripicca Letizia le rubò la matita più costosa e ogni giorno si truccò gli occhi cercando di imitare una presentatrice sulla copertina del *Tv Sorrisi e Canzoni* della nonna.

Ma sua madre continuò a fumare e lei optò per qualcosa di più drastico. Prese le sue sigarette, l'alcol etilico e i fiammiferi dalla cucina, e bruciò tutto in giardino una domenica mattina. Quando Eloisa uscì fuori strappandole i fiammiferi di mano, spaventata e arrabbiatissima, Letizia si limitò a dirle che l'aveva fatto perché le voleva bene. Voleva finire come Diana? Sì, okay, Diana aveva un tumore al fegato, ma il concetto era lo stesso. Era tanto difficile da capire? Come poteva non capire? Perché cazzo non lo capiva?

Per aiutare gli studenti nella scelta delle scuole superiori, la prof di italiano chiese di fare un elenco dei propri difetti e pregi. Letizia divise il foglio in due e scrisse sotto la colonna dei pregi: *Sono onesta, e credo che questo sia un esercizio stupido.*

Si beccò una nota sul registro e ciò accrebbe la sua popolarità in classe: Roberta Basilico la invitò a un pigiama party in casa sua per la sera successiva, che si rivelò essere una piccola festa tra stronze arroganti con alcolici trafugati ai genitori. Avevano una taverna a disposizione, i Take That ad alto volume e nessun adulto fra i piedi. Senza chiedere il permesso, Letizia mise sullo stereo l'ultimo disco di Diana – a suo avviso la migliore di tutta la famiglia Sartori.

«Questa è mia cugina», gridò bevendo gin da un bicchiere di plastica, mentre le note di chitarra acustica riempivano la stanza, piuttosto incongrue, e le altre ragazze arricciavano il naso e storcevano la bocca. «È mia cugina ed è un genio. Capito?».

Letizia bevve ancora. Cercava di apparire altera e ribelle come Kelly Taylor di *Beverly Hills 90210*. Le ragazze la guardavano con un misto di scandalo e attrazione, esattamente ciò che voleva.

«Ascolta mia cugina», balbettò a Roberta Basilico, che la respinse schifata.

Di colpo sentì il sudore freddo sulla fronte, corse in bagno e vomitò nel bidet. Si rotolò confusa sulla schiena, mentre il soffitto girava sopra di lei. Aveva tredici anni e stava diventando grande.

Suo padre la mise in punizione per dieci giorni. Chiusa in stanza con la possibilità di uscire soltanto per andare a scuola; cena lasciata davanti alla porta e nessuna interazione con i familiari. Quando uscì, carica di origami colorati che aveva composto con certosina pazienza, vide che Eloisa la squadrava. Era contraria a questo genere di castighi – ripeteva che ogni prigione, anche una camera da letto, è una vergogna – ma ora c'era dell'altro, un circospetto interesse. Letizia lo capì all'istante: stava diventando grande e quella festa e quei dieci giorni di reclusione ne erano la prova.

«Come stai?».

«Bene».

Letizia iniziò a deporre gli origami in fila nel corridoio, animaletti blu e rossi e verdi.

«E questi giorni come sono andati?».

«Benissimo».

«Lì da sola, senza televisione».

«Sì».

«E non ti annoiavi?».

Depose un altro origami; era arrivato il momento di guardarla.

«Mi annoio di più fuori, Eloisa».

17

Il telescopio puntato dalla finestra della camera di Dario non restituiva alcuna stella: troppe nuvole, troppa foschia. Libero si scostò e andò a preparare la cena. Salò poco l'acqua bollente e vi tuffò dentro gli spaghetti. Su un'altra padella fece imbiondire l'aglio in un cucchiaio d'olio d'oliva. Quando l'olio prese a sfrigolare, vi rovesciò dentro il cavolo nero spezzettato e lo fece saltare con cura. Infine unì la pasta e il cavolo sperando di avere seguito correttamente la ricetta della moglie del barbiere. Arrivò in tavola con la pentola fumante e una ciotola di lupini, mentre Dario usciva dal bagno dove era chiuso da quasi mezz'ora.

«Come è andata a scuola?».

«Solito».

«La verifica di latino?».

«Credo bene».

«Non so come fai a studiare quella lingua. Io non ci capirei un tubo».

Mise la pasta nei piatti. Dario cominciò a masticare assorto.

«Dici che ce la facciamo col Milan?», chiese Libero.

«Dipende. Weah è in forma smagliante».

«Ma noi abbiamo Zidane».

«Forse».

«Per me segna lui».

«Non so».

«Me lo sento». Versò l'acqua per entrambi, allegro. «Stavolta li facciamo a pezzi, quei rossoneri malefici. Doppietta di Zidane e terzo gol di Vieri».

Dario annuì.

Più tardi Libero lavò i piatti e pulì il piano cottura e il lavabo della cucina, asciugandoli con cura per evitare macchioline sul metallo. In soggiorno rifece i conti dell'azienda con fogli e calcolatrice: da qualche tempo erano in rosso, il lavoro mancava, la gente non si fidava più di lui e non capiva perché. Telefonò a Palma e lasciò che il socio lo tranquillizzasse.

La notte fece un po' di pipì a letto. Gli era già capitato due o tre volte. Provò a lavare la macchia – stavolta più ampia e puzzolente del solito – ma l'alone rimase. Rovesciò il materasso.

La domenica a messa era distratto. Ascoltò a tratti l'omelia del nuovo prete, attratto dal seno gonfio di una donna in terza fila. Poi andò a pranzo dai genitori a Sesto San Giovanni. Dario non volle accompagnarlo: doveva vedere Mattia e gli altri suoi amici metallari.

Il vecchio Renzo era a letto, lievemente rintronato.

«Come stai?», gli chiese Libero.

«Benone, sta! Non ha niente!», gridò sua madre affacciandosi alla porta.

«L'ho chiesto a lui».

«E invece ti rispondo io. L'è dré a diventà matt».

«Papà?».

«Eh», disse Renzo.

«Stai impazzendo, come dice la mamma?».

«Macché».

«Ci basta la zia Margherita, in famiglia».

«Lo so», grugnì.

«Dai, vieni a tavola».

«Sono un po' stanco».

Libero si voltò verso la madre e lesse nei suoi occhi un cenno d'intesa.

«Su. Non farmi arrabbiare», disse.

«Se ti dico che sono stanco».

«E se io ti dico che devi venire, devi venire. Forza». Lo prese sotto le ascelle e lo sollevò con uno strattone. «Forza!», ripeté, a voce più alta.

«Mi fai male», disse Renzo.

«Basta discussioni, papà».

Lo portò a tavola e gli mise il bavaglio al collo. Lui e la mamma mangiarono le lasagne soddisfatti, mentre Renzo li fissava.

Ripartì alle cinque: la nebbia della sera stava già calando. Il furgoncino arrancava tra le vie della sua vecchia città, illuminando vetrine di negozi abbandonati, la filiale di una banca, un ristorante con una grossa ancora a mo' d'insegna.

Libero imboccò la tangenziale nord, uscì e percorse la Varesina. All'altezza di Castellazzo, seminascoste dalla foschia, c'erano delle donne che si stringevano le braccia al petto saltellando sul posto. Libero fermò il furgone e le scrutò. Una bionda giovane, sui vent'anni o anche meno, si avvicinò al finestrino e gli sorrise dicendo qualcosa. Aveva un accento slavo. Libero la fece salire.

Venne quasi subito nella mano di quella donna e la pagò più del dovuto, insistendo affinché lei prendesse tutti quei soldi. Voleva parlarle, ma non aveva niente da chiederle; e lei se n'era già andata salutandolo con un cenno della mano. Libero rimase qualche minuto al volante del furgoncino spento, osservando i lampioni della provinciale che bucavano qui e là la nebbia. Quindi ingranò la marcia e ripartì.

18

L'idea, a quanto le disse Eloisa, era stata di Letizia. Festeggiare insieme in ospedale, con tanto di panettone e spumante e orribili berretti rossi da babbo Natale. Sandra la truccò con attenzione, e quando le porse lo specchio Diana riuscì quasi a riconoscersi. Negli ultimi mesi aveva perso molto peso, e il viso si era trasformato in un ovale spento dove spiccavano quasi solo il mento e gli occhiali. Indossò una camicia elegante, larga a sufficienza per nascondere la pancia gonfia, e pretese di avere anche lo smalto sulle unghie.

«Ora te lo metto, cocca», disse Sandra. «Poi arrivano tutti e diamo inizio al party».

E davvero arrivarono tutti: persino zia Margherita che lo zio trascinò quasi a forza, mentre lei, recalcitrante, temeva di essere confinata nel reparto psichiatrico.

Scartarono i regali sul suo letto: una PlayStation, una riproduzione di Hopper, un maglione color vinaccia, un romanzo di Stephen King, un introvabile vecchio saggio su Schumann. Appesero persino un poster di Janis Joplin alla parete, ma Diana aveva voglia di fare i capricci e chiese per tre volte di spostarlo.

Eloisa aveva portato uno stereo e suonò il suo ultimo disco. Cantarono *La ballata del Giuàn*, finché un'infermiera magra e nasuta piombò nella stanza dicendo che stavano esagerando.

«Va bene che è Natale, ma ricordatevi dove siamo. E ricordatevi dei malati soli».

«Uèla, che strega», disse Sandra poco dopo. «Un po' in anticipo per la Befana, però».

Bevvero spumante caldo e troppo dolce in bicchieri di carta. Le briciole di panettone finirono sotto le coperte. Fuori era buio pesto, la sera silenziosa e gelida della vigilia, ma lì erano al riparo. Dario, seduto in un angolo, leggeva il booklet di un cd sulla cui copertina c'era un serpente sibilante. Letizia continuava a carezzarle i capelli e le disse che la trovava bellissima, e che da grande avrebbe voluto essere come lei. Diana pregò di non avere mancamenti o allucinazioni; l'encefalopatia ogni tanto la faceva delirare, e voleva godersi quel momento.

Poi se ne andarono baciandola ognuno sulla fronte, e Sandra le intimò di finire il panettone il giorno dopo. Suo padre si trattenne ancora per un istante. Posò una mano tremolante sulla sua guancia e le disse con gli occhi rossi che gli spiaceva tanto di tutto. Diana gli strinse forte le dita e voltò la testa dall'altra parte.

Quando fu di nuovo sola pensò che aveva amato ed era stata amata per tanti anni felici. In fondo, si disse, restava una scema ottimista. Aveva creato della musica, per quanto semplice e forse poco ispirata, e vissuto giorni splendidi – molti più di quanti avrebbe creduto da ragazza. Ma come al solito tutto ciò smise presto di essere di conforto e la stanza parve staccarsi e andare alla deriva nello spazio, una fluttuazione in fondo alla quale c'era sempre la stessa cosa, la sentenza già scritta. Avrebbe voluto gridare agli altri: *Tornate! Tornate!* Poteva sentire la paura crescere attorno a sé, simile a una nera gramigna.

I dolori del corpo le vennero in soccorso, si fecero insopportabili con il passare dei minuti. Chiamò l'infermiera nasuta che le diede sbuffando della morfina. Diana chiuse gli occhi e scivolò nel sonno, dimenticando che da quell'oblio o da uno dei successivi non sarebbe mai più tornata.

19

Usavano come teatro parte del grande salotto. Il buio era spezzato da due faretti posizionati sopra le librerie, che illuminavano scarsamente la scena. L'uomo, in completo grigio scuro con un enorme farfallino viola, parlava nel microfono quasi leccandolo, sudato, la barba a macchie, magrissimo, lo sguardo acceso.

«Allora, allora, allora», riprese dopo una pausa, asciugandosi le tempie con un fazzoletto. «Allora, gente, come ci si sente con un centinaio di albanesi morti sul gozzo? Eh? Voi che fate tanto i buoni e giusti. Katër i Radës. Lo sapete pronunciare bene, almeno? Avete cercato sul dizionario come si dice? Avete fatto questo gesto di compassione, o un cazzo? Katër i Radës, Katër i Radës, Katër i Radës», ripeté quasi gracchiando, ed Eloisa si sentì a disagio. Non doveva essere uno spettacolo comico?

«Le notizie le avete lette. Non è colpa vostra, no? Quelli erano su un barcone, ci stavano invadendo, li abbiamo buttati a mare. Ma non è colpa vostra. Avete pianto, almeno? Vi serve questo?». Agitò il fazzoletto come a salutare un amico in partenza, e qualcuno di fianco a Eloisa ridacchiò.

«Ah, ridete?», disse l'uomo illuminandosi ed estraendo dalla tasca un naso rosso da clown. «Bravi. Così si fa! Eppure c'è qualcuno più umano di voi, compagni e concittadini milanesi. Sapete di chi parlo, no? No? Qualche idea? Lì sotto, lì nell'angolo... Proprio sotto a quel Sironi. Ah, non è un Sironi? Gesù, ma che merda di quadri avete, qui?». Scosse la testa disgustato, infilando sul naso la palla di gommapiuma; ci fu un'altra risata, ma la tensione era percepibile nell'aria.

«Sto parlando di Silvio, amici! Di Silvione nostro. Il cavaliere nero, l'arcinemico. Avete sentito cos'ha detto, vero?». Afferrò il microfono a due mani e cambiò radicalmente espressione, raccolse il tono e imitò la cadenza di Berlusconi con tale bravura che Eloisa schiuse le labbra dalla sorpresa. «*Non possiamo accettare che siano ributtati in mare, questi... Son cose che sono indegne di noi, sono indegne di noi! E noi dobbiamo reagire a questo, dobbiamo reagire a questo*». Un profondo sospiro, gli occhi chiusi; la voce si spezzò nel punto esatto, ai limiti delle lacrime, e il naso rosso apparve ancora più assurdo nella luce fioca. «*Ecco, queste son cose che noi non possiamo permettere che succedano più nel nostro paese*. Voilà. Ha detto esattamente così, eh, l'ho mandato a memoria. Ora», disse, tornando repentinamente allegro, «che dobbiamo farne? Mentiva? Dite che mentiva. Ah, io non lo so mica, io sono soltanto un guitto – ma se era una bugia era detta bene, con tutti i crismi, e chiamatemi pirla, però io mi sono commosso. E forse i cattivi siete voi, che avete subito pensato male. Povero Silvio! Povero!».

Qualche risata esitante.

«E tuttavia non avete torto a dubitare, a pretendere la verità. Ci vuole la verità, si dice: sulla strage di Bologna, sulle trattative fra Stato e mafia, sulla P2, sull'Anonima sequestri, su Michele Sindona, sulla banda della Uno bianca, sulla ricetta originale del ragù, le corna del dottor De Cazzis, lo sciopero dei nullafacenti, l'inflazione, i ritardi degli autobus, le poesie di Carducci, l'inquinamento, le malefatte del cugino, chi ha rubato la marmellata, e infine pure le lacrime di Berlusconi. E però, però, però. Però l'Italia è un paese dove la verità non ha presa», disse con un tono dolce, ruotando in modo ridicolo e agitando le braccia come un gabbiano ferito. «Fisicamente, proprio. La verità proprio non piace e non serve a nessuno: è un orpello. Al più un vizio. Anche se l'avessimo qui e ora, a disposizione, non sapremmo che farcene. Nemmeno voi, stimatissimi amici e compagni e concittadini. Non siete migliori di lui! Non è meraviglioso? Non è una bellissima, fantasmagorica ragione per vivere? Forza Italia! Forza *Italia*!», urlò tanto forte nel microfono che qualcuno gemette.

Durante il rinfresco, Eloisa si accorse di quanto fosse grande l'appartamento. Amici di amici di Giulio organizzavano ogni mese uno «spettacolino» con offerta libera da dare in beneficenza, e mentre addentava una tartina al salmone e burro giurò a se stessa che quella sarebbe stata la sua prima e ultima partecipazione.

Lungo i muri coperti di quadri e librerie, l'élite della borghesia milanese, colta e raffinata, ovviamente di sinistra, accusava il comico di non aver capito un accidente. E com'erano stronzi, come lo erano rimasti, quei sopravvissuti dell'epoca. A volte Carlos diceva che il peggiore dei peccati è l'assenza di gentilezza: ed eccoli, i vecchi ex militanti cui era andata bene, che non avevano sangue sulle mani e non erano a faticare in una cooperativa o a dannarsi per gli altri o in prigione: eccoli a maltrattare cameriere, lamentarsi per le pratiche in ritardo, far la voce grossa contro studenti e sottoposti. E lei?

Poteva ben dirsi che boicottava le multinazionali; che suo marito aveva lanciato petizioni per l'architettura sociale; che si era malridotta più volte a causa dei digiuni dei Radicali e partecipava ai cortei contro gli sgomberi dei centri occupati. Era anche lì a mangiar tartine.

Si chiese cosa avrebbe detto loro Anna Ponticelli, Anna il mostro, la compagna che aveva sbagliato nel peggiore dei modi. *Ma come*, avrebbe detto: *adesso che il gioco si fa duro, mollate? Adesso che non si scherza più, dite che siete stati fraintesi? E tu, ti sei scopato una decina di compagne facendo il capo – e poi cosa? Torni alla casa in centro di mamma e papà perché ti caghi sotto? E ci fai pure la morale? No, non posso crederci. È peggio di centomila rimorsi, di centomila incubi per il male dato invano.* Questo forse avrebbe detto; o forse no.

Eloisa andò in bagno, prese il rossetto dalla borsetta e senza pensarci troppo tracciò sullo specchio una A cerchiata. Rimirò la sua opera con sentimenti contrastanti, non privi di vergogna; quindi uscì in fretta senza salutare nessuno.

Renzo accostò la fiamma del saldatore al pezzo e avanzò lentamente, ma stava facendo un lavoraccio e poteva vederlo da solo. Aveva chiesto un favore in fabbrica e gliel'avevano concesso, tutto qui. Un operaio in pensione che voleva saldare un nuovo fiore di metallo per sua figlia, come quello che aveva fatto sbocciare tanti anni prima. Voleva deporlo sulla tomba di Diana per scusarsi o guarire da quel dolore insopportabile, dai sensi di colpa delle notti insonni e fredde.

Tentò e ritentò e infine decise di rinunciare. Fissò disarmato gli attrezzi sul banco. Nomi giusti per cose semplici e affidabili, ma che adesso apparivano retaggi di un tempo remoto. Le fabbriche fallivano, la Falck aveva fatto un'ultima colata l'anno prima e aveva chiuso, e nessuno parlava più della bellezza dell'opera come faceva una volta il Giudici.

Restava il presente, e il presente era una figlia morta e i ricordi che svanivano.

Tornò a casa facendo bene attenzione a dove andare, perché gli era già capitato di smarrirsi. Qualcuno lo salutò per strada ma lui lo ignorò. Dovette fermarsi un paio di volte a riposare contro il muro.

A casa la Teresa gli chiese dove fosse stato e perché avesse tardato tanto; aveva una voce cupa e fastidiosa. Renzo diede un risposta qualunque che non doveva avere molto senso, perché provocò un'altra sgridata di rimando:

la ignorò e sedette sul divano massaggiandosi il collo. Solo in seguito si accorse di avere parlato in friulano.

Stava perdendo la testa perché non aveva mai letto un libro: avrebbe dovuto dar retta a Gabriele. *I libri tengono il cervello giovane.* Quel basoâl. Ma forse avrebbe dovuto dargli retta, per una volta. Ora che tutto perdeva forma e intensità, ora che sua figlia se n'era andata per sempre e nulla l'avrebbe riportata indietro, a cosa poteva aggrapparsi un uomo se non ai suoi fratelli? Così, mentre guardava la credenza sulla parete di fronte, gli sovvenne di aver perso il più amato durante la guerra, e più che mai l'avrebbe voluto al fianco. Domenico, Meni il generoso. L'unico in grado di perdonare tutti i suoi sbagli, i suoi tradimenti, le sue mancanze.

E alla fine lo fece. La amava ancora, incontestabilmente. E ancora adorava penetrarla di fianco sul letto sfatto, al mattino presto: puntavano la sveglia prima dell'alba come due adolescenti per avere tempo di scopare, e come gemeva lei – come lo baciava teneramente voltando appena il collo.

Eppure disse basta. Lo disse un giorno in salotto, al culmine di litigi crescenti, e si prese lacrime e uno schiaffo in risposta: lei *non era d'accordo*, naturalmente, e anzi lo incolpava di averla illusa per più di dieci anni, di abbandonarla ora che era una donna di mezza età.

Lo disse perché l'amore aveva smesso di essere fonte di gioia: anzi lo atterriva. Troppe volte, durante l'allestimento di una mostra o un viaggio professionale, si era fermato a guardarsi intorno con desiderio e stizza. Forse aveva esaurito la sua fedeltà, come si sperpera una piccola fortuna e ci si accorge, di colpo e quasi traditi dall'ovvio, che il danaro non poteva durare in eterno. Forse il suo sentimento esisteva in una quantità definita; ed era terminata.

Voleva le altre donne. Nemmeno andarci a letto, solo la chance, il lampo del flirt in piena autonomia – e poi magari andarci a letto davvero, ovvio. Era stato molto vicino al tradimento con l'assistente di un collega, una rossa di origini polacche. Si era trattenuto e aveva odiato

Sophie per una settimana intera: allora aveva capito che era troppo tardi.

Quando lo raccontò a Fiore, giorni dopo al telefono, l'amico lo investì: «Mi spieghi che cazzo di problemi hai?». In quel periodo stava divorziando e non per volontà sua; era molto sensibile al tema. «Avevi la donna che ami, una donna fantastica e intelligente. Fai il lavoro che ti piace fare, e hai successo. Hai tutto. Hai i soldi per campare, il rispetto, l'amore; tutto. Non ti basta?».

Davide strinse la cornetta. No, non gli bastava. Ma come spiegare al vecchio Fiore che proprio quello era il punto? Un uomo come lui doveva provare ogni volta a se stesso di essere libero, a qualunque costo, perché la libertà contava più della gioia. Certo, l'amore era una cosa meravigliosa e a lungo l'aveva creduta sufficiente; aveva creduto di poter accettare ogni aspetto di un altro essere umano, il suo splendore come i suoi inevitabili difetti.

Ma sapeva come finiscono le persone amate. Aveva visto sua madre rincitrullire, sua cugina crepare a quarantadue anni di cancro: aveva visto suo padre e la fidanzata di Diana schiantati dalla sofferenza. L'amore non salvava nessuno dalla distruzione. La sola legge valida era dunque il *carpe diem*, il buon vecchio *carpe diem* della giovinezza; la fuga senza fine.

A Fiore disse soltanto che le cose andavano così, e riappese.

Quella notte uscì con la sua nuova Leica e attraversò la città. Dall'appartamento in place Sainte Catherine costeggiò il centro, la chiesa di Notre-Dame de la Chapelle e il Palazzo di giustizia. La città era sporca e poco illuminata e ora che era di nuovo solo apparve a Davide come una landa vibrante, foriera di avventure. Quanto amava Bruxelles, il nord, i palazzi dai bovindi rettangolari, l'aria scalcagnata delle vie sotto le nuvole d'inverno o i rovesci di pioggia.

Rinvigorito, superò il quartiere di Saint Gilles e si spinse nei dintorni della stazione. Davanti a un gommista due tizi si stavano picchiando; un centinaio di metri più in là alcuni vagabondi si scaldavano a un fuoco di rifiuti. Davide montò il flash, scattò una foto dalla distanza e si avvicinò. Il tipo che stava avendo la meglio captò il suo sguardo e gli urlò contro: Davide fece un passo verso di lui, e lui sbraitò in francese che si doveva levare dal cazzo, e che cazzo aveva da fotografare, e che l'avrebbe ucciso: pochi secondi dopo era cominciata.

Davide, invecchiato e debole e senza nessuno più per cui lottare se non se stesso, improvvisò memore dei tempi andati. Depose la macchina, misurò la distanza con qualche jab. L'altro lo travolse e lo gettò a terra: riuscì ad alzarsi di scatto scivolando di lato, riprese la guardia e lo affrontò. Era una cosa vera, Cristo, e lui non si era mai pestato. Cosa si era perso in tutti quegli anni, e come si sentiva bene, mentre il terrore gli gonfiava i polmoni. Ricordò il padre commentare sdegnato la sua passione per la boxe, da ragazzo: *Cosa siamo?*, diceva sempre, *Bestie?* Sì, papà, siamo bestie: e come bestie amiamo e ci divoriamo, siamo corpi che patiscono e nient'altro.

L'uomo gridò e lanciò quello che doveva essere un gancio, ma sbilanciandosi eccessivamente. Davide si chinò, passò sotto al braccio e fece partire un destro alla milza. L'uomo cadde sulle ginocchia.

Davide ansimava. Raccolse la macchina fotografica e tornò indietro di corsa, mentre i barboni davanti al fuoco agitavano i pugni, gli mandavano fischi e applausi. Sollevò una mano per salutarli e scomparve nella notte.

Sua moglie si affacciò alla porta dello studio. Gabriele stava riordinando le carte sul tavolo: appunti su Proust e Manzoni, frammenti di prose liriche cui stava lavorando, un piccolo saggio attorno a Parini che, già lo sapeva, mai avrebbe terminato. Trasalì. Ormai raramente Margherita si alzava dal letto di propria iniziativa.

«Sai cosa dovremmo fare oggi?», disse con un sorriso vuoto.

Gabriele la fissava incredulo.

«Sai cosa dovremmo fare oggi?», ripeté.

«No, amore. Cosa?».

«Un bel viaggetto».

«Un viaggio?».

«Ma sì». Indicò con il mento la finestra e la giornata: i cedri del Libano contro il cielo azzurro opaco, il filo di fumo dal comignolo del palazzo di fronte. «Guarda com'è bello. Facciamo una gita».

Gabriele guidò trasognato l'auto fuori dal box. Margherita lo aspettava tenendo aperto il cancello del condominio. Si era messa un abito bianco latte e il cappello a tesa larga che aveva comprato durante un loro viaggio a Vienna, molti anni prima. Salì.

«Dove andiamo?», disse lui mettendo in moto.

«Mah. A Grado?».

«Grado?».

«C'è quel bel ristorante di pesce. Quello di Alda Pinatti».

«Amore, è a quattro o cinque ore da qui».

Lei arricciò le labbra.

«Allora fai tu».

Credeva ancora di essere in Friuli? E come poteva ricordare il nome dell'ostessa da cui erano andati un paio di volte, quando Davide era appena nato? Il gusto delle sarde in saor esplose sulla bocca di Gabriele, un ricordo sepolto e riportato chissà come alla luce. *Non importa. Non pensarci, vecchio scemo: vai e basta.*

Ingranò la marcia e si diresse verso nord. Semafori rossi, ciclisti, edicole e ville diroccate: e che bel sole, pallido e fragile, a media altezza fra le nubi. Gabriele guidava con attenzione, sperando che nessun imprevisto rovinasse quel miracolo.

«Dove siamo?», chiese lei.

«Non so. Vuoi fermarti?».

«Quanto manca?».

Erano a pochi chilometri da Tradate. C'era un bel paesino, non lontano dal lago di Varese, dove era stato tanti anni prima con i suoi colleghi di Busto Arsizio. Quando si era trasferito in Lombardia da solo, in attesa della sua famiglia. Come si chiamava?

«Poco», disse. «Pochissimo».

Margherita annuì e si coprì il viso con il cappello.

Ecco! Castiglione Olona. Un borgo medievale abbandonato in una vallata verde, con vecchie case dalle tegole rosse e viuzze che salivano e scendevano; una magnifica chiesa e il fiume più in basso. Gabriele parcheggiò e aiutò sua moglie a scendere dall'auto. Passeggiarono tenendosi per mano, sui ciottoli dei sentieri, fra i cespugli, e ammirando gli affreschi del vecchio battistero.

Una bimba faceva la ruota in piazza sotto gli occhi della madre; Margherita si avvicinò a carezzarla: «Oh, che ninine», disse. Gabriele comprò una bottiglia di succo e la divisero su una panchina. Poi ripresero a camminare, sudando e ansimando per la fatica. Poco distante dal fiume c'era un frutteto: si avvicinarono e Margherita colse una fragola da un filare.

«Ma che fai?», disse Gabriele.

«E che vuoi che sia. Per una fragola».

Ed era giusto: perché preoccuparsi, aveva passato una vita a preoccuparsi, annotazioni in penna rossa sui temi, colonne di cifre da far tornare, scelte che avrebbe dovuto fare sotto la guerra invece di nascondersi. Una vita a educare i figli e vederli diventare persone incomprensibili e sparire o tornare; una vita passata fra allievi amati e allievi che lo odiavano e parole francesi e libri e piccoli viaggi, a farsi soffiare il posto nella sala d'attesa del medico e tacere per vergogna, a pagare le tasse fino all'ultima lira, cercando ogni volta di mantenere un po' di dignità e rigore, un po' di umanità e gentilezza in quel mondo terribile – e alla fine erano soltanto fragole.

Le colsero, dunque. Le rubarono come bambini e le mangiarono, ancora acerbe e asprigne. Gabriele pregò che quel giorno non finisse mai, ma già vedeva le prime avvisaglie nell'espressione incerta di Margherita: la tregua stava per essere revocata.

«E adesso?», chiese fissandolo.

«Adesso facciamo quel che vuoi, amore».

«Ma cosa voglio? Come faccio a saperlo!».

Un uomo si voltò a guardarli. Gabriele si avvicinò a sua moglie e la prese sottobraccio: «Forse è meglio se andiamo a casa. Che dici?».

«Dove mi hai portata?».

«A Castiglione, in gita».

«Dove mi hai portata? Perché non sono a letto?».

«Margherita, amore...».

«Cosa volevi farmi?».

Gabriele la mise sul sedile del passeggero e le allacciò la cintura. Vide che tremava e sbavava un poco ma non ebbe la forza di asciugarle la saliva. Restò per un minuto con le braccia sopra il tetto dell'auto a guardare i boschi e le colline del varesotto. Avrebbe dato qualsiasi cosa pur di tornare indietro di un giorno e ricevere di nuovo quella sorpresa, e così all'infinito. Non avrebbe chiesto altro: non la salute, né la giovinezza perduta, nemmeno la nipote restituita alla vita. Solo quel giorno.

Nell'abitacolo Margherita picchiava i pugni sul cruscotto.

I prati di Ashton Court erano invasi da famiglie, coppie dalla pelle scottata, uomini troppo alti e già un po' ubriachi, semplici adolescenti come loro. Centinaia di migliaia di persone con la testa reclinata per vedere le mongolfiere alzarsi in un cielo slavato.

Un enorme scozzese di gomma, in kilt e cornamusa, vagava perduto lassù, tra una fragola gigante, un maiale con la scritta *Britannia* e una pila Panasonic metà nera e metà gialla. Altri palloni dalle fogge più classiche spiccavano il volo da terra uno via l'altro, sospinti dalle fiammate dei bruciatori: a Letizia sembravano fichi dai colori più diversi, gialli e verdi e a strisce e arlecchino.

La giornata era calda, dopo la pioggia dei giorni precedenti. Susanna e Valentina, le uniche compagne di corso italiane, erano sedute di fianco a lei e si passavano una bottiglia di Coca-Cola.

«Pensa essere lassù», disse Susanna.

«Mah», disse Valentina.

«Non ti piace?».

«Non siamo mica alle elementari, Susy. Sono soltanto mongolfiere».

Susanna fece un sorso di Coca-Cola: «Be', a me piacciono».

Nell'aria c'era odore di grasso sfrigolante. Letizia avrebbe voluto farsi comperare una birra dai diciottenni che avevano conosciuto il terzo giorno, e ora parlavano a poca distanza; ma era un'impresa superiore alle sue possibilità.

Due settimane a Bristol, due settimane a imparare l'inglese per far felice suo padre. Due settimane ad annoiarsi con quelle cretine, cercare di infilarsi a qualche festa, leggere *Dracula* in lingua originale, e mandare cartoline bruttissime a Dario – una tradizione di famiglia, le aveva spiegato Eloisa invitando a proseguirla – o tenerlo al telefono per mezz'ora la sera. Gli stava simpatico, suo cugino. Aveva un che di distaccato, come lo zio Davide, e la sua passione per il metal la faceva ridere.

L'ennesimo pallone decollò a poca distanza, sbandando nella brezza. In quel momento Stuart, il ragazzo alto con l'orecchino, si staccò dal gruppo dei diciottenni e le si avvicinò. Letizia lo salutò irrigidita, e con la coda dell'occhio vide Susanna e Valentina ridacchiare portandosi una mano alla bocca.

«Ehi», le disse.

«Ciao».

«Come va?».

«Bene». Indicò le mongolfiere e sorrise. «Belle, eh?».

«Eccome. Senti, posso parlarti un attimo? Da soli», aggiunse. Continuava a toccarsi l'orecchino e inspirare con il naso.

Letizia sentì le guance scaldarsi. Susanna emise un verso incomprensibile, e lei si voltò a fissarla con i denti stretti.

«Posso parlarti?», ripeté Stuart.

«Sì, certo».

«Okay. Fantastico».

Si alzò accettando la mano che Stuart le porgeva. Judy, l'insegnante del loro corso, stava chiacchierando con una donna più anziana. Stuart portò Letizia dietro un albero poco distante, contro il quale aveva appoggiato la moto, e le disse e ripeté qualcosa che lei non capì. Alla fine scelse un lessico più semplice e scandì bene le parole: «Sei molto bella».

Letizia sorrise. Era quello che aveva sognato con le amiche prima di partire per quella vacanza studio, e stava accadendo. Stava accadendo, e adesso avrebbe avuto qualcosa da raccontare al suo ritorno.

«Grazie», mormorò.

Dal pianoro ci furono altre grida. Letizia sentì la bocca arida e vide la paura sul volto di Stuart: la sua pelle era lattea e liscia a parte un brufolo sul mento, e appariva così alto e goffo.

«Posso baciarti?», chiese il ragazzo, e poi lo fece. Sapeva un po' di crema solare e un po' di deodorante alla cannella. Restarono in piedi a baciarsi per un quarto d'ora, giocherellando con le rispettive lingue; lei spostò due volte la mano di Stuart dalle sue tette, ma la terza volta decise di lasciarla lì. E benché lui non baciasse molto bene, e ci fosse troppa saliva nella sua bocca, Letizia desiderò passare gli ultimi giorni in Inghilterra al suo fianco e fu certa di volergli bene.

Alzò gli occhi ed ecco il suonatore scozzese di cornamusa, la gigantesca mongolfiera che incombeva fluttuando sopra di loro.

«Ti va di andare al mare?», disse il ragazzo.

«Al mare?».

«Prendiamo la moto e ce la filiamo a Portishead Beach».

«Non so».

«Saranno venti minuti al massimo, da qui».

Judy si era voltata e stava tornando indietro.

«Okay», disse alla fine. «Perché no?».

Salì sulla moto e Stuart diede gas. Uscirono dal parco mentre Letizia pensava che sarebbe senz'altro finita in guai seri, per l'ennesima volta, e che Eloisa l'avrebbe rimproverata con quel suo tono amareggiato, cercando di nascondere la fuga al padre. Imboccarono una strada fiancheggiata da muri a secco, attraverso campi pallidi e boschi. Lei si stringeva a Stuart e sentiva l'aria sulla faccia ed era eccitata e felice. Entrarono in una cittadina dagli edifici in mattone chiaro. Sui marciapiedi donne grasse in shorts e occhiali da sole spingevano passeggini.

Infine dopo una curva vide il mare e rilasciò un'esclamazione d'esultanza. Stuart parcheggiò davanti a un prato, lei scese di corsa, lui la chiamò – «Ehi! Dove vai?» – ma Letizia non voleva fermarsi. Continuò a correre mentre Stuart strillava alle sue spalle, sopra i sassi e verso l'acqua grigia, finché l'acqua grigia non le arrivò alle caviglie e lei si fermò, immobile e ansante, le braccia spalancate nella luce.

Seduto alla scrivania, circondato da pennarelli neri, Dario studiava il cartoncino davanti a sé. Una striscia singola, tre vignette: le prime due erano complete, mentre la terza conteneva solo l'abbozzo a matita del protagonista – un castoro con un giubbotto di pelle pieno di borchie. Mario, il Castoro Punk. Viveva mille stupidissime avventure fra Milano e Caronno Pertusella, per lo più alla ricerca di guai e delle migliori birre della regione.

Dario aggiustò il profilo perplesso di Mario, mentre il suo compagno di baldoria Zanna – un criceto piuttosto litigioso – gli spiegava quanto Gesù avesse realmente bevuto durante l'Ultima cena: «Poi nell'orto degli ulivi dice: *Padre, allontana questo calice da me*. Per forza! Chissà i postumi!».

Sbuffò. Non era molto convinto della battuta, né del tratto; e il ritocco conclusivo fu interrotto da un grido. Dario si affacciò alla finestra: suo padre stava affrontando l'ira della vicina. Mulinava le braccia avanti e indietro, mentre la vecchia gli puntava un dito contro. In mezzo alla strada c'era il furgoncino con le frecce lampeggianti e la scritta sbiadita su un lato – PALMA E SARTORI INFISSI. Da quanto intuì, papà aveva fatto cadere della ferraglia contro la siepe della vicina, e ovviamente le sue scuse non erano servite a nulla; in quel preciso momento lei gli stava dando del pirla.

Dario diede un'occhiata all'orologio: le quattro e mezza. Aveva appuntamento alle cinque con Mattia al San Filippo; decise di uscire in anticipo per evitare l'onda di amarezza del padre. Ripose il cartoncino nel cassetto della scrivania, si cambiò la maglietta bianca e macchiata di sudore con una dei Pantera, gettò la testa sotto il lavandino e uscì con i capelli fradici.

Il bar San Filippo era un posto come un altro, ma rispettava due norme stabilite da Dario e Mattia: l'assenza di radio in diffusione – niente musica tamarra, niente idiozie – e prezzi più bassi della media.

Nel locale faceva caldo e il ventilatore al centro del soffitto era rotto, le pale immobili. Mattia era già seduto al solito tavolo e giocava a scopa con un pensionato: Dario lo vide gettare un asso di cuori ed esultare.

«Te see bon no», disse il vecchio. «L'è dumà fortuna».

«Intanto ho vinto anche questa».

«E alura vadaviaiciapp».

«Hai finito?», disse Dario avvicinandosi.

«Sì. Mi piace spennare i vecchietti».

«Cos'era la puntata?».

«Un bianchino».

«Occhio a non esagerare».

Dario accese una Camel e lesse i titoli della *Gazzetta*; a metà della sigaretta, Mattia gliela strappò di bocca e fece un lungo tiro. Poi salirono sulla Uno di suo padre e imboccarono la Varesina in direzione di Milano.

Mattia aveva appena preso la patente, e la geografia della zona era cambiata di colpo: l'eccitazione di non dipendere più da altri o dagli orari di un mezzo – l'ultimo pullman carico di immigrati e ubriachi che partiva da piazzale Cadorna all'una per riportarli a casa. Mattia fece un elegante sorpasso con una mano sola sul volante, inserendo nel contempo una cassetta degli Slayer nell'autoradio: il colpo di clacson dell'Audi che si lasciarono alle spalle coincise quasi alla perfezione con l'urlo di Tom Araya che annunciava l'inizio di *Raining Blood*.

Dario accese un'altra sigaretta, abbassò il vetro inspirando lentamente e si allungò sul sedile. L'auto sfrecciava verso la città.

Più tardi – dopo aver bevuto vino cattivo e mangiato tranci di pizza sul Naviglio Pavese, in un crepuscolo rosa e annacquato, mentre l'odore ferroso della città cominciava a perdersi; dopo aver comprato un cd usato dei Black Flag e averlo perso in un bar; dopo aver bevuto birre calde; dopo aver litigato con un gruppo di bergamaschi; dopo aver giocato a freccette in un locale texmex e bevuto shot di tequila – tornarono all'auto barcollando. Dario odiava ubriacarsi, e ogni volta giurava che non l'avrebbe mai più fatto; ma Mattia insisteva, e lui non sapeva dirgli di no. Si asciugò il sudore dal volto guardando l'amico trafficare con le chiavi e cercare di mettere in moto.

Costeggiarono Milano lungo la circonvallazione esterna, viale Liguria, viale Cassala, piazza Bolivar, la zona di San Siro: una successione di edifici anonimi, ponteggi e insegne al neon. Dario teneva la testa fuori dal finestrino godendosi l'aria calda. Chiuse gli occhi e immaginò di essere salvo nella New York della Marvel che tanto sognavano, all'ombra del Baxter Building dei Fantastici Quattro.

Poco prima dell'ingresso dell'autostrada Mattia disse che era troppo ubriaco per guidare. Svoltò bruscamente a sinistra e inchiodò senza badare alla frizione: l'auto fece un sobbalzo e si spense di fianco a un marciapiede.

«Ecco», disse.

«Fantastico».

«Adesso dormo due minuti, il tempo di ripigliarmi. Okay?».

«Okay».

La sirena di un camion della spazzatura li svegliò di colpo. Dario portò le mani al petto; aveva appeso gli occhiali alla maglietta prima di addormentarsi. Li indossò. Di fronte a loro c'erano tre enormi tigli e una campana verde per la raccolta del vetro.

«Cristo. Che ore sono?».

«Ho la testa che –».

«Mio padre mi ammazza. Stavolta mi ammazza sul serio».

«Saranno le sei, no? È l'alba».

«Ma dove siamo?».

Mattia inserì la chiave nel quadrante, tossendo penosamente. La vecchia Uno li riportò a Caronno mentre il giorno prendeva intensità. Dario era distrutto dalla nausea e dal rimorso – pensò a Libero sveglio ad attenderlo per strada in tuta, il suo povero papà.

Parcheggiarono all'angolo della via e restarono ancora qualche minuto in auto, il motore acceso. Gli uccelli avevano preso a cinguettare; l'intero quartiere, in quella luce delicata, appariva confortante, l'immagine di sé che avrebbe dato a un agente di commercio capitato lì per caso, dopo avere sbagliato strada ripartendo dal suo motel sulla provinciale: innocui e piacevoli sobborghi, cene all'aperto nei giardini, una comoda stazione ferroviaria.

Dario masticò in bocca un sapore cattivo ed ebbe un brivido. Mattia invece si passò una mano sul viso sudato e assunse un'espressione seria; quindi disse ciò che diceva sempre, al momento dei saluti: «Le nostre ossa non devono finire qua».

«Sì».

«Questo posto è una merda. Ti mangia l'anima».

«Sì».

«Per questo ce ne andremo e ci porteremo via le ossa. A qualunque costo».

«Promesso».

Mattia ingranò la marcia.

«Molto bene», disse.

Due giorni dopo bruciò l'ultima fabbrica rimasta in centro al paese.

Dario vide i bagliori mentre tornava dall'ennesimo giro senza meta. Si fermò incuriosito e contemplò, insieme ai primi arrivati, le fiamme salire al cielo e il fumo nerissimo che si spandeva attorno. Nessuno gridava e la sirena dei pompieri ruppe il silenzio: si attrezzarono per spegnere l'incendio, veloci e preoccupati, ma le fiamme ruggivano ancora, il fuoco si propagava e spingeva dalle finestre e dai tetti. Dario rimase a bocca aperta quando un vetro esplose e una lingua rossiccia spuntò fuori all'improvviso, torcendosi come se fosse viva. Il fumo avvolse il quartiere e tutti tossirono e cominciarono a scappare.

Era la cosa più bella che avesse mai visto.

9
Eppure sono ancora qui
2001

Il vecchio insegnante di italiano si svegliò prima del solito. Andò in bagno a lavarsi e tornò in camera con i pantaloni della tuta e una camicia di flanella. Lasciò un biglietto sul suo cuscino per avvisare la moglie e uscì. Sapeva che l'avrebbe letto e se ne sarebbe subito dimenticata; forse nemmeno l'avrebbe degnato di uno sguardo.

Le sei e mezza del mattino, un giorno di aprile. Fece il giro dell'isolato fregandosi le braccia per il freddo, poi entrò nel locale di fianco al benzinaio. La barista gli portò il caffè con lo zucchero in zolletta invece della bustina.

«Come va, professore?».

«Eh, insomma. Si invecchia».

«Ma se dimostra vent'anni di meno».

«Non esageriamo».

«Pagherei per arrivare alla sua età così. Mi fa invidia».

Gabriele rise e tossì. Il caffè era troppo forte.

«Dopo gli ottanta non c'è nulla da invidiare».

«E invece lei mi fa invidia uguale».

«Allora la ringrazio».

Sedette a sfogliare la *Prealpina* e guardare i lavoratori che entravano e uscivano, lasciando briciole di brioche sul pavimento. Un pensionato come lui si attardò al tavolo di formica azzurrognola, mescolando un mazzo in attesa dei compagni di scopa. Una donna salutò Gabriele stringendogli il braccio: «Professore! Sta bene?».

Lui le rivolse un sorriso.

«Non c'è male. Si invecchia».

«Mi saluti sua moglie. La vedo poco in giro».

«Sa com'è».

Gli faceva piacere essere chiamato ancora così, professore. Era un'ex allieva? Non ricordava. Con gli anni la memoria si disfaceva, era naturale, ma il processo si era fatto capriccioso. Ricordi assolutamente futili occupavano il poco spazio concesso, senza rifiutarsi di sparire; e invece antiche e amate letture, viaggi con Margherita, compleanni di figli e nipoti – tutto questo cadeva irrimediabilmente nell'oblio, e non c'era modo di scegliere o di opporvisi. Avrebbe saputo descrivere il viso della signora Olbat, la loro dirimpettaia a Udine negli anni '30, in ogni dettaglio. Ma che se ne faceva?

Bighellonò verso il centro, un passo dopo l'altro, ignorando il mal di schiena e il fiato corto. La giornata cresceva in bellezza e solennità. Nuvole fluttuanti su in alto, tra i cornicioni e i rami dei platani; la delizia di una vetrina ben allestita; un manifesto ancora odoroso di colla. Un barista rovesciò un secchio d'acqua nel tombino.

Gabriele si attardò nella libreria del corso, spulciando nella cassa di legno dei volumi in offerta. Bernanos, Silone, Diderot, Manzoni, Verga, Faulkner, Thomas Mann: quanti libri si svendevano – e lui da giovane avrebbe fatto di tutto pur di averli. Ebbe l'impulso di rubarne uno per protesta.

Quindi deviò in direzione del Santuario, calpestando la ghiaia dello spiazzo e avanzando sotto gli alberi, appena un po' sudato. Comprò una bottiglietta d'acqua e la bevve su una panchina scrostata. Senza volerlo si addormentò. Al risveglio boccheggiava e il sole era più caldo, le strade ormai prive di gente. Tastò una macchia umida sui pantaloni della tuta. Si era fatto un goccio di pipì addosso.

Tornò a casa alle dieci passate, oltre ogni plausibile ritardo. Il prato del condominio era punteggiato di piccoli fiori bianchi. La chiave gli dette qualche difficoltà; scattò solo dopo avere spinto con forza la porta. Entrò in camera da letto, pensando di trovare Margherita alle prese con il suo delirio personale: borbottando da sola, sputacchiando, maledicendo chiunque e lui in particolare per essersene stato in giro da qualche donnaccia. L'avrebbe aiutata ad alzarsi; l'avrebbe pulita respirando con la sola bocca per non avere la nausea; l'avrebbe ascoltata e provato a spiegarle che nessuno, né tanto meno lui, le aveva avvelenato il cibo. Ma Margherita era immobile.

Andò in cucina e inghiottì le pillole che doveva inghiottire. Lavò una tazza rimasta nel lavello, grattando via con cura le macchie di tè. Tirò su la tapparella che aveva dimenticato abbassata e la luce lo investì. Rimase un poco a fissare gli stipiti, il gancio cui era appeso uno straccio rosso, una pera e una mela nella fruttiera. Il rubinetto della cucina gocciolava; tentò di chiuderlo usando entrambe le mani ma si arrese e restò in piedi davanti al lavabo. Doveva chiedere al vicino di ripararlo, perché non gli andava di spendere i soldi per l'idraulico. Sui soldi lui e Margherita litigavano sempre e avevano continuato a farlo anche negli ultimi anni. Chissà perché, poi.

Suo padre era morto. Domenico era morto. Sua madre era morta, e anche Diana, e Luciano.

Della sua generazione restava soltanto Renzo, benché logorato dall'Alzheimer, e dunque fu con una certa naturalezza che Gabriele gli telefonò, ancor prima di chiamare l'ambulanza o sua figlia o chiunque altro. Pregò di trovarlo in una giornata buona, di discreta lucidità. Rispose dopo tre squilli.

«Pronto».

«Sono Gabriele, Renzo».

«Chi?».

«Gabriele. Tuo fratello».

Un attimo di silenzio.

«Ah. Cosa c'è?».

«È morta Margherita».

«Come?».

«È morta poco fa. Credo. È di là nella stanza».

«Mi spiace».

La voce non tradiva nessuna emozione particolare. Gabriele arrotolò il filo attorno al polso e ascoltò di nuovo il silenzio rotto dalla respirazione irregolare e grave del fratello.

«Hai capito cosa ho detto?».

«Ho capito», gracchiò Renzo con un tono troppo alto.

«Mia moglie. È morta».

«Ti ho detto che mi spiace. Devi chiamare Eloisa».

Gabriele annuì nel vuoto e si passò una mano sulla faccia. Cosa aveva sperato?

«Chiamala», ripeté suo fratello.

«Certo», disse Gabriele, e riappese.

Tornò in camera con gli occhi rossi e gonfi. Se solo non fosse uscito al mattino. Se solo non avesse bevuto il caffè al bar. Se si fossero goduti di più la pensione. Se avesse ascoltato Luciano e si fossero convinti a consultare uno psicologo e non soltanto quella fila di medici. Se avesse scritto poesie migliori. Chi era stato a dirgli che le parole hanno il potere non solo di consolare ma anche di guarire? O era una sua idea? In ogni caso, non ne era stato all'altezza. Se i figli fossero stati più vicini. Se Davide non avesse girato il mondo, se Eloisa non avesse dato loro il crepacuore da giovane con quella sciocchezza dell'anarchia. E infine, se avesse amato di più Margherita.

Sapeva che era stupido incolparsi per questo, e sapeva che il suo affetto era stato limpido e senza macchia negli anni lieti e negli anni duri, nella salute e nella malattia – come recitava l'antica promessa.

Si chinò a baciare la bocca gelida e secca di sua moglie, e gli apparve desiderabile quasi fosse viva. Se avesse lasciato solo dolore e pannoloni sporchi, e fastidio e follia, sarebbe stato un sollievo – ma aveva lasciato così tanta bellezza, anche in quel momento, molta più di quanto Gabriele credesse: la forza dei giorni vissuti insieme era così grande e irrimediabilmente perduta che lo schiantò: li voleva di nuovo, non accettava che il destino glieli avesse sottratti anche se era nell'ordine delle cose. In mona l'ordine delle cose!

Infine compose il numero di Eloisa.

Tre giorni dopo, di ritorno dal funerale, sedette a lungo nello studio con il completo nero addosso. Ora la luce sommergeva la stanza e per una volta tutto era in ordine sulla scrivania. Su una pila di libri era deposto un mazzo di crisantemi arancio e crema.

Pianse un poco, poi prese una penna e un foglio e cominciò a scrivere.

Sparita la più bella creatura

Si fermò e corresse con un colpo di penna. La mano restò sospesa, quindi scrisse di getto:

Sparita una creatura
sono sparite tutte.
Eppure io sono ancora qui,
purtroppo e inevitabilmente.
Leggo un libro, prendo pillole,
lavo i piatti; parlo con la gente:
invecchio. Altro non c'è.
Mi resta appena l'illusione
di non esistere più,
di essere morto con te.

Certo, era ispirata al Montale degli *Xenia*; nemmeno il lutto lo rendeva originale. Ma era quanto possedeva in quel momento e doveva bastargli.

Ricopiò la poesia in bella su un altro foglio, lo piegò e lo mise in una busta della posta aerea – quelle che usava per scrivere a Davide – che ripose in un cassetto della scrivania. Fra gli elastici, le gomme bicolore e un vecchio tagliacarte, si accorse che lì giaceva anche la busta gialla della madre. Quella su cui era scritto: *Fra cinque anni.*

Pensò fosse arrivato il momento di aprirla, benché tanto in ritardo: quale occasione migliore? Ma per l'ennesima volta preferì non saperne nulla. La catastrofe del presente era già grande a sufficienza; non possedeva forze per gestire remoti rimpianti, e nemmeno remote gioie: nessuna energia da donare a un'altra donna che aveva adorato.

Prese invece una matita e la temperò con cura. Fece lo stesso con il grande lapis blu e con le matite laccate di verde. Una mina si ruppe e lui ricominciò da capo, elegante e sudato e stanchissimo, le lacrime che continuavano a cadergli fino alle labbra. Solo dopo una decina di minuti il dolore raggiunse il limite, e il fatto lo colpì con la forza di un maglio: pianse curvo alla scrivania, senza più ritegno.

E capì, a ottantadue anni, ancora presente a se stesso, ancora in grado di leggere il francese e comporre poesie, senza malattie gravi e con altro tempo davanti a meno che non avesse avuto il coraggio di smetterla – e non l'aveva – a ottantadue anni capì finalmente qual è il più osceno dei destini.

Il più osceno dei destini è sopravvivere a coloro che il tuo cuore fu così stupido da scegliere e ritenere immortali.

10
Nulla, se non ciò che può dirsi
2007

I

Com'era iniziata? Forse Emma l'aveva raggiunto una sera all'altezza di Wexford Street: lui stava guardando due spazzini pedalare a fatica sotto l'acquazzone: ridevano gridando «Ragazzi! La vita è splendida!» – mentre lo scroscio li cancellava e i passanti si stringevano nel bavero. Allora Emma era apparsa al suo fianco, o qualcosa del genere.

Un unico particolare certo: il numero di lei scritto sul retro di una banconota. Dieci euro che avrebbe rischiato di spendere il giorno successivo per comprare del white pudding e una scatola di cereali. Se ne accorse sul punto di darli alla cassiera: non avendo altri soldi abbandonò la spesa e uscì fuori rigirando il biglietto tra le mani, meditabondo, un po' irritato.

Dario viveva a Dublino da poco più di tre mesi, in un appartamento a Windsor Terrace, il confine a sud di Portobello. La finestra della sua stanza dava su un grande lampione giallo: amava quella chiazza di luce a terra, amava il riverbero del Grand Canal e il salice piangente chino sulla riva opposta.

Il coinquilino portoghese non c'era quasi mai e la coinquilina irlandese viveva chiusa in camera. Una solitudine appena popolata: ogni tanto ecco Gonçalo sulla soglia, ancora assonnato per il turno da cameriere; ed ecco una traccia della presenza discreta di Helen – il rossetto dimenticato sul tavolo, un numero di *Mojo*, un biglietto dove chiedeva ai ragazzi di comprare il burro.

Dario aveva un assegno, i primi soldi che la ricerca gli aveva fruttato, al termine di un dottorato senza borsa sulla teoria della raffigurazione in Wittgenstein. L'aveva vinto contro qualunque previsione, di fatto un contentino, un modo per chiudere onorevolmente una carriera che non sarebbe mai cominciata. Tuttavia lavorava comunque senza tregua, incredulo di poter dormire così a lungo e dedicarsi soltanto allo studio.

Dublino era piena di italiani. Riempivano call center multilingua, giravano con cinquanta curriculum nello zaino, dormivano in appartamenti umidi e sporchi, bramavano posti da commesso e da sguattero pur di restare lì. Spesso fallivano miseramente o tornavano a casa nel giro di una settimana; a volte venivano assunti in studi legali e ristoranti e librerie e rimanevano per anni, mettendosi con un tedesco o una tedesca e con un francese o una francese, maledicendo il clima, appiattendosi sempre più sull'idea che il mondo aveva di loro – giovani in fuga da un paese esausto.

Per Dario era semplice. La borsa ammontava a millequattrocento euro al mese, più di quanto avesse mai guadagnato. Poteva pranzare o cenare fuori quando voleva, e alla sua finestra non c'erano i sobborghi dell'hinterland.

Nel tempo libero scriveva lunghe email a sua cugina Letizia e al vecchio amico Mattia, che aveva lasciato laggiù a Caronno, alle prese con una fidanzata e una vita assai più ordinata della sua. Poi usciva a passeggiare sulle sponde del Grand Canal, immerso nei pensieri sull'atomismo logico. Andava da est a ovest lasciando che il paesaggio gli sfilasse accanto: canneti, ponti, biciclette legate alla ringhiera, sfilze di case basse, una pace che rinvigoriva la sua mente.

Le giornate trascorrevano uniformi. Dario si svegliava alle otto, camminava fino al Trinity College, entrava nella biblioteca centrale e metteva sul tavolo la sua edizione consunta e ricamata di appunti del *Tractatus* di Wittgenstein. Affilava la matita e apriva il quaderno su una nuova pagina bianca; quindi ritirava gli articoli fotocopiati e prendeva dagli scaffali *The Nature of All Being* di Raymond Bradley o *The Possibility of Language* di María Cerezo – e cominciava. Passava ore seduto davanti alle vetrate che davano sul campo da rugby. Guardava l'orologio e c'era sempre tempo. Dammi un'ora qualsiasi e io te ne aggiungerò un'altra; e quando la biblioteca chiudeva poteva tornare nella sua stanza a lottare contro le parole per ottenere chiarezza. La sola idea gli dava un brivido di felicità.

Ogni tanto si alzava e andava in bagno a sciacquarsi il volto. Si osservava di sfuggita, passando le dita sulle imperfezioni delle guance, gli occhiali dalla montatura sottile, i capelli ricci, il naso grosso e sproporzionato. Non aveva mai conosciuto la bellezza, e di fondo gli interessava poco. Lui bramava ben altro, fedele a un'unica intuizione: il concetto è più duraturo della cosa. Mentre annusava l'odore caldo delle fotocopie, si sentiva come un monaco del dodicesimo secolo. *La filosofia non serve a nulla*, gli avevano ripetuto tutti fin dal primo giorno di università. E la vostra esistenza, invece?

Per questo detestava la maggior parte dei suoi colleghi. Non avevano provato quanto potesse essere umiliante stare sulla terra: avevano soltanto sottolineato manuali, dato esami, scritto articoli: non erano figli di una donna che li aveva abbandonati per fare la missionaria in Africa e di un artigiano squattrinato il cui unico scopo sulla terra era assillare il figlio; non si erano mai dovuti trovare faccia a faccia con il capo di un negozio che li accusava di rubare allo scopo di trovare una ragione per licenziarli; non erano stati costretti a lavorare in nero montando palchi a Varese o Como, a lavare piatti in una pizzeria e svegliarsi poche ore dopo, camminare per venti minuti fino alla stazione, scendere a Cadorna, camminare ancora per risparmiare sul biglietto della metro e finalmente arrivare in università dove trovare l'acume di un brano di Husserl, l'edificazione e la distruzione del dubbio iperbolico di Cartesio, o un limpido capitolo del *Trattato* di Hume.

La realtà era sopravvalutata. Le esperienze erano sopravvalutate. Lui ne aveva avute molte, e non aveva imparato alcunché.

Anche per questo il suo unico amico a Dublino aveva cinquant'anni. Adam Gordon: un uomo basso con ventre e guance gonfi e occhi blu scuro, responsabile di un seminario di Etica. A differenza di Richard Stone, il referente locale di Dario, Gordon era estraneo a ogni gerarchia. Il potere non gli interessava, come non gli interessava ottenere una posizione più in vista in dipartimento; erano amici perché era ovvio che nessuno poteva servire all'altro.

Si erano conosciuti dove si sarebbero sempre frequentati, al Grogan's – il pub degli intellettuali in pieno centro, tra brutti quadri sulle pareti di perlinato scuro e tappeti consumati, combattendo per trovare una sedia fra giornalisti e musicisti attempati e sedicenti esperti di Joyce. Solo Gordon era alla sua altezza. Con lui discuteva del profondo disegno etico del *Tractatus* o del problema del noumeno in Kant o persino di Spinoza –

parlando un inglese di gran lunga migliore dei suoi compatrioti, ma un po' lento, perché si sforzava ogni volta di trovare il termine adatto – e con lui usciva dal locale aggiustandosi la giacca, tra le insegne colorate del centro. Si separavano davanti a St. Stephen's Green stringendosi cerimoniosamente la mano. Il parco era buio e silenzioso dietro le cancellate.

A Dario non sembrava servisse altro: e invece, di colpo, era arrivato quel guaio. Ma com'era iniziato?

Emma, l'amica di un amico di Helen, Patrick Warren, il musicista di strada. Dario li aveva incontrati in un locale del centro, una delle rarissime serate lontano dal Grogan's, quando Patrick e il suo chitarrista si erano esibiti durante un open mic. Il ragazzo aveva ventiquattro anni e una sorta di bellezza elettrica. (Giorni dopo, mentre la sua coinquilina guardava in salotto un documentario sulla morte di Kurt Cobain, Dario riconobbe in quei tratti qualcosa di Patrick: appartenevano alla stessa specie).

Quando era sceso dal palco, Dario aveva fatto qualcosa che non faceva mai: si era presentato. Voleva conoscerlo perché la sua voce possedeva un tratto violento, come violenta era la musica che aveva sempre amato. Erano usciti insieme per strada e avevano discusso dei loro gruppi preferiti guardando la parete dell'hotel di fronte a loro – un vecchio albergo ottocentesco, le tende smosse alle finestre del primo piano. Patrick si era rivelato laconico e molto meno interessante di quanto fosse apparso all'inizio. Un tuono e poi la pioggia. Due spazzini correvano cantando per la strada. L'aria era carica di ozono.

A quel punto Emma era uscita fuori e Patrick era rientrato, lasciandoli soli; avevano parlato a lungo (di cosa?) e alla fine lei gli aveva dato il numero di telefono (un gesto ardito). Dario aveva scordato il cellulare a casa e non conosceva ancora a memoria il suo numero irlandese: aveva scritto le cifre sul retro di una banconota. Il mattino successivo, al Trinity, aveva scordato ogni cosa.

Dunque era cominciata così. Uscirono per tre sere dopo quell'incontro, tutte piuttosto noiose, e la quarta andarono a letto nella camera di lei.

Per Dario fu la prima volta. Da tempo aveva smesso di tormentarsi per la sua verginità protratta. Un giorno o l'altro sarebbe riuscito a venirne a capo – e allora perché non lì e non con quella ragazza.

Emma gli chiese per favore di fare piano. Durante la sera al pub appariva molto disinvolta, ma ora era tornata a essere la brava ragazza cattolica che trema di fronte al peccato. Si abbandonò, le braccia lungo il corpo, sul divano rossiccio, sotto il ronzio della lampada. Dario le sollevò il maglione, intuendo un brivido a metà fra la resistenza e il desiderio. Appoggiò le labbra sulla sua pancia appena prominente e si stupì di quanto fosse liscia. Risalì piano scostando il resto della maglia, indeciso sul da farsi e ripescando immagini dai film porno che gli passava Mattia. Solo quando giunse al reggiseno lei gli bloccò il polso della mano destra con la sinistra, ma fu un modo per richiamare l'attenzione.

Si spogliarono aiutandosi a vicenda; lui passò una mano fra le sue gambe; lei gemette e biascicò qualcosa che si perse fra i capelli e il sudore. Dario accelerò meccanicamente il movimento delle dita. Emma gli disse di nuovo di fare piano e poi posò la sua lingua nell'incavo del suo orecchio. Lui rabbrividì e sentì l'erezione dura e pulsante: con suo stupore il corpo era vivo e dotato di volontà.

La sua prima volta. Fu breve e piuttosto sgradevole; Dario godette molto meno che durante la masturbazione. Emma rimase immobile con gli occhi chiusi e frementi e la bocca tesa in avanti. Dopo gli parlò della sua famiglia e del suo paese, un villaggio nella contea di Wicklow; delle sorelle, del padre medico e del meleto davanti a casa; della sua laurea in Biologia e del suo stage presso un laboratorio a Rathgar. *Chi sei?*, pensava Dario fingendo di ascoltare. *Perché diavolo sono qui con te?* Cercò una scusa per andarsene, ma uscire dal letto era terribilmente faticoso.

«Puoi dormire qui», gli disse Emma carezzandolo.

Dario si voltò contro il muro.

2

Si ritrovarono sul ponte di pietra a tirare i mozziconi nel Naviglio della Martesana, tra i lampioni e gli orti sulle sponde e le fronde corpose degli alberi. Erano le quattro del mattino e l'aria pungeva il naso, ma avrebbero voluto non dormire mai più: potevano prendere un treno, andarsene a Pavia, fare colazione sul Ticino.

«E adesso che anche tu sei laureata?», disse Ada.

«Adesso smetto di fumare e sto ferma per trenta giorni di fila».

E così fu, o quasi: Letizia usò il mese successivo come un periodo sabbatico e ciò le parve del tutto naturale. Non toccò più sigarette. Scaricò e guardò una quarantina di film. Non uscì: la casa di ringhiera in zona Turro dove abitava con Ada, la sua coinquilina storica, era una fortezza troppo confortevole per allontanarsene.

Di giorno le due ragazze giocavano a carte con i vicini settantenni, su una cassetta da frutta rovesciata, oppure cucinavano crostate e bevevano tisane. Sul muro di fronte era scritto SEI BELLA COME UNA PRIGIONE IN FIAMME. Il quartiere era brulicante e stropicciato, il buon vecchio cono fra viale Monza e via Padova: a Milano i luoghi non pretendevano attenzione, ma lì c'erano vibrazioni diverse, sguardi da evitare, friggitorie e phone center, alimentari con gli alcolici sottoprezzo davanti cui languivano i peruviani. Dalle facciate scrostate degli edifici pendevano balconi coperti da tende verde acqua, o affollati di piante e secchi e biciclette e antenne paraboliche.

Verso le cinque Ada si preparava a dodici fermate di metro e nove ore come cameriera in un bar di porta Romana, da cui sarebbe tornata sbattendo la porta della stanza e caracollando a letto, a volte con un ragazzo conosciuto prima della chiusura. Invece Letizia si coricava presto con una tisana alla liquirizia, oppure andava al cinema insieme a Federico.

Federico era alto e robusto, con un viso solido, barbuto, antico – il viso di un bassorilievo paleocristiano. Come Ada era pugliese, e come Ada teneva moltissimo alle buone maniere; la sua gentilezza aveva qualcosa di eccessivo, ma non era falsa: sembrava una forma di autodifesa. Erano amici da anni ormai e sapeva di piacergli, tuttavia non aveva ancora deciso cosa farne.

L'ultimo sabato di aprile andò con lui a una festa a casa di una ventiseienne fuoricorso che possedeva un vasto appartamento dietro piazza Morbegno. Letizia e Federico recuperarono delle birre dal frigo, ascoltarono una canzone degli Interpol e *Shiny Happy People* dei R.E.M., superarono la grande finestra a due ante del corridoio – fuori la notte era inerte, una densa mano di vernice scura – e sostarono presso un gruppetto di ragazzi e ragazze che conoscevano di vista. Stavano discutendo dei modi per fronteggiare il berlusconismo. Il governo Prodi non era certo in grado di fermare quell'onda di cattiveria e disonestà: nessun governo lo avrebbe fatto. Occorreva dunque una rete di resistenza dal basso. Una forma di conflitto permanente ma a bassa intensità, che sapesse utilizzare anche forme illegali di protesta, violente sulle cose ma non sulle persone.

«E questo non ci screditerebbe agli occhi della gente?», chiese qualcuno.

«Al contrario», ribatté una voce femminile nel buio. «Dimostrerebbe che dove non arrivano i soliti mezzi, ne arrivano altri».

«Li rendi solo delle vittime».

«Basta comunicare bene l'azione. È tutto un problema di comunicazione, ormai».

«E allora perché non andare più a fondo? Voglio dire, perché non rapire un ministro o piazzare una bomba da qualche parte?».

«Perché questo sì farebbe il gioco del governo. Oltre a farci diventare dei criminali, ovviamente».

«Se spacchi una vetrina non sei un criminale?».

«Te l'ho già detto, bisogna comunicare bene il gesto e mantenersi dentro un limite».

«Okay, ma dove lo tracci questo limite?».

«Provi a cambiarlo a seconda della situazione».

Come di consueto il discorso terminò con un lungo silenzio imbarazzato, quasi non fosse possibile fare altro che discutere. La protesta, diceva Eloisa con un tono di rimprovero, si era ridotta a teoria condita di emozioni. Ada girava l'argomento all'incontrario, giustificando il suo edonismo: visto che la nostra generazione è fregata, godiamoci la vita e tanti saluti. Chi mai si interessava più del futuro? Il presente era l'unico tempo rimasto, e ogni notte era come la manna del Signore nel deserto – dovevi mangiare tutto e subito.

Federico la chiamò dall'altro lato della sala. Aveva conosciuto i tre fondatori di *Penny Lane*, una rivista di letteratura e fumetti che leggeva spesso. Erano piuttosto celebri nel giro underground e si completavano visivamente a vicenda: il più alto aveva gli occhiali, un altro i capelli lunghi fino alle spalle, il terzo il pizzetto già un po' grigio. Letizia chiese se fossero interessati a qualche nuovo fumetto, magari a una striscia. Il ragazzo con gli occhiali rispose che si erano formati su *Linus* e adoravano le strisce.

«Mio cugino ne faceva una divertentissima», disse lei. «Non so se continua ancora, ma ha pubblicato qualcosa su un giornale universitario».

«Siamo sempre alla ricerca di materiale».

«Il personaggio principale è un castoro».

«Un castoro».

«Sì».

«Già mi piace. Digli di spedirci qualcosa, trovi l'indirizzo sul sito».

«Perfetto».

Intanto gli altri due di *Penny Lane* litigavano ridendo di qualcosa.

«Questo è uno sproloquio senza senso», disse quello con il pizzetto.

«Tu sei uno sproloquio senza senso».

«Stavamo discutendo di classici moderni e mi parli di Eggers? Per favore».

«Scrive cose che nessun altro sa scrivere».

«Vaffanculo. *La più spiccata differenza tra la felicità e la gioia è che la felicità è un solido e la gioia è un liquido.* Questa è una cosa che nessun altro sa scrivere. Di chi è?».

«Di tua madre?».

«Salinger. Vedi? Non conosci neanche i classici».

«Salinger non è un classico».

«E allora chi sarebbe un classico?».

«Tua madre».

Si ritrovò nel retro di una Polo diretta a sud, al fianco di Federico che cercava in ogni modo di non avvicinarsi troppo, i piedi penzolanti dal finestrino, e pensò che doveva essere una bellissima immagine vista da fuori. Scesero in un campo fra le cicale e le zanzare e percorsero un sentiero verso la casa di qualcuno che non conosceva e che doveva averli invitati. Sul retro della casa c'era un giardino con una dozzina di sedie impagliate e un tavolino basso. Cinque torce in bambù bruciavano dolcemente infilate nella terra. Bevvero mojito senza ghiaccio né menta e parlarono di viaggi in luoghi remoti – qualcuno doveva partire per la Cina, forse, o per la Thailandia. Letizia si addormentò e si risvegliò con una coperta addosso, mentre la primissima luce disegnava le sequenze di elettrodotti nei campi. La Polo riportò a Milano lei e Federico. Per strada trovarono un cartello stradale divelto e buttato in un angolo: lo trasportarono verso casa fermandosi qui e là a ridere e riprendere fiato, con le mani sporche e il ferro che picchiava sulle ginocchia. Salirono le scale, piazzarono il cartello davanti alla porta di Ada e sedettero a bere acqua e limone in cucina.

Qualche ora dopo Letizia si svegliò con la nausea e le lenzuola stese su metà del corpo. Mosse le braccia a fatica e si stropicciò la faccia. Ancora a letto ricordò che doveva scrivere a Dario per i fumetti: prese il laptop da sotto il comodino, e compose un'email in cui gli chiedeva aggiornamenti dall'Irlanda e lo invitava a proporre una striscia di *Mario il Castoro Punk* a *Penny Lane*. Aggiunse che avrebbero dovuto farsi una chiacchierata su Skype quanto prima.

Rimase un po' a guardare il soffitto con le tempie dolenti; infine si fece forza. Barcollando si alzò, aprì la porta e finì contro il cartello stradale che Ada aveva spostato lì.

3

Fatto il danno, non restava che cercare un modo per aggiustarlo.

Era al piano superiore del Martin B. Slattery's, a Rathmines. Cinque ragazzi sedettero al centro della sala e attaccarono a suonare *Nancy Whiskey*: violino, tamburo, banjo, chitarra, e un tizio rasato che cantava battendo il piede a terra.

Dario gustava la pace di essere in un pub dopo essere stato sorpreso dall'acqua: lasciare che il corpo asciugasse da solo di fronte a una birra, mentre le gocce cadevano sul parquet in grandi macchie scure. Davanti a sé aveva la sua copia del *Tractatus* e ogni tanto ne faceva cantare le pagine come fosse un mazzo di carte, l'angolo in alto a destra con il pollice della mano sinistra.

Emma arrivò durante una pausa del gruppo. Aveva un cappotto blu sgargiante, che la rendeva ancora più minuta. Dario la squadrò – il volto lievemente equino, gli occhi tagliati stretti. Emanava una felicità palpabile che lo irritò.

«Ciao», disse baciandolo sulla testa.

«Ciao», disse Dario.

«Come va?».

«Non troppo male».

«Ah. Questa è un'ottima risposta da irlandese».

«Cerco di imparare».

«Vai regolarmente al pub, dici che non va troppo male. Molto bene».

Dario abbozzò un sorriso. Lei si tolse il cappotto e lo appoggiò sulla sedia.

«Ma ora dimmi la verità. Come mai quella faccia?», chiese.

«Che faccia?».

«Una faccia triste».

«No», tossì, e addentò un'unghia. Si era preparato un discorso sul fatto che era stato tutto un errore e che lei non doveva assolutamente scambiare quelle uscite insieme per qualcos'altro; che lui era a Dublino per lavoro e non cercava altro, gli bastava Adam Gordon al Grogan's; ma non riuscì nemmeno a cominciare. Emma prese il *Tractatus*.

«Posso?».

«È in italiano».

«Sì, voglio soltanto dare un'occhiata». Lo sfogliò aggrottando le sopracciglia e mise di fronte a Dario una pagina, la parte dedicata alla forma logica delle proposizioni. «Cosa vogliono dire queste formule?».

«È abbastanza difficile da spiegare».

«Sembra matematica».

«In un certo senso ci si avvicina».

Dario le sfilò il libro dalle mani e lo sfogliò a sua volta, osservando la coltre di annotazioni a matita che aveva fatto su tutte le pagine, i rimandi con frecce, i punti di domanda e i punti esclamativi.

«È un libro difficile, molto difficile», disse. «E forse è un libro fallimentare. Ma è pieno di intelligenza, e bello – a modo suo. Mette dei limiti al discorso, una cosa utile anche nel quotidiano. *Non dire niente, se non ciò che può essere detto*. Proposizione 6.53, sul giusto metodo in filosofia».

«E cioè?».

«Vediamo. Più o meno, secondo Wittgenstein, non si può dire niente se non ciò che viene espresso dalla scienza esatta o dalle – come si dice. Dalle proposizioni fattuali».

«Non sono sicura di avere capito».

«Niente frasi su cosa è giusto fare nella vita, ad esempio. O se esista o meno un dio, o che cos'è la bellezza, o se è possibile essere felici eccetera».

«Ma sono cose importantissime. Perché non dovremmo parlarne?».

«Proprio per questo. Il linguaggio non può dirle, perché non possiede i termini per discuterne in maniera sensata. Genera solo illusioni e oscurità». Si rese conto di essere infervorato; il suo inglese stava diventando più faticoso, benché alle prese con un argomento che conosceva alla perfezione. «In sostanza, la filosofia diventa una terapia per guarire dalla filosofia stessa. Dalla metafisica e dalle sue – come dire. Parole vuote. Ha un significato esistenziale, capisci? Alla fine, dopo aver fondato la logica e fornito un'interpretazione geniale di come funziona il linguaggio, resta un suggerimento morale».

I cinque ragazzi accordarono di nuovo gli strumenti, il cantante batté quattro volte il piede a terra per dare il tempo, e attaccarono *Wild Rover*. Emma formulò la domanda successiva con un tono cauto, anche se chiaramente stava pensando che fossero scemenze.

«E come mai hai scelto di studiare queste cose?».

Oh, come spiegare. Aveva scelto la disciplina quasi per caso, perché al liceo aveva voti alti, per tutte le stupide ragioni con cui si sceglie una facoltà universitaria. Ma fin da subito aveva provato una strana consolazione nello studio dei concetti – qualcosa che nemmeno il disegno gli dava. La sua mente aveva trovato una patria, e il prezzo da pagare per un pensiero rigoroso – annientare la carne, come un eremita nel deserto – gli pareva poca cosa. Guardò Emma di sfuggita, e si rese conto che la sua stessa presenza lì, a quel tavolo in legno scuro, generava una contraddizione. Avevano scopato. La carne tornava a reclamare qualche diritto.

Quasi intuendo cosa c'era dietro quel silenzio, lei spostò la sedia e gli si avvicinò: «Sei stato bene l'altra sera con me?».

Dario strappò il sottobicchiere in due e poi in quattro.

«Penso di sì», disse.

«Anch'io. Molto».

«Ma non. Voglio dire –».

«Sì», lo interruppe. «Lo so, non ti preoccupare. Conosco abbastanza i maschi, anche se non posso vantare molte conquiste. L'importante è che tu sia stato bene, e che possiamo stare bene ancora un po'».

«Penso di sì».

«Okay».

Avvicinò le sue mani; Dario le ritrasse d'istinto.

«Scusa», disse lui.

«Non importa. Devi solo imparare a rilassarti».

«Va bene».

«Sei italiano, dopotutto».

«Certo. Sono italiano».

Ora il gruppo aveva iniziato a suonare *Danny boy*. Un vecchio fece un lungo fischio in segno di approvazione. Il legno nel camino schioccò ed Emma lo stava fissando con un sorriso pieno di disarmante tenerezza, in fondo al quale luccicava una speranza – *Posso salvarti? Posso essere io la persona che ti salverà?* Che stupido equivoco: Dario non aveva alcun bisogno di salvezza. Ma allora perché non si alzava e se ne andava?

Un ragazzo in un angolo cadde a terra tirandosi addosso il piatto di patatine, e il locale esplose in una risata.

Telefonò al padre per tranquillizzarlo e ascoltò le sue lamentele: nonno Renzo aveva quasi aggredito un infermiere della casa di riposo, il lavoro era scarso, non vedeva l'ora di andare in pensione.

Cenò da O'Briens con un sandwich al tacchino, poi prese un bus e finì la serata al Grogan's. Gordon ancora non si era fatto vivo. Dario scambiò due chiacchiere con Lewis, un altro degli avventori fissi del pub. Era un signore snello con la piega della bocca desolata e una spilla a forma di clarinetto sulla giacca; faceva il giornalista per l'*Irish Independent*.

Più tardi, in bagno, si guardò allo specchio senza riconoscersi davvero. Gli parve che gli occhi stessero scomparendo nelle orbite. Quando tornò nel locale, Gordon era arrivato e parlava a Lewis di Ray Charles e della volta in cui avevano cenato assieme.

«Cazzate. Sono tutte cazzate».

«Lo giuro su Dio», disse Gordon. «Morissi qui».

«Dai, Adam».

«Era in tour a Cork. Puoi non credermi, se vuoi».

«Infatti non ti credo».

«Ho delle foto. Domani te le porto».

«Di tutte le idiozie che hai mai raccontato, questa è la peggiore».

«Ascolta. Un mio amico lo conosceva e siamo andati insieme nel backstage; poi Ray ci ha detto, *Perché non mi portate a mangiare qualcosa di tipico?* Allora il mio amico ha detto, *Certo, perché no?* E Ray ci ha preso sottobraccio, così, uno da una parte e uno dall'altra». Infilò il braccio destro sotto quello sinistro di Lewis.

«Sto cercando di non fare nessuna battuta sui ciechi», disse Lewis.

«Siamo andati insieme in un posto vicino al porto. Che tipo. Per tutta sera ha parlato soltanto di quando era a Seattle. Sai, i primi dischi».

Dario seguì le trame del discorso, il batti e ribatti di quei cinquantenni irlandesi. Quando Lewis andò al bancone per ordinare, prese Gordon da parte.

«Adam», disse. «Ti devo chiedere un consiglio».

«Tu mi credi, almeno?».

«Eh?».

«Questa cosa di Ray Charles».

«Sì. Certo che ti credo».

«Bravo». Fece un sorso di birra. «Dicevi?».

«Ho bisogno di un consiglio. Ho conosciuto una ragazza».

«Grande notizia. Quando me la presenti?».

«No, non hai capito. Devo – come si dice. Liberarmi di lei e non so come fare».

«È obesa? Puzza come il cadavere di un gatto?».

«Eh? No, no».

«E allora».

«Si sta già affezionando troppo a me, e questo non va bene».

«Da quanto vi conoscete?».

«Qualche giorno».

«Gesù. Quanti anni hai, sedici?».

«Non mi piacciono le persone. Non mi piace legarmi a loro».

«Magari sei autistico», sorrise Gordon: una battuta di pessimo gusto, ma Dario considerò comunque la parola. Ovviamente non poteva essere una malattia congenita; e tuttavia lui sapeva di cogliere a fatica certe emozioni. Non era un problema raro fra chi ambiva all'astrattezza.

Una volta era stato da una psicologa della mutua a Saronno. Le aveva spiegato che da molto tempo non provava quasi più nulla: la sua capacità emotiva si era andata erodendo fino ad azzerarsi. Sì, aveva un caro amico. Sì, voleva bene al padre. Ma tutto questo aveva perso di intensità: la cosa non lo inquietava, benché sapesse che doveva esserci qualcosa di sbagliato. Avevano chiacchierato per tre quarti d'ora, cadendo inevitabilmente sulla sua infanzia senza madre, e la psicologa era rimasta assai colpita da quella storia. L'aveva ascoltato con un sopracciglio sollevato e la bocca appena aperta. Alla fine aveva detto, con un tono asciutto da cui però trapelavano preoccupazione e interesse – un osceno, bellissimo interesse scientifico –, che gli raccomandava caldamente di seguire un percorso di terapia.

Dario se n'era andato deluso: avrebbe voluto che la dottoressa definisse in una sola parola la sua condizione di isolamento. Gli sarebbe bastato il termine esatto. Ma forse anche di questo si doveva tacere?

«Sì», rispose a Gordon. «Magari sono autistico».

«Be', fatti un paio di pinte e vedrai che ti passa».

In un deli sulla strada comprò un panino bagnaticcio e disgustoso che non riuscì a terminare. Comprò anche una Pepsi e un pacchetto di caramelle alla fragola. Spesso acquistava cose per il semplice gusto di farlo, e gli piaceva. Adesso aveva una borsa. Millequattrocento euro al mese.

Non aveva voglia di andare subito a letto, così gironzolò attorno a Camden Street Lower leggendo le insegne dei negozi – Penny Farthing Cycles, McGuinness, Flannery's. La strada proseguiva dritta verso sud, percorsa avanti e indietro dagli autobus gialli a due piani. Una donna attendeva impaziente che il suo cane finisse di fare pipì contro un lampione. Dalle finestre di un appartamento sopra un negozio di animali venivano risate e riff di rock commerciale. Un gruppo di ragazze ubriache in t-shirt e gonna, incuranti del freddo, gridavano «Stronzo! Stronzo!» al buttafuori di un pub. Dario annusò golosamente l'odore di fritto nell'aria.

A casa, Gonçalo era sdraiato sul divano a guardare un reality show, avvolto in un plaid scozzese. Ogni tanto tossiva.

«Niente turno al ristorante, oggi?», chiese Dario togliendosi le scarpe.

«Febbre».

«Mi spiace. Hai bisogno di qualcosa?».

«No. Tu stai bene?».

«Sì, perché?».

«Hai una faccia strana».

«Sei il secondo che me lo fa notare, oggi».

Gonçalo tirò il plaid fino alla bocca: «Allora forse non stai tanto bene», concluse.

In camera, Dario accese il portatile e aprì il file dell'articolo su cui stava lavorando. Inserì un'annotazione, corresse una nota a piè di pagina, cercò di rileggere la conclusione per renderla più efficace – ma non riusciva a concentrarsi. Diede un'occhiata alle email e si decise, dopo più di dieci giorni, a rispondere a Letizia che gli chiedeva fumetti per una rivista sconosciuta: la ringraziò spiegando che al momento non aveva intenzione di rimettersi a disegnare Mario il Castoro; ci avrebbe comunque pensato.

Infine si sdraiò sul materasso e ripeté mentalmente il nome di Emma, Emma, Emma, Emma. Una volta fatto il danno, non restava che metterci una pezza. Ma come?

4

Il giorno in cui Federico perse il posto come commesso, Letizia gli tagliò i capelli sul bordo del lavandino e mentì dicendo che non era importante, che se la sarebbe cavata in ogni caso: potevano ancora lamentarsi mangiando kebab fino alla nausea, o ascoltare i Mogwai, andare al cinema, scrivere un'email anonima di minacce alla sua ormai ex azienda. Dopotutto erano giovani e a questo potere il mondo non aveva molto da opporre.

Le ciocche nere cadevano sulla ceramica e anche Federico, alla fine, si convinse. Sì, erano giovani; una forza e un vantaggio considerevole. Letizia lo pettinò mentre entrambi fissavano il suo viso allo specchio: sul momento il taglio le era parso un diversivo simpatico, ma ora arrossì e sapeva che anche Federico era imbarazzato.

Decisero di uscire e raggiungere Ada al bar dove lavorava. Giocarono a scopa mentre lei si annoiava al bancone, poi rimasero a lungo sulla panchina di fronte al locale, sotto i tigli profumati. Federico le chiese di punto in bianco che sogni avesse; lei trovò la domanda irritante e fuori luogo, forse un goffo tentativo di seduzione. Ammise che non ne aveva di particolari.

Federico la guardò con un'ombra di smarrimento negli occhi.

«Ma non eravamo giovani e pronti a tutto? Un potere inarrestabile?».

Letizia fece un sorriso di scuse, come per buttarla sul ridere, ma anche lei percepiva quello sciupio. Del resto, come arginarlo? Erano lì sotto i tigli. In mezzo al piccolo campo da bocce un ragazzino palleggiava solitario. I discorsi sulla precarietà la annoiavano, eppure contenevano un grano di verità. Quella parola – la sua radice latina, la stessa di *prex*, preghiera, o meglio ancora supplica. Loro tutti supplicavano in silenzio che qualcosa giungesse dall'alto per salvarli o per distruggerli, era lo stesso. Il presente che Ada insisteva per divorare appariva disponibile senza limiti, ed ecco due giovani liberi con qualche soldo in tasca, non troppi ma nemmeno pochi, nel centro di una città europea. Immaginò il crudo potere dei loro corpi – del corpo di Federico in particolare, così bello e vigoroso. Avrebbero potuto fare qualunque cosa, ma guardavano i tigli.

Fece un colloquio per un posto da fundraiser presso una grossa Ong e fu assunta con un contratto di un mese. Il ragazzo con il piercing che la valutò definì il lavoro «impegnativo» ma anche «molto divertente», a patto di «sapersi divertire».

Letizia aveva idee contrastanti sulla raccolta di fondi. Il fine era nobile, ma il mezzo fastidioso: lei stessa aveva finto più volte di ricevere una telefonata per evitare i richiami allegri di quei tizi in pettorina. Tuttavia non espresse dubbi durante i pomeriggi di formazione, mentre il ragazzo con il piercing simulava approcci e spiegazioni con il massimo entusiasmo. Da qualche parte doveva pur cominciare.

Il primo giorno riuscì a fermare soltanto due donne che non sottoscrissero alcuna donazione, e il resto furono insulti e sguardi corrucciati e un uomo in giacca e cravatta che le chiese il numero afferrandole il gomito. I suoi compagni le dicevano che l'inizio era sempre duro; ma i giorni seguenti le cose non migliorarono. Letizia si vergognava a bloccare le persone in strada, e soprattutto si vergognava a farle sentire in colpa. Molti cambiavano marciapiede per non incrociarla. I suoi colleghi invece snocciolavano dati sulle morti infantili e la violenza di genere in certe baraccopoli indiane, usavano espressioni come «Ma lei si rende conto?», e se non funzionava scroccavano sigarette.

La domenica andò a pranzo dai suoi ad Arese. Sul vagone delle Ferrovie Nord un controllore sgridò tre ragazzini senza biglietto, che gli risero in faccia: «Ma tu chi cazzo sei?», e lei provò pena per quell'uomo e si domandò quali desideri avesse coltivato da giovane, se avesse perso tempo a guardare i tigli come lei e Federico – come fosse finito a farsi insultare così.

Il padre l'aspettava in stazione con la sua nuova Audi. Quando arrivarono davanti a casa, Letizia vide Eloisa nell'orto: una figura magra dai corti capelli grigi, in pantaloncini e canottiera. Doveva avere terminato la semina, perché c'erano alcune linee di terra smossa dietro di lei. Ora maneggiava cipolle rosse, asparagi, lattuga e piselli. Letizia la accompagnò portando un cesto di vimini pieno di verdure.

A tavola Eloisa continuò a ripetere quanto la provincia fosse peggiorata: tutti leghisti, tutti fascisti, tutti pazzi che andavano ubriachi a novanta all'ora in provinciale. O forse era sempre stato così? Suo padre le rispose che era sempre stato così e che era stata un'idiozia venire a vivere in quel buco. Sua madre si versò del vino e ribatté qualcosa che Letizia non comprese. L'unico momento in cui i suoi genitori tornarono affiatati e gentili fu quando le chiesero cosa intendesse fare.

«Se vuoi provare un master, non ci sono problemi», disse suo padre.

«Anche all'estero, naturalmente».

«Vuoi sentire Dario? Magari a Dublino c'è qualcosa che ti interessa».

«Andarsene da questo paese è l'unica soluzione sensata. Fallo finché puoi».

Letizia disse che ci avrebbe pensato.

Dopo il caffè camminò sotto i durissimi cieli biancastri dell'hinterland. Frassini, siepi, mura su mura su mura, auto che avanzavano lente come squali in ricognizione. Le villette erano deserte, ma Letizia presentiva l'odore delle cene d'estate, con i bambini che ficcavano le dita nella pastasciutta, le bibite in un catino azzurro pieno di ghiaccio, le zanzare e il nerofumo della notte.

Al bar del municipio, di fianco alla piazzetta, l'istruttrice della palestra Body Power fumava una sigaretta, chiamando tutti «Tesoro» e gonfiando il bicipite con una risata. Due uomini discutevano su come avrebbero speso i soldi vinti al lotto, se mai li avessero vinti: mille euro qui, tremila là, una moto, e col cazzo che do qualcosa a mia moglie.

Più tardi si fece portare da Eloisa dal nonno, offrendosi di badare a lui per il pomeriggio. Durante il viaggio sua madre si lamentò del marito: invecchiando diventava più acido, passava ogni sera nel suo studio, forse persino la tradiva. Ma chi poteva prendersi un uomo del genere? Una cretina più giovane?

«Scusa se non rimango», disse parcheggiando davanti

al condominio. «Ma ci manca giusto il vecchio con le sue mattane».

«Figurati. Torno con un treno da qui».

«E scusa anche per la scenata».

«Figurati», ripeté Letizia scendendo.

«Lascia che ti dia solo un consiglio: non abitare mai con tua suocera. Mai».

«Non ci voleva un genio, Eloisa».

«E già che ci sei, non sposarti nemmeno».

Letizia citofonò e salì le scale. Il nonno la aspettava seduto alla scrivania dello studio, davanti a un'edizione Folio Gallimard di *Madame Bovary* e un dizionario tascabile italiano-francese. Sembrava più minuto, in tuta color topo e con i baffi sul viso smagrito; eppure emanava ancora una forza tranquilla, l'autorità del vecchio insegnante.

«Grazie di aiutare un povero derelitto», le disse abbracciandola.

«Non mi pare tu abbia bisogno di aiuto».

«Lo penso anch'io, ma hanno deciso di appiopparmi una badante».

«A che ora torna Maria, a proposito?».

«In teoria per le sette. In pratica, non so».

«Vuoi che ne cerchiamo un'altra?».

«Voglio stare da solo, ecco cosa voglio».

«Be', questo non è possibile».

«Anche tu sei dalla loro parte, eh?».

«Dico soltanto che è un compromesso ragionevole».

«Speravo di averti come alleata».

Zoppicò fuori dallo studio e Letizia lo seguì. Sul tavolo in salotto c'era un grosso laptop Acer collegato a una stampante.

«E questi? Hai imparato a scrivere al computer?».

«E che ci vuole». Il nonno sedette e aprì il laptop tossendo. «Ho quasi novant'anni, ma il cervello funziona ancora. A differenza di quanto dicono tua madre e tuo zio».

Letizia sorrise e vide il vecchio ticchettare su Word mandando a capo a ogni fine riga come se stesse battendo a macchina. Si dimenticava di salvare il documento e aveva difficoltà a scrollare le pagine.

«Sto ricopiando degli appunti», disse. «Il libro su Leopardi che non ho mai scritto».

«Non devi andare a capo».

«Eh?».

«Dicevo: non devi andare a capo sempre. Scrivi e basta».

Lui scosse la testa.

«Me l'ha già detto Giulio, ma non è questo l'importante. Io voglio stampare per correggere a penna, e non ci riesco. Tu sei capace?».

«Vediamo».

Provarono insieme a stampare il file, ma senza successo. Letizia tentò di modificare le impostazioni su Windows, spense e riaccese la stampante. Niente.

«Macchine del demonio», commentò suo nonno. «Va be'. Vuoi qualcosa da bere?».

«Un'aranciata, magari».

«Non una birra?».

Lei rise: «Vada per la birra».

In cucina si divisero quel che rimaneva di una Moretti sgasata. Il vecchio buttò un cubetto di ghiaccio nel bicchiere e lo fissò sciogliersi.

«Sei sicuro che ti faccia bene?».

«Mica è grappa».

«Ma è fredda. Ti hanno operato due volte, hai praticamente un terzo di stomaco in meno».

Lui non rispose. Letizia bevve la birra.

«E a parte le tue avventure con l'informatica, cosa mi racconti?».

«Cosa ti devo raccontare. Litigo con Maria perché non sa cucinare e non lava bene il bagno e torna tardi. Tua madre mi subissa di telefonate. E mi manca tanto tua nonna».

«Mi spiace».

«Non dispiacerti. Pensa a star bene, invece».

Tornarono nello studio e rimasero ad ascoltare il cinguettio degli uccelli fuori dalla finestra. Stava bene con il vecchio. A parte Diana, cui era stata molto legata, e forse Dario, era il suo preferito tra i Sartori. L'odore dello studio era rimasto lo stesso di quando andava a trovarlo da bambina: mentre lui e sua madre litigavano nella camera da letto, dove la nonna Margherita giaceva in preda a chissà quali dolori, lei passava il tempo a frugare nei cassetti e annusare gli elastici verdi, le gomme pane e quelle bianche e rettangolari, le matite ben appuntite, e i faldoni di carte. Dalla fine del liceo aveva cominciato ad andare a Saronno da sola, specie dopo la morte della nonna. Le piaceva ascoltare le storie sulla sua famiglia, Udine e la guerra e il bisnonno rude e il casale in campagna, benché lui si ripetesse di sovente e a volte preferisse parlare di tutt'altro.

Letizia finì la birra. Il vecchio le chiese cosa stesse leggendo, e lei rispose nulla.

«Non mi piace molto, lo sai».

«Ti sei laureata e non leggi. È una vergogna».

«Ne abbiamo già parlato».

«Una vergogna».

«Guardo un sacco di film e vado alle mostre».

«Che c'entra? Leggere è un'altra cosa».

Insisté per regalarle un libretto di Valéry in lingua originale. Letizia non sapeva il francese ma evitò di ribadirlo. Poi lui le fece tutti gli auguri del mondo per il suo lavoro, sperò che ne trovasse un altro più in fretta, e infine la baciò teneramente in mezzo agli occhi. Aveva un odore un po' stantio misto ad acqua di colonia.

Quando Letizia uscì caddero le prime gocce, e sul treno del ritorno vide la città emergere dal finestrino, sotto l'acqua battente e le nuvole color ferro, sopraelevate e muri solcati da graffiti bluastri o rosso fuoco, gasometri e palazzi e tre gru immobili contro il cielo, una Crocifissione.

5

Ma nonostante tutto, nonostante l'idea di farla finita al più presto, Dario continuò a frequentare Emma e con lei il giro dei musicisti. Non esisteva alcuna ragione per farlo, eppure si lasciò trascinare nei locali dove c'era sempre un buon gruppo d'apertura e poi una band nota o troppo commerciale, alla quale Patrick reagiva gridando che era tutta una montatura e se ne andava disgustato facendo cenno agli altri di seguirlo. Si lasciò portare sul treno per Bray, sulla costa, dove mangiò un piatto di cozze con il sidro contemplando le onde inquiete attraverso i vetri del ristorante, e tornò con l'ultima corsa per un concerto jazz in un appartamento a Ballybough, dietro Croke Park: note sincopate che si sommavano a note sincopate, risate a risate, ed Emma che gli teneva il braccio, e lui che non sapeva cosa fare – ma non stava male. Quella ragazza lo metteva a disagio, eppure doveva ammetterlo: non stava così male.

A volte passavano ore sui divani rotti e zuppi di polvere, fumando tabacco in silenzio. Oppure di colpo si alzavano, animati da nuova energia, e andavano lungo il fiume Liffey – verso il mare. La prospettiva del North Wall Quay era punteggiata di cantieri e caseggiati e improvvisi squarci vuoti. Cantavano: Patrick sbraitava con le mani in tasca e la bocca storta, vecchie canzoni che parlavano di sbronze e debiti, e ad ogni pausa sembrava volesse inghiottire più aria possibile, per urlare ancora più forte dopo, mentre gli altri facevano da coro mimando chitarre inesistenti. Avvicinandosi al porto il cielo si faceva ancor più basso e incombente, e Dario guardava i cumuli di ghiaia e i capannoni in metallo azzurro, le ciminiere e i cartelli PETROLEUM o DANGER – FLAMMABLE LIQUIDS.

Andavano e tornavano, in quell'estate che non arrivava mai davvero, e nelle sere rigide e terse stavano sul letto a leggere sotto una coperta di lana. Il guaio era sempre lì. Un sandwich diviso in una caffetteria, un messaggio di poche parole, il suo profumo di mandorle amare.

Era dunque questa una relazione? C'era qualcosa di sgradevolmente fittizio in essa. Vista da fuori somigliava un po' troppo alle canzoni dei gruppi dai nomi malinconici che gli aveva consigliato Patrick: Death Cab for Cutie, El Perro del Mar, Camera Obscura, Beach House. Li ascoltava la sera seduto su una panchina lungo il Grand Canal, ballate gonfie e distese. Non capiva quella musica, era esageratamente tenera per uno abituato ai fendenti di Dimebag Darrell dei Pantera, o alla ferocia dei Carcass: eppure quelle note lo colmavano. Poi si toglieva gli auricolari e rispondeva alla telefonata in arrivo.

«Come stai, Emsie?».

«*Emsie?*».

«L'ho sentito usare da Patrick. È un...», cercava in inglese la parola per *vezzeggiativo*, la frase restava sospesa.

«In realtà a Patrick piace chiamarmi "merdina ambulante"».

Dario sorrideva.

«Sul serio», diceva lei. «Merdina ambulante».

«E tu come lo chiami?».

«Io gli tiro delle gran sberle».

«Non vi ho mai visto litigare».

«Solo perché è un buon periodo per entrambi».

Si sentivano respirare al telefono. Poi lei andava da lui, o lui da lei, e facevano sesso con la solita goffaggine, ed Emma sembrava assurdamente felice di essere al suo fianco, di ricadere fra le coperte e addormentarsi con il viso sul suo petto: Dario fissava il soffitto buio sopra di sé (fuori un cane abbaiava; un'auto di passaggio, i fari contro le imposte) e pensava: *Se mimo i comportamenti di una persona in una relazione, c'è modo di distinguermi da essa? Se simulo con maestria, non finirò per fondermi con la simulazione stessa?* Era un esperimento interessante, quasi come le storielle sulle tribù dai riti peculiari che Wittgenstein inventava nelle *Ricerche filosofiche*, e Dario fissava il soffitto buio provando ad argomentare e ribattere, scostando il corpo addormentato di Emma per riflettere meglio.

Il lavoro ne risentiva, ovviamente. Ogni giorno Dario andava alla biblioteca del Trinity, prendeva libri e articoli e li sottolineava ricopiando frasi sul laptop, ma la sua concentrazione era indebolita. Doveva terminare un articolo attorno alla natura degli oggetti del *Tractatus* e sottoporlo al suo referente Stone. In realtà non c'era motivo di sforzarsi tanto: nessuno avrebbe controllato la qualità del testo, né quel testo gli avrebbe fruttato un'altra borsa o un posto di ricerca. E poi era davvero valido come pensava? (Sì, dannazione! Partiva dall'elusiva proposizione 2.0232 – «Detto di passaggio: gli oggetti sono incolori» – e da lì sviluppava una critica alle principali letture dell'ontologia di Wittgenstein: i criptici oggetti del testo non erano né atomi fisici, né dati sensoriali, né entità fenomenologiche).

Dopo una mezz'ora si distraeva e scriveva a Mattia email piene di punti di domanda, cui l'amico rispondeva confortandolo; oppure vagava tra gli scaffali sfogliando libri a caso, manuali di neuroetica, saggi su Leibniz o Tommaso d'Aquino, il *De Corpore* di Hobbes.

Un giorno, dopo avere corretto a fatica una manciata di righe, uscì dal Trinity College e si diresse verso sud. In Heytesbury Street vide arrivare Emma dall'altro lato della strada, agitando una mano verso di lui, e immaginò un destino: un appartamento in una casetta di mattoni dai comignoli alti e stretti, un lavoro qualunque. Avrebbe imparato ad amare con il tempo, come si apprende una lingua straniera. Magari avrebbe avuto persino un figlio, un piccolo ribelle mezzosangue, e insieme sarebbero andati a passeggiare a Phoenix Park alternando italiano e inglese. L'avrebbe liberato da tutte le sue frustrazioni e i vizi che si era portato dietro fin dall'infanzia: l'avrebbe guarito dal desiderio eterno di riscatto, da ogni sottile malevolenza; dal rancore e dalla solitudine. Almeno lui avrebbe avuto una madre.

Cancellò la visione con un colpo di mano che Emma scambiò per un saluto di risposta: lo prese sottobraccio e proseguirono, tra ristoranti indiani, liquor store e un grande negozio di biciclette. Al Tesco del quartiere comprarono una pizza surgelata, che Dario fece cuocere troppo nel microonde di Emma. Jane, la sua coinquilina originaria di Sligo, si lamentò di qualcosa mischiando inglese e gaelico. Lui si arrabbiò perché non capiva; Emma stappò una bottiglia di vino bianco e la mise in tavola. Jane fece un altro commento incomprensibile rivolto a Dario, e lui le chiese di ripetersi. Lei scosse la testa fumando ed Emma si limitò a sorridere.

Mentre strappava con le mani delle fette di pizza rigida e bollente fuori ma fredda e flaccida dentro, Dario provò di nuovo schifo, il caro vecchio schifo che non se ne sarebbe mai andato. Il cambio d'umore fu tanto repentino da provocargli una gioia pungente.

Dopo aver finito di cenare andarono nella camera di Emma. Era una piccola stanza rettangolare occupata quasi per intero dal letto, con un armadio Ikea e un comodino carico di oggetti – fermacapelli, biglietti del bus, auricolari, una boccetta di liquido per le lenti a contatto.

Senza dire niente, Emma si tolse il maglione e la maglia a maniche lunghe, restando in reggiseno. Poi levò anche quello – i suoi piccoli seni bianchi con due peli sopra il capezzolo destro – e si avvicinò a Dario. Lui sorrise impacciato. Lei gli sfiorò il petto e strinse con forza le sue spalle.

«Hai un bel corpo. Snello, robusto».

«Ho fatto judo», disse lui.

«Davvero?».

«Otto anni di judo».

«Wow».

«Ho finito con la cintura blu».

«Quindi mi sapresti difendere».

«Oddio, non so».

«Sei una macchina da guerra. E chi l'avrebbe mai detto».

Gli mise una mano sulla patta, la aprì, si abbassò e con decisione tirò giù i jeans.

«Cosa fai?».

«Ti faccio un pompino», disse lei arrossendo.

«Ma», provò Dario, senza successo: Emma lo prese in bocca e cominciò ad andare su e giù. Lui sentì i denti e la trattenne con entrambe le mani nei capelli.

«Non ti piace?».

«Mi fa un po' male».

780

Emma rimase lì con il suo pene mezzo moscio in mano; lo reggeva nel palmo con delicatezza, spostando gli occhi sul comodino. «Non sono capace», sussurrò. «Non sono brava a fare queste cose».

Si mise a piangere un poco. Lui la consolò come poteva, incapace di stringerla; ma parve comunque bastare. Emma aprì la finestra e insieme respirarono l'aria elettrica, carica di pioggia imminente. Accesero lo stereo e misero su un disco dei Frames. Dario sentiva un prurito diffondersi dalla coscia sinistra in su, verso l'addome. Il telefono vibrò; era suo padre. Rispose e disse che era impegnato. No, davvero non poteva parlare. Sì, sarebbe tornato a trovarlo il mese successivo. Chiuse la comunicazione.

«Mi piace sentirti parlare in italiano», disse Emma.

«È una lingua come un'altra», disse lui.

6

Era in piazza Lima, lungo corso Buenos Aires, la pettorina gialla sopra un abito a fiori, e litigava con una coppia di uomini corpulenti. L'avevano accusata di essere una rompicoglioni e una ladra – e pagata da chi, poi? Letizia sudava, si vergognava di sudare e avrebbe voluto scappare, ma per qualche ignota ragione rimase a subire le accuse.

Cercò di difendersi spiegando che le donazioni mensili erano un ottimo modo per sostenere chi era in difficoltà, in particolare nei territori di guerra dove la sua Ong operava, ma si accorse di non credere a una sola parola di quanto diceva. I due uomini smisero di ascoltarla e si allontanarono. Letizia deglutì, fece una serie di respiri profondi. Poi si levò la pettorina e andò dalla sua supervisora – una ragazza alta con i capelli viola raccolti in uno chignon.

«Mi sa che me ne vado», disse sottovoce.

«Scusa?».

«Me ne vado».

«Ti licenzi?».

«Sì. Comunque non sono riuscita a combinare nulla, e fra poco scade il mese».

Il contratto prevedeva che se non avesse accumulato almeno tre donazioni regolari in trenta giorni, il lavoro sarebbe terminato. (Durante la giornata di formazione, l'altra nuova recluta aveva timidamente obiettato che era un mezzo ricatto: a Letizia invece era parso corretto).

«Quindi te ne vai», disse ancora la supervisora.

«Già».

«Okay. Be', a dirla tutta sono un po' delusa».

«Delusa?».

«Qui stiamo salvando persone: potevi impegnarti di più, non credi?».

Letizia sentì il fiato mancare, una sensazione che aveva provato troppo di frequente negli ultimi giorni. La fronte si imperlò di sudore freddo.

«Penso andrò a fare volontariato sul campo», disse. «Mi sembra più adatto alla mia indole».

Il volto della supervisora non cambiò. Le chiese di passare in sede per le procedure di chiusura del contratto.

Un'ora più tardi telefonò ad Ada e le chiese di vedersi al parco ex Trotter, non lontano da casa loro. Comprarono due kebab in via Padova e lei raccontò della mattinata mentre mangiavano su una panchina. Ada non commentò la decisione. Letizia si sentì in colpa fino a perdere completamente l'appetito: aveva gettato via un lavoro solo perché in fondo poteva permetterselo. Buttò quanto restava del kebab in un cestino.

Uscendo dal parco, Ada la informò che si era finalmente iscritta a un corso di clownerie – un suo vecchio sogno.

«Perciò a breve ti vedremo con una parrucca e un vestito da scema», disse Letizia.

«Qualcosa del genere. In ogni caso comincia a settembre».

«Ma cosa insegnano di preciso?».

«Tutto quel che serve. Sketch, travestimenti, espressioni facciali, acrobazie».

«Pensavo che ormai i clown fossero estinti, tipo i dodo».

«Il pagliaccio è una figura dell'inconscio», disse Ada con tono sostenuto.

«Non ho mai capito questa tua passione, se devo essere sincera».

«È una protesta contro Milano. Andrò in giro a far ridere la gente, e per di più gratis. In questa città di merda sono due cose intollerabili: sarà la mia vendetta».

«Anch'io avrei bisogno di farmi una risata».

«No, sai di cosa avresti bisogno?», disse Ada. «Di una bella scopata».

«Dai».

«Da quanto tempo non vai con uno?».

«Be'. Un po'».

«Quel tizio là, come si chiamava. Luca. Perché non lo richiami?».

«È un cretino, e manco bravo».

«E Federico?».

«Federico cosa?».

«Dai. Ti muore dietro da anni, e tu fai l'indifferente».

Letizia accelerò il passo.

«Mi ascolti?», disse Ada.

«Sì, ma non ho voglia di parlarne».

«Peccato. Sareste una bella coppia».

«Ti ho detto che non voglio parlarne».

Camminarono nel vento caldo, fra spacciatori che fumavano tranquilli agli angoli, prostitute annoiate, camerieri in pausa, parrucchieri cinesi, perdigiorno, giocatori di carte e di biliardo, giovani magrebini con sacchi di calce caricati sulle spalle, venditori ambulanti di panini. Le ceste di un alimentari erano esposte sul marciapiede, cariche di frutta e verdura dalla foggia esotica. C'erano richiami e urla divertite. C'erano panni che ondeggiavano colorati alle ringhiere. C'erano le fragranze di spezie e pelle e birra rovesciata a terra che pungevano le narici.

«Tutti 'sti arabi mi fanno paura», mormorò Ada. «Non li sopporterò mai».

«Ancora con questo discorso? È razzismo».

«Ma va'».

«È razzismo».

«Senti, ho paura. Tu non hai paura quando ti fissano e fischiano mentre torniamo a casa la sera?».

«Viviamo qui da tre anni. Ti è mai successo qualcosa?».

«Tu non hai paura?».

Scosse la testa, come a dire: non è questo il punto. Non poteva ammettere che aveva paura anche lei.

«Hanno una cultura diversa. Non ho niente in contrario, figuriamoci; però devono smetterla di fissarci».

«Anche gli italiani sono così, Ada».

«Può essere. Ma dove abitiamo noi ce ne sono pochi, e io ho paura».

A casa Letizia si chiuse in camera e portò il laptop a letto. Cercò su internet informazioni sul volontariato in Africa e sul servizio civile all'estero, vagando di sito in sito senza memorizzare molto. Eloisa la chiamò dalla casa in Valle d'Aosta. Il telefono prendeva male e Letizia evitò di parlare delle dimissioni, limitandosi ad ascoltare. Sua madre stava passeggiando nel bosco dietro l'abitazione, da sola.

«Perché da sola?», chiese Letizia.

«Perché sto meglio così».

«Avete litigato, eh? Che strano».

«Non abbiamo litigato».

«Sì, certo. Chi ha vinto?».

«E comunque non è questione di vincere o perdere».

«Ho capito, ha vinto papà».

Poco dopo diede un'occhiata alla casella di posta. Ancora nessuna risposta alle decine di curriculum inviati. Fece qualche pigra ricerca tra le offerte di lavoro online, ma con l'estate gli annunci erano diminuiti fino quasi a scomparire.

Mise a scaricare su eMule *Laputa* di Miyazaki e scrisse un'email a Dario:

Cugino, come va? A Dublino piove? Immagino di sì.

Qui tutto come al solito. Ho lasciato il posto da fundraiser, tanto faceva schifo. A essere onesta non va molto bene, ma è meglio che non ti annoi con le mie paranoie.

Spero che i tuoi studi procedano e che le cose con Emma vadano meglio. Intanto te lo ripeto: riprendi a fare fumetti. Disegnare ti fa bene. Troppa filosofia nuoce alla salute.

Rispondimi presto, non fare come sempre. E non ci siamo ancora parlati su Skype. Perché non ci siamo parlati su Skype?

Baci

Leti

Appoggiò il laptop.

Quando riaprì gli occhi, massaggiandosi le palpebre, vide un'arancia sbucciata e un kiwi colpiti dalla luce su un piatto bianco adagiato a terra. Che ore erano? Non ricordava nemmeno di aver preso della frutta. Un colpo di sonno? Un grande silenzio. Ma cosa aveva sognato?

Si alzò di scatto e comprese subito che qualcosa non andava. Aprì le imposte. Doveva essere ancora pomeriggio: una radiosa giornata di giugno, diafana e calda, che rendeva il giallo uovo del palazzo di fronte ancora più intenso. Letizia rabbrividì. Qualcosa non andava.

Sedette a terra cercando di inspirare con il naso, ma l'aria non giunse a destinazione.

«Oddio», sussurrò.

Il cuore raddoppiò i battiti e la pelle si coprì di sudore freddo. D'istinto Letizia portò le dita alla bocca e cominciò a morderle come se fosse l'unica cosa sensata da fare. Morse forte, fino a sentire il sangue sulla lingua, ma il dolore non placò la collisione fra pensieri e corpo. *Non sarò mai nulla, non troverò mai nulla, non avrò mai il mio posto nel mondo.* Soffocava e tremava, tremava da capo a piedi. Morse più forte le mani.

«Oddio», cercò di gridare. «Aa. Aaaa».

Voleva piangere ma non ci riusciva. Si accoccolò sul pavimento in posizione fetale, senza più controllo su ciò che le stava accadendo. Emetteva respiri brevissimi, soffocati, che terminavano con un gorgoglio. Qualcosa di immenso e terribile si schiantò contro di lei. *Adesso muoio.* E invece non morì: il terrore la colse al punto da impedirle di chiudere gli occhi; gli arti si indurirono e divennero insensibili quasi fossero oggetti estranei; le gocce di sudore gelido si raccolsero sul labbro superiore. Grattava disperatamente il parquet, gli interstizi fra i listoni.

Fu così che si fece ritrovare da Ada pochi minuti o mezz'ora dopo, non avrebbe saputo dirlo.

7

Arrivò nel tardo pomeriggio con la borsa a tracolla che gli penzolava su un lato, la maglietta fradicia di sudore. Suo padre aveva insistito per venire a prenderlo in aeroporto, ma Dario aveva preferito tornare da solo con i mezzi. Guardò il cancello della sua palazzina, l'assurda palma avvizzita del giardino accanto, e fu tentato di tornare subito indietro.

Trovò suo padre leggermente dimagrito. Faticava a trattenere la gioia e si muoveva per casa nervoso, tirandosi su i pantaloni con entrambe le mani e poi battendole di colpo. Aveva preparato una limonata fredda con foglie di menta e scorzette d'arancia, che servì con un piatto di biscotti alla liquirizia cotti da lui stesso.

«Ho trovato la ricetta su internet», disse.

La sera andarono in una pizzeria vicino al municipio. Il locale era semivuoto e in un angolo un uomo sui cinquanta cantava vecchi classici della canzone italiana, staccando accordi da una tastiera Casio. I camerieri si battevano il cinque ogni volta che passavano di fronte al forno a legna.

«Stai lavorando bene?», chiese suo padre.

«Abbastanza. La biblioteca del Trinity è davvero ottima».

«Mi fa piacere».

«Adesso sono a un punto un po' complicato dell'articolo, ma credo di superarlo».

«Non spiegarmelo, tanto non lo capisco», rise lui. «E quando ti danno un posto qui a Milano?».

«Una cattedra in Statale? Credo mai nella vita, papà».

«Ma come».

«Ti ho già detto come funziona: sarà già tanto se ottengo un altro assegno».

«Be', vedremo. Non c'è motivo di essere così negativi».

«Ti sto solo spiegando come funziona il sistema».

«E comunque l'importante è lavorare bene: quando si lavora bene, prima o poi qualcuno ti nota».

Dario tagliò una fetta di pizza.

«Io prego sempre per te, lo sai».

«Certo».

Il cantante soffocò un rutto, regolò l'effetto della tastiera e cominciò a cantare *Il cielo in una stanza*.

«Il nonno come sta?».

«Peggiora. Ormai non riconosce più nessuno, e secondo il dottore il cuore può cedere da un momento all'altro. Tutte quelle sigarette».

«Ho capito».

«Non ti chiedo nemmeno di venire a trovarlo. Risparmiatelo, davvero».

Libero aveva le guance arrossate per il caldo. Gli disse che la cosa peggiore dell'ospizio era l'odore lieve ma pungente di merda: un odore che nemmeno le pulizie, peraltro assai scrupolose, potevano cancellare. Era tremendo, peggio della puzza normale. Chinò la testa sul piatto e addentò una fetta di pizza, e Dario provò una stretta allo stomaco non diversa da quelle che avevano attraversato la sua adolescenza. Improvvisamente volle fare qualcosa per lui. Non gli sarebbe costato molto, dopotutto.

«E se domani andassimo al Planetario?», disse.

«Al Planetario».

«Sì. A Milano, vicino a porta Venezia. Credo facciano qualche conferenza aperta al pubblico. Ci guardiamo le stelle come ai vecchi tempi, che dici?».

Suo padre lo fissò con un sorriso incredulo.

«Mi sembra una bellissima idea».

«Dopo controlliamo su internet».

«Una bellissima idea».

«Ricordi quando andavamo nei campi con il telescopio?».

«Come no. Ho ancora le mappe delle stelle da qualche parte. Poi la passione ti è finita di colpo, chissà perché».

«Ho cominciato a pensare ad altro».

«Però è un peccato. Potevi diventare un bravo astrologo».

«Astronomo».

«Sì, quel che è».

Davanti a casa chiese in prestito il furgoncino. Voleva solo fare un giro. Mattia era a Roma per lavoro, l'avrebbe accompagnato in aeroporto la domenica, e dunque guidò in solitaria con i finestrini abbassati per i dintorni, usando la Varesina come riferimento principale e vagando nei paesi con *Seasons in the Abyss* degli Slayer sullo stereo. Mentre guidava scrisse a Letizia per chiederle se l'indomani volesse bere un caffè a Milano. Nessuna risposta. Si infilò tra i grappoli di condomini e ville. Superò oratori e palestre e centri commerciali.

Quei posti erano i meglio attrezzati per sopravvivere alla fine del mondo. Prima l'apocalisse si sarebbe presa la bellezza e soltanto alla fine la pianura senz'anima, rovinata dall'usura o dall'indifferenza dell'uomo. Sarebbero rimaste le fabbriche, i capannoni, le ciminiere e i palazzi in costruzione. Sarebbero svettati anche dopo un inverno nucleare o un'invasione aliena, come vestigia di ere remote.

Posteggiò l'auto al parcheggio della grande rotonda fra Caronno e Saronno. Nello spiazzo c'era il solito paninaro, un ex eroinomane dove andava con Mattia al termine delle sue scorribande alla fine del liceo. Nugoli di zanzare attratte dai neon. Davanti al chiosco un gruppo di ragazzi in canottiera, con il berretto da baseball appoggiato sui capelli rasati, si prendevano a spintoni urlando e ridendo. Uno di loro guardò Dario di sfuggita e lui abbassò il mento allontanandosi. C'era sempre la violenza in attesa sul fondo, quella tensione perenne. Lo sapeva fin da piccolo: un'occhiata sbagliata era già un'offesa mortale.

Dalle portiere di un'auto aperta arrivavano ondate di musica techno. Dario si allontanò ancora e raggiunse il cancello di un autosalone. Qui prese di nuovo il telefono e si decise a leggere i messaggi di Emma. Lo stava tormentando perché aveva paura che la loro relazione non andasse da nessuna parte; non gli chiedeva nulla, ripeteva, ma non capiva la freddezza con cui la trattava: con il tempo il distacco doveva ridursi, non aumentare. E lui, invece.

Dario rispose che era incapace di amare, e forse non era davvero interessato all'amore. Si scusava ma era così. Inviò il messaggio e rimase ad annusare l'odore di salamella nella notte torrida e afosa. Non una bava di vento. Emma rispose: *Che cazzo significa?* Dario spense il telefono e tornò a casa.

Entrò nel corridoio scalzo, camminando sulle punte dei piedi. La porta della camera del padre era socchiusa e lui dormiva abbracciato al cuscino, la bocca aperta, in pigiama a righe nonostante il caldo. Dario lo guardò per qualche secondo, poi si sdraiò in mutande sul suo materasso e lì restò fino alle quattro del mattino, rileggendo vecchi *X-Men*.

Il giorno dopo andarono al Planetario. Quando si spensero le luci e la volta iniziò a punteggiarsi di stelle, Dario emise un piccolo suono involontario di stupore. La voce del conferenziere, nascosto da qualche parte nel buio, disse che con il macchinario a disposizione avrebbe potuto replicare il cielo del giorno in cui ognuno di loro era nato. O il cielo di trecento anni prima. O il cielo dell'indomani. Partì un lento fraseggio di flauto e la cupola ruotò attorno a loro. Dario si accorse di riconoscere le costellazioni in movimento. Lo Scorpione. Il Sagittario. Suo padre gli strinse una coscia e Dario carezzò cautamente la mano percorsa di vene, spessa e rovinata come la sua. Mani che hanno lavorato, mani di uomini di provincia. Poi la strinse, e Libero sorrise, e insieme ascoltarono il conferenziere raccontare del cielo con parole sepolte nei ricordi – perielio e precessione degli equinozi, ciclo di Saros, e cefeidi – mentre la via Lattea si componeva sempre più intensa, una scia di macule bianche e azzurrognole, la Fenditura del Cigno visibile come un crepaccio.

La domenica era in auto con Mattia diretto verso l'aeroporto di Orio al Serio. Il suo amico era da poco andato a convivere con la fidanzata, Serena, una ragazza conosciuta alla palestra di Pertusella; e dopo tre anni al banco del pesce di un supermercato era stato assunto in una multinazionale di robotica con sede a Rho. Vestiva pantaloni neri e camicia bianca e aveva un aspetto meno irrequieto del solito.

Mentre superava una Golf, gli disse che avrebbe dovuto rimanere in Irlanda. L'Italia era terra morta, in ogni caso, e non soltanto a causa di Berlusconi.

«Ma come faccio? Tra un po' la borsa finisce».

«Ci sarà pure un altro modo».

«No».

«Sì che c'è. Trova un altro lavoro, e intanto cerchi una nuova borsa».

«Ma non ho motivi per rimanere, se non studio».

«Pirla. Il motivo è Emma».

Dario fissò il cruscotto.

«No, non ha senso».

«Non mi dicevi che era un esperimento? Allora portalo fino in fondo. Tutte le relazioni sono esperimenti, in quest'epoca. Non abbiamo un manuale al riguardo».

«E prima invece sì?».

«Prima era diverso. Per i nostri genitori c'erano delle rotaie su cui andare. Un tragitto preciso, diciamo».

«Costrizioni sociali», commentò Dario – ma se pensava a sua madre fuggita in Africa alla ricerca di un bene più grande del figlio e del marito, di costrizioni ne apparivano ben poche.

«C'era anche maggiore rispetto per lo stare insieme», disse Mattia.

«Adesso parli come un vecchio. Le cose si rompevano anche cinquant'anni fa».

«Sì, però si aggiustavano. Ora si buttano».

«Ma tu con Serena sei felice, vero?».

«Certo».

«Un esperimento andato a buon fine».

«Finché dura, amico mio».

«E le tue ossa?».

«Le mie ossa cosa?».

793

«Non dovevano finire altrove? Non dovevamo morire entrambi lontano dal paese?».

Mattia sorrise con un'ombra di condiscendenza.

«Nessuno ha detto che rimarrò lì per sempre», disse.

«Sì, però».

«E poi chissà. Forse dove si crepa non ha tanta importanza, se si è un minimo felici: cosa che con Emma potresti essere».

Dario annuì, anche se quel discorso odorava di resa. Detestava sentir parlare di felicità. La felicità era una scusa, tutti se ne riempivano – una parola così semplice e ovvia, chi non vuole essere felice – ma nessuno sapeva definirla con precisione. Inseguivano un'idea confusa, e questo li rendeva paradossalmente scontenti. Era ridicolo.

«Il punto è che io so benissimo cosa voglio. Le vite che fanno Emma e il suo giro o gli italiani che vedo a Dublino... Non hanno senso. Feste e viaggi e lavori qualunque e poi cosa? No, io voglio lasciare una traccia. Mi sono ammazzato di studio proprio per questo. Lasciare una traccia, per quanto piccola».

Il suo migliore amico, il suo unico amico, mise la freccia per uscire a Orio al Serio e contrasse il volto.

«Io invece non ci penso proprio», disse. «Se lasci tracce qualcuno ti segue e ti chiede conto di tutto».

Al gate ricevette una telefonata di suo padre. Non rispose e spense il telefono. In aereo rilesse, con una concentrazione che non provava da settimane, trenta pagine della biografia di Wittgenstein che aveva portato con sé – *Il dovere del genio* di Ray Monk. Il titolo gli dava un profondo conforto. Non vedeva l'ora di rivedere Gordon al Grogan's e discutere con lui.

Fuori dall'aeroporto di Dublino riaccese il telefono e richiamò il padre.

«Dario», annaspò lui.

«Dimmi».

«Il nonno».

«Il nonno cosa?».

«È morto nonno Renzo. Tre ore fa».

La voce era esitante, spezzata. Dario si fermò e vide la gente andare e venire trascinando trolley sotto la pioggerella calda, salire sugli autobus, cercare un taxi.

«Dario».

«Mi spiace molto», disse. «Sono appena arrivato a Dublino».

8

Gli attacchi di panico – Letizia e Ada avevano cercato online i sintomi e c'erano pochi dubbi al riguardo – si ripeterono per tutto il mese di luglio, nei momenti meno prevedibili e con intensità crescente.

Letizia reagì come aveva sempre fatto: non disse nulla ai genitori, pregò Ada di tacere con Federico, e non consultò alcun medico. Era terribile vivere una simile mancanza di controllo, sapere che da un momento all'altro qualcosa si sarebbe impadronito del tuo corpo e dei tuoi pensieri; ma ancora peggio era mostrarsi debole di fronte agli altri.

Dopo una crisi al supermercato (dovette nascondersi dietro gli scaffali della carta igienica e sperare che nessuno la notasse), ridusse al minimo l'attività al di fuori dell'appartamento. In fondo non aveva un lavoro e il caldo era insostenibile: si trincerò in camera con le tapparelle abbassate. Dormiva il più possibile, mangiava poco, e con il passare dei giorni la sua vita si modellò attorno all'attesa del nemico.

Lesse su un sito che le cause di questi attacchi erano difficili da tracciare, e potevano presentarsi in momenti di particolare stress. Formulò una diagnosi: *La signorina L. patologizza l'incapacità di trovare un impiego, gli eterni sensi di colpa e forse qualche questione irrisolta con la madre. La precarietà, da esistenziale e lavorativa, diventa infine biologica.*

Tuttavia questa consapevolezza non le servì. Le crisi si fecero più frequenti e alimentarono la paura che le generava: un corto-circuito da cui Letizia non sapeva uscire, se non evitando di alzarsi dal letto. Si scusò con Dario per non essere riuscita a incontrarlo durante il suo rientro, e aggiunse una riga di fredde condoglianze per suo nonno. Convinse Ada a tornare dai genitori in Puglia assicurandole che avrebbe passato il resto dell'estate ad Arese; e invece rimase a Milano da sola.

Com'era diversa, da ragazzina. Ricordò le punizioni in cameretta, quando sfidava la noia piegando origami su origami e usciva dalla prigionia a testa alta, decisa a non darla vinta ai genitori. Ricordò i capricci e i litigi per tornare a casa un poco oltre il coprifuoco. Ora invece si preparava alla resa con una sorta di languore. Passò interi giorni senza mangiare. Gli attacchi la scuotevano più a lungo: un quarto d'ora, venti minuti in cui si chiudeva in posizione fetale, tremava, ripeteva a bassa voce le stesse parole – «La fine, è la fine, è la fine» – e si mordeva le mani, strizzando gli occhi per cercare in qualunque modo di fermare il disastro che si abbatteva su di lei con violenza impensabile. Ne usciva esausta, boccheggiando, certa che non sarebbe mai finita realmente.

Ai primi di agosto uscì di casa barcollando; la luce era bianchissima e la città immobile e attonita come se fosse appena emersa dalle acque. I vecchi sudavano sulle sedie di plastica disposte per strada o nelle corti. Su un muro era apparsa una nuova scritta, AMARE LAVORARE CREPARE. Letizia prese un treno e scese a Garbagnate dove chiamò la madre con le poche forze rimaste.

Lei la portò a casa terrorizzata e la costrinse a mangiare un po' di pasta in bianco. Le fece una doccia – Letizia si lasciò spogliare e lavare come una bambina – e la mise a letto. La sera sentì i genitori bisbigliare nel corridoio, mentre lei cercava di addormentarsi. Suo padre aprì la porta nervoso e le chiese come stesse; poi la accusò di aver fatto come sempre, come quando da bambina nascondeva il mal di pancia fino allo sfinimento per la paura di disturbarli. Perché non li aveva avvisati? E cos'era questa novità degli attacchi di panico? Che si rimettesse in fretta, per favore.

I giorni seguenti Letizia cercò di spiegare cosa provava, ma si accorse di non avere parole per farlo. Durante una cena ebbe una crisi così intensa che tentò di nascondersi sotto il calorifero, spingendo le anche contro i moduli in ghisa fino a ferirsi. Suo padre la strattonò disgustato: «Vedi di comportarti da adulta!», gridava. «Non voglio più vedere queste scene, hai capito?».

Eloisa invece cercava di aiutarla. La carezzava, le diceva che non c'era nulla di storto in lei.

«È tutta colpa del capitale», disse una sera. «Questa società infame ti convince che è ogni cosa sulle tue spalle. Sei disoccupata? Vuol dire che hai fallito. Non guadagni abbastanza? Sei un'incapace. E per le donne è cento volte peggio», proseguì. «Sai bene quanta fatica ho dovuto fare io; posso solo immaginare quanto sia dura per te».

Letizia non aveva alcuna voglia di ascoltare il sermone; avrebbe voluto ribattere che quella società le era stata consegnata proprio da Eloisa e dalla sua generazione: che erano stati loro a tradire i sogni dei loro padri, della Resistenza, di un vero cambiamento. Ma era un litigio che avevano già avuto, e non aveva forze per riprenderlo da capo. In quei momenti si immaginava come la polena di un veliero. Per decenni, per quasi un secolo la famiglia

Sartori aveva costruito una nave partendo dal poco legno disponibile: di generazione in generazione era uscita dal fango e dall'oscurità alzando alberi, tessendo vele, rinforzando lo scafo e accumulando cordame. E infine ecco lei, l'ultimo elemento del processo, una decorazione lignea apposta sulla prua, perfettamente modellata ma in fondo inutile – e con gli occhi aperti sullo scoglio contro cui si sarebbe infranta. Possibile, si diceva, che il passato avesse una tale forza sul presente? Il potere di ciò che accadde prima di noi è tale da forgiare un destino? O era soltanto colpa sua?

«Non so», rispose. «Non mi sento una vittima del capitale».

«Tutti lo siamo».

«Voglio dire che forse la questione è più complessa».

Eloisa sembrò riflettere su quelle parole, quasi fossero motivo di ulteriore preoccupazione. Le preparò una tisana, le carezzò i capelli stopposi e sudati, e infine le propose di andare da uno psichiatra.

«No», disse Letizia d'istinto. «No, assolutamente no».

«Ma perché?».

«Non lo so. Ho paura».

«E di cosa?».

«Non lo so».

«Guarda che è come un medico qualsiasi. Se stai male, hai bisogno di un medico».

Ma lei non voleva. Non voleva sentirsi dire di essere malata. Promise che si sarebbe impegnata per stare meglio; si assunse tutte le responsabilità della situazione – cosa che rallegrò alquanto suo padre.

Il pomeriggio scaricava film espressionisti. Fissava la barra di eMule, il rosso delle parti mancanti e il blu di

799

quelle disponibili, e la sottile linea verde che indicava il progredire del download. Guardò film di Lang, Lubitsch, Dreyer, Murnau, Leni: le ombre esagerate, i lunghi silenzi, la musica agitata e persino il senso dominante di morte la cullavano.

Guardò film e ascoltò il vecchio disco di sua cugina Diana, *Il dono della chiaroveggenza*, e rispose a email che languivano da giorni. Uno dei redattori di *Penny Lane* le chiese aggiornamenti sui fumetti del cugino. Letizia non sapeva chi gli avesse dato il suo indirizzo; rispose semplicemente che stavano arrivando. Lui le scrisse pochi minuti dopo chiedendole di uscire con qualche battuta che non comprese. Cancellò l'email e tornò a osservare le barre di scaricamento di eMule, aspettando il successivo attacco di panico.

Ogni tanto prendeva la bicicletta e si concedeva un cauto giro del quartiere. A volte si spingeva fino a una vecchia piscina all'aperto dei dintorni, dove le famiglie di proletari, senza un soldo per andare in ferie, si accalcavano sudate: i bambini grassi leccavano gelati e urlavano tuffandosi nell'acqua, mentre le madri si facevano aria con una rivista. Letizia passava molto tempo a osservarli, nell'odore di cloro e nel caldo logorante del giorno.

Una mattina parlò al telefono con il nonno. Si fece consigliare altri libri che non avrebbe mai letto; poi lui le confessò che avrebbe tanto voluto tornare in montagna.

«Il mio sogno è sempre stato quello di morire in un bosco», le disse.

«Non credo che il sogno di Eloisa sia cercarti per tre giorni di fila», rispose lei.

Il vecchio rise.

«Voglio solo fare una passeggiata tra le cime. Tutto qui».

«Un giorno ti porto in Valle d'Aosta, allora».

«Davvero?».

«Certo», disse Letizia stringendo il telefono. «Un giorno».

«Facciamo una fuga».

«Sì. Una fuga io e te, zitti zitti».

«Sarebbe bellissimo», disse.

Alla fine di agosto si sentiva un po' meglio e accettò di uscire con Ada e Federico, entrambi tornati dalla Puglia. Su suggerimento di Eloisa, li convinse a raggiungerla nell'hinterland.

Era un pomeriggio livido. Andarono in auto ai margini del parco delle Groane, a Castellazzo, e da lì vagarono tra gli stagni paludosi nascosti fra le robinie e i sentieri, raccontandosi le reciproche estati. Letizia inventò un breve viaggio a Berlino: si era preparata leggendo una guida online, e parlò con entusiasmo dei festini nel suo ostello a Kreuzberg, dei capannoni occupati di Friedrichshain, delle passeggiate a Neukölln che tanto le ricordava via Padova.

Le zanzare li tormentavano e l'umidità era così opprimente da spezzare il respiro. Tre raggi di luce colpivano i tronchi galleggianti e i voli di farfalle bianche. Federico disse che avrebbero potuto pescare le rane che gracidavano qui e là: bastava un fiocco rosso attaccato a una lenza per attirarle. Ada raccontò che suo nonno materno, emiliano, lo faceva di notte con una lampada a olio nei canali della bassa.

Quando uscirono dal bosco di robinie Letizia fu attraversata da un brivido che conosceva. Il clima era cambiato: grosse nuvole nere coprivano il cielo, ora basso sui campi, e qui e là esplodevano dei tuoni. Sul prato c'era una festa e dei ragazzi giocavano a pallone noncuranti. In un fontanile di legno riluceva il verde di un grosso cocomero.

La grandinata arrivò all'improvviso, seppellendo tutto. Ci furono grida ed esclamazioni divertite e i ragazzi e le coppie del parco cercarono rifugio in un casolare abbandonato. Letizia sentì la lingua che si muoveva in bocca e cominciò a tremare. Ada la prese per un braccio, ma lei restò immobile. Percepì distintamente la nascita di una nuova crisi. Saliva come sempre dal basso, dall'incavo dello stomaco, e quindi si propagava fino al collo, e lei doveva chiudersi a riccio e piangere per respirare – doveva farlo e subito.

«Cos'hai?», disse Federico allarmato.

Lei scosse la testa e si portò le mani al viso; morse un dito fino a farlo sanguinare, poi allungò le braccia nel vuoto come a voler respingere il mostro.

«Cos'hai? Cos'hai?», disse ancora Federico cercando di avvicinarsi. Letizia gli diede uno spintone e corse nel prato battuto dalla grandine. Un fulmine spaccò il pomeriggio colorandolo di grigio e bianco, e pochi istanti dopo lei crollò pensando a tutto quello che avrebbe dovuto spiegare ad Ada e Federico, e ai suoi genitori, e al mondo intero.

9

Il negozio di dischi dove lavorava Patrick chiuse all'improvviso e lui rimase senza lavoro. Dario ed Emma andarono a trovarlo dopo un lungo, faticoso litigio che si era protratto per gli angoli di St. Stephen's Green: Emma aveva alzato la voce attirando gli sguardi dei passanti. Non era incapace di amare, gli aveva detto: era solo uno stronzo che si riteneva al di sopra di tutti. Dario si era trincerato nel silenzio, come al solito, a un metro e mezzo di distanza da lei.

Nonostante i messaggi che si erano scambiati mentre era in Italia, una volta tornato la relazione era ricominciata. Dario non riusciva a capire. Una seconda volontà agiva in lui rimettendolo sulla strada che già sapeva terminare contro un muro. Ne aveva discusso ancora con Gordon al Grogan's, e lui gli aveva consigliato – stavolta con maggiore severità, un monito da vecchio saggio – di ascoltare il corpo.

«Il corpo ha le sue ragioni che la ragione non conosce», aveva detto storpiando la frase di Pascal, il genere di solenne banalità che ogni tanto tirava fuori. «Ma non si tratta soltanto di sesso. C'è ben altro in gioco, qualcosa di teoricamente molto profondo». Dario aveva replicato che erano tutte sciocchezze, e Gordon si era alzato lasciandolo al tavolo da solo.

Patrick viveva con la madre poco oltre il fiume Tolka, in un quartiere popolare a nord della città: un appartamento con una serie di tag e graffiti sul muro. Sua madre era un'insegnante di lettere in pensione e si entusiasmò quando seppe che Dario era italiano. Provò a conversare con lui in latino, ma il risultato fu penoso per entrambi – Dario non ricordava nemmeno la prima declinazione, e non riusciva a decifrare il borbottio della signora. Un po' delusa, lei si mise a preparare il tè.

Emma era seduta sul divano con i piedi raccolti e guardava le fotografie dei bisnonni di Patrick, vecchi riquadri in bianco e nero di O'Connell Street e St. Stephen's Green, carretti dei dolciumi, cavalli, poliziotti annoiati sullo sfondo.

Dario chiese a Patrick cosa avrebbe fatto adesso, e lui si strinse nelle spalle.

«Non ne ho idea. Immagino dovrò trovarmi un altro cazzo di lavoro».

«Hai le idee chiare», disse Emma.

«Sarebbe ora che crescessi», disse la madre. «Come tuo fratello».

«Sicuro. Anche voi avete un fratello genio?».

«Non mi pare», disse Emma.

La madre servì il tè. Disse che Patrick da giovane suonava il violino così bene che avrebbe potuto studiare da un maestro famoso, ma non se n'era fatto nulla. Emma strinse un braccio a Dario e lui si sentì a disagio. Poi Patrick raccontò di quanto suo fratello fosse in realtà un patetico coglione, e la madre gli urlò qualcosa di rimando e cominciarono a litigare, finché Patrick prese la giacca e disse che la festa era finita e potevano uscire.

Emma doveva tornare a casa. Dario e Patrick oltrepassarono il Tolka e camminarono ancora attorno a Ballybough Road. Il sole lasciò spazio alle nuvole e a una pioggia sottile. Patrick gli spiegò che il quartiere di Ballybough un tempo veniva chiamato Mud Island, isola di fango; ed era frequentato da pirati, tagliaborse e puttane.

Comprarono qualche birra in un liquor store. Il proprietario era un tizio grassoccio dai capelli ricci lunghi fino alla schiena, e dietro di lui un piccolo televisore trasmetteva una partita della Premier League. Si sedettero a bere in un parcheggio, sotto la pioggia intermittente. La strada era vuota e le case apparivano senza vita.

«Tu sei un tipo interessante», disse Patrick all'improvviso.

«Perché?».

«Perché sei di poche parole. Giusto?».

Dario si strinse nelle spalle.

«Visto? Non sembri un italiano».

«E come sono gli italiani?».

«Boh. Di sicuro non come te. Sono più allegri, credo».

«Quanti ne conosci?».

«Voglio solo dire che hai quest'espressione, come se non te ne fregasse un cazzo di niente».

«Ho capito, stai parlando di Emma».

«No. Di quello che fai con Emma non mi importa».

«Pensavo foste amici».

Patrick fece una smorfia, roteò una mano a mezz'aria.

«Lo siamo, ma se lei vuole stare con una persona cui non frega un cazzo, sono affari suoi. No?».

Sorrise e poi aggiunse qualcosa che Dario non capì.

«Sei un tipo enigmatico», ripeté Patrick dopo aver bevuto. «C'è qualcosa sotto, eh?».

«Mia madre mi ha abbandonato quando avevo due anni e mezzo», disse Dario, senza motivo. Non parlava mai di quella storia, e perché farne cenno proprio a quel ragazzo, in quel momento? Voleva fargli pena? Se c'era una cosa che detestava della gente era proprio usare il dolore per farsi accettare dagli altri.

Patrick lo fissò.

«Sul serio?».

«Sì».

«E dov'è andata?».

«In Africa con i preti. Una missione».

«Cazzo».

«Già».

«In Africa».

Dario annuì.

«Ti ha mollato così. Suo figlio».

Dario annuì di nuovo. Patrick scosse la testa e sputò a terra. Sembrava sul punto di fare un commento, invece frugò nel sacchetto di plastica e Dario ne fu sollevato.

«Un'altra?», disse estraendo una bottiglia.

«No, grazie».

«Per me sì». La aprì con un colpo secco di chiavi e tornò a fissarlo. «Non ti piace bere?».

«Non molto».

«Fammi indovinare. Tua madre beveva?».

«Così mi è stato detto».

«Un classico», disse Patrick.

Più tardi si separarono con una stretta di mano; Patrick era piuttosto ubriaco e continuava a grattarsi il collo. Il cielo nuvoloso era squarciato da una lama d'azzurro.

Dario tornò verso il centro. Poco oltre il parco di Mountjoy Square entrò in una grossa libreria e fu attratto dalla sezione fumetti. In un angolo c'era una rastrelliera con gli albi più recenti della Marvel: sfogliò un nuovo numero di *Thor* e rimase piacevolmente colpito dalla qualità energica, quasi sfacciata del disegno. Osservando le imprese del dio del tuono – incarnatosi all'inizio in un medico umano, il dottor Blake, dettaglio spesso sottovalutato – si chiese perché tutti volessero distruggere le parti di sé che li rendevano speciali. Erano le stesse che facevano soffrire, certo; ma si trattava della definizione perfetta di superpotere. Patrick era un buon esempio. Mattia, per altri versi, era un buon esempio. E anche Emma. Tutti volevano soltanto essere normali, e per farlo gettavano al vento i doni ricevuti.

Riprese a sfogliare svagatamente *Thor*. Non c'era nulla da fare. Il bisogno degli altri per gli altri era sconcertante. Se tutti si fossero bastati non ci sarebbe stata molta sofferenza; ma tutti erano paralizzati dal terrore di separarsi dalla massa e pensare con lucidità. Naturalmente esisteva un fattore emotivo, ma alla lunga la ragione doveva averla vinta: e invece no, gli esseri umani per lo più cedevano e si ferivano a vicenda. Per questo Dario li considerava indegni di compassione.

Ripose l'albo e prese *Wolverine* e lo lesse da cima a fondo, e così fece con *Iron Man* e *Hulk*. Una commessa gli gettava delle occhiate, ma lui la ignorò. Com'erano belle quelle storie. Ogni volta svegliavano in lui un fervore intenso, il suo microscopico punto debole: ci credeva. Quando si trattava di fumetti – di *quei* fumetti – una parte di lui reagiva toccata nel vivo. Credeva in Batman e in Miss Marvel e negli X-Men. Era qualcosa che eccedeva l'ambito della logica ed era ben contento di non poterlo discutere: *Nulla dire, se non ciò che può dirsi.*

Hulk sfasciò quello che doveva sfasciare, il povero dottor Banner si ritrovò alle prese con i Vendicatori, e alla fine Dario uscì chinando il mento davanti alla commessa.

Che fosse quella la chiave dell'amore? Come le storie della Marvel o della DC, chiedeva di credere all'incredibile. In effetti il calcolo delle probabilità di trovare la persona giusta era sconfortante; se avessimo voluto affidarci alla ragione c'era di che essere scettici. Per Emma invece era tutto molto semplice: aveva fede. Come il padre nel suo ridicolo Dio uno e trino, come sua zia Diana nella musica, come nonno Renzo nella rivoluzione comunista. Ma Dario era in grado di credere solo a personaggi su carta e poteri inverosimili che ti rendevano unico.

Arrivò al Grogan's, ordinò una limonata e sedette in un angolo in attesa di Gordon. Un gruppo di turiste spagnole rideva con un suono chioccio e fastidioso. Al banco c'era solo un uomo sui quarantacinque con una tazza di caffè fumante. Il telefonò vibrò: era Emma. Dario non rispose. Arrivarono tre messaggi concatenati con insulti frammisti a richieste di perdono. Dario compose il numero di Letizia.

«Ciao», disse lei dopo diversi squilli.

«Hai detto che non ci sentiamo mai. E perciò eccomi».

«Grazie».

«Ci siamo anche persi a Milano».

«Sì».

«E quindi».

«Sei stato gentile a chiamarmi».

«Sto facendo esercizi di umanità».

«Ma chissà quanto spendi. Potevamo sentirci su Skype».

Aveva una voce debole e piatta.

«Ti ho disturbato?».

«No, no».

«Come stai?».

«Insomma», sospirò. «Non benissimo».

«Mi spiace».

Lei tacque.

«Leti? Ci sei?».

«Scusa. Ho il telefono scarico e non sono molto in forma. Ti spiace se parliamo un'altra volta?».

«Okay».

«Scusami. Va un po' così».

«Nessun problema».

Dario chiese un foglio e una penna al barista, e sul foglio disegnò d'istinto Mario il Castoro Punk, le sopracciglia chiuse, la bocca aperta in una brutta smorfia. Sorrise; gli era venuto bene, come ai vecchi tempi. Aggiunse un balloon e vi scrisse dentro: *Ma andate tutti affanculo!*

10

Lo psichiatra le prescrisse tre dosi di Xanax al giorno, le raccomandò di tornare dopo un mese e infine consigliò di seguire un percorso di terapia. Letizia si limitò a comprare i farmaci e assumerli.

La visita cambiò molte cose. Ora Eloisa e Giulio potevano avere cura di lei per una ragione concreta, redatta sul foglio di uno specialista. Suo padre smise di trattarla come una bambina viziata e prese a scriverle messaggi ogni mattina alle otto: *Tutto bene, amore? Non affaticarti, mi raccomando.* La sua malattia, Letizia lo poteva capire, era come nutrimento per una coppia in crisi da anni. Una sera li vide dividere una sigaretta e baciarsi in giardino, e li invidiò quasi al punto di odiarli.

Lo Xanax, comunque, funzionava. Letizia sentiva ancora lo stomaco torcersi, le mani perdersi in un tremore; ma la molecola frenava il resto dei sintomi. Disse ai genitori che era come avere una rete di sicurezza. Cadeva all'indietro ma non più in un precipizio buio e senza fondo.

Non disse che il prezzo da pagare per evitare le crisi era un'opacità assoluta dei sensi. Non disse che quando l'effetto calava doveva subito prendere un'altra pastiglia, altrimenti sapeva che sarebbe incorsa in un attacco cento volte più atroce di quelli vissuti in precedenza. Non disse che dormiva male e nonostante la cura si svegliava prima dell'alba, di colpo, come se una mano la strangolasse, in preda al terrore e a fumosi presagi di morte.

Verso la fine di settembre si sentì stabile a sufficienza per tornare a Milano da Ada. Riprese a guardare film e a inviare curriculum per qualsiasi offerta con una vaga attinenza alla sua laurea in Beni culturali. Ada era fiduciosa, la città riluceva. La sera mangiavano insalate di finocchi e arance, ciotole di olive taggiasche, e hummus preparato in casa con il cumino e l'olio e il limone. Letizia spiluccava quel che riusciva. Nessuno rispose ai suoi curriculum.

Ada invece iniziò uno stage retribuito in una galleria d'arte moderna: avendo lavorato sulla poesia visiva di Ketty La Rocca, era un successo straordinario. Del resto, come Federico o Dario, si meritava qualunque fortuna. Ognuno di loro aveva dovuto far fronte a difficoltà materiali sconosciute a Letizia: magari le fosse successo qualcosa di terribile, magari fosse stata abbandonata dalla madre quand'era bambina. Invece no, doveva cavarsela da sola e non aveva diritto di lamentarsi: come le aveva detto una volta Federico, il senso di colpa borghese era la cosa più borghese e fastidiosa che ci fosse. *E dunque*, completò la diagnosi, *il corpo della paziente l'ha espresso al suo posto*.

Pranzò con Eloisa e zio Davide, vicino allo studio della madre. Davide era tornato in Italia per promuovere una mostra che aveva come oggetto le fabbriche abbandonate dell'hinterland; ne avrebbe anche tratto un libro. Aprì il laptop in mezzo alle pizze e mostrò a sua sorella e sua nipote alcune immagini. Letizia riconobbe una grande acciaieria non lontano da casa del nonno. Certe industrie dai vetri rotti avevano l'aspetto ancora maestoso di cattedrali, mentre altre erano più piccole e dimesse; ma tutte irradiavano una specie di energia, la forza del passato. C'erano spiazzi con pali conficcati nella ghiaia e interni dove l'acqua caduta dal tetto sfondato si raccoglieva in pozze che brillavano appena. I colori erano terribilmente scarichi.

«Non hanno profondità», disse, e Davide sorrise.

«Ottimo», rispose. «La superficie è tutto».

Mentre sua madre era in bagno disse allo zio che avrebbe voluto passare un periodo come volontaria da qualche parte, dovunque ci fosse bisogno. Lui conosceva molte persone ed era stato in Bosnia durante la guerra: poteva aiutarla?

Davide le scrisse un'email poche ore dopo, sintetico come di suo solito, inoltrandole il contatto di un'associazione laica. Erano amici del suo amico giornalista, Fiore: gente in gamba e motivata che agiva per lo più nelle baraccopoli di Nairobi. In genere cercavano medici e interpreti, ma una mano in più poteva sempre servire.

Una sera cadevano le ultime gocce e l'aria si colmava di smog, carne speziata di kebab, calcinaccio e fiori. La fila di lampade tesa sopra la strada lasciava i piani dal secondo in su immersi nell'oscurità, conferendo a Milano un aspetto gotico.

Letizia camminava con Federico tra annunci di gatti smarriti, graffiti contro la Juventus, donne sudamericane intente a litigare in uno spagnolo nervoso. Era un appuntamento o forse no.

«Allora stai meglio», disse lui, per la terza o quarta volta, con quella sollecitudine che Letizia trovava un po' ridicola ma in fondo apprezzava.

«Sì. Ancora alti e bassi, ma nel complesso sto meglio».

«Mi fa piacere».

«Cosa ti va di fare?».

«Non so. A te?».

«Possiamo bere qualcosa e poi fare due passi lungo il naviglio».

«Per me va bene». Si grattò la barba. «Hai già cenato?».

«Sì», mentì Letizia.

Non assumeva Xanax da un giorno intero perché voleva sbronzarsi e temeva qualche reazione strana. Risalirono via Rovetta, verso nord, ed entrarono nel primo bar sulla strada. Era piuttosto spoglio, e il ragazzo al banco li fissò come se avessero sbagliato posto. Bevvero quattro bicchieri di vino cattivo mentre Federico le parlava del suo nuovo lavoro come agente immobiliare. Era laureato in Fisica e girava in giacca e cravatta con un piemontese cocainomane suonando campanelli e chiedendo a chiunque – per lo più anziane sole – se conoscessero qualcuno che voleva vendere casa.

«Ti rendi conto?», disse.

Voleva provare a insegnare matematica alle medie. Non sentiva una particolare vocazione, e anzi l'idea stessa della vocazione gli pareva cretina; ma perché non tentare?

Quando uscirono Letizia era molto più ubriaca di quanto pensasse, e cercava di nasconderlo senza riuscirci. A un certo punto andò a sbattere contro Federico, che la scostò con delicatezza e una risata. Per il resto lui taceva e Letizia sentiva addosso il suo sguardo obliquo. Al ponte in pietra svoltarono a destra e proseguirono sul lungofiume deserto. Le nuvole andavano rompendosi: la luna era visibile sopra gli alti palazzi che circondavano il parco della Martesana, più in là – un disco color crema.

«Adesso ho davvero fame», disse Federico quando furono quasi all'altezza di via Ponte Nuovo. «Ti spiace se mi prendo qualcosa qui sopra?».

«Fai pure. Ti aspetto».

Letizia lo vide risalire di corsa la scala che portava alla sopraelevata. Rimasta sola, si levò le scarpe e le calze; quindi scavalcò la ringhiera del lungofiume. Sotto i lampioni non c'era nessuno a fermarla. Lei era ubriaca e voleva sentire l'acqua. Come avrebbe spiegato per decine di volte a Federico, implorandolo di non raccontarlo a nessuno, voleva soltanto mettere un piede nel naviglio. Nient'altro.

Si calò con circospezione, ridacchiando fra sé, scivolò e cadde con un tonfo lieve nell'acqua bassa e gelida. Si accorse subito di aver fatto un errore ed ebbe paura; si ricordò di non avere assunto i farmaci e questo la atterrì. Non c'era alcun pericolo, a parte forse le nutrie, e sarebbe stato facile risalire: ma qualcosa la spinse giù, un movimento involontario, non seppe dirlo: il corpo voleva starsene lì e lì rimase per qualche secondo, a guardare i canneti e i cespugli bui sull'altra riva.

Cercò di urlare senza riuscirci. Poi scavalcò di nuovo la ringhiera e attese Federico immobile e gocciolante. Quando lui la vide gettò a terra il panino e le venne incontro. La resse per le spalle.

«Cosa fai? Cosa stai facendo?».

«Niente», disse lei: ed era vero, non c'era di che preoccuparsi; era solo una ragazza bagnata fradicia per errore, viziata e con qualche problema; ma era giovane. E anche Federico era giovane. Letizia ebbe un istante di chiarezza. Con il passare degli anni tutto sarebbe diventato meno doloroso e forse anche meno bello, si sarebbe scolorito, dunque perché perdere altro tempo? Il viso che aveva di fronte le sbocciò di fronte come se l'avesse visto per la prima volta. Senza sapere a cosa sarebbe andata incontro, lo baciò.

Decisero di andare a nord per un fine settimana. L'amore platonico di Patrick, Kim, era infine diventata la sua ragazza ufficiale: una biondina simpatica che si grattava continuamente il naso, con una Kadett da fornire alla comitiva. L'idea era di attraversare l'isola e arrivare fino al promontorio più settentrionale, Malin Head.

Emma era entusiasta – forse considerava la gita un modo per riavvicinarsi al suo italiano – e ancora una volta Dario non fu in grado di opporsi. Inoltre Dublino aveva cominciato a stancarlo; l'idea di un viaggio non gli dispiaceva.

Partirono nella tarda mattinata e videro i raggi del sole bucare le nuvole zuccherose della contea. Per tutto il viaggio Dario ebbe fame, e fu piacevole fermarsi a Cavan per un panino al burro, seduti su una staccionata a contemplare i carpentieri che ultimavano una parete. Kinawley, Letterbreen, Omagh, Strabane. Kim parlò di quanto fosse affezionata all'Irlanda e di come non se ne sarebbe mai andata da lì. Patrick disse che era un paese di merda, ma che in fondo *tutti i paesi* erano una merda.

Malin Head era una superficie lunare, e Dario si innamorò subito del paesaggio. La sua discrezione, la sua durezza. Ogni dettaglio era sacrificato in nome dell'orizzontalità: il mare, le pietre, il cielo: parole semplici per cose semplici, nessun abbellimento, nessun fronzolo inutile.

Dopo aver sistemato i bagagli nell'ostello, passeggiò lungo la costa. Giunse a un piccolo golfo, le cui rive di sassi scuri e alghe mandavano un odore violento. Avanzò verso un gregge di pecore. Il pastore era di fronte al mare: mosse il mento in segno di saluto. Dario mise le mani in tasca e si sedette al suo fianco con naturalezza.

«Buonasera», disse.

«Buonasera», disse il pastore, e poi assunse senza motivo un'espressione offesa. Era magro e puzzava. Rimasero in silenzio ad ascoltare il vento per qualche minuto e guardarono le rocce senza dirsi altro. L'acqua sciabordava sotto di loro, raccogliendosi in macchie bianchissime attorno alla grande scogliera deposta in mezzo al golfo. Ogni tanto le onde esplodevano mandando schizzi che li raggiungevano appena; Dario raccoglieva un ciottolo bagnato, lo faceva roteare tra le dita godendo della sua consistenza liscia, e lo lanciava nel mare. Poco lontano, conficcata nella roccia e circondata dall'erba verde pallido, c'era una croce di legno.

Nel 1913 Wittgenstein si rifugiò su un fiordo norvegese per riflettere meglio. Non doveva essere un paesaggio molto diverso. Bertrand Russell gli aveva predetto un'amara solitudine, e lui rispose di aver prostituito la sua mente parlando con persone intelligenti. Fu un periodo fruttuoso. L'isolamento era la sola terra dove la logica potesse germogliare, e anche Dario lo sapeva: la chiarezza era affare di pochi. E non si trattava soltanto di conoscenza; era un modo più frugale di abitare il mondo, preparandolo affinché ricevesse la traccia tanto attesa.

Una nebbiolina saliva da terra. Faceva sempre più freddo. Il vecchio pastore parve non badarci, era immobile e tranquillo, e Dario desiderò essere lui.

Rientrò in camera. Emma si stava facendo una doccia. Dario sedette sul letto e sentì il materasso piegarsi e cigolare. Sul comodino c'era un libro di leggende irlandesi, un volume rilegato in pelle e legno: aperto sul viso liberava un profumo di lavanda. Lo sfogliò e si fermò su una storia che raccontava del gigante Finn McCool e della sua lotta con un suo rivale scozzese. Finn aveva strappato un enorme pezzo di terra e l'aveva lanciato contro il nemico: al suo posto ora c'era il Lough Neagh; e fra Irlanda e Scozia, in mezzo al mare, il pezzo di terra aveva dato vita all'Isola di Man.

Emma uscì dal bagno e si sdraiò nel letto.

«Mi hai lasciata qui da sola», disse Emma.

«Sono stato via così tanto?».

«Abbiamo già mangiato».

«Oh. Scusami».

«Come hai fatto a non accorgertene?».

«Il tempo è volato».

Lei disse che non importava. Meccanicamente si stesero sotto le coperte. La finestra era buia, le tende immobili. Tacquero per un paio di minuti, ma il rumore del loro respiro era insopportabile. Alla fine Emma parlò.

«Qual è la tua parola preferita?».

«Come?».

«La tua parola preferita. È un gioco che facevo al liceo con Patrick».

«In italiano o in inglese?».

«In italiano».

Le sillabe si formarono da sole nella mente.

«*Ninna-nanna*», disse.

«E cosa significa?».

Lo tradusse. Emma piegò il collo quel tanto che bastava per sorridere, poi gli carezzò la testa.

«Nani-nani?», provò a ripetere.

«Ninna-nanna», disse Dario.

«Ninna-nanna».

«Esatto».

«È una bella parola. È molto italiana».

«Sì».

«Suona tutta in bocca. E ha un sacco di vocali! Ninna-nanna».

Dario inspirò nervosamente e chiuse gli occhi.

«Tua mamma ti cantava la ninna-nanna?», chiese Emma.

«Sì», mentì.

Lei gli tolse gli occhiali e lo carezzò piano.

«Devi fare una cosa per me», disse.

«Cosa?».

«Devi sforzarti. Insieme ce la possiamo fare. Io posso farti cambiare, me lo sento».

«No», disse Dario.

«Lo so cosa provi. Davvero, credimi. So cosa vuol dire sentirsi lontano da ogni cosa, diverso da tutti». Sorrise ancora. «Ti capisco. Anch'io mi sento a disagio ovunque: anche Patrick, anche gli altri. Ma insieme possiamo farcela. Non importa se serve un sacco di tempo, e non importa se tu hai paura».

«Ne abbiamo già parlato. Per favore».

«Ti troverai un buon lavoro e rimarrai con me».

«Emma».

«Staremo bene, te lo giuro. Guardaci. Sei venuto fin qui con me, con noi. Perché avresti dovuto?».

«Emma, ti prego. Ti prego, ti prego, ti prego».

«Ti canterò una ninna-nanna».

Dario fu scosso da un brivido. Quella ragazza gli si stava offrendo per intero; stava offrendo a lui la sua vita, il suo amore e la sua fedeltà. Così ci riducevano i sentimenti, così finivamo allontanandoci dal regno della ragione. Guardò il naso rosso di Emma. Pensò a suo padre abbandonato e solo. Cresciamo pensando che l'amore ci elevi e ci renda più degni, invece ci immiserisce soltanto. Provò pena e rabbia per lei e anche per se stesso.

«La pianti?», disse. «La vuoi piantare, per favore?».

Emma si ritrasse. La sua espressione cambiò, si accese di colpo.

«Ma non ti rendi conto di come ti tratto? Ti sto umiliando, Cristo santo».

«Sei confuso, Dario».

«Non sono confuso. Ti sto umiliando, cosa che non ti meriti affatto».

Lei non rispose.

«È assurdo. Dovresti dire a Patrick di – di picchiarmi».

«Io faccio quello che voglio».

«È assurdo».

«Faccio quello che voglio. Se voglio buttarmi in mare, lo faccio. Se voglio continuare ad aspettarti, lo faccio. È la mia vita, non la tua».

«Ma perché?», gridò Dario, e a quel punto trasalirono entrambi, terrorizzati che qualcuno li sentisse, che tutte le luci dell'ostello si accendessero e li scovassero lì, indifesi e pieni di rancore. «Cosa vuoi da me? Perché devo essere importante per te?».

Lei tirò le coperte fino al mento.

«Non puoi trovarti un altro? Un bravo ragazzo irlandese? Uno normale?».

«Mi piaci tu, ed è la mia vita».

«Ma ti rendi conto di cosa stai dicendo? Quasi non ci conosciamo. È assurdo, è tutto assurdo».

Lei gli si avvicinò e provò a stringerlo appena con gli occhi gonfi di lacrime. Dario ebbe voglia di urlare, ma non urlò, e dopo qualche minuto lei smise di piangere, e si addormentarono, e passò la notte, e il giorno seguente, e un'altra notte, e poi tornarono a Dublino, e stavolta grazie a Dio era finita davvero.

12

I versanti della montagna erano imbragati con reti metalliche per evitare le frane. A ogni tornante scorgevano una cresta arida, che apparve in tutta la sua lunghezza solo quando la valle si aprì e giunsero in paese. Letizia parcheggiò nel piccolo spiazzo davanti alla palazzina. Il freddo era più intenso del previsto e le nubi cariche di un odore sapido, di sterco: coprivano il grande prato antistante, mentre dall'altro lato della valle la cima della Grivola spiccava bianchissima oltre un manto di larici arrossati.

«Non te l'ho ancora chiesto», disse nonno Gabriele mentre lei lo aiutava a scendere. «Hai avvisato tua madre?».

«No».

«Be', affari vostri. Grazie di avermi fatto questo favore».

«Te l'avevo promesso».

«Era tanto che non venivo qui».

«Te l'avevo promesso», ripeté Letizia.

Lui scrutò il paesaggio con calma. I comignoli fumavano ma nessun segno di vita veniva dalle case. Trattori e moto erano riposti sotto le tettoie di laminato, i bidoni di latta contro la legna accatastata per l'inverno.

Risalirono la stradina d'asfalto che costeggiava l'abitazione e imboccarono il sentiero in terra battuta. Il bosco li avvolse tra rovi e foglie giallo limone. Letizia temeva che il vecchio potesse cadere e farsi male, ma lui avanzava tranquillo, la postura diritta, rinvigorito.

«Perché non posso vivere qui?», disse sfiorando un ramo di nocciolo.

A Letizia dava fastidio il sentore fradicio del terreno. Raggiunsero una radura e si sedettero su un grosso tronco un po' bagnato che fungeva da panca. Più in alto cominciava una cengia ripida, strappata come a mani nude dal monte.

«Tutto bene?», chiese lei rabbrividendo.

«Benissimo».

«Non hai freddo?».

«Ma no».

Letizia rabbrividì di nuovo e diede un'occhiata al telefono: doveva rispondere a tre messaggi di Federico e richiamare il capo dell'Ong di Nairobi con cui aveva preso contatti. Invece si allungò sulla panca e guardò il cielo screziato e il grande colle di fronte a loro, la linea calva e irregolare che si innalzava di colpo, vuota d'alberi, coperta di neve. Il silenzio era popolato di fruscii e schiocchi improvvisi. Un respiro finì mozzato a metà e ancora una volta lo Xanax fece il suo lavoro.

Il vecchio batté i palmi sulle cosce.

«Ti va di camminare un altro pezzo? Vorrei rivedere la cascata là sopra».

«Sicuro di farcela?».

«Certo, ninine. E poi ci sei tu».

Letizia voleva ribattere, ma lui era già partito lungo il piccolo sentiero. Sembrava molto concentrato e metteva un piede davanti all'altro, passetti brevi e un po' barcollanti, ma con una fermezza impressionante in un uomo di ottantotto anni. Lei lo seguiva a due metri di distanza, scrutando il paese più in basso – l'insegna al neon fucsia della pizzeria.

Sbucarono sulla costa. Il vento si alzò disfacendo le nuvole, e raggi e colonne di luce investirono la valle scaldandone i colori: ocra, verde cupo, vinaccia, intere distese di rosso brunito. L'aria profumava di ginepro.

Un altro sentiero, più ripido, sulla destra. Passarono un'abetaia ed ecco finalmente la cascata: non era nulla di che, un rivolo spento tra le rocce e i tronchi caduti, ma suo nonno la rimirava con autentico entusiasmo.

«Eccola», disse. «Eccola qui».

Letizia sbottonò la giacca, asciugò il sudore dal collo. Il vecchio le rivolse un'occhiata furba e allungò una mano nel vuoto che lo separava dalla cascata, aggrappandosi con l'altra a una betulla.

«Aspetta», gridò lei.

Lui mugolò dallo sforzo ma riuscì a portare le dita sotto l'acqua battente e poi passarsele sul viso – una scena maestosa, quel corpo chino sopra il burrone, la foresta incombente e gli ultimi brani di nubi che fluttuavano a distanza: Letizia ricordò le parole del vecchio – il suo sogno di morire in un bosco – e si disse che ora sarebbe precipitato. Forse aveva voluto arrivare lì per ammazzarsi e chiuderla in bellezza. Invece non precipitò. Le si avvicinò trottando soddisfatto, i baffi gocciolanti.

«Che meraviglia», disse.

«Ce n'era davvero bisogno?».

«Sì. La schiena mi tormenterà tutta notte, ma sì».

«Tu sei pazzo».

«E quando mi ricapita?».

Sedettero su un sasso piatto per riprendere fiato, guardando il solco dei calanchi spaccare la valle e i pinnacoli di roccia nuda che ne emergevano, immensi e rugosi nel verde degli abeti.

«Ho sempre amato la montagna», disse il nonno. «Quando tua mamma era piccola andavo sulla Grigna e sul Resegone, a volte con lo zio Davide. La montagna non bara».

«Cioè?».

«In quota tutto è come è. Non c'è spazio per i trucchi, devi cavartela da solo. So che suona retorico, ma qui puoi scoprire davvero chi sei».

«E tu chi sei?».

Il vecchio rise.

«Io? Direi un poeta minore. Nessuna grande opera, tanto onesto lavoro».

Letizia annuì, sperando che non le fosse rivolta la stessa domanda. Un merlo si posò sul ramo della betulla e sollevò le penne della coda, fissandoli per un istante e poi spiccando il volo.

Rimasero ancora un po' sul sasso, quindi tornarono in paese ed entrarono in casa, ma era davvero inospitale: di solito Eloisa chiedeva a una vicina di accendere i riscaldamenti, e Letizia se n'era scordata. Così scesero in paese a bere tè caldo allo spaccio, sfogliando i giornali locali, finché non fu l'ora di andare.

Arrivarono a Saronno nel primo pomeriggio, senza nemmeno pranzare: nessuno dei due aveva fame e Letizia aveva promesso a sua madre di restituirle l'auto entro le quattro. Aiutò il nonno sulle scale – l'ascensore era guasto – e lo fece sdraiare sul letto. Adesso appariva stanchissimo, il peso della gita gli era ricaduto per intero addosso. Le chiese di prendere i farmaci che aveva dimenticato nello studio.

La scrivania era ingombra di fogli, ritagli di riviste, matite. Raccolse le medicine e notò, deposta sopra un raccoglitore, una busta giallognola su cui era scritto *Fra cinque anni*. La rigirò fra le mani e la portò con sé in camera da letto.

«Cos'è questa?», chiese.

Il vecchio trasalì come se l'avesse trovato nudo.

«Niente».

«È il tuo testamento? Non dirmi che è il tuo testamento».

Lui voltò la testa verso l'armadio.

«E perché dovresti morire fra cinque anni? Mi spieghi cosa –».

«Non è mia. È di tua bisnonna».

Le raccontò una storia che già sapeva: era stato concepito in un casale verso la fine della Prima guerra mondiale da un soldato veneto sbandato e da una giovane contadina di nome Nadia. Era una storia semplice e romantica – gli amanti al riparo dal conflitto, la diserzione che genera affetto. Da lì il nonno cominciò a perdersi nei ricordi: Letizia dovette interromperlo e chiedergli cosa c'entrava con la busta.

«Niente. Tutto», borbottò lui. «Me l'ha lasciata mia madre poco prima di morire».

«E non l'hai mai aperta?».

«No. Non vedi? È chiusa». Chinò il mento. «Avrei dovuto leggerla nel 1987».

«E non l'hai fatto?».

«No».

«Perché?».

«Perché no».

«Non capisco. Cosa ci può essere scritto di tanto brutto?».

«Lo ignoro, ma preferisco non saperlo».

«E perché è sulla scrivania?».

826

«Stavo riordinando. Ogni tanto mi capita di tirarla fuori. E comunque sono affari miei, ninine».

Letizia sedette sul bordo del materasso.

«Quindi davvero non vuoi sapere le ultime volontà della bisnonna?».

«Oh, marissante. Come devo dirtelo? La sola cosa che vorrei è riavere tutto da capo. Così com'era».

«In che senso, *tutto*?».

«Tutto!». Tossì e si asciugò la bocca con un fazzoletto preso sotto il cuscino. «Ti racconto un'altra storia. Quando ero ragazzo avevo fondato un circolo cinematografico a Udine con Luciano».

«Sì, me ne hai già parlato».

«Fammi finire! Proiettavamo quel che c'era, spesso robaccia, ma ci piaceva. Una volta mio fratello Renzo girò la pellicola che stavamo vedendo – era una storia fantastica, forse ambientata nel Medioevo – e mandò il film all'incontrario perché la principessa era morta e lui non voleva che finisse subito in quel modo. Ecco. Vorrei mandare indietro il tempo e riavere mia mamma e tutto il resto. Altro che una lettera. Cosa può esserci scritto? Ti voglio bene, comportati come si deve, abbi cura di figli e nipoti? Tante grazie».

Aveva un'aria così rabbiosa, quasi si fosse accorto di un'enorme truffa alle sue spalle, che Letizia fu sul punto di carezzarlo.

«Ma perché non la butti, allora?», chiese.

«Sarebbe una mancanza di rispetto».

«Evitare di leggerla è una mancanza di rispetto».

Muovendo a scatti la schiena, emettendo qualche piccolo verso, il vecchio si erse sopra il cuscino e la fissò negli occhi. «Non voglio più parlarne, d'accordo?». Adesso aveva assunto la vibrazione del professore d'italiano, un tono che non ammetteva repliche. «Rimettila dov'era».

Letizia girò ancora una volta la busta fra le mani.

«Va bene», disse.

«E dimenticatela. Promesso?».

Lei alzò la mano destra in segno di giuramento e incrociò le dita della sinistra dietro la schiena.

«Promesso».

13

Gordon stava tenendo un seminario su Nietzsche. Dario aprì la porta dell'aula, salutandolo con un gesto cui lui rispose sorridendo. Si accomodò nell'ultima fila. Gordon parlò del mito di Sileno nella *Nascita della tragedia*. Il re Mida ha inseguito il fauno nel profondo della foresta, e quando riesce ad acchiapparlo gli pone una sola domanda: qual è la cosa migliore per l'uomo? Sileno, dopo un lungo silenzio, esplode in una risata e dice – Gordon lesse con enfasi – «Stirpe miserabile ed effimera, figlio del caso e della pena, perché mi costringi a dirti ciò che per te è vantaggiosissimo non sentire? Il meglio è per te assolutamente irraggiungibile: non essere nato, non *essere*, essere *niente*. Ma la cosa in secondo luogo migliore per te è – morire presto».

Qualche colpo di tosse. Gordon passò la lingua nell'incavo della bocca; quindi riprese: «Non male, vero? Già nel 1872 Nietzsche spalanca le porte al nichilismo, mostra l'abisso che confuta ogni versione pacificata o facile del suo grande sì alla vita. Forse c'è ancora un'eco di Schopenhauer, cosa del tutto ragionevole. O forse, e io la penso così, il giovane Nietzsche ha intuito che senza accettare il terrore non esiste autentica comprensione dell'amore e dell'esistenza stessa. Dietro l'esaltazione della volontà di potenza, dietro il pensiero del futuro Zarathustra, c'è sempre il grido di Sileno a ricordarci che non siamo nulla; che senza uno sforzo enorme siamo destinati a rimanere nulla. E allora tanto valeva non nascere».

Dall'ultima fila si alzò una mano. Il professore sorrise con rassegnazione: «Ma certo, Martin. Non abbiamo ancora sentito che ne pensi tu».

Ci fu una piccola risata. Probabilmente il ragazzo cui apparteneva la mano interveniva a ogni lezione.

«È molto bello e giusto», disse. «Ma dov'è la vita di cui parla, in tutto questo? Dov'è la vita che Nietzsche vuole passarci? A cosa serve analizzare questo passo, se non ne caviamo un insegnamento pratico?».

«Oh, questa è facile», rispose Gordon. «A nulla».

«A nulla?».

«Esatto».

«Scusi, non capisco».

«Mi limitavo a dire che di insegnamenti pratici non solo a mio avviso non ce ne sono, ma non dovreste nemmeno cercarli. Leggere Nietzsche non vi renderà più forti, benché lui credesse l'opposto; vi educherà invece al disincanto. O almeno spero».

«Non capisco», ripeté Martin quasi offeso.

«Non c'è molto da capire», disse Gordon, e in quel momento la campanella suonò, ma nessuno si alzò dal proprio posto. «Questa è filosofia, signori. Per la passione, cosa peraltro fondamentale, ci sono il campo da rugby o il sesso o le feste nei dormitori. Ve lo ripeto: la filosofia è disincanto, anche quando – come in questo caso – può assomigliare alla poesia. Forse voi pensate che io qui faccia la parte di Nietzsche; ma vi sbagliate. O forse pensate, più astutamente, che faccia la parte di re Mida – che vi ponga la domanda e vi aiuti a porvela nel modo più corretto. Vi sbagliate di nuovo. Io qui faccio la parte di Sileno».

La delusione dell'intera classe era palpabile.

Più tardi pranzarono insieme in un bar che serviva solo tramezzini, e Dario raccontò a Gordon com'era andata a finire. Dopo il weekend a Malin Head, Emma aveva provato a chiamarlo diverse volte, ma lui non aveva mai risposto. Poi si erano scambiati qualche messaggio fra il contrito e il rabbioso; e finalmente il silenzio.

«L'ho ferita», ammise. «E ancora non capisco perché sia durata tanto».

«Le passerà».

«Ho sbagliato. È una persona molto fragile».

«Le passerà e avrà imparato qualcosa. Il dolore non ci uccide, Dario. Tutti ne hanno una paura tremenda, ma è l'inevitabile prodotto del tentativo di essere felici, e un importante segnale che la volontà ha un limite. Cozziamo contro il mondo e questo ci ricorda che non siamo onnipotenti».

«Questa è una, come si dice. Un'ovvietà».

«Può essere, ma si diventa cinici a non riconoscerla. E tu sei sulla buona strada».

Non era la solita presa in giro guascona: stavolta il tono aveva un che di cupo e risentito. Dario immaginò una striscia in cui Mario il Castoro sbeffeggiava il suo amico dandogli del ciccione mangiapatate. Si ripromise di disegnarla.

Gordon gli chiese di accompagnarlo a comprare una camicia in un negozio vicino. Oltrepassarono il Liffey, lo fiancheggiarono per un centinaio di metri verso ovest, e quindi svoltarono in una stradina fra palazzi altissimi: Dario vide una friggitoria, un gommista e un piccolo negozio senza insegna. Entrarono proprio lì. La sartoria era minuscola; il proprietario non li degnò di un saluto.

Mentre Gordon sceglieva la sua camicia, chiese a Dario se sapesse che Kant era ghiotto di cheddar. L'aveva letto ai tempi del dottorato, se n'era dimenticato, e ora l'aveva riscoperto leggendo una biografia del vecchio Immanuel. Negli ultimi anni non mangiava quasi nient'altro.

«Sandwich al formaggio», disse. «Il più grande filosofo del suo secolo, un pensatore titanico, l'autore della *Critica della ragion pratica*, che da vecchio si ingozza fino a stramazzare a terra. Il suo allievo Wasianski dovette proibirglielo, perché probabilmente gli faceva salire la pressione. Ora, la domanda è: si tratta solo di un aneddoto buono per divertire quei fessi dei miei allievi, o nasconde qualcos'altro? L'imperativo categorico è sminuito da quel cheddar, oppure no?».

Dario si aggiustò nervosamente gli occhiali.

«Non saprei», disse. «La biografia è una cosa, il pensiero è un'altra».

«Oppure sottovaluti la relazione fra le due cose. Nessuno può realizzare una vita compiuta dal punto di vista filosofico. Nessuno. Tu vuoi vivere nel reame della logica, ma nemmeno Wittgenstein ci riuscì. In questo era più saggio di te».

«Ma se a lezione parlavi di disincanto. La filosofia è disincanto, no?».

«Sì, ma non è tutto ciò che siamo. Quando smettiamo di leggere, e tutti smettiamo, ci tocca fare i conti con le cose di ogni giorno. Ognuno ha il suo cheddar. Accetta il tuo cheddar, prima che sia tardi».

«È un, come si dice. Uno slogan pubblicitario, Adam. Sono deluso».

«Al contrario. Ricorda quel che dicevo sul dolore: cozziamo contro il mondo e impariamo qualcosa. Emma l'ha fatto, da quanto mi racconti. Ci voleva coraggio; magari anche un po' di autolesionismo, te lo concedo. Ma tu mai sei andato contro a qualcosa? E cos'hai imparato?».

Gordon si fece incartare la camicia. Sembrava molto soddisfatto dell'acquisto. Uscirono e Dario disse che dolore o non dolore, il punto era sempre il solito: le persone dipendevano troppo le une dalle altre. Se tutti avessero imparato a vivere da soli, l'umanità sarebbe stata decisamente meglio.

L'irlandese infilò la camicia sotto l'ascella e puntò un dito contro il suo torace.

«Ascolta. Adesso ne ho piene le palle».

«Ah, sì?».

«Sì. Sei un bravo ragazzo, anche simpatico a modo tuo, ed è piacevole parlare con te di lavoro. Ma hai un problema enorme. E sai quale?».

«Sentiamo».

«Pensi solo a te stesso. Per questo odi la gente: perché di fondo sei un egoista».

Dario fiutò una tensione simile alle risse di quando era ragazzo. Arretrò di un passo ma d'istinto si mise di tre quarti e strinse i pugni.

«Okay», disse.

«Te lo dico da amico».

«Da amico».

«Sì. Te lo dico perché ci tengo».

«Be', ti ringrazio».

«Figurati. Posso citare Nietzsche?».

«Posso impedirtelo?».

«Non ti piacerà», disse Gordon in tono grave. «Ma più ti ascolto, e più mi viene in mente una frase di *Al di là del bene e del male*».

«Avanti».

«*Un'anima che si sa amata, ma che da parte sua non*

ama, rivela la propria feccia – quel che v'è d'infimo, in essa, emerge».

Dario rise.

«Oh, che. Che fantastica banalità».

«Prova a rifletterci su, invece di frignare».

«Davvero fantastica».

«Provaci. Chi cazzo pensi di essere, eh?».

Sentì gli occhi di Gordon su di sé e li evitò guardando altrove. Per strada due ragazze entrarono tenendosi sottobraccio nella friggitoria di fronte, chiacchierando a un volume fastidioso; il gommista parlava con un uomo di mezza età.

Si voltò di nuovo: Gordon lo fissava con un'espressione penetrante. *Io sono qui per fare la parte di Sileno.* Com'era vero; com'era perfido, dietro quell'aria da bonaccione. Dario immaginò di sbatterlo a terra con un tai-otoshi. Ricordava ancora tutto del judo. Quel maledetto grassone non l'avrebbe nemmeno sentito arrivare. Ma i secondi passavano e lui non si decideva né a parlare né a muoversi. Di colpo ricordò che la settimana seguente sarebbe stata l'ultima coperta dal suo assegno di ricerca: non aveva più alcuna ragione per rimanere in Irlanda.

Voltò le spalle e si allontanò d'istinto mentre Gordon lo chiamava, ora con un tono più gentile. Dario lo ignorò. Avanzò lungo il Liffey, fumante di rabbia, e solo dopo venti minuti alzò gli occhi e attraverso la finestra di un pub vide un gruppo di ragazzi della sua età intenti a ridere – un bel gruppo di amici, tre ragazze e tre ragazzi. Sul marciapiede c'era un sasso. Si chinò e lo prese in mano e fece una falcata verso il pub. Voleva tirarlo contro la finestra. Era certo che l'avrebbe fatto. Avanzò ancora e piegò il braccio e incrociò lo sguardo terrorizzato di una ragazza attraverso il vetro. Si fermò.

14

Atterrò a Nairobi una notte di metà novembre. L'aria calda, umida e vibrante di odori legnosi la colpì non appena scesa dall'aereo. L'auto della Ong arrivò con quasi un'ora di ritardo; il ragazzo alla guida – biondissimo e più giovane di lei – si scusò dicendo che il traffico lì era imprevedibile. Mentre attraversava la città, Letizia pensò alla zia mai conosciuta e maledetta da tutti, la madre di Dario, che un giorno era partita per l'Africa e lì era rimasta. Chissà che fine aveva fatto.

L'auto la portò nella casa dove risiedevano gli operatori. Erano in cinque: un'infermiera, il ragazzo biondo che faceva da interprete dallo swahili, due dottoresse e il capo missione. Fu lui a mostrarle l'abitazione e spiegarle le attività del gruppo, presente a Nairobi da più di quattro anni.

«Di solito non accettiamo volontari per un periodo tanto breve», disse. «Ma abbiamo fatto un'eccezione».

Letizia tradusse mentalmente il discorso: *Vedi di fare la brava e lavorare duro, perché abbiamo fatto un favore all'amico di tuo zio.* Così obbedì, e lavorò duro. Del resto non chiedeva altro. Per tre settimane si svegliò all'alba, prese la prima pastiglia di Xanax e accompagnò medici e infermiere e traduttore nello slum. Le persone, per lo più donne con bambini al seguito, ci andavano per farsi visitare e ottenere medicinali, ma anche per chiedere lavoro, consigli o soldi in prestito. L'Ong era ben radicata, benché i rapporti con gli abitanti sembrassero a Letizia un po' freddi.

Lei si occupava per lo più di garantire un certo ordine. Divenne di fatto una sorta di colf: puliva i pavimenti della casa, lavava i piatti e i bagni, preparava la colazione. Non poteva muoversi in giro se non scortata da qualcuno della Ong o da uno degli uomini che collaboravano con loro. Nello slum assisteva alle visite, prendeva i farmaci richiesti e si occupava della distribuzione del pacco settimanale di viveri ai più bisognosi – anche se non era facile determinarli.

Il capo era sempre in giro per questioni politiche: trattava con autorità informali della zona, cercava fondi, litigava all'ambasciata. A Letizia non stava simpatico, ma si sentiva in dovere di ammirarlo.

La sera scriveva lunghe email a Federico che riusciva a spedire quando la connessione reggeva. Ognuna aveva come oggetto *Cronache dall'Africa* e un numero progressivo. Si limitava a registrare gli eventi del giorno con uno stile piatto, al solo fine di ottenere le sue risposte – ricche invece di pensieri e raccomandazioni.

Sentiva la sua mancanza ogni giorno di più, eppure si proibiva di lasciarsi andare. Temeva che una parola di troppo avrebbe spostato qualche ingranaggio ancora fragile dentro di lei, scatenato un'altra crisi. E non poteva avere attacchi di panico proprio lì.

Lo slum era uno sconfinato accumulo di baracche in lamiera, arrugginite o ridipinte in colori squillanti, in mezzo alle quali scorreva un canale d'acqua sporca. Una città nella città di cui lei conobbe soltanto un frammento. Era impensabile riuscire a vivere in quattro o cinque ammassati in quei cubicoli senza finestre – eppure. Lungo le stradine in terra battuta i bambini giocavano scalzi rincorrendosi, e donne dal volto severo cucinavano chapati e carne e verdure cotte.

Pioveva spesso, una pioggia improvvisa e fitta, grosse gocce calde che rendevano le strade e i sentieri fra le baracche quasi impraticabili: a fine giornata Letizia era sfinita e coperta di fango fino ai polpacci. Gli abitanti dello slum sembravano fregarsene di questo come di altro e andavano avanti ognuno con la propria esistenza: chi vendeva avocado su un banchetto, chi sniffava colla da bottiglie di plastica, chi diceva messa in baracche colorate d'azzurro, chi giocava a calcio o dormiva sui materassi fradici o mungeva una capra o ascoltava musica da radioline scassate.

Non molto lontano dall'ambulatorio c'era una piccola collina di rifiuti. I reietti dello slum, spesso strafatti, frugavano tra la plastica alla ricerca di qualcosa da riutilizzare, a volte litigando con orribili uccelli dal becco lungo. Quando il vento girava, l'aria si riempiva di un profumo mieloso.

Dunque era così che finiva il mondo. Era questo il destino dell'Occidente, finire qui per lavarsi la coscienza mettendo una toppa ai disastri compiuti.

La penultima sera Letizia tornò a casa in lacrime. Si chiuse nella stanza, aprì il laptop e scrisse a Federico:

Ciao, poco fa ho quasi visto morire un uomo. Quelli della Ong l'hanno assistito fino alla fine. Lui avrà avuto trentacinque anni, era magrissimo, aveva gli occhi gialli. A un certo punto mi hanno fatta uscire e venti minuti dopo il medico ha detto che era morto. C'era solo un amico con lui e non era neanche triste, giusto rassegnato.

Speravo che tutto questo male mi guarisse una volta per tutte: che cosa da bianchi, eh? Ma in ogni caso non ha funzionato. Le cose a quanto pare non sono tanto semplici, e forse è una punizione per aver pensato una strategia simile sulla pelle di questa gente.

E insomma adesso piango e mi vergogno anche di queste lacrime e non so cosa diavolo sarà della mia vita e cosa ci faccio qui. Come al solito, come sempre. Ho capito che devo cavarmela davvero da sola. Ma mi auguro anche di farlo insieme a te.

Ti racconto un'altra cosa, che non ha a che fare con l'Africa. Il mese scorso ho scoperto che mio nonno tiene una lettera di sua madre (mia bisnonna) nel cassetto da più di vent'anni, senza mai averla aperta. Non sa cosa ci sia dentro. Ho pensato diverse volte di rubarla e leggerla, anche se ovviamente non l'ho fatto, perché ha cominciato a ossessionarmi. Non trovi sia terribile? Da un lato c'è quest'uomo vecchio e solo, che ha ancora una paura così grande. Dall'altro, qualsiasi cosa ci sia scritta su quella lettera, ormai è troppo tardi. Non so, pensarci qui mi ha fatto riflettere su tante cose. Sulla mia famiglia e sul tempo e sulla brevità della vita.

Mi manchi davvero tanto.

Torno dopodomani.

Leti

All'aeroporto venne a prenderla Ada; Federico era a letto con la bronchite.

«Voleva venire lo stesso», le disse.

«Davvero?».

«Ha quaranta di febbre e voleva venire lo stesso. Ho dovuto minacciarlo».

Letizia guardava i campi al di là del finestrino; aveva nevicato, e i mucchi di ghiaccio erano scuri nella sera.

L'orizzonte brillava di luci ondeggianti. Imboccarono l'autostrada.

«È malato e triste», riprese Ada. «Non l'avrai tradito con un bel keniota?».

«Ma figurati».

«Potevi portarne uno a me, allora».

«Ero lì per aiutarli, non per metterli nei guai».

Ada ridacchiò.

«Come va il tuo corso da clown?», chiese Letizia.

«L'ho finito l'altro ieri».

«E sei soddisfatta?».

«Diciamo che sono pronta per il primo spettacolo». Ingranò la quinta. «Pensavo di organizzare una serie di eventi lampo in giro per la città: cinque minuti qui, cinque minuti là, fino a comporre una scena teatrale continua».

«Non vedo l'ora di vederti con il naso rosso e un fiore che sprizza acqua».

Ada cambiò espressione.

«Quindi, questa cosa con Federico», disse. «Credi sia seria?».

«Credo di sì», rispose Letizia dopo un istante.

«Okay».

«Sei gelosa?».

«Di lui?».

«Di me».

Ada aprì la bocca, la richiuse e affilò lo sguardo.

«Diciamo che vorrei essere nei tuoi panni. Siete una bella coppia e vi siete presi un attimo prima di perdervi. No?». Tentò un sorriso. «È una cosa rara, di questi tempi».

A casa buttò la valigia in un angolo, fece una doccia veloce e indossò un abito di lana a righe che amava molto. Il viaggio in aereo e il cambio repentino di temperatura l'avevano stancata, ma non voleva disperdere le ultime energie. Prese la metropolitana, cambiò la linea a Cadorna e giunse a Famagosta: qui scese, attraversò il grande viale e si perse infreddolita tra le vie della Barona. I palazzi erano parallelepipedi tutti uguali, piuttosto spaventosi nell'oscurità: un tipo di periferia cui non si sarebbe mai abituata.

Citofonò e salì all'appartamento. I tre coinquilini di Federico stavano giocando alla PlayStation in cucina, di fianco a un mucchio di stoviglie sporche. Uno di loro, non ricordava il nome, si voltò e la salutò con un cenno.

«Posso?», chiese Letizia indicando la porta di Federico.

«Boh».

«Voglio dire – è sveglio?».

«Boh».

Scostò la porta, lo chiamò nel buio: lui si agitò appena fra le coperte.

«Ehi. Sono io».

«Leti?».

«Ti disturbo?».

«Perché sei venuta?».

Si chinò sul futon Ikea, tastando per trovare l'interruttore della lampada sul comodino. Federico reagì alla luce con una smorfia e si calò una mano sulla bocca: era pallido e bellissimo.

«Volevo vederti», disse Letizia.

«Grazie».

«Volevo vederti, tutto qui».

«Grazie», ripeté lui, incredulo.

Si baciarono e rimasero un po' mano nella mano. Letizia non aveva voglia di raccontare dell'Africa. Parlarono invece di un imminente concerto degli Afterhours, dei film cretini che avrebbero visto a Natale, di cosa fare a

Capodanno, del nuovo disco dei Radiohead che aveva deluso entrambi.

Federico non smetteva di fissarla, e lei dovette abbassare la testa. Per una volta era lui a essere debole e malato; per una volta poteva fargli del bene.

Non si fermò a dormire e rifece il percorso inverso in metropolitana, sola in un vagone con un ragazzino cinese che ascoltava musica elettronica a volume altissimo e un venditore di rose stravolto dalla stanchezza. Le luci erano crude. A Cadorna salì un gruppo urlante di donne sulla trentina con diademi di plastica sui capelli, un addio al celibato. Il venditore di rose si riscosse e uscì di corsa.

Letizia doveva trovare un lavoro. Doveva iniziare un percorso di terapia e sopravvivere ai cicli d'ansia e alla simulazione di morte che recavano con sé. Doveva fare un mucchio di cose, e per la prima volta in molti mesi, forse persino in anni, pensò che ce l'avrebbe fatta. Il futuro ora non appariva più così spaventoso: e dopotutto, come aveva detto a Federico il giorno in cui gli aveva tagliato i capelli, erano giovani – una forza contro cui la realtà non aveva molto da opporre.

15

La cena con Stone, il suo referente al Trinity, fu patetica. Lui spiegò con garbo che come previsto non c'erano fondi per un rinnovo della borsa. Dario annuì e notò quanto l'impostazione vocale dei burocrati si assomigliasse al di là della lingua. Mangiarono irish stew come in una caricatura di cena tipica, in un pub tipico – ancora un pub, l'ennesimo cazzo di pub – con la tipica pinta al fianco. Infine Dario si decise a chiederlo.

«Ha letto la bozza del mio articolo?».

Stone strinse impercettibilmente le labbra.

«Sì, l'ho letta», disse.

«E non l'ha convinta».

«No».

«Capisco».

«Se devo essere sincero», proseguì, «non mi ha convinto per niente. Procede più per intuizioni che per argomentazioni efficaci, e si vede che parte della bibliografia le è sconosciuta. L'ho trovato, come dire. Arrogante?».

C'era una certa delizia in quegli occhi.

«Capisco», disse nuovamente Dario.

Il contratto d'affitto scadeva insieme all'assegno. Dario passò a letto gli ultimi giorni della sua casa di Windsor Terrace, nutrendosi di tè nero e biscotti al burro. Poteva tornare in Italia, ma non voleva. L'idea di rivedere l'appartamento dov'era cresciuto e lo sguardo ansioso del padre lo atterriva.

Per fortuna Patrick conosceva un tipo che ne conosceva un altro che organizzava ronde notturne per capannoni dalle parti di Dundrum. Un lavoro di merda, spiegò, ma cercavano gente. Nel frattempo avrebbe potuto girare, portare curriculum nei negozi – la solita trafila.

Dario trovò una stanza più economica in un seminterrato fra Drumcondra e Glasnevin, da tre polacchi. Furono gli unici a dirgli che non c'erano problemi, poteva stare lì venti giorni come sei mesi, si pagava di settimana in settimana.

Trasferì le sue poche cose in un pomeriggio di sole. La città gli parve meravigliosa: le vetrate degli alberghi di lusso e le insegne dei cinema e i negozi sfavillavano come mai prima di allora. Risalì O'Connell Street trascinandosi dietro la borsa, schivando il brulicare di persone indaffarate.

Citofonò alla porta dell'appartamento, e il polacco con cui aveva parlato venne ad aprirgli. Chiese i soldi per due settimane di affitto, gli mostrò il resto dell'appartamento e la stanza – otto metri quadri circa, priva di finestre, una branda scassata e l'armadio senza un'anta. Poi prese una felpa e uscì. Dario si ritrovò solo nella casa. Sedette sul bordo del divano, sollevando uno sbuffo di polvere: davanti a lui il muro nudo e macchiato di umidità. In frigo trovò un grosso blocco di cheddar. *Il formaggio preferito da Kant*, si disse. Ne tagliò una fetta, la strinse fra due pezzi di pane di segale, e masticò.

Nel suo turno c'erano un congolese e un ucraino, entrambi sui vent'anni: nessuno dei due sapeva più di qualche parola di inglese, ma sembravano simpatici e divisero le loro barrette di cioccolato con Dario. Il compito era semplice: girare intorno ai capannoni e darsi informazioni via walkie-talkie, verificando che non ci fossero tentativi di furto.

Per ventisette giorni Dario prese il bus alle otto di sera, quando gli impiegati tornavano a casa dopo un paio di pinte o uno straordinario. Sedeva in un angolo e li guardava: quelle facce rosse e volgari, liete e oscene. Poi sbarcava a Dundrum, attraversava un vasto prato fradicio, e cominciava la ronda.

Per ingannare il tempo contava i passi. Uno e due e tre e quattro e cinque. Il primo giorno aveva cercato di ruminare brani del *Tractatus* e alcuni problemi di logica formale, ma invano: il vuoto di quei giri gli lavava la mente, restava solo lo scalpicciare attorno all'edificio.

«Tutto okay», diceva nel walkie-talkie.

Dublino si spegneva intorno a lui. I parcheggi, le rotonde, gli alberi, i palazzi. La torcia bucava la notte e il walkie-talkie mandava un debole gracchiare.

«Tutto okay», diceva lui.

Non pensava mai a Emma, se non per brevi lampi. In fondo Gordon non aveva torto. Essere esposto all'amore di quella ragazza gli aveva fatto apprendere qualcosa su di sé – aveva ribadito certi aspetti della sua solitudine, persino l'abiezione cui poteva giungere.

Contava uno e due e tre e quattro e cinque e sei e sette.

Ore dopo l'alba colava sulla città, mentre lui fiutava la puzza sua e degli altri a fine turno. Mangiavano un'altra barretta e si salutavano toccandosi i pugni.

A casa Dario faceva una doccia e si sdraiava sul letto

con la coperta tirata sopra la testa. I polacchi erano già fuori a lavorare nei cantieri. Ripensava agli emigrati dai regimi comunisti, agli intellettuali cechi che anni prima erano fuggiti in Francia e si erano messi a fare gli idraulici o gli spazzini; ripensava al suo eroe, Ludwig Wittgenstein, che aveva abbandonato la filosofia per insegnare in qualche remoto paesino austriaco, e consigliava ai suoi allievi di Cambridge di imparare a loro volta un lavoro manuale.

Non era il primo e non sarebbe stato l'ultimo a scappare e adattarsi; ma non bastava comunque a ripagare l'umiliazione. Era questo a tormentarlo: che le cose, alla fine, si fossero dimostrate più forti delle sue idee.

Riprese a uscire con qualche italiano. Li raggiungeva nei pub chiassosi del centro, alle feste negli appartamenti di Harold's Cross o Rathgar, nelle serate a Temple Bar, cercando riparo in chiacchiere inconcludenti, per poi andare a fare la ronda mentre loro tornavano a casa abbracciati a ragazze e ragazzi sconosciuti. Non tornò mai più al Grogan's.

Una sera telefonò suo padre; Dario lasciò squillare il telefono ma Libero non desisteva. A ogni trillo gli parve di segnare un chilometro di distanza da lui. Lo immaginò attaccato alla cornetta, un po' sudato, le guance flaccide, ancora in tuta, bisognoso di avere sue notizie. Poteva essere l'occasione buona per dire basta. Poteva comprare un'altra scheda telefonica e infliggere a quell'uomo un secondo abbandono.

Rispose.

«Dario».

«Scusa, ero di là».

«Mi stavo preoccupando».

«Ero semplicemente in un'altra stanza, papà».

«Come stai? Hai detto che saresti tornato per Sant'Ambrogio, ma è il quattro dicembre e ancora non hai preso il biglietto. Non l'hai preso, vero?».

«No».

«Cosa ti è saltato in testa?».

«Ne abbiamo già parlato, mi pare».

«Ne hai già parlato tu. Non ne abbiamo parlato insieme».

«Papà».

«Non ti vedo da luglio, e ormai hai finito i soldi».

«Ho un altro lavoro».

«Sì, quello schifo. Ma ti pare, con una laurea? Con tutta la fatica che hai fatto?».

«Troverò qualcos'altro».

«No. Devi tornare, Dario».

«Papà, dai».

«Per favore. Sai anche tu che qui almeno c'è qualche altra possibilità».

Dario strinse i denti molto forte.

«Va bene», disse. «Ci penserò».

Dopo una decina di minuti chiamò Patrick. Non rispose nessuno. Fece un giro per Drumcondra e attese ancora un po' davanti alla serranda chiusa di un fruttivendolo, sotto una pioggia debole e fredda. Un ragazzino con la felpa e il cappuccio tirato su gli passò davanti e sputò a pochi centimetri dalle sue scarpe. Passarono una vecchia con un barboncino, un uomo frettoloso in giacca e cravatta, una ragazza con la gonna a scacchi.

Quando riprovò, Patrick rispose.

«Come ti vanno le cose?», domandò.

«Bene. Grazie per il lavoro».

«Lo so, fa cagare».

«No, ti volevo ringraziare sul serio».

«Okay. Be', mi fa piacere sentirti».

«Senti», disse Dario. «Tu cosa faresti nei miei panni?».

«In che senso?».

«Una volta mi hai detto che ero un tipo interessante. Non so perché, ma su quest'isola mi sembri l'unica persona che – come si dice. Che possa avere un'idea di cosa forse dovrei fare».

Patrick respirò a fondo.

«Io non so un cazzo, Dario».

«Vorrei solo sapere cosa faresti al mio posto».

«Niente».

«Non faresti niente».

«No».

«Torneresti in Italia?».

«No».

«Daresti una possibilità a Emma?».

«No».

«Quindi la tua idea è: resta fermo e aspetta. Giusto?».

«Non lo so». Patrick sospirò. «Ma in generale. Da quando sono bambino vedo andare tutto a puttane, regolarmente. Mio fratello è a posto, io no. Combino solo stronzate, e non sto facendo la vittima. Il mondo non va bene per quelli come me, e forse nemmeno per quelli come te. Allora non chiedermi consigli, okay?».

Il giorno dopo comprò in contanti un biglietto per Milano e fece le valigie. Lasciò un foglio sulla scrivania dove spiegava laconicamente la sua partenza, mentre non avvertì nessuno al lavoro: dopotutto era pagato in nero al termine del turno, e dunque si fottessero.

L'autobus era quasi vuoto. Dario sgranocchiò le patatine che aveva rubato ai polacchi e per qualche minuto dimenticò dove si trovava, chi era, cosa stava lasciando. Vide solo le luci dei lampioni e delle insegne al neon sbiadite sotto la pioggia.

Poco dopo era all'aeroporto e la realtà tornò a essere ciò che era, ostile e ben definita. Dario aveva ventisei anni e nessun futuro lo attendeva oltre il mare. Aveva ottenuto conferma dei limiti suoi e dell'umanità: non era in grado di fare del bene, non era in grado di riceverlo; la sua, di realtà, fioriva e terminava su una pagina.

Al decollo ebbe il solito conato, poi il velivolo tornò orizzontale e si stabilizzò. Lui estrasse dalla borsa una matita e il *Tractatus*. Pensa chiaramente, lascia che la luce illumini tutto ciò che può; ma non dimenticare che esiste un cono d'ombra. Ciò che non si può dire, le cose più importanti della nostra vita e che restano impenetrabili alle forze del linguaggio. Sul frontespizio del libro disegnò Mario il Castoro Punk che lo fissava indignato con un pezzo di cheddar in mano: *Ciccio, mi spieghi cosa stai combinando?*

Cosa stava combinando? Strinse gli occhi e pensò a sua madre. Avrebbe voluto addormentarsi sopra una ninna-nanna, calare a poco a poco nel sonno come in una vasca d'acqua tiepida. Era sciocco e indegno di lui, certo: ma ora pretendeva la madre che l'aveva abbandonato. La voleva lì, disposta a rimanergli accanto e dirgli che tutto sarebbe andato bene, anche soltanto per un istante: il suo minimo diritto di figlio. Invece sul sedile a destra c'era un uomo in giacca grigia con il mento chino sul petto.

E mentre l'aereo tagliava le nuvole, da qualche parte

sopra l'Europa settentrionale, Dario ebbe la sensazione di essere entrato finalmente nel regno della maturità, e che questo regno coincidesse con un altro, il suo negativo – il regno vasto e freddo della nostalgia, delle occasioni cui si è detto addio per sempre; il regno delle cose perdute.

II
Una lettera da casa
2010-2012

La ricerca di una nuova badante per il vecchio fu lunga e complessa, ed Eloisa non fu di grande aiuto: negli ultimi anni aveva abbandonato il Partito radicale e si era riavvicinata ai libertari della gioventù; passava tre sere a settimana in uno sportello legale presso un centro sociale di Milano e diceva sempre di avere poco tempo. Si limitò a implorare suo padre di andare in casa di riposo per il bene di tutti: lui naturalmente non voleva – sapeva benissimo che fine aveva fatto suo fratello, in quel «posto di vecchi bavosi» – e lei non poteva certo costringerlo.

Letizia gestì la questione per lo più da sola, con qualche sporadica telefonata di supporto da parte di zio Davide da Bruxelles. Alla fine la scelta cadde su una venticinquenne ucraina dai capelli color burro, laureata in Farmacia, che parlava un ottimo italiano – Iryna. Era determinata e intelligente, e non sembrava soffrire troppo la vita con il nonno: per la maggior parte del tempo stava sprofondata in poltrona a leggere riviste di moda o scrivere messaggi al telefono. Tuttavia Letizia non riusciva a smettere di compatirla. Quasi ogni sera ripeteva a Federico: «Ti rendi conto? Pensa ad avere la sua età e passare le giornate con un novantenne, sostanzialmente aspettando che crepi. La società italiana in un'immagine».

La conversazione si svolgeva secondo un copione consolidato. Lui sfogliava *Internazionale* in mutande, nel letto di lei: da un anno ormai bivaccava lì, con crescente disapprovazione da parte di Ada.

«Già», le diceva. «Ma che ci puoi fare?».

«Mi fa rabbia. Tutto qui».

«Non ci pensare. Hai visto i nuovi bilocali che ti ho girato via email?».

«Non ancora».

«Guarda che fra un po' Ada ci butta fuori di casa».

«Lo so».

«E l'idea di andare a convivere è venuta da te».

«Sì. E quindi?».

A questo punto Federico sorrideva: «E quindi niente. Io non vedo l'ora. Dico soltanto che dobbiamo prendere una decisione insieme e farlo in fretta, per diversi motivi. Ci sono buone offerte qui in zona, verso Gorla, o anche giù alla Barona, dove stavo prima».

«Non voglio vivere alla Barona».

«Benissimo».

«Mi piace il nord-est della città».

«Benissimo. Ma ti chiedo di aiutarmi a scegliere, invece di pensare a quella povera ragazza».

Letizia borbottava qualcosa e si addormentava, certa che la questione della badante celasse ben altre complicazioni. E non aveva torto.

Nel giro di pochi mesi divenne evidente che il vecchio si stava innamorando di Iryna. All'inizio Letizia ne fu quasi felice. Il rapporto ovviamente non aveva alcunché di sessuale: una romanticheria che la badante capiva alla perfezione. Accettava solo le carezze, i piccoli doni, le poesie: in nessun caso sembrò propensa a sedurlo o approfittarne. Lo trattava quasi fosse una figlia ricomparsa, fatto che non mancava di rendere Eloisa un po' gelosa.

854

Le cose, tuttavia, precipitarono quando il nonno dichiarò che avrebbe lasciato a Iryna un terzo dell'appartamento di Saronno. Con la consueta verbosa retorica, spiegò che lei gli aveva dato ciò che nessuno aveva mai saputo dargli: consolazione e rispetto. Amore ne aveva ricevuto, non voleva apparire ingrato; ma quel tipo di legame era diverso, in un certo senso più profondo, o comunque più adatto alla sua condizione attuale. Sperava inoltre che i figli le donassero spontaneamente i terzi che spettavano loro di diritto.

«Ma sei impazzito?», disse Eloisa.

«Abbassa la voce».

«Non la abbasso affatto».

«Guarda che ci sente», disse il vecchio sporgendo il volto fuori dalla porta dello studio.

«E allora? Adesso è parte della famiglia?».

«Si occupa di me».

«Certo: è il suo lavoro. Anch'io lavoro per delle persone, allo studio legale, ma non credo mi lasceranno case in eredità».

«È diverso, te l'ho già spiegato cento volte».

«Nonno», disse Letizia. «È una cosa bellissima, davvero, ma non è ragionevole».

«E perché?».

«Perché... Be'. Conosci Iryna da qualche mese soltanto».

«E con questo?».

«È semplicemente la tua badante».

«Vedi di badare tu agli affari tuoi», sibilò con una voce irriconoscibile, ferita e altera insieme. «Sono nel pieno delle mie facoltà, come direbbe l'avvocato tua madre qui presente; e la proprietà di questa casa è mia. Pertanto faccio ciò che voglio».

«Papà», disse Eloisa.

«Ho già deciso, è inutile parlarne. E poi», aggiunse in tono soave, «non ragionano proprio così gli anarchici? Non credi anche tu che la proprietà vada distribuita? Che il patrimonio sia un furto?».

«Quel vecchio stronzo mi ha girato come una frittata!», gridò più tardi Eloisa in auto. Strappava le marce dalla rabbia, grattando la frizione.

«In effetti non ha tutti i torti», disse Letizia.

«È questo il punto. E ha persino studiato: può lasciarle solo un terzo al massimo, non l'intera casa».

«Quindi cosa facciamo?».

«Quindi toccherà mettersi d'accordo con lei. Di sicuro tenersi le parti separate non ha senso».

«Ma tu quella casa la vuoi?».

«Be'. Tu no?».

«Non so. Ci serve davvero? Credo serva di più a Iryna».

Eloisa strinse il volante: «Hai ragione. Hai ragione».

«Bisognerà farlo capire a papà».

«Non sono affari di tuo padre. Sono affari dei Sartori».

Sì, erano affari dei Sartori; e in effetti quell'appartamento – il secondo avamposto della famiglia in terra lombarda, dopo l'esilio di Renzo – non serviva a nessuno. Davide non aveva piani di tornare in Italia, Eloisa aveva sempre detestato quel posto, e Letizia non pensava certo di trasferirsi a Saronno. Ma nonostante la buona volontà di donare a Iryna quanto voleva il vecchio, a lei e sua madre sembrava ancora ingiusto lasciar andare la casa. Era roba loro, dopotutto: potevano essere magnanime e rispettose, *dovevano* esserlo – ma l'idea che una ragazza dell'est ricevesse di colpo quei metri quadri suonava terribilmente strana.

Forse per inconscio desiderio di verifica – che avesse in qualche modo plagiato il vecchio? – Letizia si incuriosì ancor di più a Iryna. A ogni visita dal nonno cercava di restare da sola con lei per un po'. Le fece molte domande, le regalò dei vestiti, la invitò a bere un caffè in un bar del quartiere, ma l'altra restava chiusa dietro quel sorriso disarmante. Era laureata e le piacevano le riviste di moda e aveva un marito e due figli in Ucraina ed ecco tutto. Letizia temette che la sua curiosità la offendesse, ma lei le disse che voleva solo fare bene il suo lavoro. La cortesia era ben accetta, i tentativi di amicizia no. Letizia finì prima per detestarla e poi per vedere in lei una versione migliore di se stessa; infine se ne dimenticò.

Intanto la questione del trasloco si risolse da sé. Ada annunciò che sarebbe andata a vivere da sola in un monolocale di Calvairate: non ne poteva più delle smancerie di Letizia e Federico, e per quanto la riguardava potevano anche tenersi l'appartamento a Turro. Perciò lo tennero.

Per arrotondare lo stipendio da insegnante di matematica, Federico aveva iniziato a collaborare con un service editoriale. Scriveva articoli pagati cinque euro per un portale di rimedi naturali e per uno di viaggi low cost. Si collegava a siti di medicina alternativa, faceva copia incolla, cambiava l'ordine delle frasi. La sera mormorava, la testa nel piatto: «Ma cosa sto facendo?».

Eppure era in quei momenti che Letizia lo amava di più, quando lo trovava chino di fronte al computer la notte, a scrivere fesserie per sopravvivere. Così li aveva resi il mondo e così lo avrebbero combattuto.

Lei aveva un contratto da HR junior manager in una multinazionale, dove i suoi tre capi si facevano una lotta vicendevole; ogni giorno doveva scegliere a chi parlare e difendersi dalle delazioni dei colleghi. Lui poteva ambire al posto di ruolo in un comune della provincia, ma probabilmente avrebbe dovuto aspettare ancora qualche anno. Ma la casa era bella e grande, la cucina luminosa con le tazze di metallo smaltato appese sopra i fornelli, e lì avrebbero cucinato cene con riso basmati e verdure saltate; avrebbero preparato torte, bevuto vini in offerta, ascoltato cantautori malinconici, adottato un gatto; da lì sarebbero partiti per un viaggio fuori stagione ad Amburgo, a Danzica o a Madrid. E con il tempo avrebbero cercato una casa da acquistare più in periferia, lasciando che Eloisa li aiutasse con il mutuo; e avrebbero pensato, un giorno, di avere un figlio. O forse si sarebbero lasciati, vittime della stanchezza e del disamore.

In quei tempi miseri non c'era di meglio da fare: restare immobili come animali colpiti da un fascio di luce nel buio: custodire uno spazio, prendersene cura e sperare che tutto andasse per il meglio.

Una notte Letizia si alzò per andare in bagno; Federico era sul divano davanti al laptop, su cui scorrevano le immagini di un film in bianco e nero. Lui però non stava guardando lo schermo: fissava la finestra che dava sulla strada, i balconi ornati della casa di fronte. La lampada del salotto era regolata su un'intensità bassa. Federico si voltò e sorrise e all'improvviso allargò le braccia come a chiedere un abbraccio o forse dire *Su, colpiscimi*.

Il primo fumetto lungo di Dario, *Sobborghi*, uscì nell'ottobre 2011 per una piccolissima casa editrice torinese. Raccontava di lui e di Mattia da ragazzi; era difficile non riconoscerli. Gli interminabili giri in bicicletta, gli amori adolescenziali senza frutto. I litigi, il metal, la provincia. Ma c'era un elemento fantastico: il protagonista principale aveva dei superpoteri che non venivano mai mostrati; si rifiutava pervicacemente di usarli, a volte per motivi ridicoli e a volte per ragioni più serie.

Letizia andò alla presentazione di Milano, in una libreria vicino al Naviglio Pavese. Non vedeva Dario da più di due anni. Su Facebook aveva scoperto che dopo gli esordi su *Penny Lane*, *Mario il Castoro Punk* era approdato su *Linus* con un discreto successo, ma non immaginava che suo cugino avesse addirittura scritto un libro. Nonostante la tristezza di fondo e la trama esile, possedeva una sorta di incanto – campi lunghi di strade provinciali e pali della luce, taciturni primi piani del protagonista interdetto – ed era curioso che l'avesse partorita una mente analitica come quella di Dario.

Letizia arrivò in ritardo. Sedette all'ultima fila e vide suo cugino ascoltare la domanda della presentatrice, una ragazza con i capelli corti e un tatuaggio di Goku sull'avambraccio destro.

Dario strinse il microfono: «Sì, la questione dei poteri è centrale. Mi spiace che in pochi l'abbiano notato. Il mio protagonista è un tipo qualunque, e senz'altro il tono del fumetto è autobiografico; ma a differenza di me, lui ha dei superpoteri».

«Che non usa», intervenne la presentatrice.

«Che usa quando nessuno lo vede, nemmeno il lettore, facendosi gli affari suoi. Non li sfrutta per rapinare le banche ma nemmeno per aiutare la gente».

«Un po' egoista, eh?».

«Certo. Però non è detto che, una volta acquisiti dei poteri, si diventi automaticamente un supereroe o un criminale: possono servire a qualcos'altro. A riflettere meglio su noi stessi, per esempio. Ed è così che li intende il mio protagonista. Il punto fondamentale è che sa di averli, sa di essere diverso; non lo rifiuta, ma piega la situazione a modo suo. E conosce il prezzo di questo dono. Da ragazzini ci chiedevamo se fosse più forte Hulk o la Cosa, ricordate?».

Ci fu una risata nel pubblico; Dario si mordicchiò un'unghia.

«La forza, il superpotere, era la metafora di tante cose», riprese. «Resistenza, voglia di evadere, speranza di farla pagare ai bastardi che ci mettevano sotto alle medie. I fumetti sono per i reietti, no? Ragazzini soli in una stanza con un mondo spaventoso fuori, e qualcuno pronto a dirci che non sarà sempre così, che possiamo reagire anche se non è vero oggi e magari nemmeno domani, ma dopodomani sì. È più forte Hulk o la Cosa? Quanti ricordi. Ma ci sfuggiva un punto: che il più forte di tutti è anche il più solo».

Seguì un silenzio abbastanza lungo da rasentare l'imbarazzo. La presentatrice sfogliò il libro e gli chiese perché non mostrasse mai i poteri in azione. Forse non esistevano nemmeno?

Dario si toccò gli occhiali e disse: «No, assolutamente. Esistono. Una cosa esiste anche quando non viene mostrata, o non si ha la parola per nominarla. Certo, noi possiamo immaginarci mille ragioni per negarlo e considerare tutto una farsa, ridurre il libro al realismo: l'hinterland, il disagio giovanile – quel che vi pare. Ma perché non credere all'incredibile? Perché non tenersi il mistero? In fondo è anche per questo che leggiamo fumetti».

Più tardi Letizia lo accompagnò all'albergo, una pensione a una stella oltre la circonvallazione, rimproverandolo per non averle chiesto ospitalità. Gli propose di cenare o bere qualcosa, ma lui rispose che aveva già mangiato un panino; inoltre era astemio da un paio d'anni. Sembrava ancora più distaccato del solito. Camminarono giù per l'Alzaia, costeggiando l'acqua ferma e buia del naviglio. All'angolo di via Gola uno spacciatore fece loro un fischio di richiamo, mentre un gruppo di ragazzi fumava sotto le luci livide di un alimentari.

«E abiti sempre a Verona?», chiese Letizia.

«Sì. Ma torno ogni weekend da mio padre».

«Come sta? Non lo vedo da un sacco di tempo».

«Insomma. Qualche problema al cuore».

«Mi spiace».

Dario si strinse nelle spalle.

«E lavori – non ricordo dove lavori».

«Alla Synteprog. Un'azienda informatica».

«Giusto».

«Mi occupo della comunicazione e della grafica digitale».

«Non ti manca la filosofia?».

«Ma non l'ho mai abbandonata. Studio tutte le sere e sto lavorando a un piccolo saggio su Bertrand Russell. Sarò uscito dall'accademia, d'accordo: e quindi? Sono soltanto più libero».

«Questo sì», disse Letizia. Nella voce del cugino c'era una nota falsa.

«Lavoro di giorno, e la sera leggo e scrivo. Non posso chiedere di meglio».

«Una vita monacale».

«La vita dei pensatori».

«Perciò sei contento».

Lui sbarrò gli occhi come se fosse la domanda più stupida in assoluto, o come se la parola lo ferisse per qualche motivo: «Per quanto è possibile essere contenti, sì. Non mi manca niente».

La nota falsa stavolta non c'era: Letizia era stupita ma gli credette. Superarono il ponte di viale Liguria, affrettandosi a un semaforo ormai rosso e ricevendo alle spalle una scarica di clacson. Letizia tornò a chiedergli del fumetto. La incuriosiva molto e aveva diverse domande: com'era arrivato a quella casa editrice? Tramite la sorella di un collega. E quando aveva iniziato a lavorarci sopra? Tanti anni prima, ma l'aveva abbandonato per poi riprenderlo. Davvero pensava che il più forte è anche il più solo? Sì, ma questo non era necessariamente un problema. E qual era la morale, l'idea di fondo del libro? No, no, non c'era nessuna morale.

«Vedi troppe idee ovunque», ribadì.

«Io, vedo troppe idee. E tu?».

«Intendevo dire che quella è soltanto una storia. O ci credi o non ci credi, fine del discorso».

«Credere all'incredibile, tenersi il mistero».

«Qualcosa del genere».

«Non sono proprio frasi nel tuo stile, eh?».

«Dici così perché non hai letto il *Tractatus*».

«Dio me ne scampi».

Risero.

«E tu?», chiese Dario.

«Io cosa?».

«Come stai, eccetera eccetera».

«Tutto bene. Mangio regolarmente, lavoro, vivo con il mio fidanzato».

«Sempre lo stesso?».

«Sì, sempre lo stesso».

«Okay. E, se posso chiedere. Gli attacchi di panico?».

«Sotto controllo». Sentì le guance avvampare e portò d'istinto una mano al collo, come per proteggersi. «Vado in terapia e sto riducendo progressivamente lo Xanax».

«Sai cosa diceva Wittgenstein di Freud?».

«Devi proprio dirmelo, eh?».

«Che confondeva le cause con le ragioni. Che non era uno scienziato. Che la sua visione dei sogni era riduttiva e banale, e la psicanalisi si riduceva alla persuasione. E tuttavia si considerava anche un suo discepolo. C'è una certa ambiguità di fondo».

«E tu che ne pensi?».

«Della terapia? Non so».

«La trovi inutile».

«Forse». Si grattò il mento. «Penso che i problemi psichici vadano affrontati da soli, senza qualcuno che li corregga per te. E penso che basti guardarsi intorno per capire che questi problemi non sono poi tanto gravi».

«Quindi sarebbe tutta una finzione. Sarei una scema viziata».

«Non ho detto questo».

«Be', è la diretta conclusione delle tue parole», disse Letizia. Era nervosa e si accorse di aver parlato a voce troppo alta. «Non mi aspettavo una banalità del genere proprio da te. I veri problemi contro i finti problemi».

Dario tacque. Erano arrivati davanti all'albergo, e sostavano nel cerchio luminoso di un lampione. Letizia infilò le mani nelle tasche dei jeans e disse fermamente che a suo avviso la sofferenza era regolata da un principio di conservazione. La sofferenza si conservava proprio come l'energia. I loro nonni, e in una certa misura i loro padri, avevano dovuto sopportare il dolore fisico, fame e freddo e povertà o comunque una qualche privazione; e ora che questo dolore era terminato, a loro spettava un destino di ferite interiori. Oh, certo erano cose da poco. Nessuna guerra che meritasse di finire tra le pagine di un libro: solo una costante paura del futuro, e forse un altrettanto grande timore nel voltarsi, per rimanere pietrificati come in quella storia biblica, statue di sale, sotto il peso di quanto accaduto prima di loro, un cumulo insostenibile di morte e vita, ricchezza e spreco. Sì, davvero appariva una cosa da poco se paragonata al passato: eppure era il loro scontro, aggiunse con veemenza, e Dario non poteva fingere che non lo riguardasse: anche lui l'aveva certamente provato, anche lui era stato chino in quella trincea, nell'hinterland come a Dublino.

Suo cugino si toccò gli occhiali e portò indice e pollice alle labbra. Rifletté per qualche secondo, il viso pallido e scavato, le guance su cui la ricrescita della barba cominciava a manifestarsi a chiazze. Letizia era un po' imbarazzata, non voleva lanciarsi in quello sproloquio, ma alla fine lui sorrise.

«Bene», disse. «Questa è una tesi interessante».

«Mi fa piacere».

«Una tesi davvero interessante», ripeté.

Un urlo attraversò la notte, ma fu subito seguito da una serie di risate. Letizia cercò un modo per esplorare ulteriormente la metafora, ma aveva solo un'altra domanda da fare, una questione che tornava sempre più spesso nelle sue chat notturne con Ada.

«Hai mai pensato di avere figli?».

Dario la fissò stranito.

«Perché?».

«Così».

«Be', no. Assolutamente no. E con chi dovrei farli, poi?».

«Non saprei».

«Le donne non mi interessano – e nemmeno gli uomini, se è per quello».

«Ma è un peccato. Non pensi che sia la solita paura del futuro?».

«Mah».

«E poi tu sei l'ultimo della stirpe, l'ultimo Sartori».

Dario agitò una mano.

«Questa è veramente una sciocchezza. Un cognome non vuol dire nulla».

«Un cognome vuol dire tutto».

«No. I Sartori non esistono. E comunque io ho già mio padre cui pensare; è più che sufficiente». Passò la lingua sulle labbra. «Anzi, visto che parlavi di paura del futuro. Non pensi mai di dover accudire i tuoi genitori? Che la tua vita matura si ridurrà per gran parte a questo?».

«Esistono le badanti. Mia madre ne ha assunta una per il nonno».

«Lascia stare tua madre. Tu non ci pensi mai?».

Letizia abbassò gli occhi.

«Qualche volta».

«Ecco. È questa la condanna dei nostri tempi».

«Non mi piace ragionare in termini di condanne».

Dario incrociò le braccia e la fissò.

«Nemmeno a me», disse. «Ma, cara cugina, forse le cose stanno così».

3

Non aveva mai amato il Pasolini regista, né il Pasolini scrittore, né il Pasolini che seppelliva di invettive la Dc e la povera Italia. Disapprovava la sua omosessualità e il suo tono oracolare – la prosa di un genio, forse, ma troppo enfatica, così lontana dai suoi amati minori. Per lui Pasolini restava solo l'autore delle prime poesie in friulano.

Le ritrovò per caso sepolte fra altri libri, mentre era solo in casa. Iryna gli aveva chiesto il permesso di uscire e lui naturalmente glielo aveva dato. L'aveva baciata su una guancia e si era messo al lavoro. Non si finiva mai. Ed ecco spuntare quel volume ricomprato qualche anno prima, *La nuova gioventù*; ecco la sua preferita, *Dili*:

> *Ti jos, Dili, ta li cassis*
> *a plòuf. I cians si scuníssin*
> *pal plan verdút.*
>
> *Ti jos, nini, tai nustris cuàrps,*
> *la fres-cia rosada*
> *dal timp pirdút.*

Rilesse l'ultima strofa ad alta voce in marilenghe, la sua antica lingua madre. *Vedi, ragazzo, sui nostri corpi la fresca rugiada del tempo perduto.*

E il tempo era davvero perduto, no? Il tempo passava senza riguardi. La frutta marciva nella cesta, la polvere si accumulava.

Gabriele aveva vissuto una vita lunga, troppo, ma il male non l'aveva ancora piegato. Ribellarsi alla ottusità dell'invecchiare e del morire – morire come muoiono le vacche, i topi, i conigli – tenere duro con tutte le proprie forze e ribellarsi alla tenacia della morte: non era motivo sufficiente per essere, almeno in minima parte, almeno un giorno all'anno, in guerra contro il cielo? Suo padre l'avrebbe capito. Ci pensava spesso. Non si sentiva più saggio, ma quantomeno credeva di aver compreso un tratto della furia paterna.

Iryna tornò con una bottiglia di vodka e del salame, e si mise a preparare la cena. Mangiarono insieme in cucina, lei gli offrì della vodka diluita con la Sprite, e lui la accettò volentieri. Il destino li aveva uniti, una ragazza e un vecchio, ma non stavano affatto male. Lui la lasciava libera e lei lo aiutava quel tanto che bastava, senza assillarlo e senza ficcare il naso nel suo lavoro. La sera gli rimboccava le coperte e si lasciava carezzare e baciare i capelli, e a sua volta gli baciava teneramente i capelli, quasi fosse un bimbo, e gli raccontava della sua giornata.

Gabriele aveva un pigiama blu con i bottoni dorati vecchio di trent'anni ma sempre in ottimo stato. La frutta marcia veniva buttata. La polvere spazzata e i letti rifatti ogni giorno. La busta con il messaggio di sua madre era ancora sepolta nel cassetto della scrivania. Non l'aveva distrutto e non l'aveva letto: ormai era tardi, e presto si sarebbe scusato con lei di persona nell'aldilà.

«Cin cin», disse la ragazza.

«Cin cin», disse il vecchio.

Un pomeriggio si svegliò, ma non ricordava di essersi addormentato. Non sapeva che ore fossero. Dalle imposte chiuse filtrava la luce e lui aveva freddo: tremò e cercò di voltarsi, ma la schiena gli doleva. Si rassegnò a rimanere così, guardando il soffitto.

Chiuse le palpebre di nuovo e di nuovo si svegliò. Ancora più freddo – un altro brivido, ma gradevole. Si sentiva come quando, bambino, giocava a calarsi nel pozzo dello zio Piero, aiutato dal padre che lo teneva stretto per le mani, le poche volte in cui quell'uomo rideva.

Si sentiva come a vent'anni, il corpo intatto, pronto ad affrontare le terse acque del Friuli: e quale incomparabile gioia lasciare a riva libro e quaderno e gettarsi di colpo nell'azzurro. Circondato dagli alberi e dal greto sassoso, sotto un cielo spazzato via dalla luce d'agosto, avanzava a falcate contro le onde, spezzandole quasi fossero fogli di vetro sottilissimo: risaliva il corso per cento, duecento metri senza mollare – finché stanco, com'era stanco adesso, non restava con le braccia aperte e la schiena a filo d'acqua, gli occhi inondati dal sole: lasciando che il torrente amico lo trascinasse dove volesse, altrove, altrove, sempre altrove.

4

Lo seppellirono una mattina di luglio, e dopo le condoglianze e le lacrime, e dopo le strette di mano del prete e le carezze e le scuse di suo padre che era venuto nonostante un terribile mal di pancia e ora doveva scappare, dopo i ricordi degli ex allievi del vecchio e l'angoscia di Iryna, in disparte sul sagrato, isolata dal resto dei Sartori – dopo tutto questo, davanti alla tomba ancora fresca di calce rimasero soltanto loro: Letizia si aggiustò l'abito nero e li osservò.

Libero si grattava il collo guardandosi intorno imbarazzato, nella giacca scura troppo stretta, quasi fosse al funerale di uno sconosciuto. Dario teneva le mani intrecciate dietro la schiena e sembrava interessato solo alla ghiaia del cimitero. Zio Davide invece era distrutto. Schiacciava la fronte contro la parete di marmo, la mano destra aperta a sfiorare il lumino, e intanto biascicava «Papà, papà, papà». Nessuno si aspettava una reazione simile da parte sua; eppure eccolo lì, snello come un ragazzino, a sfregare le guance sulla tomba del padre appena sepolto.

La giornata era pura, segnata dalla brezza, e i rondoni chiudevano ellissi a scatti sopra di loro. Il rombo lontano di una moto si perse nell'aria. Alla fontana accanto a una cappella, una donna stava riempiendo d'acqua una fioriera di plastica.

«Era una brava persona», disse Eloisa rivolta a nessuno in particolare.

«Sì», disse Libero.

«Una brava persona. Tutto qui».

Letizia diede un'occhiata di sfuggita al telefono, ma non c'erano messaggi di Federico o chiunque altro cui rispondere.

«E adesso?», chiese.

«Adesso cosa?», domandò Dario.

«Che facciamo?».

«Andiamo a casa, penso».

«No», disse Davide asciugando le lacrime e spingendo la cravatta nella tasca. «No, adesso andiamo a casa del vecchio e ci beviamo una cosa alla sua salute. Datemi un quarto d'ora, faccio un salto al supermercato e torno».

Eloisa lo fissò piegando la testa. Libero cercò di obiettare, ma Davide lo fermò alzando una mano: «Vi raggiungo lì, va bene? Non voglio sentire discussioni».

Letizia toccò la porta semiaperta e fu la prima a vederlo. La casa del nonno era stata saccheggiata con rapidità e perizia: non mancava molto, ma il disordine era visibile. In salotto era sparito il televisore. Un vaso giaceva a terra in frantumi. Dalla cucina era stato sottratto il microonde.

«Santo Dio», disse Eloisa.

Si misero a raccogliere i cocci del vaso e rimettere in ordine il resto. Avevano rubato anche una poltrona, alcuni soprammobili, e tre vecchie stampe del centro di Udine appese in corridoio.

«Proprio durante il funerale», mormorò Libero scuotendo la testa.

«Assurdo», disse Dario.

«Durante il funerale. Io non riesco a crederci».

«L'avranno tenuto sott'occhio da giorni».

Davide arrivò in quel momento, con una busta di plastica dentro cui tintinnava del vetro. Non badò minimamente alla situazione della casa: estrasse una bottiglia di grappa, prese i bicchieri rimasti dalla credenza e versò da bere.

«Ma non vedi cos'è successo?», gli disse Eloisa.

«Cosa?».

«Sei impazzito? Hanno rapinato l'appartamento».

Davide diede un'occhiata noncurante intorno a sé.

«Ma chi se ne frega, ci pensiamo dopo. Dobbiamo brindare a Gabriele Sartori».

«Ascolta...».

«Ti ho detto che ci penseremo dopo».

C'era una sorta di urgenza disperata, nelle sue parole. Tutti si guardarono perplessi e fecero un sorso.

«Avanti», ruggì Davide. «Cos'era quello? Vuotate il bicchiere».

«Io e mio padre siamo astemi», disse Dario.

«Ma taci».

«E non è neanche mezzogiorno».

«Siamo friulani».

«Magari tu, zio», disse Letizia.

«No. Siamo friulani tutti, anche chi non lo è. L'ho deciso io. Va bene? E ora bevete».

Bevvero. Davide versò ancora e ancora bevvero. Libero singhiozzava tenendosi una mano sul petto.

«Santo cielo», disse. «Davvero non dovrei».

Davide lo ignorò, riempì per una terza volta i bicchieri e li distribuì. La mano destra gli tremava lievemente, arricciava il naso e sulla bocca era apparso un sorriso sghembo.

«A Gabriele Sartori», gridò.

L'alcol e l'assurdità della situazione fecero effetto. Il giorno iniziò a sfaldarsi, perdere contorni. Si raccontarono aneddoti sul vecchio: di quando aveva provato a scappare di casa tre anni prima e aveva telefonato da Pavia per farsi recuperare; di quando si era fratturato un polso cercando di riparare da solo una mensola; di quando aveva offerto alla parrocchia una poesia autografata da vendere in beneficenza; della sua plaquette autoprodotta e donata alla biblioteca di Saronno; di quando aveva comprato un colbacco usato e si divertiva a imitare Brežnev parlottando in finto russo. E ridevano, in mezzo all'appartamento scassinato.

«Siamo friulani», azzardò Libero.

«Siamo friulani», replicarono gli altri in coro.

«Mi ha insegnato il francese», disse Davide asciugandosi le gocce di sudore sulla fronte. «Era severissimo».

«Ah sì», sorrise Eloisa.

«Ti ricordi?».

«Duro come il ferro».

«Ma è anche grazie a lui che lo parlo bene. E pensare che l'aveva imparato da solo, a Udine, da ragazzino».

«Incredibile».

«Da solo, con due libri in croce».

«Una volta mio padre l'ha invitato a Sesto per una conferenza». Libero scosse la testa. «Erano già gli anni Ottanta, ma il clima era sempre quello. Non pensava che avrebbe accettato, e invece è venuto; e si è messo a parlare di Leopardi e di Manzoni a questi operai arrabbiati come bisce, che non avevano mai letto altro se non i volantini in fabbrica o *l'Unità*. A quanto pare ha parlato per un'ora e l'hanno pure applaudito; e sapete cos'ha detto lui? "Vi informo che state applaudendo un democristiano". Renzo l'ha portato fuori di corsa».

Risero tutti. Davide aprì un'altra bottiglia di grappa e nonostante le proteste si mise a versare. E lì in quella stanza scura e calda che sapeva ancora un po' di vita, tra le fette di luce delle persiane chiuse, cominciarono a parlare d'altro. Letizia non avrebbe saputo dire con precisione quando e come il lutto avesse iniziato a mutare, innescando un flebile chiacchiericcio, rovesciando la curiosità su loro stessi:

«Non ci vediamo tutti insieme da – quanto?».

«Saranno vent'anni».

«Forse di più».

«Pazzesco».

«Già. Fa un po' strano».

«Tu al funerale di mio padre non c'eri, vero?».

«No, Libero».

«Allora sì. Te, non ti vedo da vent'anni almeno».

«È mio fratello ma non lo vedo mai neppure io. E voi due, invece?».

«Io lavoro in Veneto».

«Nemmeno sapevo ti fossi trasferito».

«Ormai sarà qualche anno».

«E come ti trovi?».

«Bene. Normale».

«Io invece non vedo l'ora di andare in pensione».

Ma accadde: e che peccato, dissero, che Diana non fosse lì con loro. E perché non avevano invitato Iryna? No, non avrebbero potuto; era una questione di sangue. Si chiesero però quando avrebbe preso possesso della casa, e chi l'avrebbe svuotata, e come si sarebbero divisi i libri e i faldoni con gli inediti e i soprammobili e i ricordi. C'era così tanto ancora di cui prendersi

873

cura. Quanta delicatezza occorreva nel governare il passato.

Letizia andò in bagno a sciacquarsi la faccia con acqua fredda – il vocio degli altri si perdeva nel corridoio – e poi si infilò nello studio. La stanza era rimasta quasi integra; i libri non interessavano ai ladri. Con dita incerte e il fiato trattenuto frugò nel cassetto della scrivania, temendo di non trovare più quello che cercava: ma la busta era sempre lì, chiusa, la busta gialla con sopra scritto *Fra cinque anni.*

Adesso era sua. Dubitava che qualcun altro ne fosse a conoscenza, altrimenti Eloisa o zio Davide l'avrebbero subito reclamata – anche solo per bruciarla. E comunque era sua. Ci aveva pensato ogni tanto, in tutti quegli anni, senza saperne bene il motivo. Si era detta che un giorno l'avrebbe chiesta in dono, restando tuttavia certa che quel giorno non sarebbe mai arrivato; così com'era certa che quei fogli non contenevano segreti particolari, né straordinarie eredità. Eppure esercitavano su di lei un'attrazione irresistibile.

E ora, sfiorandoli, si rese conto che a differenza dei suoi parenti lei voleva essere felice. Non voleva né l'anarchia né l'oblio né il piacere né la salvezza divina né il sapere né la poesia né la rivoluzione: voleva soltanto essere felice. Una necessità misera rispetto ai dolorosi sogni dei Sartori, e forse un poco vile; ma perché mentire? Voleva essere felice e comportarsi bene con gli altri abitanti del pianeta. Nient'altro.

Le girava la testa per avere bevuto a stomaco vuoto, ma questa non sarebbe stata, nemmeno a distanza di mesi, una giustificazione per quanto accadde. Seguì semplicemente un impulso.

Nascose la busta sotto l'abito facendo attenzione a non rovinarla. Eloisa aveva lasciato la borsa su una poltrona in salotto: ci frugò dentro, prese le chiavi della sua Panda, e senza farsi notare sgattaiolò fuori mentre in cucina la sua famiglia ancora gridava: «Siamo friulani! Siamo friulani!».

5

Alla radio arrivavano notizie. Un tizio era entrato in un cinema vicino a Denver e aveva ammazzato dodici persone. In Siria era appena iniziata una nuova battaglia ad Aleppo. Il ventennale dell'omicidio di Borsellino. Le previsioni del tempo. Un nuovo film imperdibile.

Alla radio arrivavano notizie, a sciami, e lei si era messa per strada verso est con l'auto trafugata alla madre. Aveva mandato un messaggio per avvisarla, poi aveva spento il telefono, si era tolta le scarpe coi tacchi ed era scappata. La busta della bisnonna era al sicuro nella borsa e lei guidava sulla A4 con i piedi nudi sui pedali.

Frugò nel vano portaoggetti: con la coda dell'occhio riconobbe la copertina dei Fleet Foxes – l'inconfondibile riproduzione dei *Proverbi fiamminghi* di Bruegel. Era un suo regalo, e per fortuna Eloisa l'aveva lasciato lì: estrasse il disco e lo inserì nello stereo mentre entrava in autostrada.

Si fermò soltanto per un caffè all'autogrill prima di Bergamo. Il paesaggio intorno a lei sembrava uscito da una pagina di sussidiario. I colori pastello, i rari uomini al lavoro nei campi. All'altezza del lago di Garda ci fu un rallentamento improvviso unito a un acquazzone: Letizia azionò le quattro frecce e si dispose ad aspettare, ma la coda non durò a lungo. Le luci rosse delle auto di fronte a lei erano macchie confuse nella pioggia, e il canone di *White Winter Hymnal*, con la sua lieve chitarra acustica in sottofondo, partì per la seconda volta.

Nel vicentino tornò il sole. Poco oltre Treviso un gruppo di rom montava un grosso telone da circo. Letizia superò il confine con il Friuli, uscì dall'autostrada, proseguì puntando verso nord. Non aveva una destinazione precisa. Quando fu stanca di vagare parcheggiò nei dintorni di un paesino, scegliendo una via qualunque fra quelle che risalivano la costa del colle.

Fuori faceva caldissimo e la terra esalava umidità. La campagna era deserta e immobile; solo un'enorme nuvola passava a tratti scurendo campi, vigne e filari di pioppi.

L'ubriachezza le era passata, lasciando posto a una sconfortata lucidità e a un po' di mal di testa. Risalì la curva del colle. Doveva essere successo lì: non proprio in quel punto, d'accordo, forse anche a diversi chilometri di distanza; ma era abbastanza vicina all'origine di ogni cosa. La zona attorno al paese era punteggiata di cascine abbandonate: Letizia cercò di immaginare come doveva essere un centinaio di anni prima e quale fosse il casale dei Tassan, ormai disabitato, magari distrutto. Gli ultimi cugini se n'erano andati da decenni e lei non aveva alcun contatto con quel luogo, non le apparteneva se non in una forma remota, la cui eco ora portava con sé nella borsa.

Vagò per una ventina di minuti e alla fine si decise per un pendio ai margini del bosco. Sedette all'ombra di un pruno, si tolse le scarpe e sentì l'erba pungerle la pelle. Scacciò una mosca dal braccio. Un soffio di vento trascinò una fragranza calda di fiori ed erba.

Poi estrasse la busta, la stirò con il palmo della mano.

«Ma che sto facendo», sussurrò.

Non ci fu risposta, soltanto il frinire assordante delle cicale. Letizia chiuse gli occhi e li riaprì, quindi lacerò la busta. Conteneva una lettera e un disegno dall'aria molto più vecchia – la carta era spessa ma di pessima qualità, brunita e sporca. Una ragazza sorridente con i capelli raccolti in una treccia, lentiggini sul mento e sulle gote; un bimbo di un anno o due con la bocca semiaperta; e un giovane dal viso affilato, all'erta, dagli occhi straordinariamente vivi. Il tratto era sicuro, benché sbiadito dal tempo. Erano belli: Letizia provò una punta di nostalgia nel guardarli e nell'essere guardata da loro.

Mise da parte il disegno e aprì la lettera. Era redatta a mano con una grafia allungata, quasi aristocratica.

Ànime,

non sono brava a scrivere come te, ma per questa lettera ho fatto come dicevi tu. L'ho riletta, l'ho scritta ancora, però, se ci sono sbagli, perdonami. Perdonami anche perché non ho il coraggio di confessarmi da viva.

Sei nato senza che io e tuo padre lo volessimo. E quando gli ho detto che ero incinta lui ha avuto paura ed è fuggito. Non voleva un bambino. Poi il nonno Martino è andato a riprenderlo. L'ha convinto a tornare. Da allora è sempre stato con me.

L'ho odiato, perché era scappato, e che razza d'uomo scappa da una ragazza incinta? L'ho odiato tanto e ora lo odierai anche tu, e hai ragione. Mi ha fatto male, quindi dovevo fargli male.

Invece gli ho dato amore. Non solo perché c'eri tu, ma perché gli volevo bene veramente. Dirai che non se lo meritava. Forse. Ma è così, e non mi pento. Sotto sotto era buono, aveva solo una gran paura. Le cose che aveva fatto al fronte... Ogni tanto diceva di non essere degno di me. E io so che sarebbe tornato comunque, anche senza mio padre. Ne sono certa e questa cosa non me la può levare nessuno, anche se quando lo racconto a tuo zio Piero mi dice scema. Ma non me la può levare nessuno, nessuno.

Ti scrivo perché le cose bisogna saperle e farci i conti. Così ora sai tutto, e io sono sicuramente morta. Ho voluto dirtelo, anche se con una lettera, perché altrimenti avrei fatto come lui, sarei scappata e basta. Prima era troppo presto. Avevi la tua vita da vivere. Ma adesso siamo tutti e due vecchi.

Anche perché c'è un'altra cosa importante: da quando lui è tornato, siamo sempre stati felici di te e di Meni e Renzo. E anche in mezzo ai tanti dolori e litigi non avremmo mai cambiato la nostra vita. Spero mi crederai e spero che anche a te questa cosa non la levi nessuno.

Mamma

Letizia rimase immobile con il foglio in mano. Dovette rileggerlo un'altra volta per convincersi.

«Quindi», cominciò a dire.

Quindi era andata diversamente da come pensavano tutti, da come era stata tramandata al nonno e da lui a Eloisa e lei e gli altri Sartori. All'origine della famiglia non c'era una storia d'incanto e cura, i due amanti che si fanno strada insieme nelle difficoltà. C'era un bastardo che abbandona una ragazzina con suo figlio nel grembo.

«Quindi», disse.

Quindi ecco la sua vera eredità; e come condimento, una stupidissima morale di perdono e sacrificio materno. Letizia strinse la lettera e fu quasi sul punto di stracciarla. Sapeva che non c'era nulla di molto importante in quella confessione, soprattutto adesso che il nonno era morto; ma una parte di lei ne era come paralizzata. Che doveva fare? Prendere l'auto, tornare a casa, scusarsi con Eloisa, riconvocare la famiglia a casa del nonno e annunciare che la loro stirpe si fondava su una vigliaccata? E ottenere cosa, da tutto questo? Ancora un po' di vergogna, forse, o più probabilmente tante alzate di spalle e nemmeno la dignità del dolore: l'ennesimo gesto vano, una bravata da ragazzina, e chi diavolo se ne frega di cosa accadde quasi cento anni fa.

No.

Corse giù per il pendio fino all'auto e attraversò di nuovo la campagna, puntando istintivamente su Udine. Ci era stata solo una volta tanto tempo prima, con Eloisa; non ricordava granché della città e si stupì nel trovarla graziosa, il centro un pugno di viuzze e portici, edifici color crema dalle imposte verde scuro. I tacchi le si incastravano nel selciato.

Visto che era fuggita da un cimitero, non le venne in mente nient'altro che recarsi in un altro cimitero. Lì chiese indicazioni al guardiano e trovò abbastanza in fretta la tomba di Maurizio Sartori. Era un modesto blocco di pietra grigia, con una piccola fotografia ovale nella quale riconobbe il volto del disegno, benché invecchiato. Nadia non c'era, forse era stata seppellita altrove? Il bisnonno la guardava di sbieco. Tre vespe ronzavano sopra i fiori e una lucertola sostava immobile sulla ghiaia. Era il tramonto.

E di colpo Letizia comprese.

Di colpo le fu perfettamente chiaro. La lettera di Nadia era arrivata troppo tardi per un motivo preciso: perché era indirizzata a lei. L'aveva scoperta nel 2007 e l'aveva letta proprio cinque anni dopo, ottemperando alla richiesta. Non era per suo nonno, ormai scomparso; era per lei, che ne avrebbe fatto buon uso.

Certo esistevano mille ragioni per sostenere il contrario: sulla busta era indicato il nome di Gabriele, e quando Nadia era morta Letizia non era nemmeno nata. Ma perché non credere all'incredibile? Perché non tenersi il mistero?

Doveva solo sforzarsi di alimentare la propria fede, come un focolare che chiede altra legna. Forse Maurizio Sartori era davvero innamorato. Forse quel matrimonio non fu soltanto un gesto riparatore. Forse l'intera stirpe dei Sartori era nata da una luce sulla terra e non dal buio della viltà. Forse. L'unico argomento che poteva addurre è che questa versione era la migliore – e quindi la scelse.

Mise una mano sulla lapide e la sentì calda e ruvida. Una sorta di frenesia la colmò. Ora non c'erano più segreti né condanne, non esisteva ragione di vergognarsi o avere paura. Il cognome su quella pietra era pronto a sbiadire: Gabriele e i suoi fratelli se n'erano andati, preceduti da zia Diana; quindi sarebbe toccato a Davide ed Eloisa, e infine a Dario; e Dario non avrebbe avuto figli.

Letizia estrasse il disegno dalla busta e lo fissò con un sasso sopra la tomba di Maurizio Sartori. Poi prese la lettera, la piegò in quattro e la infilò nel portafoglio. Basta così. Dall'altro capo del tempo Nadia Tassan le aveva fatto un cenno, e lei aveva risposto: era il momento della pietà per quelle creature.

Pietà dunque per Dario Sartori cresciuto senza madre tra fabbriche e fumetti; pietà per Libero Sartori abbandonato e stoico; pietà per l'adorabile Diana Sartori, la cui arte fu distrutta da un tumore; pietà per Eloisa Sartori che tradì la rivoluzione; pietà per Davide Sartori schiavo della sua stessa libertà; pietà per Renzo Sartori, l'operaio fedifrago che credette nei più deboli; pietà per Domenico Sartori, il ragazzo che tanto amò, ora polvere in Nordafrica; pietà per Gabriele Sartori, il poeta minore, il figlio non voluto: e pietà infine e soprattutto per un ragazzo e una ragazza che si amano in un bosco, mentre intorno la guerra incendia la terra e loro ancora non sanno che lei verrà abbandonata – e ancora non sanno che lui ritornerà.

Nota dell'autore

Parti di questo romanzo sono state scritte a Bruxelles presso la residenza Passa Porta nel 2016 e alla Fondation Jan Michalski di Montricher nel 2018. Ringrazio entrambi gli enti per le preziose occasioni di ritiro.

Le storie di Maurizio Sartori e Gabriele Sartori si ispirano, pur romanzandole quasi del tutto, alle vite di mio bisnonno Giovanni Fontana e di mio nonno Luigi Fontana. Senza i racconti orali, i diari e gli scritti di quest'ultimo, *Prima di noi* non sarebbe mai nato: il mio debito nei suoi confronti è incalcolabile.

Grazie a: Tania Madaschi, i miei genitori, Camillo Bani, Francesco Nozza Bielli, Federica Manzon, Ercole Visconti, Paolo Finzi, Rossella di Leo, Roberto Bellasalma, Mario Notari, Andrea, Stefano, Flavia e Andreina Fontana, François Bouchard, Marco Missiroli, Claudia Durastanti, Fulvia Farassino, Adriano Sofri, il Centro studi libertari – Archivio Giuseppe Pinelli, la Società Filologica Friulana, e tutti coloro che mi hanno aiutato nel lavoro di ricerca. Resta inteso che qualsiasi eventuale errore cade sotto la mia responsabilità.

La traduzione del brano in esergo è di Anna Lucia Giavotto Künkler, dal secondo volume delle *Poesie* di Rainer Maria Rilke (Einaudi-Gallimard 1995). I versi di Izet Sarajlić sono tratti dalla poesia *Giudicano*, tradotta da Silvio Ferrari e contenuta nella raccolta *Chi ha fatto il turno di notte* (Einaudi 2012). Le frasi di Nietzsche citate da Adam Gordon sono tratte da *La nascita della tragedia* (Adelphi 1977, versione di Sossio Giametta) e da *Al di là del bene e del male* (Adelphi 1977, versione di Ferruccio Masini).

L'idea formulata da Renzo Sartori alla fine della terza parte, per cui «i migliori erano morti tutti», è un omaggio a *I sommersi e i salvati* di Primo Levi (Einaudi 1986).

Giorgio Fontana

Indice

Prima di noi

Questo volume è stato stampato
su carta Palatina
delle Cartiere di Fabriano
nel mese di gennaio 2020

Stampa: Officine Grafiche soc. coop., Palermo

Legatura: LE.I.MA. s.r.l., Palermo

Il contesto